U0755047

毕淑敏 著

毕淑敏自选集·生命卷

生命的栖息地

Life's Habitat

国际文化出版公司
·北京·

图书在版编目（CIP）数据

生命的栖息地 / 毕淑敏著．—北京：国际文化出版公司，2016.7（2022.11 重印）
（毕淑敏自选集·生命卷）
ISBN 978-7-5125-0861-3

I. ①生…　II. ①毕…　III. ①散文集—中国—当代 IV. ① I267

中国版本图书馆 CIP 数据核字（2016）第 160073 号

毕淑敏自选集·生命卷

作　　者	毕淑敏
责任编辑	潘建农　宋亚晅
出版发行	国际文化出版公司
经　　销	国文润华文化传媒（北京）有限责任公司
印　　刷	文畅阁印刷有限公司
开　　本	787 毫米 ×1092 毫米　16 开 60 印张　821 千字
版　　次	2016 年 7 月第 1 版 2022 年 11 月第 2 次印刷
书　　号	ISBN 978-7-5125-0861-3
定　　价	180.00 元（全三册）

国际文化出版公司
北京朝阳区东土城路乙 9 号　　邮编：100013
总编室：（010）64270995　　传真：（010）64270995
销售热线：（010）64271187
传真：（010）64271187-800
E-mail：icpc@95777.sina.net

目　录

第二章　在我们生命的远方

第三章　用心触碰世界的美好

第四章　生命是朴素的

第五章　在苦难的夹缝当中完整地活着

第六章　天堂不是目的地

第七章　上帝的疏忽里有慈祥

总序

写作多年，积攒下若干文字。20 世纪 90 年代，有出版社找到我，说是预备给我出套文集。我听后心情有些激动，先是高兴马上又觉得自己不配。

文集出了，销得还不错。劳动人民文化宫举办书市，我去签名售书。文集共 4 本，卖 80 多块钱。读者们排着长长的队伍，缓缓走向我。我埋头签书，心里充满了不忍。我想，80 多块钱，要是用来买成肉，快合半扇猪了！（那时物价便宜，一斤肉才几块钱。）人家把吃肉的钱省下来，买我的书，多大的信任啊！一斤肉吃到肚里，肯定会让人长力气壮身体（那时的人没有那么多“三高”超标，视吃肉为上等的好事情）。扪心自问，我的书带给人的帮助，能抵得过十几斤肉吗?

心中惶恐。从那一瞬，我暗下决心，这辈子，不写则已，如果写，就一定要说真话，要认真负责对待笔下的每一个字。力争做到对得起读者为了购买我的书，付出的买肉钱。

购书的代价是两方面的。首先要付出金钱，读者的钱是哪里来的呢?是他的劳动换来的。所以，买书这件事，说到底，是用作者的劳动换读者的劳动。市场上，如果人们买了变质的食品或是伪劣产品，可以要求退换货或是保修。但是，读者买了一本书，如果没有缺页错页，基本上不能把书退还书店或是作者。也就是说，写书卖书的人，只对书的装订质量负责，至于内容，你买了书，就自认是全盘接受，售出后概不负责。我觉得这近似霸王条款。或者往好里说，是人与人之间一种极大的信任。一个作者，万不可亵渎了这份信任，唯有竭尽全力诚惶诚恐地为自己的产品负责，才能对得起读者这一份近乎无条件的接纳。

读者付出的第二种代价，是他或她的时间。时间其实是无价的，是用来构成生命的金色颗粒。读者把如此宝贵的东西，消耗在阅读我所写的文字之中，我无以回报，只能将我的思考和表达，千锤百炼力求尽善尽美。我不敢保证它们完全正确，但我应该保证它们具备发自内心的诚挚。否则，就是暴殄了人与人之间的信赖，就是对他人的轻慢和敷衍。

从那时到现在，又过去了 20 多年。作品积攒得比过去多了，心态已悄然变得平和。感谢编辑们的热忱和信任，我能有机会出一套自选集，十分高兴。

它们大致分为三部分。一部分是和幸福有关，一部分是和心理有关，还有一部分和旅游与我在西藏的岁月有关。

这是我在不同时期写下的文字，打着我的年龄的烙印。年龄的增长从未让我气馁，只是帮助我理解了不同时期的美好。

如果把人生比作一株植物，把青年时期比作嫩绿，我 35 岁时才开始写作，实在要算在苍绿时段才进入别人的早春，接下来是无以抵挡的墨绿与苍黄……现在，干脆成了深秋时节银杏叶般的暗金。我已进入老年，步伐放缓，心头肃静。我知道生命还会继续变化，从草黄变成铅铁般的灰黑；再然后，哦，就该是土壤的褐赭色了；再再然后，大约就无色透明了。

祈愿我的文字带着我的暖意和祝福，飞抵你的掌心。

毕淑敏

2016 年 6 月 1 日

文学界的白衣天使

如果她的署名是阿咪、狂姐、原水爆或者荷兰豆，也许我早就读过她的作品了。

然而她的名字是毕淑敏，这名字普通得如——对不起——任何一个街道妇女。

而且她说她从小就是一个好学生，她的数学与语文是同样的好（总算找到了一个喜欢也学得好数学的同行了，王蒙大悦焉），她的开始写作源于她父亲的建议，而她的戒骄戒躁是由于儿时母亲的教导。为了写作，她在完成了医学学业以后，又去上广播电视大学的文学系并以“优”的成绩毕业，继而读研究生，获得了硕士学位（有几个作家老老实实地这样学过文学）。再说，她同时是或者更加是一个医术精良的内科医生，她对此充满自信与自豪……

我真的不知道世界上还有这样规规矩矩的作家与文学之路。我本来以为新涌现出来的作家都可能是怀才不遇、牢骚满腹、刺儿头反骨、不敬父母（而且还要审父）、不服师长、不屑学业、嘲笑文凭、突破颠覆、艰深费解、与世难谐、大话爆破、呻吟颤抖，充满了智慧的痛苦、

天才的孤独、哲人的憔悴、冲锋队员的血性暴烈或者安定医院住院病人的忧郁兼躁狂的伟人——怪物。

毕淑敏则不是这样。她太正常、太良善，甚至是太听话了。即使做了小说，似乎也没有忘记她的医生的治病救人的宗旨，普度众生的宏愿，苦口婆心的耐性，有条不紊的规章和清澈如水的医心。她有一种把对人的关怀、热情和悲悯化为冷静的处方，集道德、文学和科学于一体的思维方式、写作方式与行为方式……

所以就更显得毕淑敏的正常、善意、祥和、冷静乃至循规蹈矩的难能可贵。即使她写了像《昆仑殇》这样严峻的、撼人心魄的事件，她仍然保持着对于每一个当事人与责任者的善意与公平。善意与冷静，像孪生姐妹一样时刻跟随着毕淑敏的笔端。唯其冷静才能公正，唯其公正才能好心，唯其好心世界才有希望，自己才有希望，而不至于使自己使读者使国家使社会陷于万劫不复的恶性循环里。也许她缺少了应有的批评与憎恨，但至少无愧于心，其实是远远优于那些缺少应有的爱心与好意的志士。她正视死亡与血污，下笔常常令人战栗，如《紫色人形》《预约死亡》，但主旨仍然平实和悦，她是要她的读者更好地活下去、爱下去、工作下去。她宁愿忏悔“我”的多疑与戒备太过，歌颂普通人（《翻浆》），而与泛恶论的诅咒与煽动迥异其趣。至于她的散文就更加明澈见底了。

她确实是一个真正的医生，好医生，她会成为文学界的白衣天使。昆仑山上当兵的经历，医生的身份与心术，加上自幼大大的良民的自觉，使她成为文学圈内的一个新起的、别有特色的、新谐与健康的因子。

而另外的多得多的天才作家的另一面，实在是文学界的病友。我尊敬与同情我的病友，我知道世界上许多伟大的作家都有病，他们太痛苦了，他们因痛苦而愈发伟大了。但同时我也赞美与感谢大夫，

为了全国人民的身心健康，我祝愿在大夫与病友的比例上不至于出现太大的失调。有病人也有医生，这才是世界，这才有各种写不完的故事。

不知道这是我的幸还是不幸，不知道这是不是我的被误解与被攻击的原因之一。我既觉得病人之可哀可叹，又觉得医生之可亲可信，特别是当我给一个比我年轻的作家作序写评的时候，我承认每一片树叶的价值。当然，我宁愿多称赞一点祥和与理性，我也许又发放了太多的苦口的良药，真对不起。

王蒙

第一章

一束诞生于生命内部的光

有人说灵魂有21克重，说在死亡的那一瞬间，灵魂会飞向天空。我不知道这个说法是否科学，但我相信在美好的身体里，一定安住着同样精彩的灵魂。它凝聚了人类所信仰所尊崇所畏惧和所仰视的一切，在肉体之上，放射明亮光芒，穿透风雨迷蒙照耀着引导着我们。

生命的借记卡

我有一个西式钱包，钱包里有很多小格子，这些格子的用途是装载各式各样的卡。我没有让它们闲着，装得满满当当。我有附近超市多家超市的亲情卡，虽然我每次购物之后都毕恭毕敬地出示该店的卡，但一年下来累计的分数，总也到不了可以领取优惠券的地步（因为我购物不够专一，总是在各个不同的店家游荡）。于是就在某一个商家规定的日子里被残忍地"归零"，一切又要重新开始。

我还有电话卡，到外地出差的时候，虽然接待方会很热情地说，房间的长途已经开通，您只管用，我还是为饭店附加在电话上的费用斤斤计较，出于为邀请方省些银两的考虑，自己到酒店大堂去打公用电话。每打一次，都有一种小小的成就感。我还有几家馆子的优惠卡，有一次拿出来结账，服务员小姐看了半天，说不认识这卡，从来没见客人使过。我说，你来这家店多久了呢？她说一年了。我说，这卡是你们店开张的时候给的，说是永久有效呢。小姐就拿了卡去问元老，笑吟吟地回来说，你说的不错，只是连她们也没见过这种卡，一直找到了老板才说确有这么回事。

啰唆了这半天，还没有说到正题上。我的正题是什么呢？就是我虽然有多张看起来也是硬邦邦闪烁烁的卡，但其实那种可以透支可以境外使用的货真价实的银行卡，一张也没有。先生说过很多次了，说这是时尚，你在高档场所结账的时候，如果掏出一大把皱皱巴巴的现金，是要遭人耻笑的。我说，你也不是不知道，我平日最频繁的交易场所就是农贸市场，别说那里没有刷卡的设备，即便有了，买上一个西瓜刷一次卡，买三条黄瓜半斤草莓再刷两次卡，你觉得如何呢？

于是家人就嘲讽我近乎一个纯粹的农妇，不能在金融方面与时俱进。好在这羞惭近日得到了雪洗的机会。单位为了发放工资方便，为大家统一办理了银行借记卡。

我拿到了借记卡，反复端详并仔细地阅读了有关条文，突然思绪飞到了很远的地方。

喜欢这个“借”字。我们的一切都是借来的，总归有要还的那一天。《红楼梦》里的公子贾宝玉出生的时候，嘴里是衔了一块玉的。我们每个人出生的时候，并非两手空空，而是捏有了一本生命的借记卡。

阳世通行的银行卡分有钻石卡、白金卡等细则，生命的卡则一律平等，并不因了出身的高下和财富的多寡就对持卡人厚此薄彼。

这张卡是风做的，是空气做的，透明、无形，却又无时无刻不在拂动着我们的羽毛。在你的亲人还没有为你写下名字的时候，这张卡就已经毫不迟延地启动了业务。卡上存进了我们生命的总长度，它被分解成一分钟一分钟的时间，树木倾斜的阴影就是它轻轻的脚印了。

密码虽然在你的手里，但储藏在生命借记卡的这个数字，你虽是主人，却无从知道。这是一个永恒的秘密，不到借记卡归零的时候，你一直在混沌中。也许，它很短暂呢，幸好我不知你不知，咱们才能无忧无虑地生活着，懵然向前，支出着我们的时间，在哪一个早上那卡突然就不翼而飞，生命戛然停歇。

很多银行卡是可以透支的，甚至把透支当成一种福祉和诱饵，引领着我们超前消费，然而它也温柔地收取了不菲的利息。生命银行冷峻而傲慢，它可不搞这些花样，制度森严铁面无私。你存在账面上的数字，只会一天天一刻刻地义无反顾地减少，而绝不会增多。也许将来随着医学的进步，能把两张卡拼成一张卡，现阶段绝无可能，以后也要看生命银行的脸色，如果它太觉尊严被冒犯和亵渎，只怕也难以操作。咱们今天就不再讨论。

也许有人会说，现在发布的生命预期表，人的寿命已经到了七八十岁的高龄，想起来，很是令人神往呢。如果把这些年头折算成分分秒秒，一年 365 天，一天 24 小时，一小时 3600 秒……按照我们能活 80 年计算，卡上的时间共计是 2522880000 秒。（没找到计算器，老眼昏花地用笔算，反复演算了几遍，应该是准确的。）

真是一个天文数字，一下子呼吸也畅快起来，腰杆子也挺起来，每个人出生的时候，都是时间的大富翁。不过，且慢。既然算账，就要考虑周全。借记卡有一个名为“缴费通”的业务，可以代缴代扣。比如手机话费、小灵通话费、宽带上网费、水电费、图文电视费……呵呵，弹指间，你的必要消费就统统交付了。

生命也是有必要消费的。就在我们这一呼一吸之间，卡上的数字就要减掉若干秒了。我们有很多必不可少的支出，你必须要优先保证。首先，令人晦气的是——我们要把借记卡上大约 1/3 的数额，支付给床板。床板是个哑巴，从来不会对你大叫大喊，可它索要最急，日日不息。你当然可以欠着床板的账，它假装敦厚，不动声色。一年两年甚至十年八年，它不威逼你，是个温柔的黄世仁。它的阴险在长久的沉默之后渐渐显露，它不动声色地无声无息地报复你，让你面色干枯发摇齿动，烦躁不安歇斯底里……它会让你乖乖地把欠着它的钱加倍偿还，如果它不满意，还会把还账的你拒之门外。倘若你欠它的太多了，一怒之下，也许它会彻底撕毁了你的借记卡，纷纷扬扬飘失一地，让杨白劳就此永远躺下。所以，两害相权取其轻吧，从长远计，你切不可以慢待了床板这个索债鬼，不管它多么笑容可掬，你每天都要按时还它时间。

你还要用大约1/3的时间来吃饭、排泄、运动、交通、打电话，接吻、示爱和做爱，到远方去旅游，听朋友讲过去的事情，当然也包括发脾气和生气，和上司吵架还有哭泣……当然你也可以将这些压缩到更少的时间，但你如果在这些方面太吝啬支出的话，你就变成了一架冰冷的机器，而不再是活生生的人。为了让我们的生命丰富多彩，这些支出你无法逃避。

当你太老的时候，或者你太小的时候，你有一些时间将不知道自己干了什么。当然，如果有另外的人清楚地记录着你的支出的话，我想那些时间应该被称为“成长”和“休养生息”。这是一些时间的黑洞，你却必不可少。就像你原来有一笔积蓄，你觉得自己很是俭省，从未乱花过一分钱，但那些钱财还是在不知不觉中流淌，让你囊中渐空。你幼小的时候不能工作和学习，这不是你的过错，只是你的过程；你年老的时候不能创造和奋斗，这也不是你的过错，而是你的必然。为了盛极一时的响彻云天，蝉虫必须在泥土中蛰伏蜕变十几年。和它相比，人类还算早熟。人类的进步带来了人类的长寿，那多积攒出来的时间，基本上都是晚年。所以，你不能埋怨。你的生命借记卡上的时间的价值并不等值，对此你只有一笑了之。

借记卡有一个功能，就是代缴各种费用。你的生命刨去了这样多的必须支出，你还剩下多少黄金时段？

如果我们知道自己生命中能够有效利用的时间到底有多少，我相信一半以上的人，都会活得更加精彩。因为借记卡的数字隐藏在无边的黑暗中，这就更需要我们在黑暗中坚定地摸索着前进。

你的密码只有你自己知道。不要把密码告诉陌生人，不要让它主宰了你的生活。如果你的密码被泄露，不要伤心，不要自暴自弃。密码是可以修改的，你可以重新夺回你对自己生命的控制权，这张借记卡只要你自己不拱手相让，就没有任何人能它他从你手里夺走。

不要用你手中的卡去做纯粹为了虚荣和炫耀的消费。因为那都是过眼烟云，你付出的是生命，收获的是荒凉。

不要用手中的卡去买你不喜欢的东西。生命是我们能够享有的唯一，它的光彩和价值就在于它独树一帜的意义。找寻你生命的脐带，它维系着你的历史和光荣，这是你的责任和勇敢所在。如果你逃避或是挥霍，你就彻头彻尾地对不起了一个人，让那个人在无望中泪水流淌。这个人不是你的爸爸妈妈，虽然他们也可能为此伤感，但在他们逝去之后，你依然可以看到新鲜的泪珠在闪耀，这个人也不是你的师长，虽然他们可能会因此失望，但他们还有更多的学生可以期待。要知道你最对不起的人就是你自己，你委屈了千载难逢的表达。

唯有我们不知道生命的长短，生命才更凸显。也许，运动可以在我们的卡里增添一些跳动的数字？也许大病一场将剧烈地减少我们的存款？不知道。那么，在不知道自己有多少银两的时候，精打细算就不但是本能更是澄澈的智慧了。在不知道自己所要购买的愿景和器物有着怎样的高远和昂贵，就一掷千金毅然付出，那才是真正的猛士视金钱如粪土。

这张卡是朴素的，也是昂贵的。你可以在卡上镶上钻石，那就是你的眼泪和汗珠了。没有白金也没有黄金，如果一定要找到类似的东西，美化我们的借记卡，那只有骨骼的硬度和血液的湿度了。

当我们最后驾鹤西行的时候，能带走的唯一物品，是我们空空如也的借记卡。当那个时候，我们回首查询借记卡上一项项的支出，能够莞尔一笑，觉得每一笔支出都事出有因不得不花，并将这笑容实实在在地保持到虚无缥缈间，也就是灵魂的勋章了。

其实，当你吐出最后的呼吸之时，你的借记卡就铿锵粉碎了。但是，且慢，也许在那之后，有人愿意收藏你的借记卡，犹如收藏一枚古钱。

梳理生命之序

曾听一位患“非典”的香港心脏科医生谈起他的感受。因为病情突变，住进了医院的“深切治疗部”。“深切治疗”这个词是温煦的，但缝隙间有幽幽的冷风散了出来，让人感到病情的重笃。

医生脱险后接受采访，记者问，一个人孤独地住在病房里，想了些什么？医生沉吟了一会儿说，想的最多的是，要把人生中最重要的事和一般的事儿分开，先做那些重要的事情。记者当然追问，你生命中最重要的事，是什么呢？医生答：和我的家人在一起。

我听了以后，愣了很久。医生传达和重复了一个直白到简陋的真理——事情是可以排顺序的。生死边缘，回眸一望，常常发现玉石俱焚，鱼龙混杂，重要的事被疏漏了，不重要的事却被无限放大。

几天后，我又见到一位脚夫老人。大家都熟悉的陕北民歌“赶牲灵”，就是脚夫们走沟穿壑在高原上吼出的。他说："活着做遍，死了无怨"。意思是人活着时候，把你想做的事都做了，就一生完满，活得够本，可以安然就死了。

医生是留洋博士，脚夫满面黄尘苍凉。不同层面的人，异曲同工的话，于是在突如其来的瘟疫背后，就有了哲学的味道。

人生有涯，即使没有"非典"袭扰，生命也必有大限。活着就是一个向着死亡的存在，由于有铁闸似的死亡矗立在深邃的尽头，便使我们的生活显出异样的美丽和时不我待的紧迫。人是脆弱的，种种意外的蛰伏，使得能上天入地能让电脑每秒钟运算若干亿次的现代人，却无法估算出每人大限到来的时刻。面对永恒困境，只剩下一个可行的方法，就是把那些我们以为最重要的事，抓紧做完。简言之，你要给生命排一个序。

什么是生命中最重要的事呢？夜深人静月朗星稀之时，每个人心平气和地想想：也许是事业有成，也许是周游世界，也许是孝顺父母，也许是舍己为人，也许是永远探索，也许是安分守己……我相信都会得出自己的答案。

寻找最重要的事情，其实就是寻找生命的价值。

它是我们立下的宏愿，是你选定的主牌。有了它，一应事务的顺序就排出来了。现代人陷入日常的忙碌，无数细小而琐碎的事件，缭乱了我们的双眼，模糊了我们的视线，凝滞了我们的脚步，壅塞了我们的襟怀……

节令是一种命令

夏初，买菜。老人对我说：买我的吧。看他的菜摊，西红柿摞成金字塔样，好似堆积着银粉色的乒乓球。拿起一个，柿蒂部羽毛状的绿色，很翠硬地硌着我的手。我说：这么小啊，还青，远没有冬天时我吃的西红柿好呢。

老人明显地不悦了，说，冬天的西红柿算什么西红柿呢？吃它们哪里是吃菜？分明是吃药啊。

我很惊奇，说怎么是药呢？它们又大又红，灯笼一般美丽啊。

老人说，那是温室里煨出来的，先用炉火烤，再用药熏。让它们变得不合规矩地胖大，用保青剂或是保红剂，让它比画的还好看。人里面有汉奸，西红柿里头也有奸细呢。冬天的西红柿就是这种假货。

我惭愧了。多年以来，被蔬菜中的骗局所蒙蔽。那吃什么菜好呢？我虚心讨教。

老人的生意很清淡，乐得教诲我，口中吐钉一般说道："记着，永远吃正当节令的菜。萝卜下来就吃萝卜，白菜下来就吃白菜。节令节令，节气就是令啊！夏至那天，太阳一定最长；冬至那天，亮光一定最短。你能不信吗？不信不行。你是冬眠的狗熊，到了惊蛰，一定会醒来；你是一条长虫，冷了就得冻僵，会变得像拐棍一样打不了弯。人不能心贪，你用了种种的计策，在冬天里，抢先吃了只有夏天才长的菜，夏天到了，怎么办呢？再吃冬天的菜吗？颠了个儿，你费尽心机，不是整个瞎忙活吗？别心急，慢慢等着吧，一年四季的菜，你都能吃到。更不要说，只有野地里，叫风吹绿的菜叶，太阳晒红的果子，才是最有味道的。"

我买了老人家的西红柿，慢慢地向家中走。他的西红柿虽是露地长的，质量还有推敲的必要。但他的话，浸着一种晚风的霜凉，久久伴着我。阳光斜照在网兜上，那略带柔软的银粉色，被勒割出精致的纹路，好像一幅生长的印谱。

人生也是有节气的啊！

春天就做春天的事情，去播种。秋天就做秋天的事情，去收获。夏天游水，冬天堆雪。快乐的时候笑，悲痛的时分洒泪。

少年需率真。过于老成，好比施用了植物催熟剂，早早定了型，抢先上市，或许能卖个好价钱，但植株不会高大，叶片不会密匝，从根本上说，该归入早夭的一列。老年太轻狂，好似理智的幼稚症，让人疑心脑幕的某一部分让岁月的虫蛀了，连缀不起精彩的长卷，包裹不住漫长的人生。

时下有句俗话——您看起来比实际的岁数年轻，听的人把它当作一句恭维或是赞美，说的人把它当作万灵的廉价礼物。我总猜测这话的背后，藏着上帝的一张笑脸。

比实际的年龄年轻，就分明是好的，美的，值得庆贺的吗？

比实际的年龄苍老，就分明是坏的、丑的，值得悲怆的吗？

小的人希冀长大，老的人祈望年轻。这种希望变更的子午线，究竟坐落在哪一扇生日的年轮？与其费尽心机地寻找秘诀，不如退而结网，锻造出心灵与年龄同步的舞蹈。

老是走向死亡的阶梯，但年轻也是临终一跃前长长的助跑。

五十步笑百步，不必有过多的惆怅或是优越。年轻年老都是生命的流程，不必厚此薄彼，显出对某道工序的青睐或是鄙弃，那是对造物的大不敬，是一种浅薄而愚蠢的势利。人们可以濡养肌体的青春，但不要忘记心灵的疲倦。

死亡是生命最后的成长过程，犹如银粉色的西红柿被摘下以后，在夕阳中渐渐地蔓延成浓烈的红色。此刻你只有相信，每一颗西红柿里都预设了一个机关，坚定不移地服从节气的指挥。

你为什么而活着

我有过若干次讲演的经历，在北大和清华，在军营和监狱，在农村土坯搭建的课堂和美国最奢华的私立学校……面对从医学博士到纽约贫民窟的孩子等各色人群，我都会很直率地谈出对问题的想法。在我的记忆中，有一次的经历非常难忘。

那是一所很有名望的大学，约过我好几次了，说学生们期待和我进行讨论。我一直推辞，我从骨子里不喜欢演说。每逢答应一桩这样的公差，就要莫名地紧张好几天。但学校方面很执着，在第 N 次邀请的时候说，该校的学生思想之活跃甚至超过了北大，会对演讲者提出极为尖锐的问题，常常让人下不了台，有时演讲者简直是灰溜溜地离开学校。

听他们这样一讲，我的好奇心就被激励起来，我说我愿意接受挑战。于是，我们商定了一个日子。

那天，大学的礼堂挤得满满的，当我穿过密密的人群走向讲台的时候，心里涌起怪异的感觉，好像是“文革”期间的批斗会场，不知道今天将有怎样的场面出现。果然，从我一开始讲话，就不断地有条子递上来，不一会儿，就在手边积成了厚厚一堆，好像深秋时节被清洁工扫起的落叶。我一边讲课，一边充满了猜测，不知道树叶中潜伏着怎样的“思想炸弹”。讲演告一段落，进入回答问题阶段，我迫不及待地打开了堆积如山的纸条，一张张阅读。那一瞬，台下变得死寂，偌大的礼堂仿若空无一人。

我看完了纸条说，有一些表扬我的话，我就不念了。除此之外，纸条上提得最多的问题是——人生有什么意义？请你务必说真话，因为我们已经听过太多言不由衷的假话了。

我念完这个纸条以后，台下响起了掌声。我说你们今天提出这个问题很好，我会讲真话。我在西藏阿里的雪山之上，面对着浩瀚的苍穹和壁立的冰川，如同一个茹毛饮血的原始人，反复地思索过这个问题。我相信，一个人在他年轻的时候，是会无数次地叩问自己——我的一生，到底要追索怎样的意义？

我想了无数个晚上和白天，终于得到了一个答案。今天，在这里，我将非常负责地对大家说，我思索的结果是：人生是没有任何意义的！

这句话说完，全场出现了短暂的寂静，如同旷野。但是，紧接着就响起了暴风雨般的掌声。

那是我在讲演中获得的最热烈的掌声。在以前，我从来不相信有什么“暴风雨”般的掌声这种话，觉得那只是一个拙劣的比喻。但这一次，我相信了。我赶快用手做了一个“暂停”的手势，但掌声还是绵延了若干时间。

我说：“大家先不要忙着给我鼓掌，我的话还没有说完。我说人生是没有意义的，这不错，但是——我们每一个人要为自己确立一个意义！”

“是的，关于人生的意义的讨论，充斥在我们的周围。很多说法，由于熟悉和重复，已让我们从熟视无睹滑到了厌烦。可是，这不是问题的真谛。真谛是，别人强加给你的意义，无论它多么正确，如果它不曾进入你的心理结构，它就永远是身外之物。比如我们从小就被家长灌输过人生意义的答案。在此后漫长的岁月里，谆谆告诫的老师和各种类型的教育，也都不断地向我们批发人生意义的补充版。但是，有多少人把这种外在的框架，当成了自己内在的标杆，并为之下定了奋斗终生的决心？”

那一天结束讲演之后，我听到有同学说，他觉得最大的收获是听到有一个活生生的中年人亲口说，人生是没有意义的，你要为之确立一个意义。

其实，不单是中国的青年人在目标这个问题上飘忽不定，就是在美国的著名学府哈佛大学，也有很多人无法在青年时代就确立自己的目标。我看到一则材料，说某年哈佛的毕业生临出校门的时候，校方对他们做了一个有关人生目标的调查，结果是：27% 的人完全没有目标；60% 的人目标模糊；10% 的人有近期目标；只有 3% 的人有着清晰而长远的目标。

25 年过去了，那 3% 的人不懈地朝着一个目标坚忍努力，成了社会的精英，而其余的人，成就要相差很多。

我之所以提到这个例子，是想说明在人生目标的确立上，无论中国还是外国的青年，都遭遇到了相当程度的朦胧或是混沌状态。有人会说，是啊，那又怎么样？我可以一边慢慢成长，一边寻找自己的人生意义啊。我平日也碰到很多青年朋友，诉说他们的种种苦难。我在耐心地听完那些折磨他们的烦心事之后，把他们乞求帮助的目光撇在一旁，我会问：“你的人生目标是什么呢？”

他们通常会很吃惊，好像怀疑我是否听懂了他们的愁苦，甚至恼怒我为什么对具体的问题视而不见，而盘问他们如此不着边际的空话。更有甚者，以为我根本就没有心思听他们说话，自己胡乱找了个话题来搪塞。

我会迎着他们疑虑的目光，说："请回答我的这个问题，你为什么而活着呢？"

年轻人一般会很懊恼地说："这个问题太大了，和我现在遇到的事没有一点关联。"我会说："你错了。世上的万事万物都有关联。有人常常以为心理上的事只和单一的外界刺激有关，就事论事，其实心理和人生的大目标有着纲举目张的紧密接触。很多心理问题，实际上都是人生的大目标出现了混乱和偏移。"

举个例子。一个小伙子找到我，说他为自己说话很快而苦恼，他交了一个女朋友，感情很好。但女孩子不喜欢他说话太快。一听他口若悬河滔滔不绝地说个没完，女孩就说自己快变成大头娃娃了。还说如果他不改掉这毛病，就不能把他引荐给自己的妈妈，因为老人家最烦的就是说话爱吐唾沫星子的人。

"你说我怎么才能改掉说话太快的毛病？"他殷切地看着我，闹得我都觉得如果不帮他这个忙，简直就成了毁掉他一生爱情和事业的凶手。

我说："你为什么要讲话那么快呢？"

他说："如果慢了，我怕人家没有耐心听完我的话。您知道，现在的社会节奏那么快，你讲慢了，人家就跑了。"

我说："如果按照你的这个观点发挥下去，社会节奏越来越快，你岂不是就得说绕口令了？你的准丈母娘就不是这样的人啊，她就喜欢说话速度慢一点并且注意礼仪的人啊。"

他说："好吧，就算你说的这两种人都可以并存，但我还是觉得说话快一些，比较占便宜，可以在单位时间内传达更多的信息。"

我说："那你的关键就是期待别人能准确地接受你的信息。你以为只有快速发射信息才是唯一的途径。你对自己的观点并不自信。"

他说："正是这样。我生怕别人不听我的，我就快快地说，多多地说。"

这样说完之后，连他自己也笑起来。我说，"其实别人能否接受我们的观点，语速并不是最重要的。而且，你能告诉我，你为什么这样在意别人是否能接受你的观点？”

这个说话很快的男孩突然语塞起来，忸怩着说：“我把理想告诉你，你可不要笑话我。”

我连连保证绝不泄密。他说：“我的理想是当一个政治家。所有的政治家都很雄辩，你说对吧？”

我说：“这咱们就比较接触到了问题的实质。要当一个政治家，第一要自信。他们的雄辩不是来自速度，而是来自信念。一个自信的人，不论说话快还是慢，他们对自我信念的坚守流露出来，会感染他人。我知道你有如此远大的理想，这很好。你要做的事，不是把话越说越快，而是积攒自己的力量，让自己的信念更加坚强。”

那一天的谈话到此为止。后来，这个男生告诉我，他讲话的速度就慢了下来，也被批准见到了自己的准丈母娘，听说很受欢迎。

这边刚刚解决了一个说话快的问题，紧接着又来了一位女硕士，说自己的心理问题是讲话太慢，周围的人都认为她有很深的城府，不敢和她交朋友，以为在她那些缓慢吐出的话语背后，隐藏着怎样的阴谋。

“我试了很多方法，却无法让自己说话快起来，烦死了。”她慢吞吞地对我这样说，语速的确有一种压抑人的迟缓，好像在话的背后还隐藏着另一句话。

我看她急迫的神情，知道她非常焦虑。

我说：“你讲每一句话是否都要经过慎重的考虑？”

她说：“是啊。如果不考虑，讲错了话，谁负得了这个责？”

我说：“你为什么特别怕讲错话？”

女硕士说：“因为我输不起。我家庭背景不好，家里有人犯了罪，周围的人都看不起我们；家里很穷，从小靠亲戚的施舍我才能坚持学业。我生怕一句话说差了，人家不高兴，就不给我学费了。所以，连问一句‘你吃了吗？’这样中国最普通的话，我也要三思而后行。我怕人家说，你连自己的饭都吃不饱，也配来问别人吃饭问题。”

听到这里，我说："我明白了。你觉得自己的每一句话都可能引起他人的误解，给自己造成不良影响。"

女硕士连连说："对对，就是这样的。"

我笑了，说："你这一句话说得并不慢啊。"

她说："那我是相信你不会误会我。"

我说："这就对了。你说话速度慢，不是一个技术性的问题，是你不能相信别人。你是否准备一辈子都不相信任何人？如果是这样，我断定你的讲话速度是不会改变的。如果你从此相信他人，讲话的速度自然会比较适宜，既不会太慢，也不会太快，而是能收放自如。"

那个女生后来果然有了很大的改变，她的人际关系也有了进步。

今天我们从一个很大的目标谈起，结果要在一个很小的地方结束。我想说，一个人的心理是一座斗拱飞檐的宫殿，这座宫殿的基础就是我们对自己人生目标的规划和对世界对他人的基本看法。一些看起来是技术和表面的问题，其实内里都和我们的基本人生观有着千丝万缕的联系。心理问题切不可头痛医头脚痛医脚，那样如同创可贴，只能暂时封住小伤口，却无法从根本上让我们的精神强健起来。

今世五百次回眸

佛说，前世的五百次回眸，才换来今生的擦肩而过。顿生气馁，这辈子是没的指望了，和谁路遇和谁接踵，和谁相亲和谁反目，都是命定，挣扎不出。特别想到我今世从医，和无数病患咫尺对视。若干垂危之人，我手经治，每日查房问询，执腕把脉，相互间凝望的频率更是不可胜数，如有来世，将必定与他们相逢，赖不脱躲不掉。于是这一部分只有作罢，认了就是。但尚余一部分，却留了可以掌握的机缘。一些愿望，如果今生屡屡瞩目，就埋了一个下辈子擦肩而过的伏笔，待到日后便可再接再厉地追索和厮守。

今世，我将用余生五百次眺望高山。我始终认为高山是地球上最无遮掩的奇迹。一个浑圆的球，有不屈的坚硬的骨骼隆起，离太阳更近，离平原更远，它是这颗星球最勇敢最孤独的犄角。它经历了最残酷的折叠，也赢得了最高耸的荣誉。它有诞生也有消亡，它将被飓风抚平，它将被酸雨冲刷，它将把溃败的肌体化作肥沃的土地，它将在柔和的平坦中温习伟大。我不喜欢任何关于征服高山的言论，以为那是人的菲薄和短见。真正的高山不可能被征服的，它只是在某一个瞬间，宽容地接纳了登山者，让你在它头顶歇息片刻，给你一窥真颜的恩赐。如同一只鸟在树梢啼叫，它敢说自己把大树征服了吗？山的存在，让我们永葆谦逊和恭敬的姿态，知道在这个世界上，有一些事物必须仰视。

今世，我将用余生一千次不倦地凝望绿色。我少年戍边，有十年的时间面对的是皑皑冰雪，看到绿色的时间已经比他人少了许多。若是因为这份不属于我选择的怠慢，罚我下辈子少见绿色，岂不冤枉死了？记得在千百个与绿色隔绝的日子之后，我下了喀喇昆仑山，在新疆叶城突然看到辽阔的幽深绿色之后，第一个反应竟是悚然，震惊中紧闭了双眼，如同看到密集的闪电。眼神荒疏了忘却了这人间最滋润的色彩，以为是虚妄的梦境。就在那一瞬，我皈依了绿色。这是最美丽的归宿，有了它，生命才得以繁衍和兴旺。常常听到说地球上的绿地到了 ×× 年就全部沙化了，那是多么恐怖的期限。为了人类的长盛不衰，我以目光持久地祷告。

今生，我将一万次目不转睛地注视人群。如果有来生，我期望还将成为他们之中的一员，而不是其他的什么动物或是植物。尽管我知道人类有那么多可怕的弱点和缺陷，我还是为这个物种的智慧和勇敢而赞叹。我做过一次人类了，我知道了怎样才能更好地做人。做人是一门长久的功课，当我们刚刚学会了最初的运算，教科书就被合上，卷子才答了一半，抢卷的铃声就响了，岂不遗憾？

把自己喜欢的事一一想来，我还要看海看花，看健美的运动员，看睿智的科学家，看慈祥的老人和欢快的少女，当然还有无邪的小童，突然就笑了。想我这余生，也不用干其他的事了，每天就在窗前屋后呆呆地看山看树看人群吧，以求个来世的擦肩而过。这样一路地看下去，来世的愿望不知能否得逞，今生的时光可就白白荒废了。于是决定，从此不再东张西望，只心定如水，把握当前。

不为虚缈的擦肩而过，而把余生定格在回眸之中。喜欢山所表达的精神，就游历和瞻仰山的英拔和广博，期望自己也变得如此坚强。喜欢绿色和生命，喜爱人的丰饶和宝贵，就爱惜资源，尊重自己也尊重他人。

身体不是一匹哑马

人们对于自己的身体常常是麻木不仁。只有当生病时，才知觉到它的存在。你见过朝阳的升起，可你觉察过自己身体升起的潮汐吗?

怠慢自己的身体，是现代人的通病。身体真是好脾气，倘有一分气力，就苟延残喘地担当着，实在担当不了，才轰然倒下，并无怨言，人们给这情形起了一个名字，叫作“积劳成疾”。

可是，不能欺负老实人啊！身体是我们最好的朋友，你不能把身体当成一匹哑马，无尽地驱使它做力所不及的苦役。你要学会和自己的马儿喃喃细语。你会听到这匹老马有多少真知灼见，引导你生命的苦旅。

我们要学会轻松省力地使用身体，快捷向前。轻松省力地使用身体的诀窍就是将身心统一，让身体和思想在同一个水平线上。

当我们高兴的时候，身体就微笑。当我们沮丧的时候，身体有权利哀伤。

最要不得的就是，明明你不喜欢这个人，却让身体奴颜婢膝强颜欢笑。明明你喜欢这个人，却让身体冷若冰霜拒之千里。这不单是做人辛苦，而且让身体早生华发未老先衰。

善待你的躯体吧，它是你在漫漫征途中仅有的依靠。如果连它都背叛了你，你真要好好检讨自己的人生。要记住，身体是我们可以移动的世界。

做自己身体的朋友

每个人都居住在自己的身体里面，从一出生到最后的呼吸时刻。这在谁都是没有疑义的，但我们对自己的身体知道多少？

尤其是女性，我们的身体不但是最贴切最亲密的房子，对大多数女性来说，还是诞育人类后代最初的温室。我们怎能不爱护这一精妙绝伦的构造？

我认识一位女性朋友，患了严重的妇科疾患，到医院诊治。检查过后，医生很严肃地对她说，要进行一系列的治疗，这期间要停止夫妻生活。她听完之后，一言不发扭头就走。事后我惊讶地问她这是为什么？为何不珍重自己的生命？她说，丈夫出差去了，马上要回家。如果此刻开始接受治疗，丈夫回来享受不到夫妻生活，就会生气。所以，她只有不在乎自己的身体了。

那一刻，我大悲。

女性啊，你的身体究竟属于谁？

早年当医生时，我见过许多含辛茹苦的女人，直到病入膏肓，才第一次踏进医院的大门。看她满面菜色，疑有营养不良，问起家中的伙食，她却很得意地告诉你，一个月，买了多少鸡，多少蛋……听起来，餐桌上盘碗还不算太拮据。那时初出道，常常就轻易地把这话放过了。后来在老医生的教诲下，渐渐长了心眼，逢到这种时候，总要更细致地追问下去。这许多菜肴，吃到你嘴里的，究竟有多少呢？比如，一只鸡，你吃了哪块儿？鸡腿还是鸡翅？

答案往往令人心酸。持家的女人，多是把好饭好菜让给家人，自己打扫边角碎料。吃的是鸡肋，喝的是残汤。

还有更多的现代女性，在传媒广告绝色佳人的狂轰滥炸下，不满意自己身体的外形。嫌自己的腿不长，忽略了它最基本的功能是持重和行走。嫌自己的眼不大，淡忘了它最重要的功劳是注视和辨别。嫌自己的皮肤不细白，漠视它最突出的贡献是抵御风霜。嫌自己的手指不纤长，藐视了它最卓越的表现是力量与技巧……于是她们自卑自惭之后，在商家的引导下，使用种种方式“迫害”自己的身体，以致美容毁了容，减肥丧了命的惨事，时有所闻。

关于我们的身体——这座我们居住的美轮美奂的宫殿，你可通晓它的图纸？有多少女人，是自己的“身体盲”？

感谢中国有眼光的学者和出版家们，这两年来，翻译出版了一些有关女性身体的著作。在我手边的就有知识出版社出版的《我们的身体，我们自己——美国妇女自我保健经典》和东方出版社出版的《女性的身体——个人必备手册》。

以我一个做过医生的女性眼光来看，这两本书，做女人的，无论你多忙，也要抽空一读。或许正因为你非同寻常地忙，就更得一读。因为你的身体，是你安身立命的资本。如果你连自己的身体都不懂不爱，何谈洞察世事，爱他人爱世界？

爱不是一句空话。爱的基础是了解。你先得认识你的身体，听懂它特别对你发出的信号。明白它的坚忍和它的极限。你的身体是跟随你终生的好朋友，在它那里，居住着你自己的灵魂。如果它粉碎了，你所有的理想都成泡影。身体是会报复每一个不爱惜不尊重它的人的。一旦它衰微了，你将丧失聪慧的智力和充沛的体力，难以自强自立于世。

我希望更多的姐妹们，当然也希望先生们，来读读这种关于身体的书。它是我们每人都享有的这座宫殿的导游图。

我注视我自己的头颅

一次生病，医生让照一张头颅的 CT 片子。于是我得到了一张清晰准确的自己头骨的照片。

我注视着它，它也从幽深而细腻的灰黑色胶片颗粒中注视着我，很严峻的样子。

头颅有令我陌生的轮廓。卸去了头发，撕脱了肌肤，剔除了所有的柔软之物，颅骨干净得像刚从海中捞出来的贝壳。

突然感觉到很熟识，仿佛见过似的……不久以前……我记起了博物馆，那里有新出土的类人猿头骨化石。

夹进了几十万年进化的果子酱，颅骨还是像两块饼干似的相似。

造化可真是一位慢性子。

假如我的头骨片落到一位人类学家手里，便可以十分精确地分析出我的性别、年龄、体重、身高……它携带着我的密码信息，脱离我而孤零零地存在着。医生读着它，却作出我是否健康的结论，它似乎比我还重要。

我细细端详它，仿佛在鉴赏一件工艺品。实在说，这个物件是很精致的。斗拱飞檐，玲珑剔透，为人体骨髓中最精彩的片断。不知多少稻麦菽粟的精华，才将它一层层堆砌而起；不知多少飞禽走兽的真髓，才将它润泽得玉石般光滑。阳光中的紫色，馈赠它岩石般的坚硬，和煦的春风，打磨它流畅的曲线。我感叹大自然的精雕细作。用山川日月、金木水火、天上地下、风云雨雪的物质魂灵，挑选着，拼凑着，混合着，搅拌着，一轮又一轮地循环……终于在许多偶然与必然的齿轮磨合中，缝缀镶嵌起了无数颗头颅，其中一颗属于了我。

假如我最终不是化为一股热烟，这头颅该是最难融入泥土的部分。它会睁着空空洞洞的眼眶，凝视着一碧如洗的长天；它会耸动并不存在的鼻翼，吮吸依然存在的花香；它会让风从贯穿的耳道中，像特快列车那样呼啸而过；它会半张着惊愕的颌骨，依旧对这个星球上发生的许许多多事情表示讶异……

我不由得伸手弹弹自己乱发覆盖下的头骨，它发出粗陶罐的响声。这是一个半空的容器，盛着水、细胞和像流星一样游走的念头。念头带着阴电和阳电，焊接时就散发出五颜六色的蛛丝，缠绕在一起，像电线似的发布命令，驱使我具有各式各样的举动。正是这些蝌蚪一样活泼的念头，才使我写下了以上的文字。

罐子里的水会酸腐，那些细胞会萎缩，但文字是不会生锈不会腐烂的，它们比有生命的物体更有生命。它们把念头们凝固下来，像把混浊的豆浆压榨为平滑的固体。人人都公有的文字，经过特定的组合，就属于了我。组合的顺序就是一种思索。

我望着我的头颅，因为它是思索的宫殿，我不得不尊重它。它却不望着我，透过我，它凝望着遥远的人所不知的地方。它比我久远，它以它的久远傲视我今天的存在。但我比它活跃，活跃是生命存在最显著的标志之一。

但和文字比起来，无论现在的活跃或者将来的久远，都黯然失色。

骨骼算什么呢？甲骨文不正是因为有了文，才神圣起来，否则不过是一块烤焦的兽骨！

文字是先人们留给我们的符咒，使我们得以知道一只只水罐曾经储存过怎样的五彩念头。罐子碎了，水流空了，但一代又一代最优秀的念头组合却像通电的钨丝一样，在智慧的夜空勾勒着永不熄灭的痕迹。

我注视着我的头颅，递给它一个轻轻的微笑：我们都有完全不复存在的那一天。那时候，证明你我曾经存在过的证据，到哪里去寻找？

制造念头吧！那些美丽得像鸟一样在空中飞翔的念头，假如它们真的充满睿智，假如它们真能穿越时代的雾海，它们的羽毛就会被喜爱它们的人所保存。

那个发明 CT 的人真聪明，它使活着的人看到一个骷髅，想到许多以后的事情。

鱼在波涛下微笑

心在水中。水是什么呢？水就是关系。关系是什么呢？关系就是我们和万物之间密不可分的羁绊。它们如丝如缕百转千回，环绕着我们，滋润着我们，营养着我们，推动着我们。同时也制约着我们，捆绑着我们，束缚着我们，缠扰着我们。水太少了，心灵就会成为酷日下的撒哈拉。水太多了，堤坝溃塌，如同 2005 年夏的新奥尔良[①]，心也会淹得两眼翻白。

人生所有的问题，都是关系的问题。在所有的关系之中，你和你自己的关系最为重要。它是关系的总脐带。如果你处理不好和自我的关系，你的一生就不得安宁和幸福。你可以成功，但没有快乐。你可

① 2005 年 8 月 28 日“卡特里娜”飓风曾造成该地洪涝。——编者注

以有家庭，但缺乏温暖。你可以有孩子，但却难以交流。你可以姹紫嫣红宾朋满座，但却不曾有高山流水患难之交。

你会大声地埋怨这个世界，殊不知症结就在你自己身上。

你爱自己吗？如果你不爱自己，你怎么有能力去爱他人？爱自己是最简单也是最复杂的事情。它不需要任何成本，却需要一颗无畏的灵魂。我们每个人都是不完满的，爱一个不完满的自己是勇敢者的行为。

处理好了和自己的关系，你才有精力和智慧去研究你的人际关系，去和大自然和谐相处。如果你被自己搞得焦头烂额，就像一个五内俱空的病人，哪里还有多余的热血去濡养他人！

在水中自由地遨游，闲暇的时候挣脱一切羁绊，到岸上享受晨风拂面，然后，一个华丽的俯冲，重新潜入关系之水，做一条鱼在波涛下微笑。

费城被阉割的女人

写下这个题目，心中战栗。这不是我起的题目，是她自己——那个费城的女人对自己的命名。在那个秋天的午后，在费城雪亮的阳光下，我们都觉出彻骨的寒冷。

从华盛顿到纽约，中途停顿。从费城下火车，拖着沉重的行囊，我们（我和翻译安妮）要在这里拜会贺氏基金会[①]的热娜女士，进行一场关于女性的谈话。

热娜是一位身材瘦小的白人女性，面容严峻。握手的时候，我感到她的手指有着轻微的抖动，似在高度紧张中。她同我们抵达一座豪华的五星级饭店，闹得我也开始紧张。

① Her Foudation——编者注

我觉得美国人普遍受过训练，谙熟在察觉自我紧张之后的处理方式，那就是将它现形，直接点出紧张的原因，紧张也就不攻自破了。落座后，热娜挑明说，我有些紧张。通常，我是不接待新闻和外事人员的，只是因为你从中国来，我才参加这次会面。基金会接到来自世界各地妇女的咨询电话，每年约有一万次。但是，来自中国的，一次也没有。从来没有。

我说，当中国妇女了解了贺氏基金会的工作之后，你也许就会接到来自中国的电话了。

热娜开始娓娓而谈。

贺氏基金会主要是为可能切除子宫和卵巢的女性提供咨询。在基金会的资料库里，储存着最丰富最全面最新近的有关资料，需要的女性都可以免费获得。

据我的统计，全世界有 9000 万妇女被切除了子宫，其中的 6000 万被同时切除了卵巢。在美国，每年有 60 万妇女被切除了子宫，其中的 40 万同时被切除了卵巢。卵巢和子宫，是女性最重要的性器官，它们不是不可以切除，但那要为了一个神圣的目的，就是保全生命的必需，迫不得已。而且，身为将要接受这种极为严重的手术的女性，要清楚地知道将要发生在自己身上的是怎样一回事，它有哪些危险，不但包括暂时的，也要包括长远的。

但是，没有。没有人告知女性这一切。有多少人是在模糊和混乱的情形下，被摘除了自己作为女性的特征。我个人的经历就是最好的说明。

我的经历对我个人是没有什么帮助了。但我要说，因为它对别的女性可能会有帮助。厄运是从 18 年前开始的。我在宾夕法尼亚大学心理系任助理研究员，同时还在上着学。那时我 36 岁，有三个孩子。每天很辛苦，早上 5 点半起床，送孩子到幼儿园里去，晚上 10 点半才能回到家。我的月经开始不正常，出血很多。我的好朋友为我介绍了一个医生，我去看他。他为我做了检查之后说，我的子宫里有一个囊肿，需要切除。我很害怕，就连着看了五个不同的医生。他们都说需要切除。我记得最后一位是女医生，她说，你必须手术，你不能从我这里回家。因为你回家之后就可能会死，那样你就再也看不到你的孩子了。我说，做完了手术之后，会怎么样呢？她说，你会感觉非常好的。我还是放不下心，就到图书馆去查资料，书上果然说得很乐观，说术后对人不会有什么影响。我相信了这些话，同意手术。

手术的前一天晚上，我的感觉不好，很不好——我的第六感告诉我。我把不安对丈夫说了，他是一个律师，听了以后很不高兴，说你不要这样婆婆妈妈的，医生说你不做手术会死的。填手术申请表的时候，他说，这上面有一栏，必要的时候，除了子宫以外，可能会切除你的卵巢，我说，我不切。他说，可是我已经签了字了。我说，你换一张表吧，另签一次。这件事我记得非常清楚，那是犹太节的前一天。

后来，在手术中，没有征得我们的同意，医生就把我的子宫和卵巢都切除了。我是满怀希望地从手术中醒来的，但没想到，我整个地变了一个人。那种感觉非常可怕，没有词可以形容。我从医院回到家里，觉得自己的房子变得陌生，一切都和以前不一样了。我极力说服自己忽视和忘记这些不良的感觉，快乐起来，但是我的身体不服从我的意志。子宫不仅仅是一个生殖的器官，而且还分泌荷尔蒙。切除之后对女性身体的影响，大大地超过人们的想象。据统计，76%的女性切除子宫之后，不再出现性高潮，阴蒂再接受刺激，阴道内也丧失感觉。很多女性的性格发生改变，变得退缩，不愿与外界打交道，逃避他人。如果你因此去看医生，医生总是对你说，这是心理上的问题，但我要用自己的经历说明，这不是心理上的，而是生理上的。

我的身体一天天差下去，做爱时完全没有感觉，先生就和我疏远了。我把自己的感觉告诉他，我说，我走路的时候，总是听到声响，我以为是背后有人，回头看看，没有人，可是那声音依然存在。后来我知道了，那声音是从我的盆腔里发出来的。可他不愿听。两个月后，我的情况越发严重起来，我的腿、膝关节、手腕、肘部……都开始痛，我连吃饭和打电话的力量都没有了，甚至看书的时候，没有力气翻动书页。我去看骨科医生，他说我的骨骼没有毛病。但是我的症状越来越重，医生们怀疑我得了某种不治之症，把我关进了隔离室。我连被子的重量都承受不了，医院就为我定制了专门的架子，放在床上，以承接被子的重量。

就这样煎熬着。医生们不知道我得的是什么病，但我非常痛苦。后来，我的丈夫和我离婚了。有一位实习医生说，他认识中国来的针灸大夫，或许能看我的病。我半信半疑地到中国城去了一趟，那里又脏又破，简陋极了。我是一个受西方教育的人，我很相信西医。我什么也没同针灸大夫说，转身就走了。

这样又过了两年。我的体重下降得很厉害，只有 34 公斤。再不治，我马上就要死了。每天睁开眼，我就想，我还有什么活下去的理由呢？我想自杀。但我想到，一个孩子，他可能有第二个父亲，但他不会有第二个母亲。为了我的孩子，我要活下去。后来，我的朋友把我抬到针灸大夫那里。前几次，好像没有什么明显的疗效，但是从第四次起，我可以站起来了。到了第二个月，我的骨骼就可以承受一点重量了，我能戴手镯了。

每周两次针灸，这样治疗了九年后，我的身体渐渐恢复，我开始研究我所得的病，搜集资料，我的孩子也帮着我一起查找。这一次，我找到了我的病因，这是子宫切除后的典型症状之一。此后的两年里，我一直钻在图书馆里，直到成为这方面的专家。

这时候，我遇到了一位同样切除了子宫的女性，她只有 28 岁，切除术后，也是非常非常不好。她对我说，医生为什么没有告诉过我这一切？他们只说术后会更好，但真实的情况根本就不是那么一回事。她还说，在事先，我也问过一位同样做过这种手术的女友，我问她，会比以前更好吗？她说，是的，是这样的。当我做完了手术，感觉很不好的时候，我再次问她，她说，她的感觉也很不好。我说那你为什么不在事先告诉我实话呢？她说，她不愿说实话。她不愿独自遭受痛苦，她希望有更多的人和她一样的遭遇。

这时我才发现，有这种经历的，不仅仅是我一个人。在女人被切除子宫和卵巢之后，改变的不但是性，还有人性，我还见过一个女孩子，只有 18 岁，简直可以说是个儿童，也被切除了子宫。她热泪盈眶地说，为什么没有人告诉我一切？她的母亲也曾做过子宫切除，但她的母亲也告诉她，做过之后会更好。在手术之后，她对母亲说，为什么连你也不告诉我真相？母亲说，没有人敢说我没有性别了，说我丧失性了。就算我是你的母亲，这也是难以启齿的事情。这是隐私，你不可能知道真相的。

我知道这不仅仅是我个人的事情了，是众多的女性所面临的重大问题。我要尽我的力量，我到电视台去宣讲我的主张，我的孩子和我离婚的丈夫，都在看这个节目。我吓得要命，临进演播室的时候，我一口气吞下了两颗强力镇静剂。

我说，这个世界上有这么多被阉割的女人，有多少人是清楚地知道将要发生的一切，会给她们带来怎样深远的影响？医生不喜欢听“阉割”这个词，但事实的真相就是如此。我做研究，我喜欢用最准确最精当的词，来描述状态。无论那状态有多么可怕。这些女人有权利知道将要发生的事件。

我说，不要以为在这个过程中，女医生和过来人的话就可以听。女人伤害起女人来，背叛起女人来，也许比异性更甚。人性的阴暗在这里会更充分地暴露。

劝你作子宫摘除术的女医生会说，你还要你的子宫干什么？你已经有孩子了，它没有用了。在这种时候，女医生显示的是自己的权力。她只把子宫看成是一个没用的器官，而不是把它和你的整个人联系在一起。

在美国，摘除女人的子宫，是医院里一桩庞大的产业。每年，妇女要为此花费出 80 亿美金。这还不算术后长期的激素类用药的费用。可以说，在药厂的利润里，浸着女性子宫的鲜血。所以，医生与药厂合谋，让我们的空气中弥漫着一种谎言，他们不停地说，子宫是没有用的，切除它，什么都不影响，你会比以前更好。面对着这样的谎言，做过这一手术的女性，难以有力量说出真相，总以为自己是一个特例。她们只有人云亦云地说：很好，更好。于是谎言在更大的范畴内播散。

我并不是说子宫切除术和卵巢切除术就不能做了。我不是这个意思。我只是说，在做出这个对女性有重大影响的决定中，女性有权知道更多，知道全部。

那一天，我说了很多很多。我都说了。我不后悔，可是我说完之后，我在大街上走了许久许久，我不敢回家。后来是我的孩子们找到我，他们说，妈妈，你说得很好啊。

我成立了这个贺氏基金会，我这里有最新的全面资料。当一个女性要进行子宫和卵巢手术的时候，可以打电话来咨询，这就是我现在的工作，完全是无偿的。我还组织全世界丧失子宫和卵巢的妇女来费城聚会，我们畅谈自己的感受。在普通的人群中，你也许会感到自卑，觉得和别的女人不一样，甚至觉得自己不再是女人了。但在我们的聚会里，你会看到这个世界上，和你一样命运的还有很多人，你就有了一种归属感，你会更深刻地感知人性。

热娜一直在说，安妮一直在翻译，我一直在记录。我们在费城只作短暂的停留，然后就要继续乘火车到纽约去。各自的午餐都没有时间吃，冷冷地摆在那里，和我们的心境很是匹配。

热娜送我们赶往火车站。分手的时候，她说，我说了很多的话，你几乎没有说什么话。可我能感受到你是一个善良的人，我现在很会感受人。从当年那个中国医生身上，我就知道中国有很多善良的人。

素面朝天

素面朝天。

我在白纸上郑重地写下了这个题目。夫走过来说，你是要将一碗白皮面，对着天空吗？

我说有一位虢国夫人，就是杨贵妃的姐姐，她自恃美丽，见了唐明皇也不化妆，所以就被称为……

夫笑了，说，我知道。可是你并不美丽。

是的，我不美丽。但素面朝天并不是美丽女人的专利，而是所有女人都可以选择的一种生存方式。

看着我们周围。每一棵树、每一叶草、每一朵花，都不化妆，面对骄阳、面对暴雨、面对风雪，它们都本色而自然。它们也会衰老和凋零，但衰老和凋零也是一种真实。作为万物灵长的人类，为何要将自己隐藏在脂粉和油彩的后面?

见一位化过妆的女友洗面，红的水黑的水蜿蜒而下，仿佛洪水冲刷过水土流失的山峦。那个真实的她，像在蛋壳里窒息得过久的鸡雏，渐渐苏醒过来。我觉得这个眉目清晰的女人，才是我真正的朋友。片刻前被颜色包裹的那个形象，是一个虚伪的陌生人。

脸，是我们与生俱来的证件。我的父母凭着它辨认出一脉血缘的延续；我的丈夫，凭着它在茫茫人海中将我找寻；我的儿子，凭着它第一次铭记住了自己的母亲……每张脸，都是一本生命的图谱。连脸都不愿公开的人，便像捏着一份涂改过的证件，有了太多的秘密。

所有的秘密都是有重量的。背着化过妆的脸走路的女人，便多了劳累，多了忧虑。

化妆可以使人年轻，无数广告喋喋不休地告诫我们。我认识的一位女郎，盛妆出行，艳丽得如同一组霓虹灯。一次半夜里我为她传一个电话，门开的一瞬，我惊愕不止。惨亮的灯光下，她枯黄憔悴如同一册古老的线装书。“我不能不化妆。”她后来告诉我，“化妆如同吸烟，是有瘾的，我现在已经没有勇气面对不化妆的我。化妆最先是为了欺人，之后就成了自欺。我真羡慕你啊！”从此我对她充满同情。

我们都会衰老。我镇定地注视着我的年纪，犹如眺望远方一幅渐渐逼近的白帆。为什么要掩饰这个现实呢？掩饰不单是徒劳，首先是一种软弱。自信并不与年龄成反比，就像自信并不与美丽成正比，勇气不是储存在脸庞里，而是掌握在自己手中。化妆品不过是一些高分子的化合物、一些水果的汁液和一些动物的油脂，它们同人类的自信与果敢实在是不相干的东西。犹如大厦需要钢筋铁骨来支撑，而绝非几根华而不实的竹竿。

常常觉得化了妆的女人犯了买椟还珠的错误。请看我的眼睛！浓墨勾勒的眼线在说。但栅栏似的假睫毛圈住的眼波，却暗淡犹疑。请注意我的口唇！樱桃红的唇膏在呼吁。但轮廓鲜明的唇内吐出的话语，却肤浅苍白……化妆以醒目的色彩强调以至强迫人们注意的部位，却往往是最软弱的所在。

磨砺内心比油饰外表要难得多，犹如水晶与玻璃的区别。

不拥有美丽的女人，并非也不拥有自信。美丽是一种天赋，自信却像树苗一样，可以播种，可以培植，可以蔚然成林直到地老天荒。

我相信不化妆的微笑更纯洁而美好，我相信不化妆的目光更坦率而真诚，我相信不化妆的女人更有勇气直面人生。

有时候若不是为了工作，假若不是出于礼仪，我这一生，将永不化妆。

你要好好爱自己

你要好好爱自己。

这话来自一句叮嘱。最早向我们说起它的人，可能是我们的父母，可能是我们的师友，可能是我们的恋人爱人……

他们也许会一而再再而三地说：冷了要添衣，热了要洗脸。不要熬夜，不要一忙就忘了吃饭。要和大家伙儿搞好关系，要对得起自己的良心……要早睡早起……

如果从来没有人对你说起过这些絮絮叨叨啰啰唆唆的话，那你的童年和少年加上青年时期，孤寂荒凉。你未曾被人捧在手心，极少承接过温情。

不过，这没什么了不起的。因为无论别人怎样对你说过这些话，说过多少次，都是身外之物。话音终将袅袅远去，要紧的是——你要自己对自己说这句话——你要好好爱自己。在纷杂人间的清朗月夜，你要耳语般但无比坚定地对自己说。

好好爱自己，是简单朴素的常识。可是这世上有多少人，能够懂得能够记住能够做到呢?

放眼四周，谬爱种种。

有人年轻时不顾死活拼命挣钱，预约给自己年老的时候可以肆意享乐，放开一搏。他们以为这就是爱自己。

有人以为给自己的胃填进一些过多的食物，让罕见的山珍野味把肚腹撑得两眼翻白，这就是爱自己了。

有人以为在手腕上箍住名表，在颈项间悬挂重磅的金饰，这就是爱自己了。

有人以为把身体安置在一个庞大的屋舍内，再用很多名牌将自己掩埋，这就是爱自己了。

有人以为把自己的腿最大限度地闲置起来，抵达任何一个地方都由汽油和钢铁代步，这就是爱自己了。

有人以为让自己的外貌和自己的内脏年龄不相符，让面容在层层化妆品的粉饰下，显出不合时宜的嫩相。严重者不惜刀兵相见大胆斧正自我，甚至可以将腿骨敲断以求延展下肢增加身高，就是狠狠地爱自己了。

有人以为让自己的身体委曲求全，和不爱的人肌肤相亲，以换得衣食无忧甚至纸醉金迷，这就是爱自己了。

有人以为让嘴巴说言不由衷之话，让表情肌做不是发自内心的谄媚之态，让双膝弯曲，让目光羞于见人，这都是爱自己了。

实际情况恰恰相反，以上诸等，皆是对不起自己，害了自己。

爱自己是需要理由的。我们的爱要想持之以恒，先要明白自己究竟是谁。

最明确的结论是：自己首先是一个身体。这个身体结构精巧，机能完善，高度发达，精美绝伦。千百万年进化的水流，将身体打磨成健全而温润的宝石。

大脑的功用是思考，而不是他人任意抛洒塑料袋的垃圾场。凡事用自己的脑袋想一想，做出最合乎理性的决定，这就是对自己的脑袋好。

眼睛要看洁净美好之物，看出潜在的危险找到安全方向。眼睛还有小小的癖好，爱看草木的绿色和天空的湛蓝，爱看书本和笑靥。满足它的愿望，非礼勿视，这就是对眼睛好。

鼻子希望呼吸到清新的空气，闻到花香，不喜欢密不通风的腐朽之气和穹顶之下皆是雾霾。让它远离这样的环境，才是对鼻子的爱惜。

嘴巴希望讲的都是发自内心的真话，摄入到富有营养的本色食品，而不是混杂三聚氰胺和地沟油的伪劣食物，不说口是心非的谗言，嘴唇上翘，嘴巴就微笑了。

双手希望能通过自己的劳动创造出美好生活的物质基础，而不是扒窃抢劫和杀戮。这就是手的幸运了。

我们的脏腑希望它能劳逸结合，不要总是爆满，不要连轴转。要有张有弛劳逸结合。不要被塞进太多赘物，不要无端地损耗它们的能量。

颈椎希望能不时地扬起头，舒展它弯曲的弧度。而不是终日保持一个僵硬的姿势，以至于每一节间隙都缩窄，过度摩擦增生长出骨刺。

脊骨希望自己能够庄严地挺直，快乐向前。这不但是生理的需要，也是心理的需要。一个卑躬屈膝的人，谈不上尊严。而没有尊严的人，不会好好对待自己。因为他看不起自己，以为自己只是蝼蚁之物。

我们的肩膀，希望能担负一定的担子。不要太轻，那样就失去了肩负的责任。也不能太重，超过了负荷，日久肩周就会发炎。

我们的双脚，希望坚稳地站立在大地之上。那种为了显示自己比实际高度更高的内外增高鞋，骨子里是虐待双脚的刑具。

我们的双腿，希望能在正当的道路上挺进。时而可以疾跑，时而可以漫步，时而可以暂停，倾听婉转莺啼。

我们的皮肤，希望能顺畅地呼吸，而不是被厚厚的脂粉糊满，戴一张石灰盔甲。

我们的头发，希望按照它的本来面目，风中舒展。黑就是黑，白就是白，黄就是黄。而不是像鸡毛掸子似的五颜六色，被反复弯曲和拉直，好像它是多变的小人。

我们的心脏，希望匀速地跳动。运动的时候可以适时加快，睡眠的时候，可以轻柔缓舒。需要拍案而起的时候，它可以剧烈搏动，以输出更多的血液，支撑我们怒发冲冠的豪气。千钧一发的时刻，它可以气壮山河地泵出极多血液，以提供给我们叱咤风云顶天立地的力量。

还有性腺和内分泌系统。爱惜它们就要善待它们。它们给我们以繁衍的基础，并伴以美妙的喜悦。不要为了得到感官的兴奋，就无限度地驱使它们。那种竭泽而渔的疯狂，失去的不仅仅是快乐，而是生命力的枯竭。

我惊叹人体的奥秘，大自然是何等慷慨地把最伟大的恩赐降临于我们身体之内。身体的每一个细枝末节，都遵循颇有深意的蓝图构建起来并完整地传承，兢兢业业一丝不苟。

只有爱自己的人，才有可能爱别人，一屋不扫，何以扫天下？一个不爱自己的人，断不会心细如发地爱别人。爱己爱人都是一种能量，它不是与生俱来，而是通过感知和模仿，通过领悟和学习，才慢慢积聚起来，直至蔚然成风。这世上有太多的人，不爱自己，第一个证据就是他们成了身体的叛徒。他们视身体是一团与己无关的肮脏抹布。女子会委身于不爱的人，只是为了换取利益和金钱。她们将身体弃如敝屣，任它污浊与破旧。男人们将身体与意志隔绝开来，全然不顾身体的叹息与呻吟，将其逼至崩溃的边缘。甚至无视道德和法律，追索感官的极度放纵。

所有人的身体，都理应洁净而温暖。不仅儿童和青年圣美，中老年人的身体也依旧是和煦与高贵的。纵使曾经被侮辱与损害，自有负罪之人为之承责，身体是无辜的。那些以为只有童子才清爽、处女才芬芳的念头，来自人性的无知和男权的霸道。

不过，这并不是好好爱自己的全部。在身体里，还有无比尊贵的主宰，那就是我们的灵魂。

爱惜灵魂，是好好爱自己的最高阶段。

有人说灵魂有 21 克重，说在死亡的那一瞬间，灵魂会飞向天空。我不知道这个说法是否科学，但我相信在美好的身体里，一定安住着同样精彩的灵魂。它是人类最优秀的价值观之总和，是我们瞭望世界的支点。它凝聚了人类所信仰所尊崇所畏惧和所仰视的一切，在肉体之上，放射明亮光芒，穿透风雨迷蒙照耀着引导着我们。

如果这一世，你能爱惜身体珍重灵魂，那么从这个港口出发，你会成为一个身心平和的幸福小舟，一步步安然向前，驶入珍爱他人珍爱万物珍爱世界的宽广大海。

一百万年之前

我不爱看山。因为少时去过珠穆朗玛、喀喇昆仑、冈底斯三山交界的高原，摸过万山之父的脑门，便对其他的山都看得淡了。对于漓江那种纤巧若断的石柱，虽觉秀美，却不敢在山的范畴里恭维。窃以为一个人若真没见过魁伟峻拔的大峰大壑，以为这石林就是山的精髓了，实在是山也是人的悲哀。但是白面山你却是非该看不可的，广西柳州的朋友说，因为那山里有座白莲洞。洞也不看。我决绝地说。我知道每一个供参观的石灰岩洞穴，都被千篇一律的霓虹灯分割得支离破碎，无知的岩柱被强行赋予牵强的想象。亿万年的枯寂被纷沓的脚步扰乱，我们既丧失了远古也丢掉了现实。在看了许多大同小异的洞穴之后，我不愿再浪费时间。

白莲洞是中国唯一的洞穴博物馆[①]，是古人类“柳江人”生活的地方。朋友郑重告知。那一瞬，凛然一震，好像有个声音在九霄之上呼唤。人们对于祖宗有一种天然的敬畏。我走上白面山。

白面山位于柳州东南 12 公里，海拔 200 多米。好矮。

山中有个岩厦式的洞穴，就是白莲洞。洞下有水涧，暗河汇入柳江。

白莲洞十分宽敞，上下共分六层。空气从看不见的空隙流动，好像北京通风设备良好的地铁车站。据 1984 年柳州环境保护所进行的大气监测，当时洞外的二氧化硫和氮氧化物的浓度接近二级，而洞内则为一级。也就是说，洞内的空气比外面新鲜了一倍。这原因大概是奇妙的石灰岩像滤纸一样过滤了空气中的杂质，使空气如蒸馏水般洁净。据说预备在洞里建一个疗养院，专门治疗气管炎、高血压。

有据可查的是抗日战争时柳州沦陷，一万多难民避于白莲洞内。日本人用辣椒烧成烟，呼呼地往洞里灌，想逼着人们出来就范。没想到白莲洞内的空气四通八达，难民们连个喷嚏都没打。洞内有幽深的溪水，听说栖息着盲鱼，因为深不见底，且没有捕捞的工具，所以我们无缘得见这种因久居地下而失明的水中动物。

浏览路程长达 1780 米，途经大名鼎鼎的蝙蝠厅。那厅高大得如同礼堂，导游一道闪电般的光柱打上去，只见天花板上悬挂着无数黑色的灯罩。灯光惊扰了它们，成千上万的蝙蝠愤怒地拍打着岩壁，倒悬着发出老鼠一般诡谲的叫声。一群群的蝙蝠扭结在空中的形象丑恶而恐怖，我在惊愕之后，想到的是马上逃开。

这样我就脱离了大队人马，独自一个人在幽暗的石洞中徘徊。

四周静籁，听得见地下水从石灰岩乳头上滴落的声音，要好久好久才会听到一声，细碎得如同地球深处的叹息。

我在白莲洞口的一侧，看到了古人类生活过的遗址，那是尖锐的人齿化石、像年轮一般的灰烬残骸，以及光滑的打制石器片段……最

① 全名为：白莲洞洞穴科学博物馆，简称：白莲洞博物馆，于 1985 年春节竣工。——编者注

使人感到亲切的是，在未燃尽的篝火四周，有一片遗留的空螺蛳壳。

古人也像我们一样爱吃这种美味的小食品…… 我站在那里，有轻风像羽毛一般从鬓边刮过。洞口的光亮和背后的蝙蝠的鸣叫使我的思绪忽明忽暗。我想这番景色一定进入过一位祖先的眼帘，他或者她身材矮小但是步履矫健。他们高耸的眉骨像屋檐一样遮挡着南国频发的雨水，深陷的眼窝里闪动着褐色的坚毅……他们一定有过恐惧也一定有过欢欣，他们一定也曾希冀也曾懊丧。他们一定痛恨过蝙蝠却又驱逐不去，他们一定喜欢过太阳却又无法将它摘下来保存。他们一定在吃螺蛳的时候不断开动脑筋，才有了今日街上脍炙人口的螺蛳粉。他们一定代代口耳相传，才编织成白莲洞的美丽传说……他们一定在猎杀的劳累后思索过明天的衣食，他们一定在饥饿的痛苦中幻想过无忧无虑的享受，他们一定面对骤逝的同伴惊叹生命的无常，他们一定眺望苍茫的旷野意识到宇宙的永恒…… 突然感到刮骨疗毒般的震颤——我到过这个洞穴，我曾在这里生活。

我站立过我此刻站立的这块石头，我呼吸过这种略带清甜的气息，我看到了亿万年前我留下的透明的脚印，我像看幻灯似的追踪着以往走过的痕迹。

我曾做过树我曾做过鸟。

我曾做过金色的麦穗和蓝色的矢车菊。

我做过乌云铁青色的边缘，我做过鲤鱼水泡似的眼睛……在巨大的循环中，古迈的柳江人的问号，始终像闪亮的金属，沉淀在物质的原子核里，围绕着星群盘旋。

我们每一个人，不过是生命链条中精致的小环。我们的利益已经极大地丰富，我们的思索像钻头似的开凿着世界之谜，比起遥远的古人，究竟又深入了多少？

我沉默着，觉得自己是一只小船，从遥远的洪荒驶来，把树叶一样繁多的疑问，一代代传下去。

后面的同伴跟了过来，他们说：这里是多么美丽的风景，可以办一处洞穴旅馆，请人们来穴居，尝尝一百万年前旧石器时代做人的滋味。

我抱着双肩，望着远山，什么话也没有说。一百万年以前，我们是什么？

那时候的天空一定比现在要清爽得多，像刚刚磕出的蛋清。我们已经比当年的柳江人多知晓了许多事情，但昔日袭击过他们的苦恼，依然像蚕茧将我们包绕。他们憧憬过的一切已凝固在头骨化石中，成为永恒的密码。我们只有敲敲自己的头颅，听它发出钟乳石一般激越的响声。但人类思辨的浪花永不会停息，它们会溅湿每一颗睿智的额头…… 终于一天，我们也将成为化石，唯有精神的财富驾着翅膀在洞穴中穿行。

第二章

在我们生命的远方

珍惜能吃的日子，珍惜一道举筷的亲人。珍惜畅饮的朋友，珍惜吃的智慧。敬畏热爱供给我们吃的原料，吃的场所，吃的机会，吃的概率的源头——大自然与母亲！

最大的缘分

这几年，“缘”字泛滥，见面就是缘。

在翠绿的伊犁河谷，一位哈萨克少女，高擎着马奶子酒说：“尊贵的客人，世上最高最长远的缘分是什么呢？是吃啊！一生下来，婴儿就要吃。到不能吃的时候，缘分也就尽了。”

人们因吃而聚，因吃而离……

那一天，所有的味道，都被这句话漂白。

吃是笼罩天穹的巨伞。甚至从生命还没有诞生，我们就开始吃了。构成我们机体原初的那些物质：骨的钙，血的铁，瞳孔的胡萝卜素，头发的维生素原 B5，肌肉的纤维，脑神经的沟回……无一不是我们从大自然攫取来的。生命始自吃大自然，大自然是胚胎化缘的钵，这就是最洪荒的缘分啊。

出生后，我们开始吃母亲。乳汁是世界上最完整最富于消化吸收的养料，妈妈的胸怀，是我们赖以生存的谷仓，遮风雨的帐篷，温暖的火墙和日夜轰响的交响乐团（资料证明：婴儿在母亲的心跳声中，感觉最安宁。因为这声音的节奏，已融入孩子永恒的记忆）。因为吃与被吃，母与子，结成天下无与伦比的友谊。这种友谊被庄严地称为“母爱”。

长大了，我们开始吃自己。养活你自己，几乎是进入成人世界最显著的标志。填平空虚的胃，是多少人惨淡经营的梦想。待统计到国计民生上，温饱解决了，我们就能进入小康，吃——此刻不仅仅是食物，更成了逾越文明纪录的标杆。吃是基础，吃是栋梁，有了吃，一个民族才能在世界的麦克风中有扩大的声音。没有吃，肚子咕咕叫的动静压倒一切，遑论其他！

夫妻走到一块，叫作从此在一个饭锅里搅马勺。吃是男女长久的媒人和黏合剂。

普天之下，熙熙攘攘，多少酒肆饭楼，早茶晚宴，都是为吃聚在一处。古往今来，不知有多少大事在觥筹交错中议定，有多少金钱在餐桌下滚滚作响。

为了吃，人是残忍的，远古时曾尝遍了包括人自身在内的所有生物。进步了，不再吃人。科学了，不再吃有害健康的食物。但人的好吃仍是无与伦比，毒蛇有毒，拔了牙吃，河豚烈性，剥了内脏继续吃。珍禽异兽，都曾被人烹炸清炖，吃了南极吃北极，先是磷虾后是鲸……人是地球上能吃善吃的冠军，狮子老虎都得自叹弗如。

吃到遥远的地方，吃出奇异的境界，是人类永不磨灭的理想。所以，人总想吃出地球去，吃到太空去，到另外的星球上找饭吃，这便是无限神往的明天了。

到什么也不想吃的时候，生命已到尾声，与这世界的缘分将尽了。所以，能吃是最基本的缘分，切不可小觑。与“能吃”的可爱相比。功名利禄都是泔水。吃亦有道，需吃得聪明，吃得正大，吃得坦荡，吃的是自己双手挣来的清白，吃才是人间的幸福。

珍惜能吃的日子，珍惜一道举筷的亲人。珍惜畅饮的朋友，珍惜吃的智慧。敬畏热爱供给我们吃的原料，吃的场所，吃的机会，吃的概率的源头——大自然与母亲！

母亲无节

在所有的日子里，母亲都为我们而忙碌。

母亲之所以成为母亲，是因为孕育了生命。当我们还没有来到这个世界上的时候，母亲就开始为我们缝制小衣，憧憬着我们的模样，设想着我们的前程……

我们一出生，母亲就沉浸到前所未有的操劳之中。我们的每一声啼哭，都会使母亲牵挂不休，我们的每一次欢笑，都会使母亲眉头舒展。母亲教我们走路，教我们学语。扶我们攀登高山，携我们涉过重河。当我们受了委屈的时候，母亲的怀抱是我们最后的港湾。当我们面对人生的迷惘叹息的时候，母亲的抚摸传达一种永不熄灭的力量……

在古希腊的神话里，母亲是大地。在中国的传说里，母亲是河流。

不管是大地还是河流，都滋润着太多的绿叶，负载着太多的白帆，作为它们自身，是艰苦卓绝的付出和养育，绝非鸟语花香的节日。

终于有一天，我们离母亲而去，走得那样坦然。母亲挥泪与我们告别，笑得那样慈祥。我们去阅读世界了，把无尽的思念的夜晚留给母亲。我们欢乐，我们成长，我们会在热恋的日子里忘记了给母亲写信……

我们觉得自己已经长大，母亲的关切就像一件旧时的毛衣，在严寒的日子里我们会忆起它的温暖，在风和日丽的春天，我们就把它遗忘。但对母亲来说，每一缕思念都那样绵长，每一条关于我们的音讯都令她长久地咀嚼。我们每一点微小的成绩都会熨平她额上的皱纹。我们的每一次挫折和失误都会令她仰天叹息……

这也许是一条奇怪的放大定律——儿女的风吹草动，会凝聚成疾风骤雨降临母亲的心灵。当我们跋涉在人世间的时候，母亲的心追随着我们，感应着我们，承受着我们的苦难，分担着我们的忧愁。

普天下所有的母亲，心都是分裂着的，神经的触角都格外悠长。假如她的儿女在美国，她就时刻感受着大洋彼岸的冷暖阴晴。假如她的孩子正在患病，她就祈祷病魔百倍凶残地降临自身，而解脱她的孩子。甚至在一切平安顺利的时候，母亲的心也是警惕地蜷缩着，随时准备一跃而起，为孩子遮挡突然的风暴……

尽管世上规定了母亲节，其实母亲无节。

或者说，母亲也是天天过节的。

孩子会笑了，孩子会走了，这就是母亲的节日啊。

孩子唱第一首歌，孩子写第一个字，这都是母亲的节日啊。

孩子第一次得了奖，虽说只是支普通的铅笔，这也是母亲盛大的节日啊。

孩子学得了知识，孩子建立了功业，孩子在世界上找到了属于他的另一半，孩子有了更小的孩子……这都是母亲的节日啊。

孩子的每一点进步，都是母亲永远铭记在心的节日。

一位母亲，培养出一个优秀的孩子，那就是人类永恒的节日。

为了无节的母亲和母亲的节日，我们每一位做孩子的人，都要努力啊！

人生如带

人类送往太空的礼品，有一盘录有声响的带子。

其他星球上的生物，有一天将凭着这带子认识我们地球人。

能在这样的带子上留下痕迹，该是至上的光荣。

人生的节奏越来越快。好像有一只无形的狼犬追逐着我们，每人都在和冥冥之中的某种速度竞赛。

有一个主宰一切的幽灵，拧紧我们的每一寸筋骨，驱使我们向前。这是怎样一种至尊无上的力量？

它就是生命的不可重复性。

每个人诞生的时候，都是上帝之手涂抹干净的一盘磁带。伴随我们的生命，它开始缓缓地转动。录下大自然的风雨，录下慈父母的教诲，录下前人心血的结晶，录下远方未知的问号……

在带子的尽头，是沙沙走动的无声无息的空白。

每个人都顽强地想留下属于自己的声音。

带子很庄严，它默然向前，不理睬人们的叹息与挽留。它只保存一代又一代人类最精彩的声响，使自身更臻完美与辉煌。

与人类永恒的传送带相比，我们每个人渺小如蚁，孱弱如丝，轻淡如烟，消逝如水。

带子输送着一代又一代的人们走进宇宙的深处，那是一去不复返的轨道。

带子不断清洗着嘈杂的声音，毫无商榷地拒绝重复。带子只承认最新鲜伟大的发明，在历史的沉积中，变得越来越坚硬。要在上面留下痕迹，越来越艰难了。

你必须用人类迄今为止最优异的养料滋润自己的头脑，你要站在巨人的肩膀上。

巨人屹立着，并不因为你的弱小而弯下臂膀。巨人沉默着，他们敞开自己，却不肯搀扶你。攀登巨人几乎费掉我们毕生的精力，许多人在这样的探索中凝固，成为巨人的一部分，悲哀地失去了自身。

当那些最勇敢最智慧的人们，攀到前所未有的高度时，迎接他们的是严寒与荒凉。

面对纷繁的星空和遥远的黑洞，你踏出高贵而孤独的脚步。

你极可能走错，湮灭如灰尘。

带子是不保留探索者的脚印的，它淡然地看着一位位先驱者扑倒，只为成功者留下位置。

宇宙用死亡限制人们的步伐。人类每一个婴儿的降生，都是历史的一次重新开始。智者离开时，卷走了他们没有诉诸文字的所有发现。

历史不记录回声。人的生命是长度固定的锁链，为了对抗死亡，为了在重复学习之余留出创造的空间，只有在每一个生命之环上负载更多的希冀与沉重，人类日益变得匆忙与紧张。

做人是越来越累了。我们已无暇再创造语言与文字这类服务于全人类的精神奢侈品，我们已在忙乱中迷失最初的意愿。人们越来越频繁地聚散，物品越来越快地更迭。我们以为过程就是终极，我们在旋转，以为是前进。

带子沉默着。

冷静甚至冷酷地等待着我们。

它只记录最优秀的声音。假如世间喑哑，它就耐心地等待。

人们在万籁寂静的深夜，倾听生命的磁带。

它均匀地无声地行进着，期待着。

华尔街的少女

我在华尔街上行走，四周都是身着黑色西装的绅士，面无表情地出入于磐石垒起的证券交易所大门。我原以为这里应该看到很多豪华的汽车，想象中，成功人士应该是这副行头。安妮说，这里寸土寸金，除了大老板，一般的职员找不到停车位，还是要用公共交通。我又问，今天的安排是了解美国对女孩的性启蒙教育情况，为什么来到了世界金融的心脏？安妮说，这是一家慈善机构，总部就设在这里，可见实力强大。

走进一座豪华的建筑，机构名称叫作“女孩”。身穿美丽的粉红色中国丝绸的珍斯坦夫人，接待了我们。她的颈子上围着一条同样美丽的扎染头巾，使她更显雍容华贵。珍斯坦夫人说，我们这个机构，是专门为女孩子的教育而设立的。因为据我们的研究报告证实，在女孩子中间自卑的比例，是100%。

我说，100%？这个数字真令人震惊。都自卑？连一个例外都没有吗？

珍斯坦夫人说，是的，是这样的。这不是她们的过错，是社会文化和舆论造成的。所以，我们要向女孩子们进行教育，让她们意识到自己的价值。

在简单的介绍之后，她很快步入正题，晃着金色的头发说，对女孩子的性教育，要从 6 岁开始。

我吃了一惊，6 岁？是不是太小啦？我们的孩子在这个年纪，只会玩橡皮泥，如何张口同她们谈神秘的性？

还没等我把心中的疑问吐出口，珍斯坦夫人说，6 岁是一个界限。在这个年龄的孩子，还不知性为何物，除了好奇，并不觉得羞涩。她们是纯洁和宁静的，可以坦然地接受有关性的启蒙。错过了，如同橡树错过了春天，要花很大的气力弥补，或许终生也补不起来。

我点头，频频的，觉得她说得很有道理。但是，究竟怎样同一双双瞳仁如蝌蚪般清澈的目光，用她们能听得懂的语言谈性？我不知道。我说，东方人讲究含蓄，使我们在这个话题上，会遇到更多的挑战和困难。不知道你们在实施女性早期性教育方面，有哪些成功的经验抑或奇思妙想？

珍斯坦夫人说，哦，我们除了课本之外，还有一个神奇的布娃娃。女孩子看到这个娃娃之后，她们就明白了自己的身体。

我说，可否让我认识一下这个神通广大的娃娃？

珍斯坦夫人笑了，说，我不能将这个娃娃送给你，她的售价是80美金。

我飞快地心算，觉得自己虽不饱满的钱包，还能挤出把这个负有使命的娃娃领回家的路费。我说，能否卖给我一个娃娃？我的国家需要她。

珍斯坦夫人说，我看出了你的诚意，我很想把娃娃卖给你。可是，我不能。因为这是我们的知识产权。你不可仅仅用金钱就得到这个娃娃，你需要出资参加我们的培训，得到相关的证书和执照，你才有资格带走这个娃娃。

她说得很坚决，遍体的丝绸都随着语调的起伏簌簌作响。

我明白她说的意思，可是我还不死心。我说，我既然不能买也不能看到这个娃娃，但是我可不可以得到她的一张照片？

珍斯坦夫人迟疑了一下，说，好的。我可以给你一张复印件。

那是一张模糊的图片。有很多女孩子围在一起，戴着口罩（我无端地认定那口罩是蓝色的，可能是在黑白的图片上，它的色泽是一种浅淡的中庸）。她们的眼睛探究地睁得很大，如同嗷嗷待哺的小猫头鹰。头部全都俯向一张手术台样的桌子，桌子上是千呼万唤始出来的布娃娃——她和真人一般大，躺着，神色温和而坦然。她穿着很时尚华美的衣服，发型也是流行和精致的。总之，她是一个和围观她的女孩一般年纪一般打扮，能够使她们产生高度认同感的布娃娃。老实说，称她布娃娃也不是很贴切。从她颇有光泽的脸庞和裸露的臂膀上，可断定构成她肌肤的材料为高质量的塑胶。

围观女孩的视线，聚焦在娃娃的腹部。娃娃的腹部是打开的，如同一间琳琅满目的商店。里面储藏着肝脏、肺管、心房还有……惟妙惟肖的子宫和卵巢。自然，还有逼真的下体。

想起一件往事。

和北京一所中学的女生座谈。席间，一位女孩子很神秘地问，您是作家，能告诉我们“强暴”究竟是怎样一回事吗？

她说完这话，眼巴巴地看着我。她的同学，另外五六位花季少女，同样眼巴巴地看着我。说，我们没来之前，在教室里就悄悄商量好了，我们想问问您，这究竟是怎么一回事？

我微笑着反问她们，你们为什么想知道这个词的意思？

女孩子们七嘴八舌地说，随着我们的年纪渐渐长大，家长啊老师啊，都不停地说，你们要小心啊，要保护好自己的身体，千万不要出什么意外。在电影里小说里，也常常有这样的故事，一个女孩子被人强暴了，然后她就不想活下去了，非常痛苦。总之，“强暴”，是一件非常可怕的事情，但是，没有人把这件事同我们说清楚。我们很想知道，我们又不好意思问。今天，我们一起来，就是想问问您这件事。请您不要把我们当成坏女孩。

我说，谢谢你们对我的信任。我绝不会把你们当成坏女孩。正相反，我觉得你们是好女孩，不但是好女孩，还是聪明的女孩。因为这样一个和你们休戚相关的问题，你们不明白，就要把它问清楚，这就是科学的态度。如果不问，稀里糊涂的，尽管有很多人告诫你们要注意，可是你根本就不知道那是怎样一回事的时候，从何谈起注意的事项呢？好吧，在我谈出自己对“强暴”这个词的解释之前，我想知道你们对它的了解到底有多少？

女孩子们互相看了看，彼此用眼神鼓励着，说起来。

一个说，它肯定是在夜里发生的事。

第二个说，发生的时候周围一定很黑。

第三个说，很可能是在胡同的拐角处发生。

第四个说，有一个男人，很凶的样子，可是脸是看不清的。

第五个说，他会用暴力，把我打晕……

说到这里，大家安静下来，或者更准确地说，一种隐隐的恐怖笼罩了我们。我说，还有什么呢？

女孩子们齐声说，都晕过去了，还有什么呢？没有了。所有的小说和电影到了这里，就没有了。

我说，好吧，就算你晕过去了，可是只要你没有死掉，你就会活过来。那时，又会怎样？

女孩子们说，等醒来的时候，已经是在医院里了，有洁白的床单，有医生和护士，还有滴滴答答的吊瓶。

我说，就这些了？

女孩子们说，就这些了。这就是我们对于“强暴”一词的所有理解。

我说，我还想再问一下，对那个看不清面目的男人，你们还有什么想法？

女孩子们说，他是一个民工的模样。穿得破破烂烂的，很脏，年纪 30 多岁。

我说，孩子们，我要说，你们对这个词的理解，还远不够全面。发生强暴的地点，不仅仅是在胡同的拐弯处，有可能在任何地方。比如公园，比如郊外。甚至可以在学校甚至你邻居的家，最可怕的，是可能在你自己的家里。强暴者，不单可能是一个青年或是中年的陌生人，比如民工，也有可能是你的熟人亲戚甚至师长，在最极端的情况下，也可能是你亲人。“强暴”的本身含义，是有人违反你的意志，用暴力强迫你同他发生性的关系，这是非常危险的事件。强暴发生之时和之后，你并非一定会晕过去，你可能很清醒，你要尽最大的能力把他对你的伤害减少，保全生命，你还要在尽可能的情况下，记住罪犯的特征……

女孩子们听得聚精会神，把我可紧张得够呛。因为题目猝不及防，我对自己的回答毫无把握。我不知道自己解释得对不对，分寸感好不好，心中忐忑不安。

后来，我同该中学的校长说，我很希望校方能请一位这方面的专家，同女孩子们好好谈一谈，不是讲课，那样太呆板了。要用生动活泼的形式，教给女孩子们必要的知识。使她们既不人人自危草木皆兵，也不是稀里糊涂一片懵懂。

我记得校长很认真地听取了我的意见，然后，不动声色地看了我半天。闹得我有点发毛，怀疑自己是不是说得很愚蠢或有越俎代庖的嫌疑。

停顿了一会儿之后，校长一字一句地说，您以为我们不想找到这样的老师吗？我们想，太想了。可是，我们找不到。因为这个题目很难讲，特别是讲得分寸适当，更是难上加难。如果毕老师能够接受我们的邀请，为我们的孩子们讲这样的一课，我这个当校长的就太高兴太感谢了。

我慌得两只手一起摇晃着说，不行不行。我讲不了！

后来，这件事就不了了之。

这也许是我在纽约的华尔街，一定想买下模具娃娃的强烈动力之一了。

非常感谢珍斯坦夫人，我得到了一张娃娃被人围观的照片的复印件，离开了华尔街，后来又回国。我虽然没有高质量的仿真塑胶，但我很想为我们的女孩制造出一个娃娃。期待着有一天，能用这具娃娃，同我们的女孩轻松而认真地探讨性。思前想后，我同一位做裁缝的朋友商量，希望她答应为我定做一个娃娃。

听了我的详细的解说并看了图片之后，她嘲笑说，用布做一个真人大小的娃娃？亏你想得出！

我说，不是简单的真人大小，而是和听众的年纪一般大。如果是 6 岁的孩子听我讲课，你就做成 6 岁大。如果是 16 岁，就要做成 16 岁那样大，比如身高一米六……

朋友说，天啊，那得费我多少布料？你若是哪天给少年体校女排女篮的孩子们讲课，我就得做一个一米八的大布娃娃了！

我说，我会付你成本和工钱的。你总不会要到 827 块钱一个吧？（当天的 100 美元对人民币的汇率）

朋友说，材料用什么好呢？我是用青色的泡泡纱做两扇肺，还是用粉红的灯芯绒做一颗心？

我推着她的肩膀说，那就是你的事了。为了中国的女孩们，请回去好好想吧。

朋友想的结果是——至今那娃娃还没有诞生。她说未曾学过医，对于内脏的分布没有把握。作为娃娃的妈妈，她需要学习，而学习需要时间。有时半夜她会打来电话，说，嗨！我正在想，娃娃的子宫和卵巢，是用香橙色的双绉还是咖啡色的贡缎缝制？

我想想，慢吞吞地说，我建议就用玫红色的棉布吧，柔软而美丽。

我的五样

老师出了题目——写下“你生命中最宝贵的五样东西”，我拿着笔，面对一张白纸，周围一下静寂无声。万物好似压缩成超市货架上的物品，平铺直叙摆在那里，等待你的手挑选。货筐是那样小而致密，世上的林林总总，只有五样可以塞入。

也许是当过医生的缘故，在片刻的斟酌之后，我本能地挥笔写下：空气、水、太阳……

这当然是不错的。你不可能设想在一个没有空气和水的星球上，滋长出如此斑斓多彩的生命。但我很快发现自己陷入了困境——如果继续按照医学的逻辑推下去，马上就该写下心脏和气管，它们对于生命之泵也是绝不可缺的零件。结果呢，我的小筐子立马就装满了，五项指标支出一净。想想那答案的雏形将是：我生命中最宝贵的东西——

空气、水、阳光、气管、心脏……哈！充满了科普意味。

可这样写下去，恐有弊病。测验的功能，是辅导我们分辨出什么是自己生命中最重要的因子，以致当我们面临人生的选择和丧失时，会比较镇定从容，妥帖地排出轻重缓急。而我的答案，抽象粗放大而化之，缺乏甄别和实用性。

于是我决定在水、空气、阳光三种生命要素之后，写下对我个人更为独特和生死攸关的因子。

于是，第四样，我写下了——鲜花。

真有些不好意思啊。挂着露滴的鲜花，是那样娇弱纤巧，我似乎和庄严的题目开了一个玩笑。但我真实如此地挚爱它们，觉得它们不可或缺。绚烂的有刺的鲜花，象征着生活的美好和短暂的艰难，我愿有一束美丽的玫瑰，陪伴我到天涯。

写下鲜花之后，仅剩一样挑选的余地了。刹那间，无数声音充斥着耳鼓，啰唣地申诉着自己的不可替代性，想在最后一分钟，挤进我珍贵的小筐。

我偷着觑了一眼同学们的答案，不禁有些惶然。

有的人写的是："父母"。我顿时感到自己的不孝，是啊，对于我的生命来说，父母难道不是极为宝贵的因素吗？且不说没有他们哪来的我，就是一想到他们可能先我而去，等待我们的是生离死别，永无相见，心就极快地冰冷成坨。

有的人写的是"孩子"。一看之下，我忐忑不安，甚至觉得自己负罪在身。那个幼小的生命，与我血脉相承，我怎能在关键的时刻，将他遗漏？

有的人写的是"爱人"。我便更惭愧了。说真的，在刚才的抉择过程中，几乎将他忘了。或许在潜意识里，认为在未曾识得他之前，我的生命就已经存在许久。我们也曾有约，无论谁先走，剩下的那人都要一如既往地好好活着。既然当初不是同月同日生，将来也难得同月同日死，彼此已商定不是生命的必需，排名在外，也有几分理由吧？

正不知将手中的孤球，抛向何处，老师一句话救了我。她说，这生命中最宝贵的东西，不必从逻辑上思索推敲是否成立，只要是你情感上的真爱即可。

凝神再想。

略一顿挫之后，拟写“电脑”因为基本上已不用笔写作，电脑便成了我密不可分的工作伴侣。落笔之际我凝思，电脑在此处，并不只是单纯的工具，当是一种象征，代表我挚爱的劳动和神圣的职责。很快联想到电脑所受制约较多，比如停电或是病毒入侵，都会让我无所依傍。唯有朴素的笔，虽原始简陋，却可朝夕相伴风雨兼程。

于是在洁白的纸上，留下了我生命中最宝贵的五样东西——水、阳光、空气、鲜花和笔（未按笔画为序，排名不分先后。）

同学们嘻嘻笑着，彼此交换答案。一看之后，却都不作声了。我吃惊地发现，每个人留在纸上的物件，万千气象，决不雷同，有的简直让人瞠目结舌。比如某男士的“足球”，某女士的“巧克力”，在我就大不以为然。但老师再三提示，不要以自己的观点去衡量他人，于是不露声色。

接下来，老师说，好吧，每个人在你写下的五样当中，划去相对不那么重要的一样，只剩下四样。

权衡之后，我在五样中的“鲜花”一栏旁边，打了个小小的“×”字，表示在无奈的选择当中，将最先放弃清丽芬芳的它。

老师走过来看到了，说，不能只是在一旁做个小记号，放弃就意味着彻底地割舍。你必得要用笔把它全部删除。

依法办了，将笔尖重重刺下。当鲜花被墨笔腰斩的那一刻，顿觉四周惨失颜色，犹如 20 世纪初叶的黑白默片。我拢拢头发咬咬牙，对自己说，与剩下的四样相比，带有奢侈和浪漫情调的鲜花，在重要性上毕竟逊了一筹，舍就舍了吧。虽然花香不再，所幸生命大致完整。

请将剩下的四样当中，再划去一样，仅剩三样。老师的声音很平和，却带有一种不容商榷的断然压力。

我面对自己的纸，犯了难。阳光、水、空气和笔……删掉哪一样是好？思忖片刻，我提笔把“水”划去了。从医学知识上讲，没有了空气，人只能苟延残喘几分钟，没有了水，在若干小时尚可坚持。两害相权取其轻吧。

也许女人真是水做的骨肉，“水”一被勾销，立觉喉咙苦涩，舌头肿痛，心也随之焦枯成灰，人好似成了金字塔里风干的长老。

我已经约略猜到了老师的程序，便有隐隐的痛楚弥漫开来。不断丧失的恐惧，化作乌云大兵压境。痛苦的抉择似一条苦难巷道，弯弯曲曲伸向远方。

果然，老师说，继续划去一项，只剩两样。

这时教室内变得很寂静，好似荒凉的墓冢。每个人都在冥思苦想举棋不定。我已顾不得探察别人的答案，面对着自己人生的白纸，愁肠百结。

笔、阳光、空气……何去何从？

闭起眼睛一跺脚，我把“空气”划去了。

刹那间好像有一双阴冷的鹰爪，丝丝入扣地扼住我的咽喉，顿觉手指发麻眼冒金星，心如鼓擂气息屏窒……

我曾在海拔5000多米的冰山上攀缘绝壁，被缺氧的滋味吓破了胆。隔绝了空气，生命便飘然而逝，成为一种哲学意义上的讨论。

好了，现在再划去一样，只剩下最后一样。老师的音调很温和，但执着坚定充满决绝。对已是万般无奈之中的我们，此语不啻惊雷。

教室内已经有轻轻的哭泣声。人啊，面临丧失，多么软弱苦楚。即使只是一种模拟，已使人肝肠寸断。

笔和阳光。它们在纸上势不两立地注视着我，陷我于深深的两难。

留下阳光吧——心灵深处在反复呼唤。妩媚温暖明亮洁净，天地一片光明。玫瑰花会重新开放，空气和水将濡养而出，百禽鸣唱，欢歌笑语。曾经失去的一切，都会在不知不觉中悄然归来。纵使除了阳光什么也没有，也可以在沙滩上直直地晒太阳哇。

想到这里，心的每一个犄角，都金光灿烂起来。

只是，我在哪里？在干什么？我扬起头来问天。

我看到自己孤独的身影，在海边寂寞地拉长缩短，百无聊赖，看日出日落，听潮涨潮落。

那生命的存在，于我还有怎样的意义？！我执着地仰起头来问天。

天无语。

自问至此，水落石出。我慢而稳定地拿起笔，将纸上的“阳光”划掉了。

偌大一张纸，在反复勾勒的斑驳墨迹中，只残存下来一个字——“笔”。

这种充满痛苦和抉择的测验，像一个逐渐缩窄的闸孔，将激越的水流凝聚成最后的能量，冲刷着我们纷繁的取向。当那通道变得一夫当关，万夫莫开之时，生命的重中之重，就简洁而挺拔地凸现了。

感谢这一过程，让我清晰地得知什么是我生命中的真爱——就是我手中的这支笔啊。它噗噗跳动着，击打着我的掌心，犹如我的另一颗心脏，推动我的四肢百骸。

突然发现周围万籁无声。人们在清醒地选择之后，明白了自己意志的支点，便像婴儿一般，单纯而明朗地宁静了。

我细心收起自己的那张白纸，一如收起一张既定的船票。知道了航向和终点，剩下的就是帆起桨落战胜风暴的努力了。

我羡慕你

我是从哪一天开始老的？不知道。就像从夏到秋，人们只觉得天气一天一天凉了，却说不出秋天究竟是哪一天来到的。生命的“立秋”是从哪一个生日开始的？不知道。青年的年龄上限不断提高，我有时觉得那都是上了年纪的人玩出的花样，为掩饰自己的衰老，便总说别人年轻。

不管怎么样，我觉得自己老了。当别人问我年龄的时候，我便支支吾吾地反问一句：“您看我有多大了？”佯装的镇定当中，希望别人说出的数字要较我实际年龄稍小一些。倘人家说得过小了，又暗暗怀疑那人是否在成心奚落。我开始越来越多地照镜子。小说中常说年轻的姑娘们最爱照镜子，其实那是不正确的。年轻人不必照镜子，世人仰慕他们的目光就是镜子。真正开始细细端详自己容貌的是青春将逝的人们。

于是我把所有的精力放在孩子身上。记得一个秋天的早晨，刚下夜班的我，强打精神，带着儿子去公园。儿子在铺满卵石的小路上走着。他踩着甬路旁镶着的花砖，一蹦一跳地向前跑，将我越甩越远。

“走中间的平路！”我大声地对他呼喊。“不！妈妈！我喜欢……”他头也不回地答道。

我蓦地站住了。这话是那样熟悉。曾几何时，我也这样对自己的妈妈说过，我喜欢在不平坦的路上行走。这一切过去得多么快呀！从哪一天开始，我行动的步伐开始减慢，我越来越多地抱怨起路的不平了呢?

这是衰老确凿无疑的证据。岁月的长河不可逆转，我不会再年轻了。

“孩子，我羡慕你！”我吓了一跳。这是一句实实在在的声音，从我身后传来，她说得很缓慢，好像我的大脑变成一块电视屏幕，任何人都能读出上面的字迹。

我转过身。身后是一位老年妇女。周围再没有其他人。这么说，是她羡慕我。我仔细打量着她，头发花白，衣着普通。但她有一种气质，虽说身材瘦小，却有一种令人仰视的感觉。我疑虑地看着她。我不知道自己有什么值得人羡慕的地方——一个工厂里刚下夜班满脸疲惫之色的女人。

“是的。我羡慕你的年纪——你们的年纪。”她用手指轻轻点了点，将远处我儿子越来越小的身影也括了进去。“我愿意用我所获得过的一切，来换你现在的年纪。”

我至今不知道她是谁，不知道她曾经获得过的那一切，都是些什么。但我感谢她，让我看到了自己拥有的财富。我们常常过多地把眼睛注视着别人，而自己则在不知不觉中失落着最宝贵的东西。人的生命是一根链条，永远有比你年轻的孩子和比你年迈的老人。我们每个人都有自己的位置，它是一宗谁也掠夺不去的财宝。不要计较何时年轻，何时年老。只要我们生存一天，青春的财富，就闪闪发光。能够遮蔽它的光芒的暗夜只有一种，那就是你自以为已经衰老。

年轻的朋友们，不要去羡慕别人。要记住人们在羡慕我们!

拍卖你的生涯

朋友参加过一堂很别致的讲座，对我详细地描绘了一番。

她说：讲座叫作“拍卖你的生涯”。外籍老师发给每人一张纸，其上打印着数十行字。

1. 豪宅
2. 巨富
3. 一张取之不尽用之不竭的信用卡
4. 美貌贤惠的妻子或英俊博学的丈夫
5. 一门精湛的技艺
6. 一个小岛
7. 一所宏大的图书馆

8. 和你的情人浪迹天涯

9. 一个勤劳忠诚的仆人

10. 三五个知心朋友

11. 一份价值 50 万美元并每年可获得 25% 纯利收入的股票

12. 名垂青史

13. 一张免费旅游世界的机票

14. 和家人共度周末

15. 直言不讳的勇敢和百折不挠的真诚

……

大家先是愣愣地看着这些项目，之后交头接耳地笑，感觉甚好。本来吗，全世界的美事和优良品质差不多都集中在此了。

老师拿起一只小锤子，轻敲讲台，蜂房般的教室寂静下来。老师说（他能讲不很普通的普通话），我手里是一只旧锤子，但今天它有某种权威——暂时充当拍卖锤。我要拍卖的东西，就是在座诸位的生涯。

课堂顿起混乱。生涯？一个叫人生出沧桑和迷茫的词语。我们大致明白什么是生存，什么是生活，但很不清楚什么是生涯。我们只是一天天随波逐流地过着，也许 70 岁的时候，才恍然大悟，生涯已在朦胧中越来越细了。

老师说，一个人的生涯，就是你人生的追求和事业的发展。它可以掌握在你自己手中。性格就是命运。生涯从属于你的价值观。通常当人们谈到生涯的时候，总觉得有太多的不可把握性，埋藏在未知中。其实它并非想象中那般神秘莫测。今天，我想通过这个游戏，让大家比较清晰地看到自己的爱好，预测自己的生涯。

大家听明白了，好奇地跃跃欲试。

我相信在每一个成人的内心深处，都潜伏着一个爱做游戏的天真孩童，只不过随着时光流逝，蒙上了世故的尘土。

成年以后的我们，远离游戏，以为那是幼稚可笑的玩闹。其实好的游戏，具有开蒙人的智慧，通达人的思维，启迪人的感悟，反省人的觉察的力量。当我们做游戏的时候，就更接近了真我。

老师说，我现在象征性地发给每人一千块钱，代表你一生的时间和精力。我会把这张纸上所列的诸项境况，裁成片，一一举起，这就等于开始了拍卖。你们可以用自己手中的积蓄，购买我的这些可能性。一百块钱起叫，欢迎竞价。当我连喊三次，无人再出高价的时候，锤子就会落下，这项生涯就属于你了。注意，我说的是可能性，并非真正的事实。它的意思就是——你用 999 元竞得了豪宅，但并不等于你真的拥有了一片仙境般的别墅，只是说你将穷尽一生的精力，来为自己争取。相信只要你竭尽全力，把目标当成整个生涯的支撑点，达致的可能性甚大。

教室里的气氛，骚动之后有些沉凝。这游戏的分量举轻若重，它把我们人生的繁杂目的，约分并形象化了——拼此一生，你到底要什么？

老师举起了第一项拍卖品——拥有一个小岛。起价 100 元。

全场寂静。一个小岛？它在哪里？南半球还是北半球？大西洋还是太平洋？面积若何？人口多少？有无石油和珊瑚礁？风光怎样？

疑声鹊起，大家迫切希望提供更详尽的资料，关于那个小岛，关于风土人情。老师一脸肃然，坚定地举着那个纸片，拒绝做更进一步的解说。

于是，我们明白了。小岛，就是小小的平平凡凡的一个无名岛。你愿不愿以一生作赌，去赢得这块海洋中的绿地？

终于，一个平日最爱探险、充满生命活力的女生，大声地喊出了第一个竞价——我出 200！

一个男生几乎是下意识地报出：500！他的心思在那一瞬很简单，买下荒凉岛屿这样的事件，就该是男子汉干的勾当。

但那名个子不高但意志顽强的女生志在必得了。她涨红着脸，一下子喊出了……1000！

这是天价了。每个人只有一千块钱的储备，也就是说，她已定下以毕生的精力，赢得这个小岛的决心。别的人，只有望洋兴叹了。

那个男生有些悻悻地，说，竞价应该一点点攀升，比如她要出600，我喊700……这样也可给别人一个机会。

老师淡然一笑说，我们只是象征性的拍卖，所以可能不合规矩。大家要记住，生涯也如战场，假如你已坚定地确认了自己的目标，就紧紧锁定它。机遇仿佛闪电的翎毛。

大家明白了竞争的激烈，肃静中有了潜藏的紧迫和若隐若现的敌意。

拍卖的第二项是美貌贤惠的妻子和英俊博学的丈夫。

我原以为此项会导致激烈的竞拍，没想到一时门可罗雀。也许因为它太传统和古板，被其他更刺激的生涯吸引，大伙儿不愿在刚开场不久，就把自己的一生拴入伴侣的怀抱。好在和美的家庭，终对人有不衰的吸引力，在竞争不激烈的情形下，被一位性情温和的男子以700元买去。

我把指关节攥得紧紧，如果真有一把钞票，会滴下浑浊的水来。到底用这唯一的机会，买回怎样的生涯？扒拉一下诸样选择中，自己属意的栏目有限，和同学们所见略同也说不准。定谋贵决，一旦确立了自己的真爱，便需直捣黄龙，万不可游移吝惜。要知道，拍的过程水涨船高步步为营。倘稍一迟缓，被他人横刀夺爱，就悔之莫及了。

拍到“取之不尽用之不竭的信用卡”时，引起空前激烈的争抢。聪明人已发现，所列的诸项，某些外延交叉涵盖，可互相替代。有同学小声嘀咕，有了信用卡，巨富不巨富的，也不吃紧了，想干什么，还不如探囊索物？于是信用卡成了最具弹性和热度的饽饽。一时群情激昂，最后被一奋勇女将其自重围中掳走。

其后的诸项拍卖，险象环生。有些简直可以说是个人价值取向甚至隐秘的大曝光。一位众人眼中极腼腆内向的男同学，取走了免费旅游世界的机票，让人刮目相看。一位正在离婚风波中的女子，选择了和情人浪迹天涯，于是有人暗中揣测，她是否已有了意中人？一位手脚麻利助人为乐的同学，居然选了勤快忠诚的仆人，让全体大跌眼镜。细一琢磨，推算可能他总当一个勤快人，已经厌烦，但又无力摆脱这约定俗成的形象，出于补偿的心理，干脆倾其所有，买下对另一个人的指挥权吧。一旦咀嚼出这选择背后的韵味，旁观者就有些许酸涩。

一位爱喝酒的同仁，一锤定音买下了“三五个知心朋友”，让我在想象中，立即狠狠掴了自己一掌。从前，我劝过他不要喝那么多的酒，他笑说，我喜欢和朋友在一起。我不死心，便再劝，他却一直不改。此番看了他的选择，我方晓得朋友在他的心秤上如此沉重。我决定，该闭嘴时就闭嘴吧。

光顾了看别人的收成，差点耽误了自己地里的活计。同桌悄悄问，你到底打算买何种生涯？

我说，没拿定主意啊。我想要那座图书馆。

同桌说，傻了不是？我看你不妨要那张价值 50 万美元且年年递增 25% 的股票，要知道这可是一只会下金蛋的火鸡。只要有了钱，什么图书馆置办不出来呢？你要把图书馆换成别的资产，就很困难了。如今信息时代，资料都储藏在光盘里，整个大英博物馆也不过是若干张碟的事。图书馆是落后的工业时代的遗物了……

他话还没说完，老师举起了新的一张卡片。他见利忘友，立刻抛开我，大喊了一声：嗨！这个我要定了。1000！

我定睛一看，他倾囊而出购买回来的是——一门精湛的技艺。

我窃笑道，你这才是游牧时代的遗物呢，整个一小农经济。

他很认真地说，我总记着老爸的话，家有千金，不如薄技在身。

我暗笑，哈，人啊，真是环境的产物。

好了，不管他人瓦上霜了，还是扫自己门前的雪吧。同桌的话也不无道理。有了足够的钱，当然可以买下图书馆或是任何光碟。但你没有这些钱之前，你就干瞪眼。钱在前？还是图书馆在前？两者的顺序便有了原则的不同。我愿自己在两鬓油黑耳聪目明之时，就拥有一座窗明几净汗牛充栋庭院深深斗拱飞檐的图书馆。再说，光碟和图书馆哪能同日而语？我不仅想看到那些古往今来的智慧头脑留下的珍珠，还喜欢那种静谧幽深的空间和气氛，让弥漫在阳光中的纸张味道鼓胀自己的肺……这些，用钱买来的新书和光碟，仿得出来吗？

正这样想着，老师举起了“图书馆”，我也学同桌，破釜沉舟地大喊了一声：1000！

于是，宏大的图书馆就落到了我的手中。那一刻，虽明知是个模拟的游戏，心中还是扩散起喜悦的巨大涟漪。

拍卖一项项进行下去，场上气氛热烈。我没有参加过实战，不知真正的拍卖行是怎样的程序，但这一游戏对大家心灵的深层触动，是不言而喻的。

当老师说，游戏到此结束。教室一下静得不可思议，好像刚才闹哄哄的一干人，都吞炭为哑或羽化成仙去了。

老师接着说，有人也许会在游戏之后，思索和检视自己，产生惊讶的发现和意料外的收获。有一个现象，不知大家发现没有，有三项生涯，当我开价一千元之后，没有人应拍，也就是说不曾成交。这种卖不出去的物品，按规矩，是要拍卖行收回的。但我决定还是把它们留下。也许你们想想之后，还会把它们选作自己的生涯目标。

这三项是：

1. 名垂青史
2. 和家人共度周末
3. 直言不讳的勇敢和百折不挠的真诚

同学大眼瞪小眼，刚才都只专注于购买各自的生涯，不曾注意被遗落冷淡的项目。听老师这样一说，就都默然。

我一一揣摩，在心中回答老师。

和家人共度周末。老师别恼。不曾购买它以作自己的生涯，原因可能是多方面的。有人以为这是很平淡的事，不必把它定做目标。凡夫俗子们，估摸着自己就是不打算和家人共度周末，也没有什么地方可去。一件被迫的几乎命中注定的事，何必要选择？还有的人，是一些不愿归巢的鸟，从心眼里不打算和家人共度周末。现今只有没本事的人，才和家人共度周末。有本事的人，是专要和外人度周末的。

青史留名？可叹现代人（当然也包括我），对史的概念已如此脆弱。仿佛站在一个修鞋摊子旁边，只在乎立等可取，只在乎急功近利。当我们连清洁的水源和绵延的绿色，都不愿给子孙留下的时候，拥挤的大脑中，如何还存得下一块森严的石壁，以反射青史遥远的回声？

勇敢和真诚？它固然是人类曾经自豪和骄傲的源泉，但如今怯懦和虚伪，更成了安身立命的通行证。预定了终生的勇敢和真诚，就把一把利刃悬在了颅顶，需要怎样的坚韧和稳定？！我们表面的不屑，是因为骨子里的不敢。我们没有承诺勇敢的勇气，我们没有面对真诚的真诚。

游戏结束了，不曾结束的是思考。

在弥漫着世俗气息的“我”之外，以一个“孩子”的视角，重新剖析自己的价值观和生存质量，内心就有了激烈的碰撞和痛苦的反思。

在节奏纷繁的现代社会，我们一天忙得视丹成绿，很难得有这种省察自我的机会。这一瞬让我们返璞归真。

人生的重大决定，是由心规划的，像一道预先计算好的框架，等待着你的星座运行。如期改变我们的命运，请首先改变心的轨迹。

只要有目标，就不会孤独和绝望

有一对夫妇有两个孩子，一个叫莎拉，一个叫克里斯蒂。当孩子还小的时候，父母决定为他们养一只小狗。小狗抱回来以后，他们想请一位朋友帮忙训练这只小狗。他们搂着小狗来到朋友家，安然坐下，在第一次训练前，女驯狗师问："小狗的目标是什么？"夫妻俩面面相觑，很是意外，他们实在想不出狗还有什么另外的目标，嘟囔着说："一只小狗的目标？那当然就是当一只狗了。"女驯狗师极为严肃地摇了摇头说："每只小狗都得有一个目标。"

夫妇俩商量之后，为小狗确立了一个目标——白天和孩子们一道玩，夜里要能看家。后来，小狗被成功地训练成了孩子的好朋友和家中财产的守护神。

这对夫妇就是美国的前任副总统阿尔·戈尔和他的妻子蒂帕。他们牢牢地记住了这句话——做一只狗要有目标。推而广之，做一个人也要有目标。

在现实生活中，却有太多太多的人，没有目标。其实寻找目标并不是一件太难的事，关键是你要知道天下有这样一件唯此为大的事，然后尽早来做。正是你自己你需要一个目标，而不是你的父母或是你的老师或是你的上级需要它。它的存在，和别人的关系都没有和你的关系那样密切。也就是说，它将是你最亲爱的伙伴，其血肉相连的程度，绝对超过了你和你的父母，你和你的妻子儿女，你和你的同伴和领导的关系。你可能丧失了所有的财产和所有的亲人，但只要你的目标还在，你就还有一个完整的系统存在，你就并不孤独和无望。

我们常常把别人的期待当成了自己的目标，在孩童的时候，这几乎是顺理成章的事情。但是，你会渐渐地长大，无论别人的期望是怎样的美好，它也不属于你。除非有一天，你成功地在自己的心底移植了这个期望，这个期望生根发芽，长成了你的目标。那时，尽管所有的枝叶都和原本的母本一脉相承，但其实它已面目全非，它的灵魂完完全全只属于你，它被你的血脉所濡养。

我们常常把世俗的流转当成自己的目标。这一阵子崇尚钱，你就把挣钱当成了自己的目标。殊不知钱只是手段而非目标，有了钱之后，事情远远没有结束。把钱当成目标，就是把叶子当成了根。目标是终极的代名词，它悬挂在人生的瀚海之中，你向它航行，却永远不会抵达。你的快乐就在这跋涉的过程中流淌，而并非把目标攫为己有。从这个意义上说，钱不具备终极目标的资格。过一阵子流行美丽，你就把制造美丽保存美丽当成了目标。殊不知美丽的标准有所不同，美丽是可以变化的，目标却是相当恒定的。美丽之后你还要做什么？美丽会褪色，目标却永远鲜艳。

有人把快乐和幸福当成了终极目标，这也值得推敲。快乐并不只是单纯的快感，类乎饮食和繁殖的本能。科学家们通过研究，发现最长远最持久的快乐，来自你的自我价值的体现。而毫无疑问，自我价值是从属于你的目标感，一个连目标都没有的人，何谈价值呢！

一棵树的目标也许是雕成大厦的栋梁，也许是撑一把绿伞送人阴凉。也许是化作无数张白纸传递知识，也许是制成一次性筷子让人大快朵颐……还有数不清的可能性，我们不是树，我们不可能穷尽也不可能明白树的心思。

我们是人，我们可以为自己确立一个目标，这是做人的本分之一。

苍凉的生命

面对荒凉的山口，孤独的废墟和沙暴盘旋出的昏暗，她第一次懂得了什么叫作博大和苍老。懂得了一个古老的民族被消失的辉煌和重新崛长的祈望。

群山在壮丽的阳光和湛蓝的天幕下沸腾，每一块岩石和每一朵冰雪，都固执地保持着它们凝固时的模样。极端的严寒，极端的缺氧，极端强烈的紫外线，极端艰苦的跋涉……她的眼泪在某一处悬崖上，凝成了椭圆形的冰粒，至今还悬挂在海拔 6000 米的峭壁上……然而，苍穹和高原，是她终生眷恋的诲人不倦的尊者，它们哺给她短暂的生命和宇宙的无涯。

当一个 16 岁的少女，几乎在一无所知的情况下，告别了北京——这个当时中国内地最先进和繁荣的城市，跋涉万里，到达了青藏高原最边塞和最险恶的山峦之中，她所感到的恐惧和震惊，她所经历的心理跌宕和起伏，即使在 30 年之后的今天，每于暗夜中想起，也常常不寒而栗。

11 年后，她从西藏回来了。回到她自幼生活的城市，回到她的亲人和朋友中间。她觉得自己有一种分裂之感，有时会在安逸温暖的家中，突然不知自己身在何方。在那一瞬，她灵魂出窍，思绪如烟，飘到九霄云外。

她的神魄又回到雪山上去了。在那个特定的时期，在那个遥远的高耸的地方，发生了一些事情。它们被呼啸的风雪掩埋，成为冰的木乃伊。如果没有人提起，注定永远无人知道。这个当年的女生，现在已经不年轻的女人，经历了这些事情。它们在她的血液中游走着，带着尖锐的冰凌，拒绝融化。她的脑子也因为缺氧，发生了一些不妙的变化。那些记忆绞缠在一起，编成了一条鞭子，在催促着她，做些什么。

于是，她开始尝试着写作。她是一名医生，给人开药方是很内行的，甚至可以说她是个受人尊敬的好医生。可是，写作完全是门外汉。好在她还算勇敢，心想，常用汉字就那么几千个，我都会写（当然，有时也有错别字，但大的意思还是有把握的）。只要能把所思所想所感所悟写出来，对得起那段岁月即可。

于是，她就在一个平平常常的傍晚开始了写作。她写得很快，因为都是自己熟悉的事和人。他们在她的文字中说笑行走，哭泣和攀登。她所要做的事，就是把他们大体地记录下来。所以，她觉得写作的过程不像有人说的那样苦，倒像是被一根魔棒击中，时光倒转一下子回到了从前……她要感谢写作这根魔棒才对。当她把生平第一部中篇小说写完，她很高兴，觉得把一笔对于雪山的债还了。

小说没有名字。她想，故事是发生在昆仑山的，所以，在名字里一定要有“昆仑”两个字。这个方针一定下来，她就发觉自己面临一个大难题。因为“昆仑”这两个字是很重的，它们出现在题目里，就像两个巨无霸，谁能和它们匹配着，肩并肩地屹立在小说的第一行呢？

好像有一架巨大的天平，她不由分说地把“昆仑”两个砝码，压在了天平的这一边。在那一边，要有怎样沉重的字，才能镇住天平的均衡？她无奈地想到了，要不，以多胜少吧，用三个甚至四个五个字，来抵住“昆仑”的雄风吧。

想了半天，没结果。她有点发愁。她有个习惯，一到了想不出办法的时候，就睡觉。她会在睡觉之前，把那个难题在脑海里重复一遍。好像脑海岸有一片沙滩，海浪扫过之后，洁净平滑舒缓阔大的样子。她把“昆仑”两个字刻在脑海的沙滩之上，就安稳地睡去了。

那一夜，她睡得很好。当她醒来的时候，她就真的有了一个题目。那个题目是在梦中出现的，只不过它不是镌写在海滩上，而是呈现在一块石板上。好像乡下的孩子读书时用的那种青石板，用乳白色的石笔写下了——“昆仑殇”三个大字。（现实中，她从来也没有用过那样的青石板，真奇怪。）

她有点不解。因为“殇”是个冷僻字，在她当医生的生涯里，不曾用过这个字。印象中，这个字，孤独地弥漫在两千年前楚国悲壮的挽歌中……

不过，她确知，这个字组成的篇名，在这一瞬击中了她。它是这篇小说天造地设的标题。她很高兴，她的潜意识像一头勤恳的牛，黑夜中，无声地帮她犁开了一片板结的土地。

聪明的朋友们，看到这里，你们一定知道了，文中的这个“她”就是我了。我就是这样写出了生平的第一篇小说，也就是处女作。

这些年来，每当有人问到我最喜欢的小说最满意的小说是什么？我都说，我还没有最喜欢的小说，因为我还不曾写出。我也还没有最满意的小说，也因为不曾写出。这样讲，有点俗气，但我真是这样想的，我就要这样说。我不能因为害怕人家说我俗气，就编一个瞎话。在说谎和俗气之间，我是宁要俗气的诚实的。同时，我每次都很自觉地告诉访问我的人，我说，我可以报告给你——我印象最深刻的小说，那就是《昆仑殇》。

有很多东西，不是因为它的价值高或是身世奇特我们才珍视它，是因为它其中蕴含了我们太多的心意和太久的眷恋。《昆仑殇》就是一部这样的作品。当我写它的时候，我毫无功利之心，完全是因为血液里的那些冰凌作怪，才匆匆动笔。如果说，在那以后的岁月中，我有时会以一个职业作家的习惯来从事写作，我可以坦诚地说，在《昆仑殇》中，我唯有一颗拳拳的赤子之心。

《昆仑殇》发表之后，获得了很大的反响。至今，我尚不能完全明白这是为什么。也许，那里太遥远了，那里发生的故事太悲壮了。也许，小说中描写了一种人类生存的极限，和一种在极限中的挑战与人性的苦难奋斗，渗入了人们心中柔软的死穴。

这不是我的能力，这是那座雄伟的高山，借我的手，传递了一点它的神髓。

我要感谢苍凉的西部。因为有了这样的经历，我的一生在某种意义上，变得不同寻常。

孝心无价

听一位研究古文字的教授讲，“孝”这个字在甲骨文里的写法，是一个少年牵着一位老人的手，慢慢地在走。“孝”字从右上到左下那长长的一撇，便是老人飘荡的胡须……

不知这说法是否为史学家定论，是否无懈可击，但它以一种恒远的温馨，包含着淡淡的苦楚沉淀着我的心，感到一种人类对自身生命的感怀，一种更为年轻的个体对即将逝去的年华无微不至的关顾与挽留。

“孝”是东方文化灿烂的遗产，但在我们这个国度里，身份却很有几分可疑。和它们比肩的“忠”的地位，则要光辉伟大得多。国家、民族、政党、军队……都是需要“忠”的，而在“忠孝不能两全”这句话的阴影下，“孝”好像成了“忠”的对立面，冰炭不相容。

和“忠”比起来，“孝”的范围似乎比较窄。前者面对的是众人，后者大约只包含自己的家人。回顾中国的近代史，国家民族奋战的艰难历程，在浸透血与火的车辙里，难得有“孝”的位置。先驱的革命者，从域外窃得种子，带回这块苦难的大地。他们是有知识的年轻人，之所以曾受到良好的教育享有文化底蕴，多半和富裕的家境不可分，但他们义无反顾地向父辈的剥削阵营开火了。在黑暗的日子里，他们一定经历了心灵的分裂与决斗，最终决定背叛自己的阶级。于是在漫长的革命生涯中，他们缄口，不再谈“孝”。

参加革命的穷苦人，投了红军，当了八路，上了战场……他们走了，永不回头，但他们的父母留在饥寒交迫之中饱受欺凌压迫，许多人被敌人残酷地杀害了。革命者不会后悔自己的选择，只有战斗才有胜利，这是唯一正确的道路。但我相信生者在每年中秋，仰望圆圆的明月，低下头都会黯然神伤。尽管有无数的理由，尽管责任完全不在个人，但在潜意识里，他们永不为自己辩解，苛刻地认定自己不孝。于是，他们也绝不谈“孝”。

新中国成长起来的这一代人，在他们风华正茂的时候，开始了“文化大革命”。几乎每一个人都向自己的父母造过反。在青春勃发期关心国家大事的同时，意外地从家里找到了火山的爆发口，以自己的父母为第一目标，那时曾多么兴高采烈，遗下的却是永久的悔恨。待到狂潮退去，知识青年“上山下乡”，凄凉地告别父母，远赴边陲，有的是身不由己的流放感，再没了丝毫选择的余地。即使有谁想到“父母在，不远游”，在那样的日子里，几乎相当于一句反动口号了。

后来他们返城。没有地方住，龟缩在父母的小屋，给已经年迈的父母更添一份烦乱。不要说尽孝了，还要垂垂老矣的父母为自家操心不已。薪水低少，需要父母补贴；没有房子住，和父母挤在一起；无人做饭，父母就是当然的炊事员；孩子无人照管，父母就是最好的保姆……多少次悄悄接过父母接济的银钱，理智上惭愧，手心却跃跃欲试地潮湿。太多的贫困吞噬掉了儿女的自尊心，如果我们注定得接受馈赠，还是接受来自父母的施舍吧。在我们的内心深处，尚潜伏着一个善良坚定的愿望：爸爸妈妈，终有一天，一切都会好起来。我会将你们付出给我的爱加倍地偿还，让我们一道期待那一天吧！

现在天下太平，人间和睦，世道安宁，人们大胆地可以言孝了。“孝”里当然有糟粕，有可笑以至可恨的迂腐气息，但其合理的内核却值得我们长久咀嚼。

我不喜欢一个苦孩求学的故事。家庭十分困难，父亲逝去，弟妹嗷嗷待哺，可他大学毕业后，还要坚持读研，母亲只有去卖血……我以为那是一个自私的学子。求学的路很漫长，一生一世的事业，何必太在意几年蹉跎？况且这期间的分分秒秒都苦涩无比，需用母亲的鲜血灌溉！一个连母亲都无法挚爱的人，还能指望他会爱谁？把自己的利益放在至高无上的位置的人，怎能成为为人类献身的大师？

我也不喜欢父母重病在床，断然离去的游子，无论你有多少理由。地球离了谁都照样转动，不必将个人力量夸大到不可思议的程度。在一位老人行将就木的时候，将他对人世间最后的期冀斩断，以绝望之心在寂寞中远行，那是对生命的大不敬。

我相信每一个赤诚忠厚的孩子，都曾在心底向父母许下“孝”的宏愿，相信来日方长，相信水到渠成，相信自己必有功成名就衣锦还乡的那一天，可以从容尽孝。

可惜人们忘了，忘了时间的残酷，忘了人生的短暂，忘了世上有永远无法报答的恩情，忘了生命本身有不堪一击的脆弱。

父母走了，带着对我们深深的挂念。父母走了，遗留给我们永无偿还的心债。你就永远无以言孝。

有一些事情，当我们年轻的时候，无法懂得；当我们懂得的时候，已不再年轻。世上有些东西可以弥补，有些东西永无弥补。

“孝”是稍纵即逝的眷恋，“孝”是无法重视的幸福。“孝”是一失足成千古恨的往事，“孝”是生命与生命铰接处的链条，一旦断裂，永无连接。

赶快为你的父母尽一份孝心。也许是一处豪宅，也许是一片砖瓦。

也许是大洋彼岸的一只鸿雁，也许是近在咫尺的一个口信。也许是一顶纯黑的博士帽，也许是作业簿上的一个红五分。也许是一桌山珍海味，也许是一只野果一朵小花。也许是花团锦簇的盛世华衣，也许是一双洁净的旧鞋。也许是数以亿万计的金钱，也许只是含着体温的一枚硬币……

在“孝”的天平上，它们等值。

只是，天下的儿女们，一定要抓紧啊！趁你父母健在的光阴。

第三章

用心触碰世界的美好

生命是美丽的，它无所谓高贵也无所谓谦卑。人类和所有的物种都是自然之子，我们有一座共同的花园。人类自身昌硕的同时应该也能够容下万物欣荣生长。

在火焰中思索

火焰，不是一个思索的好地方。

思索，通常发生在静谧安全清宁的场合，当事人一般是舒缓宽松的。即使脑海内波涛翻滚高度紧张吧，外在的神情也必是收敛和沉着的。如果一个人大喊大叫着或是高速奔跑着或是披荆斩棘着，都和稳健的思考有着相当的距离。在那种风起云涌的时刻，即使有所想法，也是简单的和直线的，是思考终结后的付诸行动。

俗话说，水火无情。但我想，水中，好像还是一个比火中较适宜进行思考的场所。水是细腻的，只要不是沸水和冰水，它在短时间内给人的感受，还是柔软光滑的。有很多落难水中的人，在经过了数小时数十小时的搏击之后，依然获救，我想，同他们在水中进行了周密的思考和决策有关，也同水的比较宽容有关。我听过一位在台风的沉船中偶然获救的船员说，他在水中一次又一次地分析海浪的方向，直到当一股最大的风浪打来的时候，他憋足气沉入其中，被那股浪推到了浅滩。

火，则要穷凶极恶得多。除去炉子和烧杯……这些被人所管辖的微火之外，所有的大面积的肆无忌惮的火，都是灼热和暴跳如雷的，都是狠毒和惨绝人寰的。那些貌似轻快无邪的火舌，喷溅着巨大的毒汁。想想吧，灼伤我们宝贵的瞳孔，只需要一粒小小的火星。将我们跳跃的双脚变成焦炭，只需要在滚烫的废墟中穿行几步。在火中，你还得永远提防着火焰最阴险的情侣和助手——滚滚的浓烟。也许你还没来得及和火焰正面交锋，烟尘就已将你温润的肺腑，炙成边沿卷曲的铁板了。火中还潜伏着置人死地的爆炸、有毒的气体、坍塌的重物、崩溃的建筑……

如果火中仅仅存有这些恐怖的东西，事情也就简明扼要——用所有极端的手段，扑灭它。但是，火中往往还存在着价值连城的宝藏，还存在着比这些宝藏更贵重千万倍的——生命。

于是，就有了救火者在火中的思考。

在那重重的金色孽龙的狂舞之中，我不知道救火者将思索些什么。那是怎样一种生命的极端困境，那是怎样一种职责的神圣抉择！

也许，救火者将思考自己的生命和他人的生命，孰轻孰重。这个问题，可能已经在平和的时段，思索过无数遍了。但我相信，在火中，这种思考，还将无数遍地严酷而新鲜地进行着。火焰凸现着生死的决裂，救火者，你将向何处倾斜你的天平？

也许，救火者将思索在地狱般的火海中，采用怎样的路线和方式，才可达到最大限度最快速度地救人和自救火场瞬息万变，形势间不容发。火中的思考，将是对人的心智和决断的极大甄别。我不知世上还有其他的考场，能比它更严峻和苛求？

也许救火者将感受到——皮肤的灼痛毛发的焚毁骨骼的重压呼吸的窒息……思索到用灵敏的肉体，去殉道德和责任的坚韧与苦难。我不知道在漫天的火阵中，有多少人勇往直前了，有多少人退缩腾挪了？但人们会永远牢记这一行业中的英烈——因为它是大智大勇者的事业，它要求人类自我的战胜和精神的超越。

火焰中的思索，是短暂的，也是长久的；是庄严的，也是平凡的；是神圣的，也是家常便饭。因为选择了这个职业，也就选择了这种惊世骇俗的思维之地。那个通红的片刻，将鉴定你的一生。

崇文门三角洲的马莲

从北京站和建国门涌流来的两条马路，在崇文门汇合后浩荡西去。像真正的江河一样，交汇处留下一片三角形地带。不知别人怎样称呼，我在心里唤它为崇文门三角洲。

三角洲是一块街头绿地，长着茸茸如毡的绿草，四周围着常见的低矮铁栏。它同京城其他的绿地别无二致，每逢路过时我却会久久地凝视，因为绿地里长着百十丛莽莽苍苍的马莲。

它们一簇簇无规则地散居着，像大山深处的人家。看不出人工移种的秩序，仿佛当年的种子是被轻风随意抛洒下的。窄而柔韧的叶片箭锥似的攒在一处，纷纷披披又如少女的青丝，俯仰着去亲近土地。它们绿得朗润，生得繁茂，无拘无束得好像一堆堆蓝绿的海藻。我许多年没在城里见到这种生机勃勃的野草了。

马莲并不是什么珍奇的东西。儿时，到处都有马莲，它们的根系十分强健，所以你只能采下马莲叶，而不可能将它连根拔起。我用马莲叶编一片小小的马莲席，垫在膝盖下，跪在草地里玩，便有清凉的绿意渗入心底。如果去买鱼，店家会用一根浸过水的马莲草穿过鱼嘴，周到地递给你。拎上鱼跑回家，鱼身上的水溅湿了花裙子，鱼嘴被拽豁了，唯有马莲草结成的环，依然椭圆。过五月端午，解开马莲草捆扎的粽子，清香扑面而来，我总觉得粽子的魅力不是来自苇叶而是出自马莲……

不知从何时起，马莲像潮汐般地退出了城市。一位朋友说她家住在城西马连道，那里曾经有过铺天盖地的马莲，因而得名。有一天我路过那里，在路旁没有见到一丛马莲，只看到经天纬地的楼群……

再吃不到用马莲草捆扎的粽子了。每当我解开粉红色的塑料绳或乌黑的丝线剥出一个粽子时，都感到一种生灵的悲哀。

是谁驱赶了马莲？

我想是我们。

所以，当我凝望崇文门三角洲繁茂的马莲时，心旌不由得激荡。

春天，马莲花开了，一朵朵湛蓝色的小喇叭，在汽车尾尘的烟雾中，在红绿变换的交通信号灯下，在嘈杂的噪声里，对着都市的天空，唱着我们听不懂的歌。

常常惊讶这里最初的马莲来自何方？大约是一次偶然。也许是鸟儿衔来一粒种实，也许是泥土中原来就蕴有胚芽，它钻出来了，生意盎然地繁衍起来，绿得如火如荼。假若它在旷野，我毫不怀疑这是天意，但在闹市之中，它却需有神力相助。比如艳阳朗月之下，会有甘霖自水车降下，滋育这原本极普通的野草。

是谁帮助了马莲？

我想也是我们。

因为有了人类，地球才不再古朴不再苍凉。因为有了人类，地球才美艳绝伦而又遍体鳞伤。

生命是美丽的，它无所谓高贵也无所谓谦卑。人类和所有的物种都是自然之子，我们有一座共同的花园。人类自身昌硕的同时应该也能够容下万物欣荣生长。

幼时看过一出童话剧，马莲花是幸福美好的象征。愿崇文门三角洲的马莲，春风吹又生！

延长中年

人的寿命越来越长。原始人的化石中极少发现罹患癌症的证据，究其原因，除了那时山清水秀无污染，也有学者认为他们 30 岁左右就已夭折，根本还没来得及活到癌细胞肆虐的高龄。

日本人的平均寿命已接近 80 岁，北京的这个数字也到了 78 岁，女性的寿命还更长一些。这消息让人欣喜，“寿”是东方文化中浓重的一笔喜色。好比一座大厦，原本图纸上盖的是 60 层，古话说“人生七十古来稀”嘛！现在居然多出来了 20 层，岂能不让生命的开发商喜出望外？建筑面积一下子涨了若干平方米，可以从容安排更多的房客入住了。

人生七彩虹，由幼年、少年、青年、中年、老年等阶段组成。每个阶段都有相对应的年龄界限，比如 18 岁以前是少年，30 岁之前是青年，再往后就是中年了——现在楼房加高，各个阶段如何分配就成了新问题。联合国的法子是把青年的尺度放宽到 45 岁，这对所有不愿老不服老不承认老的人是个极好的消息。

但我心里总不踏实，一个 20 岁的青年和一个 44 岁的青年，是一代人吗？后者简直就是前者的老爸老妈了。孩子和父母同属一个年龄段，固然是美好景象，但实用起来，恐有不便。比如说开发一款面对青年人的时装，20 岁的年轻人求的是袒胸露臂靓丽凉爽。40 多岁的人就要顾忌腰背别受了风，以防跟“五十肩”提前挂了钩。

大学里，常常听到 20 多岁的学子，满面娇羞地称呼自己是“男孩子”“女孩子”，甚至见过一个 40 多岁的离婚女子，沧桑地说“我们女孩子——”童年就像上等拉面，被抻得如此之长。

唯一没有歧义的，可能是老年了。60 岁以上是老人，120 岁也是老人。多出来的 20 层楼如何分配？是把膨大起来的蛋糕均切到每个年龄段上，还是一股脑地塞进老年这只集装箱？

回眼检索一生，我的童年还算幸福，吃穿不愁经常受到老师的夸奖，但那时的我，没有劳动能力，太孱弱也太无知了。这虽然不是我的过错和责任，但童年的长度已达到我忍耐的极限。我至今清晰地记得当时最迫切的渴望——快快长大成人！

青年阶段。我记得那时气血方刚的味道，也怀念一目十行的好记性。体能充沛，奔跑的速度是一生中的巅峰。但我依然决定把多出来的寿命从青年阶段掠过，不再回头。那时青涩冲动，多目空一切的虚妄和浅尝辄止的窃喜。我虽绝不后悔逝去的青春，但我不期望它被延长。

中年阶段。这个时候的我，不再豆蔻年华人面桃花，不能无忧无虑一个人吃饱了全家不饿，负有太多的责任和期待，常常抚摸着酸硬的肩脊眺望远方，不知还有几程风雨横亘荒野。职场的中流砥柱，要承接更多风险。学术的栋梁之材，要秉烛夜读承上启下。侍奉患病的双亲，长夜漫漫，守候着岩洞滴水般的输液瓶。抚慰拼搏中的家人，要有海一样的襟怀丝绵一样的柔肠……

老年阶段是大厦屋顶，琉璃华美反射阳光，也许它的观赏意义大于实用价值。顶楼的房间，即使附送花园也避免不了无法冬暖夏凉的缺陷。

眼睛已经有一点花了，从昏暗的室内走到明亮的蓝天下，会有几秒钟的恍然，好像一架聚焦不灵的望远镜。额上已盘了细密的皱纹，有些是困难的思考烙印在那里的，有些是长久的欢颜聚起来的。手指失去了柔软和灵活，晨起后有轻微的僵直。双腿早已没有麋鹿般的弹跳和轻盈，上下地铁通道，不能跨越两级，只能一个个台阶稳步前进……

尽管有种种的不如意，思前想后，我依旧恳请延长我的中年阶段，因为这是我最勇敢的时刻。

年龄的颜色

如果在词语上涂抹颜色，把红色比作褒奖，把黑色比作贬斥，婴儿的诞生就是一枚艳丽的圣女果铿锵落下，年龄调色盘就此开始旋转。

幼儿无疑是银红色的，皮肤水嫩吹弹得破，胎毛柔软双眸晶亮，对成年人的依偎更使长辈人在辛苦的同时，感到被信任的幸福和施与哺育的责任。

当一个幼儿长成少年，他们开始反叛和桀骜不驯，但眼光依然秋水般明澈，恣肆汪洋之下依然是可爱的探索和期冀。如果说到青年人的颜色，我想是金红色的吧？不仅仅是红，而且有了逼人的光芒和灼热的火焰，有炫目和烘烤之感。

对于中年人……注意，当我们说到这个词汇的时候，会不由自主地把音速放缓，深深地吸进一口气。我们会感到平稳和力量，会感到深厚的功力和外柔内刚的主动。用颜色作比方，此时的他们是沉静而内敛的枣红色，有了一点点不易察觉的黑色潜藏其中，恰到好处，让红有了华丽的平台和根脉的喷张。

随着年龄的渐增渐长，调色盘中的红色悄悄地隐没，黑色如荒草蔓延滋生。他们颊上的光润，无可挽回地凋落了，血脉开始干涸。雪白的牙齿无论怎样保护，都会出现松动和脱失。漆黑的须发无论怎样濡养，却也躲不过秋霜的点染。矫健的双腿注入了滞涩的尘锈，锐利的双眸需要借助镜片的帮忙才能看清书本……他们无可逆转地进入了老年，沉暗的黑幕跳着优雅的华尔兹，温和地不动声色地蚕食着红色的舞台，旋转着将你带到遥远的天际，那里有星星点点的光芒、如银的残月和无边的静夜……

这不是一个悲观的预测，而是一个透明的事实。如果让我更赤裸裸地说出真实，那就是这个规律对于女人来讲，更坚定和不容商榷。如晦的黑色会更早地出现，娇嫩的红色会更快地淡隐。什么美容整容化妆术，都遮盖不了本质的嬗变。当绯红退潮酱黑涌入的时候，有一个专用名词，这就是——更年期。我觉得这个词挺妙——变更年龄的时期。追本溯源，什么年龄变更了呢？是一个女人从生殖的年龄变到丧失了这种功能的年龄。

这在远古，一定是一个令女子非常可怕的改变。对于种族和家系的繁衍，她已归零。生产力低下的时代，繁殖的本能，是女性赖以生存的极为重要的资源。更不消说，由于激素的变化，她的身体内部引起了一系列陌生的信号，令她震惊和不适。她有可能暴躁和哭泣，会面部潮红情绪波动，会减低劳动的能力甚至难以与人和谐相处……凡此种种，现代科学将之冷静地归纳在一起，打了一个大大的文件包，名曰“更年期综合征”。

更年期综合征是一组症状，在已知的疾病里面，它既不是最难治的，也不是最严重的。不像“非典”或“禽流感”，它不传染。所有不曾早夭的女人差不多都会被它淋湿一遭。在某种程度上说，症状如不剧烈，它几乎不能算是一种病，只能说是一个生理阶段，有一种广义上的必然。据现代科学研究，男性也会有“更年期”，体内的荷尔蒙也会低落和衰减，难逃生殖机能从衰减趋向沉默的恢恢法网。

有趣的是，你可以观察，大多数人，尤其是年轻人，在谈起“更年期”的时候，嘴都会不由自主地撇一下，以表达不屑和厌恶。或者说，当他们具体针对某个人的时候，由于关系的紧密和礼节的顾忌，这种情感还比较收敛的话，当这个名称抽象起来，成为单纯的标签时，这种轻漠和鄙弃将表达得十分充分和无所顾忌。

年龄上的傲慢，是进化中的化石。现代科技与文明，已经大大地延续了人类的年龄，但那些来自远古的律令，依然盘踞在我们意识的岩缝里。

在动物世界，过了盛年的个体，就滑到了边缘和死亡，某些物种，完成繁殖之后，几乎立刻结束了生命，把尸身盛在盘子里变作后代的佳肴。人是一个例外，这个例外由于科技的助力，变得更加突出了。但我们在意识层面之下对于古老法则的延展，却还是根深蒂固的。

有人说，提出了问题就等于解决了一半。在年龄歧视这方面，我可不乐观。提出问题不是解决了一半，仅仅是觉察而已。

当我们想家的时候

常常想家。

当我们想家的时候，其实是想起了母亲。当我们想起母亲的时候，其实是想起了无边无际云蒸霞蔚的爱。当我们想起爱的时候，其实是想起了如天宇般宽广淳厚的温暖和一种伟大神圣的责任。当我们想起责任的时候，其实是在宁静致远地思索人生的真谛和生命的尊严。

世上没有关于“家”的节日，好在有一个“母亲节”，让我们飘荡的心有所附丽。每年这一天，人们心心相印地隆重纪念这个民间节日，感念一种饱含沧桑的爱。

最初发起为母亲设定一个节日的人，定是一位成年的男人或是女人。太小的孩子，我以为是无法理解母爱的。婴儿的热爱的涌起，更多的是源于一种生命本能的驱动。孩子从母亲那里，得到最初的食物和衣着，看到世上第一张欢颜，听到人间第一句笑语……小小的心，像一只薄而透明的钵，盛满了乳色的爱，悄悄涟漪着。以孩子的智力，必认为这些都是上天无缘无故倾倒的玉液琼浆，是与生俱来的赠品。

作为施与的一方，母爱有时也是本能以致盲目愚蠢的代名词。母爱单纯也复杂，清澈也浑浊，博大也狭窄，无偿也有偿。体验这种以血为缘的爱，感知它的厚重深远，纪念它的无私无畏，弘扬它的旗幡，播撒它的甘霖，需要灵敏的悟力和细腻的柔情。世人只知给予艰难，其实接受也非易事，需要虚怀若谷的智慧。只有容纳得多，才有可能付出得多。对于早年无爱的生命来说，就像没有河溪汇入的干涸之库，无法想见会在旱魃猖獗时会有泉眼喷涌。

母亲于是成了一种象征。

她是低垂的五谷，她是无尽的蚕丝，她是冬天的羽毛和夏天的流萤。她是河岸的绿柳依依，她是麦田的白雪皑皑。她是永不熄灭的炉火，她是不肯降下毫厘的期望标杆。她是成绩单上的一枚签名，她是风雨中代人受过的老墙。她是记忆中永恒年轻的剪影，她是飓风中无可撼动水波不兴的风眼。

母爱并不仅仅从生育这一生理过程中得来，她是心灵的产物而不是子宫的产物。生育只是母爱的土壤，它可以贫瘠也可以富饶，可以繁衍灵芝也可滋生稗草。

我愿把人类那种最崇高而结晶的挚爱，无论来自男女，统称为母爱。母爱如盐。盐主要是来自大海，母爱最主要的蕴含地，当然是母亲了。但世上还有湖盐、井盐、岩盐、池盐……母爱并不是母亲的专利，它是人类所有最美好最无私最博大的爱的总命名。比如未生育的女子，也会富含母爱，像医家泰斗林巧稚大夫，她的双手，便是摆渡万婴安达人世的慈航。在人类的发展史上，更有无数志士仁人，把无边的爱意和关怀倾泻人寰。那爱的纯正灼热，至今散发着炙烤肺腑的力度，促人们警醒，激励人们向前。

无论我们是男人还是女人，成人还是少年，我们都曾欢欣地接受过母爱，我们也都可以成为辐射母爱的源泉。

夏天别忘穿棉袄

1969年，照片上的这五个女孩，有幸成为西藏阿里军分区第一批女兵。

我们的背后，是皑皑的雪山。我们的面前，是大名鼎鼎的狮泉河。我们刚刚到高原，要给家人寄一张平安照片，于是我们爬上了卫生科的救护车，那是一辆苏产的嘎斯车，算是很现代化的装备了。

我注视着狮泉河。它是印度河的上游。在寒冷而不结冰的日子，狮泉河是温顺而峻削的，如一把银闪闪的藏刀，锋利地切割着高原峡谷，蜿蜒向远。它以水的纯粹震慑了我。那是一种至高无上的洁净状态。当你看到一小支蒸馏水的时候，会惊讶它的透彻。看到一瓶矿泉水的时候，会叹息它的清爽。当你注视着滚滚而来的大河，在黎明时分，在阳光闪烁的金斑触摸下，你如同与一条通体透明的神龙对视。你平凡的目光，可以洞穿它每一个旋涡的脏腑，分辨出每一块卵石的纹路。那一刻，你会感到水的至清无瑕，有一种巨大的压榨性的净化。

人的精神是从哪里来的？我以为很大一部分，甚至关键性的启示，是从大自然而来。人在年轻的时候，能够和自然如此贴近，远离城市，孤独地走进自然的怀抱，你会在一个大的恐怖之后，感到大的欣慰。你会感到一种力量，从你脚下的大地和你头上的天空，从你身边的每一棵草和每一滴水，涌进你的头发、睫毛、关节和口唇……你就强壮和智慧起来。

读书也会使我们接触这些道理，但是我们记不住它。大自然是温和而权威的老师，它羚羊挂角不露声色地把伟大的关于生命和宇宙的真理，灌输给我们。

你在城市里，有形形色色的传媒，有四通八达的因特网，有权威的"红头文件"和名不见经传的小道消息，摩肩接踵，耳濡目染。你几乎以为你无所不能，你了解整个世界。但是，且慢！在人群中，你可能了解地球，但你永远无法真正逼近——什么是宇宙——这样终极的拷问。

你必得一个人和日月星辰对话，和江河湖海晤谈，和每一棵树握手，和每一株草耳鬓厮磨，你才会顿悟宇宙之大，生命之微，时间之贵，死亡之近。

我以为在很年轻的时候，有机缘迫近这番道理，是一大幸运。你可以比较的眼界开远，比较的心胸阔大，比较的不拘一格，比较的荣辱不惊。

顺便说一句，那天照相的时候，虽然在日历上是属于夏季，但女伴们都穿着棉袄。只有我例外。我在想，若是把夏天穿棉袄的照片寄回家，我妈妈会伤心的，她会说，那个地方怎么这么冷啊？于是，我忍着寒冷，坚持穿绒衣，外面罩着小翻领的单军装。

我们把照片寄走。很久之后，军邮车带来了家人对我们在高原所摄照片的反馈。我记得很清楚，妈妈说——为什么别人都穿得挺严实，你却要单？我知道阿里有多冷，记着啊，夏天也要穿棉袄。

绝望之后的曙光

我们五个女兵是 1969 年 4 月被分配到西藏阿里军分区的。阿里军分区 1968 年成立，我们是分区的第一批女兵。我是 1952 年 10 月出生的，当时是 16 岁半。

过“五一”了，说有一辆大轿子车和一辆大解放车结伴上山，让我们 5 月 2 日 9 点到大门口集合。当我们按照预定时间上车的时候，才发现探家回来的干部战士早就上了车，黑压压的把轿车的位子都坐满了。那时候还没有照顾女士的概念，他们都一言不发地盯着我们看。我是班长，看看车子最后一排还能挤进两个人，就叹了一口气说，三个人上解放车大厢板，两个人留在这辆车上。

从喀什到狮泉河，那时要走六天。六天的路程，山高水远。我坐在解放车的大厢板上，穿着大头鞋，裹着皮大衣，蜷缩成一团。听着缠有防滑链的车轮在雪地和碎石上碾过的细碎声响，觉得我以前在北京温暖的家中读书的日子是一个梦。到达狮泉河镇，迎接我们的阿里军分区卫生科的领导围着我们五个人转了好几圈，然后面面相觑毫无表情地走了。

五个女兵站在荒凉的戈壁上，完全不得要领。我至今仍要感谢大脑缺氧和严重的高山反应带来的木讷和迟钝，让我们在这段不知道有多久的时间内，没有哭，没有叹息，也没有思索，一言不发。在这段思维空白的时间里，我看着远处的夕阳像一张金红色的巨饼，无声无息地缓缓降入峰峦之口，大地变得一片苍茫。

等卫生科的领导再次出现的时候，就很热情了，连连说着“欢迎你们”，接过了我们的背包和脸盆。

科长后来解释说，此前收到南疆军区的电文，说是给卫生科派去了五名卫生员，但并没有说明是女性。在我们之前，阿里军分区从来没有女兵，所以他们头脑中也没这根弦。接站时刻，突然发现来者是女孩子，遂大吃一惊措手不及。他们原本是把我们分散安排在各个男兵宿舍的，一见之下情知不妥，赶紧回去倒腾房子。

我们五个都是 1969 年的兵，2 月入伍，在新兵连集训了两个月，并没有经过任何医学训练，连最基本的肌肉神经在哪里都不知道，就开始上班了。

我的第一针是给一个叫作“黄金”的战士注射青霉素。扎完之后，黄金一股劲地感谢我，说一点都不疼。我自己知道这是为什么。因为用的劲过大，针头全部飞快地刺进肌肉，所以几乎不疼。缺点是这样进针十分鲁莽，如果针断在皮肉中，取出来就很困难。算这位黄金战友幸运，既不感觉到疼，也没有碰上断针这样的倒霉事，过了一关。

1970 年底，要开始野营拉练了。我们都纷纷写决心书，报名参加拉练，要求到火线上去锻炼。繁忙的准备工作开始了，主要是给自己做一口锅，以便独立野炊的时候能吃得上饭。具体方法是先用锉刀把罐头盒锉开，这样才能最大限度地保存罐头盒盖子的完整，在做饭的时候少跑一点气。然后在罐头盒盖子（现在已经变成锅盖子了）上凿个小洞，在罐头盒锅体上也穿个小洞，两洞合一，用铁丝拧紧，简易小锅大功告成。

出发的前一天，我们把拉练需要携带的物品——比如枪支弹药、红十字包、干粮袋、帐篷雨衣、被褥行李等都背在身上，跳上磅秤一称，将近 100 公斤。那时我的基本体重（穿上棉袄棉裤绒衣绒裤大头鞋，带上皮帽子）大约是 60 公斤。也就是说，负重在 35 公斤以上。

数九寒天，阿里高原最寒冷的日子。日日急行军，给我留下最深印象的是从葛尔昆沙到班卡的一段路。60 公里路，在海拔 5000 米以上的高山之巅，就是巨大的挑战了。上午还好，虽然气喘吁吁，总算不掉队地走了下来。中午吃饭的时间到了，要求各自起伙。我们先是把背上的冰取下来，砸成小块，放到“小锅”里，然后再找几块小石头，把“小锅”垫起来，算作灶台。再把干牛粪塞到石头的缝隙里，点火开始做饭。等到水开了，把干粮袋里的生米下锅，米熟了，就可以开饭了。

这个过程说起来简单，其实不易。单是在大风中划着火柴，就要费半天的功夫。我好不容易把牛粪点燃，瞬即又被大风吹熄，只得重点。几番折腾之后，冰融化成了点点滴滴的水，发出咝咝啦啦的响声。我赶快抓起一把生米下锅，罐头盒内又无声无息了。千呼万唤好不容易才把米煮开，我尝了一下基本上可以吃了，却不料一不小心，支撑罐头盒的石头晃了一下，整个盒子倒扣下来，湮灭了牛粪火，所有的米粒也都撒在外头，白花花一地，马上冻结在石头上，没法吃了。欲哭无泪。正在想着是不是重新煮米，出发的号声响了。

一座险峻的高山横在路上。到了傍晚的时候，只爬到半山，饥寒交迫，我只觉得自己再也坚持不下来了。心跳得好像要从嗓子里蹦出来，喉头咸腥，一张嘴仿佛会血溅大地。身上的所有感官，感受到的都是痛苦与折磨，这样的生命，我再也不想拥有了。我要结束生命，从此长眠，埋骨雪山……

我就像架机器似的向前向前，队伍中是不能容忍停滞不前的。完全没有了思想，没有了方向，只有挺进。周围是一片黑暗，我从来没有见过那样黏腻厚重的黑暗，头脑中也是一片黑暗，如同最深的海底，渺无希望。

大约到了半夜 3 点钟的时候，我们终于抵达了班卡哨所。我们不停顿地行走了 24 个小时，气温是零下 38℃。

那天晚上（正确地讲应该说是黎明），我以为自己会蒙头大睡，不想脑筋却冰雪一样清冷。我想，人在最艰苦的时候，常常会产生绝望，以为自己就此倒下，一了百了，但只要不懈地坚持，其实也没有什么了不起的，曙光会重新出现。

多年来，我的心中一直有一个坚定的信念：人在经历了痛苦和绝望之后，会得到一份新生的愉悦。

1980 年我转业回北京。户籍民警登记时问我：你一入伍分到西藏阿里军分区，一直到转业，都是在这个单位工作吗？我说，是！我当兵 11 年，只在一个单位工作过，那就是西藏阿里军分区。

用生命擦拭生命

有个奇怪的悖论，我们总是希望自己和别人不一样，却希望别人和我们一样。很多人爱说：将心比心。这话在常态下可行。在特殊情形下，就不那么灵光。

身边的一些女朋友，喜欢在穿着上标新立异，理由是“我不想跟别人一样”，这话恐怕可以印证上面的说法。

其实，一样和不一样，都是相对的，我第一次上解剖课的时候，最惊讶的是那些尸体上的肌肉的起止点，居然和书上写的一模一样。

我问老师，有没有不是这样长的肌肉呢？老师说：我做了那么多手术，都差不多，没有例外。

那一刻，我感到很失望，原来看起来千姿百态的衣物遮盖之下的人体，居然这样整齐划一。

从此，我不再追求外在形式上的出新，因为我们骨子里都是一样的组织，内脏，骨骼，细胞……

但是，我们又常说，没有一片叶子是相同的。叶子都不同，人当然更不同，这种不同之处就在于我们的心灵。生命如此百媚千娆，用生命点亮生命，用生命擦拭生命，用生命拥抱生命，都是美好的事情。

比树更长久的

人们对于生命比自己更长久的物件，通常报以恭敬和仰慕。对于活得比自己短暂的东西，则多轻视和俯视。前者比如星空，比如河海，比如久远的庙宇和沙埋的古物。后者比如朝露，比如秋霜，比如瞬息即逝的流萤和轻风。甚至是对于动物和植物，也是比较尊崇那些寿命高渺的巨松和老龟，而轻慢浮游的孑孓和不知寒冬的秋虫。在这种厚此薄彼的好恶中，折射着人间对于时间的敬畏和对死亡的慑服。

妈妈说过，人是活不过一棵树的。所以我从小就决定种几棵树，当我死了以后，这些树还活着，替我晒太阳和给人阴凉，包括也养活几条虫子，让鸟在累的时候填饱肚子，然后歇脚和唱歌。我当少先队员的时候，种过白蜡和柳树。后来植树节的时候，又种过杨树和松树。

当我在乡下有了几间小屋，有了一块属于自己的小园子之后，我种了玫瑰和玉兰，种了法桐和迎春。

有一天，我在路上走，看到一节干枯的树桩，所有的枝都被锯掉了，树根仅剩一些凌乱的须，仿佛一只倒竖的鸡毛掸子。我问老乡，这是什么？老乡说，柴火。我说我知道它现在是柴火，想知道它以前是什么？老乡说，苹果树。我说，它能结苹果吗？老乡说，结过。我不禁愤然道，为什么要把开花结果的树伐掉？老乡说，修路。

公路横穿果园，苹果树只好让路。人们把细的枝条锯下填了灶坑，剩下这拖泥带土的根，连生火的价值都打了折扣，弃在一边。

我说，我要是把这树根拿回去栽起来，它会活吗？老乡说，不知道。树的心事，谁知道呢？我惊，说树也会想心事吗？老乡很肯定地说，会。如果它想活，它就会活。

我把“鸡毛掸子”种在了园子里。挖了一个很大的坑，浇了很多的水。先生说，根须已经折断了大部，根本就用不了这么大的坑，又不是要埋一个人。水也太多了，好像不是种树，是蓄洪。我说，坑就是它的家，水就是它的粮食。我希望它有一份好心情。

种下苹果树之后的两个月，我一直四处忙，没时间到乡下去。当我再一次推开园子的小门，看到苹果树的时候，惊艳绝倒。苹果树抽出几十支长长短短的枝条，绿叶盈盈，在微风中如同千手观音一般舞着，曼妙多姿。

我绕着苹果树转了又转，骇然于生命的强韧。甚至不敢去抚摸它紫青色的树干，唯恐惊扰了这欣欣向荣的轮回。此刻的苹果树在我眼中，非但有了心情，简直就有了灵性。

当我看到云南个旧市老阴山上的文学林的时候，知道自己又碰上了一群有灵性的树。1983年的春天，丁玲、杨沫、白桦、茹志鹃、王安忆等20多位作家，在这里种下了树。21年过去了，我看到一棵高高的杉树，上面挂着一个铭牌，写着“李乔”。李乔是位彝族作家，已然仙逝。我没缘分见到他本人，但我看到了他栽下的树。以后当我想起他的时候，记不得他的音容笑貌，但会闪现出这棵高大的杉。李乔已经把生命的一部分嫁接到杉的枝叶里，这棵杉树从此有了自己的名姓。

也许是考虑到每人一棵树，不一定能保证成活，也不一定能保证多少年后依然健在，这次聚会，栽树的仪式改为大家同栽一棵树。这是一棵很大的树，枝叶繁茂。我也挤在人群中扬了几锹土，然后悄悄问旁人，这是一棵什么树？

是棕树的一种，国家二类保护树种呢，工作人员告诉我。

这棵树能活多少年呢？我又追问。

这个……不大清楚。想来，一百年总是有的吧。工作人员沉吟着。

我看着那棵新栽下的棕树，心想不管它的寿命多么长久，总有凋亡的那一天。也许是被雷火劈中，也许是山洪冲毁，也许是冰霜压垮，也许是盗木者砍伐……总之，一棵树也像一个人一样，有无数种死法，总之是不会永远常青的。

在栽树的时候，去谋划一棵树的死亡，这近乎是刻毒了。我不想诅咒一棵树。鉴于一个人总是要死的，人们寄希望于那些比个体生命更悠远的事物。但一棵树也是会死的，即使像我捡来的苹果树那样顽强且有好心情的树，也是会死的。既然树木无望，我们只有寄托于精神的不灭。

一个人是活不过一棵树的，然而再古老的树也有尽头。在所有的树的上面，飞翔着我们不灭的精神，而文学是精神之林的一片红叶。

第四章

生命是朴素的

生命对于每个人，都是上苍只有一次的馈赠。我们是为了自己而生活着，不是为其他的任何人。尽管我们曾经如此亲密，尽管我们说过不分离。但生命是单独的个体，无论怎样血肉交融，我们必须独自面临世界的风雨。

每一天都去播种

朋友，当我看你的信的时候，是一个阴雨绵绵的早上。我仿佛听到你在远处悠长的叹息。我认识很多这样的女人，青春已永远驶离她们的驿站，只把白帆悬挂在她们肩头。在辛劳了一辈子之后，突然发现整个世界已不再需要自己。她们堕入空前的大失落，甚至怀疑自己生存的意义。

女人，你究竟为谁生活？

当我们幼小的时候，我们是为父母而活着的。我们亲昵的呼唤，我们乖巧的举动，我们帮母亲刷锅洗碗，我们优异的成绩给父亲带来欣喜……女孩以为这就是生存的意义。

当我们青春的时候，我们是为工作和知识而活着。我们读书，我们学习，我们在自己的岗位上努力地工作着，我们得各式各样的奖状……女人以为这就是生存的意义。

当我们和人类的另一半结合在一个屋檐下的时候，我们以为太阳会在每一个早上升起，风暴会被幸福隔绝在遥远的天际。我们以丈夫的事业为自己的事业，无私地贡献出自己的一切。遵循美德，妻子以为这就是生存的意义。

当我们有了自己的孩子以后，我们视孩子胜过自己的生命。在母亲和孩子的冲突中，女人是永远的弱者。在干渴中，只要有一口水，母亲一定会把它喂给孩子。在风寒中，只要有一件衣，母亲一定会披在孩子的身上……母亲以为孩子就是自己生存的意义。

终于，丈夫先我们而去，孩子已展翅飞翔。岗位上已有了更年轻的脸庞，整个世界已把我们遗忘。

这个时候，不管你有没有勇气问自己，你都必须重新回答：为谁而生存?

丈夫、孩子、事业……这些沉甸甸的谷穗里，都有女人的汗水，但它们毕竟不是女人自身。女人是属于自己的，暮年的女人，像秋天的一株白杨，抖去纷繁的绿叶，露出树干上智慧的眼睛，独自探索生命的意义。

生命对于每个人，都是上苍只有一次的馈赠。女人要格外珍惜生存的机遇，因为她们的一生更多艰难。我们是为了自己而生活着，不是为其他的任何人。尽管我们曾经如此亲密，尽管我们说过不分离。但生命是单独的个体，无论怎样血肉交融，我们必须独自面临世界的风雨。

女人要学会播种，即使是在一个没有收获的季节。女人太习惯以谷穗衡量是否丰收，殊不知有时播种就是一切。开心的钥匙不是挂在山崖上，就在我们伸手可及的地方。

只要你感到是为自己而生活，世界也许就会在眼中变一个样子。写文章，为什么一定要发表？自己对自己倾诉，会使心灵平和。练书法，为什么一定要展览？凝神屏气地书写，就是与天地古今的交融。

教学生，为什么一定要到学校？做善事，为什么一定要别人知晓？

他人的评判固然重要，但最重要的是我们对自己的评判，这是任何人也无法剥夺的权力。只要女人自己不嘲笑自己，只要女人不自认为自己不重要，谁又能让你低下高贵的头？

生命是朴素的，它让女人领略了旖旎的风光之后，回归到原始的平静。在这种对生命本质的探讨中，女人更深刻地认识自身的价值。

在生命所有的季节播种，喜悦存在于劳动的过程中。

钱的极点

小时候猜一道智力题，问：从地球上的什么地方出发，无论往哪里走，都是朝向南？答案是：北极。

现在无论同谁聊天，无论从哪说起，都会很快谈到钱。钱成了当今社会的极点。

钱给人的好处是太多了，而且有许多人由于钱不多，而享受不到钱的好处。人对于得不到的东西就需要想象，想象的规律一般是将真实的事物美化。比如说我们看到一位大眼睛戴口罩的女士，就会想她若摘了口罩，一定更是美丽动人。其实不然，罩里很可能是一对暴牙齿，人家原是为了遮丑的。

我当过许多年的医生，虽是无钱之人，却凭医疗常识，想象钱的功能是有限，理由从人的生理结构而来。

钱能买来山珍海味，可再大的富豪也只有一个胃。一个胃的容积就那么大，至多装上两三斤的食物，外加一罐啤酒，也就物满为患了。你要是愣往里揣，轻则是慢性胃炎，重了就是急性胃扩张，后者有生命危险呢。更不消说，长期的膏粱厚味，引起高胆固醇、糖尿病，等等。所以说那些因公而需长期大吃大喝的人，得了肥胖症，真是要算工伤的。

钱能买来绫罗绸缎。可再娇美的妇人也只有一副身段，一次只能向世人展现套在身体最外层的那套衣服。穿得太多了，就会捂出痱子。要是一天老换衣服，变成工作，就是时装模特了，和有钱人的初衷不符了。

再说人类延续种族愉悦自身的那个器官吧，更是严格遵循造物的规律，无论科学怎样进步，都不可能增补一套设备。假如无所节制，连原装的这一份都进入“绝对不应期”，且不用说那种种的秽病了。电线杆子上的那些招贴纸，是救不了命的。

人和动物在结构上实在是大同小异，从翩飞的蝴蝶到一只最小的蚂蚁，都有腹腔和眼睛。人和动物最大的区别就在于思想，而恰恰在这一面钢铁盾牌面前，金钱折断了蜡做的矛头。

比如理想，比如爱情，比如自由……都是金钱的盲点。它们可以因了金钱而卖出，却不会因了金钱而买进。金钱只是单向的低矮的闸门，永远无法积聚起情感的洪峰。

造物给予人的躯体是有限的，作为补偿，造物还人以无垠的精神。人的躯体的每一个细微之部，都是很容易满足的。你主观上想不满足，造物也不允许你。造物以此来制约人的物质的欲望，鼓励思想的飞翔。于是人类在有了果腹的兽肉和蔽体的树叶之后，就开始创造语言绘画和音乐……积蓄了一代又一代的精华，于是我们有了文学，有了艺术，有了哲学的探讨和对宇宙的访问……那都是永无穷尽的奥妙啊，只要人类存在一天，就会上天入地披肝沥胆地寻找与提炼。

我们现在是站在钱的极点上，但我们很快就会离开它。人们在新的一轮物质需要满足之后，回过头来仍然要皈依精神。

精神是人类最大的财富。在远没有金钱之前，人类就开始了精神的求索。人类最终也许将消灭金钱，但毫无疑问的是人类的精神永存。

关于生命与命运的遐想

甲为乙办事，乙就付给甲报酬，价钱彼此可以谈得很清楚。

甲为乙丙两人办事，乙丙就付报酬给甲，也是很清楚的事。但每个人只需付 1/2，也很明白。

甲若是为 100 个人办事，无论每个人得的受益如何，大家只觉得付给甲 1% 是正当的，否则就是甲多吃多占了。

假如甲为 1000 个人、10 万个人服务呢？假如他服务的人群数字再无限地增大下去呢？按照数学的规律，这个无穷大的分之一，结果就趋于零。

也就是说，受贿的人群可以心安理得地享受甲的劳动成果，却不必为此支付报酬，甚至连感谢都不必说一声。

这就是传说中的英雄丹柯掏出自己的心，燃烧起来为众人引路。

危险过去后，人们会把他跌落地上仍在发光的心踩灭。这不是众生的无情，是铁的规律。

文学在某种意义上，就是这种为无穷大的民众服务的事业。所以它的清贫与无功利性，几乎是命中注定的。矢志于这一行的人，不必愤而不平，只问自己是否愿意承受。

人的生命是一根链条，永远有比你年轻的孩子和比你年迈的老人。我们每个人都有自己的位置，它是一宗谁也掠夺不去的财宝。不要计较何时年轻，何时年老。只要我们生存一天，青春的财富，就闪闪发光。能够遮蔽它的光芒的暗夜只有一种，那就是你自以为已经衰老。

人类的表情肌，除了表达笑容，还用以表达愤怒、悲哀、思索、惆怅以至于绝望。它就像天空中的七彩虹，相辅相成。所有的表情都是完整的人生所必需的，是生命的元素。

痛苦有两种存在形式——包裹着和开放着。

就我个人来讲，我比较喜欢开放的痛苦，是因为惧怕打开痛苦那一瞬刺入肺腑的疼痛。但包裹着的痛苦会像癌症一般生长，蔓延，吞噬我们的心灵。

我们只要把最猛烈的痛苦坚挺过去，就会发现可以比较从容地收拾痛苦的残骸了。

每个人的血液中都有与众不同的液体，可惜我们往往意识不到。如果有一种可以测量出我们特殊才能的仪器，我们就会发现有多少人荒废了他们的才能，终生在从事和他们天性相悖的职业。

每个人都在寻找，从幼年就开始找。找准了自己位置的人，是极少数的幸运者。

许多人在暗中摸索了一生，终究在迷茫中告别。如果我们找到了自己爱好的事业，万万不要放松。它会使我们不再计较得失，最大限度地感到自己存在的价值。

生理是心理的镜子。

每个人都是他自己的朋友和杀手。许多人的疾病是自身心理攻击生理造成的。一个人越是懦弱，他伤害自己的频率越高。

无论爱一个人还是恨一个人，有时都是很残忍的事情。

爱和恨，都有两个层面，一个是精神，一个是肉体。

你嘘寒问暖或是往对方脸上泼硫酸，都是首先作用于肉体，然后传递于心灵。你呵护或是残害他的灵魂，作用要更为深远得多。肉体和精神有时相连，有时隔膜。有的人肉体残缺后精神愈加完整，有的人躯体强健，精神却是破碎的。精神可以支配肉体，肉体却不可能控制精神。

小的危机就像感冒，不单是无法完全避免的，而且还可以给人以刺激，调动防御能力，增加免疫功能。

但是注意不要转成肺炎。

每个人都会有伤口。有的人愈合得天衣无缝，有的人留下累累疤痕。

这当然和利物刺进的深浅有关了。但我们经常看到，有的人，在深刻的伤痕之后，仍然完整光滑。有的人，在小小不言的刺激下，就面目全非了。

在医学上，后一种人有一个特殊的名称，叫作——疤痕体质。

愿我们每一个人都不是意志上的疤痕体质。

我们可以受伤，我们可以流血。但我们要在最短的时间里，医治好自己的伤口，尽可能整旧如新。

没有快乐，谁也别想留住健康。

眼睛对眼睛是可以说话的。它们进行无声的交流，在这种通行的世界语里，容不得谎言，用不着翻译。它们比嘴巴更真实地反映着一个人隐秘的内心世界。

我们可以吓唬别人，但不可吓唬病人。当我们患病的时候，精神是一片深秋的旷野。无论多么轻微的寒风，都会引起萧萧黄叶的凋零。

让我们像呵护水晶一样呵护病人的心灵。

生命的燧石在死亡之锤的击打下，易于迸溅灿烂的火花。死亡使一切结束，他不允许反悔。无论选择正确还是谬误，死亡都强化了它的力量。尤其是死亡的前夕，大奸大恶，大美大善，大彻大悟，大悲大喜，都有极淋漓的宣泄，成为人生最后的定格。

一个人有太多选择的时候，常常径直选了那最容易、最易在短时间内见成效的一条路。一个人只有一种选择的时候，实际上丧失了选择，只有接受命运。所以选择不宜太多也不宜太少。以能充分发挥意志，表达信念为最好。

当我沮丧的时候，当我彷徨的时候，当我孤独寂寞悲凉的时候，我曾格外地相信命运，相信命运的不公平。

世上可真有命运这种东西？它是物质还是精神？难道说我们的一生都早早地被一种符规定，谁都无力更改？我们的手难道真是激光唱盘，所有的祸福都像音符微缩其中。

不幸者常常愿意同幸运者相比，抱怨自己的运气。

幸运者常常不愿同不幸者相比，相信自己的努力。

命运中的不速之客永远比有速之客来得多。

所以应付前一种客人，是人生的必修。他既为客，就是你拒绝不了的。所以怨天尤人没有用，平安地尽快把客人送走，才是高明主人。

命运是我怯懦时的盾牌，当我叫嚷命运不公最响的时候，正是我预备逃遁的前奏。命运像一只筐，我把对自己的姑息、原谅以及所有的延宕都一股脑地塞进去，然后蒙一块宿命的轻纱。我背着它慢慢地向前走，心中有一份心安理得的坦然。

当我快乐当我幸福当我成功当我优越当我欣喜的时候，当一切美好辉煌的时刻，我要提醒我自己——这是命运的光环笼罩了我。在这个环里，居住着机遇，居住着偶然性，居住着所有帮助过我的人。

假如在这死亡将至的时候，依然刻骨铭心地惦记着一件事，依然期望等待，不依不饶，那这个心愿便集中反映了一个人的个性，甚至是他生命的支点。古人说的死不瞑目，指的就是这种情况。

死亡基本上可以分为两种——有准备的死和没有准备的死。猝死就是没有准备的死（当然在广义上除了极幼小的孩童，我们都或多或少考虑过死亡），有准备的死则是一个缓慢的过程。人们冷静地回忆自己的一生，犹如上溯一条绵长的河流。世俗的纠缠，在死亡的背景之上，它平素所具有的魔力，异乎寻常地浅淡了，人便格外的公允格外的豁达，有置身物外的超然与智慧。

凝视崇高

文学浮动于金钱与卑微之中，躯体已被淹没，只剩下一颗苍老的头颅。

这是一个崇尚“轻”的时代，从太太的体重到人生的信仰，从历史的评说到音乐的节奏，以“轻”为美已成为风范。

究其原因，我们的共和国虽说年轻，也经历了近半个世纪的和平。战争的瘢痕上已开满了鲜花，关于火与血的故事已羽化为神话。世界上两大阵营的消弭，使我们在瞬间模糊了某种长期划定的界限。当人们发现以往的沉重已无处附丽，掉转头来寻觅久已遗失的“轻松”，是反叛也是回归。更不要说“文化大革命”中样板戏的“高、大、全”，让许多人以为那就是崇高。

人心世道发生了大变化，人们在一个充满阴霾的早上发现金钱是那么可爱。中国人喜欢矫枉过正，因为我们的人口多，大家同时发现了一个真理，同心协力人多力量大的结果就是把它逼近谬误。一位研究历史的长者对我说，这一次金钱大潮对知识分子信仰冲击的力度，甚于以往历次政治运动。那时是别人看不起你，这一回是叫你自己看不起自己……

于是，蔑视崇高成为一种“时髦”。

人们不谈信仰，不谈友谊，不谈爱情，不谈永远。人欲横流、物欲横流被视为正常，大马路上出现了一位舍己救人的英雄，而人们可以理解小偷却要把救人者当作异端……

文学家们（请原谅我把一切舞文弄墨的人都归入其内）便有了自己的选择。

于是，我们的文学里有了那么多的卑微。文学家们用生花妙笔殚精竭虑地传达卑微，读者们心有灵犀浅吟低唱地领略卑微。卑微像一盆温暖而浑浊的水，每个人都快活地在里面打了一个滚儿。我们在这盆水中荡涤了自身的污垢，然后披着更多的灰尘回到太阳底下。这种阅读使我们得到前所未有的满足，原来世界已一片混沌，我们不必批判自身的瘰疬，比起书中的人物，我们还要清洁得多哩！

崇高的侧面可以是平凡，但绝不是卑微。

福克纳在接受诺贝尔文学奖时曾说，诗人和作家的特殊光荣就是——“提醒人们记住勇气、荣誉、希望、自豪、同情、怜悯之心和牺牲精神，这些是人类昔日的骄傲。为此，人类将永垂不朽。”

这就是伟大作家的良知。

面对卑微，我们可以投降，向一股股浊流顶礼膜拜。写媚俗的文字，趋炎的文字，将大众欣赏的口味再向负面拉扯。一边交上粗劣甚或有毒的稗谷，换了高价沾沾自喜，一边羞羞答答地说一句“著书只为稻粱谋”。其实，若单单为了换钱，以写字做商品是最慢而且利益菲薄的。总觉得稿费的低廉未尝不是好事，在饿瘦了真正的文学家的同时，也饿跑了为数不少的混混儿，起到了某种“清理阶级队伍”的作用。

其实，卑微并不是我们的新发现，它是祖先遗传给我们的精神财产，你要也得要，不要也得要，伴随着我们整个的历史。在文学作品中，它也始终存在，只是从未做过主角。好比鲁迅先生鞭挞过的《二丑艺术》，就是一种形象的卑微。二丑什么都明白，表面上唯唯诺诺，背地里指点江山，但他依旧为虎作伥。

对抗卑微是人类生存的需要。人是一种构造精细又孱弱无比的生物，对大自然和对其他强大生物的惧怕，使人类渴望崇高。

我很小的时候到西藏当兵，面对广漠的冰川与荒原，我体验到个人的无比渺小。那里的冷寂使你怀疑自身的存在是否真实，我想地球最初凝结成固体的时候大概就是这样。山川日月都僵死一团，唯有人，虽然幼小，却在不停地蠕动，给整个大地带来活泼的生气。我心底突然涌动起奇异的感觉——我虽然草芥一般，却不会屈服，我一定会爬上那座最高的山。

当我真的站在那座山的主峰之上时，我知道了什么叫作崇高。它其实是一种发源于恐惧的感情，是一种战胜了恐惧之后的豪迈。

也许是青年时代给我的感受太深，也许我的血管里始终涌动军人的血液，我对于伟大的和威严的事物，有特殊的热爱。我在生活中寻找捕捉蕴涵时代和生命本质的东西，因为“崇高”感情的激发，有赖于事物一定的数量与质量。我们面对一条清浅的小河，可以赞叹它的清纯宁澈，这赞叹却是与崇高不搭界的。但你面对大海的时候感觉就完全不一样了，它的澎湃会激起你命运的沧桑感。我这里丝毫不是鄙薄小河的宁静，只是它属于另一个叫作“优美”的范畴。

我常常将我的主人公置于急遽的矛盾变幻之中。换一句话说，就是把人物逼进某种绝境，使他置身选择的两难困惑之间。其实，我们每个人在他的一生中，都会遭遇无数次的选择。人们选择的标准一般是遵循道德习惯与法律的准则，但有的时候，情势像张开的剪刀刈割着神经，我们不知道该如何处置眼前的窘境。在这种犹疑彷徨中，时代的风貌与人的性格就凸现出来。人们迟疑的最大原因是害怕选择错了，所以说到底，还是内在的恐惧最使人悲哀。假如人能够战胜自身的恐惧，做出合乎历史顺乎人性的抉择，我以为他就能达到崇高。日新月异的时代，为我们提供了层出不穷的“选择”场地，这是我们这一代作家的幸运。

我常常在作品里写到死亡。这不单是因为我做过多年的医生，面对死亡简直成了生活中的一部分，而且因为崇高这块燧石在死亡之锤的击打下，易于迸溅灿烂的火花。死亡使一切结束，它不允许反悔。无论选择是正确还是谬误，死亡都强化了它的力量。尤其是死亡之前，大奸大恶，大美大善，大彻大悟，大悲大喜，都有极淋漓的宣泄，成为人生最后的定格。中国有句古话，叫作“人之将死，其言也善”，就是说人临死前，总说真话，死亡是对人的大考验。要是死到临头还不说真话，那这人也极有性格，挖掘他的心理，也是文学难得的材料。

我常常满腔热情地注视着生活，探询我不懂的事物，对世界充满好奇。我并不拒绝描写生活中的黑暗与冷酷，只是我不认为它有资格成为主导。生活本身是善恶不分的，但文学家是有善恶的，胸膛里该跳动温暖的良心。在文学术语里，它被优雅地称为“审美”。现如今有一个“审丑”的了，丑可以“审”（审问的审），却不可赞扬。

当年我好不容易爬上那座冰山，在感觉崇高的同时，极目远眺，看到无数耸立的高峰，那是喜马拉雅山、冈底斯山、喀喇昆仑山交界的地方。凝视远方，崇高给予我们勇气，也使我们更感觉自身的微不足道。

因为山是没有穷尽的。

请为你的生命找到意义

古代人常常专注于最基本的生存需求。日常生活天然地具备了提供精彩意义的能力。人们的生活是如此接近土地，每个人都毫不怀疑自己是大自然的一部分。他们耕地，播种，收获，烹调，生养小孩子，然后生病和死亡，最后回归泥土。他们很自然地展望未来，觉得未来是如此清晰，那就是——吃饱饭，子子孙孙地繁衍，实现一轮又一轮的更迭，如同能够每日每年看到的大自然的循环。他们对日月星辰、山川河流这类庞然大物有强烈的归属感，他们深深明白自己是家庭和族群不可或缺的一部分。对以上这种基本存在，从来不曾有过问号。

是啊，有谁能对一个埋头苦干的农夫字斟句酌地问，你这样辛苦是为了什么呢？他一定头也不抬地继续干活，对他来说，家里的妻儿老小和他自己的口粮，就在这劳作中生发着，这难道还用得着问吗？

可是，今天，这些意义消失了。都市化、工业化，让生活中少了和大自然血肉相依的关联。我们看不到星空，我们每个人几乎都脱离了世界的基本生命链。你焊接电脑上的一块线路板，你在股票市场卖出买进，可这和意义有什么关联呢？

我们有太多的时间提出更多的问题，我们必须面对自由的无情拷问，可是我们失去了参照物。工作不再提供意义，一点儿创造力也没有，生养小孩也没有了意义。世界人口爆炸，也许不生养更有意义。

生命的意义是非常重要的心理架构，与每个人都有非常重要的关系。伟大的心理学家荣格说，我的病人大约有 1/3 并不是罹患了任何临床可以定义的疾病，而只是因为生命没有意义，没有目标。

这个问题到了心理学家法兰克那里，有了升级版。他说，最少有 50% 的来访者有这种问题——觉得生命没有意义。

萨特说过，人是一种徒劳无益的热情。我们的诞生毫无意义，死亡也没有意义。但萨特这样说完之后，在他自己的小说中又明确地肯定了意义的追求，包括在世界上寻找一个家、同志之谊、行动、自由、反对压迫、服务他人、启蒙、自我实现和参与。

在现在的情况下，为生命找到意义，就成了非常紧迫的任务。

每个人要有一个自我的意义系统，包括行为准则：勇敢、高傲的反抗、友好的团结、爱、尘世的圣洁等。

此生结束后，我们重逢

按照世俗的观点，不管我们有多少岁，我们已经多么成熟，父母的逝去，还是会动摇我们内心深处最坚固的所在。我们变得像失去了燃料的潜水艇，躲在幽暗的海底，一动不动。任凭一股又一股激荡的海流，残酷地扑打着我们，却听不到任何声音。悲哀是有规律的。大约像潮汐一样准时，每隔半小时袭来一次，每隔四个小时大发作一次。那感觉像是咽喉深处被人扼住，只有出气没有进气，天地在眼前渐渐褪去颜色。

我的父母都已离去很多年了。但哀痛仍然像刚刚诞生时那样鲜明而深刻。我每日都会想起他们，心会缩成一团。就像此时吧，我又想起了他们，就在此地此刻。我写在这里，好像显得有些突兀。但这些就是我锥心刺骨的思绪啊，我知道他们就在我的身边，看着我写下这些文字。我感觉到他们的呼吸，我必须要用我的文字同他们打招呼，他们才会从沉思转为微笑。当我这样想的时候，我就先微笑起来，我希望他们看到我的从容。我想，我笑了，他们也就笑了。因为我是他们的女儿，在我身上，有一半来自我的父亲，还有一半来自我的母亲。我爱惜自己，就是爱惜了他们的赠予。我让自己快乐，就是让他们快乐。我让自己和更多的人交流，也就有更多的人了解了他们。

我坚信：我们永远有机会表达我们心中的爱，也永远都有机会收到我们已经逝去的亲人们发给我们的爱，因为灵魂的交流无处不在。此生结束后，我们必将重逢。

这样想了之后，我的泪水渐渐风干，我又继续写下去了。

疲倦

疲倦是现代人越来越常见的一种生存状态，在我们的周围，随便看一眼吧，有多少垂头丧气的儿童？萎靡不振的青年？疲惫已极的中年？落落寡合的老人？……人们广泛而漠然地疲倦了。很多人已见怪不怪，以为疲倦是正常的了。

有一次，我把一条旧呢裤送到街上的洗染店。师傅看了以后，说，我会尽量洗熨的。但是你的裤子这一回穿得太久了，恐怕膝盖前面的鼓包是没法熨平了。它疲倦了。

我吃惊地说，裤子——它居然也会疲倦？

师傅说，是啊。不但呢子会疲倦，羊绒衫也会疲倦的，所以，穿过几天之后，你要脱下晾晾它，让毛衫有一个喘气的机会。皮鞋也会疲倦的，你要几双倒换着上脚，这样才可延长皮子的寿命……

我半信半疑，心想，莫不是该师傅太热爱他所从事的工作了，才这般体恤手下无生命的衣料。

又一次，在一家工厂，看到一种特别的合金，如同谄媚的叛臣，能折弯无数次，韧度不减。我说天下无双了。总工程师摇摇头道，它有一个强大的对手，就是它自己的疲劳。

我好奇，谁？

总工程师说，就是它自己的疲劳。

我讶然，金属也会疲劳啊？

总工程师说，是啊。这种内伤，除了预防，无药可医。如果不在它的疲劳限度之前让它休息，那么，它会突然断裂，引发灾难。

那一瞬，我知道了疲倦得厉害。钢打铁铸的金属尚且如此，遑论肉胎凡身！

疲倦发生的时候，如同一种会流淌的灰暗，在皮肤表面蔓延，使人整个地困顿和蜷缩起来。如果不加克服和调整，黏带不适，便如寒露一般，侵袭到身体的底层。我们了无热情，心灰意懒。我们不再关注春天何时萌动，秋天何时飘零。我们迷茫地看着孩子的微笑，不知道他们为何快乐。我们不爱惜自己了，觉察不到自己的珍贵。我们不热爱他人了，因为他人是使我们厌烦的源头。我们麻木困惑，每天的太阳都是旧的。阳光已不再播撒温暖，只是射出逼人的光线。我们得过且过地敷衍着工作，因为它已不是创造性思维的动力。

疲倦是一种淡淡的腐蚀剂，当它无色无臭地积聚着，潜移默化地浸泡着我们的神经，意志的酥软就发生了。

在身体疲倦的背后，是精神率先疲倦了。我们丧失了好奇心，不再如饥似渴地求知，生活纳入尘封的模式。甚至婚姻，也会疲倦。它刻板地重复着，没有发展。爱情的弹性老化了，像一只很久没有充气的球，表皮皲裂、塌陷，摔到地上，噗噗地发出充满怨恨的声音，却再不会轻盈地跳起，奔跑着向前。

疲倦到了极点的时候，人会完全感觉不到使命和生活的乐趣，所有的感官都在感受苦难，于是它们就保护性地不约而同地封闭了。我们便被闭锁在一个狭小的茧里，呼吸窘迫，四肢蜷曲，渐渐逼近窒息了。

疲倦的可怕，还在于它的传染性。一个人疲倦了，他就变成一炷迷香，在人群中持久地散步者疲倦的细微颗粒。他低落地徘徊着，拖拽着整体的步伐。当我们的周围生活着一个疲倦的人，就像有一个饿着肚子的人，无声地要求着我们把自己精神的谷粒，拨一些到他的空碗中。不过，如果我们这样做了以后，才发觉不但使他振作起来，自身也莫名其妙地削弱了。

身体的疲倦，转而加剧着精神的苦闷。

变更频繁了，信息太复杂了，刺激太猛烈了，扰动太浩大了，强度太凶，频率太高……即使是喜悦和财富吧，如果没有清醒的节制，铺天盖地而来，也会使我们在震惊之后深刻地疲倦了。

当疲倦发生的时候，我们怎么办呢?

看看大自然如何应对疲倦吧。春天的花开得疲倦的时候，它们就悄然地撤离枝头了，放弃了美丽，留下了小小的果实。当风疲倦的时候，它就停止了荡涤，让大地恢复平静。当海浪疲倦的时候，洋面就丝绸般地安宁了。当天空疲倦的时候，它就用月亮替换太阳……

人们没有自然界高明。不信，你看。当道路疲倦的时候，就塞车。当办公室疲倦的时候，就推诿和没有效率。当组织者疲倦的时候，就出现混乱和不公。当社会疲倦的时候，就出现冷漠和麻木……

疲倦对我们的伤害，需要平心静气地休养生息。让目光重新敏锐，让步伐恢复矫健，让天性生长快乐，让手足温暖有力。耳朵能够捕捉到蜻蜓的呼吸，发梢能够感受到阳光的抚摸，微笑能如鲜橙般耀眼，眼泪能如菩提般仁慈……

疲倦是可以战胜的，法宝就是珍爱我们自己。疲倦是可以化险为夷的，战术就是宁静致远。疲倦考验着我们，折磨着我们。疲倦也锤炼着我们，升华着我们。

最单纯的生活必需品

迪斯尼版的《森林王子》，描写一个人类婴孩巴克利，偶入大森林，被野狼阿力一家收养，在大熊巴鲁、黑豹巴希拉等动物的呵护与培养下，成为友善、勇敢、智慧、快乐的少年。描绘了一幅人与动物在大自然的怀抱中和谐相处的图画。

片中各种动物的造型和举止，颇符合物种个性的特征，险而不惊。特别是蟒蛇与巴克利的斗智斗勇，美妙的搏斗场面，既让人想起蛇那油光水滑阴险狡诈的秉性，被它的盘旋晕得眼花缭乱，又让人在紧张中怡情，充满了机警的悬念。大熊巴鲁为了拯救巴克利，与森林之王老虎谢利展开了殊死搏斗，以致昏倒在地。黑豹巴希拉误以为它已阵亡，心情激动地致了一段感人肺腑的悼词。大熊巴鲁慢慢苏醒后躺在地上，一动不动地倾听着，在庄严肃穆中，引出人们啼笑皆非的泪水。

巴鲁复苏之后，开始教导人类的孩子巴克利，如何在大自然中生活。那只载歌载舞的憨厚大熊，反复吟唱着一句话——“让我们，得到，最单纯的生活必需品……”

真是令人拍案叫绝的真理——最单纯的生活必需品——由一只熊告诉我们。

人想活着，就必然得有一些必不可少的物件陪伴左右。几年前，我见到一个乡下孩子和一个城里孩子在做游戏。一张卡片，正面写着问题，背面写着答案。双方看着问题回答，对与不对，以卡片背面的答案为准。那题目是——生命存活的三大基本要素是什么？

城里孩子说，这还不简单吗？就是脂肪、蛋白质和碳水化合物呗！

乡下孩子说，啥叫脂肪？不就是猪大油吗？人没有猪油那些荤腥吃，能活。蛋白质是啥？不就是鸡蛋吗？人吃不上鸡蛋也可以活的。碳水化合物是啥东西，俺不知道。俺只知道人要活着，最要紧的是要有水、火柴和粮食！

那张硬硬的精美卡片后面的答案，判定城里孩子的回答正确。但说心里话，我更认为乡下孩子的答案率真和智慧。

纵观人类的历史，我们的生活必需品的名录，就像银行信用卡恶意透支的黑名单，是越来越长了。一千年前，假如我们外出，真如那个乡下孩子所讲，只需带上水和干粮，再携一把火镰。现在呢，要有旅游鞋休闲装，盆碗帐篷净水器，驱蚊油防晒霜，卫星电视电话机……

这应该算是进步吧？只是大自然不堪重负了。养育一个现代人的物资，足够当初养活一百个一千个原始人。

大熊的箴言里，还有一个含义——单纯。单纯是一种很真实很透明的东西，我们已经在进化中将它忽略和玷污。比如水吧，人体的细胞所需要的，是纯净的自然之水，而绝不是啤酒、可口可乐和掺了色素的某种浑浊液体。人们先是把水弄得很复杂，然后再把脏水过滤。当人们饮着这种再生的清水时，沾沾自喜，以为是文明和进步，其实比古代人的饮水质量，还差着档次。

再如空气，人的肺所需要的，是凛冽的清新的山谷森林之风，而绝不是被汽车吞吐了千百次的工业废气。人们聚集在城市里，在空气中混淆进数不清的杂质，然后摇摇头说，这样的地方，太不利于健康了。于是就开着汽车，满世界找青山绿水的地方，心安理得地住下来，把新的污染带给那里。

人们本来应该简洁明确地表白自己的内心，这样会避免多少误会，增进多少了解，节约多少人生啊！但是，不。有的人就习惯于虚伪客套声东击西云山雾罩，并称这些技术技巧为礼仪和外交，让世界变得遮遮盖盖诡谲莫测。于是无数人在这面难以超越的黑斗篷前终生猜谜，并因此形成窥探的癖好。

也许我们可以对自己精神和物质生活中所需要的庞大分子分母，来一个约分。本着单纯和必需的原则，把太繁多的精简，把太复杂的摒弃。必需的东西越少，我们的脚步就越轻捷。佛家有一句话，叫“无挂碍物者无恐怖”，不妨借用来，少需要物者少烦恼。因为必需少，所以受限轻。人就获得了更快的行走，更高的飞翔。

单纯这件事，说起来简单，做起来不容易。因为世界上有许许多多的杂质，无时无刻不在腐蚀着单纯。人们往往以为单纯只存在于童贞，如果你在晚年还保有单纯，不是太傻，就是天赐的一种好运气，保佑你未曾遭遇污染侵袭，所以依旧清澈。其实，最有力量的单纯，是历练过复杂之后的九九归一。以不变应万变，自身有过滤化解和中和澄清的功能。任你腥风血雨，我自静若处子。心永远清清的，呼吸永远是轻轻的……

宁静有一种特殊的力量

宁静有一种特殊的力量，就是不管外界怎样变化无常，都能让你的躯体自在平和。就像一艘在狂风巨浪中保持着稳定的船，你难道不惊异于它锚链的深度和船体的坚固吗？

我喜欢宁静的风景和宁静的人，这使我怡然。我的老师林教授曾经帮我分析过这种爱好的形成。她说，你是不是因为在西藏待得太久了，雪山和冰峰静止不动，久而久之，也就养成了你寂静的性格？

我承认她说得有道理。不过，我的幼儿园老师曾说过，我从小就是一个安静的孩子。

真的是这样吗？我不知道。我知道自己的心里常常翻涌着惊涛骇浪。我知道这是我必须经历的，并不害怕。但我不会很激烈地把它表达出来，我觉得有一些事情要出现，就让它出现好了。我不能阻止它们，但可以平静地面对它们。

我在西藏的高原上，看到过这个世界最为纯净的水。它们来自亿万年前的冰川。我常常站立在波涛翻卷的狮泉河边发呆，心想，水的力量和生命是多么伟大啊。它们历经沧桑，仍然珠圆玉润，没有一丝疲惫和倦怠。看不到些许的伤痕，更没有皱纹和白发，永远年轻地喧嚣着，如同新生的那一刹那。

我原来是很敬佩山的，但和水相比，山的自我修复能力要差很多，它们只能不由自主地风化下去，不可复原。山只能沿着一条没有回头的路，照直地走下去，大块的岩石崩塌，化为细碎的沙砾，然后继续颓弱，变做齑粉样的泥沙，再衰变为黄土……

人的心，还是像水吧。可以受伤，但永远有痊愈的力量。在大自然面前，人什么都无须保留，只需堂堂正正即可。

生命中的粗纤维

痛苦和磨难，是人生不可分割的一部分。

生命没有了苦难，那么它也就失去了框架。很多自杀的人，就是因为没有理会这种意义，一厢情愿地认为，生命是应该只有甘甜没有挫败的。特别是在恋爱早期那种汹涌的荷尔蒙带来的欢愉，让人把激情当成了常态。

生命的常态，其实就是平稳和深邃，还有暗流。在最深刻的层面，我们不单与别人是分离的，而且与世界也是分离的，兀自踯躅前行。

每个人的生命中必定下雨。就像坏天气也是大自然的一部分，某些日子势必黑暗又荒凉，就像你不可能总是细粮，那样你就会得大肠癌，你一定要吃粗纤维。坏天气、悲剧、死亡、生病，都是生命中的粗纤维，我们只有安然接纳。

真有些非常倒霉的人，叫你简直都不知道跟他说什么好。所有的语言都是多余的，真不知道命运为什么如此苛待于他。然而仍然不能放弃希望。放弃了，就真的一无所有了。这时，我们需要的便是勇气，便是稳定地活着：没有丝毫的自欺，执掌着非常强大的安全感，对宇宙有一种敬畏和信赖。心中没有希望，到哪里都不是理想的抛锚地。而只要生命还在，希望就能萌生。

生命的每一步都带着人们向死亡之境跌落，不要存在幻想，这才让你比较持久稳定、安然地居住在孤独中。胸中如有千沟万壑、千军万马，只有接受这一事实，我们才能超越苦难与死亡，腾起在空中，看清生命的意义。

冰雪花卉

我喜欢去寿衣店。看那里的花和花缀成的圈。那里的花呆板而有程序，像是被煮沸开而后晾干，毫无活力。我曾经做过很美的花和最别致的花圈。

那是在一座充满冰雪的山上。山像一个大环，把男兵和女兵圈在里面。在我们之前和之后，那里都没有过女兵，我们便成为一个例外。

男兵们守在国界上，女兵们在后方。女兵们像嫩绿的豌豆粒，包裹着一层透明的水泡，只能看，不能摸。

女兵们很安全也很寂寞，没有几个男兵同她们说话。她们便觉得自己被冷落了。其实，每天夜里，她们都在许多男兵的梦境里走来走去。班里我年纪最小，知道的事情又多又客观。一天，我们正在做棉签。白白的棉丝缠在女孩们的手指间，仿佛那里有一只只成熟的蚕。一个很年轻潇洒的军人站在了我们面前。他是司令部干练的林参谋。

“请你们做几个花圈。”林参谋站得笔直地说。

“什么花圈?”班长问。班长是长得最丑的女兵，但我们都听她的。

“就是……死人的事是经常发生的。今后我们的队伍里，不管死了谁，我们都要给他送葬，开追悼会……追悼会需要花圈。”林参谋说。

我们都知道这段话，现在更感觉到它的英明与沉重。

国界，是经常需要用血来打磨光滑的，不然，就会出现许多毛刺。我们手中的蚕在这一瞬变成了蛹。

“牺牲了三个战士。以前，我们是不做花圈的，因为男人们都不会。今后。要送花圈。

因为大家都说——既然雪山上有了你们。”林参谋讲得很肯定。我相信他以后能当将军。

“可是，我们也不会做花呀！”小宛抢着说。她是我们之中最漂亮的女孩。

“女人，怎么还能不会做花？”林参谋惊讶地耸着他那像鹰翅一样的眉毛。幸好他的羊皮军帽严肃地压住眉梢，否则眉毛会飞走的。听说在边境作战的时候他非常勇敢，在这一瞬，我不大相信这说法。

“是女人，便都该会做花吗？我们之所以到雪山来，不就是为了证明男人和女人都一样吗？”

小宛很厉害地同林参谋争辩。于是我们都插不上嘴，只听她一个人说话。

“女人们当然应该会做花。不会做花的，算什么女人！”林参谋很喜欢同小宛吵下去，但首长的命令一定要执行，他硬起心肠说。

小宛觉得在我们面前丢了面子，便掉下眼泪，对我们说：“你们也不帮我说话！”

我们当然很想帮她，只是不知道该说什么。

“我会扎花。”班长直到这会儿才说话。她原来只是听说小宛想同林参谋好，现在信了。

“那你为什么不早说！”我们都埋怨她。

“要有纸，彩色的。”班长是农村兵，会纳鞋底，绣鞋垫。

“有，有。”林参谋说着，从屋外抱进一大捆各色的纸。仿佛落雨天马路上铺了一汪汽油油彩，薄而娇艳。

大家立刻喜欢上了这些纸，愿意跟班长学做花。雪山上没有花，更没有这许多颜色。天是蓝的，雪是白的，被大风卷去了积雪的新鲜岩石是赭色的。我们已经快把这些美丽的颜色忘记了。忘记一种颜色不像忘记一句话，你会永远想不起它。

我们非常高兴，开始跟着班长做花。班长把人分成几组，有裁纸的，有折纸的，有用线绑花蒂的。不一会儿，桌子上就堆起一大簇花，好像春天里刮起一阵大风，把花都扫来了。

“不行！不能做哩！”班长把剪子甩到纸捆上。

“为什么不做？”小宛刚做完一朵粉色的花，想把它插在自己的辫梢上。

“没有白花。这太喜庆了！”班长皱着眉。

我们这才记起这些花的用途，一时间屋内很静很静，大家觉得做了对不起烈士的事。

打电话叫来林参谋。他是作战参谋，做花圈是作战的最后一个步骤。

“什么颜色的纸都有，就是没有白纸。”林参谋说。

我们都望窗外。雪山上有很多很多白色，可惜做不成花。

“那不成。”班长很强硬地说，“找吧！”

林参谋跑走了。他跑得很快，在雪山上是不兴这样像马儿一样跑的，跌倒了就会永远爬不起来。可是林参谋没跌倒，他抱着一大摞白色的公文纸跑回来，说：“行吗？”

班长说：“不行。没有皱纹，同别的纸不般配。再说，纸也太小，只能做出茶盅一样大小的花。”

林参谋这一次没有说话也没有跑。整个部队都没有又白又有皱纹的纸。向山下基地要，就是用特急电报把话儿捎去，也要半个月后才能把纸送上来。烈士们是一定等不及的。

“茶盅就茶盅吧！”班长叹了口气，又说，“花圈花圈，有花还得有圈。花归了女人们，圈可是男人的事。”

林参谋便去做圈。

白花确实很难做，先要把无格公文纸上的红色抬头裁去，剩下的纸片便只有包裹上钉的写字那块白布大小。为了和彩色皱纹纸配套，要在白纸上抽出皱纹来。

班长取来一支筷子，把公文纸像擀面条似的缠在筷子上。一定要缠紧，千万不能松了，一松，纹路就不细腻了。然后用两手握住筷子两端，猛地朝中间狠劲一挤，纸卷就皱缩到一处了。慢慢打开，一张有着像冰花那样无法预计图案的皱纹纸，就在你面前出现了。

班长做完示范，就把这活交给小宛。小宛用劲大了，纸就像被火燎过一样，裂出大洞。用劲小了，纸像光滑的少女脸庞，毫无纹路。小宛把抽坏了的纸扔在脚下，脚下就盛开了一地梨花。把抽好的纸做成白花，精巧得让人心疼。只是它们太小了，仿佛秋天寒冷的早晨，半开不开的野菊。

“太小了……”班长说。

“我们把几张白纸粘成一大张，不就有了吗！”我想这么简单的办法，她们怎么就没想得出！

“不成。那样的纸是抽不成的。”班长和小宛一起说。

“我有一个办法。可是大家要发誓，永不对外人说。”

“我发誓。”我第一个表示决心，主要是太想知道谜底。

“你先讲。大家先别忙着发誓。”到底班长老练。

小宛掀开她的花枕巾，露出她的枕头——一个包袱皮裹成的小包，板板正正，好像里面有个熟睡的婴儿。她抖开包袱皮，掏出一卷雪白而松软的纸——女人家专用的东西。

“这是我当兵时，我妈给的……我一直没舍得用……”

那纸真轻盈。像是一团云。小宛的家在大城市。

“女人家用的东西，恐怕不好……”班长沉吟着。她到底是农村姑娘。

“我们绝不对外人说！”我们异口同声，几乎举起右手。

班长和小宛做白花，又大又丰满，像新蒸出来的精粉馒头，非常新鲜。

白花做得越发多起来，遮盖住了彩色的花，便有了一番冷寂的凄凉。该往圈子上绑花了，才发现林参谋扎的圈子根本就没法用。

他把旗杆折了，用竹条盘成一个个圆环，套在一起，用铁丝缠牢，像靶架一样精巧美观。

“你为什么不用筷子做一个圈呢？”班长嘲笑他。

小宛挺身而出：“我看挺不错的。”

班长看了一眼小宛，又看看林参谋，把竹圈丢在屋外。一阵呼啸的山风把竹圈掠去，竹圈快乐地翻滚着，像一架风车。

班长说：“这样的架子怎么能绑花呢！找个麻袋吧！把这些花背了去，洒在墓前。”

小宛出主意：“用钢筋焊吧！筑战壕和碉堡不是还剩很多钢筋吗！”

林参谋用钢筋焊好了圈子，威武嶙峋，像巨大而空洞的铁眼，看着我们。

大家把纸花往钢圈上绑，才发现最初扎花蒂的线绳不中用。钢筋上有许多铁刺，轻轻一蹭，线便像强弓下的琴弦一样绷断，纸花砰然坠下，仿佛遭受了无形的风雨。

“在钢筋上缠上布，这样，铁刺就不那么锋利了。”班长说着掏出一卷绷带，开始熟练地缠绕，仿佛钢圈是一位正在出血的士兵。

“林参谋，剪些细铁丝。在每朵花蕊上匝上一道。这样不但绑得结实，而且花朵不会低头。”小宛吩咐林参谋。

林参谋剪了细铁丝，最先递给班长，然后递给小宛，最后才给我们。

柔弱的纸花扎上了钢铁腰带，精神抖擞。

明天就是下葬的正日子了，我们要连夜绑花。

雪山上每晚只发一小会儿电。为了赶制花圈，今夜通宵供电。别处的灯火都熄灭了，电像洪水似的倾泻在我们屋内，白亮得令人陌生。

我们往钢圈上绑花。一人管白的，一人管红的，一人管黄的……班长说："白花三朵。"管白花的女孩就走到钢架面前，唰、唰、唰，连绑三朵白花。"红花一朵。"管红花的女孩就走过去……

没有人知道花圈最终是什么样子。那个图案只闪烁在班长眼前。

小宛管的是绿花。那是自然界中不存在的一种花。

我们来来回回像梦幻一样走动。夜已经很深。我们睡意蒙眬。突然，班长说："你们看——"

一个花圈的雏形，已经赫然在目。它像一个正要从母体中娩出的婴儿，带着淋漓的鲜血和蓬勃的生意。在素白的底色上，蜿蜒开放着星辰般灿烂的花卉。赤橙黄绿青蓝紫……不管自然界有无这等颜色的植物，它们在海拔 5000 米的雪山上，恣肆汪洋地开放着……

我们被自己的创造所震撼。一个尚未完成的花圈，似乎比一件成品，带给人更多的恐惧。它象征着死亡刚刚发生。

花圈的主人——几个很年轻很年轻的男孩，此刻，睡得好安稳。挽联是林参谋写的，他的字很飘逸。有一个烈士的名字里有个字生僻，他练了一遍又一遍，直到写得十分和谐。女兵们绑完最后一朵花的时候，电灯熄灭了，但是女兵们都没有发现电灯的熄灭，因为天已经大亮。

一个多么好的高原的晴天啊！

女兵们坐卡车护送花圈到墓地去。花在太阳下显得非常艳丽，给雪山带来了从未有过的风采。本来是准备把花圈抬到墓地的，显出哀思的深重。但是没有人能抬得动花圈。高原偷走了人们的气力，使小伙子变得徒有虚名。花团锦簇的圆环，像几枚美丽的胸饰，别在雪山的衣襟上。那半球形的几抔新土，已变成山的一部分，毫不惊心触目。

队伍默哀，队伍肃穆。队伍在这美妙的花环前倾倒，死亡也因此不再恐怖。简短的仪式结束了。队伍已撤走，女兵们却还久久不肯离去。

怎么，就这么完了吗？这些美丽的花呢？林参谋把花圈集中在一起，平地矗起一座花山。

林参谋掏出打火机，风大缺氧，总也打不着。

“你要干什么？”女兵愤怒地把他围住。

“把它们烧掉。”林参谋终于打着了火苗。

“为什么要烧掉？多么美丽的花啊！”小宛恳求林参谋。他们靠得这样近，以致林参谋闻到了真正的花香。

“让开吧。不烧，他们怎么能收到这些花呢？”班长说。

花在火苗温暖的爱抚中，欢畅地舒展开瓣叶，每一朵花都骤然增大，仿佛刚受到雨水的浇灌。整个花圈变为巨大的光环，波光诡谲，腾空跳跃，好像站满彩色的鸽子。女孩们惊奇地看到她们亲手扎制的花朵，在瞬息之间被火偷走了，魔术般地改变了颜色。白色成为银红，红色变为赤紫，蓝色在火中是纯黑，黄色在火中干脆成为咖啡色……火夺走了姑娘们的创造，它制作出一个更大更辉煌的花圈……燃烧的都燃烧了，一副通红的钢架像恐龙的骨骼，凸现在苍茫的雪原上。烧不烂的铁丝奇形怪状地挂在钢圈上，风弹拨着它们，发出风铃般的叮当声。火是通往另一个世界的信使，它袅袅地远去了。

“走吧。”卡车司机催促我们。

“再等一等。等凉一凉。”林参谋说。

“等什么凉！我们已经透心凉了！”女孩子们穿着大头鞋的脚使劲跺，冻土上出现杂乱的脚印，仿佛有一群小巧的野兽在这里停留。

“等钢筋凉了，以后还要用。”林参谋抱着双肩说。

我和班长趴在卡车大厢板的最前头。风驰电掣的轮子，把晶莹的冰雪碾得瀑布般飞溅，我们便觉得自己像一头白牦牛从山上扑下，好不惬意。

小宛和林参谋背对我们站在车厢的最后头，手扶着拦阻货物坠落的铁链。我招呼他们站到前头来，他们连头也不回地说不用。

可惜无所不在的山风出卖了他们。风从车尾刮来，像川流不息的传送带。把他们的话端了过来。

“你以后，常来……看看我……”

“不……行……”

“到底是‘不’，还是‘行’？你说清楚嘛！”

很长很长的间歇，仿佛影片突然中断。我忍不住回过头去看，他们的背影相距很远，看不出丝毫破绽。班长怕打草惊蛇，把我的脖子像拧小鸡似的硬掰了回来。

“为什么！”

“因为……因为你们不可能属于任何一个男人，你们属于整个雪山……”

“那你就再也不来看我们了吗？”

“会来的。不过，你别盼着我来……”

班长忍不住对我说：“这我就放心了！”

我对班长说：“你到底操心什么？我怎么不知道？”

林参谋的确具有战略眼光。他每次到来都携带花纸和噩耗，还有那周而复始的钢圈。但做花圈的过程充满快乐，我们有条不紊地操作着，配合如行云流水。我们不断地发明创造，设计出人间罕见的花卉。小宛的脸庞是所有花朵中最艳丽的一朵，林参谋也名正言顺地同我们一道忙碌。

“这些花圈太美丽了！”林参谋不止一次由衷地赞叹。

女孩们的花圈，鼓舞着将士们更英勇地保卫着那道国界。

终于有一天。

“请你们做几个花圈。”一个陌生的声音说。

我们大吃一惊，端详着来者。

他很像林参谋，年轻而潇洒。

但他不是林参谋。

那是1971年底，林彪事件的文件传到雪山。大雪封路，已无法通行。为了传达这个重要文件，林参谋接受命令，强行出车了。

他的车出去就再也没有回来。

我们终于深深懂得了什么叫军人的死亡。

那圈，那纸，那闪烁如银的灯光……都同以前一模一样，只是少了那人！

“我们，该给林参谋，做一个，最美丽的，花圈。”小宛讲，她的脸色像灯光一样惨白。

“可是我们所有会做的花样，林参谋都见过了呀！”我着急地说。

“小宛，这件事就交给你。设计一个人世间最美丽的花圈。”班长说。

林参谋下葬的那一天，我们从车上抬下一架特殊的花圈。圈子还是那么大，这是所有的官兵都看熟了的，钢筋不会胀大也不缩小。不同的是，花圈上罩了一层粉红色纸绞成的网子如纱如梦，仿佛一位新娘的盖头。

肃立的人群像铁壁一样沉默。突然，从纸罩后面传来奇异的滴答声，仿佛那里悬挂着一块巨大的秒表……

呼啸的山风像一只粗暴的手，将纸罩“唰”的一声扯开，抛向无垠的长空。

啊！冰雪花卉！铁红色的钢架上，缀满了冰雕的花朵。怒放的花朵宛若水晶般剔透。在璀璨的阳光下，把无数耀眼的金针，抛洒在蓝天之中。我们站立在冰花圈近旁。少女温馨的气息将雪山万古不化的寒冰嘘热，便有点点滴滴情泪似的水珠，潸然而下。花瓣渐渐地瘦了，花蕊渐渐地软了，花叶渐渐地垂了，花圈渐渐地小了。我们没有流泪，所有的泪，都凝到花朵里去了。铁锈色的钢圈像沐在一场豪雨之中，无数溪流酣畅而下，冻土被敲击出无数小坑。

从那一次以后，做花圈的时候，我们再也不说笑。

许多年过去了。我再没见过比那更美丽的花圈。 也许，该把那冰雪的花卉烧掉。火是生与死之间的独木桥。

第五章

在苦难的夹缝当中完整地活着

生活的核心，其实是如何善待每人仅此一次的生命。如果你珍惜生命，就不必因为小的苦恼而厌倦生活。因为泥沙俱下并不完美的生活，正是组成宝贵生命的原材料。

你是否需要预约今生的苦难

那天晚上，比尔请客。

比尔是外交部的官员，负责接待安排我们在纽约的活动。比尔衣着朴素，脸上永远是温和厚道的笑容。当我们从纽约火车站出来的时候，看到的就是这种笑容。他帮我们推着沉重的行囊，在人群中穿行。当他护送我们到哈林区的贫民学校访问的时候，脸上也是这样的笑容。当我要离开纽约，担心一大堆资料无法带走的时候，又是比尔温暖的笑容帮我解决了难题，他答应为我将资料海运回中国。我要给比尔运费，比尔显出很不好意思的神情。我给了他 20 美元之后，他说什么也不肯再要了。

比尔请我们在一个中餐馆用饭。比尔说这是纽约最好的中餐馆之一。

我对让一个出访在外的游客，请他吃故国饭食这事，一直持不同意见。比如一个日本人到中国访问，才从东京飞出来两个小时，到北京落地之后，被人请到一家日本料理，吃一顿风味走了样的日本饭，他的感觉必不会太好。同理，我在国外出访，最怕的就是吃那种改良后的中餐。无论色香味都发生了变异，还不如吃根本就与我们不是同宗同族的西餐，因为有了准备，舌头和肚肠的宽容度反倒大些。中餐就吓人了，上来一个“鱼香肉丝”，当你做好了将尝到熟悉的川味的准备时，一个冷不防，居然袭来奶油的甜香，所受的惊吓足以让你怀疑自己的神经。

比尔在中餐桌上是有发言权的，因为比尔的妻子是一位香港女性。这的确是我在美国吃的最好的中餐之一。席间，聊到一个有趣的话题：**人是否需要预先知道今生的苦难？**

同桌的一位朋友说，他认为如果有可能，他愿意预知一生的苦难。理由是，凡事预则立，不预则废。知道了，有什么坏处呢？没有。并不会因为你的预知，就让你的灾难变得更多或者减少，那么，你早知道一点，就对自己的人生多了一份把握，该是好事。

闷头吃饭的比尔，突然大叫了一声：No！

这是我唯一的一次，在比尔的脸上看到的不是笑容，而是愤怒和凄楚。

当然，比尔的愤怒不是针对那位朋友，比尔放下了筷子，对我们说，很多年前，我和我的妻子，在香港抽签请人算命。那人是一个和尚，他看了我妻子的签说，你会早死。看了我的签说，你会老死。

你们知道“早死”和“老死”的区别吗？自从听了那和尚的话，我的妻子就对我说，比尔，我会比你先死。因为我是早早死去，而你是老死，你要活很大的年纪。我说，你不要相信这话，那个人是胡说。我会和你白头偕老，如果有个人一定要先死去，那就是我，因为你比我年轻。但是前不久，我的妻子生了喉癌。那是因为她年幼的时候，家中很穷困，没有菜，就吃咸鱼。咸鱼很小，有很多刺，鱼刺刺伤了她的喉咙。久而久之，就生成了癌症。妻子走了，留下我，等着我的“老死”。

比尔说得非常伤感。朋友们缄默了许久，寄托对比尔妻子的深切悼念。我听出了比尔话后面的话。很多年来，关于“早死”和“老死”的谶语，就盘旋在他们的头顶。他们本能地畏惧这朵乌云，乌云尖利的牙齿，咬破了他们最快乐的时光。每当幸福莅临的时刻，惴惴不安也如约袭来。因为他们太珍惜幸福，就越发迅疾地想到了那不祥的预言。如果他们不知道那命运的安排，如果当年没有那老和尚的多此一举，比尔和他妻子的美好时光，也许会更纯粹更光明。

我不知道我想的是否如何实际，我也不敢向比尔求证。我把此事写到这里，是想再次问自己也问他人。我们是否需要预知今生的苦难？

大多数人是取席间的那位朋友的观点，还是像比尔一样说“No”？

我站在比尔一边。不单是从技术层面上讲，我们无法预知今生的苦难，我们也无法预知今生的幸福。就是有人愿意告诉我，把我一生的苦难，用了不同的簿子，将它们分门别类地列出，苦难用黑墨水，幸福用红墨水，一一书写量化。或者是轻声细语地娓娓道来，苦难用叹息，幸福用轻轻的笑声。想来，我也会在这种簿子面前闭上眼睛，在这种命运的告诫面前，堵起自己的耳朵。生命是我自己的东西，甚至可以说是我仅有的东西，我不希望别人来说三道四。我注重的是过程，在这个过程中，我感到自己的价值。我们可以预知的只是自己应对苦难和幸福的态度。此时此地，这是我们能掌握的唯一。知道了又怎样？不知道又怎样？生命正是因为种种的不知道和种种的可能性，才变得绚烂多姿和魅力无穷。你依然要生活下去，依然要向前走。变化是无法预料的，世界充满了不可捉摸的可能。能够把握的只是我们自己。

那一天比尔离去的时候，带走我沉甸甸的资料。比尔一手拎着资料，一手提着他不离身的书包。他的书包在纽约的大街上显得奇特而突兀。那是一个简单的布包，上面用汉字写着：天府茗茶。

在纽约看到比尔的所有时刻，他都拎着这个布包，突然想问问比尔，这是否是他妻子很喜欢的一件东西？

逃避苦难

万里迢迢，到了甘肃敦煌。鸣沙山像一个橙黄色的诱惑，半明半暗卧在傍晚的戈壁上。

人们像朝圣似的，扒下鞋袜，一步一滑地向沙顶爬去。

你是想后来居上吗？友人从五层楼高的沙坡上向我招手。

我抱着双肘，半仰着脸对她说：我不爬山。

那你怎么到达山那边如画的月牙泉？

雇一匹骆驼。

要是雇不到骆驼呢？友人从六层楼高的沙丘上向我喊话。

那就只好沿着山根转过去。

这可是鸣沙山啊！友人已经到了七层楼高的沙峰。

不管是什么山，只要给我选择的自由，我就不爬！

我憎恶爬山！

我对友人喊，她已经到了十几层楼高的沙崖，没有回头。

她没有听到我的话，听到了也不会赞同。

经历是我们爱憎的最初的和永远的源泉。

我曾经穿行于世界上最高的峰峦与旷野，山给予我太多的苦难。那个时候我 17 岁，当现在的女孩娇嗔地把这个年龄称为“花季”的时候我正在昆仑山上度着永远的冬季。

在最冷的日子里。我们去爬很多皑皑的雪山。我背着枪支、弹药、十字箱、雨布、干粮、大头鞋、皮大衣，还有背包，加起来六七十斤。

第一天行进的路程，只是爬一座山。那座山悬挂在遥远的天际，像一匹白马的标本。

还没有走到山脚下，我就一步也迈不动了。宿营地在山的那边，遥远得如同我已死去了的曾祖父母。我完全不知道自己将怎样走过这漫长的征途。

缺氧使我憋闷得直想撕裂胸膛，把自己的心像一穗玉米那样扒出，晾晒在高原冰冷的阳光中。

生命给予我的全部功能，都成了感受痛苦的容器，我的眼珠被冰雪冻住了，雪花六角形的芒刺，牢固地粘在眼皮上，绝不溶化。眼睛便像两只雪刺猬。呼呼的风声将耳膜压得像弓弦一样紧张，根本听不到除此以外任何声响。关节腔里所有的滑液都被冻住了，每走一步都感觉到冰碴粗糙的摩擦。手指全然失掉知觉，腕以下是光秃秃的空白……

时至夜半，我仍未走出那座山。我慢慢地、慢慢地倒向昆仑山万古不化的寒冰。我不走了，一步也不想走了。走比死亡可怕得多。枕着冰雪，仰望高海拔处才能见到的宝蓝色天空。我愿意永不复生。

参谋长几乎是用枪，逼迫我站起来继续走。

从此，我惧怕爬山，仅次于死亡。

惧怕爬山，实际上是惧怕苦难。山——这些地球表面疙里疙瘩的赘物，驱使我们抵抗地心强大的引力，以自身微薄的力量，把自己的体重举起来。当我们悬浮在距海平面很高渺的山峦上，以为自己很高大，其实我们不过是山的玩偶。

苦难是对人的肉体和心灵的酷刑。那些叫嚷热爱苦难的人，我总怀疑他们未曾经历过刻骨铭心的苦难。或者曾将苦难与苦难换取来的荣誉，同时置于跷跷板的两头，他们发现荣誉的头发高高地飘扬在半空，遮蔽了苦难黝黑的面庞。

他们觉得——值。

苦难是对人的信念最残酷的锤打。当你饥肠辘辘，当你衣不遮体，当你的尊严践踏于泥泞之中，当你纯洁的期冀被苦难蛀虫蚀得千疮百孔之时，你对整个人类光明的企盼，极有可能在这黑海洋中颠覆。命运之舟破碎了，只剩几块板状的残骸。即使逃脱困厄的风口，理想也受到致命的一击。再要抬起翅膀，需要积蓄永远的力量……

经受苦难而不萎靡，不沦落，不摇尾乞怜，不柔若无骨，不娼不盗，不偷不抢，不失魂落魄，不死去活来，是天才是领袖是超人，非平常人可比。

然而历史是平常人创造的。

幸亏人类害怕苦难，人类才得以不断进步不断发达不断繁荣。假如人类什么都不怕，什么都满足，至今还穴居山顶、茹毛饮血、火种刀耕。

最稚嫩最敏感的部位，最怕疼。例如我们的手指尖。粗糙它，磨砺它，指肚便会结出厚厚的膙子，这是一种悲哀的退化。

手指结茧可以消退，心灵的蛹若被苦难之丝包绕，善与美的蛾儿便难以飞出，多数窒息于黑暗之中。

当然，当苦难像飓风一样无以回避地迎面扑来时，我也会勇敢地迎上去，任沙砾打得遍体鳞伤，任头发像一面黑色的旗帜高高飘扬……

为了逃避苦难，我一生奋斗不息。

苦难也像幸福一样，分有许多层次，好像一条漫长的台阶。苦难宫殿里的至尊之王，是心灵的痛楚。

没有血迹，没有伤痕，假如心灵被洞穿，那伤口永世新鲜。

我相信在人类心灵国度里，通行痛苦守恒定律。无论怎样的皇亲国戚，无论怎样的花团锦簇，无论怎样的二八佳丽，无论怎样的鹤发童颜，都有潜藏的伤口，淌着透明的血。

逃避了食不果腹、衣不蔽体的小苦难，便滋生出建功立业壮志未酬的大痛苦，待功成名就踌躇满志之时，又生出孤独寂寞高处不胜寒的凄凉……人类只要存在感觉，苦难便像影子永远伴随。成功地逃避一次又一次苦难，人类就在进化的阶梯上匍匐向前了。

西域古道上，驼铃叮当。我骑着骆驼，绕到月牙泉。

没有爬上鸣沙山，你要后悔一辈子。友人气喘吁吁滑下沙丘对我说。

我不后悔。世界上的山是爬不完的，能少爬一座就少爬一座吧！

像逃避瘟疫一般，我逃避苦难。

苦难不是牛痘疫苗

1997—1998年，几乎成了我的说话年。北大、清华、北京师范大学、北京外国语大学、中国协和医科大学、北京科技大学、首都师范大学、中医药大学……还有女子中学和北京八中的少年班。从少年到青年，从北京到新疆，我都曾和他们聊过天。

我之所以不喜欢把这种形式称作讲演，是因为自己心里有障碍。我害怕那个“演”字，觉得有几分虚拟与矫情。也许对在舞台上的演员是正常事情，但对以笔为幕的我来说，更习惯在黎明或是夜半，独自枯索。

生平不会表演，也未曾当过老师。面对许多人说话，提前就会感到莫大压力。每逢答应了，要在某时某刻与众人会晤，前一天就惶惶不可终日。夜里也睡不好觉，仿佛面临一场莫测的考试。有时直到赶赴会场的路上，都不晓得自己将如何开头。

其实，这种场合，拒绝是最简单的方法，过去多年，我恪守着说：“不。”除非极熟识的朋友托到头上，百推无效，否则绝不答应出席。一天，女作家赵玫的一句话改变了我的看法。她说，不要拒绝大学生，他们是希望。

这种集体聊天大致分为两部分。前三分之二的时间，由我主说。题目通常是“文学与人生”这类大得吓人的题目。题目大了，其实有好处，就是无论你怎样说，都不会跑题。我私下里以为，同学们对从作家那里能听到些什么，期望值并不很高，一般来说比较宽容。我也乐得撒开来谈了。

后三分之一的时间，一般留作大家对话。纸条不断从会场的不同角落传上来，形态各异。有写满了字的整张作业纸，也有寥寥数语窄如柳眉的短笺。我满怀兴致地阅读它们，好像你对着大山呼唤了一声，片刻后收获连绵不绝的回音。每次讲演回来，都有成包的各色纸条回馈，纷纷扬扬。好似你从飘飘洒洒的冬夜，掬回一捧雪花。

我很喜欢这些字条，里面蕴含着信息和挑战。时间久了，纸条聚得如山，偶有翻看，仍会感到灼热与激荡。那是一些年轻的心的切片，固定着那些难忘的夜晚。不论日子过去多久，依然显示着清晰的思想脉络和蓬勃的生命力。

我也常常反思，自己在当时的氛围和倚马可待的回答中，是否诚挚友善和机智？

现在，我把一些字条，直录在这里。然后是我的回答。基本上是当时的想法，也许经过时间的沉淀，更条理了一些。

问：您不愿当医生，可我最爱看您笔下的医生，这也曾让我一度非常想当医生。您笔下的医生医术都很高超，我觉得您当医生，也一定是个好医生。我总为您感到后悔。想问两个问题：

1. 您后悔吗？

2. 您认为作家是最适合您的职业吗？

此条来自清华大学。他们的纸条和别的大学的纸条有些微不同。基本上都用整张的纸，字也写得较大，感觉较为豪放。文科学校所用的纸条多半细小精致，字也文秀些。

答：我当医生的时候，医术一般，但我是一个比较负责任的医生。医生是一个对责任感要求非常严格的职业，甚至可以说，责任感与医术，是一个好医生飞翔的双翼。我当医生时，有一个习惯，也许可以算作爱好吧——就是愿意和病人谈话，耐心地倾听他们对于自己痛苦的倾诉。我不喜欢那种医生，把诊断搞清后，就不屑于理睬病人，觉得病人只是一个悬挂疾病的衣架。我愿意尽我的所能，和气地深入浅出地向病人解释他的病情，同情他的疾苦……这不是很难的事情，但有些医生忽略了。

不当医生，我不后悔。因为这是我在没有外力胁迫的情况下，自觉自愿做出的选择。人一生能够从事自己所热爱的事业，是一种奢华的好运气。

问：您为什么没有起一个笔名？您若起一个笔名，将是什么样的？

此条来自北京大学。我直觉感到这是一个有志从事文学创作的女孩子。她的提问很内行，富有技术性。

答：在我还没有做好小说能够发表的心理准备的时候，它就发表了，多少有些令我措手不及。当时杂志社并没有人问我要不要用一个笔名，我也就不便说请把原稿上我的本名涂掉，换一个笔名，私下觉得那太给人添麻烦了（其实不复杂，但我不好意思说）。于是，以精心策划的笔名面世的机会，稍纵即逝。当然，到了发表第二篇稿子的时候，已从容了些，有机会缓缓思忖一个笔名。但一旦开始具体操作，深深的忧虑攫住我——换了一个崭新的笔名，我的父母在感情上是否会接受？承认那个铅字所组成的陌生字眼，就是他们原装的女儿？我拿不定主意，也没有勇气问他们。事情一耽搁，机遇就又过去了。我从小是一个很乐意让父母高兴的孩子，为了这份并非完全空穴来风的忧虑，我终于坚定地不用笔名了。

如果我要起笔名的话，我要用一种矿物质或是金属的名称做笔名。我喜欢那种在亿万斯年的大自然当中，凝结的精华与漠然的力度的感觉。而且我觉得金属有特殊的壮丽。

问：您经历了那么多坎坷的经历，可无论是您的文学和您的话语，所表达的都是对生活的乐观和轻松，您认为这是一种经历了太多苦难后的宽容和超越，还是您并不认为有必要感受沉重？

这个纸条，记得是来自一位医学生，好像还是博士班的。我当时有些踌躇，不知如何解答是好。因为他（或她？）似乎比我考虑得更成熟了。

答：我很坎坷吗？我不觉得啊。现在很多人讲到坎坷的时候，多用一种夸耀的口气或是潜藏着求人怜悯的企图，使我不爱说这个词。坎坷和顺利，似乎是反义词，其实都是生命的相对状态。至于顺利是否就是快乐相连，坎坷是否就一定指向沉重？我以为并非必然。我们可以在顺利的时候愁容惨淡，也可以在苦难时欢颜一笑，关键在于我们把握命运的定力。

我不喜欢模拟苦难，无论是从理论还是从实践上。我对人为地制造苦难，以考验他人的做法，深恶痛绝。人生的苦难，不是像牛痘疫苗一样的病毒提取物，植入皮肤，就可以终生预防天花了。我所看到的更多的事实是，苦难磨秃了人对美好事物的细腻感受力，削尖了利己损他的恶性竞争意识，使人变得粗糙和狠毒。苦难浪费了时间，剥夺了原应更富创造力的年华，迟滞了我们的步伐。

如果苦难一定要扑面而来，那就得镇静迎战了。这另当别论。

我所遇到的最好玩的一些问题，比如未来和幻想，事无巨细的提问和随心所欲的对话，来自少年们，特别是北京八中。那是一些十三四岁的男孩女孩，智商很高，天性活泼生动。马上就要参加高考了，竟然还有兴致邀我对话，说读过我的作品，想交流一下感受。

我力拒，理由简单。我想象不出这些非凡的孩子，会是怎样的精灵？不知和太聪明的孩子，该如何讲话？万一不妥，戕害了祖国花朵，还是一些很优良的大花骨朵。闹得不好，我前脚刚走，后脚人家就得消毒。

但校方力邀，那位音色有些苍凉的老师，一口一个“不是我请您，是我的孩子们请您。”

做母亲的人，听不得人家说，我的孩子想如何如何……我只好答应了。

所幸那是一群非常机灵可爱的少年，知识面极广，天上地下金戈铁马。我们讨论了很多问题，留下深刻记忆的是这样一张字条。

问：我考上大学一点儿问题都没有，但我不喜欢这件事，今年7月，我不想考啦！背许多没用的东西，瞎耽误工夫。顺便问您一句，您第一次稿费，钱多吗？干什么用了？

答：人一生，要干许多自己不喜欢的事。这一规则，以我的岁数和经历来看，可以倚老卖老地向你们说——是一条铁律。世上有些事，不是因为我们喜欢才去做，而是从长远看，从责任看，从发展看，必须做。我同意你的观点，上大学没什么了不起。但它是一张门票，你要领略更广大的景色，你得有入场券。不必将它看得过重，也不可太掉以轻心。你既然一点儿问题都没有，不妨轻松过关，然后再按自己的意志，努力向前，走自己的路。

第一次稿费钱不多，几万字的稿子，几百块钱，基本上合一个字一分多点钱。我把其中的一半寄给我父母，另一半买了书。妈妈说，汇款单到的那一天，她正在小路上散步，听人喊，你女儿把稿费寄来了，几乎流下眼泪。

走出黑暗巷道

那个女孩子坐在我的面前，薄而脆弱的样子，好像一只被踩扁的冷饮蜡杯。我竭力不被她察觉地盯着她的手——那么小的手掌和短的手指，指尖剪得秃秃，仿佛根本不愿意保护指尖，恨不能缩回骨头里。

就是这双手，协助一双男人的手，把一个和她一般大的女孩子的喉管掐断了。那个男子被处以极刑，她也要在狱中度过一生。

她小的时候，家住在一个小镇，是一个很活泼好胜的孩子。一天傍晚，妈妈叫她去买酱油，在回家的路上，她被一个流浪汉强暴了。妈妈领着她报了警，那个流浪汉被抓获。他们一家希望这件事从此被人遗忘，像从没有发生过那样最好。但小镇的人对这种事，有着经久不衰的记忆和口口相传的热情。女孩在人们炯炯的目光中，渐渐长大，个子不是越来越高，好像是越来越矮。她觉得自己很不洁净，走到哪里都散发出一种异样的味道。因为那个男人在侮辱她的过程中，说过一句话："我的东西种到你身上了，从此无论你在哪儿，我都能把你找到。"她原以为时间的冲刷，可以让这种味道渐渐稀薄，没想到随着年龄的增大，她觉得那味道越来越浓烈了，怪异的嗅觉，像尸体上的乌鸦一样盘旋着，无时不在。她断定世上的人，都有比猎狗还敏锐的鼻子，都能侦查出这股味道。于是她每天都哭，要求全家搬走。父母怜惜越来越皱缩的孩子，终于下了大决心，离开了祖辈的故居，远走他乡。

迁徙使家道中落。但随着家中的贫困，女孩儿缓缓地恢复过来，在一个没有人知道她过去的地方，生命力振作了，鼻子也不那么灵敏了。在外人的眼里，她不再有显著的异常，除了特别爱洗脸和洗澡。无论天气多么冷，女孩儿从不间断地擦洗自己。由于品学兼优，中学毕业以后，她考上了中专。在那所人生地不熟的学校里，她人缘不错，只是依旧爱洗澡。哪怕只剩吃晚饭的钱了，宁可饿着肚子，也要买一块味道浓郁的香皂，把全身打出无数泡沫。她觉得比较安全了，有时会轻轻地快速微笑一下。童年的阴影无法抑制青春的活力，她基本上变成了一个和旁人一样的姑娘了。

这时候，一个小伙子走来，对她说了一句话："我喜欢你，喜欢你身上的味道。"她吓得半死，还是清醒地意识到，爱情并没有嫌弃她，猛地进入到她的生活中来了。她没有做好准备，她不知道自己能不能爱，该不该同他讲自己的过去。她只知道这是一个蛮不错的小伙子，自己不能把射来的箭，像个印第安人"飞去来"似的放回去。她执着而痛苦地开始爱了，最显著的变化是更频繁地洗澡。

一切顺利而艰难地向前发展着，没想到新的一届学生招进来。一天，女孩在操场上走的时候，像被雷电击中，肝胆俱碎。她听到了熟悉的乡音，从她原来的小镇，来了一个新生。无论她装出怎样的健忘，那个女孩子还是很快地认出了她。

她很害怕，预感到一种惨痛的遭遇，像刮过战场的风一样，把血腥气带了来。果然没多久，关于她幼年时代的故事，就在学校传得沸沸扬扬。她的男朋友找到她，问，那可是真的?

她很绝望，绝望使她变得无所顾忌，她红着眼睛狠狠地说，是真的，怎么样?

那个小伙子也真的不含糊地说，就算是真的，我也还爱你。

那一瞬，她觉得天地变容，人间有如此的爱人，她还有什么可怕的呢?

于是他们同仇敌忾，决定教训一下那个饶舌的女孩。他们在河边找到她，对她说，你为什么说我们的坏话?

那个女孩子心有些虚，但表面上却更嚣张和振振有词。说，我并没有说你们的坏话，我只说了有关她的一个事实。

她甚至很放肆地盯着爱洗澡的女孩说，你难道能说那不是一个事实吗?

爱洗澡的女孩突然就闻到了当年那个流浪汉的味道，她觉得那个流浪汉一定是附在这个女孩身上，千方百计地找到她，要把她千辛万苦得到的幸福夺走。积攒多年的怒火狂烧起来，她扑上去，撕那饶舌女孩的嘴巴，一边对男友大吼说，咱们把她打死吧!

那男孩巨蟹般的双手，就掐住了新生的脖子。

没想到人怎么那么不经掐，好像一朵小喇叭花，没怎么使劲，就断了。再也接不上了。女孩直着目光对我说，声音很平静。我想她一定千百次地在脑海中重放当时的录像，不明白生命为何如此脆弱，为自己也为他人深深困惑。

热恋中的这对凶手惊慌失措。他们看了看刚才还穷凶极恶现在已了无声息的传闲话者，不知道下一步该怎么办。

咱们跑吧，跑到天涯海角。跑到跑不动的时候，就一道死。他们几乎是同时这样说。

他们就让尸体躺在发生争执的小河边，甚至没有丝毫掩饰。他们总觉得也许她会醒过来。匆忙带上一点积蓄窜上火车。不敢走大路，就漫无目的地奔向荒野小道，对外就说两人是旅游结婚。钱很快就花光了，他们来到云南一个叫“情人崖”的深山里，打算手牵着手，从悬崖跳下去。

于是拿出最后的一点钱来，请老乡给做一顿好吃的。然后就实施自杀。老乡说，我听你们说话的声音，和新闻联播里一个腔调，你们是北京人吧?

反正要死了，再也不必畏罪潜逃，他们大大方方地承认了。

我一辈子就想看看北京。现在这么大岁数，原想北京是看不到了。现在看到俩北京人，也是福气啊！老人说着，倾其所有，给他们做了一顿丰盛的晚餐，说什么也分文不收。

他们低着头吃饭，吃得很多。这是人间最后一顿饭了，为什么不吃得饱一点呢？吃饱之后，他们很感激也很惭愧，讨论了一下，决定不能死在这里。因为尽管山高林密，过一段日子，尸体还是会被发现。老人听说了，会认出他们，就会痛心失望的。他一生看到的唯一的两个北京人，还是被通缉的坏人。对不起北京也就罢了，他们怕对不起这位老人。

他们从情人崖走了，这一次，更加地漫无目的。最后，不知是谁说的，反正都是一死，与其我们死在别处，不如就死在家里吧。

他们刚一回到家，就被逮捕了。

她对着我说完了一切，然后问我，你能闻到我身上的怪味吗?

我说，我只闻到你身上有一种很好闻的栀子花味。

她惨淡地笑了，说，这是一种很特别的香皂，但味道不持久。我说的不是这种味道，是另外的——就是——你明白我说的是什么——闻到了吗?

我很肯定地回答她，除了栀子花的味道，我没闻到任何其他的味道。

她似信非信地看着我，沉默不语。过了许久，才缓缓地说：今生今世，我再也见不到他了，就是有来世，天上人间苦海茫茫，那里就碰得上！牛郎织女虽说也是夫妻分居，而他们一年一次总能在鹊桥上见一面。那是一座多么轻盈美丽的桥啊！我和他，即使相见，也只有在奈何桥上，那座桥，桥墩是白骨，桥下流的不是水，是血……

我看着她，心中充满哀伤。一个女孩子，幼年的时候就遭受生理和心理的创伤，又在社会的冷落中屈辱地生活。她的心理畸形发展，暴徒的一句妄谈，居然像咒语一般，控制着她的思想和行为。她慢慢长大，好不容易恢复了一点做人的尊严，找到了一个爱自己的男孩，又因为这种黑暗的笼罩，不但把自己推入深渊，而且让自己所爱的人走进地狱。

旁观者清，我们都看到了症结的所在。但作为当事人，她在黑暗中苦苦地搜索，碰得头破血流，却无能为力逃出那死结。

身上的伤口可能会自然地长好，但心灵的创伤，自己修复的可能性很小。我们能依赖的只有中性的时间。但有些创伤虽被时间轻轻地掩埋，表面上暂时看不出来，但在深处，仍然存在深深的伤疤。一旦风云突变，那伤痕就剧烈地发作起来，敲骨吸髓地痛楚起来。

我们每个人都有一部精神的记录，藏在心灵的多宝格内。关于那些最隐秘伤疤，除了我们自己，没有人知道它陈旧的纸页上滴下多少血泪。不要祈求它会自然而然地消失，那只是一厢情愿的神话。

重新揭开记忆疗伤，是一件需要勇气和毅力的事情。所以有些人宁可自欺欺人地糊涂着，也不愿清醒地焚毁自己的心里垃圾。但那些鬼祟也许会在某一个意想不到的瞬间，幻化成形，牵引我们步入歧途。

我们要关怀自己的心理健康，保护它，医治它，强壮它，而不是压迫它，掩盖它，蒙蔽它。只有正视伤痛，我们的心，才会清醒有力地搏动。

苦难之后

谈谈关于苦难的问题，你们可有兴趣？有人一定会捂着耳朵说，不听不听……说句心里话，我也怕谈这个难题。对我这也是一个大考验。咱们好像共同面对着一碗苦苦的药汤，要一口口慢慢地喝下去，有时还得咂着嘴回味一番，更是苦上加苦。可是中国有句古话，叫作“良药苦口利于病”，对于某些重要的命题，回避不是一个好法子。所以，咱们就一块皱着眉咬着牙，坚持讨论下去吧。

我之所以不称你们为“老朋友”，不是因为咱们相识的时间还短，是因为你们的年龄比较小。我原来总以为研究“苦难”这个大题目，要放在人比较成熟的时候——起码要到男孩下巴上长出软软胡须，女孩身姿婀娜之后。可是，生活根本就不理会我们的安排，它我行我素，肆无忌惮。可以顷刻之间，就把严酷的灾难，比如山崩地裂，比如天灾人祸，比如父母离异，比如病魔降身……降临到无数人头上，毫不对儿童和少年稍存体恤之情。

这就证明了一个铁一般冷酷的事实——苦难的降临是不以人的善良意志为转移的。它就像空气一样，围绕着成人，也围绕着未成年人。对于注定要发生的风浪，单纯地依靠一厢情愿的堤坝，是无法躲避灾难的。更重要更有效的策略，是我们具备直面它的勇气，然后从容冷静坚定顽强地走过苦难，重建生活。

有一句说得很滥的话——“不要总是生活在童话中”。这话是什么意思呢？大概是说——童话虽然很美好，但现实生活中远不是那个样子。面对真实的生活的时候，我们要忘掉童话的气氛。

我不同意这种说法。其实在那些最优秀的童话里，是充满了苦难和对于苦难的抗争的。比如说“灰姑娘”吧。她小小的年纪，就失去了母亲，父亲也并不关爱她（在那个经典的故事中，没有对灰姑娘爸爸的具体描写，我估计不是作者的疏忽，而是灰姑娘的老爸乏善可陈。从他找的第二任夫人的品行可看出，这老先生对人的洞察能力不佳），在继母的冷漠和姐姐们的白眼下生活，没法读书，做着力所不及的杂役……咳！简直就是未成年人被家庭虐待的典型。

比如“卖火柴的小女孩”，更是悲惨已极。没有吃的，没有喝的，在节日的夜晚，还要光着脚在风雪中售卖火柴，以至于饥寒交迫冻饿而死……真是惨绝人寰的景象。依我在西藏雪域生活多年的经验，作家笔下所描绘的小女孩临死前所看到的温暖光明的家庭图画，其实很有科学根据。濒临冻僵的人，神经麻痹之后会出现神秘的幻觉——平日的理想都虚无缥缈地浮现出来了。包括小女孩脸上的笑容，也有医学基础。严寒会使人的肌肉强烈痉挛，我当过多年的医生，所见过的被冻死的人，表情都好似在微笑……

再说“白雪公主”。亲妈早早仙逝，后母不容，因为嫉妒她的美丽，竟然雇了杀手要取她首级。好不容易死里逃生，被好心小矮人收留。为了报答恩人，她从高贵的公主摇身一变，成了打扫家务烹炸菜肴的小时工，这个落差不可谓不大。就这样，她的厄运还远未终结，后母死死追杀，最后被毒苹果险些夺去红颜……

怎么样？以上所谈童话中的阴谋与死亡、贫困与灾难……其力度和惨烈，就是今人，也要为之垂泪吧？

我还可以举出许多。比如小人鱼变鳍为脚的痛楚，小红帽面对狼外婆的恐惧，孙悟空戴上金箍儿的折磨和唐僧九九八十一难的艰辛……怎么样，我说得不错吧？童话并不遮盖苦难，它们比今天那些搞笑的故事，更多悲凉和灾难的警策。

也许是因为童话多半有一个光明的结尾，好人得到神灵相助，就使人们忽略了那些惨淡的忧郁，以为童话总是祥云笼罩，这实在是一个大误会。

小朋友和中朋友们，说句真心话，依我这些年跋山涉水走南闯北的经验，苦难就像感冒，几乎是不可避免的。如果谁告诉你们世界永远是阳光灿烂，请记住——他是一个骗子。

灾难埋伏在我们前进的拐弯处，不知何时会突袭我们。怕，是没什么用的。我们不能取消灾难，各位能够做到的就是面对灾难不屈服。

灾难会带给我们巨大的痛苦。亲人丧失、房屋倒塌、财产毁坏、学业中断、断臂失明、瘫痪失语、孤苦无依、诬陷迫害……这些词令人窒息，我都不忍心写下去了。但我深深知道，以上绝境还远远不是灾难的全部，在人生过程中，还有大大小小许许多多匪夷所思的艰涩，会不期而遇。

既然灾难不可避免，灾难之后，我们怎么办？我想答案一定是形形色色的。不过万变不离其宗，大致可以分成两大类。

一条路是——我们可以终日啼哭，用泪水使太平洋的海拔高度上升。我们可以一蹶不振徘徊在墓地，时时沉湎在对亲人的怀念和追悼中。我们可以怨天尤人，愤问苍穹的不公和大自然的残忍。我们可以从此心地晦暗，再也不会欢笑和宽容……

沿着这条路一直走下去，那结局是末日的黑色和冰冷。

还有一条路是——我们拭干眼泪，重新唤起生的勇气。掩埋了亲人之后，我们努力振奋精神，以告慰天上的目光。我们更珍惜生命的价值和意义，争取用自己的存在让这颗星球更美。我们对他人更多温情和宽厚，因为我们从患难中理解了友谊和支援……

沿着这条路走下去，那结局是火焰般的橘黄色，明媚温暖。

小朋友和中朋友们，这两条路可是南辕北辙的啊。灾难之后，何去何从，千万三思而后行！

灾难是一把双刃剑，可以把一个人从精神上杀死，也可以把他锻造得更加坚强。所以，选择非常重要。

如果说，何时遭遇灾难，是不受我们控制的，但灾难之后如何走过灾难，却是我们一定能掌握的。在灾难的废墟上，愿生命之树依然常青。

你不能要求没有风暴的海洋

痛苦和磨难是人生不可分割的一部分。只有接受这一事实，我们才能超越它，更加看清生命的意义。

你说你不要这些苦难，那么生命也就失去了框架。很多自杀的人，就是因为没有理会这种意义，一厢情愿地认为生命是应该只有甘甜没有挫败的。特别是在恋爱早期，那种汹涌的荷尔蒙带来的欢愉，让人把激情当成了常态。生命的常态，其实就是平稳和深邃，还有暗流。在最深刻的层面，我们不单与别人是分离的，而且与世界也是分离的，兀自踯躅前行。

生命的每一步都带着人们向死亡之境跌落，不要存在幻想，这才让你比较持久稳定，安然地居住在孤独中。胸中如有千沟万壑、千军万马。只有接受这一事实，我们才能超越死亡，腾起在空中，看清生命的意义。

有一次，到沙漠中的一个城市去，临行之前和当地的朋友联络。她不停地说，毕老师，你可要做好准备啊，我们这里经常是黄沙蔽日。不过，这几天天气很不错，只是不知道它能不能坚持到你来到的那一天。

我有点纳闷。虽然人们常常说，“您的到来带来了好天气”，或者说，“天气也在欢迎您呢”，谁都知道，这是典型的客套。个体的人是多么渺小啊，我们哪里能影响到天气！

不过这位朋友反复地提到天气，还是让我产生了好奇。我说，不管好天气还是坏天气，我们都不能挑选。天气是你们那里的一部分，就是黄沙蔽日，也是你们的特色啊。

说者无意，听者有心。后来，这位朋友对我说，她听了我的话，就放下心来。我很奇怪，因为自觉这番话里，并没有多少劝人安心的含义啊。她说，我们这里天气多变，经常有朋友一下飞机就抱怨，闹得主客都很尴尬。

我说，坏天气也是大自然的一部分，就像每个人的生命中都必定下雨，某些日子势必黑暗又荒凉。就像你不可能总是吃细粮，那样你就会得大肠癌，你一定要吃粗纤维。坏天气、悲剧、死亡、生病，都是生命中的粗纤维，我们只有安然接纳。

你不可能要求一个没有风暴的海洋。那不是海，是泥潭。

抢，还是不抢?

在每一座蔓延 SARS 的城市，几乎都曾爆发了抢购。比如广州比如太原……在北京，这个日子锁定在 4 月 22 日的傍晚和 4 月 23 日的整天。SARS 带来了死亡的恐慌，它最先的表现形式是民众开始储备生活的必需品还有那些风传可以预防疾病的药物。在广州，白醋的黑市价格到了 80 元一瓶。

有个说法——因为醋高价热销，广东人蜂拥到山西倒醋，结果 SARS 就被带到了山西。如果这是真的，看来 SARS 的蔓延和抢购大有渊源。

北京的抢购风潮，是从城乡接合部发起的，最早从丰台和朝阳区开始，逐渐向四处波及。抢购的品种集中在食品和生活必需品。先是方便面告急，不管是什么品牌什么价钱，人们整箱整箱地往小推车上搬。马上就是米面油盐，最后连洗衣粉辣椒酱小苏打洗脸盆都有人抢。万头攒动群声鼎沸，装满货物的小车如同小山在移动，货架被人流挤翻，各种物品散落一地。当时一个朋友正好到超市购物，吓得魂飞魄散，当场给我拨了一个电话，说，毕淑敏，你能听到这里的声音吗？简直就是世界末日。耳机里喧闹无比，我说天啊这么乱，你赶快回家吧！她音色中带出哭腔说，我家里正好没米了，真正的家无隔夜之粮。谁承想赶到了大抢购，要是买不到米，今天晚上吃什么？我说要不然你先到我家来挖些米，有我吃的就有你家人吃的。我一边说，一边升起好笑的感动，好像当年《红灯记》里的穷邻居的对白。她说，谢谢你的好意，只是结账的地方挤得人山人海，我根本就出不去。这样吧，反正我也要等许久，一个羊是赶，一群羊也是赶，你要不要什么东西？我再给你抢一点。我说，多谢了，但愿你平平安安地回家，我什么也不要。

她幽幽地说，我不像你，深挖洞，广积粮。手里有粮心里不慌。这回可要吸取教训，要像农村的老大娘，永远存一囤陈粮。

我无言地苦笑。其实哪里是有备无患，过年时单位发了一袋米，因我总是吃速冻饺子，这才存到 SARS 扑来的时候。

那一天北京的夜晚不再平静，很多听到了抢购的消息，还未来得及实施的市民，都在暗中摩拳擦掌。第二天早上，北京各大超市一开门，就迎来了抢购的高峰。人们买醋，说是可以杀灭 SARS 病毒，刚开始只抢白醋，后来扩展到米醋、陈醋、饺子醋、水果醋，甚至是醋精。人们买油，一大桶一大桶提回家，仿佛从此要天天在家吃炸油饼。一位老大爷买了几十袋发酵粉，有人问他都是自家用吗？他很自豪地说，是啊，昨天抢了面，一想这蒸包子烙发面饼还得用起子，就再来买了储备上。哪怕这非典闹上几个月，我们家也有馍馍吃。

据可靠消息，在北京朝阳区的某超市，有一对老年夫妻，共购买了 5700 多元钱的食品，单是他们使用的购物车，就是整整 7 辆。7 辆车连在一起，好像一列小火车，浩浩荡荡的。他们只有四只手，推不动那么多车，就采取蚂蚁啃骨头的方法，一辆辆首尾衔接，鱼贯而行。这景象令人愕然，也令人怆然。有些滑稽，却笑不出来。

后来有人问过老人，为什么要购买这么多东西，老人说，谁知道这SARS要折腾多长时间？我们多买些米面粮油的，也坏不了，反正以后也要吃，存在自己家里，心里踏实。

在抢购浪潮中，最先断货的是消毒液和药皂洗手液等物品，然后是昨夜上架的方便食品和所有的碳水化合物，比如挂面饼干点心和任何一种粗粮。鸡蛋当然也在第一时间就告罄，香油黄酱包括话梅瓜子奶油糖也在横扫之列。

到了23日的下午，人们在米面柜台前排起长队，很多商场打出限购的牌子，大米等食粮，最多每人只能买20斤。

据北京商委的同志们讲，自1989年那场风波之后，北京已经14年没有出现过大的抢购风潮了，这一次的抢购，具有更多的特点。

一是抢购的数量大。过去肩扛手提，能够搬回家的物品还有限，现在很多人家有了汽车，交通工具的进步让人们抢购起来胃口大开，胆子也更壮了。

二是席卷速度非常快。假如说若干年前人们还靠着口口相传交换情报，那么这一次，手机电话移动短信满天飞，信息战让抢购更加疯狂。

听说有一位下岗工人抢购了200袋食盐。当被问及这么多的盐都是自己吃吗？他嘿嘿一乐说，我能吃得完？那还不早就变成了燕八虎？（民间传说，老鼠吃多了咸盐，就变成了——燕八虎，即蝙蝠。）

这是一句自嘲，但自嘲之下也埋着某种日后才见分晓的狡猾。既然自己吃不完，这么多的盐打算如何处理呢？让我们不惮以最坏的恶意揣测一下这位抢购者的内心，如果北京疫情不止，真的陷入了封城和配给的状况，他手中作为生活必需品的这箱食盐，奇货可居，也就成了小小的金矿。

北京市商委在4月初根据广东2月份出现抢购的前车之鉴，先把底下的情况摸清楚了。这就好似“知己知彼百战不殆”，心里有了底，对策就有了基础。4 月 18 日，做出了保障物资供应的紧急预案，包括各大百货商场和大卖场的通风消毒措施，还有对垃圾和卫生间的防护等。

面对着 4 月 22 日下午出现的抢购苗头，各商场接到的指示是加大上货力度，要保证货架子不能空。但是，面对 23 日更大的抢购风潮，各个超市的库房已经告罄，仅存的货物往架子上一摆，瞬息间就空了，好像单薄的沙包倒入汹涌的洪水，只打了一个旋，就看不到踪影了。23 日下午，商委将情况报告给时任市委书记刘淇，3 点钟电视里播出新闻，起到了安定人心的作用。

23 日晚，北京商委向商务部和国家八部委紧急求援。国务院给予了北京极大的支援。从黑龙江调集了 50 节车皮，每节车皮装载着 60 吨优质大米，共计 3000 吨，合 600 万斤大米，连夜赶运北京。针对缺口最大的方便面，天津方面在当夜 11 点 30 分，组织了 100 多辆车，装载着 3000 集装箱方便面（共计 30 万箱），送往北京。每个司机只发 2 袋榨菜 4 个馒头充当干粮，车队浩浩荡荡地出发了。当早上 6 点半，天津的商委主任李泉山带队，这些方便面到达北京的时候，北京商委的同志前去迎接，激动得几乎掉下泪来。

也许是因为地利，天津给予了北京人民更大更快的援助。在大批方便面抵达北京的同时，天津更支援了 200 吨大米，20 吨面 5 吨油 10 吨挂面，这些宝贵的物资清晨到达北京，10 点钟就上了超市的货架。

那些时光，北京的居民只要打开电视，就会看到北京新闻播出面粉场如何加班加点地磨面，库房里有多少堆积如山的必需品在整装待发。商委的同志们安排满载食品的大货车，在各个居民小区的周围游弋，有点耀武扬威的意思，当然是为了稳定民心，用事实说话——看，我们有多么丰富的物资储备！

在中央的支援和各省市的无私帮助之下，北京的抢购风潮被平抑了下去，到了 4 月 24 日，市面已基本恢复正常。我 4 月 25 日到了一家超市，所有的物品应有尽有，唯一让我不满足的是，我想买鸡蛋，但自由市场的鸡蛋是 4 元钱一斤，较平日上涨了 125%，超市里没有普通鸡蛋，只有 10 元钱一斤的“绿色鸡蛋”。我虽然明知绿色是个好东西，因为钱包的厚薄，还是更喜欢前两天只卖 2 元一斤的普通鸡蛋。

几天以后，自由市场的鸡蛋价格回落到 2 元钱一斤，并继续下跌，后来到了 1.8 元一斤。当我和无数百姓为之欢呼雀跃的时候，我所居住的楼下的一位老太太叫苦不迭。在抢购风潮起于青萍之末的时候，她以老年人的敏感和防范心理，一下子买了 20 斤鸡蛋。如今，她的鸡蛋再不是自豪的资本，变成了“鸡肋”。天渐渐热了起来。鸡蛋放不住了，价钱要是再落下去，老太太快要捶胸顿足了。

有人在抢购中大发国难财。平日卖 42 块钱一袋的面粉，在黑市上卖到了 50 元。粮油市场的商贩，买家车载斗量，就成全了他们，有人在几个小时之内，多赚了几万元。据说白萝卜能防 SARS，那天白萝卜的价钱炒到了 9 块钱一斤，有小贩当天从卖的白萝卜身上赚到了 1 万块钱。

好了，我们现在已经对席卷北京 36 小时的抢购风潮有了初步的了解。

为什么会发生抢购？我们只要分析一下抢购物资的品种，对这个问题就有了答案。

抢购并不仅仅发生在中国，在那些战乱纷起的国家，抢购几乎成了家常便饭，一有风吹草动，小民们第一个反应就是抢些物品聊以度日。即使是在美国，9·11 之后，一些城市也出现了抢购。抢购的东西具有美国特色，是矿泉水和枪。日本是一个例外，日本多灾，但日本民众在灾后，很少出现抢购，他们有条不紊地安顿自己的生活，很有定力的样子。

灾难和未知产生了恐惧，人的第一个反应就是逃避和自保。当受到种种限制，让逃避变得难以实施的时候，囤积生活必需品，保障自己的基本生存水准，得以维持生命，度过灾难，是为人的本能选择。从这个意义上来讲，那对老夫妇的抢购是可以理解的。

我看到过被打开的鼠洞，噢哟，为了过冬，一窝老鼠可以储存上百斤的豆子和粮食，密密匝匝如同排列谨严的国库。可见储物备荒，是动物的本能。我在国外，住在一位80多岁的老奶奶家里，有一天，她很神秘地让我去看她的库房，在车库的后面。我走进后大吃一惊，物品之丰富，赛过一个小型超市。最令人惊骇的是她自制了无数瓶酱——番茄酱草莓酱蓝莓酱菠菜酱……花红柳绿地装在模样古怪的瓶子里，好像一只只竖起的怪眼，看着来客。

这都是我亲手做的，配方是我祖母传下来的。她很自豪地说。这么多的东西，您什么时候吃呢？我不禁替她发愁。

她用镶着白内障边儿的浑浊眼珠，嗔怪地看我，逼我觉察自己问了一个极其愚蠢的问题。“下大雪的时候，我就会吃它们。”她说这些话的时候，咂着嘴，好像一只老松鼠。

我知道她的衣食住行都有养老机构照料，上一分钟瘫倒在家，下一分钟就会有医护人员上门照料，连她家门前的花草都有人定期来修剪，完全不用如此备战备荒，但她的认真和决绝让你说不出任何反对的意见。

这种储备也不能说完全没有道理。我看到过一本描述苏联卫国战争时代的故事。说的是在列宁格勒保卫战中，整个城市被封锁了，大家陷入饥饿和寒冷的重重包围之中。很多人饿死了冻死了，但有一家人神奇地活了下来，孩子七八个毫发无损。究其原因，是因为这家的妈妈有一个热爱储藏白糖的习惯。在她家的院子里，有一个巨大的罐子。即使在平常日子，女主人也会用白糖把罐子填得满满的。灾难降临的时候，妈妈每天从罐子里挖出一勺白糖抹进孩子的嘴中。正是依靠这罐子白糖提供能量和热量，这一家人才熬到了列宁格勒突围的日子，在饿殍堆中挺了过来。

这就是人在灾难中存活的诀窍，这诀窍藏在无数人的潜意识当中，一遇风吹草动，就复活起来，主宰着人们的思维和举措。

人们就这样迎接着狙击着灾难。甚至可以说，在人类千百万年的灾难史中，只有那些最能趋利避害未雨绸缪的种类，才获得了更多存在的机会，今天生活着的人们，就是他们的后代。在我们的血脉里，天然流淌着在灾难面前自保和脱逃的本领。

然而社会进展到了近代。随着文明的发达和科学的昌明，人们聚拢到城市，有了上千万人口这样的超大型城市。如果说过去的传染病还是以村落为单位在传播，火灾还是以一栋栋房屋为界限在蔓延，今天这概念已扩大了亿万倍。以世界卫生组织的旅游警告和疫区的发布为例，警告是以整座城市为基数，北京香港多伦多，而绝非某城的一个胡同或是一道街市。

在半个世纪的时间内，北京从只有 200 万人口的城市，发展成了今天具有 1300 万人口的大型城市，我们的生活方式是否也相应地发生了变化?

如果灾难来临，你抢收你自留地里的庄稼蔬菜，这很正常也是无可非议的。但是，如果抢购的是公共供应商的物品，在你捷足先登可以用钞票购买大量物品的时候，这种举动的合理性就受到了某种质疑。

无疑，它是合法的。买大量粮食和食油的钱是我挣来的，不是抢来或偷来的。一手交钱一手交货，谁也无可指摘。但是把这样的采购行为放到一个上千万人口的国际化大都市的框架之中来考虑，不再像一百年前那样简单。

人们也许很容易就把这和政府的职责联系起来。为什么不更多地储备，以应付可能发生的突然事变? 诚然这想法有它的道理，有备无患吗? 我看政府在处理危机的时候，也主要是走的这个思路。比如在抢购浪潮最凶猛的时候，政府有关机构赶快调拨大量物资，电视画面上不断出现的都是物资供应充分的画面。那潜台词是：咱们有足够的储备，居民们你不用担心……

这个思路诚然是很宝贵的，而且起到了很好的安抚民心的作用。

但这绝非唯一的路数。举个例子。鸡蛋是民众生活的必需品。在有关机构的预案中，始终有着保障北京市民有鸡蛋吃这样一个项目。在80年代的时候，这个保障是表现在食物上，也就是说，在北京若干个冷库中，储存着大量的鸡蛋。它们到底有多少呢？那时候，每年一共要储存300万斤鸡蛋。这不是一个小数目，鸡蛋又是易脆易腐败的物品，存在库里，隔一段时间就要除旧迎新，鸡蛋本身的价值并不高昂，但这笔保管和呵护的费用就不在少数。从1976年的唐山大地震到1989年的春夏之交，北京一直在孜孜不倦地储备着。也许是多少年的安稳松懈了大家的斗志，从某一年开始，北京不再储存鸡蛋，而是变成了贮存钱。这里面的变化严格讲起来，是不能等同的，因为鸡蛋是可以吃的，但钱是不可以做鸡蛋羹和甩袖汤的。在账上，有一笔鸡蛋款，但一斤鸡蛋的收购价不超过两块钱计算，300万斤蛋款是600万元。

SARS来了，鸡蛋抢光了。600万元钱救不了市场，北京急忙向河北求援，但平价鸡蛋的恢复供应，可能是在所有物资中最后恢复正常的。

有关机构痛定思痛，决定仍旧储存实物的鸡蛋，无论花多大的代价，也要把真正的鸡蛋摆在那里，以备不需。如今这个计划已经有条不紊地开始实施了。那么，北京究竟储存了多少鸡蛋呢？告诉一个小秘密——足足有100万斤。折成鸡蛋是多少呢？以前的鸡蛋小，一斤能合上9到10个，现在的鸡蛋大，一斤也就8个，好了，这样就可以算出，100万斤鸡蛋就有800万个鸡蛋。也许有人会说，这么简单的事情，谁不知道啊？

问题就出在这里。800万个鸡蛋不是一个小数目，要是堆在一起，就是巍然的一座鸡蛋山。但是，请不要忘记北京有多少人口。超过1300万人口的城市，如果来分餐这800万个鸡蛋，那每个人只能分到少于2/3个鸡蛋。

我之所以不厌其烦地做这种小学生的算术，是想说明保障物资的供应固然极为重要，但如果民众的心理得不到安抚，对此没有一个坚强的神经和充分的信心，那么需要储存多少才能满足大伙儿的需要呢？比如我认识的那位老人，她一下子就买了 20 斤鸡蛋，照如此购买力设计，1300 万人，就会买下 26000 万斤鸡蛋，合 2.6 亿斤，是不是很吓人？全中国的母鸡都努力生引吭高歌“咯咯哒”也解不下北京的围啊。

在灾难的时候，要有物质的东西，也要有精神的东西。物资要储备，心理也要储备。就像一个国家有它的综合国力一样，一个人一个城市，也要有他的综合心理能量。这就是临危不惧镇定自若，这就是风雨如磐淡然处之，这就是在顾及本能的同时也惦念他人，这就是在绝望中不放弃希望，在希望中不妄自尊大，这就是珍惜自己的生命也珍惜他人的生命。

抢与不抢都有理。对一个发展中的巨大城市来说，对一个有着五千年悠久文化传承的民族来说，在灾难中，不抢是上策。

你好，荞

一位女友，告我这样一件事。

上小学的时候，班上有个女同学，叫作荞，家境贫寒，每学期都免交学杂费的。她衣着破烂，夏天总穿短裤，是捡哥哥剩下的。我和她同期加入少先队。那时候，入队仪式很庄重。新发展的同学面向台下观众，先站成一排，当然脖子上光秃秃的，此刻还未被吸收入组织吗？然后一排老队员走上来，和非队员一对一地站好。这时响起令人心跳的进行曲，校长或是请来的英模——总之是德高望重的长辈，口中念念有词，说着“红领巾是红旗的一角，是用烈士的鲜血染成”等教诲，把一条条新的红领巾发到老队员手中，再由老队员把这一鲜艳的标志物，绕到新队员的脖子上，亲手挽好结，然后互敬队礼，宣告大家都是队友啦！隆重的仪式才算完成。

新队员的红领巾，是提前交了钱买下的。荞说她没有钱。辅导员说，那怎么办呢？荞说，哥哥已超龄退队，她可用哥哥的旧领巾。于是那天授巾的仪式，就有一点特别。当辅导员用托盘把新领巾呈到领导手中的时候，低低说了一句。同学们虽听不清是什么，但能猜出来那是提醒领导，轮到荞的时候，记得把托盘里的那条旧领巾分给她。

满盘的新领巾好似一塘金红的鲤鱼，支棱着翅角。旧领巾软绵绵地卧着，仿佛混入的灰鲫，落寞孤独。那天来的领导，可能老了，不曾听清这句格外的交代，也许他根本没想到还有这等复杂的事。总之，他一一发放领巾，走到荞的面前，随手把一条新领巾分给了她。我看到荞好像被人砸了一下头顶，身体矮了下去。灿如火苗的红领巾环着她的脖子，也无法映暖她苍白的脸庞。

那个交了新红领巾的钱，却分到一条旧红领巾的女孩，委屈至极。当场不好发作，刚一散会，就怒气冲冲地跑到荞跟前，一把扯住荞的红领巾说，这是我的！你还给我！

领巾是一个活结，被女孩拽住一股猛挣，就系死了，好似一条绞索，把荞勒得眼珠凸起，喘不过气来。

大伙儿扑上来拉开她俩。荞满眼都是泪花，窒得直咳嗽。

那个抢领巾的女孩自知理亏，嘟囔着，本来就是我的嘛！谁要你的破红领巾！说着，女孩把荞哥哥的旧领巾一把扯下，丢到荞身上，补了一句——我们的红领巾都是烈士用鲜血染的，你的这条红色这么淡，是用刷牙出的血染的。

经她这么一说，我们更觉得荞的那条旧得凄凉。风雨洗过，阳光晒过，褪了颜色，布丝已褪为浅粉。铺在脖子后方的三角顶端部分，几成白色。耷拉在胸前的两个角，因为摩挲和洗涤，絮毛纷披，好似炸开的锅刷头。

我们都为荞不平，觉得那女孩太霸道了。荞一声未吭，把新领巾折得齐整整，还了它的主人，把旧领巾两端系好，默默地走了。

后来我问荞，她那样对你，你就不伤心吗？荞说，谁都想要新领巾啊，我能想通。只是她说我的红领巾，是用刷牙的血染的，我不服。我的红领巾原来也是鲜红的，哥哥从 9 岁戴到 15 岁，时间很久了。真正的血，也会褪色的。我试过了。

我吓了一跳。心想，她该不是自己挤出一点血，涂在布上，做过什么试验吧？我没敢问，怕得到一个肯定的答复。

毕业时候，荞的成绩很好，可以上重点中学。但因为家境艰难，只考了一所技工学校，以期早早分担父母的窘困。

在现今的社会里，如果没有意外的变故，接受良好的教育，是从较低阶层进入较高阶层的——不说是唯一，也是最基本的孔道。荞在很小的时候，就放弃了这种可能。她也不是具有国色天香的女孩，没有王子骑了白马来会她。所以，荞以后的路，就一直在贫困的底层挣扎。

我们这些同学，已近了知天命的岁月。在经历了种种的人生，尘埃落定之后，屡屡举行聚会，忆旧兼互通联络。荞很少参加，只说是忙。于是那个当年扯她领巾的女子说，荞可能是混得不如人，不好意思见老同学了。

荞是一家印刷厂的女工。早几年，厂子还开工时，她送过我一本交通地图。说是厂里总是印账簿一类的东西，一般人用不上的。碰上一回印地图，她赶紧给我留了一册，想我有时外出，或许会用得着。

说真的，正因为常常外出，各式地图我很齐备。但我还是非常高兴地收下了她的馈赠。我知道，这是她能拿得出的最好的礼物了。

一次聚会，荞终于来了。她所在的工厂宣布破产。她成了下岗女工。她的丈夫出了车祸，抢救后性命虽无碍，但伤了腿，从此吃不得重力。儿子得了肝炎休学，需要静养和高蛋白。她在几地连做小时工，十分奔波辛苦。这次刚好到这边打工，于是抽空和老同学见见面。

我们都不知说什么好，只是紧握着她的手。她的掌上有很多毛刺，好像一把尼龙丝板刷。

半小时后，荞要走了。同学们推我送送她。我打了一辆车，送她去干活的地方。本想在车上，多问问她的近况，又怕伤了她的尊严。正斟酌为难时，她突然叫起来——你看！你快看！

窗外是城乡交界部的建筑工地，尘土纷扬，杂草丛生，毫无风景。我不解地问，你要我看什么呢？

荞很开心地说，我要你看路边的那一片野花啊。每天我从这里过的时候，都要寻找它们。我知道它们哪天张开叶子，哪天抽出花茎，在哪天早晨，突然就开了……我每天都向它们问好呢！

我一眼看去，野花已风驰电掣地闪走了，不知是橙是蓝。看到的只是荞的脸，憔悴之中有了花一样的神采。于是，我那颗久久悬起的心，稳稳地落下了。我不再问她任何具体的事情，彼此已是相知。人的一生，谁知有多少艰涩在等着我们？但荞经历了重重风雨之后，还在寻找一片不知名的野花，问候着它们。我知道在她心中，还贮备着丰足的力量和充沛的爱，足以抵抗征程的霜雪和苦难。

此后我外出的时候，总带着荞送我的地图册。朋友这样结束了她的故事。

留一罐回忆的泡泡糖

回忆是个很奇妙的东西，如果是回忆幸福，那就好比一罐子泡泡糖；如果是回忆苦闷，就是嚼了金鸡纳树皮（据说这种树皮很苦）。

负面的回忆一开始，赶紧打住。因为每个人内心的能量，并不像我们想象的那般强大。不要制造剑拔弩张的险情，考验我们饱经磨砺的灵魂。我们的情绪依循着单向的轨道，由俭入奢易，由奢入俭难。

我们常常会说，等待时间吧，时间可以愈合一切。但时间并不能解决所有的问题，没有处理过的负面回忆，就像是用冰雪掩埋的尸体，一旦表面的冰雪被风暴吹走或是消融，尸体就会重新栩栩如生地显现，打我们一个措手不及。

请你有意识地将这些回忆重新拾起，破碎的将它黏合，只看到反面的把正面的也翻过来瞅一瞅，搞错了的重新恢复原状。最主要的是赋予他们不同的解释和意义，你的伤口才有可能真正的愈合。而另外一些伤口，用羊肠线不能缝合，用止血钳不能锁闭，用皮肤不能覆盖，只能犹如鱼嘴般敞开着，直到墓土将它掩埋。

但无论表面上我们如何伤痕累累，一蹶不振，破败不堪，我们依然是有价值的，这个价值与生俱来，谁也剥夺不走。除了你自己，没有任何人可以让你贬值。我们不能改变已经发生的事情，但可以改变这些事件对我们的影响。不要让过去破坏我们享受眼前美好快乐的能力。

生命中的痛苦就像盐，看你把它溶解在一个多大的容器中。如果放入一只袖珍的奶锅，完蛋了，你会被腌成酱菜。如果是海洋，那便云淡风轻了。

佑护灾难中的孩子

朋友给我讲过这样一个故事。

一位年轻的母亲，抱着三岁的女儿，乘坐长途汽车。旷野的高速公路上突然起了浓雾，气团包抄过来，好像牛奶翻滚。司机就把车靠在紧急停车带，耐心等待。过了许久，雾渐渐稀薄些，为了赶时间，司机就上路了。雾大，管理站封锁了高速公路，路面上几乎没有一辆车。司机就很放心地加快了速度。惨案就在此时发生。当司机发现前面有一辆货车抛锚时，尽管把刹车全力踩死，客车车头还是拱入了货车车厢。

货车上满载着的钢筋，在客车巨大的惯性之下，化成锋利的长矛，将客车前三排座位齐刷刷戳透，无数鲜血喷溅而出……

那位抱着孩子的母亲，当场死了。也许是生命的本能，也许是冥冥中的神灵指点，总之在那电光石火的恐怖刹那，母亲把女儿猛地往下一压，一根钢筋擦着小姑娘的头皮刺了过去，小女孩连一根头发都没有伤着。

客车停住了，后排座位上幸免于难的人们，在庆幸自己命大的同时，竭力抢救着前排的乘客。

听人说，那三岁的小姑娘，爬起来仔细地看了看自己的母亲，第一句对别人说的话是——我妈妈流了这么多的血，她死了。

她默默地看着人们翻动妈妈的尸体，过了一会儿，当人们放弃抢救的希望，抱起孩子时，听到她清清楚楚地说的第二句话是——我妈妈死了之后，我不要后妈。

给我转述这个悲剧的朋友发着感慨：你看看如今的孩子，真是小精灵！当时就知道她妈妈死了，也不哭。然后马上就想到了后妈的事，心眼可真多啊！都是看电视学来的。大伙儿听说了，都不信这么大的孩子，就这么能琢磨。有的人不信，后来见了面就当场试验。问那孩子，你知道发生了什么事吗？

我说，那孩子是怎么回答的呢？

朋友说，还真像别人学的那样，你一问，那小姑娘就说，我妈流了好多好多血……一下子就死了……我听见头顶上“轰”的一声……我不要后妈……

我说，后来呢？

后来问的人太多了，小姑娘好像觉出了什么，就不说了。什么都不说，充满仇恨地看着你。

我说，事件怎么处理的？

朋友说，客车和货车打官司，都说对方的责任大。死者家属不让火化尸体，就一直在冰柜里冻着。为了催促解决，死者家属联名上访，拖家带口地集体告状……

我焦虑地问，在大家做这些事的时候，那个小姑娘在哪儿呢？

朋友说，她在哪儿？她还能在哪儿？当然是跟着她爸爸了。大伙儿说什么，她就听着呗。上访的时候，大伙儿教她跟领导说，要是不赔我们家钱，就不把我妈妈从冰柜里拉出来。

我说，小姑娘说了吗？

朋友说，她说了啊。她爸、她姥姥、姥爷、爷爷、奶奶都让她这么说，她哪能不说啊。你还别说，这孩子一出动，哀兵动人，就是管事。领导当时就批了——从厚抚恤。家里人领了一笔钱，后事就办了。

我说，后来呢？

朋友说，还有什么后来？后来就一切都结束了呗！该上班的上班，该上学的上学，各就各位。

我说，那个小姑娘呢？

朋友说，不知道。可能一切都好吧。

我的心，被搅得深深不宁。直觉告诉我，绝不是一切都好！在那个女孩身上，发生了巨大的断裂和混乱。

我相信那个聪慧过人的小姑娘，会对她三岁时经历的这一惨案，留下刻骨铭心的记忆。

也许她会遗忘，忘得一干二净。从此，不记得那喷溅流淌的滚烫鲜血，那呼啸而过的恐怖之声，那骨肉横飞的悲惨场面，那被人传授的鹦鹉学舌……这些悲怆的恐惧和无与伦比的失落，被人体的本能的保护机制，不由分说地压入了混沌的潜意识。

一片空白。因为这种猛烈的负面刺激，已远远超过了一个幼童的心灵所能承载的负荷。然而，空白之下，依然汩汩地流淌着不息的血流。未经妥善处理的哀痛，绝不会无声无息地消解。它们潜伏在我们心灵的最底层，腐蚀着风化着灵魂的基石，日日夜夜睁着一只怪眼，折磨着我们永无安宁。

也许她什么都记得，但她什么都不说。对一个孩子来说，顿失母爱，是多么严酷陡峭的跌落！没有人能够替代母亲温暖的怀抱，没有人能够补起塌陷的太阳。孩子的世界，在这一瞬永远地变了颜色！从此，她沉默寡言，自卑自弃或是自怜自恋，她怨天尤人，不能从容接受别人的爱，也不能慷慨施予他人以爱，乖戾暴躁喜怒无常……世上游荡着一个冷漠孤寂的独影，到处洒下点点凄苦的清泪或是——永不流泪。

当然，事情也许会有另外的可能性，但我不敢盲目乐观。上述的发展趋势，并非危言耸听。我们曾在无数成人的心理障碍中，看到幼年不幸的浓重阴影。

天灾人祸之中，谁是最痛楚的受难者？是失去丈夫的妻子？还是失去妻子的丈夫？是失去子女的父母？还是失去父母的子女？

这样的比较，也许最终是无法完成的，旋涡中的每一个人都椎心泣血。但我还是要说，那个三岁的女孩，是最最需要佑护的人啊！

因为她稚弱，因为她敏感，因为她聪慧，因为她是惨案的最近目击者，因为她的心灵是一朵刚刚孕育的蓓蕾。

也许她的身上没有血痕，但我知道，她的心被洞穿。也许她的神经没有折断，但我知道，她的大脑激烈震荡。也许她的视力依然完整，但我知道，她的眼前出现了拂不去的昏暗。也许她的呼吸并不困难，但我知道，她的灵魂一次次地窒息……

我由此呼吁，在一切灾难的现场，我们不但要在第一时间全力救助孩子身体上的创伤，而且要最大限度地保护他们稚嫩的心灵。尽快地将他们从恐怖的现场抱离，给他们以温暖的安全的庇护。不要诱发他们对悲惨处境无休止的回忆，不要出于成人的功利目的，将未成年人拉入处理后事的复杂局面。要由训练有素的人员，对突发灾难中的孩子，进行系统的医救和后续的治疗……

我不知那个三岁的女孩，现在何处？我希望她的家人能给予她无尽的关爱。我希望她能从悲怆中站起，我希望她享有安宁明媚的人生。

翅膀上驮着天堂亲人的期望

昨日从四川回来，在飞机上与同行的心理医生杨霞说：到了北京后，第一愿望是拿出一天时间，一句话也不说。只因这两天说的话太多，舌头已像撬杠一样僵直。

和家里人可以不说话，但博客的文字还是要写。人们关注着灾区，会急切地询问每一个到达那里的人——灾区怎么样了？衣食住行可有保障？孩子们可有欢颜？山川可太平？大地可安稳？

大地并不安稳，时有余震发生。看报道，自 5 月 12 日汶川大地震发生后，当地可以监测到的余震，已有 9000 多次。我们一向以为是最坚固最牢不可破的土地，却发生了可怕的崩裂与崩塌，这对于人们赖以生存的安全感的摧毁，已到了无以复加的地步。

从北京机场出发，我们一共有 35 件行李。主要是书籍和奥运福娃的挂件，都是送给北川中学孩子们的礼物。书是协和医科大学杨霞副研究员所撰写的“重建心灵家园”，副标题叫作“震后心理自助手册”，从书的名字你就可以知晓内容，对当前的灾后心理康复是多么及时并富有建设性。8万多字的书稿，杨霞医生用了三天时间，夜以继日地工作，并完全是义写，不取分文稿费，令人感动。石油工业出版社的编辑们在第一时间编辑出版，立下了汗马功劳。奥运福娃挂件，是北京石油附中的师生们精心挑选的。最让人安心的是——所有的书籍和福娃，都是按照2000人份准备的，北川中学现有1700多名学生，按人头分，每位老师和每个同学都有一份。我从小就特别害怕数量有限的礼物，发放时刻，有的人有，有的人没有。虽然我因为学习好，每次都会得到礼物，但我忘不了没有收到礼物的孩子的忧郁。我觉得太少的礼物，还不如没有呢。不然，令分配的人惆怅，对得不到礼物的孩子们来说，很容易引起自卑感。现在充分供应满足大家最好，皆大欢喜。

2000本书，2000个福娃挂件，你可以想见它们的体积和重量。在办理登机牌的柜台前，小姐说超重了几百公斤，如果按照规定罚款，大约需要7000元。我们赶紧解释，说这是送给灾区小朋友的心意，希望能够放行。办事人员说这可需要请示，要不然，7000块钱呢，比他一个月的工资还多。请示的结果是免费放行，大家松了一口气。拿着长长一溜行李牌，觉得很气派。

驶往绵阳方向的车并不很多，所有的车上，几乎都悬挂着“××省支援”的字样。你真的可以体会到一方有难八方支援的深情，感受到国家大了的好处。

在夜晚进入绵阳，周围是黑暗寂静的。车窗玻璃突然被水雾弥漫。原以为下雨了，细看才知道是戴着口罩的工作人员站在远处，用喷枪向车身扫射着喷洒药水。每一辆车都要在此沐浴一番，然后无毒一身轻地驶入这座聚焦着无数人目光的城市。

路旁的居民楼几乎没有灯光。我问司机，人呢？当地同志告知，绵阳为了预防唐家山堰塞湖的水患，已经按照第一方案撤离了20万人。

还有一些人到外地投亲靠友去了，留下的人，也不敢在楼房内居住，连续多少天了，都夜宿帐篷。楼内没有人，也没有光亮。

微明的路灯映照着壮观的帐篷阵。援建的蓝色帐篷，迷彩图案的草绿色军用帐篷，属于帐篷中的贵族。它们有款有型有窗户，算帐篷群里的豪华别墅。其余的帐篷五花八门，有用条纹布搭建的，有用床单简单遮挡的，有的干脆就是一块搭在绳子上的布头……相当于帐篷中的游击队，各自为战。我第二天大清早在街上走，拍下了一张照片，是墙头外的两块石头。你能猜出这是干什么用的吗？这是坠帐篷用的。在大墙那边，有一顶小小的帐篷需要它固定。

从北京出发的时候，已经考虑到了灾区的艰苦，做好了住帐篷的准备，带了方便面和矿泉水，心想不要给灾区人民添麻烦。不想到了安排住处的时候，才知道要住楼房。我们一个劲儿地说，我们可以住帐篷，完全不怕艰苦。后来才知道，帐篷在灾区是紧俏物资，相比楼房要安全一些。当然了，同志们是一片好意，房间比露宿野外要舒适一些。

分配我住六楼，一出楼梯，天花板断裂的豁口，暴露出犬牙交错的管道。旁边房屋的门框已经变形，裸露的水泥框架在暗淡的灯光下，有几分冰冷。接待同志忙着解释，说房屋震后评测，只是接缝处局部扭曲，不算危房之列。

大家互相交流防震经验，说要在洗手间、承重墙等小开间的地方，放置饮水和巧克力，万一遭遇垮塌，还可以坚持几天。临睡前，我把方便面放在了卫生间，心想“方便”二字，用在此处，实在一箭双雕相得益彰。

不知道是不是精神紧张，还是我的平衡器官特别敏感，总觉得楼体时不时有轻微的抖动。躺了一会儿，未曾睡着，有点焦虑。因为明天要给北川中学的同学们讲课，若是一夜失眠，无精打采地站在讲台上，岂不辜负了信任？

我有择床的坏毛病，换了新地方，刚开始几天，常辗转反侧。平日萎靡也就罢了，但明天事关重大，必得精神抖擞。我拿出安眠药，一边倒水一边开玩笑地想，吃还是不吃，这是一个问题啊。不吃，明天满面苍灰神色委顿，令同学们不爽。吃了，若是睡得太沉了，对余震毫无察觉，一觉醒来，也许已在瓦砾中探头探脑。

思谋的结果是一仰脖，吞下安眠药。

一夜安睡。早上起来，阳光灿烂。6 点多钟，到绵阳的街头转悠。

很多大卡车，满载物资，停靠在路边。拍下一张照片，证明全国人民心系灾区。

看到街道十分清洁，有些诧异。本以为这里人心惶惶，未必有人顾得上洒扫街道这等平安日子里才注重的事。沿着没有任何纸屑和烟蒂的洁净路面走过去，看到了几位晨起打扫街道的女工。

我说，也许唐家山溃坝，绵阳到处都被淹了。你们为什么还要打扫呢？

她们都是非常淳厚的人，互相看了看说，从地震以后，我们每天都在扫，一天也没有停过。要是淹了，就没法子打扫了。水退了，还要打扫。

话朴实到这种地步，简直没有办法再问了。不管发生了怎样天崩地裂的事情，只要活着，就踏踏实实地完成自己的本分，这就是中国人的传承。我问，可以和你们照一张相吗？

她们有些羞涩，说当然能照了。于是急忙排在一起，我们等到了一个路人，请他为我们拍照，一位女工突然惊呼起来，说我还拿着扫把呢，不好看啊，想放下。我说，拿着吧，好看得很啊。

我看到一处帐篷门口，蹲着一位大汉正在揉眼睛，想必昨夜不曾睡好。一问，得知是山东临沂来支援的志愿者，专门为灾区搭建活动房。我说，住在帐篷里，有没有蚊子？

他说，多着呢。最怕的不是蚊子，是下雨。

我说，是不是帐篷漏啊？

他说，主要是我们搭建的活动房进度太慢了。

惭愧。我说的是自家的宿舍，人家说的是灾民的住处。

临分手时，我说，我能给你照张相吗？

他想了想，很坚决地摇头，不能。

我祖籍山东，觉得家乡大汉性格直爽，敢作敢当的，不知天下还有害怕二字，未曾想遭他拒绝。可能是看我不解，他说，主要是我跟家里人都说这里挺好的，住的吃的都不用他们发愁，要是知道我这里的实际情况，家里要担心的。

心细如丝。

北川中学负责接待我们的是蹇书记，羌族。他唯一的女儿在这次地震中遇难，他说，女儿身高一米七，遇难的那一天，还得了一个全国奥林匹克英语的三等奖。蹇书记坚持在抗震救灾的第一线，胸前别着“共产党员”的徽章，照料着全校孩子们的生活学习。旁边走过一个女生，蹇书记说，她就是我女儿班上的。我看到了蹇书记眼中的泪光。是啊，同是一样的孩子，这一个还在阳光下微笑，那一个已经是天人永隔。这样的严酷，怎不叫人肝肠寸断！另有一位老师，孩子和妻子都在地震中遇难，他说自己一天机械地忙碌着，如同行尸走肉。他说，两个人，哪怕是留下一个也好啊，让我也好有个伴儿，有个盼头。现在，什么都没有了……

在这样撕心裂肺的苦难面前，所有的言语都异常苍白。

我不知道说些什么。在为孩子们分发福娃的时候，我留下了一个绿色的妮妮。在所有的福娃中，我特别喜欢这一个，觉得她是个喜眉乐眼的女孩，翠绿得如同雨后清秀挺拔的嫩竹。我找到蹇书记，悄声对他说，这个福娃，请送给你的女儿吧。我想，在蹇书记的家中（如果把合住的帐篷也称作家），一定有一处洁净的地方，静息着一个如花女孩难舍难分的精灵。她的同学们今天都得到了一个福娃，她也应该有一个啊。

记得北川中学的一位被截肢的女孩说过，请你们不要称我的那些死去的同学们——是没有来得及开放的花蕾，就已经凋落了。不，他们不是凋落，他们已经盛放过了。

我被这句话深深打动，它充满了一种只有经历过死亡的人，才会有的练达和超拔，尽管那个女孩子只有12岁。是的，生命的价值从来不是以长短来衡量的。那些远去的少年们，将他们辉煌的笑靥留给我们，在岁月的尘埃中灿烂千秋。

上午10点。

轮到我演讲了，正确地说，是上一堂特殊的语文课。

很紧张。因为从来没正儿八经地当过语文老师。因为面对的是经历过山摇地动的孩子们。因为孩子们的聪慧和早熟。也因为文章内容在此情此景此地讲解，有点文不对题。

那篇散文叫作《提醒幸福》，选入了全国初中二年级的语文课本。北川中学邀我这个作者讲讲自己的文章，说孩子们能看到课文中的作者突然现身，饶有兴趣。

教室里大约有60个座位，坐满了初中二年级一班的学生（因各班都有伤亡，就把几个班合并了。现在是新的班级，满员上课）。还有一些高年级的孩子，曾学过这一课，也赶来听讲。加上站在教室后方的孩子，共约100名学生。老师对我说，本来有更多的孩子要来听课，但临时校址没有大礼堂，况且现在非常时期，为了出现大的余震时能够快速疏散，不能组织大规模的聚会。如果是在操场上，倒是没有生命危险，但气候炎热，怕孩子们中暑……

我惧怕自己讲得不对，误导了孩子们。私下里觉得来的学生越少越好，免得我讲错了，前脚走了，后脚害得正规的语文老师来纠偏，给人家添了麻烦。

我悄声问蹇书记，讲课之前，要不要默哀。蹇书记说，孩子们经常默哀，每一回都会哭泣。这一次，就不必了吧。

我站在黑板前面，开始了讲解。

在这片浸透了鲜血和眼泪的满目疮痍的土地上，宣讲幸福。面对着死去了父母，死去了同学，死去了老师的孩子们，宣讲幸福。从讲台上望下去，孩子们乌溜溜的眼珠，好像秋夜里的星辰，单纯明朗，却掩不住冷霜的寒凉。

我觉得自己根本没有资格和他们谈论幸福。

可是我必须讲下去。

那就从头说起吧。我讲，我为什么萌生出写这样一篇文章的动机呢？是因为大约 20 年前，我看到过一篇报道，说的是国外的一家报纸，面向民众征集“谁是最幸福的人”的答案。回信纷至沓来，报社组织了一个各方人士汇成的班子，来评选谁是最幸福的人……

讲到这里，我稍稍提高了声音，问道：大家说说，那谁是最幸福的人呢？

我的本意是说当年的报纸会征得怎样的答案？由于我不是训练有素的语文老师，这个问题，口气太开放了一些，也没有强调时间地域的前提。孩子们以为我的问题是：现在谁是世界上最幸福的人？

他们几乎异口同声地回答：“我们！”

那一刻，我真真是怀疑自己的耳朵。后来，我把这一幕讲给别人听，听到答案的成人们也会充满疑惑地说，地震惨祸之后的孩子们居然说自己是最幸福的人？别是事先老师教好这样说的吧？

我要非常郑重地宣布，那些孩子绝对是非常真诚地这样认为的，没有任何人事先授意他们。这不单是不可能的，而且也是完全没有必要的。再说啦，我毕竟做过很长一段临床心理医生，一个人说的是否真心话，我还是有一点辨识力的。

劫后余生的孩子们，如此质朴地诠释了幸福。他们说，我们还活着，这就是幸福。我们还能上课，比起我们死去的同学们，这就是幸福。全国人民这样帮助我们渡过难关，这就是幸福。我们的翅膀上驮着天堂亲人们的希望，我们要高高飞翔，这就是幸福……

他们一个个地站起来发言，略带川音的普通话，稚嫩而温暖。我能做的唯一的事儿，就是控制住自己的泪水。

惊骇莫名！感动至深！钦佩不已！激动万分！

我的手提电话响了。真是非常抱歉的事情，我忘了关手机。我对同学们说，对不起，我马上关机。就在我预备关机的瞬间，我听到电话提示音，说是有国外的电话。儿子在阿拉伯海上的游轮中，这正是他的号码。于是，我对同学们说，我儿子打来的电话，我很想接一下。我看看表，已经上了40分钟的课了，同学们也需要上厕所，就此宣布：现在休息，10分钟以后继续上课。

儿子芦淼告知我，和平之船的引擎坏了一个，船速大为下降，原定赶到阿曼萨拉拉港的时间，推迟一天。船方正在紧急调运引擎，希望能够在下一个港口修复。此刻，阿拉伯海上洋流复杂，波浪滔天，船上到处都悬挂着呕吐袋，供人们随时使用，船员在紧张检查救生艇……

芦淼问，你好吗？

我说，很好。你要多多注意安全啊。

其实，我知道这话等于没说。有些时候，人能做的只有镇定。作为中国第一批环球游的旅客，征途上也是波光诡谲。

10分钟后，开始上第二节课。

将课文讲完之后，还有一点时间。我为刚才的接电话向同学们致了歉。我又说，我原本是打算环球游的，知道四川地震了，就从那条船上下来，把和平之船为你们捐的善款送回了北京。我说，在浩瀚的太平洋上，各国游客曾经为地震死难的中国人民默哀，我亲见他们的泪水潸然而下……我说，我今天告诉你们这些，并不是说他们捐赠了多少钱要你们记住，钱并不最重要的。重要的是，我们并不孤立。除了有祖国大家庭的人们在关怀着你们，全世界爱好和平的仁慈人们，也在关怀着你们。全世界都期望你们茁壮成长……

说到这里，我突然想到一个问题，很想听听孩子们的意见。

我对北川中学的100名学生说，我现在有一个问题，想征求你们的看法。你们的意见，将极大地影响我的决定。这个问题就是——我是返回到游轮上，继续我的全球游？还是留下来，和你们在一起？

我以为孩子们要考虑很久，没想到他们马上异口同声地回答道：你去全球游！

我说，难道没有不同意见吗？

一个男孩子站起来说，我希望你留下来。

我说，两方面都请谈谈自己的看法。

一方说，我们一定能战胜地震灾难，我们一定会取得胜利！你到船上去吧，你代表我们，带上我们的眼睛去看看世界吧。然后把世界远方发生的事情告诉我们。等我们长大了，也到全世界去看看！

主张我不去的男生说，毕老师，你看到了北川中学，看到这里已经复课，很多人在关怀着我们。但是，我的家在深山里，那里的灾情也很严重，孩子们还没法上学，他们需要帮助。尽你的力量帮助他们吧。

我频频点头。最后我说，可否举手表决一下，我想知道两种看法各占多少比例？

孩子们踊跃表态。大约97%的同学主张我去上船。3%的同学建议我留下来。一直在台下坐着目不转睛听我讲课的语文老师，也高高举起手臂，加入赞同我上船的那一方。（我对这位老师的认真听课，深表感谢。要知道，人家是正规部队，我是杂牌军啊。）

下课了。我拿起板擦，预备擦掉我写下的“提醒幸福”几个字。（顺便说一句，北川中学使用的粉笔质量不佳，易断，色泽不白。如果谁到北川中学去，记得带上一些质量较好的粉笔，这样后排的同学们看起黑板的时候，比较省些眼力。）直到这时，我才注意到在黑板的左侧，有一个用粉笔框起来的长方形框子。老师对我说，这块黑板，就是温总理为我们北川中学写下“多难兴邦”四个字的地方。

谢谢北川中学所给予我的深厚信任！谢谢初中二年级一班的同学们给我的难忘教诲！谢谢苦难让我更深地眷恋祖国和人民！

北川中学的临时校舍设在长虹集团的培训中心，大约20名学生住一间帐篷，孩子们精神面貌不错，除了看书，就是玩游戏。我拍了一张孩子们玩弹球跳棋的照片。问他们最希望做的事，回答是上课。

开饭的时间到了，伙食比较丰富，有四五个荤素搭配的菜。孩子们拿着统一配给的不锈钢餐盘，排队打饭。长虹集团完全都是免费供给。

感谢善举。

在为长虹集团员工所做的演讲中，我看到大家非常疲惫。是啊，大地震发生后的第一时间，长虹就组织抢险救援队，开赴北川。白天开足马力研发新产品，努力工作，多少个夜晚，他们从未安眠。

我说，长虹的兄弟姐妹们，咱们在开始之前，先闭上眼睛，放松身体，听我的引导，深深地吐出一口气……

可大多数人都不听我指挥，他们抱歉地笑笑，依旧双目圆睁，警觉甚高。

我略一思索，明白他们实在无法放松自己的神经。这是一个人群高度密集的场所，若是出现了危急情况，闭着眼睛，如何敏捷逃生？

我说，兄弟姐妹们，请放心。我会始终睁着眼睛。如果发生了余震，我会在第一时间唤醒大家。我向你们保证，我决不会第一个跑出去，我一定让你们先走……

大家会意地轻轻笑起来，安静地闭上了眼睛，放松了身体，减慢了呼吸。

我是个普通人，我害怕地震。但是，我站在讲台上，我就成了老师。我不会放下我的学生，我不能先跑。人活在世上，总有一些东西比自己的生命更重要。有些人不信，我信。

如果我不事先做准备，我也许无法控制我的本能。我想过了，我做出了决定，我就能指挥我的身体，我就能战胜本能。

和我相拥而泣的女孩叫作姚瑶，她是长虹集团的职工。2008 年 5 月 12 日 14 时 28 分，万顷山石将她的双亲掩埋，从那一分钟起，她无时无刻不在呼唤亲爱的爸爸妈妈，但天上地下，永无回音。

我知道她面前还有漫长的道路要走，她将步步啼血，万千悲苦。

唯一令人安慰的是——姚瑶能谈到自己有10个优点，其中第一个优点是——我很坚强。

国殇之后，唯有坚强。

我想把北川中学孩子们的话转送给姚瑶——翅膀上驮着天堂亲人的希望，你要高高飞翔。

我对生命悲观，但不厌倦生活

有人问我，对自己的才能有没有过怀疑或是绝望?

我是一个“泛才能论”者——即认为每个人都必有自己独特的才能，赞成李白所说的“天生我材必有用”。只是这才能到底是什么，没人事先向我们交底，大家都蒙在鼓里。本人不一定清楚，家人朋友也未必明晰，全靠仔细寻找加上运气。有的人可能一下子就找到了；有的人费时一世一生；还有的人，干脆终身在暗中摸索，不得所终。飞速发展的现代科技，为我们提供了越来越多施展才能的领域。例如爱好音乐，爱好写作……都是比较传统的项目，热爱电脑，热爱基因工程……则是近若干年才开发出来的新领域。有时想，擅长操纵计算机的才能，以前必定悄悄存在着，但世上没这物件时，具有此类本领潜质的人，只好委屈地干着别的行当。他若是去学画画，技巧不一定高，就痛苦万分，觉得自己不成才。比尔·盖茨先生若是生长在唐朝，整个就算瞎了一代英雄。所以，寻找才能是一项相当艰巨重大的工程，切莫等闲视之。

人们通常把爱好当作才能，一般说来，两相符合的概率很高，但并不像克隆羊那样惟妙惟肖。爱好这个东西，有的时候很能迷惑人。一门心思凭它引路，也会害人不浅。有时你爱的恰好是你所不具备特长的东西，就像病人热爱健康，矮个儿渴望长高一样。因为不具备，所以，就更爱得痴迷，九死不悔。我判断人对自己的才能，产生深度的怀疑以至绝望，多半产生于这种“爱好不当”的旋涡之中。因此，在大的怀疑和绝望之前，不妨先静下心来，冷静客观地分析一下，考察一下自己的才能，真正投影于何方。评估关头，最好先安稳地睡一觉，半夜时分醒来，万籁俱寂时，摒弃世俗和金钱的阴影，纯粹从人的天性出发，充满快乐地想一想。

为什么一定要强调充满快乐地去想呢？我以为，真正令才能充分发育的土壤，应该同时是我们分泌快乐的源泉。

遇上人生的低潮期，最好选择安静地等待。好好睡觉，像一只冬眠的熊。锻炼身体，坚信无论是承受更深的低潮或是迎接高潮，好的体魄都用得着。和知心的朋友谈天，基本上不发牢骚，主要是回忆快乐的时光。多读书，看一些传记。一来增长知识，顺带还可瞧瞧别人倒霉的时候是怎么挺过去的。趁机做家务，把平时忙碌顾不上的活儿都抓此时干完。

有人问我，对生活，你有没有产生过厌倦的情绪？

说心里话，我是一个从本质上对生命持悲观态度的人，但对生活，基本上没产生过厌倦情绪。这好像是矛盾的两极，骨子里其实相通。也许因为青年时代，在对世界的感知还混混沌沌的时候，我就毫无准备地抵达了海拔 5000 米的藏北高原。猝不及防中，灵魂经历了大的恐惧，大的悲哀。平定之后，也就有了对一般厌倦的定力。面对穷凶极恶的高寒缺氧，无穷无尽的冰川雪岭，你无法抗拒人是多么渺小，生命是多么孤单这副铁枷。你有一千种可能性会死，比如雪崩，比如坠崖，比如高原肺水肿，比如急性心力衰竭，比如战死疆场，比如车祸枪伤……但你却在苦难的夹缝当中，仍然完整地活着。而且，只要你不打算立即结束自己就得继续活下去。愁云惨淡畏畏缩缩的是活，昂扬快乐兴致勃勃的也是活。我盘算了一下，权衡利弊，觉得还是取后种活法比较适宜。不单是自我感觉稍愉快，而且让他人（起码是父母）也较为安宁。就像得过了剧烈的水痘，对类似的疾病就有了抗体，从那以后，一般的颓丧就无法击倒我了。我明白日常生活的核心，其实是如何善待每人仅此一次的生命。如果你珍惜生命，就不必因为小的苦恼而厌倦生活。因为泥沙俱下并不完美的生活，正是组成宝贵生命的原材料。

第六章

天堂不是目的地

死亡是生命的正常部分，死亡是生命的最后部分。死亡是成长的最后阶段，死亡是我们生活中不可分割的有机体。去往天国的路并不生疏，有先行的伴侣渡他飞升……

心中的死结

我很小的时候，大约四五岁吧，有一次看到人们抬着一个奇怪的箱子在走。我问别人，箱子里是什么？旁人随口回答，那是棺材，里面有一个死人。我又问，他们要把他抬到哪里去？人家回答，抬到土里去。

这就是我对死亡最初的理解，觉得很不舒服。我想一个人躺在土里，鼻孔里会有蚯蚓在爬，眼皮里夹满了沙子，饿了吃不到饭，冷的时候，虽说有箱子盖挡着风雪，也会冻得打战。

后来我成为医学院的学生，解剖尸体是必修课。我因为来自高原，算是经历了艰苦的考验，大家希望我能做个表率。我也不愿意被人家说女孩子胆小，就装作无所畏惧的样子，要求第一个开始操作。那种在死人身上动刀的恐惧经验，刻骨铭心。（你切开一个人，他却不出血。

你不知道他究竟是人不是人。）表面上还要装作从容镇定谈笑风生，心中的感觉更是骇异。

特别是我所解剖的那具尸体，是一个死刑犯[①]的，当天上午处死他之前，还让他站在车上游了街。当时我站在路边，车子驶得很快，人脸晃过都很模糊。在解剖的时候，我不能确定自己早上是否看到过他（因为同时执行死刑的还有其他人），就不由自主地仔细察看他的脸和表情，觉得他痛苦而狰狞，在恨我。他的灵魂盘踞在充满福尔马林气味的解剖室里，威胁着我。（当我此时写到这里的时候，心跳急剧加快，呼吸感到十分紧迫，好像有什么爪子扼在喉咙处。）

后来我当了实习医生，我医治的第一个病人是位中年妇女，肾功能衰竭，已到晚期。她的死亡来得十分急骤，那天晚上别人都去看电影了，老医生也不在。我正在写病程记录，护士突然报告说病人呼叫我。我赶到她身边，她死死地抓住我的手，说："小皮（她是南方人，总把毕说成皮）医生，我好难受啊……"我急忙听诊，她的胸膛里，已是无边无际的沉默。我开始抢救，但采取的所有急救措施都宣告无效。后来老医生来了，看了记录，说我很恰当地实施了一个医生的职责，干得不错，但我还是非常沮丧。

她的丈夫那晚上看电影回来，放声痛哭，急着问：谁最后在她身边？我说，是我。他又问，她最后留下的一句话是什么？我本来想如实相告，但又一想，那位丈夫因为妻子逝去时，不在她身边，已充满内疚，如果我再转述了他妻子临终时很痛苦很难受的遗言，是不是他会终生谴责自己？于是我咬着牙说，你妻子走得很安详，她什么也没说。

多少年来，我为自己当时的处置忧虑，不知道自己是否得体。也许，让一个挚爱自己妻子的丈夫，得知她诀别人世的真实情况，应该是更重要的选择。

---

① 2015年1月1日起，中国已全面停止使用死囚器官作为移植供体。——编者注

后来，我当了许多年的医生，看到了无数死亡，已经可以做到心如古井处变不惊。但我自知关于死亡的恐惧和忧虑，并无缓解或消失。它们像冬眠的蛇，潜伏在我意识最深的地窖里，等待惊蛰。

再后来，我的父亲得了骨髓癌，这是一种极为恶性的疾病，治愈率为零。当我确知这一诊断结果的时候，只觉得天塌地陷。父亲以为我是医生，可以治好他的病。我承受着巨大的压力，还要不断对父亲作出光明的许诺。作为戎马一生的军人，父亲有极强的洞察力，我想他是知道一切的，但他从来没有叙述过自己的痛苦，他在最后的苦难中，对我说的是——他很幸福。

为了保护母亲和家里人，我一个人独自面对医生，把日趋一日恶化的各种化验报告仔细地粘贴，来回分析。我知道父亲的生命已一天天消失，再无法挽回，我能做的只是减轻他临终的痛苦，让全家人特别是母亲，减少一些重创的剧痛。

父亲是叫着我的名字，死在我的面前……

多年来，我无法回忆这一惨痛的时刻，我无法与任何人谈起，只有深锁心底。（同母亲谈，会勾起她的痛苦。同弟妹谈，会使他们难过。同朋友谈，一般的安慰对我无效。）我曾寄托于无往不胜的时间，以为它会渐渐冲淡我的痛苦。但我似乎错了，长久的时间过去了，那创伤依旧绽裂着，流血不止。只要一想起父亲，无论何时何地，我都会泪流满面。（此刻，滚滚而下的泪水，已将计算机的键盘打湿。）

父亲的丧礼过后，我使劲吃饭，总也吃不饱。我知道自己心理上出了毛病。因为父亲的病最初被发现，就是从体重无缘无故减轻开始。那样强壮的人，最后被疾病摧残得虚弱无比。潜意识里，我觉得吃饭似乎可以抵挡病魔，竟以体重的不断增加为安全。

我开始恐惧医院。哪怕是极要好的朋友病了，我只肯到家里探望，绝不敢进医院的门。因为父亲逝世前一个月，我天天守在病房，寸步不离，神经对白色过敏并厌恶，我再也不想见到病床和药瓶了。

我不能参加追悼会。哪怕是极尊敬的前辈去世，家属发来治丧函，邀我参加遗体告别仪式，我都以种种理由推托，或者干脆就不给回音，让对方觉得很无礼貌。我无法面对那种氛围，恐自己失态放声痛哭。

甚至我的弃医从文，也和这段经历有很大关系。我觉得医生太无奈了，充其量只能预报病情恶化的时间，却无能为力挽救生命。我虽然可以承认这是新陈代谢的规则，但再也无法从容对待病人和家属满怀期望的眼神。我要逃避这种对视。

对于死亡的思索，使我有了《预约死亡》《红处方》这一类以生命为题材的作品，但我知道自己要超越生死，对死亡有一种更达观更理性的认识，还有很长的路要走。我希望自己能够摆脱“死”这个结的困扰。

谈“怕”

“怕”好像历来是个贬义词。怕什么？别怕！天不要怕，地不要怕……好像是人生的大境界。

其实人的一生总要怕点什么，这就是中国古代说的“相克”。金木水火土，都有所怕的东西。要是不相克，也就没有了相生，宇宙不就乱了套？

人小的时候，怕父母。俗话说衣食父母，我的理解就是衣食来自父母。要是父母火了，不给你吃，不给你穿，你就丧失了基本的生存条件，饥寒交迫得活不下去了，还谈什么别的？所以父母叫你上学你就得上学，叫你成绩好你就得努力。要是一个人从小对慈爱他的父母没有畏惧之心（不是害怕他们本人，而是怕惹他们生气），没有讨他们欢喜之心，那这个人长大了，多半要为不法之徒。

渐渐大起来，就怕老师，怕上级，怕官怕权……总之是怕比自己更有力量的人。我想这不单是一种懦弱，而是弱小动物生存的本能。想我们人类的祖先，不过是些个“猴子”，虽说脑子还算得上机敏，体力实属一般。在漫长的动物排行榜上，只能列在中档靠下的位置。假若什么都不怕，早就被老虎狮子大蟒蛇饕餮了。所以“怕”是一种集体无意识，怕是正常的，不怕却是需要锻炼的事。

怕是一件有理的事，每个人都生活在立体空间，上下左右都有掣肘。人上有人，天外有天，总有东西笼罩在你的脑瓜顶。你可以完全不考虑下情，也可以咬着牙不理睬左邻右舍，但你得“惧上”，否则你的位置就保不住了。所以那个无所不在、无所不能的领袖叫作“上帝”。

人须怕法，那是众人行事的准则。人还须怕天，那是自然界运行的规律。怕是一个大的框架，在这个范畴里，我们可以自由活动。假如突破了它的边缘，就成了无法无天之徒，那是人类的废品。

人有最终的一怕，就是死。因为死去的人都不曾回来告诉我们那边的情形，所以我们并不确切地知道死亡是怎样一回事，我们只是盲目地怕着，我们怕的实际是一种未知的状态。人们怕死，很大的一部分是怕痛。要说死其实一点也不痛，就像在沙滩上晒太阳，暖烘烘地就过去了，怕的人一定少得多。再有怕也是怕比的，假如你活得苦不堪言，所有的感官都用来感受痛苦，在怕活和怕死之间，自然也两怕相权取其轻了。因此那极怕死之人，多是很富贵很安逸很猖獗很凌驾一切的显赫。不信你看历代的皇帝，都孜孜不倦地追寻长生不老的仙方。

女人还有一怕，就是怕老。所以各色美容护肤的佳品层出不穷，种种秘不传人的方子被奉若神明。这一怕的核心是怕时间。世上有许多东西是可以对抗的，唯有时间你不可战胜。可怜女人的这个与生俱来的恐惧，注定无法消除。没有哪一种胭脂可以涂抹时间，女人只好永远地怕下去，除非你不在意衰老。

怕虽有理，却并非总是有利。怕的直接决策是躲，但躲不过的时候，就只有迎头而上。古人们所有教诲我们不要怕的语录，就发生在这一时刻。

民不畏死，奈何以死惧之？[①]

将对最大的未知的恐惧置之度外，所有已知的苦难都不在话下，这个人的战斗力实不可低估。

但不怕死的人，也仍有一怕，那就是怕自己。死和你作对，只有一次。自己要和你作对，会有无数次的机会。胜利的时候，它会让你骄傲，失败的时候，它诱你气馁。贫困的时候，它指使你堕落。饱暖的时候，它教促你放浪……自己的实质是欲望。欲望使我们勇敢，欲望也使我们迷失。

人生的发展，一是因了爱好，一是因了惧怕。前者，比如音乐，它并没有更实际的用途，而只是使我们愉悦。那些更实用的发明创造，基本上缘于“怕”。因为害怕冷，人们发明了衣服、房屋、火炉；因为害怕热，人们发明了扇子、草帽、空调器；因为害怕走路，人们发明了汽车、火车、飞机；因为害怕病痛，人们发明了中药西药X光B超；因为害怕地球的孤独，人们向茫茫宇宙进行探索；因为害怕自身的衰退，人们不断高扬精神的旗帜……害怕实在是人类文明进步的助产婆。今后谁知道因了害怕，人类还将诞育多少温馨的婴儿，人类还将补充多少伟大的发明！

我们每个人的心里，都有一个害怕的场。这个场，不要太大，那我们畏畏葸葸，就太委屈了自己的岁月。这个场，也不可太小，太小了就容易人在边缘，演出不该上演的节目。它需不大也不小，够我们驰骋如烟的想象，够我们度过无悔的人生。

① 出自《老子》第七十四章，意为执政者要用合适的方式治理天下。——编者注

艾滋之椅

旧金山佩奇街 273 号。禅宗临终关怀中心。一座宁静的建筑物，在居民区内。门口没有任何标志，只有高高的台阶。甚至连普通公共场合均有的残疾人坡道和盲道，这里也没有。我和安妮迟疑了半天。我们不能确定要拜访的专门和死亡打交道的这个中心是不是这里。想象中，该是一座独立的白色建筑，有葱茏的绿树和不败的鲜花。这里，没有。起码是在外面看不到任何迹象，一如平凡的民宅。

进了门，在没有见到任何人之前，就认定是这里了。是空气告诉我们的。空气中弥漫着奇异的香气，让人有微微的麻醉和眩晕之感，但心的悸动就在这种奇特的香氛当中，平缓到迟慢。

禅宗临终关怀中心的布莱德先生慢慢地走过来，接待我们。 他说话的语调也是慢慢的，举手投足也是慢慢的。慢，是这里不变的节奏。

单是这一点，就已让人足够地惊奇。在现今的社会里，你还能找到一间不是因为拖沓而是有意识缓慢办公的公司吗？在商业的交往中，你还听得到一个如冷泉般天然的女孩声音吗？越是发达的社会，那频率就越是不可思议的快，直到我们目不暇接地整体昏眩了。

相反，在这个一切都缓慢的房间内，我的精神异乎寻常地警醒了。

布莱德先生告诉我们，这家机构完全是慈善性质的，建立于1987年。这里有10位工作人员，还有150名义工。这个中心是没有医生的，也不用任何的药物，它的主要工作，就是帮助人们安详地死去。

布莱德先生慢慢地说，死亡是需要学习的。临死的时候，很多人不知所措。没有人教授这种知识，当死亡到来的时候，人们一无所知。我们就是要帮助大家，当然，也是在帮助自己。只有懂得生命意义的人，才有勇气探讨死亡。只有对死亡有了更深入的了解，人才可能更深刻地把握生命。死亡，其实就是一切事物的本质。

这些话，有些玄了，不过倒是和这弥漫着奇异香氛的雅室相配。房间高大，布置得很有宗教气息，有一种空旷感。我说，这是什么香？

布莱德先生说，这是从印度带来的藏香，能够安抚人的神经。

我问，什么人才能住进这间中心来？

布莱德先生说，谁都可以住进来，只要你提出申请。我们的工作人员会到申请者的家中去看望他们，和他的家人谈话，以最后确定他是否可以来，什么时候来。因为这里是不做任何治疗的，只是接受如何面对死亡的训练。如果病人还有救治的希望，就不会接受他们到这里来。

我听得从内心向外沁冷，说，死亡的训练是怎样的呢？我很想知道。

布莱德先生说，当给予适当的条件的时候，人们是很愿意讨论死亡的。特别是当死亡迫在眉睫的时候。刚来的人，大都是比较紧张的，对死亡不了解，不知道自己将怎样迈向死亡。我们让他接受冥想训练。其核心就是当生命的最后瞬间，只有你一个人，你将如何走向死亡。

这真是一个很有效能的训练。当反复训练终于完成之后，病人就不再害怕死亡了。我们把最后的时刻简称为“在床边”。因为死神是在床边领走我们。那种时候，往往是你一个人。当然，我们这里是24小时都有人值班，但我们不能保证你“在床边”的时候，旁边一定会有人。所以，每个人都要练习独自一个人“在床边”，在那种时刻，保持最后的平静。

我说，经过训练，病人“在床边”的时候，都能保持平静吗？

布莱德先生说，大部分病人都能做到平静。特别是入院时间较长的病人，基本上都是平静的。如果入院的时间太短，病人可能还未能完全训练好，有的人也依然在惧怕中逝去。这和每个人的情况不同有关，有的病人有太多未了的心事，还未学会放下。死亡是一个过程，我们对它要有准备。其实，就是突如其来的死亡，比如飞机失事或是外伤，等等，如果不可避免，平静就是最好的应对……

正说到这里，一名女士悄悄地走进来，在布莱德先生耳边说了一句话，布莱德先生站起身来，说，不好意思，有一件急务，需要我出去一下，很对不起。请稍等。

我们等了一会儿，又等了一会儿，布莱德先生还是没有回来。一位长得很秀丽的女士走进来说，布莱德先生还要等一会儿才能回来，你们不妨先在各处参观一下。

我和安妮蹑手蹑脚地在中心内部缓慢走动着。悄悄推开一扇门，雪白的床单下，一个黑人男子，瘦到骇人的程度，用“骨瘦如柴”这样的形容词对他都是夸奖，简直就是几根紫铜丝拧成的轮廓，无声无息。如果不是他那大如鸭蛋的眼睛上的睫毛有微微的颤动，看不出一点生命的迹象。

我们逃也似的离开了这间屋子。

这是一个艾滋病人。这两天，他就要“在床边”了。秀丽的女士说。

楼边有一个小小的花园，有一些绿色的植物，因为已是秋天，没有想象中的葱绿，几片黄叶悄然落下，也是缓缓的，仿佛电影中的慢镜头。有一把椅子，角度放得很巧妙，正好对着花园里最美丽的一角。我说，我可以坐在上面吗？

秀丽的女士说，当然可以。我们这里经常住进艾滋病人，当他们还没有丧失最后的活动能力的时候，他们很愿意坐在这张椅子上看看风景。

哦，原来这是一张艾滋之椅。

我坐在上面，椅子很舒适，风景也很好。我看着面前的树叶，心想，这几片叶子，也许曾给若干位艾滋病人带来过安抚和宁静。如今，它们还在秋阳下焕发着最后的绿色，但那些触抚过它们的视线，已然被土壤掩埋。泥土中的视线，一定也还残留着丝丝绿色吧。

我请安妮给我照了一张相，在这张椅子上。

照完之后，我对安妮说，我也给你照一张吧。

安妮说，毕老师，我不照。我的手脚现在都是冰凉的。一会儿从这家中心走出去，我要立即进一家咖啡店，用滚烫的水暖暖我的胸膛和大脑。

我问秀丽的女士，这个中心自建立以来，一共有多少人从这里走向终极？秀丽的女士说，她来这里工作的时间并不很长，关于具体的数目，不是很清楚。但她可以告诉我们一个数字，自建立中心以来，截止到今天，这里一共在1267天中有人逝世。有时是一人，有时是多人。

正说着，布莱德先生回来了。他说，很抱歉，但是，没有办法。南希去世了，就在刚才。我到了她的床边，她很平静。

我说，南希是谁？

布莱德先生说，南希是我们这里的一个病人。患乳腺癌，人很年轻，只有44岁。她在这里住了四周，刚住进来的时候，人非常紧张，非常恐惧。经过训练，她变得很平静了。刚才离世的时候，十分安详。

我们静默，脖颈处像卡着一块冰。

想到就在我们方才漫步的时候，一条生命正向空中遁去，心中充满茫然。仿佛看见南希的灵魂正在这屋顶上，宁静地看着我们。

布莱德先生说，每当有病人去世，我们都会在他的床边举行一个小小的告别仪式。现在，我马上就要到南希的床边去，我们只能就此结束了。

秀丽的女士说，她的亲人就是在这里去世的。她来到这里，喜欢这里舒缓的气氛。亲人去世后，她就要求到这里来工作了。这里的特点就是宁静，在现代社会，找到这样一个宁静的地方是不容易的。这里的宁静，是很多的人，用心血营造出来的。她最后说。

怎样一个人独立地走向死亡？所有走过的人，都不会告知我们有关的经验教训。“在床边”，是一个新鲜的课题。我觉得，人在容光焕发精力充沛的时候，不妨花点时间琢磨琢磨这件事，真到了垂垂老矣气息奄奄之时，考虑起来就太艰苦了。平常日子，脑子转的速度不必那样快，步子的频率不必那样高，声音的分贝不必那样强，睡眠的时间不必那样晚……

当我们离开北京的时候

白衣服的人，搓着他们因为常握听诊器而略显冰凉的手，轻轻地皱紧眉头。是啊，两位父母只有一个子女，四位祖父母外祖父母只有一个孙儿……年老的北京人终要离去，不能让他们在生命的最后一分钟摇头叹息。年轻的北京人还有许多事要做，不能让他们在事业与孝道的三明治里，顾此失彼，涂抹苦涩的果酱。

有详尽的资料证明，北京的老人离去时的卧榻，1/3 在医院，1/3 在家中，还有 1/3 是在运往急救站的救护车里——那冰冷颠簸的铁皮厢顶，就是老人们对这个世界的最后印象。

我们已经有效地延长了生命的数量，北京是世界上老人最长寿的城市之一，我们为什么不能加工生命的质量，让人们在鲜花与微笑中告别北京？

那些穿白衣的天使——北京朝阳门医院二病区的医生护士们，创办了临终关怀医院。用自己洁白的羽翼，覆盖了这一片生命的荒凉旷野。

他们为入院的老人沐浴更衣，他们为生活无法自理的老人端屎端尿，他们精心治疗老人的褥疮，他们竭尽全力满足老人最后的要求……

有一位老奶奶坚持要过她 70 岁生日。她的全身已被死神捆绑，只有眼睛闪闪发亮。她一生过了许许多多的生日，但唯独这个生日对她是那么重要。她要同亲人告别，她要同死神做一次顽强的较量。医护人员殚精竭虑地延长着她的生命，当生日蛋糕上的红蜡烛终于跳起璀璨的烛花时，老奶奶深陷的眼窝里充满泪水和笑意……

食堂里的小姑娘，一边卖饭票一边唱。她有浓重的山东口音，把任何一支流行歌曲都哼得像沂蒙小调。她为老人唱“妈妈的吻”，唱着唱着，屋里响起细碎的声响。她停下歌喉，看到老人和他们的子女泪流满面。她怯怯地问：是不是我惹你们伤心了？是大家要我每天唱歌的，人们要在歌声中远行……

老人和孩子齐声说：不是伤心！是你的歌声让我们记住这最后的团聚时光。

医生的职责在这里升腾得更精粹更晶莹了。几乎所有的病人都不可能康复出院，按照医学的治愈率来说，医生面对的是一个永恒残酷的“0”。但他们在这个冷漠的范畴里，不倦地工作着。临终的人多半缄口不言，我们无法知道更多的医生的故事。假若世上真有天国，原籍北京的公民定会踊跃发言，称赞这些人生最后驿站里的送行者。

一位英国的临终关怀医学专家在参观后说，上一次我到你们北京来，看到了许多高耸的大厦，许多海豚般游动的汽车，游览了梦幻般的风景，品尝了皇帝才有资格吃的饭。我想发达国家具备的东西，你们几乎都有了。我觉得你们只有一样东西还没有，这就是临终关怀……这一次到北京来，我吃惊地发现，你们连这个也有了。尽管还很简陋，但这是一个辉煌的开始。

是的，我们已经开始，我们还将做得更好。

作为北京人，从此我们将不必担忧生命道路结尾处的黑洞。在这座美丽的城市里，生活的时候，我们快乐而潇洒。离开的时候，我们尊严而安宁。

21 世纪，我们死在哪里

新的世纪来了，人们对这个世纪有很多预言。假如记录在案，将来统计一下，看有多少命中率。我有一个小小的预言，估计猜中的概率是很高的，那就是——从 20 世纪跨入 21 世纪的人，绝大部分无法再跨越到 22 世纪去。

你必将死于这个世纪。这不是一个咒语，是一个现实。

哪怕是出生在上个世纪的最后一天，他或她要进入下个世纪，年龄也将超过 100 岁，老寿星毕竟是有限的。

我们将死在哪里呢？

首先我不希望自己死于战场，我希望世界持久和平。其次是不希望自己死于恐怖事件。再其次是不希望自己死于交通事故。最后是不希望自己死于天灾和瘟疫。我可以欣然接受自己死于自然规律，死于理智选择过的自我终结，死于我认为有必要付出自己生命的事业。

我的爷爷生于19世纪，死于20世纪的农村。他是死在自己的家里，死的时候很平静。我的父亲死于20世纪的末期，他是死在城市的医院里，全家人围绕在他的身边。

在过去的一个世纪里，死亡悄悄地从家中转移到了医院。如果一个病人死在家里，人们会遗憾地说：还没来得及送到医院，人就……

人需要到医院里去死，几乎成了文明进步的重要指示剂。现代社会的成就之一就是让死亡从日常的家居中消失，医院的白大衣如同魔法师的黑斗篷，铺天盖地罩住了死亡，死亡变得日益神秘和遥远。

然而，死亡没有走开。它静静地坐在城市的长椅上，耐心地等待着某个适当的时机，把你悄悄地领走。

于是想：面对每个人都必然遭逢的死亡，医院是否是我们最好的终点驿站?

如果有人问，你希望死在哪里？我一定会毫不犹豫地说，死在家里。

死在家里，其实是一件奢侈的事情。世界变了，和早年间不一样了。那时，一个孩子，从很小的时候，就看到了老人和动物的死亡，他们接受死亡，并不大惊小怪。谁家有人死了，大家都来帮忙。摘下一块门板，把死去的人放在上面，并不恐惧。各种有关丧仪的习俗，寄托着哀思，也稀释了痛楚。

如今，大家住在密不透风的钢筋水泥森林里，失去了田园的宽阔和农舍的疏朗。如果有一个濒临死亡的人执意要死在家里，估计大家都会不知所措。茫然和惊吓还有无尽的焦灼，会使活着的人煎熬在巨大的混乱中。

需要普及关于死亡的知识。我希望有人告诉我，死亡来临之时，如果我不曾昏迷，我将遇到怎样的麻烦？有何种应对的方案？我不希望对自己生命的最后阶段，稀里糊涂一无所知。我希望像出国旅游之前，先发我一张到达国的地图，以便心中有数。

我希望我的家人对我的死亡有比较充分的准备。他们首先在精神上接受这件事情的必然性，不悲戚和惊惶。在我最后的时刻，保持温和的平稳与冷静。如果实在忍不住，就轻轻地哭泣几声，以示告别。如果在我远行时分，回头看到他们捶胸顿足泪眼滂沱，我会感到无能为力并因此深深地不安和愧疚。

我希望不要抢救我，不单是为了节省药品，而是因为这样做违背了我的意志。为了让我有短暂的苟延残喘而劳民伤财，实在得不偿失。

当我已无怨无悔地度过了整个人生，应该画上句号的时候，迟迟不落笔，这个尾结得不好，是为憾事。

临死之前，我希望当我不想喝水的时候，就不要喂我水了。当我不想吃饭的时候，就不必劝我吃饭了。我不喜欢某部电视剧中的情节，一位老太太马上就要咽最后一口气了，一位晚来的孝子扑到她跟前说，孩儿来晚了，还没来得及孝顺您老人家。您一定要把孩儿给您带来的这块点心吃了……说着就把一块硬硬的糕饼塞到老人嘴里。结果老人头一歪，死了，饼子也从嘴里掉出来。我觉得这个孝子在母亲最后的时候，考虑的不是老人的实际情况，而是他自己的情感需求。这就不是真孝，不是大孝。当然，可能也和无知有关。国人常常以为只要能吃就是好的。其实大谬。当死亡驾临的时候，能量就是有毒的东西了。

死亡是生命成长的最后阶段。闲暇之时，不妨为自己设计一下死亡，如同一个读书郎，盘算着上哪所大学读哪个专业。

让死亡回归家庭

美国新奥尔良临终关怀医院的布朗女士，有着成熟的山西大枣样的肤色，眼睛也是大而棕色，一种湿润的温和蕴藏在里面，让人一见之下，就感到可以依傍。

依傍感是一种奇怪的东西。男人给人的可依傍感，通常来自高大的体态和宽阔的肩膀。一个柔和的女性，在完全不具备强壮体魄时，也一举让人感到深刻的信赖，这是眼神的魅力。

她的眼神有一点神秘，一点哀伤，更多的是宁静和清凉。她告诉我，以前从事一份普通的职业。因为父亲去世，得到了临终关怀医院的照料，父亲走后，就加入这个行列之中。

我到过国内的临终关怀医院，那里有很多密闭的小屋和淡蓝的窗纱。在新奥尔良，我以为也会看到这些，但是，没有。临终关怀医院完全是一所办公机构的模样，明亮的灯光，闪动的电脑，彩印的宣传资料……没有白色的大褂，没有药品的味道。

墙上挂着一幅巨大的新奥尔良城区全图。很多红色的圈点，使这张图有了某种战争的气息，好像到处潜藏着特殊的碉堡。

谈话从斑点开始。

我问，这是什么？

布朗女士说，那些明显的圆环，是有急救能力医院的位置。那些微小的点，是我们目前负责的临终关怀病人。

我问，医生呢？为什么看不到他们？

布朗女士说，医生都到病人那里去了。他们按照地图上面分布的区域，各自负责照料若干病人，一大早，8 点 30 分，就去巡诊了。挨家挨户地转，要花费很多时间。所以，这个机构里，是很少看得到医生的。

我们是为生命晚期的病人服务的。评价病人疼痛程度的工作，就有五位医学博士专门负责。教会病人把疼痛的程度分为十分，确切地描述自己的疼痛，以取得适量的药物，达到基本上无痛。还有资深的护士，走访病人家庭，为病人提供止痛服务。有专业人员指导病人的家属怎样给病人洗澡漱口，并有宗教人士提供帮助。除此以外，还有200 多名义工，提供帮助病人到商店买东西，晒晒太阳或是理发等服务。

我问，什么人才能住进这个医院呢？

话一出口，我就意识到这个问题不准确。没有病人住在这里。

布朗女士说，我们的口号是让死亡回归家庭。衰老后的死亡是一件很正常的事情。人们并不觉得成熟的麦子变得枯黄，然后倒伏在地，是多么恐怖和不可思议的事情。那是大自然的必然。旧的麦秸不回归土地，就没有新的麦株的繁荣。在 20 世纪以前，人的死亡是司空见惯的事情。孩子们从很小的时候，就看见和体验到生命的消失，他们会认为那是很正常的事情，是世界一个必须和不可避免的环节。但是，21 世纪以来，由于技术的进步和医学的发达，人们把死亡的地点，由传统的家庭转移到了陌生的医院。死亡被排除出视野，死亡被人为地隔绝了。一位老人，哪怕他从来没有进过医院，哪怕他再三表明自己要死在家里，却没有人理睬他。人们渐渐认为只有死在医院里才是正常的，才算尽到了责任。如果谁死在了家里，舆论会认为他没有得到良好的照料。

现代化剥夺了人死在自己熟悉的安全的家里的权利。现在，是回归的时候了。让死亡回归家庭。让濒临死亡的人，享有最后的安宁与尊严。他们将在自己的家里和亲人的包绕之下，平静地远行。我们奉行的观念是——不必抢救死亡。死亡是不应该进行抢救的。因为死亡并不是一种失败。既不是医生的失败，也不是病人的失败。让病人安详舒适地死去，正是医生神圣的责任所在。我们的座右铭是——“尊严地死去”。这包括他是怎样洁净地来到这个世界上，他也要怎样洁净地离开这个世界。我所说的洁净，并不仅仅指的是尘土和污垢，而是指在死者的身上，不要遗留有人工的化学的放射的等强加给他的痕迹。常常有这种现象，医院里，人已经去世了，他的身上还插着很多条管子，输液的输氧的……还有放射和电击的痕迹。那是很不人道的。

我们的医生每周每人出诊28次，很辛苦。他最多照顾七个病人。因为如果照看的病人太多了，对医生的压力就太大了。当医生发出病人垂危的判断之后，我们的护士就会24小时守候在病人的身旁，为他提供必要的支持。当然，也对病人的家属提供有效的支援，陪伴他们一道走过生命中的难关。

1978年，路易斯安那州首创了此种类型的临终关怀医院。除了止痛治疗之外，并不施行额外的延长病人生命机能的医学方面的治疗。现在新奥尔良共有15所这样的临终关怀医院，共帮助了25万死者在家中从容地离去。

我问，那么谁来决定一个人什么时刻可以进入这个医院？

布朗女士说：那要由医生开证明，证明病人的生命已不足六个月时，才可以在我们这里登记入住，因为服务费用是由州政府的医疗保险计划支付。

我问，那有没有医生的判断出了某种偏差，病人在半年以后依然生存的?

布朗女士说，有。那就要由医生重新做出评估，才可享受这种服务。

我们正谈着，一位名叫索菲的护士出诊回来了。她神采飞扬，精神抖擞，并没有丝毫我想象中的疲惫和倦怠。

索菲告诉我们，她从事这个工作已经三年多了。当医生诊断病人的生命有可能在 24 小时内终止的时候，索菲就抵达病人家中，和他的亲人一道守候在他的身旁，一直陪伴到病人最后的呼吸消失。

我问索菲，你大约看到了多少位临终的病人?

索菲很认真地想了想，然后很抱歉地说，真的记不得了。大约，总有几百位了吧。

我便对面前的索菲肃然起敬，也有一点隐隐的畏惧。我看着她的手，心想，不得了，这双手送走过无数的人，也许具有一种非凡的魔力吧。临走的时候，我一定要好好地握握她的手。

我问索菲，你害怕吗?比如在漆黑的夜里，风雨交加时。

索菲说，不害怕。我以前就是一个护士。我喜欢帮助别人，我现在从事的这种工作，让我有最大的成就感。其实，人们害怕死亡，是很没道理的事情。死亡是一件积极和充满神秘的事情。它是我们每个人的最后归宿。对一个正常的事件害怕，这才是不正常的事呢。

我说，索菲，临终的病人通常会对你说什么话吗?

索菲陷入了思索，说，他们通常是不说什么话的。之前，他们会对我致以谢意。最后，有时会留下一些莫名其妙的话，我猜那是他们看到了一些只属于死亡的画面。比如，我刚送走了一位病人，他最后说的话是：来了一辆金马车……

我说，你近日还有可能有在 24 小时内垂危的病人吗?

索菲说，有啊。

我说，如果方便，我能去看看他或她吗？

我并非有什么窥见死亡的嗜好，而是很想把更多更具体的所见所闻带回我的祖国。索菲毫不犹豫地说，那不可能的。死亡是一件很隐私的事情，在没有得到垂危者和他的家属的同意之前，我没有权利把陌生人带到他的身边。虽然他可能是完全昏迷了，什么也感受不到了，但仍要尊重他。

我点点头。这一点就让我学习到了很多。

布朗女士最后同我谈到了死亡之后，对死者家属的支持。

我们会在13个月内同死者的家属保持密切的联系。我们会通过各种信息，将最近有亲人亡故的人，组织到一起，成立一个小组。假如是把因同样的病症，比如都是癌症而故去的人的亲属，组成小组，效果会更好。我们的社会工作者每隔三个月就同逝者家属有一次谈话，体察他们的哀思，提供尽可能的帮助。

13个月之后，就改成每年一次随访。

我忍不住问道，为什么是13个月，不是12个月或14个月呢？

布朗女士说，因为亲人逝去周年和其后的一些日子，对逝者家属来说，是非常伤感的时刻。在这个时候提供必要的援助，非常重要。那种情绪的波动和孤苦的感觉，在逝者周年时将达到顶峰。同样的季节，同样的景色，都会强烈地触景生情。这是一个充满危机的时间段。如果能有人陪伴着，会好很多。

我立刻想起父亲逝去的日子，正是深秋，那种刻骨铭心的冷啊！从此，漫长的岁月里，每一个秋天都比冬天更寒凉。那时，多么渴望有这样关切的眼神，对痛彻骨髓的哀伤轻轻抚摸。

布朗女士说，不知道中国是怎样照料临终人士的？如果有可能，我愿意到中国去，无偿地义务地帮助中国的临终者。

我向她表示最诚挚的谢意。

让死亡回归家庭的理念，让人激荡。

我们原来是死在家里的。后来，由于科学的昌明，我们把死亡搬到了医院里。于是人类最后的温热眷恋，在雪白的抢救帷幕的包裹中，被轻易地剥夺了，遗留下另一种现代的残忍。

死亡再次回归家庭的时候，不是简单地复古和重复，而是对人类自身更多的珍爱和体恤。死亡回归家庭，是对逝者的福音，是对生者的挑战。它意味着需要更艰巨的工作，更庄严的承诺，更严谨的责任和更充沛的勇气。

告辞的时候，我紧紧地握了索菲女士的手。她的手很软，很小，根本没有想象中力拔山河的力度。但我确知，曾有无尽的温暖，从这双柔若无骨的手中，流向另一个世界。

温暖的陵园

我喜欢陵园的“园”字。不信，请你在风中轻轻念叨三遍。你的口形会从“陵”字凄凉的松懈，变成轻微收拢的振作，好像含住了天上落下的一滴雨露。有了这个温润的“园”字，“陵”字的孤寂和黯然就被冲淡了，你不由自主地想到花园、公园，甚至……团圆。

陵园本是伤怀之地。每一个为自己的亲眷寻找安息之所的人，最初走进这里的时候，心情都是哀痛而复杂的。哲学家说：“死亡的本质就是不可能再有任何可能性了。”其实不然，死亡在陵园演化成了整齐的行列和庄严的祭奠，变作了根和枝叶，还有花朵，还有果实。有一些人可能永远地消失了，有一些人却在这里被长久垂念。

在一般人眼中，陵园是空旷的，是冷寂的，是枯萎的。但你到八达岭陵园里走一走，就会渐渐忘却最初的忧烦。你看到的是绿草和树，是高山和云霞。你听到的是鸟鸣和流水，还有工作人员亲切的话语。

感谢八达岭陵园在2006年将我聘为他们的心理顾问。有若干单位也曾表示了相类的邀请，我都一一婉谢。写作占据了我生命中的大部分时间，其余的光阴就很有限了。我愿意参加到八达岭陵园的工作中，是因为重要和圣洁。

人一生当中要搬很多回家，要结识很多人，要看很多风景走很多路途……陵园，就是最后的一个家。陵园的工作人员就是最后结识的人，陵园的山水是最后看到的景色，陵园的土地就是最终停下脚步的驿站。

将心理学的知识引入到陵园的工作中，是一个创新的领域。长久以来，哀伤是不登大雅之堂的，人们在黑暗中苦挨苦熬。凄清无助的感觉攫取身心，苦楚如潮水一般将我们沉溺。这其中要经历震惊、否认、愤怒、绝望、平静、恢复、痊愈等复杂的心理路程，甚至有人干脆就把哀伤列入了和烧伤一样危险的急性疾病。谁来拯救苦难中的人们？谁来安抚百孔千疮的破碎之心？这个阶段到底有多长呢？国外研究者有说是半年的，有说至少要两年的。我认识一位女士，母亲在18年前的大年初一离世，18年来，每个春节都苍白如雪。家中清锅冷灶阴风惨惨，没有一丝过节的气氛。没有经过处理的哀伤，犹如埋藏在骨髓内的钢钉，哪怕表面上已经平复，不知会在哪一瞬爆发剧痛。我们只有等待时间之水慢慢洗刷，让哀伤抽丝剥茧一点点稀释。

生命是一个完整的过程，每一个阶段都充满尊严。每一个生命的诞生，都让我们欣喜，每一个生命的离去，都让我们叹息。生命在陵园余音袅袅，人必须回到泥土当中，才能得到安宁。除了时间，我们还有没有其他方法挣扎出哀伤的海？如今陵园的工作者，将心理学的知识引进到工作中，通过大家共同的努力，联结起一双双温暖的手，强有力地援助哀痛中的人们。

期待那一天——当我们走进陵园的时候，沉默凄楚忐忑不安，当我们离开陵园的时候，比较静谧镇定祥和有力。

写下你的墓志铭

那一年，我和朋友应邀到某大学演讲。关于题目，校方让我们自选，只要和青年的心理有关即可。朋友说，她想和学生们谈谈性与爱。这当然是一个极为重要的问题，只是公然把“性”这个词，放进演讲的大红横幅中，不知校方可会应允？变通之法是将题目定为“和大学生谈情与爱”，如求诙谐幽默，也可索性就叫“和大学生谈情说爱”。思索之后，觉得科学的“性”，应属光明正大范畴，正如我们的老祖宗说过的“食色性也”，是人的正常需求和青年必然遭遇之事，不必遮遮掩掩。把它压抑起来，逼到晦暗和污秽之中，反倒滋生蛆虫。于是，朋友就把演讲题目定为“和大学生谈性与爱”。这期间我们也有过小小的讨论，是“性”字在前，还是“爱”字在前？商量的结果是“性”字在前，不是哗众取宠，觉得这样更符合人的进化本质。

感谢学校给予我们的信任和支持，朋友的演讲题目顺利通过了。但紧接着就是我的题目怎样与之匹配？我打趣说，既然你谈了性与爱，我就成龙配套，谈谈生与死吧。半开玩笑，不想大家听了都说“OK”，就这样定了下来。

我就有些傻了眼。不知道当今的年轻人对“死亡”这个遥远的话题是否感兴趣？通常人们想到青年，都是和鲜花绿草黑发红颜联系在一起，与衰败颓弱委顿凄凉的老死似乎毫不相干。把这两极牵扯一处，除了冒险之外，我也对自己的能力深表怀疑。

死是一个哲学命题，有人戏说整个哲学体系，就是建立在死亡的白骨之上。我深知自己不是一个哲学家，思索死亡，主要和个人惧怕死亡有关，在我四五岁时，一次突然看到路上有人抬着棺材在走。我问大人，这个盒子里装着什么？人家答道，装了一个死人。当时我无法理解死亡，只觉得棺材很小，一个人躺在里面，蜷起身子像个蚕蛹，肯定憋得受不了……于是小小的我，产生了对死亡的惊奇和混乱。这种惊奇和混乱使我在相当一段时间内对死亡很感兴趣。我个人有着数十年从医经历，在和平年代，医生是一个和死亡有着最亲密接触的职业。无数次陪伴他人经历死亡，我不能不对这种重大变故无动于衷。还有很重要的一点，就是我十几岁就到了西藏，那里严酷的自然环境和孤寂的旷野冰川，让我像个原始人似的，思索着人从哪里来，要到哪里去这类看似渺茫的问题。

反正由于我脱口而出的一句话，演讲题目就这样定了下来，无法反悔。我只有开始准备资料。

正式演讲的时候，我心中忐忑不安。会场设在大礼堂，两千多座位满满当当，过道和讲台上都有学生席地而坐。题目沉重，我特别设计了一些互动的游戏，让大家都参与其中。

演讲一开始，我做了一个民意测验。我说大家对“死亡”这个题目是不是有兴趣，我心里没底。我不知道有多少人在看到这个题目之前，思索过死亡？

此语一出，全场寂静。然后，一只只臂膀举了起来，那一瞬，我诧异和讶然。我站在台上，可以综观全局，我看到几乎一半以上的青年人举起了手。我明白了有很多人曾经认真地想过这个问题，比我以前估计的比率要高很多。后来，我还让大家做了一个活动——书写自己的墓志铭。有几分钟的时间，整个会堂安静极了，谁要是那一刻从外面走过，会以为这是一间空室，其实数千莘莘学子正殚精竭虑思考人生。从讲台俯瞰下去（我其实很不喜欢这种高高在上的讲台，给人以压迫之感。我喜欢平等的交谈。不单在态度上，而且在场地位置上，大家也可平视。但校方说没有更合适的场地了）。很多人咬着笔杆，满脸沧桑的样子。我很抱歉地想到，这个不祥的题目，让风华正茂的青年人提前——老了。

大约五分钟之后，台下的脸庞如同葵花般地仰了起来。我说："写完了吗？"

齐声回答："写完了。"

我说："好，不知有没有哪位同学，愿意走上台来，面对着老师和同学，念出自己的墓志铭？"

出现了一片海浪中的红树林。我点了几位同学，请他们依次上来。但更多的臂膀还在不屈地高举着，我只好说："这样吧，愿意上台的同学就自动地在一旁排好队。前边的同学讲完之后，你就上来念。先自我介绍一下，是哪个系哪个年级的，然后朗诵墓志铭。"

那一天，大约有几十名同学念出了他们的墓志铭，后来，因为想上台的同学太多，校方不得不出动老师进行拦阻。

这次讲演，对我的教育很大。人们常常以为，死亡是老年人才需要考虑的问题，这是误区。人生就是一个向着死亡的存在，在我们赞美生命的美丽、青春的活力的时候，我们其实就是肯定了死亡的必然和老迈的合理性。试想一下，如果没有死亡，地球上早就被恐龙霸占着，连猴子都不知在哪里哭泣，更遑论人类的繁衍！

从我们每个人一出生，生命之钟的倒计时就开始了。当我写下这些字迹的时候，我就比刚才写下题目的时刻，距离自己的死亡更近了一点。面对着我们生命有一个大限存在这样一个残酷的事实，无论是年老或年轻，都要直面它的苛求。

现代生活节奏越来越快，我们独处的空间越来越逼仄，思索的时间越来越压缩。但死亡并不因为我们的忙碌而懈怠，它步履坚定地、持之以恒地向我们走来。现代医学把死亡用白色的帏帐包裹起来，让我们不得而知它的细节，但死亡顽强前进，它是无所不能的，没有任何力量能够抗拒它。

一个人年轻的时候就思索死亡，和他老了才思索死亡，甚至知道死到临头都不曾思索过死亡，这是完全不同的境界。知道有一个结尾在等待着我们，对生命的宝贵，对光明的求索，对人间温情的珍爱，对丑恶的扬弃和鞭挞，对虚伪的憎恶和鄙夷，都要坚定很多。

那天在礼堂的讲台上，有一段时间，我这个主讲人几乎完全被遗忘了，一个又一个年轻的生命为自己设计的墓志铭，将所有的心震撼。

有一个很腼腆的男孩子说，在他的墓志铭上将刻下——这里长眠着一位中国籍的诺贝尔奖获得者。

台下响起了热烈的掌声。我想，不管他一生是否能够真正得到这个奖，但他的决心和期望，已经足够赢得这些掌声。

一个清秀的女孩子说，她的墓志铭上将只有一行字：一位幸福的女人。

还有一个男生说："我的墓志铭上会写着——我笑过，我爱过，我活过……"

这些年轻的生命，因为思索死亡而带给了自己和更多人力量。

无数生命的演变，才有了我们的个体。在这一点上，我们不单要感谢我们的父母，而且要感谢我们的祖先，感谢地球，感谢进化所走过的漫漫历程。当我们有了生命之后，我们在性的基础之上，繁衍出了爱。爱情是独属于人类的精神瑰宝，它已从单纯的生殖目的，变成了两性身心融会的最高境地。然而在这一切之上，横亘着死亡。死亡击打着生命，催促着生命，使我们必须审视生命的意义。

后来，我还在一些场合做过相关的演说。我在这里抄录一些年轻人留下的墓志铭，他们让我进一步认识到了，讨论死亡对于一个健康心理的建设是多么重要。

“这里安息着一个女子，她了结了她人生的愿望，去了另外的世界，但在这里永生。她的一生是幸福的一生，快乐的一生，也是贡献的一生，无憾的一生。虽然她长眠在这里，但她永远活着，看着活着的人们的眼睛。”

“高尚是高尚者的通行证。”

“我不是一颗流星。”

“生是死的开端，死是生的延续。如果我 50 岁后死去，我会忠孝两全。为祖国尽忠，为父母尽孝。如果我五年后死去，我将会为理想而奋斗。如果我五个月后死去，我将以最无私的爱善待我的亲人和朋友。如果我五天后死去，我将回顾我酸甜苦辣的人生。如果我五秒钟后死去，我将向周围所有的人祝福。”

怎么样？很棒，是不是？

按照哲学家们的看法，死亡的发现是个体意识走向成熟的必然阶段。一个人的心理健康，更是和他的生命观念、死亡观念息息相关。你不能设想一个对自己没有长远规划的人，会有坚定、健全、慈爱的心理。如果说在以上有关死亡的讨论中，我对此还有什么遗憾的话，就是年轻人普遍把自己的生命时间定得比较短。常有人说，我可不喜欢自己活太大的年纪，到了四五十岁就差不多了。包括现在有些很有成就的业界精英，撰文说自己 35 岁就退休，然后玩乐。因为太疲累，说说气话，是可以理解的。但认真地策划自己的一生，还是要把生命的时间定得更长远一些，活得更从容，面对死亡的限制，把自己的一生渲染得瑰丽多彩。

离太阳最近的树

40年前，我在西藏阿里当兵。

这世界的第三极，平均海拔5000米，冰峰林立，雪原寂寥。不知是神灵的佑护还是大自然的疏忽，在荒漠的皱褶里，有时会不可思议地生存着一片红柳丛。它们有着铁一样锈红的枝干，凤羽般纷披的碎叶，偶尔会开出谷穗样细密的花，对着高原的酷寒和缺氧微笑。这高原的精灵，是离太阳最近的绿树，百年才能长成小小的一蓬。到藏区巡回医疗，我骑马穿行于略带苍蓝色调的红柳丛中，曾以为它必与雪域永在。

一天，司务长布置任务——全体打柴去！我以为自己听错了，高原之上，哪里有柴？！原来是驱车上百公里，把红柳挖出来，当柴火烧。

我大惊，说，红柳挖了，高原上仅有的树不就绝了吗？

司务长回答，你要吃饭，对不对？饭要烧熟，对不对？烧熟要用柴火，对不对？柴火就是红柳，对不对？

我说，红柳不是柴火。它是活的，它有生命。做饭可以用汽油，可以用焦炭，为什么要用高原上唯一的绿色！

司务长说，拉一车汽油上山，路上就要耗掉两车汽油。焦炭运上来，一斤的价钱等于六斤白面。红柳是不要钱的，你算算这个账吧！

挖红柳的队伍，带着铁锨、镐头和斧，浩浩荡荡地出发了。

红柳通常都是长在沙丘上。一座结实的沙丘顶上，昂然立着一株红柳。它的根像一柄巨大章鱼的无数脚爪，缠附至沙丘逶迤的边缘。

我很奇怪，红柳为什么不找个背风的地方猫着呢？生存中也好少些艰辛。老兵说，你本末倒置了。不是红柳长在沙丘上，是因为有了这棵红柳，固住了流沙。随着红柳的渐渐长大，流沙被固住得越来越多，最后便聚成了一座沙山。红柳的根有多广，那沙山就有多大。

啊，红柳如同冰山。露在沙上的部分只有1/10，伟大的力量埋在地下。

红柳的枝叶算不得好柴薪。它们在灶膛里像闪电一样，转眼就释放完了，炊事员说它们一点儿后劲也没有。真正顽强的是红柳强大的根系。它们如盘卷的金属，坚挺而硬韧，与砂砾黏结得如同钢筋混凝土。一旦燃烧起来，持续而稳定地吐出熊熊的热量，好像把千万年来，从太阳那里索得的光芒，压缩后爆裂出来。金红的火焰中，每一块红柳根，都弥久地维持着盘根错节的形状，好像一颗傲然不屈的英魂。

把红柳根从沙丘中掘出，蕴含着很可怕的工作量。红柳与土地生死相依，人们要先费几天的时间，将大半个沙山掏净。这样，红柳就枝丫遒劲地腾越在旷野之上，好似一副镂空的恐龙骨架。这时需请来最有气力的男子汉，用利斧，将这活着的巨型根雕与大地最后的联系，一一斩断。整个红柳丛就訇然倒下了。

一年年过去，易挖的红柳绝迹，只剩那些最古老的树灵了。

掏挖沙山的工期越来越漫长，最健硕有力的小伙子，也折不断红柳苍老的手臂了。于是人们想出了高技术的法子——用炸药！

只需在红柳根部，挖一条深深的壕沟，用架子把火药探进去，人伏得远远的，将长长的火药捻子点燃。深远的寂静之后，只听“轰”的一声，再幽深的树怪，也尸骸散地了。

我们风餐露宿。今年可以看到，去年被掘走红柳的沙丘，好像做了眼球摘除术的伤员，依旧大睁着空洞的眼睑，怒向苍穹。但这触目惊心的景象不会持续太久，待到第三年，那沙丘已烟消云散，好像此地从来不曾生存过什么千年古木，堆聚过亿万颗沙砾。

听最近到过阿里的人讲，红柳林早已掘净烧光，连根须都烟消灰灭了。

有时深夜，我会突然想起那些高原上的原住民，它们的魂魄，如今栖息在何处云端？会想到那些曾经被固住的黄沙，是否已飘洒到世界各处？从屋顶上扬起的尘沙，会飞得十分遥远。

安然逝去

每个人都会死。生命之箭脱离了母体，向着死亡的目标飞翔，终结的靶心早已傲然矗立在远方。人的生存是一个向着死亡的存在，这不单是一个抽象的哲学问题，更是每个人非常具体的扫尾。

在人类的进化史上，先有了优生。这符合生物繁衍昌盛的规律。安然地照料即将逝去的衰老的、虚弱的、残败的个体，是一种高级的需要。恕我孤陋寡闻，不知道在动物界里除了“乌鸦反哺”这类未经证实的“孝道”之外，可还有年幼的动物服侍垂老待毙动物的佳话？不敢说没有，起码是极为罕见的。在《动物世界》之类的节目里，看到的几乎都是为了种族的繁衍，亲代动物不惜舍身饲子，到了粉身碎骨死而后已的地步。所以说，对失去了生殖繁衍价值的垂死的同类，施以温暖的照料，保持他的尊严，这在本质上，不是动物的本能。

人是一种高级生物。在温饱满足之后，便有爱与尊严的需要。当一个人隆重走完一生，却在濒临死亡的时刻，将一生的尊严散失殆尽，这对人的价值追求真是一个莫大的反讽。

临终关怀起自宗教的朝圣之途。但中国是一个几乎没有宗教的国度。在广大没有宗教信仰的人群中，怎样实现尊严地活着与尊严地死去，更是任重道远。

我到过国内的若干家临终关怀医院。它们给我的一致感觉是破烂和简陋。那些濒临死亡的人有一种淡漠和渴望交织在一起的眼神，令人看了之后觉得自己还能行走和微笑，是一种奢侈。在期待国家和慈善机构投入更多的人力和物力的同时，又悲哀地想到，对一个幅员如此广阔，人口如此众多的发展中国家来说，这是否是最有效的办法?

人们在哪里死亡呢？人们曾经夸赞过蜜蜂是个懂事的小家伙，因为在蜂巢里永远看不到死去的蜜蜂，濒死的蜜蜂在得到神秘的通知之后，就远离了蜂巢，死在旷野。当人们为不用打扫蜂巢内的死蜂而沾沾自喜的时候，人们也在寻找着大象的墓园。大象也会即将死亡的时刻，离开整个象群，找到祖辈的终结处，静静地安息。人们急切地寻找大象的墓园，是因为大象的牙齿。如果大象没有了牙齿，人们对大象魂归何处，估计也和对蜜蜂的下落一般，采取不求甚解的态度。

“老吾老以及人之老……”是一句名言。在古代汉语的学习中，这句话屡屡被提及。老师不厌其烦地告知大家，这中间有三 个“老”字，每一个“老”字用法是如何的不同。一读到这句话——这么多个“老”字，就让人的头发急遽变白。

中国古代应对人的老化以致死亡，强调的是后辈的“孝道”。这是一种个人的行为，其中还有很多啼笑皆非的因素。有名的“二十四孝”，总体上矫情而煽情，走极端太多，但对老人的基本需要却很淡漠。

生命之箭的抛物线，在越过了最高点之后，就会疾速地下滑。在以往漫长的农耕时代，那箭的坠落之点就选在自己的家中。略有积蓄的农家，早早就筹划着有关死亡的各种部署。记得我十几岁到乡下学农，住在一户孤老太家中。院子里摆着棺木，每当艳阳天，老太就在绳子上晾晒寿衣。斑斓的衣物那么精致，那么娇艳，璀璨满地，色彩将破败的小院映得燃烧般美丽。

这就是前工业社会的死亡，它虽然奇异，却并不是不可忍耐和不可接受的。从那位老人平静和周密的策划中，我甚至感到了一种筹划的快乐。

如今城里的孩子们是没有这份福气了。他们看不到死亡，死亡被封闭到医院雪白的帏帐之后，被浓重的药水浸泡着，与世隔绝。但是人们对于死亡的好奇与探索是与生俱来的。于是，人为地封闭了解死亡的天然途径，只为疑惧和恐吓留下了空间。见缝就钻的影视商人，岂能放过这一块令人垂涎的黑色蛋糕？荧幕上充斥的死亡是夸张和不自然的。为了种种剧情的需要和商业的噱头，死亡被随心所欲地描述成：恐惧的、黑暗的、血腥的、冰冷的、丑陋的、残暴的、惊世骇俗和匪夷所思的……如果说这只是一个方面，那么另一个方面就有着更为迷人充满诱惑的效果。在一些作品中，死亡被描绘成一幅神话，是令人神往、无限凄美、非常妖娆、缠绵悱恻并具有可逆性，等等。

作为艺术的死亡，可以有其发挥的空间。但是这种描述在人们对正常的死亡缺乏认知的空白之处膨胀，特别是对青少年来说，它所起到的传授和导向的力量就变得诡异而不可忽视。

死亡是生命的正常部分，死亡是生命的最后部分。死亡是成长的最后阶段，死亡是我们生活中不可分割的有机体。在现代医疗技术的帮助下，绝大多数的死亡，可以是平静的，安宁的，洁净的，有尊严的。

当我们能够坦然地接受死亡，生命的质量因此而提升。如果我们不能视死亡为正常生活中不可逃避的一部分，我们生命的枝蔓就无法真正地舒展，哀伤和恐惧就栖息在心灵某个幽暗的角落，在某个暗夜或是某个风雨大作的时刻，沮丧悲哀，让我们泪流满面甚至痛不欲生。

工业社会将正常的死亡从乡间搬到了城市，从自然消解变成了充满人工痕迹的抢救。我至今对“抢救”一词心怀惴惴。这是一个直接从工业化大生产中移植来的术语。君不见“抢购抢兑抢修抢班夺权”……凡事只要“抢”，就有了紧迫与暴烈的味道。在正常情形下，死亡是不需要抢的，死亡是渐进和缓释的。所以，我以为，除了儿童和青壮年的车祸外伤和疾病需争分夺秒地抢救，天然的死亡不妨从容安详。

生命的终结是一个余音袅袅绕梁三日的过程。想一想还有哪些未完结的事情，等待着我们有一个妥帖的终了？有哪些亲切的话语，还未对这个世界娓娓表达？有哪些不放心的事项，还不曾交代清晰？还有哪个想一见晤面的人，尚在路上奔跑，需要顽强地等待？还有哪件珍爱的纪念品，需要随身携带了远行？

……

这上述种种，对于身手矫健耳聪目明的人来说，只是小事一桩，对行将就木垂垂老矣的人来说，就有着莫大的意义。

我听到很多人说，他们希望死在家里。死在亲人的簇拥之下，死在温暖的床上。他们不希望被一群完全不认识的身穿白袍的人死死缠住，把五颜六色的药水猛灌到干瘪的血管之中。我当实习医生的时候，看到抢救时把病人的肋骨咔嚓压断，心中实在难以安然。我对老医生说，这人明明没得救了干吗还要这样折腾他？老医生说，如果你不在一个注定要死的人身上练手艺，那你在谁身上练呢？

于是需要重新界定医学。医学不能为了证明自己的成功，而忽视了病人最基本的权力。那个躺在冷榻之上无知无觉的躯体，毫无反抗的能力。医学在这种时刻，以救治的名义，剥夺了他最基本的支配自己身体的权力。此种意义上的医学，已经不是仁慈，而是一种被白色矫饰过的残忍。

医学并不是万能的。死亡在进化与代谢的链条上，是不可战胜的。医学应该有一个边界。这个边界就是以病人的选择与尊严为第一出发点，而不是单纯从医学技术的角度考虑得失。

现代医学在描述方面远远走到了治疗的前面。就是说，对一个疾病的发生发展和转归，它已能清晰地预报。但是，在治疗的手段上，就远远没有这样乐观了。我以为这是一个必然。因为医学只能在一个有限的范畴之内发挥自己的力量，但在更广阔的领域中，它是一种描述的科学。

需要建立新型的医疗评价标准。因为死亡并不是失败。既不是病人的失败，也不是医生的失败。死亡是可以接受的必然之路。

安然逝去，这是很大的工程。首先是观念上的转变，人们要接受死亡的必然。要在自己年富力强的时候，完成对于死亡的整体构想。死亡不是一个可以边设计边施工的项目，我们要未雨绸缪。感谢河南中州古籍出版社的远见和卓识，策划出版了这样一套充满了人文关怀精神的书籍。它不会洛阳纸贵，但却是普通人们的必须。感谢郑晓江先生和其他所有参与编辑工作的人们，他们以不懈的努力和艰苦的劳动，直接促成了这套书的诞生。当然，更要感谢每部书的作者。他们是杰出的学者和科学家，从各个角度探讨了死亡的奥秘和人们对于死亡的种种思索，他们从历史之海中把死亡这条生猛的巨鲸打捞出来，让我们在惊骇它庞然的体积之时，也看清了它须尾的细部。既然我们一定要和它遭逢，那么这种近距离的查看和抚摸，就有了现实的意义和战略上的远谋。

夜深了，窗外繁星点点。最渺小的星星，也比一个人的生命要长久得多。人生有清晨，人生也是有夜的。夜晚过去了，就娩出黎明。黎明是我们的，夜晚也是我们的。无论白天还是夜晚，我们都期待安宁和尊严。

化腐朽为安宁

我对死亡感兴趣。原因小部分来自天性中的胆怯，大部分来自从事医学 20 多年的经历。行医时光，几乎天天碰撞死亡，它是令人震撼又不可回避的老友。

在传统或先锋的摄影里，死亡都被可疑地忽视了。不知摄影师们有意还是无意冷落死亡，仿佛那是个微不足道的家伙，可以漠视它的存在。人的一生犹如长河，出生童年成长结婚生育事业……所有码头事无巨细都一一被照相机关照，唯有入海口的情形，那卷底片好像被锐物洞穿，遗下一个透明窟窿。

有人会反驳，那么多反映死亡的照片曝光于世啊。比如春节贴出的公告，印有携带烟花爆竹而炸裂的断肢残骸，让人魂飞魄散。比如电视里播出的战乱、飓风、火山、水患和交通肇事图片，罹难人群的尸体，在黑色塑胶罩下朦胧起伏，这不都是摄影记录下的新鲜死亡吗？

我要说的不是这种死亡，那是暴死、惨死、屈死、恶死，是飞来横祸，是死于非命……是变了形的丑化了的涂满骇人油彩的非正常死亡，是葱绿大树上的一段枯萎枝杈。正常的死亡犹如宏大典籍，上述死法只算虫蠹残章。如果一叶障目，认定这就是死亡的全貌，实是以偏概全，暴殄天物。死亡如若有知，会对这种强加于它的定位，表示强烈的不安和抗议。

心目中的正常死亡，是水到渠成温柔淡定的熄灭，是生命自然而然的脱落与销声匿迹，是一种宽广宁静的平稳终结状态，是灵魂统领下的智慧超拔与勇气升华。

死亡是生命峰巅的凌空一跃，是个体最后的成长过程，是一个简明扼要的告别，是一曲袅袅余音的震荡。死亡虽然经常和鲜血与不洁粘连在一起，它的实质却是神圣朴素的。它响亮而明快地宣告，月亮下山了，黎明正在孕育。它是人类社会不倦的清道夫，新陈代谢不请自来的高超产婆。

死亡对于失去亲人的个体来说，自然悲痛欲绝。但摄影者站在整个人类的立场上，表现这一生命的主题，可以超越一己的藩篱。人们兴致勃勃地表现新生，表现婴儿稚嫩的肌肤和母亲的笑容，表现萌发的绿叶和解冻的冰河，为什么就不能更达观更美好地展示与这一切唇齿相依的死亡呢？

我们惧怕死亡。

那些必然要到来的事物，那些合理的事物，那些对全局有好处的事物，那些蕴涵着真理颗粒的事物，不应成为惧怕的理由。

我们是踏着先人骨殖堆积的原野，来到这个世界上来的。据说，在每一个活着的今人背后，都挺立着 40 具以上的白骨。它是自有人类以来，在这颗星球上生存并逝去的祖先。设想它们都健在，大地将多么拥挤，食物将多么匮乏，风将多么滞重，水将多么黏稠……所有生物都被挤成剪纸。感谢死亡，它如筛网，过滤优选了生灵的种子，以生机盎然的新锐代替了蹒跚钝化的老迈。对这种除旧布新的壮举，即使不为之欢呼雀跃，起码也不应无限悲哀地渲染恐怖吧？进化犹如潮汐，不可抗拒地为后代冲刷出立足和发展的辽阔海滩。从这个角度讲，死亡是天经地义含情脉脉的圣手，为什么不能庄严优美地展示它的合理性呢？

惧怕或许有心理遗传的基因。在科学不发达的古代，死亡是凄惨的重创，与瘟疫、灾患、血与火缠绕在一起，狰狞可怖。靠拢死亡之人，常常会给生存者带来灾变。于是，各个民族的习俗与禁忌中，都躲避死亡。死亡与黑暗、丑陋、腐败形影不离，人一死，就成为异类，生前的种种善相都化为乌有，转瞬获得了可怕的魔法。

由于科技的进步和文明的发展，使得近几十年内，人们越来越多地可以在平凡中享受正常死亡。死亡由于非正常死亡所强加在自己头顶的黑色面纱，正被一缕缕撕开，露出它庄重自在的法相。

也许单单无所畏惧，还不能准确地反映死亡，摄影师面临心灵的挑战。死，毕竟是一道铁幕，咫尺天涯，普通人难以穿越。我们周围，很难找到这样既司空见惯又讳莫如深的事件。我们既挚爱逝去的亲人，又痛彻心扉地抗拒对永诀的如实记录。既坚守在亲人身旁，又再也不愿回顾那一段岁月。死亡像一道盛大的晚餐，我们因无法事先品尝它的滋味，而充满好奇；又本能地躲避烹制它的厨房，尽量推迟赴宴的时间。我们不懈地追求一生形象美好，又无师自通地恐惧身后丑陋无比……关于死亡，我们有那么多鱼龙混杂针锋相对的想法，犹如黑白荆棘织就的毡毯，覆盖着战栗的灵魂。

只要不是死于烈性传染病、战伤和工作交通事故以及昏迷，即使是癌症病人，大致也可清醒地告别人间，经过临终关怀走向安详的永恒。在现代医学卓有成效的帮助下，疼痛可以稀释，恐惧能够淡化。医院的洁白和家的安宁，尤其是亲人的温馨，应是环绕正常死亡的基本色调。

渴望能有博爱地反映死亡的摄影作品，基调是生命的必然和人间的宽广包容。希望有淳厚的爱意弥漫在漫长人生的隐没处，犹如晨间的炊烟和山峦起伏的雾岚，清澈缥缈，如梦如水。

拍摄的难度大概很大吧？我完全不懂技术，盲人说象。一想到能把死亡拍得优美，拍出融融的暖气，觉得神往又几乎以为是幻觉。摄影家聪慧卓越，大约总是有法子可想的。他们的手，既然能把枯萎的残荷，焦躁的沙漠，狰狞的古树，暴烈的野兽，古旧的村落，残破的废墟，淋漓的血汗，骇人的风暴……都点石成金，拍出饱满诗意，对人生终得一悟的——死亡，也一定能拍出好的创新吧。

看过弘一法师涅槃的照片，摄于 1942 年 10 月 14 日。法师一手抚于耳畔，恍若安睡。布履木床，犹如卧佛。我们不是高僧，辞世时无法人人这般从容，但法师之死展示的清宁境界，却是一种我们可以追寻的完美终结。

想象中有这样一幅照片，一位须发皆白的长者，即将仙逝。他目光炯炯，正是阳气出离本体，驾鹤远行之机。他面容安详，因为已无愧无悔地度过坦荡一生。窗外月色凄迷，犹如一袭倚天长绢披挂寰宇，肃穆清凉。所有的医疗器械都已在背景中虚化，因为人的力量不可抗拒自然的法则。老人嘴角有隐约的笑意，去往天国的路并不生疏，有先行的伴侣渡他飞升……

如此想看到关于正常死亡的优美摄影作品，不知是否偏题？怪题？难题？祥和安宁的死亡，化腐朽为安宁，是对死者的殷殷远送，是对生者的款款慰藉。是对生命的大悲悯，是对造化的大敬重。

第七章

上帝的疏忽里有慈祥

在每个人的星空，都有一颗九芒星。在每一颗九芒星的上面，都建有一座快乐的天堂。在每一座天堂的墙壁上，都镶着一扇需要打开的门。在每个人的心中，都藏着一枚九芒星的钥匙。

九芒星的钥匙

有一个古老的传说，在宇宙中有一颗闪着九束霞光的星辰，叫作九芒星。九芒星是天堂的所在，人类如果最后抵达了那里，就会健康快乐，充满力量。九芒星有一枚钥匙，当众神缔造完了人类的那天傍晚，他们聚在一起，商量这把伟大的钥匙，究竟藏在哪里呢？既不能让人类很轻易地找到，也不能让人类总也找不到，浸泡于痛苦之中。

争论半天。有的说，把九芒星的钥匙扔入大海之峡；有的说，埋在雪山之巅；有的说，干脆裹进太阳的肚子里……但众神一想，这些地方随着人类的科技发达，总是可以找到的。讨论了好久，最后总算统一了意见，把九芒星的钥匙种在一个最好找又最不好找的地方，那就是——人类的心田。

众神很得意。这个地方，人类在最初的时候，是绝对想不起去寻找的。当他们搜遍天空海洋当每一朵云彩和每一粒水珠，踩踏了地球上每一寸土地，还未曾找到天堂的钥匙的时候，也许他们会惆怅而思索地低下头来，察看自己的内心吧？

在每个人的星空，都有一颗九芒星。在每一颗九芒星的上面，都建有一座快乐的天堂。在每一座天堂的墙壁上，都镶着一扇需要打开的门。在每个人的心中，都藏着一枚九芒星的钥匙。

寻找你的九芒星钥匙吧。找到了，快乐和力量就像瀑布，从此充满了你的血脉。

苍茫之悟

很久以来，面对苍凉的荒漠，迷茫的雪原、无法逾越的高山、浩瀚无垠的大海，心胸就被一种异样的激情壅塞，骨髓凝固得像钢灰色的轨道，敲之当当作响。血液打着漩涡呼啸而过，在耳畔留下强烈的回音。牙齿因为发自内心的轻微寒意，难以抑制地颤抖。眼睛因为遥远的地方，不知不觉中渗出泪水……

当我16岁第一次踏上藏北高原雪域，这种在大城市从未感受到的体验，从天而降。它像兀鹰无与伦比的巨翅，攫取了我的意志，我被它君临一切的覆盖所震惊。

它同我以前在文明社会中所有的感受相隔膜，使我难以命名它的实质，更无法同别人交流我的感动。

心灵的盲区，语言的黑洞。

我在战栗中体验它博大深长的余韵时，突然感悟到——这就是苍茫。

宇宙苍茫，时间苍茫；风雨苍茫，命运苍茫；历史苍茫，未来苍茫；天地苍茫，生命苍茫。

人类从苍茫的远古水域走来，向苍茫的彼岸划动小舟。与生俱来的孤独之感，永远尾随鲜活的生命，寰宇中孤掌难鸣，但不屈的精灵还是高昂起手臂，仿佛没有旗帜的旗杆指向苍穹……

痛苦的人生，没有权利悲哀。

苍茫的人生，没有权利渺小。

太平门与非常口

在日本，无论多么小的一处公共场所，比如山野中的小店，郊外的咖啡馆，都会在极显著的位置标有“非常口”的字样，标牌上有一奔走着的绿色小人，步履匆匆。

什么叫“非常口”？我们问。日文同汉字常常字同义不同。

就是咱们那儿“太平门”的意思。指示人们发生灾难的时候，立即从这里逃脱。翻译解释。

高耸入天的大厦上，每层必有一扇窗户涂抹红色三角，在阳光下触目惊心地闪烁着。问是何意，难住了翻译。他虽说来了20多次日本，未曾注意到这个红三角。后来问了日本人，才知道这是专为救火队员准备的标志，说明这扇窗户是特制的，烈焰熊熊之时，可以临门一脚，踢碎玻璃，灭火救人。

夜晚行走于大街小巷，随时可见“大东京火灾”“长野火灾”“大阪火灾”……的霓虹灯，吓得人头皮一阵阵发麻。虽然经过解说，知道这都是日本保险公司的名称，仍是心跳不停。

在东京最大的国立“东京江户博物馆”，专设有日本东京历次灾害展示。包括火灾、震灾、匪灾……的时间、地点、殃及人数、损失数目，一一列举分明。甚至运用电声光手段，以大屏幕电视显示出烈焰吞噬城市的场景。使人终生难忘。

日本随时处于防患灾难的警觉之中，好像一只引而不发目光炯炯的灵猫。

回想近年来我们一场场浩大的火灾，特别是克拉玛依那一朵朵夭折的花瓣，对比扶桑，感觉我们的灾难意识需要加强。

我们这个民族，习惯于吉祥与平安，对于灾难，多隐语与象征。比如失了火，偏偏不说那个“火”字，只说是“走了水”。细想起来，这词也有几分道理，水原是规规矩矩地待在那里，冷不丁荒诞地“走”了起来，必有一个可怕而险恶的大原因。

水能灭火，水走到哪里，哪里就灰飞烟灭，事情也就化险为夷了。这愿望自然很善良，殊不知，宝贵的时间就在这烦琐的概念转换过程中流逝，紧张的神经在延误和粉饰中麻痹。

中国人对灾难的“翻译”，表现了一种漫不经心的徐缓。日本人则要直截了当、咄咄逼人得多。我小的时候，就对礼堂里的“太平门”三字，百思不得其解。问了大人，说那是一扇平日里用不着的门，不用管它就是了。

从此我看太平门的目光，就是懒洋洋的。潜意识里，甚至觉得它是一个赘物。

日本人斩钉截铁地将它命名为“非常口”，表明它是在非常时期的一个出口。试想哪一个人面对着“非常”二字，敢掉以丝毫的轻心呢？！

一个“太平”，一个“非常”，表达的是两种不同的思维。我们寄予的是最后的美好期望，日本人指出的是当前严峻的形势。现实比希望更加有力。

再如保险业。我们将它译为“保险”，给人一种冬日暖阳般的放松感、安全感。东洋人惊世骇俗地直接定名为“日本火灾”“日本生命”，令人凛然一震，顷刻绷紧了全身的神经。我们宣布的是危机结束后的善后安抚事宜，他们警告的是灾难爆发时的巨大伤害。对于预防抵御灾难来说，毫无疑问，后一种状态比之前一种状态，要强大机敏得多。

也许这只是文字游戏。但回到国来，发现文字上也确实是有游戏的。在日本任何一架电梯里，都在显要位置标明：当遇到地震、火灾等灾难时，切不要在电梯内避难。不要继续使用电梯！

这当然是极对的。灾难时，一应电器的使用都应禁止。克拉玛依大火，若不是因电动卷帘门失灵，原不会有那么多鲜花委地。但日本产的电梯到了中国，就无声无息地消失了这一行性命攸关的字样。

我不知是什么人用什么样的橡皮，擦掉了对于灾难的提醒和忠告。

中国历史上就是一个多灾多难的国家。我们在建设中，我们在发展中，我们更应该珍惜我们的家园，珍惜我们的生命。

直视灾难，也许是制服灾难最好的角度。

机智地永别

近来看到一篇文章，是几位日本女性，谈她们对死亡的准备。从40多岁起，就柔和淡定地筹划这件人生大事，先是把家中的布局改成适合老年人居住，然后精简家具，处理杂物，特别是将纯属个人秘密的信件和日记焚烧一空。把整个生存状态，清点得好似一家盘空的商店，随时都可结账……读时，心好像被一只略带冷意的手轻轻握着，微痛而警醒。待到读完，那手猛地松开了，有新鲜蓬松的血，重新灌注四肢百骸，令人感到阳间的温暖。

第一次清晰地觉察生人对死亡的准备，是十几岁下乡时，房东大娘在秋阳下晾晒老衣。她脸上欣赏的神色和寿装绚丽妖娆的色彩，令我感到老人有一种早日套入它们的期待。细想起来，农牧社会的死亡，也是节俭和孤立的。一个人死了，涉及的不过是几件旧衣，或烧或送，都好处置。其他农具家具炊具，属于大家庭，不会也不应随了死者遁去。

现在社会在种种进步之中，也使死亡奢华和复杂起来。你穿过的旧衣，色彩尺码打上强烈个人印迹，假如没有英王妃黛安娜的名气，无人拍卖无处保存。你读过的旧书，假如不是一代文豪，现代文学馆也不会收藏，只有掩在尘封中，车载斗量地卖废品。你用过的旧家具，式样过时，假如不是紫檀或红木，也无后人青睐，或许丢弃垃圾堆。你的旧照片，将零落一地，随风飘荡，被陌生的人惊讶地指着问：这是谁？

当我认真思忖死后的技术性问题时，感觉到的不再是对死亡的畏惧，而是对不幸参与料理这一事物的人，充满歉意。假如是亲人，必会引起悸痛，但我的本意，是望他们平静。假如是素不相识的人，出于公务或是仁慈相助，更理应减少他人的劳动强度。

我原以为死亡的准备，主要是思想和意志方面，属于哲学和宗教的范畴。现在才发觉，物质和事务的处理，也非常重要。或者说，只有更明智巧妙地摆下人生的最后棋子，才是更完美地获得善终与尊严。一名演员，演出序曲的时候，就该考虑到最后的谢幕。

永别的艺术，是一个值得深入探讨的问题。日本女人的想法，像她们的插花，细致雅丽，趋于婉约。我想，这门诀别的艺术，不妨有种种流派，比如豪放幽默，韵味悠长或斩钉截铁，都可以事先多次设计，身后一次完成。或许将来可有一种永别大赛，看谁的准备更精彩，构思更奇妙。

唯一的遗憾，是这比赛的优胜者，无法亲自领奖了。

为了能够紧紧地握住一双手

女孩，你真的不怕死人吗？

我在北京隆冬碧蓝色的天穹下，这样问一个美丽的小姑娘，站在临终关怀医院晒满了白色被单的院落里。

她穿着一件 1994 年初最时髦的红色太空棉短大衣，裹在黑色健美裤里的双腿挺拔有力，脚蹬一双柿黄色皮短靴——整个身躯灵巧得像一匹香獐。

我从来没有见过香獐，但它是我想象中最灵动活泼的生物，我愿以它来命名这位年轻的志愿者。

我不怕。不怕这些就要死去的人。人要死的时候，都非常善良。和他们在一起，我觉得很温暖。女孩说。

北京的这所临终关怀医院，坐落在亚运村附近。在高楼大厦之间，有一套小小的院落。几十张病床，经年累月住得满满的。风烛残年的老人，把这里当作最后的驿站。他们得到周到的治疗和细心的照料，直到走进永恒的宇宙。院长告诉我，这里入院病人的平均住院时间是13.7天。

您明白这个数字的意思吗？院长问我。

我明白。我说。它的意思就是所有走进这所医院的病人，在不到两周的时间内，都永远地离开了我们。

是的。院长说。他们在告别这个世界的最后的日子里，都格外地渴望温情。

有一个小姑娘，在一个偶然的机会里，知道了有这样一所医院。她告诉了她的伙伴们。志愿者这个名词是与世界同步的象征，半是好奇，半是女孩天生的爱心，她和她的伙伴们就到这里来了，在一个星期五的下午，像一群小香獐跑进这白色的森林。

刚进院门，她们就后悔了，甚至不敢迈进充满药味的病房。她们无法理喻什么是死亡。

在护士的陪伴下，我战战兢兢地走进病房。

一个老人一把抓住我的手，连连叫：杜鹃……杜鹃！

我刚要说我不是什么杜鹃，护士使了个眼色，我就闭紧了嘴。老人望着我，眼神里有一种深沉的眷恋，嘴边荡出微笑。我和他对视着，恐惧渐渐散去，心里充满了从天而降的感动。

那一天，别的同学忙着擦玻璃、给病人喂饭，我几乎什么也没有做，只是被那个濒危的老人握着手。他的手很瘦。可是很软，好像用旧的毛巾。

护士后来告诉我，老人的女儿远在美国，名叫杜鹃。电报发了一封又一封，女儿就是不回来。他的神志已经模糊了，把我当成了杜鹃。

因为学校里的功课很紧，我们只能一周来一次临终关怀医院。我真的觉得我成了杜鹃，急切地盼望着下次志愿者活动的日子。时间终于到了，我第一个跑进病房，再也不觉得害怕了。推开房门，在老人躺过的病床上，他已经像烟一样地消失了，现在是一位老奶奶了……

我明白了什么是死亡，它就是一个人永远地不在了。我们每一个人都会老的，我们每一个人都会死的。我希望在我死的时候，身边能有一个女孩，我能紧紧地握着她的手……真的，就是为了这个，因为我们都会有那一天。为了那一天到来的时候，我不会太孤单，我现在就要付出。所以我要做一个志愿者，所以我不怕死亡……

听一个如此晶莹如此年轻的女孩，在晴朗的天气里谈论死亡，有一种苍凉凄婉的美丽，盘旋于我们的头顶。

您的问题问完了吗？穿柿黄靴子的女孩很有礼貌地问我。

哦……完了。我说。我还有许多问题想问她，但看出她心不在焉。

那我就走了。我还要到病房里去给他们唱歌呢。她转过身。

哦，问最后一个问题：你给他们唱的是什么歌呢？我说。

唱《柳堡的故事》，就是“十八岁的哥哥，他坐在小河旁……”那首。她轻声吟起来。你还会唱这么老的歌哪！我有些吃惊。这是30多年前的流行歌曲了。

原来不会唱的。后来一位老人对我说，他年轻时最喜欢这首歌的。我就让我妈妈教会了我。我想，一个人年老的时候，唱起以前的歌，就会回忆起年轻的时候。等我老了，也许要让那时的志愿者，唱一支《潇洒走一回》了。不知道她们会不会给我唱？

女孩子略微有些忧郁地说。

会的。她们一定会的。我十分肯定地说。

清脆的歌声，像鸽哨一样，在白色的院落上空翱翔。

九九那个艳阳天，十八岁的哥哥，他坐在小河边……

男妇产科医生

他坐在我对面，十分庄重。

他是一位男妇产科医生，在这个岗位上已经度过了 30 多个春秋，从翩翩少年到德高望重的医学权威。

全中国大约有 9 万名妇产科医生，其中男医生不到 10%。也就是说，在我们广阔的国土上，只有几千名男妇产科医生在这一特殊领域，专心致志地为女性工作着。也许比搞原子弹和航天飞机的人还少吧?

我只能用庄重这个词形容他，虽然我刚开始想用“慈祥”或是“温和”。不，慈祥太衰迈乏力了，而他不但叫人感觉到无惧可亲，还有一种很内敛的力量蕴含其中，预备着在危难中给你以期望和能够兑现的光明。

至于“温和”。他毫无疑问是和蔼的，但“温和”似乎太单纯平淡了一些，面对这样一位深谙生死和女性秘密的科学家，你断定自己将得到哲学和生命的启迪。

对话。我的问题时有冷僻和挑战，但他始终是从容不迫和安详的。于是想，在鲜血淋漓的手术台上，面对泛滥的癌肿，他一定也这般神闲气定。

问：作为一名男性，您为什么挑中了妇产科？好奇还是组织决定？

答：那时我是刚刚毕业的大学生，当实习医生。当征求去向的时候，我填写了外科和妇产科。我比较喜欢外科的手起刀落，更爽快和当机立断，有间不容发治病救人的成就感。

我在国外研究的时候，看到过麦多先生的一句话。

“有两种男人作了妇产科医生。有一种是对妇女有一种特殊的敏感和关心。而另一些则是十分谨慎，因为要判断病人是很困难的。换言之，他们处理的每个病例和操作，都不会发生在他们自身。当他帮助病人度过分娩阵痛、卵巢癌、乳癌的时候，他可能存在一定的隔距，因为他知道，他是绝不会蹈此覆辙的。”

我想我是属于非常谨慎的那一类人。但我并不认为医生治病的经验仅仅来自感受。你没有得艾滋病，但你要摸索出治疗它的方法。要是只有得过很多病才可以当医生，那么医生早就死光了。

问：随着社会的进步，越来越多的女人要求在手术时，保留她们的子宫。您怎么看？

答：以前的病人很惧怕医生，基本上是医生说什么，她们就服从。但是现在不一样了，病人常常提出她们特别的想法。子宫是一个很不平凡的器官，它既关乎本人的机体，也关乎后代。有没有孩子这件事，会影响女人、男人，甚至上下几代人，娘家婆家……所以这是一个很慎重的问题。我认为，医生不是修理机器的管道工，面对的不仅仅是一个生了病的器官，而是一个完整的、有血有肉、和周围有着千丝万缕联系的活生生的人……摘不摘除子宫，我主要是依据病情，综合家庭、生育情况、年龄等因素。昨天一个病人强烈要求保留子宫，对我说要是切掉了子宫，她就得崩溃……我说，你留下它，就是在身体里埋着一颗定时炸弹。作为医生，我无法答应这种请求。但是你可以到其他医院再看看，听听别的医生建议。我的实际意思是——如果你要坚持保留，可以另请高明。因为这也关系到我一个医生的原则问题。但话不能那样说，不委婉，对病人太刺激了。当医生的，也应该是语言大师。后来她思索再三，还是接受切除子宫的手术。我不是一个手术狂。切除是破坏，当可以避免或是能缩小它的危害时，我必尽力而为。曾经为一个病人在子宫里切除了200多个肌瘤，剔出那些大大小小的颗粒，当然比一揽子切除子宫费时费力。操作很麻烦，像在一团海绵状的橡胶里抠除豌豆。这个项目的世界纪录，由英国医生保持着，从子宫里一下切除了300多个肌瘤，我们还不曾打破它。

问：在医院，谁是中心？病人还是医生？或者护士？

答：现在提倡在医院里，病人是中心。我以为这是一种奇怪的说法。据说医务人员态度不好，可以到消协投诉。这很可笑。医生不能等同于饭店服务员、汽车售票员。他所提供的服务，不是普通的商品，而是一种极为特殊的，和鲜血生命联系在一起的宝贵物质。我在报纸上看到，有的医院开始手术明码标价，这非常可笑。手术是千变万化的，在手术前怎么可能完全预计到呢？

医生作为一个行业，是十分崇高的。当然这并不是说看不起普通劳动者。以前那个卖糖的张秉贵老人活着的时候，我常到他的柜台前站着，并不买糖，只是远远地看他举手投足。微笑着向顾客问好，优美地一抄手，把顾客要的糖，一块不多一块不少地抓到秤盘里。那种严丝合缝劲，叫你涌出许多感慨。精致地包扎，微笑着送给你……动作的连贯流畅，叫你痛悟工作是一种享受，敬业的美丽和庄严。

问：当你在台上做手术的时候，是何感觉？

答：我渴望手术。那种充满血腥和药气的氛围，极端安静。没有电话、聊天、无关的话题。没有敲门声。不会有人无端地闯进来用莫名其妙的事干扰你。你全神贯注，被一种神圣感涨满，很纯净，没有丝毫犹疑，就是全力以赴地救治手术单下覆盖着的这条生命。主刀的时候，妙不可言。所有的人以你为核心，完全服从你的指挥，没有讨论和敷衍，不扯皮。你甚至是很武断的，像至高无上的船长，其余的人，只是水兵。遇到危险，你必须当机立断，操纵着潜艇，在血泊里航行。威武豪迈。有一种“得气”的感觉。

我觉得给医生送红包，医生就好好手术，反之，就不负责任的说法，很难想象。在技术上几乎不成立，因为无法操作。别的行业可能会有一个尺寸，一个波动的范围。给了钱，我就尽心尽意给你办，不给钱，就拖着不办。医生只要一上了手术台，是没有选择的。起码在技术上无法掌握这个幅度。不可能故意不给病人好好做手术，给他点厉害瞧瞧，恰到好处地增添某种痛苦，并不危及他的生命……不，手术远无法那么精确地控制，吉凶未卜，台上什么事都可能发生。

问：对于毫无背景的病人，你能否一视同仁？

答：你说的是关系户吧？在我们的登记卡片上，有一行小小的注释，标明这个病人是某某介绍来的，那个是谁谁的门路。我有的时候很奇怪，怎么几乎所有住院的病人，都能通过各种关系找到内部的人呢？例外也是有的，有时我会在卡片上看到一位老太太，名字下有一片空白，就是说，没有任何人打过招呼，完全是因为病情笃重，自己住进来的。我就说，现在我同你们打招呼，她没有关系，我给她一个关系——就是我。请特别关照。

当然，我也碰到过给首长的夫人做手术，被人反复叮嘱的时候。我只能回答说我会特别当心，不要出什么技术事故。我能做到的就是这些。

问：你当了这么多年的医生，经历了无数的生死。对人生怎么看？

答：我是一个宿命论者。几乎是生死由命的响应者。死和病，都不是可以预防可以选择的。有的时候，一切人力都无效，生命自有它的轨道。我经常写一些科普著作，当然我在书里不会这样说。我会告诫大家减肥，不要养成某些不良习惯，比如酗酒、抽烟，等等。但我自己从来不吃什么补品，病人送给我的补品，多转送他人。因为自己不喜欢补，所以也不愿用它送人，时间长了，就生出蚂蚁。我也没有特殊的保健措施，不抽烟，是因为不喜欢那气味。如果接受那味，也许会抽的。我喜欢紧张的活动，白天很忙，几乎没有思索的功夫。我的格言是——紧张有力量。晚上下班回家的路上，是我一天最惬意的时候，骑一辆 26 型女车，气不足……

问：是特意不把气打足，还是车胎慢撒气？

答：故意不把气打足。这样骑不快，有利于想事。我的很多文章，都是在路上慢慢酝酿出来的。

问：你提到病人送礼品，你是否经常需要病人的感激？当然我指的不是纯物质上的。

答：我通常不接受病人礼品，但不绝对。比如一个病人出院几个月后，请我吃一顿便饭，我会接受。从医这么多年，从病人一个眼神，一个动作，能看出他是否真心诚意感谢你。医生的劳动需要别人的承认和肯定，需要病人由衷的感激。我不喜欢那些表层的感谢之词，哪怕是很贵重的礼物，如果里面没有蕴含真挚的情感，我也不看重。医生在高强度的生死搏斗中，和病人是战友。他需要病人对花费在他身上的心血和劳动，予以理解和敬重。

问：如果有来世，你还会再作医生吗？

答：会。我的两个孩子都不作医生，他们说，不要说自己干，就是从小到大，看着你这般辛苦，看也看得累了。医生每天看到的是痛苦和呻吟，听到的是烦人的主诉，承担的是责任和压力，医生的工作是很枯燥的。但我会继续做医生，我从这个行业里，学到了很多哲学，懂得了如何尊重人。科学家也许更多地诉诸理智，艺术家也许更多地倾注感情，医生则必须把冷静的理智和热烈的感情寄予一身。

问：我想提一个比较敏感的问题，作妇产科医生，接触的是女性特殊部位。作为男性，是否经受特别的考验？

答：这个问题还从未有人问过我。

在生活中，我是一个和常人一样的男子。当我穿上白衣，就进入了特殊的角色。我是一名医生，我会忘记我的性别，或者说，我成了中性人。白衣有效地屏蔽了世俗的观念，使我专心致志地面对病人。白衣对我有象征的意义，是一身进入工作状态的盔甲。当然，还有一些特别需要注意的规矩，比如，为病人检查的时候，必需有其他女医务人员在场。从来不同病人开玩笑，哪怕彼此再熟，也要矜持把握。

对于女性的生殖系统，当我工作的时候，只把它看作是一个器官，仅此而已。这对一个敬业的训练有素的医生来说，不是很困难的事。就像一个口腔科医生，让女病人张开嘴，想看的只是她的牙齿，而不是要和她接吻。这些年来，我看过无数的病人，有年轻的年老的，好看的丑陋的，妙龄少女或是白发苍苍的老媪……在我眼里，她们都是一样的，都是我的病人。

问：妇产科的男医生，会不会碰到障碍？

答：有些女病人不愿找男医生，这在我年轻的时候，感觉比较明显。现在年纪大了，在大城市里，不是很大的问题了。我刚当医生的时候，战战兢兢，因为没有经验。但病人把希望寄托在医生身上，使人压力很大。你比她年纪小，初出茅庐，但她依旧毫不犹豫地把你当成上帝。病人把年轻的医生当成长者，把平庸的医生当成圣人。后来有几年，有了一些经验，胆子大一些了。但医生当得年头多了，又战战兢兢起来，感到生命脆弱责任重大，医生被赋予上帝的角色，但我知道自己不是。好像一个怪圈，又回到了原地。

问：你治疗了多少病人？做过多少手术？

答：不知道。没计算过。有人会精确地计算，有人大略地估计，比如一天大致做了几例手术，一年大约多少天，算出总数。我从来没有计算过。

问：你见过那多么多女人，你以为对女人来说，最高贵的品质是什么？

答：（毫不迟疑地）善良。其次是美丽。

问：最后有一个纯属私人的问题，请教于您。我有一位关系密切的女友，各方面条件都很好，大龄未婚。有人给她介绍了一个男友，也是处处优异，工作为妇产科医生。她无法接受，理由是他对女人懂得太多了，没有神秘，就没有幸福。我觉得这有些先入为主，劝她，她说，你又不是那种男医生，你如何知道他们的心？

答：幸福和神秘画等号吗？什么东西最神秘？是肉体吗？我以为最神秘的是人的思想，身体没有什么可神秘的。女人只靠身体的神秘吸引男人吗？当身体不再神秘以后，幸福存在何方？人的感情是最神秘的，有感情才有幸福。女人啊，你因为思索而美丽。

平安扣

朋友送我一只翡翠平安扣，红丝绳系着。它碧绿地沉重地坠在我胸口，澄清中透出云雾状的“棉”，水色迷蒙。扣的正心有一个完整的孔，仿佛一支竹箫横断。清冽的空气在扣中穿行，染出一缕青黛。

我问，真的吗？

朋友说，什么啊？

我说，翡翠呀。

友人说，美得你！这么大一块上乘翡翠，价值连城，把我的身家都卖了，也送你不起的。当然是假的了，经过化学处理的石头而已。

我把平安扣摘下来说，既是假的，那还有什么意思呢？我看这平安扣，倒是很像一枚铜钱的。

朋友抚摸着平安扣说，它和铜钱，实在是大不同。铜钱外圆内方、上书“××通宝”的字样，内芯尖锐刻板，实为锱铢必较之相。平安扣不着一字，外圈是圆的，象征着辽阔天地混沌无限。内圈也是圆的，祈愿着我们内心的平宁安远。在它微小的空间里，蕴含了整个壮丽的大自然。它昭示当你的心与天地一致，便有了伟大的包容和协调，锁定了你的平安。

我叹了一口气说，讲得虽好，但世事维艰，我们脆弱的心，在历经沧桑之后，怎样才能清风朗月圆润如初？

友人陪着我叹气说，是啊。没人能承诺我们一生永远晴天，没人能预知草莽中潜藏毒蛇猛兽，没人能勾勒出命运的风刀霜剑，没人能掐算出何时将至大限……从这个意义上讲，纵用尽天下翡翠，打凿出如泰山那般的一枚巨大平安扣，悬挂在星辰间，也是没有丝毫用的。然而，外界虽不能把握，内心却可以调适。任你弱水三千，我自谈笑风生，谁又能奈何我们呢？你我也许不知道，命运将在哪一个急转弯处踉跄跌倒，但我们确知，即使匍匐在地，也依然强韧地准备着爬起……

我把石头雕成的平安扣，重又挂在颈上。友人说，送你的翡翠是假，平安的祝福是真。每个人，都是自己的平安扣啊。

别给人生留遗憾

人生是一个漫长的过程，年轻是多么的好，但是请你们记得，有很多的东西，当你不懂的时候，你还年轻；当你懂得了以后，你已年老。请让我们的理想不要变成化石，让我们现在就行动起来，去实践我们的理想，让我们的人生少留遗憾！

最想放弃的时候，更要坚持

关于遗憾，我查过字典，字典里有各式各样的解释。我最喜欢的一个解释就是，我们能够去满足的心愿，可是没有去完成，我们深感惋惜。我跟大家讲的第一件事，就是在我年轻的时候，真的有一万件万分遗憾的事情。那件事情如果发生了，我今天就不可能站在这里和大家做这样的一番分享。

1969 年，那年我不到 17 岁，就穿上军装从北京出发去新疆。我们坐上大卡车，经过六天的奔波，翻越天山，到达了南疆的喀什。我的战友们都留在了新疆的喀什，我们五个女兵又继续坐上大卡车，向藏北出发了。这一次世界在我们面前，已经不是平坦的了，它好像完全变成一个竖起来的世界。每一天的海拔都在升高，从3000米到4000米，从4000米到5000米，直到最后，翻阅了6000米的界山达坂——它是新疆和西藏分界的一个山脉，进入了西藏阿里。我恍然觉得这里已经不再是地球了，它荒凉的程度，让我觉得这是不是火星或者月亮的背面？我记得大概是1971年，我们要去野营拉练，时间正好是寒冬腊月。我们，要背着行李包，要背着红十字箱，要背上手枪，要背上手榴弹，还有几天的干粮，一共是60斤重。高原之上，寒冬腊月，滴水成冰，当时的温度大概是零下40℃。

有一天凌晨3点钟，起床号就吹起来了，上级要求我们今天要翻越无人区。无人区一共有60公里路，因为那里条件特别的恶劣，而且没有水，走啊走啊，在下午两三点的时候，我觉得十字背包的包带已经全部嵌到我的锁骨里面去了，勒得一句话都说不出来。喉头发咸发苦，我想我要吐一口的话，肯定是血。

我在想，这样的苦难何时才能结束呢？我在想，为什么我所有的神经末梢，都用来忍受这种非人的痛苦？当时我做了一个决定：我今天一定要自杀，我不活了，这样的苦难我已经无法忍受。

做了这个决定以后，我就寻找合适的机会。找啊找啊，终于找到了一个特别合适的地方。那地方往上看是峭壁高耸，往下看则是深不见底的悬崖。我想，我只要一松手掉下去，一定会死。但是在最后一刹那，我突然发现我后面的那个战友，他离我太近了，我如果掉下去的话，我一定会把他也带下去的。我已经决定死了，可是我不应该拖累别人。

队伍在进行中，这样的机会是稍纵即逝，之后地势又变得比较平坦，我再想找这么一个自杀的地方，就不容易了。这样走着走着，天就黑了，我们也走到了目的地。60公里路就这样走过去了，背上那六十斤的负重一两都不少地被我背到了目的地。当时我站在雪原之上，把自己的全身都摸了一遍——每一个指关节，自己的膝盖，包括我的双脚，我确信在经历了这样的苦难之后，我的身体连一根头发都没有少。

那一天给了我一个特别深刻的教育：当我们常常以为自己顶不住了的时候，其实这并不是最后的时刻，而是我们的精神崩溃了；只要你坚持精神的重振，坚持精神的出发，即使是万劫不复的时刻，也可以挺过去。

人生是一场单程票。

我知道，年轻的朋友们，在我们的生活当中，会有各式各样的苦难，有时候一些家长问我：您能告诉我一个方法，让我们的孩子少受苦难吗？我说，我能告诉你的唯一可以确定的事情是，你的孩子必然会遭受苦难。

年轻的朋友，我们的神经是那么的敏感，我们的记忆是那么清晰，我们的感情是那么的充沛，我们的每一道伤口都会流出热血。所以尽管有很多人告诉你们，年轻是一个人最美好的时代，我也想告诉你，年轻也是我们最痛苦的时候，我们会留下很多很多的遗憾，而最大的遗憾，就是断然结束自己的生命。我想这是对生命的大不敬。而且以我个人的经历来讲，那一天我没有结束自己的生命，我坚持下来了，我才发现，原来最不可战胜的，并不是我们的遭遇，而是我们内心的脆弱。

日本有一位医生，他的工作是去照顾那些临终的病人。他和大约一千名临终的人交谈过，后来他总结出了25条人生的遗憾，其中包括没有吃到美食，没有回过自己的故乡，自己的孩子没有结婚，等等。我和这位医生也深有同感，因为我曾经去过临终关怀医院，也陪伴过那些临终的人，跟他们有过很多倾心的交谈。我曾到过一间病房，那里面住着一位80岁的老人，连他的儿女们都不再陪伴在他的身边了。他的儿女们都在外面说，他们不忍心看到那最后一刻。我说我愿意进去陪伴他。我走进那个病房，深深地吸了一口气，我觉得在那里的空气里，有很多临终病人最后吐出的气息。我在那位老人的身边，摸着他的手，那老人轻轻地跟我说一句话："我觉得我这一辈子，怎么好像没活过啊。"

我讲这个故事是想说，我们每一个人的生命，都是一张单程票，我们每一次都没有拿到回来的那张票，所以生命从我们出生的那天开始，它就像箭一样射向远方，我们能够把握在自己手里的，就是此时此刻这无比宝贵的生命。

一个年轻的朋友跟我写了一封邮件，他说我读过你的好多作品，给我印象最深的是这样一句话：我们都要思考死亡，一个人 20 岁的时候就想这件事，和 40 岁的时候才想，是不一样的，等到了 60 岁那真的是你不想也得想，因为死亡就在不远处等着我们了。我们能有如此宝贵的生命，我们能够掌握当下，那我们就不要给人生留下遗憾，因为人生不像我们想的那样漫长。

很多人说我确实有很多想法，可是我现在没有力量，只有把它存在那里，以后再去实现它。但我想说的是，如果你有一个理想，请立即用全副身心去实践它。把理想搁在那里，就如同把它当作一张画贴在墙上，常常去看，却没有行动，那么你的理想终有一天会变成画室，它看起来还在，但是再也没有青春的生命了，它再也不能够抽枝发芽、长成参天大树了。

追求最美好的价值观，不给自己留遗憾

我希望我们的理想服从于我们的价值观。年轻的时候太容易看到好的东西，并受到诱惑，想着如果我也能拥有它们，那就太好了。但这个世界上太好的东西是永无止境，而在我们的心里，能够燃烧起熊熊火焰，并且给我们的一生以指引和动力的，是我们对最美好价值的追求。

举个我个人的一个小例子，我一直有看看这个世界的想法。在 2008 年的时候，我终于用我的稿费，买了一张船票开始去环球旅行。

刚出发，才走到南海，就得知汶川发生了地震。当时船上有一千多个外国客人，只有我们六个中国人，可是我说，我们一定要为中国发起一场募捐。后来我们团队里有人就说，那些外国人要是不给咱们捐钱，我们多么丢脸哪！我说，可是我们中国人，要不为自己的祖国做点什么，那才是丢脸呢。

我们在一起商量，一定捐美元和欧元，这样的话，会让我们那个捐款数字变大，如果我们都捐人民币，人家会觉得是我们自己捐的。但是当所有的钱都揽到一起的时候，船长对我说，里面有两千元人民币。我们只有六个人，这很容易查，吃饭的时候，我们就互相问：谁捐的人民币？我们不是说了要捐美元和欧元吗？结果我们六个人都表示自己没有捐人民币，后来我就跟船长说，这船上除我们以外还有中国人吗？船长说，在深不见底的底舱，永远不能到甲板上来的那些工人里，有你们中国人。

之后，我就下了船，回到北京把钱捐了。捐了之后，北川中学知道我回国了，就打来电话，希望我到北川中学，去当一次语文老师，因为我有一篇小散文，叫作《提醒幸福》，收在全国统编教材的初中二年级课本里。

接到这个邀请后我有些犹豫，我不怕地震，可是我有点怕我写的这篇文章的题目，它叫《提醒幸福》。那样的大震之后，他们的老师有伤亡，他们的同学有很多再也不能回到教室里，我要去跟他们讲“提醒幸福”。我很难想象在这种困难的情况下，幸福在哪里？

但是那一次北川中学之行，给予了我巨大的教育。因为北川中学初中二年级，所有的同学会聚在一起，他们告诉我，他们是世界上最幸福的人。我问，你们能告诉我你们幸福在哪里吗？他们告诉我：那么多人死了我们还活着，这就是幸福！我们在马路上看到，那么多的汽车后面，所有的那些车牌号，比如说北京的京，广东的粤。还有，我们可以看到全中国所有省份的汽车，我们就觉得全国人民在帮助我们，大地震才过去了十几天，我们今天就可以恢复读书了，难道我们还不是世界上最幸福的人吗？

我听了以后真的热泪盈眶，我才知道在生死面前，最宝贵的东西是什么。所以我们重新享有我们生命的时候，一定要把自己价值观中，那些最重要的东西放在前面。

如果你没有看到过钻塔

如果你没有看到过钻塔，那你就什么也没有看到过。

斯大林在视察苏联巴库油田时，这样说道。

他鹰隼似的双眼，曾横扫过整个世界的烟云。

石油的开采，已经从陆地扩展到了海洋。当我们应邀去参观渤海油田海上采油平台，心中充满了渴望。

因为是早晨，因为是向着东方，因为是晴朗的有风的初冬，拖轮便像在一片抖动的金箔之上滑行。船头将金斑搅得灿若火焰，船尾将海面犁出雪白的壕沟。你刚窥到碧蓝的海的肌肤，无所不在的金光就神奇地愈合了伤口，大海又重新回到浑然一体的辉煌。

整整四个小时，我们在波峰浪谷之间摇曳。渤海海面今日七级风，海天一色，蓝得令人感到不真实。四周看不到海岸线，看不到船，看不到海鸥，甚至也看不到鱼。鱼躲在风浪之下，嘲笑我们晕船。

在茫茫大海之中，人极易感到渺小。广袤的自然以它博大的无涯，证实着自己的永恒。我们仿佛回到了地球最初诞生的洪荒。

突然，视野之中出现了一个橙红色的点。所有的人都以为那是错觉，海极大地摧残了我们的自信力。但那个点无所顾忌地增大着，并逐渐显示出宛如几何图案般的骨架，无可辩驳地证明自己是一座人工建筑。

渤海油田采油平台到了。

它是一座巍峨的钢铁岛。约有十个篮球场大，巨大的钢桩打入海底，直楔入地壳深处。庞杂的采油设备和所有工作人员的衣食住行，便都在这些钢铁立柱支撑的平台之上进行。

在平台一侧，有一把迎风飘逸的火炬。在明媚的阳光下，那火焰几乎是透明的。只有从火炬四周淋漓而荡漾的景色之中，想见那里抖动着怎样一幕炽热的空气瀑布。

“这火炬每天要燃掉6000立方米天然气。”陪同我们的平台经理说。

我的第一个念头是：这太浪费了。随即想到漫漫的海路，终于没有吭声。遥想深夜，无论怎样肆虐的风暴，也无法扑灭这地心之火燃起的光明，该是惊心动魄而又灿烂辉煌的。

该上平台了。

登平台有两条途径。一为走吊桥，大致同上下飞机时的金属梯。只是平台吊桥横跨于平台与拖轮之间，其下便是沸沸扬扬的大海，走在其上，就有了“蹈海”的感觉。二为乘吊笼。所谓吊笼是一个一人多高的橄榄绿尼龙绳索结成的套子。朦胧地说，仿佛一个巨大的空心灯笼。使用时，人站在吊笼底座，双手抓紧绳套，随着升降装置的启动，人便被徐徐吊上了高高的采油平台。

我很想乘吊笼上平台。钻进吊笼中间，也就是灯笼中插蜡烛的地方，周围是网络般的尼龙绳保护，安全而又惬意。

你搞错了。不是站在绳索里面，而是应该站在绳套之外。看出我心思的经理提醒我。

这怎么可能？！站在绳索之外，升空的过程中，你的脚下是大海，你的背后是空气，你全身的重量都维系在你抓住绳套的两只手上，要是万一掉下去，这可怎么办？！

正是考虑到万一会掉下去，才要站在吊笼绳套之外。这样一旦发生意外，吊笼坠入海中，人才能迅速挣扎出来。不然，绳套包绕着你，你怎么办呢？平台经理安静地对我说。

他很年轻，光滑的额头几乎没有一丝皱纹，性情中却有一种很深刻的镇定。他的眼睛很大，很圆，有着婴儿一样的长睫毛。当他专注地盯着你问的时候，你有一种被深思熟虑的猫注视的感觉。

我深切地体验到了海和陆地的区别。在泥土的高处摔下，只要你当时不死，你就算活过来了。在海上，这才仅仅是事情的开始。

有过这样的事吗？我不安地问。还没有上平台，我已经感觉到了生活在上面的严酷。

有过。他轻轻地笑了，露出白贝壳一样的牙。我们所有在平台工作的人，都有自救证。

什么叫自救证？我拥有过形形色色的证，但没听说过这种证。

自救就是掉到海里，你能救护自己，坚持到别人来救助你的能力。简言之，就是游泳，乘吊笼，必须要有自救证。平台经理不笑了。

我会游泳，但我没有自救力。我知道在充满漂白粉气味的游泳池里练就的手艺，是经不起大海的推敲的。

我们走吊桥，登上平台。

此刻，我们既不是在天上，也不是在地下，更不是在水里，而是实实在在站在上万吨的钢铁之上，站立在人类的智慧结晶之上。

上了平台之后我们所做的第一件事是——吃饭。

四个小时的颠簸之后，在洁白桌布的提醒下，我才感到饿了。

餐厅的光线很柔和，闪闪发光的不锈钢餐具，映出我们因为晕船而略显憔悴的脸。菜肴很可口。听说平台上以前有外国专家工作，厨师受过专门训练，还会做西餐呢。

我轻轻地啜着可口可乐。在洋溢着现代文明的午餐之后，觉得这海上采油也并不如想象中的艰苦。平台很平稳，感觉不到丝毫晃动，整洁优雅的环境，使你恍惚置身于设备齐全的饭店。

猛抬头，在一盘水果沙拉之后的墙壁上，钉着一块齐崭崭的标牌。上面印着伸臂蹬脚的小人影像，仿若我们在男女豪华公厕门扉上看到过的标志。洗练耐简明。其下有一行触目惊心的黑色字迹：救命胴衣穿着法。

整个石油平台是日本制造的。我不知道这行符咒般的词语，是在日文中就这样书写，还是专门为中国人员翻译过来的。总之，当你品着可乐而骤然瞥见“救命”二字时，可乐的滋味也就更丰富一些了。

也许是到了自己的下属们中间，平台经理显得很严肃。他拿来一摞平平整整的工作服。

这是特制的防静电服。海上平台有六个储油罐，每个 200 吨……他略微顿了一下，以便让我们计算出他的平台上的总储油量。在上千吨的原油和熊熊燃烧的天然气火把之间。防火极为重要，平台上不仅不允许吸烟，连碰撞、摩擦产生的静电火花，也是极其危险的，这工作服的纤维里掺有金属丝，可防静电。大家每人穿一套吧。经理详细说明着。

我们每人拣了一套工作服，上衣是蓝色，裤子是灰色，几乎是新的，看来有幸上过海上石油平台的人极少。

我们戴着橙色的工作帽，在形形色色的钢铁管道和玻璃仪表中行走。

石油平台是由高低有致的几大块钢铁部件拼装起来的。假若有一只硕大无朋的眼从空中观测，平台便如组合家具一般，有不同的层面。最高处是直升机场，它的用途是不言而喻的。

坐直升机回陆地去，很快吧？我问。

是快。不过平台上的人都喜欢坐船。经理答道。

想起那海上晕船的痛苦，我大不解。

直升机常摔。去年还死了人。你们听说了吗?

我点点头。其实我并不知道这里曾发生过空难。不过我理解工人们，长年生活在这处处蕴含着危险的石油平台，他们对危险有着天然的警觉和拒绝。

生活区和生产作业区、储油罐区相互连接又相对独立，中间以金属楼梯沟通。楼梯悬挂在海天之间，类似天险中的栈道。其实楼梯是很坚固牢靠的，梯面由细密精致的金属丝编织而成。但也许正是因为日本人的精致，使那梯面薄得如同纱巾，这在减轻楼梯自重上也许很有好处，但它镂空得透明，踩在上面如同踩在虚无，在鞋与鞋的交错之间，你可以明白无误地看到蓝如靛汁的大海，精神便不停地受到挑战。

平台经理领着我们在八卦阵一般的管道中进行。管道较人还高，便有了在青纱帐中穿行的感觉，只是这些铁杆庄稼过于茁壮。到处都是仪表，它们的指针或者凝然不动，只有长时间的观察才能看出极轻微的偏移；或者不安分地摇摆不停，叫人感到片刻之后就会有一场爆炸。想想看吧，原油从海中被吸取，然后输送、加工、储存，所有的过程都是在密封状态下进行，它的一切成分和变化，都是由仪表和数据显示的，仪表便分外神秘。

我们已经在管道中穿行了许久，我们可以在任何一个最不经意的角落看到仪表，而我们还没有看到一滴真正的原油。

这平台上一共有多少块仪表？我终于忍不住问。

年轻的平台经理难得地皱起浓眉，眉心里便有了极细的皱纹。没有准确统计过。他的脸竟微微红了，大约一万块仪表吧！

石油平台是极讲科学的地方，他为自己提供数字的不精确性感到了愧疚。

我为我的唐突感了不安。这仿佛是问一位山民，山上的石头有多少块，该脸红的是我。于是我转换了一个话题，您是这平台上的最高首脑了。

不是。或者说不完全是。我们还有一位平台经理，他和我负有同样的责任。

我表示很想见一见那位领导。想知道他是否也同样年轻，同样冷静。

您见不到他。他现在正在床上。

病了？我很吃惊。在这远离人寰的地方生病，一定格外痛苦。

没有，他在睡觉。

正是中午，我想象不出一个年纪轻轻的健康人，怎么能在如此明亮的阳光下，大张旗鼓地睡觉！

我们是两班倒，所有人员都是双套，一个班就是 12 个小时，下班后就睡觉。

12 个小时？这未免太严酷了，从马克思那会儿，工人们就为八小时工作制而奋斗。工人们没有……什么不同想法吗？我谨慎地挑选着词句。

大家都愿意上班。平台经理又露出了白贝壳似的牙。

为什么？我问道。

因为……寂寞。平台经理不笑了，他那像婴儿一样纯正的目光中，有了一丝悲哀。

平台上有很好的活动室，有乒乓球桌和台球桌，还有电视和图书阅览室。

我们无语地向前进行，前面到了一个岔路口，通往一侧的指示箭头上用极正规的汉字书写着：逃命通道。

我想到这边看看。

这是发生海难时的太平门。平台经理说着走到了我前面。

我不知前面会出现什么，该不会就这样一直走到海面吧？

在逃命通道的尽头，有一艘救生艇。它像巨大的野蜂巢一样，悬挂在平台的外侧。

危急时刻，用太平斧将缆绳砍断，艇就自动充气，溅落在海上了。然后我们就自救。平台经理平静地向我说明。

救生艇是橙红色的，这是平台上应用最广的颜色。井架、工作帽和许多重要设施，都是这种颜色。它像那种成熟得极好的川红橘的色调，带着热烈、警醒和淡淡的恐怖感。

当年“渤二”就是在那里翻沉的。平台经理指着一个方向说。

那里是湛蓝的大海，有银白的海鸥在飞翔。时间将一切都冲刷掉了，唯有人们的记忆永存。记得当年读一篇报道“渤二”海难的文章，曾说过找到遇难石油工人的尸体时，那里的海面是一片橘红。工人们临死前将自己捆绑在一起以防飘散，橙红色的救生衣就炫目地飘浮在海面上。

我们都静默了。为了已经和将要牺牲在海洋上的石油工人们。

我到现在还没有看到过原油呢！我对平台经理说。人类用自己的血液换来了地球的血液，我急切地想一睹它的真实原始的面貌。

平台经理打开一处管道，我看到了未经炼制的刚刚从海洋深处吸取到的原油。

它黑如沥青，黏稠得发亮，散发着隐隐的热气。

可以摸一下吗？我试探着问，怕它如沸点很高的温泉一般烫人。

平台经理瞟了一眼某块仪表，说，此刻的油温是 35.2℃。

我把手指探入原油，挑起一道亮而黏稠的丝。微温，令人感觉到很舒适。我想，这就是地球皮肤的温度了。

我们已将所有的工作区域巡行了一圈。虽然是冬季，虽然七级风，我的额头还是沁出了薄薄的水汽。

这一圈走下来，大约有一公里。我说。

一公里要多。平台经理很肯定地说。我每天夜里都要这样走来走去。

刮大风的时候也要走吗？

刮大风的时候更要走了。我会整夜睡不好觉，惦记着这些仪表。

在风雨如晦的黑夜，在这波涛汹涌的大海之上，踩在很薄的金属楼梯上行走，不知需要怎样的勇气和毅力。

我想自己单独走走，可以吗？我说。

当然可以。平台经理露出白贝壳似的牙。只是最好不要打扰了工人们睡觉，他们今天晚上要上十二个小时的班。

生活区的设施很好，工人们的卧室，类似火车一个的软卧车厢，静悄悄的，毫无声息。工人们果真在安安稳稳地睡觉，日复一日 12 个小时的劳作，毕竟是强大的体力支出，白日之下，也酣然入梦了。

我走到一扇标有“医务室”字样的门前。门虚掩着，我轻轻地把它推开。

洁白、整洁、温馨，弥漫着医疗单位惯常的气味。一位年轻的医生正坐在桌旁看书，斜射的阳光将他的脸照得轮廓分明，我看到他嘴边生着细如蜂腿绒毛般的小胡须。

平台上的人们都非常年轻。

他对我的闯入显得有些慌乱，我是陌生的异性人。

我想要一点晕船的药。我为自己寻找到了一个正常的闯入理由，况且晕船也的确使我心有余悸。

他把药瓶里所有的“晕海宁”都倒给我。

我要不了这许多。再说，你把所有的晕海宁都给了我，平台上的人晕船了，怎么办？

我还有呢！他快活地微笑着。再说，平台上的人，都不晕船。

哦！平台上的人都不晕船！每次往返八个小时的颠簸，终日里海风的熏陶，使他们早已忘记了晕船这个本属于陆地的毛病。

平台上的小伙子们每天工作那么长时间，他们愿意吗？得病的多吗？我把心中的疑问再一次提出，不是不相信，而是希望再一次证实。

工人们都愿意上班，上班时间过得快呀！小医生明确地嗔怪我的不明事理。下班后，除了睡觉就是聊天，谁家有点啥事，早八辈子都聊完了。

还可以打球、下棋、看电视……我总以为今日的石油平台比海岛边防生活，要丰富得多。

打球下棋就总是那几个人，那几套路数，彼此透熟，还有啥玩头呢！

我想也是。纵是世界冠军和亚军，让他们天天对垒，时间长了，也会充满烦恼。

那还有电视呢！我不屈不挠地提醒。

电视只能看，不能参与。比如亚运会，我们连喊声加油的地方都没有。小医生的目光黯淡了。

我也垂下了眼帘。他们是现代人，重要的在于参与。现代科学文明的发达，使他们如此清晰地知道世界上发生的任何事情，他们远离世界，永远只是一个旁观者。这样深入到骨髓之中的寂寞和孤独感，这样被封闭被隔绝的痛苦，非深入其境之人，难以想象。

在这种环境下，你的病人是不是很多？我小心翼翼地问。

不多，我闲得没事干呢！小医生对自己工作的轻闲感到不好意思。我们的小伙子身体都好得很。他自豪地说。

我点点头。表示完全同意他的观点。

只是他们似乎有一种奇怪的病，就是对土地的思念。小医生的目光显出忧郁，我们是脚下无立锥之地啊！

我下意识地看看脚下，墨绿色的簇绒地毯，像一块春天里茂盛的草地。地毯之下是钢板，平台本身就是一座钢铁的宫殿。钢板之下，就是大海了。

他们的脚下没有地。哪怕在一个最小的珊瑚岛上，你的脚也会沾染到土地，土是人类生命的发源地。记得我有一盆气息奄奄的花，眼看无救，便把它从楼上丢到垃圾箱里，被邻居老大爷拾了去。半月后，待我再看到那盆花时，竟欣欣向荣到不敢相认。我问大爷使了什么绝招？大爷说有什么绝招？！不过是沾了地气。

石油平台上没有地气，你只能听到无穷无尽的波涛之声。这不是在海岸上听到的那种有节奏的惊涛拍岸之声。无论多么大的风浪，你都能从岸边巨雷般的海啸声中，感到岸对波涛的阻碍，感到岸的不容置疑的存在。你绝不担心岸会被淹没，岸比海洋永恒。平台上的涛声不是这样，那是一种完全不经意的来自大海肺腑的律动。它无视任何其他的存在，无休无止地自吟自唱，充满着强大的自信和亘古不变的倨傲。

今天不过七级风，若是刮十二级风，这里又该怎样？年轻的石油平台人，没有土地的依傍，他们便失去了人类赖以生存的安定感。这是一种深切到难以察觉的付出。

时间已经不早，我们就要离开。就在这时，我有了此次平台之行最重大的发现。在气势恢宏的采油平台一侧，有一架锈迹斑斑的建筑兀立在海水之中。原谅我用了“一架”这个模糊不清的量词。站在这座钢铁凝成的现代化科技岛旁，那建筑局促得实在无法称之为“一座”。它寒酸、简陋、低矮、粗糙，像是一节被废弃的火车皮。但是，用不着内行人指点，我们也可清楚地分辨出，那上面也有类似储油罐的装置。

那是什么？我讶然之极。

那是六号。平台经理回答我。

六号是什么？我追问。

那是我们自己的平台。自行设计，自行建造的石油平台。开始是打的勘探井，当有了油气发现时，就将钻井平台改建成采油平台。平台上的设备百分之百都是国产的。六号一共为国家生产了 30 多万吨原油。经理如数家珍。

我凝视着六号。

由于中东海湾局势，向全世界普及了关于石油价格的知识。30 万吨原油象征着怎样一笔巨大的财富，每个人都不难计算出。它们真是由这架如此初级的平台贡献出来的吗？

那上面是什么样子。

太简单了！三合板的墙，铁皮盖的屋顶……我们划小舢板上去过。一位平台工人告诉我。

旧平台默默无言地和新平台立在一起。海浪拍打着新平台也拍打着旧平台。我在新平台上所感受到的所有孤独和苦难，在旧平台上也一并存在过。没有现代高科技文明的缓释，那苦难一定更尖锐更持久更剧烈……

你们有谁曾在六号工作过？

我问。

人们面面相觑。没有，一个也没有了。在科技日新月异的今天，六号已古老得像一个神话。那些最早的开发者工作者们，你们在哪里？

可以上去看看吗？我说。

不行了。梯子已经锈断，上面很危险。也许哪一天一阵飓风，就把它埋葬在海里了。经理告诉我。

我于是向六号久久地行注目礼。

这样的平台，我不知我们还有几个。但我想，我们起码应该保存下一个，成为一座石油博物馆最珍贵的展品。让我们的后人永远记住，我们的祖国曾经怎样举步维艰，我们的先辈曾经怎样艰苦创业！

终于要走了。

我们沿吊桥回到拖轮，这才发现拖轮上的所有工作人员都并没有跟随我们参观平台。你们都看过了吧？我猜测说。不，我们都没参观过。他们憨厚地回答。唔，那是你们不愿意上去看看了。不！不！他们连连摇头，平台上的纪律很严格，没有特别批准，是不能上去的。听说女人上过石油平台的，只有江青一个人。

对于这最后一句话，我始终不相信。但石油平台，只有极少的人登上过，我相信这是一个事实。

石油平台与拖轮渐渐分离了。平台上突然涌出了那么多年轻人，向我们招手道别。刚才他们都坚守在各自的岗位上关照那些仪表，现在他们目送我们远去，像黄土高原深处的小村落的孩子们，目送一辆偶然驶过的汽车。

当平台与我们相距一个适当距离的时候，平台粗壮的铁腿与高耸的背甲，使它像一只橙红色的龟。我于是觉得它很像初民们对这个世界最早的解释：天圆地方，浩洋不息，人类在巨龟背负的息壤上，繁衍生长……

大海无垠，人的智慧无垠。

海上石油平台终于浓缩为一个红点，镶嵌在大海尽头，像是海与天孕育成的一颗珍珠。

我看见了钻井，我想，我已看见了一切。

青色T恤

2000年8月，接到湖南卫视邀我做嘉宾，飞赴上海采访陆幼青的电话时，心中忐忑。在大众传媒上，一个濒临死亡的人，真实地展示自己的生存状态和精神思索，是凝重和令人敬佩的。

思索再三，决定了去。正是夏末秋初的日子，北京的早晚已有些微的冷。上海比这里南，该是热的。但是，若是赶上风雨，是不是也有凉意呢？不能感冒，自己辛苦不说，再把病菌传染给陆幼青，增加了他的痛楚，就是罪过。还有衣服的色彩也很重要，要和整体的氛围相符。

选了白色的长短衬衣带上，心想白色总是无大错的。又在衣橱里挑了一件淡荷粉色的衫，压在旅行箱底。粉虽极淡，毕竟偏向暖和红，不知和届时的场景是否吻合。有备无患吧。又找出一件米黄色夹杂黑纹路的旧短袖衫，留着自己路上穿，摸爬滚打都相宜，随身方便。

主持人马东在电话里说，为了保持现场的新鲜感，在录制之前，我们都只是研究书面的资料，并不同陆幼青直接见面。

我说，从陆幼青在网上发布的日记来看，他的身体已出现缺氧和短时间窒息的情况。拍摄过程是很辛苦的，光照很强，时间也很难控制。对一个晚期癌症的病人，人道与尊重是非常重要的。除了从咱们工作圆满的角度考虑，也要高度重视陆幼青的权利。正因为他已视死如归，正因为他会强忍痛苦，全力配合节目的录制，我们更要替他想得周到。还有，这种关于死亡的讨论，有时会深刻地搅动思维最底层的记忆，令人心潮起伏，情绪动荡，咱们更要通盘设想。不知陆幼青对某些话题是否有特殊的爱好或是禁忌，准备工作多多益善。

马东思忖片刻说，到上海后，咱们先同陆先生的夫人时牧言女士见个面，好心里有数。

买票时，我特地选了浦东机场。虽说下了飞机路途较远，但因为知道了陆幼青所工作的单位，和浦东的开发有关，心想这样走一走，也可对陆幼青工作时每日看到的景象，多一点感性的体验。

通常我上飞机，会穿着随体赋形的旧衣服蒙眬入睡。这一次不行了，眼若铜铃，心中弥漫焦虑和不安。

马东勤勉聪慧，从善如流不愠不躁。小酒吧里，我们把陆幼青的日记逐字逐段地阅读，探讨这些文字后面挺立着的那颗骄傲的灵魂，在怎样思索和表达。在那时的中国，将陆幼青的文字读到如此细致深入的人，不敢说绝无仅有，肯定是不多的。

肌肤，被上海八月的潮热的暑气蒸腾着。大脑，被生命行将终结的严峻的冷气凝滞着。当一个我们所尊敬的人，正在分分秒秒地远去，我们又需挖掘出他内心的隐秘甚至隐痛的时候，挑战的力度和选择的艰难是那样矛盾。

主题统一在“真诚和真实”。之后赶往一处饭店，同时牧言女士会面。

灯火晶莹，喧哗中弥漫着鼎沸的人气。我们到的比较早，枯坐在一张餐桌旁，静静地等待着。如果说，陆幼青的心脉还可以在他的文字中摸到搏动，那他的妻子，在这样的生离死别面前，将是怎样的心态和举止呢？令人猜测。餐桌位于餐厅中段，来客几乎可以从任一方向走过来，我不时地四处张望，不知能否在众多的客人中认出她来。

时牧言来了。沉稳而憔悴。她穿着鲜橙色的衣服，亮艳夺目。这色彩暖得令人震惊，类乎海难时的救生衣，整个餐厅没有一个人着这个颜色的服装，她就显出特别的壮丽，悲怆而明亮。

那天和时牧言的谈话，令我非常钦佩和感动。同为女人，我可以感受她内心的撕扯和强韧，她的大度和勇气。在这异乎艰难的时刻，她竭尽全力，协助自己的爱人，完成生命中最后的飞跃。

我们就第二天下午所要进行的采访，反复讨论，确定哪些话题深入讨论，哪些点到为止。我们还讨论了细节，比如提前在何时应用止痛剂，以便在药物疗效的峰值时进行采访，这样，陆幼青感受到的痛苦较小。

将近尾声的时候，马东问道，陆先生可有什么禁忌吗？

没有。你们什么都可以问。时牧言坦然答道。

我说，在我们的衣服穿着颜色方面，有什么讲究吗？

时牧言迟疑了一下，很直率地说道，我们家喜欢绿色。那是生命的颜色。明天到我家去，你们就可以看到，到处是我种的花草，院子里盛开着紫红的喇叭花，可漂亮了。黄色也好，黑色和白色，最好不用。

路上，马东说，我平常最喜欢穿黑色的衣服，此次到上海来，带的也是黑衣服。明天一大早，我到商店去买新衣服。

我想，那件粉色的衣服太淡了，强光照耀之下，恐近乎白色。忙说，我也去吧。

第二天，我和马东直奔商店。进了店门，在标志牌下站住，马东说，男装在三楼，女装在四楼，咱们分头去买衣服，半小时以后，咱们还在这里会合。

匆匆上楼。买过无数次衣服，都不似此次单刀直入。不在意款式质地，只求颜色。看到绿色，特别是那种生机勃勃的绿，简直是扑上去，忙不迭地说，小姐，请拿一件我能穿的……

上海人多娇小玲珑，看中的衣服，都没有我能穿的型号。只得退其次，去买 T 恤衫。改变战术，很快见效。在一家专卖店里，找到了基本符合要求的衣服。只是那绿不很纯粹，近乎青柏色，翠中有一份苍老，实为美中不足。转而相中一款黄色，振作而昂扬，如同凡·高的葵花瓣。我忙买下。

会合处，马东亮宝似的拿出的衣服，也是明亮的橘黄色，他说，我从来没穿过这种颜色的衣服，好像一把太阳伞。我对他说，对不起，你还得等我一会儿。

我赶忙跑回刚才的柜台，掉换成绿色 T 恤衫。

回到住处，朋友们说，毕老师，就穿你下飞机时那件米黄色条纹的衣服好了。很亲切。

我穿着旧的柔软朴素的衣衫，坐在陆幼青的身边，诚挚地交谈着。我感到生命正抽丝剥茧般地离他而去，他的痛苦和挣扎，他的失落和创造，他的生命之泉的枯竭和最后一搏的绚烂……

图书在版编目（CIP）数据

西藏的故事 / 毕淑敏著. —北京：国际文化出版公司，2016.7（2022.11 重印）

（毕淑敏自选集 · 生命卷）

ISBN 978-7-5125-0861-3

I. ①西… II. ①毕… III. ①散文集—中国—当代②短篇小说—小说集—中国—当代 IV. ① I217.2

中国版本图书馆 CIP 数据核字（2016）第 160072 号

毕淑敏自选集 · 生命卷

作　　者	毕淑敏	
责任编辑	潘建农　宋亚晅	
出版发行	国际文化出版公司	
经　　销	国文润华文化传媒（北京）有限责任公司	
印　　刷	文畅阁印刷有限公司	
开　　本	787 毫米 ×1092 毫米	16 开
	60 印张	821 千字
版　　次	2016 年 7 月第 1 版	
	2022 年 11 月第 2 次印刷	
书　　号	ISBN 978-7-5125-0861-3	
定　　价	180.00 元（全三册）	

国际文化出版公司
北京朝阳区东土城路乙 9 号　　邮编：100013
总编室：（010）64270995　　传真：（010）64270995
销售热线：（010）64271187
传真：（010）64271187-800
E-mail：icpc@95777.sina.net

毕淑敏 著

毕淑敏
自选集·生命卷

西藏的故事

Tibetan Stories

国际文化出版公司
·北京·

毕淑敏 著

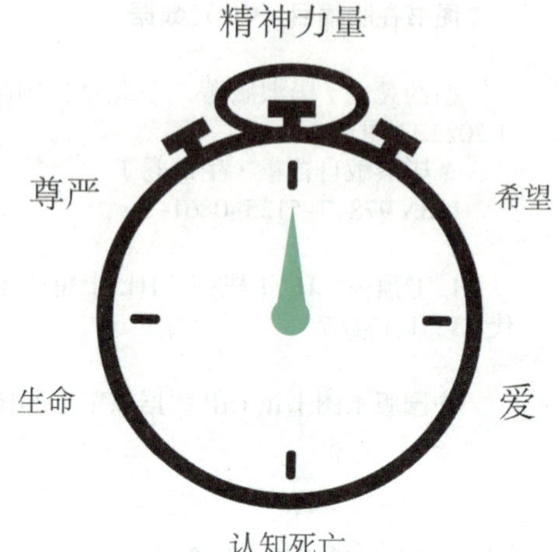

毕淑敏
自选集·生命卷

预约死亡

Preparing For Death

国际文化出版公司
·北京·

图书在版编目（CIP）数据

预约死亡 / 毕淑敏著. —北京：国际文化出版公司，2016.7（2022.11 重印）

（毕淑敏自选集 · 生命卷）

ISBN 978-7-5125-0861-3

I. ①预… II. ①毕… III. ①短篇小说—小说集—中国—当代 IV. ① I247.7

中国版本图书馆 CIP 数据核字（2016）第 160071 号

毕淑敏自选集 · 生命卷

作　　者　毕淑敏
责任编辑　潘建农　宋亚晅
出版发行　国际文化出版公司
经　　销　国文润华文化传媒（北京）有限责任公司
印　　刷　文畅阁印刷有限公司
开　　本　787 毫米 ×1092 毫米　16 开
　　　　　60 印张　821 千字
版　　次　2016 年 7 月第 1 版
　　　　　2022 年 11 月第 2 次印刷
书　　号　ISBN 978-7-5125-0861-3
定　　价　180.00 元（全三册）

国际文化出版公司
北京朝阳区东土城路乙 9 号　邮编：100013
总编室：（010）64270995　传真：（010）64270995
销售热线：（010）64271187
传真：（010）64271187-800
E-mail：icpc@95777.sina.net

目　录

总序

写作多年，积攒下若干文字。20 世纪 90 年代，有出版社找到我，说是预备给我出套文集。我听后心情有些激动，先是高兴马上又觉得自己不配。

文集出了，销得还不错。劳动人民文化宫举办书市，我去签名售书。文集共 4 本，卖 80 多块钱。读者们排着长长的队伍，缓缓走向我。我埋头签书，心里充满了不忍。我想，80 多块钱，要是用来买成肉，快合半扇猪了！（那时物价便宜，一斤肉才几块钱。）人家把吃肉的钱省下来，买我的书，多大的信任啊！一斤肉吃到肚里，肯定会让人长力气壮身体（那时的人没有那么多“三高”超标，视吃肉为上等的好事情）。扪心自问，我的书带给人的帮助，能抵得过十几斤肉吗？

心中惶恐。从那一瞬，我暗下决心，这辈子，不写则已，如果写，就一定要说真话，要认真负责对待笔下的每一个字。力争做到对得起读者为了购买我的书，付出的买肉钱。

购书的代价是两方面的。首先要付出金钱，读者的钱是哪里来的呢？是他的劳动换来的。所以，买书这件事，说到底，是用作者的劳动换读者的劳动。市场上，如果人们买了变质的食品或是伪劣产品，可以要求退换货或是保修。但是，读者买了一本书，如果没有缺页错页，基本上

不能把书退还书店或是作者。也就是说，写书卖书的人，只对书的装订质量负责，至于内容，你买了书，就自认是全盘接受，售出后概不负责。我觉得这近似霸王条款。或者往好里说，是人与人之间一种极大的信任。一个作者，万不可亵渎了这份信任，唯有竭尽全力诚惶诚恐地为自己的产品负责，才能对得起读者这一份近乎无条件的接纳。

读者付出的第二种代价，是他或她的时间。时间其实是无价的，是用来构成生命的金色颗粒。读者把如此宝贵的东西，消耗在阅读我所写的文字之中，我无以回报，只能将我的思考和表达，千锤百炼力求尽善尽美。我不敢保证它们完全正确，但我应该保证它们具备发自内心的诚挚。否则，就是暴殄了人与人之间的信赖，就是对他人的轻慢和敷衍。

从那时到现在，又过去了20多年。作品积攒得比过去多了，心态已悄然变得平和。感谢编辑们的热忱和信任，我能有机会出一套自选集，十分高兴。

它们大致分为三部分。一部分是和幸福有关，一部分是和心理有关，还有一部分和旅游与我在西藏的岁月有关。

这是我在不同时期写下的文字，打着我的年龄的烙印。年龄的增长从未让我气馁，只是帮助我理解了不同时期的美好。

如果把人生比作一株植物，把青年时期比作嫩绿，我35岁时才开始写作，实在要算在苍绿时段才进入别人的早春，接下来是无以抵挡的墨绿与苍黄……现在，干脆成了深秋时节银杏叶般的暗金。我已进入老年，步伐放缓，心头肃静。我知道生命还会继续变化，从草黄变成铅铁般的灰黑；再然后，哦，就该是土壤的褐赭色了；再再然后，大约就无色透明了。

祈愿我的文字带着我的暖意和祝福，飞抵你的掌心。

毕淑敏

2016年6月1日

文学界的白衣天使

如果她的署名是阿咪、狂姐、原水爆或者荷兰豆，也许我早就读过她的作品了。

然而她的名字是毕淑敏，这名字普通得如——对不起——任何一个街道妇女。

而且她说她从小就是一个好学生，她的数学与语文是同样的好（总算找到了一个喜欢也学得好数学的同行了，王蒙大悦焉），她的开始写作源于她父亲的建议，而她的戒骄戒躁是由于儿时母亲的教导。为了写作，她在完成了医学学业以后，又去上广播电视大学的文学系并以“优”的成绩毕业，继而读研究生，获得了硕士学位（有几个作家老老实实地这样学过文学）。再说，她同时是或者更加是一个医术精良的内科医生，她对此充满自信与自豪……

我真的不知道世界上还有这样规规矩矩的作家与文学之路。我本来以为新涌现出来的作家都可能是怀才不遇、牢骚满腹、刺儿头反骨、不敬父母（而且还要审父）、不服师长、不屑学业、嘲笑文凭、突破颠覆、艰深费解、与世难谐、大话爆破、呻吟颤抖，充满了智慧的痛苦、

天才的孤独、哲人的憔悴、冲锋队员的血性暴烈或者安定医院住院病人的忧郁兼躁狂的伟人——怪物。

毕淑敏则不是这样。她太正常、太良善，甚至是太听话了。即使做了小说，似乎也没有忘记她的医生的治病救人的宗旨，普度众生的宏愿，苦口婆心的耐性，有条不紊的规章和清澈如水的医心。她有一种把对人的关怀、热情和悲悯化为冷静的处方，集道德、文学和科学于一体的思维方式、写作方式与行为方式……

所以就更显得毕淑敏的正常、善意、祥和、冷静乃至循规蹈矩的难能可贵。即使她写了像《昆仑殇》这样严峻的、撼人心魄的事件，她仍然保持着对于每一个当事人与责任者的善意与公平。善意与冷静，像孪生姐妹一样时刻跟随着毕淑敏的笔端。唯其冷静才能公正，唯其公正才能好心，唯其好心世界才有希望，自己才有希望，而不至于使自己使读者使国家使社会陷于万劫不复的恶性循环里。也许她缺少了应有的批评与憎恨，但至少无愧于心，其实是远远优于那些缺少应有的爱心与好意的志士。她正视死亡与血污，下笔常常令人战栗，如《紫色人形》《预约死亡》，但主旨仍然平实和悦，她是要她的读者更好地活下去、爱下去、工作下去。她宁愿忏悔“我”的多疑与戒备太过，歌颂普通人（《翻浆》），而与泛恶论的诅咒与煽动迥异其趣。至于她的散文就更加明澈见底了。

她确实是一个真正的医生，好医生，她会成为文学界的白衣天使。昆仑山上当兵的经历，医生的身份与心术，加上自幼大大的良民的自觉，使她成为文学圈内的一个新起的、别有特色的、新谐与健康的因子。

而另外的多得多的天才作家的另一面，实在是文学界的病友。我尊敬与同情我的病友，我知道世界上许多伟大的作家都有病，他们太痛苦了，他们因痛苦而愈发伟大了。但同时我也赞美与感谢大夫，

为了全国人民的身心健康，我祝愿在大夫与病友的比例上不至于出现太大的失调。有病人也有医生，这才是世界，这才有各种写不完的故事。

不知道这是我的幸还是不幸，不知道这是不是我的被误解与被攻击的原因之一。我既觉得病人之可哀可叹，又觉得医生之可亲可信，特别是当我给一个比我年轻的作家作序写评的时候，我承认每一片树叶的价值。当然，我宁愿多称赞一点祥和与理性，我也许又发放了太多的苦口的良药，真对不起。

王蒙

生生不已

厄运就蕴藏在那块鸽血红的酱豆腐里。

在那块酱豆腐之前，乔先竹一直以为女儿姜小甜是个能吃能睡的好孩子。

悲哀是从中午12点15分降临的。乔先竹清晰地记得那个时刻，好像那是原子弹爆炸的时间。

12点钟下班，1点钟上班，中午只有一个小时的午休时间。工人是没有资格睡午觉的，那是有身份的人的事。乔先竹要骑车赶回家去给上学的女儿做饭。

说是做饭，其实剔除了路上的时间，所余的工夫就很有限了。手笨的女人做不出来，只够把早上的剩饭热热给孩子吃。不过乔先竹手巧。

12点整的时候，工厂的大铁门像个忧郁的老人，难得地咧开嘴一笑。女工们倚着铁栅栏冲了出来，好像越狱一般。从现在开始，每一分钟都是自己的。

当男工们最后一颗米粒滑过粗粝的喉结，准备打牌时，乔先竹正骑到了一家小杂货店的门前。

她该一股脑儿过去，那样一切都不会发生，可是她今天骑得格外的快，比平日到家的时间要早，就有足够的闲情逸致打量了周围的景色。

正是春天，小镇像一匹肮脏而又生意盎然的毛驴，到处都飘浮着令人想打喷嚏的气味。

千不该万不该，乔先竹不该瞄了一眼杂货店门前的小黑板。

小黑板实际是扯下来的一块多边形三合板，又抹了层墨汁。歪歪斜斜地写着：新到臭豆腐、酱豆腐。结尾是三个炸弹似的大惊叹号。

粉笔字的色彩很鲜艳，石灰颗粒毛茸茸的粘在粗糙的木纹上。

乔先竹下了车，没上锁就进了小店，她的车很破烂，而且她马上就会出来。

小店里很黑，刚进来的人看不清，早潜进的人则洞若观火，“买什么呀？”有人问，声音暗哑得如同被人踩裂了的老竹子。卖货的本是一个爽脆的小姑娘。

一位老女人的轮廓从酱油瓶子的背景上凸了出来，是邻居司徒大妈，乔先竹不想碰上她，老太太的车轱辘话，会耽误了孩子的饭。

“给小甜买块酱豆腐，就疙瘩汤吃。”乔先竹说着，把破书包里的饭盒掏了出来。饭盒盖剐着了书包带上缠着的旧玻璃丝，翘起了一个角，一股白气像狐仙似的冒了出来，灼痛了她的手。

厂子里中午管蒸饭，工人们就蒸一大盒子，留着晚上回家再吃，给自家省点薪火。

乔先竹故意不看司徒大妈。一交换眼神，老太太的话就更没边没沿了。敢情她退休了，巴不得有人跟她聊天。乔先竹得让孩子一回到

家就能看到香喷喷的一大锅疙瘩汤。

她对给司徒大妈包完了碱面的售货员说："我先看看颜色红不红。不新鲜我可不要。"

"新鲜！像鸽子血那么红！姑娘，给我们拣两块卧在下头的。"司徒大妈一点都不计较乔先竹的怠慢，像吩咐自家闺女一般，指挥售货员。

小姑娘想不买账，又一想好歹也算个主顾，就先不忙着招呼刚进来的那位上了年纪的男人，把酱豆腐坛子揭了盖。

一股好闻的酱菜味涌进鼻子。乔先竹吹了吹手指，饭盒盖烫着了她。事情到了这会儿，不管酱豆腐是不是鸽血红，她都得买了。

"先买一块吧。现吃现买好。"乔先竹说，然后盘算着怎么用手托着饭盒盖骑车回家。

"多来点汤。"司徒大妈很权威地指示着。

"哟！就一块酱豆腐还想多要汤！都这么着，我这酱菜坛子还不得成了上甘岭。您就将就点吧。"小姑娘麻利地把一块酱豆腐夹到了乔先竹的饭盒盖上。

"那就再来两块吧。"乔先竹说。一是她看着酱豆腐不黑不燥，二是她不愿司徒大妈为了自己受这番抢白。

"别呀！吃多少买多少，要不，皴了。"司徒大妈设身处地地说。

"我家小甜可能吃了。要是敞开来吃，一顿能吃两块酱豆腐。"

"哟！那还不得变了鼹鼠。"司徒大妈吃惊得假牙差点没掉下来。

"老鼠吃多了盐，才变鼹鼠呢。"乔先竹不高兴了。

"嗨！我也是老糊涂了。可小甜一个女孩家，怎么就能吃那么咸的东西呢？不咳嗽哟？不上火哟？"司徒大妈把昏花的老眼睁得很大。她越老越爱表现惊奇。

"可她一顿还喝一大锅疙瘩汤呢。"乔先竹一面为小甜辩解着，一面也觉得这确实是个怪事。

“喝多少？一大锅？你们家的那口双耳大铁锅？”司徒大妈在街道管点事，家家根底她像克格勃一样清楚。

“是啊。我们家就那么一口锅。”乔先竹不知为什么，心里有些发慌。

“你中午就那么屁大点的时间，哪做得出恁大一锅汤！”司徒大妈见多识广地不相信。

“两大暖瓶开水都是早上现烧的，到了晌午没有100℃也有90℃。下锅就开。舀一勺子猪油香香嘴，择两把菜叶子丢下水。这边就紧着摸一双筷子搅疙瘩，稀稠也顾不得调了，拨拉进锅就是了。八九岁的孩子不知道个好赖，啥也不挑。小甜刚到家我就得走，等晚上我回家来，锅像被小叭狗舔了一样净。”

时间已经不够耽误的了，可乔先竹还想说点什么。

“这么吃，小甜可得胖。”司徒大妈很严肃地说。

“不胖啊。还一个劲地掉秤呢！”

“多给吃点好的。正是长个的时候，光给喝疙瘩汤可怎么行呢?吃肉！吃鱼！吃……”司徒大妈瘪瘪嘴。

“小甜不吃。只是喝汤喝水……”

“那还不得水肿？”

“倒还不错，都尿出去了。上课的时候，老是举手说上厕所。说撒尿老师就不让去了，你课间休息的时间干什么去了？就得说是拉屎。她还为此得了一个外号叫作屎包子。前几天领着她上公园，公共汽车上就说要上厕所，她爸爸说这得忍着。马上就到了，就到了。小甜刚开始还听说，后来小脸憋得通红，绞着腿说，我就要尿裤子了。没法子，只有马上下车，后来重新上车，另买一回票。尿完了，就又要喝。见了卖茶水的就走不动步了。就是那种一毛钱一杯的摊儿。她说渴，我给她一块钱，说喝完了，再买根冰棍吃。她又蹦又跳地走了。一会儿回来了。我说冰棍这么快就吃完了，留神拉肚子。她说根

本就没买冰棍，全喝了水了。我就去找卖水的老头，说你们可不能欺负小孩。那老头正往杯子里续水，说不定是谁欺负谁呢！从来就没有见过这么能喝的孩子，把我这一溜杯子里的凉白开都喝完了，我没有找你们多要钱，就不错了。”

那个后来的男人在暗影里走动起来。

“哎！我说你们到底是还要几块酱豆腐啊？”小姑娘叫起来。她怕那个男顾客走了。

“还要……”

没等乔先竹说完，那个苍老的男人打断了她的话，“你说的可都是真的？”他目光如炬地问。

乔先竹吓了一跳，她一直背对着门，不知道这个人是什么时间进来的。

“实话。肯定是实话！他们两口子那可是老实人！”司徒大妈忙不迭地为乔先竹一家作证。

“这种情况有多长时间了？”男人问。

“哪种情况？”乔先竹莫名其妙。在弥漫着酱气的紫色的暗淡中，那男人的牙齿白得像一道闪电。

“就是你的女儿，好像是叫小天……”

“不是小天，是小甜。”乔先竹不能容忍把女儿的名字念错。

“这并不重要。就算是叫小甜吧。”男人不耐烦地挥挥手。

“这有什么呢？小孩子正长个，能吃能喝，将来保准是个傻大个。女孩子太高了也不好，不易找对象。男孩总得比女孩高吧？”乔先竹不喜欢这个严峻的男人，可她非得跟他说这些话。她觉得有一种危险正从那个男人的花白头发上飞翔过来。

“我问你的是时间。”那个男人严厉地重复。

“好像有两个月的工夫了吧？不对，有小半年了吧？”乔先竹求援地看了看司徒大妈，明知老太太什么也不明白。

她突然生起自己的气来了。他是什么人？凭什么拦住自己，在这里没完没了地盘问人？疙瘩汤快做不成了！为什么要跟他啰唆！乔先竹转身要走。

“我是医生。您的孩子得了病，很重。你可以到这儿来找我。”苍老的男人告诉了乔先竹一家医院的地址，这在附近要算条件最好的了。

“尽快带她来。我姓袁。”男人说。

那块鸽血红的酱豆腐砸在地上。

“他瞎说！没事找事！吃饱了撑的！”老姜说。

乔先竹是在家属区以外的路上拦住丈夫的。小甜已经回家了，饿得不行，妈妈就让她先吃了。乔先竹隐忍了一个下午，迫不及待地把一切告诉老姜。不能在家里说，小甜什么都懂了。

“谁？”乔先竹一时没回过味来。

“就是那个姓袁的大夫。我最看不惯那些穿白大褂的，恨不得把所有的人都打成病号，这样就显出他们的能耐来了。他说你有病，你就真的开始喘了？没那个！甭信邪！”老姜刚下班，汗里都是机油味，肚子饿得像一个空牛皮纸口袋，吃不上饭，先被塞进一个坏消息，他本能地把它吐出来。

乔先竹安心了。开始恨那个搅得她一下午都不得安宁的袁老头。

夫妻俩高高兴兴携手回家。

这是工厂的宿舍区。解放以前是旧厂房，屋顶是斜坡的“人”字形。现如今住了人，怕一家一户的太宽敞了，就在“人”字的正中打了一堵墙，成了“个”字，能填进加倍的人。

姜家就住在最深处的半个“个”字里。

两人突然停了步，就像被人用铜锤灌了顶。

在幽深的“个”字前头，有一个公用的水龙头。一个孩子正仰头含着水管吞咽。口角溢出的水，灌满了耳朵眼，又无声无息地涌进脖领子，小褂子的前后襟都洇透了。

“为啥喝生水！”老姜大喝一声。

那像青葱一样细溜溜的孩子吓得一闭嘴，水流溅得满脸开花，几绺软稀的额发像京戏青衣的头饰，苦难地贴在眼角。

“我渴。”女孩说。她就是小甜。

“我给你晾了白开水呀。”乔先竹心疼地说。

“喝了。不够。”

“那咱家也有水管子，干吗非跑这么远，来喝这一口凉水呢！”乔先竹把孩子揽在怀里。

“我喝得多，给家里省点水费。”小甜伸出猫似的舌头，把嘴边汗毛上的水珠舔进嗓子眼。

老姜阴沉地看着她们，什么也没有说。

“妈妈，我饿！”小甜说。

“为什么不给她做饭？”老姜恶狠狠看着精光的双耳铁锅，咆哮道。

“妈做了，是我吃完了，把锅又涮净了。”小甜忙着为妈妈择清。

乔先竹知道袁大夫说的是真的了。

老姜走过去，粗暴地扯过女儿，一寸寸地在她的身上摁，好像女孩是一个瘪了的乒乓球。

“疼吗？疼吗？”他不停地问。

“不疼。”小甜说，她已经感觉到脑仁里有一团像蚯蚓似的难受，可是她不说。爸爸妈妈这会儿的脸色都不好，别给他们添乱了。

“都不疼，你没完没了地吃呀喝呀的，成心给老子添堵啊？”没想到爸爸更恼怒了。

也许她应该告诉他们说自己好累好累，那样爸爸就不会这样生气了。小甜想。

“以后不许你再说渴再说饿！听见了没有？”

“听见了！”小甜转身就跑。

“干什么去？”老姜愈发怒火冲天。

"上厕所去。尿。"小甜急得直跺脚。

老姜死死地拽住女孩，颤颤抖抖地说："好孩子，你告诉爸爸妈妈，说你没病，说你没病啊！"

他拼命地摇着女孩，好像她是一瓶混合不匀的饮料。

"我没病啊！"小甜非常肯定地说。

乔先竹掰开丈夫的手，说："甭管出了什么事，先让孩子撒尿去吧。"

夫妻两个面面相觑。他们注视着女儿，觉得那是一个陌生人。一种奇怪的病嵌入了他们的孩子，从此他们要和一个不认识的东西相处了。

乔先竹机械地端起盆。

"干什么？"

"做饭。"

"也不看看都什么时候了，还做饭！"男人吼道。

"什么时候也得做饭哪！就是咱们俩不吃，孩子也还要吃。"乔先竹木木地说。

"不吃！不吃！还没有查出是什么病，这会儿把好东西吃进去，补不了身子，光补了病。饿着她！"老姜说。

"你那叫个什么理？兴许这个病不要紧呢？不要病倒没什么，人先给饿死了。"乔先竹强打起精神。她本想从丈夫那里得到点力量，没想到男人比她还先没了主张。

"吃点什么？"老姜突然觉得肚子极其地饿，想大吃一顿山珍海味。有钱人为什么啥事都不怕呢？就是因为他们总是吃得好。勇气是蕴藏在食物里面的。

"吃疙瘩汤吧。孩子没吃够。"

乔光竹舀了面接水，毫无知觉地抖着面盆。要不买酱豆腐就好了……要不碰见那个姓袁的大夫就好了……这个孩子究竟是得了什么病呢……

她端着一盆糨糊，在想。

CT，人们都会念叨这个词。没有人知道它的全称，知道它的确切含义。人们只知道它是一项很昂贵很严重的检查。病情需要做CT，大家就知道这是病得不轻了。假如做了CT还查不出是个什么病，那这病就更凶险了。

乔先竹记得袁大夫，可她专门不去找袁大夫。她想找一个别的大夫，好证明她的孩子没有病。

可是袁大夫还是看到了他们。

医院有高贵的花岗岩台阶，好像通往天堂的道路。袁大夫从医院的大门走出来，看到从台阶走过的人们都在绕一个弧形，中央仿佛是一座蛇岛。

一个男人和一个女人面对面地坐在冰冷的石阶上，手拉手，在忧郁的上午乘凉。袁大夫认出了那个买酱豆腐的女人。

“孩子呢？”他温和地问。

“上学去了。她的头疼得很厉害，我们说不要去了，她还是要去。她说她没有病，就是缺觉。我们来给她拿检查报告。”乔先竹说。她的眼泪像快要熄灭了的蜡烛一样淌下来，黏结在脸上。

老姜把单子交给袁大夫。

“你们怎么坐在这儿呢？又凉又挡道。”袁大夫想把他们搬到一边，两个人像麻袋一样死沉。

“我们拿了报告单，就一边走一边看。走到这里，正好看完，我们就一屁股坐在这儿了，再也走不动了。医生，你既然能没见人就知道我家小甜有病，你一定能治得了她的病，你救救她，救救她吧！”乔先竹揪着袁大夫的衣服，不知内情的人，以为这女人要和医生打架。

袁大夫仔细地看了一眼报告单。第一个感觉是运筹帷幄的欣喜。果然不出他最初的判断，这女孩患有极险恶的脑肿瘤。

一个老人领着一个男孩小心地从他们身边走过，好像小船绕过江

心的黑色礁石。乔先竹突然歇斯底里地狂叫起来："我恨你们！你们的孩子为什么一个个都好好的，我的孩子为什么要得这样的病？为什么！这不公平啊！老天！"

"起来！起来！"袁大夫厉声呵斥他们。"你们不能总在这里傻坐着！你们怎么说还是个大人，记住还有孩子呢，病在她身上，她才是最苦的呢！"

两个人乖乖地像木乃伊似的站起来，脸上仿佛大梦初醒的样子。

是啊，还有孩子。

"我们该怎么办呢？袁大夫？"

"把孩子送到医院来。陪着她。然后看看我们的运气吧。"

袁大夫走了，白大褂下摆像纸鹤似的飞舞着。

妈妈没有腿，只有半截身子像被掰断了的萝卜，齐刷刷地浮在半空……妈妈还是有腿的，把自己的脑袋拼命往后仰，妈妈就像蒲公英似的飘起来，她的头就消失了，下半截身子树桩一样立在地上……

这一切当然令人恐怖，但是也挺好玩的。这是哪个小朋友都没有见过的景象！等我病好了，一定好好地给大家说说这件怪事。就怕他们不相信……

小姑娘静静地躺在惨白的床上。因为脑瘤的压迫，她的眼珠开始像夕阳似的下沉。世界便像鸡蛋被切成了两半。只要她的头痛不发作，景象非常奇异。

乔先竹和丈夫胆战心惊地陪伴着女儿。他们已经从最初的震惊中凝固下来。悲痛沉淀在他们的骨髓，不知道还有多少酷烈的苦难在等待着他们。

"爸爸妈妈，我就要死了。"小甜很清晰地说。她的声音依然纤细，好像金刚石刀锋在玻璃上画出笔直的纹路。

"小孩子，别瞎说！什么生呀死的！你知道什么？不过是有点小灾小病，用不了几天就会好的！"老姜狠狠地说。他要是不这么凶

狠，就抑制不住嗓音的颤抖，他刚开始不敢对女儿发脾气，他想孩子以后万一有个三长两短，他得后悔一辈子。

“你要是真心疼孩子，就骗她吧。糊糊涂涂地死，比明明白白地死，胆子要大点。没准这病还能医好呢。”乔先竹说。

“这病是治不好的。一点希望都没有。不要有幻想，幻想只会使最后时刻真的到来时，你们更加痛苦。”袁大夫谆谆告诫他们。

“照你说的，我们就剩下等死一条路了？那还要你们干什么？要医院干什么？”乔先竹血红着眼，瞪着袁大夫。

袁大夫悲悯地看着他们。无论病人和他们的家属怎样恶语相向，他都不会计较。医学其实是一门十分苍白的学问，它绝不像人们想象的那样强健有力。世上有许多病，医学可以非常精确地描绘它们，犹如毫发毕现的肖像，但是医生们望洋兴叹束手无策，这些病就叫作不治之症。

“我们给孩子输血！输脑浆！输骨髓！为了孩子，我什么都愿意掏出来。就从我身上抽！”老姜露出两只旋起青筋的胳膊。

袁大夫轻轻地把他挡了回去。“这又不是二十四孝，可以割股疗亲。人肉有什么？和猪肉的营养成分是一样的，还没有猪肉好吃。我们会尽力而为的。延长生命，减轻痛苦。”

乔先竹恨这个冷若冰霜的老大夫。可是又不敢得罪他。毕竟他是这所医院的外科权威。

“那我们走！转院！上北京！把家卖了也要给孩子治病！”老姜没有妻子那份心机，暴躁地跳起来。

“我不许你们走！”袁大夫冷峻地说。“孩子脑子里的那个瘤子，只有薄薄的一层膜，像凉粉一样软。任何一点颠簸，都会把里面裹的东西洒出来，事情就变得不可收拾了！脑袋是什么？脑瓜脑瓜，脑袋就是一个瓜！这个瓜能装多少东西是有一定的。瘤子就是一个烂菜花。它有根，会不断地长大。脑瓜里就那么一大点地方，瘤子一大，

别的器官就被压成了一摞纸片。等到瘤子长到了和脑子一般大……不和你们说了，说了你们也听不懂。总之，你们如果一定要走，孩子就会立时死在你们的怀里。”

袁大夫毫无抑扬顿挫地说完这一席话，匆匆走了。他有许多病人要看。有的医生是凭态度殷勤出名，袁大夫只凭医术。

走出很远，袁大夫又回来嘱咐道：“这孩子快抽风了。”

啊！！！

乔先竹和老姜先浑身痉挛了起来。还有多少罪在等待着这个孩子啊！

袁大夫深入浅出地向他们介绍了将要发生的癫痫大发作。深入浅出真是一件极残忍的事情。他把一个深奥的你不理解的可怕现实，描绘得那么简单明了。像一碗邪恶的清水，把你所有的希望都熔化掉了。

老姜和乔先竹真想把医生掐死。可实际上他们却围着医生忙不迭地问：“有什么办法吗？”

“赶快叫护士用镇静剂。把她的手脚按住，以防骨折。为了保险起见，把她的手脚捆在病床上最好。”

袁大夫说得非常平静，好像在传授一道美味佳肴的烹制方法。老姜双手扶着袁大夫，像滔天洪水中抱住了一棵老树。他作出垂危病人的家属在这种情形下能挤出的最好的笑容，说：“我们信得过您，把孩子的脑子就托付给您了。您把它给打开，把那个瘤子给割出去。哪怕孩子就此傻了，瘫了，我们也一辈子念您的好。”

袁大夫不屑地摆头：“你以为你孩子的脑瓜真是一口箱子，想打开就打开，想关上就关上了吗？脑子里的每一块都是非常重要的。除非是哑区……”

“哑区不就成了哑巴了吗？”老姜积极地插嘴。其实他是不该打岔的，但他想显出对大夫的讲解都心领神会，希望执掌孩子命运的医生能对自己说得再详细一点。

没想到袁大夫火了："谁说哑区不好？要是瘤子长在哑区，切掉就是了，危险要小得多！为什么叫它哑区，就是有它没它一个样。你家孩子的瘤子长得不是地方。如果把瘤子切除，就像从湿地里把一个萝卜拔出来，要拖出一大坨泥。那都是人的生命中枢。肿瘤被切除了，人的生命也就在那一瞬同时停止了。"

迄今为止，袁大夫说的都是丧气话，但这并不妨碍他千方百计地寻找救治孩子的方法。他从不在病人那里停留太长的时间，一切都了如指掌，对于病的惨状，他比任何一个深受其苦的病人都更清楚。有出息的医生不是唉声叹气地在病人面前表示廉价的同情，而是苦苦探索，拿出拯救生命于水火的方子来。

小姑娘的头一天天地肿胀，渐渐像个榨菜似的见棱见角。夫妇俩日夜守候着女儿，像守候着一枚鱼雷，不知医生预言的可怕的抽搐何时到来。

袁大夫走进病房，手里拿着一瓶蓝墨水样的液体。

姜小甜睡着了。她的黑发遮住了头颅狰狞的凹凸，脸庞艰难地保持着娟秀。

"请你们到外面来一下。"袁大夫说。

"有什么您就在这里说吧。"两个人都不愿意离开孩子一步。最后相聚的时间像破盆里的水，越漏越少。"她睡了。"

"这是一种毒药。很毒的一种药。我不敢说它有多大的把握，但是如果我们不试一试的话，我们就一点希望也没有。"

"能有多毒呢？"夫妻俩问。

"我已经在自己身上试了一下。血管非常痛。我想敌人的辣椒水加老虎凳，大概和这差不多。"

"那受了这罪之后，她能好吗？"两个人异口同声。

"好不了。只是暂缓死亡。"袁大夫永远不给人以不着边际的希望。

"让我们想想！让我们想想……"两个人抱着头，好像他们顷刻

之间也得了脑瘤。

“你们好好想想吧。”他胳膊打过药的部位像烧红的铅丝在那里拧。他当然很想试一试这种新药的威力，积累经验。医生的技术是在无数尸骨与血泊中堆积起来的。但他不能欺骗。给人以渺茫的希望，是最大的欺骗。

一家一户的痛苦并不影响世界的幸福。夏天不可遏制地到来，合欢花像粉红色的粉扑，拂弄着寂寞苍凉的病房窗台。

女孩的头成了多边形，早已愈合的骨缝像龟裂的土地，在菲薄的皮肤下绷开黑洞，一个内在的妖魔向四面八方膨胀。眼睛被扯进头发，眼珠像壁灯似的迸出。嘴角搭上了耳轮，鼻孔一个朝天，一个朝地……那个美丽乖顺的小女孩已不复存在，代替她的是一个被病魔统治的怪物。

抽搐终于开始了。发作的时候很突然，好像女孩接受了一道从天而降的旨令，毫无先兆地骤然痉挛。软绵绵的女孩皱缩得像极坚硬的擀面棍，每一块筋肉都像铁一样放光。小小的身体像一柄射雕的弯弓，反弹在惨白如雪的病床上，无数的汗水从这怪诞的人体虹桥上，滴滴答答溅落，犹如春暖花开时积雪的屋檐。

看着自己的亲生骨血受此蹂躏，老姜猛烈地往墙上撞自己的头，整个楼层被他撼动，暖气管子发出强烈的共振。他完全不觉得疼，或者说身上的疼转移了心上的疼，倒略略舒适些。

看着丈夫青一块紫一块的脸，乔先竹反倒冷静了。谁是一家之主？平和的日子里，男人们发号施令。当厄运像洪水般袭来的时候，女人们就挺身而出了。笨重的东西都被淹没了，只有那些平日里轻飘飘的物体，顽强地在浑水之上浮动。

护士们开始紧张地救治。

“我要去找他！”

“找谁？”乔先竹抱着丈夫。

"找那个像巫师神汉一样的大夫。他什么都知道，病要变成什么样，他早就心里明镜似的。可他就是不给治呀！愣是他把我们孩子给拖成这样的啊！我要找他去！跟他算账！和他拼命！孩子不活了，我也不活了，他也甭想活！"

乔先竹抱着丈夫声嘶力竭地对护士喊："你们给他也打一支镇静药吧！让他也睡过去吧！求求你们了！"

孩子睡了，丈夫也睡了。刚才狂躁一团的病房，现在宁馨静谧。

要是永远这样沉寂，多么好啊！乔先竹真想此刻火山爆发，他们一家人就永生永世不会分离了。

丈夫已经垮了。乔先竹觉得平日倚在背后的那棵大树，被雷劈得四分五裂。她真想昏过去啊！在小说里电影里，女人是那么容易昏过去。身子一软眼一闭，就可以缩成一团倒在地上。等她醒来，事情多半就会好起来。

她真想无知无觉地躺在地上。就在这医院冰冷而又带着消毒气味的水泥地上，永不醒来。她再也不用在孩子面前强装笑脸，再也不用提心吊胆地等着一天比一天恶化的报告单了……

她喃喃地说："孩子，你去了，妈也跟你一起去。在那个新的地方，妈还给你做妈，你还给妈做孩子。妈还天天给你做疙瘩汤喝，多放香油……"

她的思绪像锈链子，缓慢迟钝地向前扭动着。可是她清醒地知道自己没有一丝昏过去的迹象。她的眼珠干涩如沙，嘴里也没有一星水汽。

她没有昏过去的权利。

许多厂里的人来看孩子。

"下班后有事吗？"

"没有。"

"那咱们到医院去吧。"

“好好的到医院去干什么？”

“去看老姜师傅的闺女呀。”

“还真得去看看。听说是快死了。要是去晚了，就是想看也看不到了。”

“真可惜，我以前没看过那孩子。”

“听说脑袋肿得像脸盆。手脚都绑着……”

“赶紧去！干吗还等着下班？上班去，领导还敢不批？”

人们蜂拥着去看那濒死的孩子。看完之后，心里生出自豪感幸福感和优越感。一无所有的人知道自己拥有健康，就是极大的富裕。为人父母的回到家里，骤雨似的亲吻自家的孩子。

司徒大妈不敢去看。她把假牙咬得嵌进了牙帮骨，才到了病房。

“司徒奶奶，您来了。这些天来了好多人，来看我。可是，您老也不来。我都想您了。”

司徒大妈做好了最充分的思想准备，床上就是躺了一个鬼，老太太也不害怕。可是老人家还是毛骨悚然了。她听到一个面目丑恶的小人发出那么动听的声音。

姜小甜的脑袋变成了一个不规则的多边多角体，司徒大妈老眼昏花看不太清就是了。

那简直就不能算是一个人。什么都变了，只有嗓音依旧。

“奶奶忙。从今以后，奶奶常来看你。”老人泪水涟涟。

“那我在病房活到100岁，奶奶就得来几万次了。”

“来！奶奶来！几万次也来！”

“奶奶，我是逗您呢。您也不想想到那会儿，您多大岁数了！主要是我活不了多久了。”小姑娘的眼珠已经像踩进泥里的杏核，很难转动。

“小小的孩儿，怎么能说这话！”

“奶奶，我要是不在了，我爸我妈老了，谁来服侍他们啊？我以

前喝了我妈那么多的疙瘩汤，我总想等我妈老了，我也给她做疙瘩汤喝，可惜我做不成了。”

“做得成！做好了，别忘了给你司徒奶奶一碗。”老人赶紧颠颠地走了，她再也受不了了……

小甜躺在床上，你分不清她什么时间睡着什么时间醒着。疾病使人极大地聪明起来。她的脑瘤一定使某些神经绷断了，断头又搭上了线，就像烧断了的灯丝又对接上，分外刺眼。

乔先竹的心被一只铁爪攥出血来，心里叫着：瘤子瘤子，你快长到这孩子脑子里管说话的地方去吧！让她傻了吧！

死亡是一位透明的老师。活得好好的人是看不到它的。只有那些衰竭到极度的人才被它收作学生。它诲人不倦地教导学生，濒死的人往往说出智慧无比的话。

“我死了以后，不要烧我，也不要埋我。烧我的时候头发会着火，太疼了！埋在土里那么黑，那么憋。蚯蚓会爬过我的脸，雨水会灌满我的耳朵……”小甜眼睛里的世界已经像砸碎的万花筒，是一堆彩色的碎片。这在好人想来自然是非常可怕，其实它是逐渐形成的，姜小甜习惯了，忘了完整的世界是什么样子的了。

“那你说，我们可该把你怎么办呢？”母亲钻进了孩子的圈套。现在不是讨论死不死的问题，而是在研究死后的处置方案了。

“我也不知道。我以前也没碰见过这种事，别的小朋友也没有说过。我累了，我要睡觉。我以后要穿一双红皮鞋，要草莓那种颜色……”女孩子立刻睡着了，你说昏过去了也行。

老姜已经是个废人。他不吃也不喝，只是愣愣地盯着女儿看，好像要在黑眼珠上雕刻出孩子的影像。他觉得这个脑袋畸大四肢枯干的小人，哪里还是他的孩子！一个魔鬼在暗中偷天换日，就像跳大头娃娃舞，这是一个假面具。

他要砸了那个可怕的怪脸，把他可爱的孩子从后面抠出来。

女人强迫自己吃饭，使劲吃。一家人总要有人主事，她吃的时候完全不知道饥饱，就迅速地肥胖，显出灰白的囊肿。

日子像蜕下的蛇皮，一动不动地挂在墙上。

那个时刻渐渐逼近。

袁大夫无动于衷，所有的同情心怜悯心在实习医生的时候就已用完，最初的病人死亡时他痛哭流涕。一次次的死亡把他的泪腺灼干了，只剩下坚如磐石的责任感。他承认，自己的恻隐之心绝不如那个抹着眼泪的司徒大妈，可是他会为拯救生命奋斗到最后一息。眼泪不是药。

袁大夫注视着一道道病魔运行的轨迹，想尽所有的办法。他嘲笑自己是明知不可为而为之的愚人。

人们都在盼望出现奇迹。但奇迹之所以被称为奇迹，就是因为在一般情况下绝不会发生。那个烂菜花蓬蓬勃勃地发育着，把小姑娘全身营养血脉的精华都攫取来，肥沃地滋润自身，快要成熟了。

癫痫发作得越来越频繁，小小身体成了病魔信马由缰的草场。抽搐的时候，像一只从高空坠下的猫。

“袁大夫，求求你。”乔先竹说。

“求我是没有用的。所有这些不是早就跟你们说过了吗？”袁大夫不耐烦。

“这回是求您把我的头割下来，给我的孩子缝上。”乔先竹很平静地说。

“那是不可能的。”在袁大夫多年的医学生涯里，还从没有人提出这种古怪请求。

乔先竹使劲揪住袁大夫，她的指甲长时间没剪，把袁大夫的白大褂袖子割断了。

“医学做不到那一步。即使做到了，那个人是你呢？还是你的孩子？人之所以存在，所以你就是你，而不是其他的什么人，就因为头

颅是不一样的。将来有一天，医学发展到了那一天，也不会做这种事的。”袁大夫想把袖子抽出来。

“你休想走！”

“你要怎么样？你！”袁大夫难得地吃惊了。

“既然你治不活她，你就把她治死吧！大夫，这是我最后一次求你了。她这么活着太受罪了。我看着她受罪我又代替不了她，我又不能不看，要不你就把我的眼睛治瞎了吧。医生，你给她吃点药，你让她平平安安走了吧。可是你别告诉我！你就骗我一回吧！你让我在她前头死了吧！”

袁大夫推开披头散发的女人，对护士说：“给她用强力的镇静剂。”

乔先竹醒后，精神平稳多了。

“我们不能老这么垂头丧气的。我们得笑。”她说。

丈夫首先响应号召，他想把嘴角咧上去。可是长时间的愁苦皱纹，像锚链把筋肉固定在悲惨的模具里。他就用手指把嘴角像被子似的推向上方。

成就了一个很完美很标准的笑容。

女孩用她的半个眼球注视着这一幕，说：“我也要笑吗？”

“要笑。”妈妈说。

女孩吃力地笑起来，那是一个极恐惧的表情。又一次抽搐降临了。

现在每天都给孩子输镇静药，她只做一件事，就是昏睡。在如此安谧的条件下，肿瘤发育得更加圆满。孩子的头皮紧张得如同笛膜，血管像琴弦一样跳动，养料源源不断地供应那个赘物的消耗。

由于家长的强烈恳求，那种像墨水一样蓝的药物被滴进孩子的身体。袁大夫想对他们说，事至如今，除了徒增痛苦，没什么用了。可他终于什么也没有说。如果不用这味药，他们会后悔一辈子的。现在已经不是考虑病人的问题，而是要为活人着想了。

奇怪，那小女孩似乎并不觉得痛。

乔先竹呆呆地看着那蓝色的液体。这是一个有着皎洁月光的晚上。只有小小的床头灯亮着。

孩子的命就存在于这靛草一样蓝的药水当中吗？

突然，女孩醒来。

有什么东西能对抗那么强大的镇静剂呢？

“妈妈，我想喝水。”

“别给她喝。她这个病就是从喝水上得的。越喝越重。”爸爸说。

“不喝就会好吗？”女人说。

“喝吧。”爸爸就给女儿喂水。

她一口气灌了那么多水。好像脚下有个漏斗，把水又渗回到地里了。

“好舒服呀！”女孩说，“你们为什么老不让我喝水呢？要是让我喝水，我早就好了。”

“从现在开始，你爱喝多少水就喝多少水。”女人说。

“那我就变成一个水鬼了。”女孩微笑着说。

“别神呀鬼呀的。渴了就喝不渴就不喝。”

“其实我早就知道了，你们不给我水喝，就是想让我早死。我死了，你们就高兴了。”女孩安安静静地说。

“孩子，谁教你说的这个话？”这是女人自从孩子病了以后，听到的最恐怖的话。

“这是我自己想出来的。”女孩很骄傲地说。“你们以前就说过，想要一个男孩。有我在，就没法生一个小弟弟。所以，我根本就没有病，好好地上着学，是你们非把我送到医院里来的。送来以后，你们又不给我治。这么好看的药。”小姑娘的手被绑着，怕的是她突然抽风时掉到地上骨折。她无法动手，只能用半个眼珠瞟瞟湛蓝的输液瓶。

“不是啊！孩子！大夫说这个药特别疼，怕你受不了啊！”乔先竹像母狼似的嚎叫着。

“你们骗人。它一点都不疼。”小女孩坚决否认。她极度衰竭，

连剧痛都感觉不到了。

“你们说什么我都不会相信了。你们总是骗我。你们连水都舍不得给我喝……现在我就要死了，这会儿你们就满意了吧？我知道你们会偷偷地笑……你们可以去生小弟弟了……可是我都不在了，他又是谁的小弟弟呢……”

男人和女人死死地对视着。这肯定不是他们的孩子，而是一个刻毒的妖怪。不知道在哪一个漆黑的夜里，它把他们美丽聪明的女儿换走了。

“孩子，这是谁教你说的胡话啊？爸爸妈妈是多么爱你啊！假如这罪过能够换到我们身上，哪怕就是增加一千倍，爸爸妈妈也愿意替你受啊……”乔先竹凄厉地叫着。

“我再也不信你们了……别忘了我的红皮鞋……要草莓色的……”姜小甜说。她仿佛看见了那双鞋，脸上出现了一个莫名其妙的笑容，缓缓地从嘴角升到了眉梢，像烛焰熄灭前的最后一跳，空空洞洞地停在变了形的鼻尖上面，之后就永远地栖息在那里。

夫妇俩拼命地按铃。护士像潜伏的士兵冲了进来，开始抢救。

“结局就是这样了。我早已同你们说过。抢救过来之后，无非是让她多受几个小时或是一天半天的苦，最后还是……”袁大夫说。

“不！不！我要抢救！我要你把她救过来，我还有话要对她说啊，她不能就这样走啊，我得给孩子说清楚啊，她太委屈了啊，我的孩子！”即使在这种时候，女人依然十分清楚，丝毫没有晕过去的迹象。

袁大夫第一次违背自己的判断，指挥抢救。

女人目光炯炯地看着。

袁大夫错了。女孩永远地笑下去了。

女人突然扑上去，狠命地捶打女孩的头，“她活着的时候我不敢碰你，现在她死了，可你还活着！我要把你剜出来，剁个稀巴烂！是你害死了我女儿，你赔我女儿！”她猛烈敲击女孩的后脑，不知为什

么她认定那该死的瘤子长在脑壳靠近枕头的地方。

女人的精神在这一瞬完全崩溃，她把死人捶得嘭嘭作响。

轮到男人顶天立地了。他对医生说："孩子是不行了。救大人吧。"

老姜操持去给孩子买最后的衣服。司徒大妈不让他买红皮鞋，说是这样小小年纪就夭折了的女孩，是不能穿红的。要不，对活着的人不吉利，他拿不准这件事怎么办。虽说回了家，女人还是疯疯癫癫，一天嚷着："我不想要什么小弟弟，我就想要你，我的女儿啊……"

可是不问女人这事就定不下来。他终于对女人说了。

乔先竹坐在明晃晃的阳光下，凝然不动的眼睛仿佛透明。

"对活着的人不吉利？活着的人和她有关的还有谁？不就是咱们俩吗？"女人这一刻明白如水。"最大的不吉利不就是个死吗？她都死了，我活着还有什么意思？真有不吉利，那就是女儿要送我的东西，我都收着，搂着，抱着……她就要一双红皮鞋，你还不给她买！你还要来问我！难怪她恨我们，女儿，你恨得有理，你该恨……我们就是太可恨……"

草莓红的皮鞋给女儿穿上了。

烧骨灰的时候，推尸的老头盯着红皮鞋看。

老姜说："你没见过这么穿的是不是？我们不怕不吉利。"

老头默默地点了点头。他是想，这双鞋给他的外孙女穿挺合适。

乔先竹没去火葬场。老姜怕她一定要去，正不知如何劝才好，乔先竹自己却先说了："我不去。那不是烧我的孩子，那是烧那个瘤子。"

女儿被捅进焚尸炉。老姜就跑到院子里看烟囱里冒的烟。他想这是这孩子在世界上最后的模样了。砌成四方形的烟道冒了一缕极轻袅的白烟，之后就是浓黑的乌龙。

"孩子，爸爸知道只有刚开始那一小截是你，后来就都是那个瘤子了。你到天上去了，你顺着风回家看看你妈吧，她想你啊！"

女人不吃饭，瘦得像两张纸贴在一起。在亮光里，从她的后背，

能看到前面的肋骨。

吃饭的时候，她就说："去叫小甜。"

小甜自然是不会来的，她就说："你先吃我等她。"

闻到饭的气味，老姜觉得饿极了。从那遥远的疙瘩汤以来，他好像从未吃过饭。他把饭碗上的瓷都咬下来了。

男人在事情没有发生以前非常惊慌，把力量积攒起来。结局一旦出现，就冷静了。女人们在每一步骤中都有板有眼，她们把血洒在途中，最后就全线崩溃。

夜里，乔先竹把丈夫撼醒："起来！起来！我们的女儿活了！"

老姜看到女人的眼睛绿莹莹的，好像表盘上的荧光。

"活了？怎么会？是我亲眼看见她烧成了灰！你醒醒！"

男人去摸女人，好像摸到一丛荆棘，到处扎手。

"你快去开门！她就穿着红皮鞋，在我们门前走呀走……"女人挣扎着要起来。

"我去！"男人开了门。门外是一地清辉。

"都怪你开晚了门。女儿又生我们的气了。她走了……走了……"

女人凄凉的嚎叫声，在"个"字工棚区每一家的窗玻璃上，画出尖锐的痕迹。

"这女人干脆死了吧！"睡梦中的人们诅咒。天亮以后，人们略微慈善了一点。"想个办法救救你老婆吧，要不就难说了。"大家劝老姜。

男人对女人完全无能为力。能说的话都说过了。他原本就不是一个能说的人，死亡和焦虑更剪去了他的半截舌头。

女人真的活不了多长时间了。

老姜没办法，又去找袁大夫。他不想见医生，可是除了医生谁还能救女人的命？找别的医生？袁大夫是最好的了。而且他什么都不用说，袁大夫都明白。

"医生，到我家去一趟吧。救救我女人。"

"我不去。"袁大夫刚做完一台大手术，正在洗手。洗完后，他并不是像常人那样把手在毛巾上擦干，而是甩着两手，等着风把它们吹干。

"要不我把她送到您这里来。"老姜哀求着说。

"那也不必。看不看都一样。"

"医生，您不能见死不救。"

"我只说不去见她，并没有说不去救她。她的病我不用看，就知道是怎么回事。现在只有一个办法可以试一试。"

"医生您快说。我拼了自己的性命也要救她。她们都死了，我活着还有什么意思？就是要我的心煎了给她吃，我都掏出来。"

"别说得那么鲜血淋淋。那都是神话故事里的事，根本没用。医生有的时候很无能，比如对付你女儿的病。有的时候也很有招数，比如你老婆的病。你的女儿我没能留得住她，但你的老婆我可以治。"袁大夫的手被风吹干了，插进雪白的白大褂兜里。

"快说啊！大夫！"老姜恨不能把办法从医生的喉结下抠出来。

"这个办法主要就看你的了。"

"我？我没事。是她不行了。"

"妻病夫治，也是一条原则。"大夫平静地交代。

"我能行吗？我……可会什么呢？"老姜忐忑不安。他来求大夫，没想到医生又把这颗苦果子还给了他。

"你行。这事除了你还没有人能办得成。"

"这是个什么妙法呢？"

"让她怀孕。"

"再生一个孩子？"老姜的眼睛瞪得像两盏汽车大灯。

"是的。唯有这个方法才能挽救她的精神和生命。"袁大夫极肯定地说。

“可是您现在没看见过她。她瘦成了一把筋，摔一个跟头，能在地上打出火星来！她哪还能生孩子？孩子会把她的肚皮硌漏的！您快点给她开些参吧。山参红参太子参西洋参都行。您那个主意会要了她的命！”男人又开始恨大夫，觉得他像个兽医。

“世人只知道用参。其实人参杀人无数，是个罪大恶极的凶手。我出的主意，你可以不用。只是她现在的情形万万不可用参，你一定要记住。”袁大夫结束了他的谈话，就像合上了一本厚厚的字典，把所有的解释都藏在了里面，不再打开。

男人回到家。乔先竹说：“我知道你到哪里去了。你去找医生了。”

女人的身躯已经像一块洗过无数次的布，又软又薄，轻轻一吹，就会破一个大洞。

“医生说什么来着？”

“医生说让你好好吃饭。人死了不能复活，活着的人还得活下去。只要人活着，什么都好说。”男人从来没把话说得这么流畅。

女人听了说：“这不是那个医生的话。那个医生从来就不会说这么好听的话，这是你说的话。也够难为你的了。”

老姜觉得女人变得像那时的女儿，一身的妖气。

女人的世界已缩成一个冰冷的古井，里面只住着她的女儿。她不明白男人为什么撒谎，“医生还说什么了？快告诉我。”

“医生就再也没说什么。”老姜喃喃地回答。他不会编谎，只有缄口不言。编不圆的谎就像破竹篮，鸡蛋都漏下去了。

“那就是说我快要死了。”女人幽然地吐了一口气，“那个医生要是不说话，事情就没救了。”

“不！不！他可没说你快死了。他也没不说话。他说你只要按他的法子办，什么事都会好的。”老姜忙不迭地辩解。

“你又在骗人。你是骗不了人的，干吗做这吃力不讨好的事呢？也许骗骗别人还行，你哪能骗过我呢？”女人宽容地说。

“这回可是真的！医生真说事情好办。”男人想，彼此之间骗得太久，都不知道什么是真的了。

“倔大夫人说什么了？”乔先竹难得有兴趣。

“这个……还真不好说……是……”男人结巴得厉害。

“这有什么不好说的？咱们不是两口子吗？”

“对对！就是两口子的事！”男人如获至宝。他真没法说那个主意。

“你说呀。”

男人发起火来：“别提他！他的主意混账极了！是把人往死路上整！”

“我不怕死。快把他的主意讲给我听听。”男人的火气触发了女人的心气，穷追不舍地问。

“他说……让你再生一个孩子……”老姜等着女人撕肝裂肺地惊叫。

“他真这么说了？”女人没叫，但满脸惊愕。

“真的！这可不是我的意思。是该死的袁大夫的原话。”

“他怎么跟我想的那么一样！我早就琢磨过了，就是这么一回事。我们俩就像两棵树。我们结了一个果子，它被风打掉了。我们再哭，它也不会回到树上去了。可是我们还能结好多好多的果子啊！我早就想和你说了，可我怕你笑话我。都这样了，还想着这事。我不是个下贱的女人，可我想要个孩子。我是个女人，我不能没有孩子，你要可怜我，你就按医生的话救我。有了孩子就有了我……”女人一下子说了这么多的话，要是平日，早就上气不接下气的了，今天却神采奕奕。

“不！我不能干那事。你就是真的信他那个邪招，也得养好了再说。你现在这样，孩子会要了你的命！”男人坚持不干。除了心疼女人，他对自己毫无信心。自打女儿住进了病房，他就知道自己不行了。

女人不再说话。她没有力气说话了。她无声无息地贴在床上，像一枚叶脉分明的书签。

在以后的日子里，他们都不提那个话题。他们像两艘破烂的小船，谨慎地避开犬牙交错的礁岩。

那礁岩是有生命的。在黑暗与沉默中越来越大，横梗在他们之间。

女人执拗地什么话也不说，安静地等待死亡。

男人凄惨地说：“你这不是害我吗？孩子刚走，你又要走。留我一个人干什么？谁走在前面谁享福，有人照顾有人捧骨灰盒。你比我能干，你服侍了我一辈子，这会儿就再让我一回吧。让我先走一步，让我死在你前头。虽说我比你大几岁，权当你是我姐姐，我到阴曹地府里也谢你。”

女人说：“我不是你姐姐，我是你老婆。”

半夜里。女人突然起身。说：“做锅疙瘩汤。”

“没菜了。”他们什么也不操持，家里像是被日本鬼子“三光”过。

做疙瘩汤需要根块状的菜肴做辅料。比如土豆倭瓜西葫芦，要禁得住熬煮。做得了软硬和面疙瘩差不多。假如放了菠菜，就烂成水草了。假如煮的是扁豆，硬得像地雷，垫得牙疼。

“不用那么讲究。就吃甜疙瘩汤。”女人说着爬起来，手脚麻利地生火做饭，全然不见了病恹恹的模样。

男人在医院里见得多了，他恐怖地想到回光返照。

他要抢女人手里的面盆，女人的手像铁钳似的抓住盆，他只得由她。

火光映着女人的脸，像刷了一层金漆。女人就显得很神圣。

两个人把疙瘩汤喝得呼噜噜地响。喝的时候，他们都想起女儿，可是他们都不说了。喝着喝着，他们突然不喝了，觉得疙瘩汤里有一股血腥气。

喝完了，出了一身透汗。女人说：“这件事，你听我的。”

男人说：“什么事？”

女人把男人拉到身边：“睡觉。”

炉子上坐着水，火光从炉底泻出来，与高窗洒下的月光辉映一

处，金银镶嵌。

男人拼命摇头，好像他刚从水里钻出来。“你说什么？”

“睡觉。”女人坚定不移地重复。

对于那件事，她不会用更文雅的话来说，她只会这一种说法。虽然粗鄙，但她的神情极严肃。

“不不！我不行……是我不能……”男人连连退缩，直到凸起的腰肢抵到絮着蛛网的墙角。

“你能！你怎么不能！你是个男人，你就应该能！你想想我们的孩子你就应该能！”女人斩钉截铁地说。

不提女儿还好，说了，男人更瘫软不堪。

男人说：“改日行吗？我明天就去买猪腰子。”

女人的牙齿闪闪发亮。人哪儿都能瘦，就是牙不会瘦。“不行！就今天！我等不到明天了。明天我就会死了！”

女人被一种奇异的火焰烧灼着，光着身子在屋里追逐着男人。男人哀求她说：“我答应睡觉。我答应睡觉还不成吗？只是你的肚子里还有一个环。就是我咬着牙行了那种事，你也是坐不了胎的。”

女人安静下来，说：“我倒忘了那个铁圈。我们先把地耙平了，再撒种。”

第二天他们去了医院妇产科。主意虽说是袁大夫出的，可医院也是铁路警察各管一段。在医院住过那么长时间，知道了医院内部的分工也是很细的，就像各种颜料绝不混淆。要是愣掺和在一块，就是黑的了。

“你才多大岁数啊？还没绝经呢，你摘的什么环？可不是儿戏，摘了立马就能怀上。这样的事我们见的多了，昨天我才给一个已经当了奶奶的人做了流产。你有50了吗？我劝你别着急。再坚持两年，等身上彻底干净了，再摘不急。”妇产科医生很健忘，她刚在病历上写下乔先竹的年龄，还不到40岁。

“我就是想怀个孩子。”女人说。

“你？”胖胖的女医生像根膨化雪糕，吃惊地张着肥而圆的嘴：“你这么瘦，估计已经没有了受孕的可能。我们刚才说的只是万一。在德国集中营的女犯人，就是因为瘦，全怀不上孩子。说了这么多，我还忘了问你，你的孩子呢？”也许见多识广，谈到这么敏感的话题，女医生依旧春风满面。

“她死了。”要是以往，乔先竹立刻会痛哭流涕，今天她却很宁静。“这是她的死亡证明书。”她掏出叠得齐齐整整的一张纸。他们从未打开过它。

“我们还需要再核实一下。”女医生谨慎地说。

正巧袁大夫走进来。妇产科和外科在广义上属于一家。

“她的情况我知道。你就给她操作吧。”袁大夫说。他没有丝毫惊奇的神色，一切都在意料之中。

乔先竹向袁大夫羞涩地笑笑。这一笑表示什么意思呢？她也说不清楚。希望在远处鬼火似的跳跃着。

女人躺上手术台。女医生把闪闪发光的钳子楔进她的身体。仿佛一堆钢镚儿撞击的声音在她的洞穴里作响……一旁有个银亮的不锈钢器械桶，正好反射出医生们的动作。当然很不精确，好像被水洇过的画。由于圆弧凸起，又像哈哈镜似的变形。医生的脸像一粒长长的豆荚，套着乳胶手套的双手格外地宽阔，好像白色的章鱼。

这本是一个小手术。医生们把那个像戒指般的细钢丝环从女人体内掏出，犹如在茶杯里舀一粒黄豆。雪糕样的女医生已经用钢钳触到了它，敲响了它坚硬的表面。剩下的工作就是把它拽出来。萝卜缨已经揪住，拔出它还是问题吗？

没想到女医生遇到了顽强的抵抗。那个铁环长出了无数的根须，植入它栖居的子宫。

女医生试着加力。她把撬钉子的力量输入到悬空操作的手臂上。

但那个铁环纹丝不动，好像已经在女人体内停留了一百年。

胖医生的白帽子被汗水粘在头上，勇气像雪糕一样融化了。她没有遇到过这种情况。这个女人以前绝不是这么瘦。她迅速萎缩的结果是把这个钢铁指环嵌进血肉。

“去叫袁大夫。”女医生小声吩咐护士。

老姜等在外面，焦虑不安。女人进去好长时间了，毫无音讯。他从护士急匆匆的脚步里觉得异样。他忍着没问，问了人家也不会告诉他。

他看到袁大夫走过来。他希望袁大夫能给他一个微笑，他就会安心好多。但是袁大夫看也不看他就走过去，好像他是一只痰盂。

女医生刚想交代病情，袁大夫说：“我明白。”

女人被悲哀蒸发了。残存的躯体坚硬如铁，包裹着避孕环，如同一口保险箱。

乔先竹从不锈钢筒的反光中，约略知道出了点麻烦。这意外到底是什么她不清楚。女医生的摆弄还没有给她造成太大的痛苦，只是觉得内里坠胀。

看到袁大夫，乔先竹有些不好意思。虽说打过许多次交道了，但她此刻姿势不雅。只是男医生的态度非常严谨，容不得你有丝毫忸怩。

袁大夫轻柔地操作了一下，说：“是我劝你要个孩子的。现在我要劝你不要孩子了。”

“为什么？”女人觉得自己的脊髓被抽走了。插进她身体的形形色色的器械，随之剧烈抖动。

“因为那个环卡在里面了，很不好取。”袁大夫简略地说。他不屑给病人作更多的解释。病人知道得太多，只会给医生添乱。

“要是一直取不出来，它不会随着我的血流到骨头里吧？”女人有些惊慌。她不怕死，但是她讨厌这种死法。

“假如一直取不出来，它就老老实实地待在里面，同你相安无事，你什么感觉也不会有。比如有人打仗时子弹留在皮肉里，以后就

变成了一个钢铁馅的饺子，同人和平共处。烧骨灰的时候取出来就行了。这个环比子弹可要温和得多，你尽可以放心。别动它是最好的方法。”袁大夫破例说得比较详细。

“可是孩子呢？孩子能和这个环一块长大吗？”女人问。她身上的铁器一阵乱晃。

“没有孩子。孩子是和这个铁环势不两立的，所以它叫避孕环。”袁大夫觉得这个女人真是愚不可教。

“那我要孩子，不要环。”女人把自己的姿势调整得更舒适一起，“你要是不给我取出这个环，我就不起来。”

“就是说你坚决要去掉这个环了？”女医生兴奋起来，这是一个练手的好机会。但是要分清责任，类似文责自负。

女人很清晰地说：“医生，您甭害怕。这事是我自己要求的，同别人没有关系。虽说主意最初是大夫出的，可我听了，就是我的主张了。现在大夫改变主意了，我可没变主意。你们想法把那个环给我取出来就是了。当医生的既然有办法把它送进去，就该能拿出来。受疼流血我都不怕，实在不行了还可以开刀，我一定要再生一个孩子。这是我自己的事，你们别跟我男人商量。生孩子是两个人的事，这环可在我身上，不是在他身上，跟他没关系。我现在也没打麻药，脑子清清楚楚，我说的话我负责。剩下的事你们就看着办吧。”女人说完，合上眼睛，好像再也不打算起来。

女医生用目光问袁大夫。袁大夫说：“既然这样，你就干吧。”

女医生说：“你别走。”

袁大夫说：“好。我看着。”

女医生把锐利的剪子探进去，找到那个环，那个环埋在肉里，只有一小段露在外面。就像缝在一床厚棉被里的线头，一不留神就缩跑了。

一切都在人体的黑暗当中进行。精妙的感觉通过长长的金属手柄

和隔膜的乳胶手套传达到手术者的神经。女医生吃力地辨析着微小的差异，确认锋利的剪刀刃口下是一根钢丝，而不是一条血管或是一束筋肉，她就“当”的一声摺合了剪子。

接着她又细心地把铁环破成许多截，就像不嫌麻烦的家庭妇女在拆一条旧裤子。然后她用长长的镊子把铁蜈蚣一样的钢丝残片，一段段夹出。

每一段环都血肉模糊。护士把它们在水池里洗干净，放在洁净的白纱布上。

钢弦的每一丝抽动，都给女人以凌厉的痛感。她觉得医生不是把钢丝取出来，而是把它们在她的肚子里烧红了。随着钳子的翻动，她感到自己的子宫变成破烂的蜂巢。

护士终于在白纱布上写完了那个鲜血淋淋的“0”。

袁大夫用钳子拨拉着钢丝，说：“唔。很完整。”

成功了。

女人的头发像黑色剪纸贴在脸上。

男人迎着女人，“出了什么事？把我吓坏了。”

“什么事也没有。”女人笑了，真切快活。她脸上的肌肉由于不习惯这种分布，突突地跳起来。

老姜相信女人一切顺利。那笑容是绝装不出来的。

“谢谢您。”夫妇俩对飘飘而去的袁大夫说。

“一个月以后。”袁大夫说。

走廊上的其他人都听不懂这句话。

女人安安静静地养了一个月。她已经能做一点轻微的工作了。男人给自己买猪腰子吃。那些叫作什么“鞭”的补品，太贵了，吃不起。老姜觉得自己不至于那么无能，主要是精神上的事。妻子活过来了，他也就恢复正常了。

那一天终于到了。

“行吗？”先是男人问女人。

“行。”女人很肯定地回答。

“行吗？”这一回是女人问男人。

“行。”男人很肯定地回答。

他们于是洗澡，把半个“个”字的小屋收拾得干干净净，好像有一位贵客就要到来。然后耐心地等待晚上，其实白天也是完全可以的，但他们总觉得那不地道。

晚饭他们吃的是疙瘩汤。为什么要吃疙瘩汤呢？不知道。女人把水管拧得小小的，水珠滴下来，就像是千年的钟乳石眼泪。她把疙瘩摇得匀细无比，好像一盆珍珠。

夜深了。他们一直等到周围所有的人家都睡着了。为什么一定要这么晚呢？不知道。也许是他们有些害羞。

清冷的月光从高高的小窗流淌进来。照在两人赤裸的身上。女人已经丰腴了一些，骨头与骨头相撞的时候，不会把男人硌痛了。

“睡觉。”女人说。她的脸上闪着新鲜带鱼的银色光泽。

她不会说做爱或是造爱那种很美妙的话。可是她庄严而神圣。

男人勇敢地动作起来。就在他的工具像一条被激怒的蛇，由柔软变为昂然挺立的时候，他突然在月亮的角落，看到了女儿最后的笑脸。

他像被抽了大筋，啪地耷拉下来。“你看那月亮！”他说。

“看什么月亮！我要你看我！”女人热烈地说着，哗地把窗帘拉上。月亮就无助地被关在外面，只能把窗帘的中央照得雪亮。

“睡觉！”女人命令着。

男人振作起精神，竭力想表现得出色。可这是不由人的事，无可遏制地疲软下来。

女人索性坐起身，像稻草秸扎的假人，只有上半截，下身隐没在黑暗中。

“你又想女儿了是不是？”她说。

男人不说话。

“她是什么？她就是咱俩做出来的。现在她走了，我们重造一个就是了。她说我们想要一个男孩，其实我想要个和她一模一样的女孩。小甜在天上转了一圈，就要回到我们身边来了。”女人说着，用手去帮助男人。

这是一场完全没有情欲的结合。他们贴得那么紧，像是生了锈的钥匙和锁，干燥得没有一点汁液。

从此这成了他们的功课。每逢女人做疙瘩汤的晚上，她就追着男人说：“睡觉！”

老姜的功能渐渐苏醒。有规律的疯狂是一种运动，强身健体，活血化瘀。男人从悲痛的路灯下走远了，忧伤的阴影淡了。

脱离了轨道的生活，艰难地回归着。

突然，饭桌上消失了疙瘩汤。

初始，男人没理会。吃别的也很好嘛！

晚上，当老姜英姿勃发的时候，女人冷淡地拒绝了他。“从今后，咱们互不侵犯。”女人说。

“你哪儿不舒坦了？”老姜恨自己该早些想到女人是禁不起连连折腾的。

“没不舒服。我哪儿都舒服，好久没这么舒服了。”女人背对着他。老姜又问，“那是生我气了？”

“别瞎猜，是我有了。你的事就算做完了。以后的活就是我的了。”女人说。

“真的？你没搞错？”男人欣喜万分。

“那还会有错？又不是第一胎，我有数的。”女人胸有成竹。

她很累。事情才刚刚开始，她就累了。可是她不会把这话告诉丈夫。

“那我们，我们该干点什么呢？”男人摩拳擦掌。

“等着呗，世上什么事都有速成的，唯有这件事不成。你也帮不了我的忙。让我安安静静自己待着比什么都好。”

男人摸着女人锅底一样凹陷的肚子说：“不知道她现在有多大了？”

“蚕豆大。”女人说。

此后女人格外娇气，格外珍惜自己。她怀第一胎的时候可不是这样。那时她年轻，根本不觉得自己身上有什么特殊变化，该上班该骑车该爬高上低一如既往。这回她灵敏得像支试电笔，每天都侦察出新感觉。有一天，她想吃香椿鱼。

香椿鱼就是香椿、鸡蛋做的疙瘩汤。别的都好说，可是寒冬腊月的，到哪里去找鲜香椿呢?

男人平日对女人是百依百顺，这回说：“难。天寒地冻的。”

女人说：“嗯！又不是我想吃。”

男人说：“谁？”

女人说：“孩子。你可以亏待我，你不该亏待了孩子。要说吃，我是什么都不想吃，是那个孩子在我肚里叫，她要吃香椿鱼。”

男人再不说什么，满世界地去找。鲜香椿上市的日子每年只有几天，而且这简直就是一味野菜。男人实在找不到，就去酱菜园买了腌香椿，回来用水拔了好几天，给女人做了一碗黑黢黢的香椿鱼。

他紧张地等着女人的反响，女人越来越挑剔了。不过这一回她已经不想吃香椿鱼了。

女人每天的主要功课就是感受自己。她以前从不知道这是多么美妙的一件事啊!

受孕的那一刻，她看到卵子在自己的体内四处飘荡。它像一朵透明的葵花或者干脆就是凶猛的海蜇。男人的蜂群像千军万马杀将过来。圆圆的卵子像海洋里的救生圈，在汹涌波涛间起伏。唯有一只蜜蜂钻了进去，它用泥巴封了洞口，和那个眼睛似的卵子作成一个蛹，在里面慢慢地孵啊孵。一直要等十个月……

女人的感受掺杂了贫乏的科学知识。当她像床单子一样铺在男人的身下时，她感到了一种创造。

女儿的脸会突然在最意想不到的地方出现。比如刷碗后碗底剩下的那一小洼水里，比如打碎了的暖壶内胆上……她就对她说：“你别急，我就要把你造出来了。我们就会有一个和你一模一样的孩子了。你就是我生的，造你的那套模具还在，现在把我的血肉填进去，就像把面按进月饼模子。等上十个月……啊……现在用不了十个月了，你就可以重新回来了……”

一个有经验的老农看到庄稼被冰雹砸了，他会痛哭流涕。可是他一会儿就不哭了。他会看看节气，麦子不成了种玉米，玉米来不及了种小豆……总之，他不能让那块地闲置，否则他还算是什么老农!

女人有时候也会非常忧郁，她想这不是让小甜说中了吗？可是她马上又反驳自己：我不想要一个男孩，我想要一个女孩。而且这个女孩不是别人，就是小甜自己呀!

这样，她就心安理得了。

女人马上就到40岁了。40岁的女人是不宜再生育的。危险像一只猫，在她的头顶上潜伏着。可女人不害怕。她说：“48，还结个瓜呢。谁说我不能生？我摘了环，刚两个月就有了，就是刚结了婚的小媳妇也没有这么快啊！”

老姜把所有的活都包揽了，把好东西都省给媳妇吃。

女人发面一样一天天膨胀起来。女人不对人说，其实这一次和上一次大不一样。上一回，她迷迷糊糊就当上了妈妈，这一回，要艰难得多。

大病初愈，或者说根本就没有愈，马上就进入制造生命的过程。她像一棵虬蚺的老树，还要挣扎着结果，就需竭尽全力。

孩子长脑子了。她知道。因为她觉得自己的脑袋变成了一个空椰子壳，浆水都流到孩子那边去了。

孩子开始长记性了。因为她的心什么也记不住，好像一块写满了字的青石板，连个简单的直道也画不进去了。

她的牙像被陈醋腌过。上下牙对撞的时候，就像两块酥皮饼磕碰，有渣子落下来。女人非常高兴，虽然从此她只能吃极软的东西。她的孩子开始长牙了。她知道牙并不是生了以后才长出来的，而是妈妈送给孩子的礼物。

女人觉得自己像一座老房子。骨头松了，头发一缕缕脱落，背也驼了，眼睛也花了，指甲凹陷得像汤匙，手脚一阵阵地抽筋……她就非常高兴——这是一个多么健壮的孩子啊！她觉得自己的身体也很懂事，知道把最好的养料毫不迟疑地供应给孩子。要是她感觉不到自身的虚弱，她就伤心了。那说明她的余力还没有贡献出来。

她的身体彻底背叛了她，她的血管和胃都只为那个发育中的孩子服务。她快活地想：这个孩子才这么小，就这么有本事，将来一定能做大事。

在有月亮的夜里，男人会熬不住。女人坚决不许男人上身，像狮子一样凶猛地吼道："不行！不行！"

"就这一次。你的身子还不算很重，我一定特别地小心。"老姜和颜悦色地说，"要不姿势随你选。"

"半次也不行！那些玩意淋到孩子头上，会得瘌头疮的！"

"你瞎说！咱们以前不是也有过的吗？女儿不是好好的吗！怀胎十个月，难道男人要当八个月的和尚？"老姜急了。

"我要出个优质产品。什么都别说了，你就丢掉幻想吧。那事是一点指望都没有的。"

"那我怎么办呢？"老姜百般无奈。

"怎么办都成，就是别惹我。"女人懒懒地说。

"那我就去找别的女人了！"老姜赌气地说。

"行啊！随你的便。只是不要给钱。咱们家拉了不少账，孩子生

下后，开销就更大了。”女人心平气和地盘算着。

“不给钱天下哪有那样的好事呢？什么都在涨，这事也不知是个什么价了。”男人长叹了一口气。

“不是说有不图钱的友谊第一的吗？你就不能找个心灵美的了？还不得传染病。”女人打趣道。

“嗨！越说越没谱了。谁会看得上咱们穷工人。我不动你就是了。憋急了，我有法。”男人说着起了身。

“你干什么去？”女人问。

“用凉水冲冲。去去火。”

人们的眼光由怜悯渐渐变得平淡了。天地间有许多大事，谁还老注意一家小人物的琐事。偶尔议论，有人说：上回死的是个闺女，这会儿八成是个小子，因祸得福。也有人说，那么大的岁数了，谁知能生个什么？

不管人们怎么说，乔先竹的肚子像发面似的鼓起来。她的气色比先前好多了，显出蚕要吐丝时的亮光，好像有绸子在她的皮肤下抖动。

女人慵懒地躺着。不仅是因为娇气，从骨髓里散发着疲惫。这种疲惫使她有一种神圣感。唯有殚精竭虑鞠躬尽瘁为某事耗过心血的人，才敢有这份神圣。

能尽的力量她都尽完了，剩下的就是听天由命。

事一到了听天由命的份儿上，反倒简单。

应该到医院去做检查了。女人不去。她说：“医生有什么用呢？真有病他治不好。况且这不是病。”

老姜说：“上回取环还不多亏了医生。”

女人说：“那环原本就是他们放进去的，他们不取找谁！再说那也不叫病。”

男人还是不放心。他想说什么，又怕女人不爱听，就闭嘴。

乔先竹把男人的手放在自己肚子上，说：“你摸她的头。”于是

男人摸到一个水中泡着的篮球。女人的肚皮薄，是属于薄皮大馅的那一种。男人甚至摸到了一些凸起，他想那就是孩子的鼻子和嘴巴。他得意地告诉了女人，女人拍着他的脊梁说，“你错了，那是屁股。屁股在上。”

“那么头呢？”男人吃了一惊。在这个家庭里，最怕头出什么事。

“头在下。”女人指点着叫他再摸。他摸到一个西瓜似的球体。他捅了它一下，它踊跃地跳起来响应，弹性十足。

“头总在下面，晕不晕？”男人设身处地地着急。

“等她长大了，你问问她。”女人难得地开玩笑。

“多躺着。无论头朝上还是头朝下，她都没事。”男人体贴地说。

“只要胎位正，没事。”女人胸有成竹。

女人像一块就要成熟的麦地，一天天由青转黄，沉甸甸地低着头。

生的征兆袭来极为突然。

那一天正在下雨。雨大得像有一万个女人同时死了丈夫，放声痛哭。女人临睡下的时候，男人摸着孩子的头说：“你觉着怎么样了？”

“没动静。还没到时间。”女人很有经验地说。

世上没有两颗相同的黄豆。每一个孩子都是不一样的。可惜女人自以为比妇产科大夫还有经验。

半夜，女人觉着下身很湿，好像雨水已经从街上漫上了床。她忙亮了灯，看看身下，已是一片血泊。

她推一推丈夫。老姜像猫忽地蹿起，“是不是生了？”他问。

“这会儿有那么一点意思了。”女人平静地说。

“啊！这么多的血！”男人大惊失色。上一胎是早早送进医院里生的，送去的时候干干净净，回来的时候也是干干净净。医院把男人女人间这么重要的一件事给隔离起来了。

“这有什么呢？女人生孩子，原本就要流好多的血。你真是少见多怪。而是女人为了供孩子，身上的血多得不得了，要借这个时候放

出去，不然要憋得难受。”女人微笑着解释。

看着女人宁静的脸庞，男人安心了。一个流了这么多血的人，还能快活地说话，可见这血和平日的血是不一样的。

女人的宫缩发动起来了，频率密如防止野狗钻进的栅栏。女人不能微笑了，疼痛不给她喘息的机会。但她的精神很好，就是在痛苦中也是生气勃勃的。疼痛像海浪有规律地涌动，每一次退却都蕴藏着更凶猛的反扑。

“到医院去吧。”男人问。

“可是……我们怎么……走……呢……”疼痛像一个个省略号，穿插在女人简短的话中。

城市的夜幕被雨枪射出无数的窟窿，“个”字工棚区水深没膝，女人是断然不能走的了。到厂里去叫车，是唯一的法子了。只是女人这里又离不开。

“你先把司徒大妈叫来吧。”女人沉着地指挥。“不行我就在自家生。”她做好了最后的打算。

男人冲出去。

“拿好伞。你可别冻着。”女人再三叮咛。

伞根本就张不开，男人顶了张塑料布，淹没在黑幕中。

女人突然觉出孤独。其实男人待在身边也没什么用，生孩子是女人的专利。但一个毫无用处的人待在身边也比没人强。

她觉得孩子从她的身体里奋力往外爬。她像一层薄脆的鸡蛋壳，绷住了那颗跃跃欲出的头颅。她真想帮她一把，就拼命往下鼓气。

那颗圆滚滚的头颅得了助力，像鲤鱼似的猛一跃，女人听到了响亮的撕裂声。

乔先竹挺奇怪：是什么东西扯开了？这么不结实？她吃力地撑起身子。看到铺的褥子红光灼灼，布毛由于黏稠血浆的滋润，一撮撮耸立着，好像那是一幅质量很好的红毡。

血的汹涌澎湃多于她的想象。但是她丝毫没有虚弱的感觉。她想这没什么可怕的，上回因为一直躺着，才没看到这么多的血。

在腿间血泊中，她看到一缕黑如柏油的物件。在这个像笔锋一样柔软的东西两侧，有火红的溪流无声地推着波浪。在这两条红蚯蚓之下，是像蒜瓣一样翻卷的筋肉。

这是怎么回事?

女人偏着头想了想。她突然觉得自己的脑袋很沉，需要架在肩膀上才能想明白。啊！她一阵狂喜，迫不及待的孩子用头颅把生命之门撞碎了，她急着要来看看这个世界。

孩子！你好有劲啊！你要再加把油，冲出来就能见到天日了。

孩子仿佛听到了她的呼唤，拼命往前拱。

女人非常抱歉自己的皮肉太坚韧，给孩子冲决罗网造成了极大的困难。她把双腿张得如同巨大剪刀，好给孩子前进的路减少阻碍。血就奔涌得更畅通无阻。孩子的胎发像煎炸过火的糕团，变成焦灼的褐红色。

男人从雨里潜回来，“邻居去叫了，医生就来。来了就好了，你别怕。”

“已经看到头发了。”女人自豪地宣布。

“别说话。你好好躺着，千万别说话。”司徒大妈颤巍巍地说。她分明看到女人说的每一个字，都像按动开关，血一股股溅落。

那缕胎发像火焰，渐渐增大。女人顾不上说话了，呼呼像电扇吐着气。

孩子的逸出并不是像蛇似的一寸寸往外爬，而是蜷着身子，像被架在巨大的弹弓上，女人一憋气，就像拉动钢弦，孩子箭一般地弹射而出，前进一大段。

现在孩子最宽的两耳卡在产门的峡谷，犹如鸡蛋要通过蛇颈。这是生产中最险恶的关口。

女人突然觉得舒适，宫缩骤然停歇，好像风暴退去的海滩，平静得纤尘不染。宫缩是一种强制给你的——迫害你的力量，它把你身体里的一部分调动起来，凶狠地同你的整体对抗。子宫在这种非常时刻，是君临一切的威王。它不听命于任何人，只服从那个黑暗中的孩子。子宫是女人全身的叛徒，它独往独来，天马行空。

现在，不知是什么原因，宫缩停了。

女人立即合上眼，很安详的样子。在剧烈的重体力劳动之后，她累了，恬然入睡。

“哎呀！你不能睡！你可不能睡啊！孩子卡在那里，上不去下不来的，鼻子都压扁了！再夹下去，你这十个月的苦就白受了！你就是咬碎了牙，也要再使把劲！听我的话，使劲！”见多识广的司徒大妈也慌了，拼命做出憋气拉屎的样子，在她遥远的记忆里，孩子就是这样生出来的。

“我累了……”女人梦呓般地说。“让我睡一会儿……等我一觉醒来，就有劲了……”她的声音轻得像优质羽绒，脸因为失血，苍白如乳胶。

女人无可遏制地睡去。

“这可怎么办？怎么办呢？”男人六神无主。他的孩子——不知是男孩还是女孩，头皮已变成青紫。眼睛紧紧地闭着，使人怀疑里面是否包裹着眼珠。

门开了。袁大夫走进来。

“医生！我的老婆！我的孩子！”老姜搂着大夫。大夫浑身精湿。“个”字工棚道路太窄，车进不来。别说是救人，就是救火，也毫无办法。

袁大夫只看了一眼，就知道事情远比他预计的要严重得多。

所有的血液都不凝固，像桃花一样鲜艳。男人和司徒大妈当然没发现危险，他们大叫着：“孩子快憋死了！”

大夫把男人拖到炉子边，这是小屋里距床最远的地方。男人预感到了什么。他说：“您甭问我是想要大人还是想要孩子，我都要！都要！”

他的眼睛像两块红煤，好像这一切都是医生造成的。

袁大夫平缓地说：“不是。我不是要同你说这句话。我要告诉你的是：孩子不用保，也会在的。最多不过是得场感冒，这屋子太凉了。大人却是想保也保不住了。你心里要有个数。”

说完，他留下男人在屋角发呆，走到床边。

他开始帮助女人。“使劲！”他先给女人打针，然后开始帮助女人。

“你别烦我好不好？我没劲。”女人说，她对医生又敬佩又厌恶，凡有他出现的时候，准没好事。真想一辈子不见他，可他们总要去求他。

“你不是一直都想要一个孩子吗？现在他来了。”医生温和地说。

“我知道他来了。”女人轻轻地笑了起来。“她早就来了，她逃不走的，这我比你有数。”

“但是如果你再不用劲，你就可能看不到他。”袁大夫严肃极了。

“医生！您别骗我，也别吓我。我知道我能看到自己的孩子。她多有劲！我怎么会看不到她？医生，虽说您挺高明，可这回您说得不对。”女人虚弱但是很顽强地说。

医生真是无计可施了。这个病人很清醒，清醒的病人最可恶。你难以欺骗他们，而欺骗是医生的常规武器之一。他把老姜叫到一旁，让他预备车把女人送到医院去。三轮车或是手推车都行，送到大路上，再上汽车。越快越好。医生离了医院，就是虎落平川。虽说病势已万难挽回，但医生并不死心。医生是一个充满幻想的职业，一面惨淡经营，一面浮想联翩。悲观丧气和异想天开总是扭缠在一起。

男人走了，女人竟没有发现。她现在除了感受自己，什么都不知

道了。

“我已经看到你孩子的脸了。她同你死去的孩子是一模一样的。”百般无奈之中，医生冷峻地宣布。

女人怪叫一声，像闪电劈开咽喉。她暴凸双眼，颈子膨隆像插满了红蓝铅笔的笔筒。双手反撑着床板，胸部拱桥般耸起，好像她想用手臂代替脚掌，倒扣在地上走路。“哈——哈——”她像一个日本武士似的有节奏地吐着气，声音类似凶猛的咒语。

司徒大妈看着孩子显露出来的半张脸，暗自嘀咕：我看着可不像。

血雨腥风。灿烂的红色液体像出炉的铁水，红而烫地倾泻。红毡已经饱和，低洼处聚起血的湖泊，随着女人的用力，某处稍一倾斜，血就冒着泡，变形虫似的伸出触须，蜿蜒而下，用闷而黏的声音敲击着老姜家粗糙的砖地。

那个婴孩终于诞生了。他驾着血的波涛，乘一叶红色小舟，翩翩莅临这个潮湿冰冷的世界。他的最后一跃，是被滚滚热浪射出生命之门的，犹如洪水暴发时的泥沙俱下。

婴儿亢奋的哭声，像一只只玻璃杯对撞击碎。

女人拼尽全力喊：“快抱来我看！快抱来！”

袁大夫看了婴儿一分钟。他用干布把孩子紧紧裹起来，像擎着一把火炬，在女人面前晃呀晃，仿佛女人是一个原始山洞。

袁大夫判断得不错。女人的瞳孔已开始散大，像个模模糊糊的水桶。她用尽残存之力，把仅余的血脉逼到两目之间。就像把牙膏皮里最后的膏脂涂抹到牙刷上，非但不见少，反倒绰绰有余。

女人的双眼显出灼灼光辉。

“你骗我。她不像我那个孩子。她像另一个人。”女人苦笑了一下，笑容像死水潭里的波纹，荡漾得很慢，久久地悬挂在僵硬的嘴边。

“像！谁说不像！和你原来的孩子一模一样！”医生大声地强辩。他知道女人快死了，分娩时孩子的羊水进了母亲的血液，血液就

永不凝固。女人的血像沙漏就要渗光了。他不想再给女人增加丝毫的痛苦。

“你知道她像谁吗？”女人神秘地问。

“像谁呢？”医生没多大把握地说。他想把话题引开，但濒死的女人固执坚定，根本不服从调遣。

“像你的丈夫吧？”医生说。他仔细查看过婴儿，却没记住长相。一般凡人认为最重要的问题，医生们认为最不重要。

“告诉你，她像的那个人就是我。我不希望她像我，我这一辈子太苦了。”女人气若游丝，但很清晰。

“我好痛……痛……”女人突然把手指尖剁进褥子，血花迸散。医生急忙用听诊器去听，他听到擂鼓一样震耳的轰鸣。刹那之间，行医多年的他以为是惊雷响了。片刻之后，永久的沉寂才使他醒悟到：刚才的巨响，是那可怜女人心脏的最后一跳。

“好痛……”是好痛苦还是好痛快？没有人知道。女人的目光定定地凝结在双耳铁锅上，好像在问：我什么时候再用它做疙瘩汤？

别以为生命的衰竭抱着长长的尾音，袅袅不绝。它时常戛然而止、斩钉截铁。在惨痛的最后断裂之前，生命会负隅顽抗，破釜沉舟。

一切都无以挽救。

男人和一伙帮忙的人涌进来。“快去医院啊！”他疯狂地嚎叫。

“不必了。”医生摆摆手。“这是一种很少见的病，一旦发生，现代的医学是没有办法的。医院是治活人的地方，不会收她了。”

“她最后说了什么？她留了什么话给我？你们说！你们告诉我！”男人一会儿窜到司徒大妈面前，一会儿又虎视眈眈地瞄着袁大夫。

“她没说什么……”司徒大妈不知该怎样回答这个红了眼的汉子。

“她去世的时候我在她近前。就我一个人。”袁大夫先解脱了司徒大妈，他知道在以后漫长的岁月里，老姜会一次次逼问不止。还老人一个安宁吧。

“她最后一句话是什么？”老姜困兽样狰狞。

袁大夫静如止水地说：“乔先竹的最后一句话是要你带好孩子，保重身体，好好过日子……”

老姜悲号起来：“我的妻啊……”

袁大夫忙把他们的孩子递过去。这个极小的婴孩用好奇的明亮的眼睛，严肃地注视着人们，仿佛在深思熟虑。所有在场的人都打了一个战栗：那目光太熟悉了！这就是血铺上的那个女人刚刚合上的眼睛里的光辉。

袁大夫不由得赞叹那个女人弥留时的聪慧。

在呼啸的风雨中，在辉煌的血光中，那个小小的婴儿——一个强健完美的男孩，肆无忌惮地哭叫着，呼唤着一个新的黎明。

预约死亡

淡蓝色卡片。病危通知单。

夫接过它，眼睛忽而大忽而小地凝视着。因为夫的面色偏黄，在蓝光的辉映下，显出绿来。

姓名　毕淑敏

年龄　70岁

性别　女

籍贯　山东

诊断　肝癌晚期

夫翻来覆去地检视着，好像在欣赏深秋原野上最后一朵矢车菊。

“开什么玩笑。”他说。

我说："不是开玩笑。是真的。"

他说："什么是真的？70岁吧？肝癌吧？为什么要选择70？这是你的吉祥数吧？还有肝癌。就是一定要得癌症，就得别的癌好了，不要选肝癌。我第一次听到这种病，是在毛主席的好干部焦裕禄身上。是它把焦裕禄的藤椅扶手抵出一个洞。"

我说："70是上了诗歌的，杜甫语录。而且我以为70是一个界限。70以前算短寿，70以后就死而无憾了。至于肝癌，鉴于你不愿意听，我可以改为胰腺癌。"

夫说："你饶了我最主要的是饶了你自己好不好？为什么非要选择这些绝顶可恶的罪名折磨自己？"

我说："这不是罪名，是病，况且，都一样。"

他说："什么都一样？病是不一样的。感冒只会使我们趴在床上，可癌会使我们死亡。"我说："你不错。你在给一名优秀的内科医生当了近20年的丈夫后，已经相当内行。有人是久病成医，你是久爱成医。"

他说："我们不说这个话题好不好？我知道你最近在临终医院采访，今天就弄了这个劳什子来吓我。我们离死还远着呢，我们还年轻。"

我拿起小镜子，照照他又照照我。屋里有许多镜子，可惜都像木板一样镶在固定的地方。我们每天走到那个角落打量自己，光线总是从特定的角度照着我们。在朦胧的旮旯里，我们总以为韶华依旧。

现在小镜子近在咫尺地逼视着你，你看得清岁月之网的每一个绳扣。

夫说："镜子老了。"

我从书包里往外掏磁带。精致的小盒子像一块块果酱夹心饼干，从我的手指柔滑地脱落。

夫从录音磁带的夹层里拈出一张张内容提示。这是我在偷录的间

隙匆匆写就，潦草不堪。

86岁的痴呆病人叱骂医务人员。

五男二女要求拔下其母的氧气吸管。

英国临终关怀医学专家詹姆斯博士参观医院时的讲话。

我把一盒磁带卡进音响，揿下按键。

极为急促的呼吸声，夹杂着怪异的喘息。

“知道这是什么声音吧？”我问。

“听说有一种×××级的录音带，录的是人们做爱时的音响。可惜咱无缘见识。这就是吗？”夫说。

“不要想入非非。这是一位垂危病人最后的呼吸。你或我或是其他的任何人，都可能发出这种声音。只是那时自己不一定听得清。人生应该完整，我怕你听不到，才特地录来这最后的华彩。好好听听吧。人和人其实相像，生的时候都是一样的血污，死的时候都是一样的抽噎。明晰地知道这个全过程，该是文明人类的需要。”

他说：“你赶快把它关了，我拒绝知道。”

我指点说：“这是最后的叹息，其后就是永恒的沉寂。”

高保真的音响并没有听我的预告，在那个老人艰难地吁出悠悠长气之后，是一声尖锐的汽车喇叭。临终关怀医院设在马路边。

“这里还有癌症病人痛苦的呻吟。”我说，换了一盘磁带。

“我不听，不听不听！”他斩钉截铁地说，甚至还用双手捂住耳朵。这个动作使他显得很幼稚。死亡使我们所有的人幼稚。

“你不要以为人们知道得越多越好。好奇心是有限的。我知道你是想写一篇有关临终关怀的文章，但是我要告诉你，没有人想看这样的文章，人们拒绝谈论死亡。”他索性走过去，锁住声音。

我知道他说的是事实，我们这个民族不喜欢议论普通人的死亡。我们崇尚的是壮烈的死，惨烈的死，贞节的死，苦难的死，我们蔑视平平常常的死。一个伟人说，人固有一死，或重如泰山，或轻如鸿

毛。我们就不由自主地以为世上只有这两种死法。其实大多数人的死像一块鹅卵石，说不上太重，但也不至于飘起来。

你可以拒绝一切，但不可以拒绝死亡。拒绝可以把世俗的一切圈在外面，好像一座荒凉的古堡。但死亡会大踏步地越过藩篱，镇定地挡住你的去路。

我决定探索普通人的死，看不看由你。

益寿司吉。

临终关怀医院的门楣上漆着这四个字，大而红，像四只巨蟹。我是第一次看到这几个字组合一起，竟念成益寿吉司，觉得甚好。

这是执掌人生死的一座殿堂。对，还是司局级的。

口字形的院子，镶玻璃的回廊。几十间病房，奶白色的雾气萦绕其上。一片静谧的院落里，晾着许多带蓝色条纹的衣裤，有尖细的冰锥悬在衣物的最低点。

我当过许多年的医生，我知道这个行当里的许多秘密。我决定不暴露我的医生经历，让医院的医生护士在完全不戒备的情形下自由发言，以便更客观更冷静地描述我见到的一切。

院长是一位中年妇人，身材姣好，但是头发散乱。这使我对她的第一印象颇好。好的女医生多半不修边幅。假如她长得一般也就罢了，要是天生丽质还不知珍爱自己，你就可以放心大胆地依赖她的医术了。

“就这么说吗？”她看完我的介绍信，问。

“随便说。”我在衣兜里按了录音机。“要不我问您什么，您就答什么也行。您是怎么想起来办这家临终关怀医院的？”

“那时候我还是个医学生。我常常听到老医生对病人的家属说，回去吧，什么好吃就弄点什么吃。病人家属就乖乖地把病人推走了。我说，为什么不把他们留下来试一试呢？老医生说，医生医生，是只医得生而管不了死的。他们已经没有医治的价值了。做什么都要有

价值，识别出什么病人有价值，什么病人没有价值，是医生经验的象征。年轻人，你慢慢摸索。我说，那他们怎么办？那些已经没有医治价值可是还活着的人？老医生说，那不是我们的事。那是人类的一个死角。后来我的经验渐渐丰富了，我非常希望自己把他们忘掉，医生的基本训练之一，就是让自己的心灵逐渐粗糙。可是随着我见过的死亡越多，我越发现死亡是那样的不平等。我私下里做过一个调查，你知道人一般是死在哪里？”

“不知道。医院里吧？”我没有多大把握地说。

“大多数人都会这样说。可是严酷的数字说明，只有1/3的人是死在医院洁白的病床上，他们大部分是年轻人或是高干。一直到死，都有人服侍他们。普通的老人就没有这样的待遇了。1/3的死在急救车里，家里的人发现他们不行了，赶快往医院运，铁皮的救护车就成了最后的归宿。还有1/3的老人死在家里。可以说，假如你是一个平民，你多半是在没有医疗保护的情景下寂寞地死去。生命是一个完整的过程，作为中国人，我们画得不圆。”院长忧郁地注视着我，那目光分明是为我将来的死亡之地惋惜。

“所以您就创办了这所医院？”我避开她悲天悯人的视线。

“是的。很难。租房子，添设备，招人手……”

“这里一共有多少人？”我问。

“你是说工作人员吗？”

“不是。我是说，这里一共住过多少病人？”

“几百人。”她说，“我们建院的时间还不长，今年会达到1000人。”

“所有的病人都……死了吗？”我说。

“是的。绝大多数的病人都去了。我们医院的平均住院时间是13.7天。您知道这是一个什么概念吗？”

“知道。就是说您这里的病人，基本上不到两周的时间内，就全部死亡。”我说。

“您理解得很正确。他们全都去了。”院长看着苍凉的天空。今天天气不好，有极细小的雪花落在她的发丝。

“我们到病房里看看吧。”她说。我跟在她身后，向低矮的平房走去。在临推开病房门的一刹那，她停顿了一下，回头望了望我。我脸上神色很泰然。多年行医的磨炼，我不怕死人不怕鲜血不怕粪便不怕丑陋。

但我还是不由自主地深吸一口气，好像人们要潜进深水时那样。毕竟我知道门里的那个世界和我们不大一样。

阴阳界。

生命像一只旧钩子，悬挂着我们的躯体。从我们降生的那一瞬起，钩子就在时间的峭壁上承受重量。你的钩子结实不结实？不知道。随着我们身心的渐渐膨胀，那个钩子像受了热的塑料渐渐抻长。当然，一般说来它的质量还是不错的，不会戛然断裂。但它的韧度被岁月磨损，当灰尘的重量越积越多的时候，终有一天，那钩子像水龙头口一颗将滴未滴的水珠，缩出颈子般的窄处。

钩子就要断裂了。

房间里摆着两张床，通常医院的模样。床上是空的。我想院长不可能随时随地掌握病床的周转，她误把我领进一间空屋。

就在我礼貌地准备退出的时候，我发现那床上其实是有人的。

我的心理上，已经预备了他们的瘦，但现实仍然令我震骇。

他们比骷髅还干瘪。骷髅是洗练而洁白的，棱角分明。他们连这种力度也没有，完全是枯萎的雪片。床单细碎的折纹，就是他们躯体的轮廓了。枕头上是一只空罐头盒，青灰色地塌陷着。有一些不很显著的洞穴点缀其上，我在其中两颗平行的洞里，看到绝望和平和的星光。

“您叫什么名字？”我问。

没有人回答。

“多大岁数了？”

“得的是什么病啊？”

“现在感觉怎么样？”

我锲而不舍地询问，一律没有回答。屋子里很暖和，强悍的气流冲击着暖气管的内壁，啪啪作响。

“他们不会回答你的。世界在他们心中已经不存在了。他们只是在等待，等待上路。到远方去。”院长说。

也许是看我太急于和这些人交谈，在另一间病房里，院长代我发问。

“你们觉得好吗？”

“我84了。73，84，阎王不叫自己去。”一位老太太瘪着嘴说。

“大夫常来，护士也常来。那些闺女叫我老祖。不用叫老祖，叫老太就行。都好，可就是不去。不去就拖累人。早去就好。”她看着院长说，一副充满表现欲的样子。

我看了一眼她床头的诊断牌。老年性痴呆。

“这几句话并不痴呆啊？很逻辑，很完整。”我轻声对院长说。

“老人们也很要强。他们像小孩似的，要在生人面前表现表现。刚才这几句话，把她一天的精气神都耗竭了，咱们走后，得昏睡一整天。她还记得我是院长，一个劲地说医生护士的好话。挺可爱的。”

“您是说，她在痴呆之中，还记得讨好别人？”我说。

“是啊。这很正常。她一生都是个小人物，她知道小人物该怎么过活。别的都忘了，这个不会忘。她到最后一口气都还记着自己见什么人说什么话。”院长说。

我们一间间屋子走过去，濒死的人是那么的相似。极端瘦弱，极端淡漠。在这个过程中，你觉得自己快速衰老。

回到办公室，院长说：“你不是问我有没有活着出去的人吗？我想起来了，有一个的……”

那是一个初春的下午，乍暖还寒最难将息的时候，一个瘦瘦的男子走进来。他华贵的变色镜由于屋内昏暗的光线逐渐变得清澈透明，更显出脸色的苍白。

他张了张嘴，没有出声。像一个剜去了肉的河蚌，干燥地敞着唇。

院长回答说："没有，还没有。"

他每天都在这个时候走进来，问同样的话。院长都有同样的答案使他转身出去。相似的过程使院长先不好意思，抢先说。

"可是，到底还要多长时间？"小伙子问。好像空气中有一条鞭子抽了他的脸，脸稀薄地红了。

"不知道。你明白这不是天气预报。就是天气预报也常常搞错，在预报晴天的时候下雨。"院长鸟瞰着这个已不算年轻的年轻人。成天接触的都是垂垂老矣之人，院长觉得自己足有几百岁了。她比所有的人都要老，比那些将要死去的人老，比他们的子女更要老上几辈。

"但是你们应该知道。没有人比你们更有经验的了。"年轻人固执地说。他平日没有说过这么多的话。院长知道这种人一旦开始说了，他就会问个水落石出。

"是的。我们是比一般的医院有些经验，但它毕竟不是定律。生孩子是有规律的，比如月份减三加七。但死没有。你母亲的各项生命指征都正常。就是说，她虽然是架旧马车了，可还在缓缓地运行。等着吧。有些时候我们所做的唯一事情，就是等待。"院长很体谅面前的年轻人。当家属把他们的亲人送到临终关怀医院来以后，院长就觉得同他们有一种亲属关系。

"等到什么时候？"小伙子急切地问。

"等她的精神突然好起来。眼睛会像涂了油似的发亮，说话充满感情。假如你的母亲是个文化人，还会有诗意。她会突然说她想吃某种东西，嗅觉突出地好，会听见很遥远的声音……到这种时候，就快了。依我们无数次的经验，从那时候起，大约还有一天的时间。"院

长谆谆告诫。

“那就是……”小伙子思索。

“是的，那就是回光返照。”“可是我刚看了。她昏昏沉沉地，好像完全失去了知觉。我叫她，摇她，她什么表情也没有，只把睫毛闪了一下。”小伙子失望地说。

“那是她在同你打招呼。别埋怨她，她只有这么多的劲，全使出来，只能动一动睫毛。你记住我的话，将来你老的时候，就知道这是什么滋味了。提眼皮的那块肌肉，距大脑最近又最轻巧。它是人类随意活动最后的屏障。”院长解释。

“院长。不要同我说我老了以后的事情，我不愿意听这个。我会老，我们每个人都会老。在老还没有到来之前，让我们抓紧时机干点事。既然我们都会摊上那个结局，没有必要说来说去。我们的道德总是太注意结局而忽视过程。我还没有向您介绍过我自己……”

年轻人激动起来。

“我认识你，你不是21床的儿子吗？”院长道。

“我是博士。在英语里博士和医生是一个词，可我不是医生是博士，是我的母亲把我培养成博士的。我马上要到德国去学习，这也是我母亲清醒时非常引以为豪的一件事。这是我的护照、签证，喏，还有一星期以后飞往法兰克福的机票……”小伙子把一大摊东西铺在桌面上，棕色的护照像一大块巧克力饼，斜插其中。

院长不由自主地向后躲闪了半步。东西太杂乱，要是碰掉一星半点，说不清。

院长办公室的桌子很破旧，侧面都喷着税务局的字样。税务局如今都是鸟枪换炮的机构，淘汰下的桌椅就以很便宜的价钱卖给了临终关怀医院。一张三条腿的桌子只要了十块钱，哪里找！

当时，院长买下桌子以后，悠闲地在古老的桥墩底下和菜农讨价还价。在买了一把新鲜的小白菜之后，她走上桥头。

大妈！封晾台不？贴壁纸不？打家具不？

桥畔的小工麇集过来，手里扬着光洁的木板。

不打家具。光修。还油漆。干不？院长说。

这是个苦活。看这半老太太的模样，家里一定不宽裕，手头不会太大方。

小工们想着，渐渐散去。只剩下一个小木匠，刚刚进城，没人雇他就得干掏饭钱。他说，我会油漆，我也能修。

小木匠油漆的桌面浓淡不匀，像村姑搽的胭脂。在一块浓郁的褐黄处，躺着即将成为法兰克福人的小伙子的钥匙链，上面只有一把钥匙了。

“快收起来。我相信你的飞机票是真的。别丢了。”院长说。

“可是因为我的母亲，我迟迟不能动身。从秋天到冬天，我一次又一次推迟了行期。再推下去，法兰克福就要取消我的资格。”小伙子忧愁地说。

院长频频地点着头。这并不说明她赞成你，只是证明她很注意地听。

“你们能否帮助我？”小伙子恳切地说。

“我们当然很愿意帮助你。关于你母亲的后事……你还有别的兄弟姐妹吗？”

“没有。我是独子，父亲很早就去世了。”

“那么单位也行。”

“没有单位，我母亲是家庭妇女。”

“我是说你的单位。”

“我的单位？因为出国的事，我已经同我的单位闹翻了。我是不打算回来了。”

“那么就朋友吧。虽说这种事不太好办，但我们一定大力协助你。你请你要好的朋友来一下，同我们取得联系。这样你就可以放心

地飞走了。你母亲的后事，我们和你的朋友一起操办。我们会尽心尽意地去做。你要是不放心，我们可以把整个过程拍成录像，给你寄去。一定像你在场一样肃穆隆重。”院长设身处地地说。

即将成为法兰克福人的小伙子依旧眉头紧锁：“我相信你们，但这件事不能这样办。我是独子，母亲含辛茹苦将我拉扯大，假如我不能亲自给她老人家送终，我的心灵将背负着沉重的十字架，悔恨无穷。这一辈子，无论我拿哪一国的绿卡，成了哪一国的华裔，我的灵魂都会不安。骨子里我永远是一个中国人，有一套中国人的神经系统。我辛劳一生的母亲应该有一个善终，她只能在我的怀里死去。其他任何一种死法我都不能接受。”

见多识广的院长糊涂了：“可是那该怎么办？你是知道的，我们这里是不做安乐死的。”

曾经有一家子女把患皮肤癌的老父亲送到医院后，对院长说：“人就交给你们了。爱怎么办就怎么办吧。”医护人员顾不得说别的，先把人搀到床上去。一走动，癌就被触醒了，鲜血顺着老人的裤腿灌满了两只鞋。他的肢体像蜂窝一般烂着，腐败的气息把他周围几十平方米的地域熏得像停尸房。

“大夫，让他早点去了得了。他也省得受罪了。为他好，也为大伙儿好。大热的天，您看苍蝇可劲地往这院里飞，红头绿头地直打架。跟您商量商量，让他安乐了得了。”儿子边给院长递冰激凌边说。

院长说：“你们的意思我可以理解。我的这所医院是唯一不以延长病人生命为宗旨的医疗机构。但是我没法满足你们的要求，因为中国没有这方面的法律。假如实行了安乐死我们说不清。”

一个外国同行的故事让院长痛心疾首。

一个美丽的女人得了不治之症。治疗只是延长她受苦的时间，治疗本身更加重了她的痛苦。

我实在是受不了，医生。从患病以来，我求过您许多次，但这

是我最后一次求您了。我不能让我的所有感官，都成为储藏痛苦的容器。我不愿意生命的存在，只是为了证明医学的威力。我的生命现时对我已毫无意义，它只是病的跑马场。我的意志已经走到尽头。我除了消耗别人的精力与财富以外，唯一的用处就是感受痛苦。经过郑重的考虑，我恳求您帮助我，结束生命。

那位医生冷静地说，女士，您刚才谈论的问题，应该去问您的丈夫。作为您的保健医生，我只能告诉您，您对病的了解和预后判断，都是正确的。

我们已经商量过了。现在我需要的是您的帮助。病人瘦骨嶙峋的手指抠住医生，传达出毅力。

我已经尽了我的能力帮助您了。

那是以前。我说的是现在。请您帮助我结束自己的生命。您知道，我是一个多么胆小的人啊！

您是说，要我帮助您杀死自己？

我不需要您亲手来做这件事。这也许会在我的身后给您带来麻烦。我只请求您告诉我应当怎样做。它最好简单实用，像电子计算器的按键一样，只消轻轻一弹，一切就结束了。您知道，我是一个懦弱的女人。虽然决心已下，但我怕自己在最后的关头会手忙脚乱。我的意志不会动摇，但我的手指可能会发抖。所以，那装置力求百发百中。

还有最后一条……

女病人突然显出羞怯，说，假如您觉得我的要求太过分了，可以拒绝。就这我已感激不尽。那就是您帮我选择的死亡方式最好不要使我很丑陋。

女士，您让我想一想。这个问题很突然……我钦佩您的勇气和智慧。它其实是对生命的一种尊重。但这一切，需要手续。

我现在很清醒，完全是我的自由选择。但是您说得很对，我和我的丈夫将写出书面文件。在最后的时刻，我指的是那个时候……女病

人望着远方，好像那里翱翔着一只鹰。

医生微颔首，表示他明白。

我的丈夫会在场的。我们笃爱一生，他不会在我最需要他的时候走开的。谢谢您了，医生！我们会衷心表达这种感情，无论在道义上还是在物质上。这是您为我做的最后也是最好的治疗。

我不是为了钱才决定帮助您的。女士。我敬佩的是您的勇气。

医生做了一个精巧的装置，类似儿童玩的弹弓。它有一个小小的机关，只要轻轻一揿就会有一支锋利而强劲的针头射进皮肤。它携带着剧毒药液，可在几秒钟内致人死地。

女士和她的丈夫选定了一个吉日。那是一个明媚的春天的傍晚，空气中浮动着毛茸茸撩拨人打喷嚏的花粉气息。暴晒过一天的大地蒸腾着湿润的岚烟，白桦林显出幽蓝的色泽。

医生和丈夫随着女人走。他们不知道她要到什么地方去。无论她到什么地方，他们都只能跟随。

就这里吧。女人如释重负地说。她的肌体已经十分虚弱，还要留有足够的劲道操纵小弹弓。

真是一个美丽的地方。斜倾的阳光像金色的绶带披在林间的木椅上，白桦树干像刚出海的刀鱼，闪着银白鳞光。嫩叶像羽毛似的摇曳着，仿佛要脱离柔韧的树枝飞升。

医生突然想丢掉他的小弹弓。让我们再试一试好吗？一切都重新开始。他满怀希望地说。

女人轻快地微笑了。她说，当第一次把这里当作最后的安息地时，我也动摇了。决心像方糖似的融化了。但是，夜间频频发作的剧痛提醒了我。我的生命已经不属于我，只服从病魔。不要再无望地延宕下去，趁一切还来得及。我现在还有力量为自己画一个圆圆的句号，挣一个体面的死。我按照自己的意志完成了一生，我是胜利者。好了，开始吧，我挚爱的人们。

她吻了她的丈夫，吻了她的医生。

她对丈夫说，原来我是想让你坐在我的身边，陪我走到尽头。可是现在我改变主意了，让我一个人独自面对这一切。你们俩往东方去吧，那个角落里生长着美丽的孔雀杉。你们可以静静地欣赏它绿云一般的枝叶。五分钟以后你们就可以回来了。是吧？医生？您说过这么长时间就足够了。

她天真地望着医生。

是的。足够了。医生干巴巴地说。

再见了！不，我应该说，永别了！女人优雅地挥了挥手。

两个男人像被伐去树冠的木桩，动也不动。

喔，请你们走吧。我已经感觉到冷了。再待下去，我会感冒的。女人说。

是的。她会感冒的，感冒还会转成肺炎。她的体质很不好，这是一定的，所以要快。

我们走吧。医生拉起痴迷状态的男子，男子梦魇似的跟着他向东方走去。

才走了几步，医生又回过头来。

还要打搅您一下，非常对不起。我有点不放心，关于那个弹弓。假如您操作得不完美对您还是对我，都是一种尴尬。请原谅，您当着我的面再演习一遍。

女士顺从地拿出小弹弓。它像一只温和的小宠物，蜷在女人的手心。医生换掉注满毒液的针头，放上一枚空针。然后说，请试试。

女士伸出自己骨瘦如柴的左前臂，那里布满药物注射的针孔，疤痕累累像一段蛇蜕。只有肘窝正中还有铜钱大的一块皮肤，保持着少妇应有的光泽。

那里有一根救命的血管。医院的护士们都有意识地为病人保留一截光滑的静脉，好像母亲为穷孩子藏起最后一块钱币，留着山穷水尽

时用。

女人把针头对准这块未遭过茶毒的皮肉，果决地按下开关。针头在刚离开弹弓架的时候，笔直向上。女人吓得闭了一下眼睛。但她马上就睁开了，很不好意思。就是射中眼睛也没什么了不起，剩下一只眼睛足够干这件事的。针头在盘旋了一个美丽的弧形之后潇洒下滑，像流星撕破空气，稳稳地戳中女人的胳膊。

不很痛，对吗？我在我自己身上也试过的。感觉很好，是吗？医生很耐心地问。

是的。很好。只有一点轻微的疼，好像被牛虻叮了一下。女士说，她有些焦急，从树叶间隙，看到太阳迅速下滑，接近地平线的一端已经模糊。

我不得不请你们走了。很抱歉。她说。

祝晚安。这是她的丈夫说的唯一的话。

两个男人踏着厚厚的腐叶向东方走去。影子像黑色的路标引着他们。

他们没有回头。不知是怕自己失了勇气还是怕那女人失了勇气。

等一等！突然传来女人尖锐的叫喊。接着是踢踢踏踏的跑步声。你不要跑。我们就到你那里去。让我们回家！她的丈夫热泪盈眶。医生也被感动了。他发誓，永远也不给病人帮这样的忙了。

他们和女人面对面地站着。女人的脸由于奔跑，现出娇艳的绯红。

她剧烈地喘息，许久才平静下来。面对医生，她说，我再问您一遍，您一定要如实地回答我。

我一定如实地回答您，以上帝的名义。医生说。

我要问的是……过一会儿，我……会不会很可怕？特别是我的脸……女人目光炯炯地盯着医生。

不会。什么都不会改变。一切都和现在一样，特别是您的脸，气色很好，一切都将保持住。那将是一种凝固。医生冷静地说。

那太好了！快！请你们快走！我感觉到我脸上的血正在往脖子里回流，红色就快保持不住了。我需要这份健康的颜色。她说着用双手托着自己的下巴，以为能够阻止血液的倾泻。

男人们义无反顾地走了。他们看到了孔雀杉，绿色的羽翼遮没了半个天空。

时间到了。医生说。

再等一会儿吧。万一……我不能忍受。丈夫说。

你应该相信我。相信科学。医生率先踏响了去冬留下的黄叶。

女士很优雅地侧卧在林间的木椅上，脸上留存着永远不去的绯红。

"……您的例子不是很好吗？"皮肤癌患者的儿子把冰激凌倒了一下手，由于院长迟迟不接，黏稠的奶液流淌下来。

"是的。对病人和对家属都不是一件坏事，可是医生负不了这责任。不要说在我们这个死亡教育很不发达的国家，没有立法，谁也不敢实施。就是我刚才说的那位外国医生，后来也被州法院传讯。最后以谋杀罪和制造杀人武器罪被逮捕……所以关于安乐死的问题我们无法讨论。"院长说。

"我们可以到公证处去。说明一切都是我们的选择，同医院无关。怎么样？这样还不可以吗？你们还要怎么样呢？你们要我们熬到什么时候才算完呢？"皮肤癌的儿子焦躁起来。

"我很同情你。可是我不能。医院不能这么做。"院长舔舔干燥的嘴唇。她每天要同病人的家属说无数的话。在最后的日子里，家属同医生说的话，远比同他们垂危的亲人多得多。

日言百句，其气自伤。院长回到家里，很少说话。就像厨师在自己家里，只吃最简单的饭菜。

"你们做医生的，把人治活没什么本事，把人治死还不容易？找点抑制呼吸抑制心跳的药泡在滴瓶里，不就什么事都了结了吗？"皮肤癌的儿子很内行地说。

这种内行激怒了院长，或者说是潜伏在这种内行后面的冷酷。安乐死未尝不可，但它由这样一位打扮过于精细、挥着冰激凌的年轻人，如此轻描淡写地说出来，她为那奄奄一息的老人叹息。

她的病人都已经失去了对这个世界的发言权。她要为他们说句公道话。

“既然你知道得这么清楚，又不用负法律责任，你把你老父亲拉回家去就是了，所有的操作你都可以在家里完成，又何必送到我们这里来！”院长没好气地说。

冰激凌化了。

“您这是什么话？我哪能那么残忍？那我的后半辈子还有好日子过吗？我父亲死在家里，还是叫我一手给安乐的？！虽说久病床前无孝子，我想让他早点去了，可我自己不能干这事。我的手上不能沾着我父亲的血。既然你们医院这么不肯帮忙，咱们就熬着吧。快有出头的日子了。”衣冠楚楚的年轻人甩了甩手上的奶油汤，叹了一口气。

院长也叹了一口气。不能说皮肤癌的儿子讲的毫无道理。但有道理的事，不一定现在就能做。亲属不敢做，医院也不敢做。安乐死需要群体意识，当群体还没有用法律的形式把规则固定下来，做了就是犯规。

我们的民族忌讳死亡。华夏大地虽不出产鸵鸟，但我们秉承了这种动物的精神。帝王将相们寻找长生不死之药，以为可以逃脱自然法则。小小百姓有许多言语禁忌，他们天真地认为不谈死亡，死亡就会扭过脸，给我们一个光滑的后背，人们把无数天然的动植物和矿物混淆在一起，用神秘的火加以熔炼。人们以为无法忍受的高温会把天地间的精华焊接在一块，咽到肚里，就可与日月同辉（且不说日月也有崩溃的一天）。我们崇尚“福禄寿”三星，以为这是人生成就的最高境界。革命了，人们不再谈“禄”。“禄”现在叫勤务员或是公务员，你不能在门上贴个倒“禄”字，以求在新的一年加官晋爵，不断进

步。至于“福”，最是众说纷纭的词，有一千个人，就有一千条对“福”的注解。说不清的事，就不要去说它了。唯有这个“寿”简单明了，国际通用的度量衡标准。只要活得久远，那便是福祉，是一个人德行的明证。像一匹没有缩过水的白布，一眼就看出长短。

我们曾炼出那么多有用无用的仙丹，我们正繁衍着世界上最庞大的人群。可是我们还没有学会正视死亡。我们的老人像外国女人似的不谈年龄，好像阎王爷是个多情的骑士，而且弱智，极好糊弄。

在这种夹缝中诞生的中国临终关怀医院，像老式挂钟的吊摆，忽而倾向濒危的去者，忽而倾向疲惫的生人，多一番摇摆的艰难。

那个小伙子用手绢揩着手上的冰激凌汁失望地走了，这个即将成为法兰克福人的小伙子又来了。

院长迷惘地看着他。他已明确得知医院不做安乐死的操作。

“院长，您不必紧张。我今天是特意来向您道谢的。在我母亲最后的日子里，你们给了她温馨。她虽然不会说话了，但我看得出她挺满意。我是她一手抚养大的，我读得懂她每一个眼神。”小伙子实心实意地说。

“不。哪里。这是我们应该做的。”院长按照惯例谦虚着，心想，他的真实意图是什么？院长习惯于开门见山，世上没有比死亡更硬碰硬的事。

“现在我要把妈妈接走。”

“为什么？”院长很惊异，“她会死的。把她从病床上挪下来，再搬到救护车上，抬来抬去，与病人极不相宜，她会……”院长突然噤了声。

法兰克福的小伙子镇静地看着她。

院长明白了。儿子需要母亲的那个结局。而且要快，越快越好。距那架飞机起飞的时间，对于火化一具尸体，操办一场像模像样的丧礼来说，并不宽裕。

大家相对无言。

“小伙子，我还要提醒你。当然老人家可能会在这场搬迁中停止呼吸，这是最理想不过的结局了。可是万一呐？万一你的母亲挺过了这场折腾，回到家里还是咽不完这口气，你马上又要出国，谁来照料她最后的时光？死亡就像一片摇摇欲坠的树叶，也许下一阵风就会飘落，也许会悬挂到第二年春天。人死是一难，人活着不容易，死也不容易。请三思而行。”院长苦口婆心。

“谢谢您。您为我想得可真周到。是啊，要真那样，就好了。可您说得也对，要不利索，变成您后来讲的那样，就更难办了。我不能把我妈接回家，那算怎么回事？家里摆个死人，老婆孩子还不吓晕？实话跟您说吧，我给我妈联系了一家医院，民办的……”

“小伙子，把你妈接走，是你的自由。接家去，我没话可说。有的老人就爱死在家里，这也是中国人的习俗。但要是接到别的医院里去，不是我当院长的老王卖瓜，要说临终服务，我们这里是周到的。民办医院收费高，治疗也不尽如人意，特别是条件比较差。你再全面考虑。”医院床位很紧，等着住院的打破头，院长是设身处地为他想。

即将成为法兰克福人的小伙子垂下头来。他在想什么？

院长说：“你还有什么特殊的难处，尽管说。只要力所能及，我们将全力以赴。”她此刻已不单考虑一个老人的去留，而是怎样把医院办得更好。

“主要是他们所能提供的服务你们没有。”小伙子为难地说。

假如他说出别的理由出院，院长什么话也不会说。住院有些像银行，进出自便。但这句话刺激了院长的职业自尊。

“没有什么服务项目是民办医院能做到而我们不能做到的。”院长很矜持地说。

“真的。有。”小伙子不很情愿但是很肯定地说。

“没有。他们能做到的我们都可以做到。你详细说说。”院长有

几分冒火，她觉得这不是事实。

没有回答。小伙子沉默。听得见远处病房轻声呜咽，又一位老人去了。

“说啊！”院长不耐烦了。

“我不说。”小伙子终于开口，“我不想说。”

院长火了：“你刚才还说感谢我们，这么一件小事都藏着掖着！就看在我们为你妈端屎端尿的份儿上，你也该说！”

“你是不是想你妈反正也这样了，再说什么也没大的意义了？别这么想，是人都得死，你给我们提了好的建议，以后的老人们就会舒适些。就请看在将要死去的人的面上，你告诉我实话。”院长热忱地恳求。

“我不想说。”小伙子阴沉着脸。

“你这个人太不像话啦！我要偷你吗？我要抢你吗？为病人服务的事，又不是专利，有什么不可说？行了，你走吧，快到你的法兰克福或是外国的其他什么地方去吧。你人还没走，就变得这么不通情达理。我不稀罕你说了。你前脚把病人转走，我后脚就能打听出他们使的办法。”院长气愤地说。

事情往往一发火就有了转机。

“院长，我之所以不说，不是对您。是对我自己的。”小伙子艰难地说。

“说吧。”

“那家医院已同意将我母亲安置在一间没有暖气的房间里，拔掉在这里维持了几个月的鼻饲管。而且停用一切维持药物，氧气也掐断……这样，据他们估计，我母亲在一两天内就可以……走了。”法兰克福的小伙子不看院长，对着墙壁说。

他的话说得很理智，漠然中渗出残酷。但他越往后说，语调越被一种潜在的哭泣所分割。“这样，我就可以在母亲身边尽完最后的孝

道，无怨无悔地踏上奔赴异国的道路。我将把母亲滚烫的骨灰带在身边，无论我走到什么地方，母亲都永远同我在一起了。她会保佑我，关照我，我一生永不孤单。从此，我的灵魂同母亲的灵魂在一起，永不分离。”

院长瞠目结舌。她觉得自己也算个高级知识分子了，真不明白这个儿子！要说他不孝吧，他服侍老母到今天，此刻眼里还闪着莹莹水光。要说他孝，竟打算把自己的亲生母亲活活冻死！饿死！

院长背对着法兰克福的小伙子，从抽屉里拿出一瓶药，说：“我本是从来不帮病人做这种事的。拿去，这虽是普通的镇静药，给你的妈妈服上几粒。她也能毫无痛苦地永远睡去。比你那办法要人道得多。”

小伙子惊恐地叫起来：“不！不！我不要！我怎能亲手给我的妈妈吃这种东西？！那样，我的心灵将一辈子不得安宁。我的妈妈会在一个特定的时间死去，而那个时间正是由于我给她吃了某种东西，这个结论会使我痛苦万分。我的灵魂将终生在有愧于母亲的阴影里徘徊。我不能做这件事！”

医护人员像摘渔网似的从她身上取下各种导管。揪下氧气的时候，她的呼吸顿时窘促，她长期生活在氧气的保护下，其实同正常人已不在一个地球。那是几亿年以前的地球。树木葱茏，恐龙出没，氧气比现在要多得多。她知道这是转院的需要，就坚强地隐忍着。几乎没有一个病人能从这所医院里活着出去，她是多么地幸福啊。

“我好了……会来看你们……”这是法兰克福小伙子的母亲说的最后一句话。

整个告别过程，院长没有出现。她抱着双臂从窗户看着这一切。她觉得自己没出息，当这么多年的白衣天使，还那么容易动感情。她在想，小伙子不怕他妈妈的死，那么，他绝不是装出来的恐惧，究竟是怕什么呢？

他怕的是天命。

生死由命，富贵在天。他哪怕在外国得了诺贝尔奖，他也畏天命。

在中国人的骨髓里，觉得人是不能操纵自己的生命的。冥冥中有一只手，那是天的意志。天要你活，你不得不活；天要你死，你非死不可。儿子可以把母亲往死路上推，但他不敢清晰明确地对那个时刻负起责任。他不怕母亲，他怕的是天。代天行道，天就会怨你僭越了名分，惩罚于你。

既要达到自己的目的，又要顺乎天意。难啊！不孝的儿女们！

我与院长交谈着，进来一位穿淡紫色工作服的女孩。我知道这是护工的装束。护工就是护理员，临终关怀医院里最脏最累的活由她们承担。

女孩向院长请示工作。我目不转睛地盯着女孩，直到她离开。

“她叫小白。我知道你为什么看她。”院长和我已经熟悉，半开玩笑。

“她工作服的颜色很奇怪，像紫罗兰的叶子。”我说。

“我们的护工都是年轻的女孩。你觉不觉得穿这种颜色的衣服显得更美丽？我希望院子里多一些生气。当然，这种布也比较便宜。”院长笑了笑说，“但引起你注意的不单是衣服，是小白的漂亮。”

我说：“在这种悲痛的地方看到如此美丽的女孩，真叫人不好意思，好像对不住垂危的人。”

院长说：“这是你从年轻的活人的角度看问题。其实，老人们看到美好的事物，精神会凛然一振，他们不嫉妒。”

我隔着窗户追踪小白的身影。她的肌肤像鲜嫩的白菜心，泛出莹莹水光。绝无化妆，但无可挑剔的眉宇漆黑如墨，轮廓极为柔和的嘴唇艳红如丹。

我说：“我也不算孤陋寡闻的人。像这么美丽的女孩从来没见过。”

院长说：“她是我从保姆市场上挑来的。当时一口乡下话，现在

下了班穿上时装，所有的人都看她。”

“我想她刚从乡下来的时候，可以安心在您这儿。现在依她的相貌气质，随便可以在五星级的饭店里谋到饭碗。您靠什么留住她？”

院长说：“她真有你说得那么漂亮？也许我们天天看，惯了。”

我说：“真的。我是一个对女人的长相很挑剔的女人。女人骗男人容易，骗女人难。”

院长说：“其实小白最出色的不是漂亮，是善良。善良是女人最好的化妆品，它使女孩子的脸蒙上一层圣洁之光，看上去就格外动人。例如菩萨，例如佛。菩萨真是天下最俊俏的女子吗？肯定不是。但你觉得是。”

我说：“能够告诉我，您一个月给小白们发多少饷钱？”

院长说：“你最好不要问我这件事。你一问我就心酸。不过你既然问了，我就告诉你因为给临时工的工钱也不是我定的，是公家。每月200元。”

我说：“我想同她谈谈。”

“可以。今天她是主班，非常忙。下次她上副班的时候，你来。”

我和小白站在院子里谈话。所有的房间都被病人挤得满满的，冬天是收获死亡的季节，只有院长的房间有空，但我想避开院长。

“你长得真漂亮。”我说。我本不准备这样开头，实有恭维之嫌。但话脱口而出，你站在小白的面前没法不说这话。犹如你在焦渴当中看到清泉，没法不说真凉快啊！早晚都得说，完全下意识。

她微微笑笑，说：“也许是周围太凄凉了，陪衬的。”

院长说她读了很多文学书，还学着外语。

“你以后会长久地在这儿干吗？你知道自己的价值吗？”我迫不及待地问。

“小白！小白！你在哪儿？快去看看你当班的那个6床吧！”远处淡紫色的影子喊。

我拉了小白聊天，她护理的病人就出现了真空。听人一叫，像林业工人听到火警，顾不得同我打招呼，撒腿就跑。

我紧追其后，心想这可以现场观察。

露天冰冷的空气麻痹了嗅觉。尾随小白进了病房，直奔6床。鲜红的“6”字床号下，一位须发皆白的老人正在安详地吃香蕉，全无呼唤的危急。

“嗨！真是虚惊……”我刚说到这儿，看见老翁不高兴地把手里的香蕉一甩，巴掌印到了墙上。

一个黄而黏的毛茸茸的屎手印，新鲜地扣在壁纸上，呼呼地冒着热气。

他欣赏着，又按了一个，呵呵笑。

浓烈的屎气像原子弹爆炸的烟雾，呛人肺腑。眼睛习惯了室内的昏暗，我看见软香蕉原来是糯软的粪便。

顿时，胃里倒海翻江，辣而苦的灼热直逼咽喉。我连连干呕，发出乌鸦一般的怪叫。

透过眼里的酸泪，我还瞄着小白。她的嗅觉好像失灵，温柔的白脸无一丝变色，细细的柳眉徐缓地舒展着，轻声说：“你啊你，我就这么一会儿不在，怎么就……”说着用纸去揩老翁的黄手。

气味愈发浓郁。

无论我多么钦佩姑娘的美德，生理反射还是继续，再过一秒钟，胃液就会汹涌而出。我像一个逃兵，扭头就跑，将病房的木门摔得震天作响。

我在阳光下尽情地呕吐。每一根睫毛都挂满了泪水，看天空有几十轮太阳。

当小白重又袅袅婷婷地站在我面前，我仍抚着胸口，无法安定。那恶臭无比的粪便，那狼吞虎咽香蕉的场面……

我又想呕。

小白不停地同我说话，以求转移我的注意力："都这样。我刚来的时候，几天没有吃下一粒粮食。我真恨我的鼻子。我妈就说我从小鼻子灵，干这活儿鼻子可受大罪了。现在好了，我的鼻子已经聋了。我是院长招来的，后来院长太忙，就说小白，以后这招工的事就分给你了。你现身说法，就这活儿，就这钱，谁爱来就来。来了先试三天工，愿意干就留下，不愿意干就走，给工钱。以前院长挑来的人，有的连工钱都不要就跑了。轮到我挑，基本上都站下了。你觉得好点了吗？要不咱们到上风头去站站？"

我出了洋相，还要人家劳动者照顾，真惭愧。我忙说："好了。你是怎么挑人的？"

"院长挑人是看人能不能干。看到身子膀大，手脚粗糙的就要。我是先挑长相，长得美的就要。"小白柔柔地说。

天！就这人所不齿的活儿，还要挑美女来干，要不是自己面前这个娇美的女郎樱唇亲自吐出，我是决然不信的。

她看出了我的疑惑，说："我说的美，并不是平常讲的漂亮。美就是面善。面善的女人，天长日久地就美了，漂亮的女人并不一定美。一个姑娘要是经常和善地笑着对人，不是那种妖妖地笑，她的嘴巴就会往上翘，眉梢就会摇起来。面善是有一个尺寸的，眉太高了就不对了，那是疯。太低了也不对，她当着人时笑，背后就哭丧着脸，不是真心的欢喜。反正我也说不太清，看得多了，你自然就分得出来了。院长挑能干能吃苦的，其实能干和能吃苦是可以变的。再说这里的活儿，真比拔麦子脱土坯，也不是太累。但一定得心善，要不是做不长这活儿的。"

我对这个乡村女孩刮目相看。"面善是天生的吗？"我问。

"是天生的，练不来的。善就是善，不善就是不善。我到保姆市场招工，什么话也不说，只静静地寻面善的女孩。"

我说："你给我表演你是怎么招工的好吗？"

小白为难："怎么演呢？那词都是到时现想的。一碰到实在的人，我就会说了。像现在这样干说，真不知说什么。"

我说："这么着吧。假装这院子就是劳务市场，我就是想找工作的。你来问我。"

小白重又打量了我一眼，说："俺不会雇你的。不同你搭话。"

我很沮丧地说："是不是因我不面善？"

她说："面还行。只是捂得太白了。"

我说："你自己也很白。再说，在屋里捂的时间太长了，都变白。"

"不下地，不晒太阳，是不是很娇？哪里还有耐心侍候别人？"

我说："你的眼还挺毒。好了，面试的关就算我通过了，你再往下说什么？"

小白说："再往下我就问，有服侍病人的活儿你愿意干吗？我们是公家的。"

我想着，这一句话没啥大稀奇，就瞪着等她的下文。她说："该你了。你得反过来问我。"

问什么？我略一想，说："一个月给多少钱呢？"

小白扑哧笑了，说："你不像的。面善的女子不这样说。"

我说："保姆市场上的女孩不就是为了挣钱才跑出来的吗？哪里能不问钱呢？"

小白说："我们出来是为了挣钱，可是在家里是那样想的，一进了城，眼就花了，钱倒是次要些的，先要找个稳妥地方安顿下。所以我们先要问：那地儿在哪？"

我就说，不远。

管住吗？她们会问。

管，我说。

她们的心就安些了，再问，都干什么活儿？

我就说，服侍病人。她们会说，俺们不会呢。现今城里的人求职的时候，兴把自己吹得天花乱坠，说自己这行那行。乡下人不，还遵循丑话说在前头的古例。我就说，这不难，家里有老人吧？就照那样服侍就中。最难的事就是接屎接尿的，不过下了班能洗澡。

一般说她们这会儿得停半晌，考虑屎尿的事。过一会儿她们会问，你是干这活儿的啊？

我说，是啊。她们说，这就中了。你能干我也能干。待到把这些都说妥了，她们才会小心翼翼地问，每月多少钱哪？

我就实话实说。然后说，先试试。要觉得不好，随时都可以走。工钱干一天有一天的。要是我们觉着你不称职，你也只好走。

她们就说，那是。你是东家。

就这样。

小白说完了，又静静地看着我，像一朵迎风摇曳的紫云英。

“工钱你觉着少不少？”我悄悄关了衣兜里的录音机，不愿她的私房话留下痕迹。

“少。”她说。

“那你为什么不到别处去？”

“我知道，在城里，一个漂亮的女孩能得到的机会比在乡下多得多。可我喜欢这儿。喜欢这些快死的人。你是刚来，只看到他们的傻和脏。其实他们没有一丝害人之心，像婴孩似的。你对他好，他就对你好，非常单纯。跟他们相处，充满静谧与安宁。古话说，人之将死，其言也善。这里是人世间最善良的角落。我向快死的人发出真心的微笑，他们会记得我。小时候，我奶奶可疼我了。有一天我上学去了，奶奶得了暴病。放学的时候，我在路上玩了一小会儿，踢一块彩色的石子。那块石子掉到山沟里，我去找它。我奶奶临死的时候，还一个劲叫我的名字。她得的是绞肠痧，非常难挨的病。她一直叫我的名字，说太阳晒到那根秸秆的时候，我的孙女就下学了。我到家的时

候，太阳刚刚移过那根秸秆，可我奶奶再也看不到我了。我尽心尽意地服侍每一个快死的人。不管他听得见听不见，我都大声地对他说，我叫小白。我想他们都是马上就要见到我奶奶的人了，一定会告诉我奶奶，说你的那个孙女小白，是个好心眼的姑娘。说真的，我不是可怜这些快死的人，是敬畏他们。他们就要到另一个地方去了，我奶奶就住在那里……”

清澈的泪水在她脸上滚动，像一件美妙的瓷器又镀上一层闪亮的釉彩。因为痛苦，她的嘴唇显出蓬勃的绯色，眼睛像深夜的孤灯闪闪发亮。

在北京冬日晴朗的天空下，欣赏这样一张晶莹的脸庞哭泣，真是一种享受。

“经你的手，有多少老人……去了？”我问。在这所院子里，广泛地使用“去了”这个隐语。它像神秘的幕布，将现实与未知断绝。

“听他们吐出最后一口气的人，少说，有100个了。”小白说，神色苍老。

“怕吗？”

“不怕。”

“刚开始总有些怕的吧？后来就不怕了，是不是？”我重又打开录音，遗憾刚才没录上。

“不。我从见第一个死人就不害怕。我没觉得死与不死有什么大变化。还是那个人，不过是从我这儿到我奶奶那儿去了。”她的语调苍凉。

“你碰到闹鬼吗？这院落这么大，下雨的时候，刮风的时候，半夜的时候，黎明前最黑暗的时候……可曾有过异样？”我忍不住问。这两年神秘文化盛行，这是最有传奇色彩的地方。百十平方米的面积，积聚着成百上千的鬼魂。随着时间的推移，势必更加拥挤。

“没有，”她很肯定地说。

“哎，你等等！”她叫起来，容我好好想一想。有一次那是一年中秋节，没有月亮，冷雨潇潇。前一天，刚死五个人。我们这里虽说常死人，但一天死了这么多人的时候，也少见。夜里，我一个人值班，呆呆地坐着。心想这是个团圆的日子，那五个人却等不得了，急急地走了。正想到这里，院子里坏了很长时间的路灯突然亮了，整个院落如同白昼，在太明亮的地方，你会看到许多影子像蚊虫似的飘动。我还是呆呆地坐着，值班的齐大夫睡眼惺忪地走出来。齐大夫医术高，人又好，病人都喜欢他。齐大夫说，小白你还挺能干的，这灯坏了好长时间老说修没修，今天晚上又是风又是雨的，你一个女孩家倒把它修好了。我说，不是我修好的，您看我坐在这儿，鞋还是干的呢。齐大夫说，这灯泡也太亮了，看不出是多少瓦的。他默不作声地看了一会儿。他一定也看到了那些影子，可他什么也没说。我们就静静地看着院子，没有丝毫的恐惧，好像在看皮影戏。

是他们来了。齐大夫说。

我说，是。

都来了。还真一个都不少。齐大夫说。

我说，都那么大岁数的人，聚一次也不容易。

他们在跳舞。齐大夫说。

我说，以后人再多了，这个院子怕搁不下了。

魂灵不占地方。齐大夫说。

你害怕吗？他又说。

我说，不害怕。

他说，你这娃娃胆还挺大。

我说，我从前也不认识他们。从老家大老远地跑到京城来服侍他们，这是缘分。在最后的日子里，我待在他们身边的时间，比他们的儿女多多了。我从没做过对不起他们的事，心里没鬼。鬼也是讲理的。您看，它们要来，怕吓了我，还先把灯给开了。

大概到天快亮的时候，灯又突然熄了。我一点都不觉得这有什么奇怪的，这是他们最后离开的地方。人都要到他去过的地方走一走，好像有什么东西丢在那里了，要捡回来。你要不问，我倒忘了。

远处有人喊："小白，4床又打了屎酱啦。"

"就来。"她要走。

她边跑边说："以后我想当医生。不但服侍他们，还给他们治病。这样他们就会对我奶奶说，你那个小白孙女越发出息了。只是不知道当不当得上？这里面有个户口问题。"

真希望哪个有权有势又善良又英俊的北京小伙，娶了小白姑娘。他不但得了美貌贤淑的妻子，人间也多了个悬壶济世的良医。

后来，我见到了齐大夫。我不知男人的面善该如何鉴定，齐大夫是那种很开朗的脸型。

我已发现，临终关怀医院里的工作人员长得都很耐看。不知是院长挑的时候就根据了某种面相原理，还是这种慈善事业干久了，人就自然显出佛相。

我把这感觉同齐大夫说了。他说："你要是想听真话，就把你兜里那架小机器关了！

我服从了，说："你怎么知道的？"

他说："因为你不记笔记。"

我掏出纸笔说："现在只好手工操作。听说你很爱你的工作？"

他说："谁给我造谣？我根本就不爱我现在的工作！我是医学院的高才生，在这里工作没有丝毫成就感！你所有的病人都死了，死了！他们进来的时候，就没有打算活着出去，你千方百计延续他的生命，他自己不想活，家属还嫌你啰唆。临终关怀医院是正经医生的地狱。这是那些婆婆妈妈的慈善家施舍爱心的地方，它和真正的医学风马牛不相及。我正在托人，走后门，必要时送礼，争取早一天离开。"

我一时窘住，搭讪着说："听说你对病人挺好，大家喜欢。"

他冷笑道："他们为什么不喜欢我？我一天笑眯眯的，他们有什么要求我都设法满足。这不是医生该干的活儿，是高级男佣。这些人根本没有必要救治，作为社会的人，他们已毫无价值。比如那一个大字不识的痴呆老太太，只因'大跃进'时拐着小脚当了几年工人，就吃了几十年的公费医疗。累计药费十万元以上。这种人，留有何用？她对人类最后的贡献就是早早死去！人的再一个用处就是对家庭的贡献。这些人，风烛残年，徒然消费，传统的孝道压得子女抬不起头来。非得把孩子们肥的拖瘦，瘦的拖干，一户户家徒四壁弹尽粮绝，卖了冰箱卖彩电，家家负债才算孝顺吗？该死的就让他死好了。旧的不去，新的不来，为什么人们歌颂大自然的秋天却不歌颂死亡？秋天就是集体死亡！死有什么？从这个星球诞生到今天，已经死过无数的人。在我们每一个活着的人背后，都站着40个死人。生命是一条无尽的链条，在太阳下闪烁的那一截就是生，隐没在无边的黑暗中的就是死。它是一个环，没有截然的区别。不必看得那么重，一个微不足道的小人物的生死，对世界没有任何影响。中国现在的死亡者，基本上都诞生于20世纪的初叶，他们缺乏科学死亡的教养。假如我到了老年，一定立下遗嘱，安乐死，绝不拖累他人。死也要有胆略。"

他突然停顿。

这是医生办公室，成堆的病历摊在他面前，铝制病历夹的反光使他熠熠生辉。

"也许，我不该对你说这些。毕竟他们是可怜的。"他很疲倦地说。

我说："你是死亡学说里的阳刚论者。"

我们正交谈着，有人通知，英国的临终关怀医学专家詹姆斯博士到院参观，请齐大夫陪同。

我说："我可以听听吗？"

齐大夫说："你英语听力如何？"

我说："凑合。"

他说："听不懂的地方，我会给你翻译的。"

我们迎出去。

詹姆斯博士一把茂密的大胡子，像土匪出没的密林。这使他的面部表情很不清晰。你无法猜测他奶酪一般柔滑的前额里，想的是什么。

"每逢有外国人参观，我都很气馁，很自卑。我们太穷，太简陋了。"齐大夫仿佛无意地挡住一幅晾晒的床单。床单上有一片污黄。

英国人穿着极为考究的暗色条纹西服，用极为蹩脚的中文说了句"你们好"之后，沉默地随同我们参观病房。质量很好的牛皮鞋，将古老而皲裂的青砖地踏出咯吱声。

他轻声嘟囔了句："Hospice Care。"

齐大夫刚要翻译，我会意地点点头。

Hospice Care——一个古老的词汇，发源于中世纪的欧洲。用今天的话来说，是招待所之意。那时候，许多苦行跋涉的香客，在他们到达哥特建筑教堂的巨大尖顶之下，早已贫病交加。唯有虔诚疲惫的心还在微弱跳动。神父和修女就在教堂边搭一间小房，收留他们。无偿地为他们治病，提供饮食服务。一些香客歇息后，又继续他们漫长的朝圣路了。一些就在这个宗教的慈善机构里安详地死去了。

Hospice Care经过许多年的演变，无数志愿服务者用自己温暖的双手，抚慰了濒死的苦难的人们，成为可怜的人生旅途最后一处燃有篝火的驿站。

1967年，英国的桑德斯女士在伦敦建立了世界上第一座现代化的临终关怀机构——圣克里斯多弗临终关怀医院。

临终关怀事业在全世界如火如荼地蔓延。

作为中国最权威的辞书——《辞海》，至今没有收录"临终关怀"这一词条。人们只知道临终是一个极端痛苦孤独的时刻，和关怀搭配在一起，不知是什么意思。

我们推开一间病房，熏人的香气扑面而来，呛得英国人打了一个

喷嚏。太突如其来，绅士来不及掏出手绢，于是我们看到白种人的粉红色洁净的上牙膛。

“喏！带香味的烟雾会刺激病人的呼吸道。在我们的国家里，驱除病房内的异味，应该用鲜花。”詹姆斯博士说。

我们未置可否。鲜花，当然好。可是我们买不起。子女们会用买鲜花的钱去买鲜王浆。

齐大夫说：“东方的逝者喜欢这种神秘的味道，给人一种成仙的感觉。临终关怀医院里一切以病人的要求为第一，所以我们熏香。”

詹姆斯博士半信半疑。

病房里有一张床。只有一张床的房间叫“高间”——高级房间之意。同高干病房不同，只要多出钱就可以住。

但是病人没有躺在病床上，而是仰在沙发上痛苦地呻吟。他的双腿缠满绷带，疼痛把他的脸撕扯得很恐怖。

“他是什么病？”詹姆斯博士问。

“双下肢动脉闭锁合并感染。”齐大夫答。

我知道这是一种极为痛苦的病症，胜过癌症。

“为什么不用镇痛剂？”博士不解地问。

“用了。”随行的护士说。

“可病人还在痛。”博士恼火地说。

“镇痛剂每四小时应用一次。上次的药效已经消失，下次的时间还未到。”护士耐心地解释，心想堂堂医学博士，怎么连常识都不懂。

“他多大年纪了？”博士问。

“89岁了。”旁边一位家属说。

老人知道是在说他，突然用尖锐的声音惊叫起来：“我为什么还不死啊？为什么！老天！求求他们，让我死了吧！人要走，怎么这么难！孝顺的孩子们，帮我一把，让我死了吧！都怪我的秋衣不结实！你们要是给我买件结实的秋衣，我的苦也熬到头了……”涕泪纵横。

齐大夫顾不得翻译，问家属："怎么回事？"

家属说："老爷子痛得受不了，好多回想寻死，我们时刻看着，不敢让他够上一点带尖带钩的东西。刚才他疼得实在受不住，趁我上厕所的时间，从沙发上爬起来要上吊。他早就不能平躺着了，躺下来就得疼晕过去。他哪有绳啊，就把秋衣脱下来挽了个扣，搭在晾衣服的铁丝上了。要不怎么说老爷子遭罪呢。每天痛出一身一身的汗，那秋衣早泡糟了挂不住他，摔在地上了……"

齐大夫不情愿地把话翻给詹姆斯博士。补充说："幸好没受其他伤。"

"可是病人很恐惧，你们看不出来吗？"詹姆斯博士愤怒了，"临终的人并不是恐惧死亡，他们只是恐惧疼痛！死亡不可避免，疼痛却是完全可以避免的。你们为什么不足量地使用镇痛剂，保证他们毫无痛苦地走向永恒？在我们的国度里，病人一旦被确认患了不可逆转的疾病并伴有刻骨铭心的疼痛时，临终关怀医院将无限量地使用麻醉性镇痛剂，怕他成瘾吧？他已经89岁了，绝不会活着走出这间病室。你们为什么不让他舒适一点？要是在我们的国家里，他每天会得到300片以上的盐酸吗啡，他会觉不出任何疼痛。我们还有更先进的止痛膏药。敷在患处，保证72小时不痛。我的国家，是剧痛者的天堂！"他气咻咻地吐着气。

齐大夫对我说："他有什么权利对我们指手画脚的？"说完又长叹一口气。

"可是我又想起毛主席的一段语录，一个外国人，毫无利己的动机……"

我说："你快跟他交流。人家正看着你。"

"我们的麻醉性镇痛剂使用非常严格。例如吗啡，要经过几级机构批准。每一片都要登记在案。"齐大夫郑重解释。

"我可以知道一下贵国麻醉镇痛剂的产量吗？"博士的蓝眼珠很

专注。

“当然可以。”齐大夫报出一个数字。

“准确吗？”博士充满疑惑。

“非常可靠。这是我们的国家统计局公布的数字。”齐大夫很有把握地说。

“假如您的数字准确无误，那我要说，以一个十多亿庞大人口的国家，只使用这样微不足道的镇痛剂，贵国的绝大多数晚期癌症病人，都是活活痛死的！”博士极为愤慨。

我们都愣住了。我们这个民族善于忍受疼痛，我们以坚韧不拔著称于世。我们的每一位久病的英雄都说，把好药留给别人吧，我还能忍。我们的医生习惯了对病人说，到实在不行了，再用镇痛药。刚有一点小痛就用，大痛时怎么办？

我们在思索。

蓝眼珠不依不饶：“每当我看到第三世界国家把大量的海洛因焚毁的时候，都万分遗憾。那是一笔多么宝贵的财富啊！上帝给人感觉痛苦的神经，上帝又给了人克制疼痛的法宝。你们辜负了上帝的公平。”

齐大夫清了清嗓子，说：“詹姆斯博士，我很喜欢这种思维的碰撞。但是您知道吗？在中国的历史上，曾经有一场悲壮而屈辱的鸦片战争。那场血火之战的挑起者就是大不列颠及北爱尔兰联合王国，缘于他们向我们输入鸦片。我们是鸦片战争的战败国。对此我们刻骨不忘。”

詹姆斯博士的眼睛蒙上云翳。他费力地回忆着，说：“很抱歉……”

他毕竟是一个有良知的英国绅士。

他接着说：“抱歉的是，我并不知道历史上曾经有过这样一场战争。我是医生，我除了医学之外，其他一律不感兴趣。我只同您讨论医学。我不明白眼前这位老人发黑溃烂的双腿同一百多年前的那场战争有什么关联。你们以为不给这位痛不欲生的老人吃镇痛剂，那场战

争的结局就会改写吗？我的中国同行，你们是不是把简单的医疗问题想得太复杂了太久远了？面对这个企图以纺织品自杀的老人，太少人道的关注！？”

我们张口结舌。无论我们多么地具有爱国主义情操，也无法同这个英国佬理论，他只懂医学。

我们又走进一间病房。这是一位老媪，用乒乓球一般瓷白的眼珠瞟着房顶。一个穿紫衣的护工正给她喂食。一种混有黄色颗粒的乳汁从她鼻孔的管里推进，少部分自嘴角外溢。尖锐的喉结滚动着，耙子似的把液体驱赶入胃。

“这是什么液体？”

“菠萝奶。”护工小白用英语回答博士。她无法确切称呼这种流质，就把菠萝和牛奶两个单词叠加。

詹姆斯博士听懂了，说：“这是一种残忍。”

一瓶纯白的液体悬挂在半空，好像猪板油。它们凝重地滴进老太婆骨瘦如柴的臂膀。

“这是在输油。”齐大夫简短地说。那是蛋白乳，给不能进食的病人提供高热量。

齐大夫忍不住说：“您可以说得明确一点吗？谁对谁残忍？”

詹姆斯博士说：“我说得难道还不明确吗？是中国的临终关怀人员对临终的病人残忍。”

“能说得再详细一点吗？”齐大夫咄咄逼人地问。

“中国人太看重生命的数量，忽视生命的质量。在生命的末期，生命已毫无意义，关键是生存的品位。对于已经无法经口进食的人，你们把导管从她的鼻腔捅进去，强行把复杂的营养成分灌入毫无生气的胃，让她的消化道不得安宁。这难道不是残忍吗？还有你们叫作油的这种黏稠物，进入血管给她疲惫的心脏加重负担。她的肌体是一个衰弱的脚夫。你们却强加给她更多的货物，难道不是残忍吗？我研究

过你们的禅学，一个老人，不吃任何动物蛋白，拒绝人际交流，在深山老林里面对一块石壁，直至像音乐中的渐弱符号，融化在大自然中，成为你们理想中的最高境界。这种活着同死了一样的生存状态，不可思议。生命在于动作，没有了动作，犹如剥了皮的青蛙，连标本都不如。当死亡一定要降临的时候，就像一个婴儿的诞生，我们要做的是让它到来得更为舒适和顺利。”

我想到了一个词——“方沟”。东西方文化的沟。真是一条深邃的大峡谷，我们可以相互听到歌声，但想走到一起，多么艰难！

齐大夫用比英国人更为地道的姿势抱着双肩说：“我从理论上同意您的观点，詹姆斯博士。但是中国人民的伟大领袖毛主席说过这样一句话，对具体情况要做具体分析……”

正说着，小白捧着一个多层奶油蛋糕。图案繁复，床上架屋，堂皇得像古罗马的竞技场。

“奶奶，您要的蛋糕来了。先拿来给您瞧瞧，让您高兴高兴。等一会儿，您的儿子女儿儿媳妇女婿孙子孙女外孙子外孙女来了，我们就把蜡烛点着，说什么您也要吃一块寿糕，有一点没能叫您满意，就是我在店里买生日蜡烛，人家说，老人家那么高寿，得插多少支蜡烛？寿糕还不成了马蜂窝？我说，那不成，说什么我们也得插上，奶奶就等着这一天哪！后来他们给想了个办法，您多大岁数，就插了两个蜡做的数字。待会儿，数字蜡点起红红的火苗，多好看哪！”女孩子兴致勃勃地讲着，完全不顾及半昏迷的老太是否听得见。就像喋喋不休的母亲，相信她的婴儿一定记住她的话。

老妇真的抖开眼皮，用明亮得骇人的眸子，盯住了蛋糕上的红色阿拉伯数字。

“78”，像灯塔似的戳在奶油中，柔软的烛芯像男孩调皮的鬈发，耷拉在一旁，引诱你点燃。

老人自豪地看了所有人一眼，嘴唇动了动。她什么声音都没有发

出，她像不屑于为不认识的人浪费精力。不过我们都听到了她的话：

“终于活到78岁啦！”

詹姆斯博士翻着硬而卷的睫毛说：“是这位老妇人要求你们把她的生命一定保持到78岁诞辰这一天吗？”

齐大夫说：“是的。”

詹姆斯博士说：“请原谅我刚才的唐突。”

齐大夫说：“我们之间的共同之处大于我们的不同之处。”

詹姆斯博士说：“是的。在临终关怀医院里，病人是最靠近上帝的人。我们要像服从上帝一样，服从他们。”

我们又走进一间病房。仰卧病人是位秃头老汉，呜呜在哭。音色凄厉，像有人往生了锈的管道里吹气。

“爷爷，别哭了。那东西是不能要了，对您的病不好。”小白也跟过来，和颜悦色地劝。

“他为什么这样悲痛？”詹姆斯博士问。

我也是第一次看人哭得这样伤心。许多文学作品里都形容老人眼泪如何浑浊，其实不准确。他的泪珠晶莹，每一粒都有纽扣大。

齐大夫走过去，像哄小孩似的搬起他的头：“老爷子，又为那事哭，是不是？”

老翁泪眼凄迷中看到齐大夫，抖着皱纹笑了：“你来了就好。他们都不听我的，就你心好。”说着用手指挖耳朵眼儿里灌进的泪水，眼巴巴地等着。

小白气得一甩手，说：“齐大夫，你就会收买人心。”

我和詹姆斯博士面面相觑，不知是怎么回事。齐大夫也不解释，从白大褂兜里掏出一包“红塔山”，摸出火柴，“噗”地点着，将米黄色的过滤嘴优雅地衔在嘴里，徐徐吸着。待朱红色的焰火像仪表似的渐渐发亮，迅即拔下。一边吐着雪青的烟圈，一边把烟嘴栽到老翁干裂的唇里。

老人像狮子打起欢快的呼噜，大口喷烟。原本就灰暗的脸，变成紫色。

我看了眼他的诊断：肺癌。

詹姆斯博士高兴地连说OK。

“噗噗”！病人把烟像瓜子皮似的弹出，艰难地说：“这烟……不对味……骗人……”

小白心疼地捡起烟把儿，说：“齐大夫能骗你吗？这根烟值好几毛钱呢。怎么说丢就丢了？”

病人梗着脖子说：“我抽了70年的烟，我能冤枉人吗？我没说齐大夫他骗我，我是说烟贩子骗了齐大夫。齐大夫比孩子们好，他们不叫我吸烟。我说，你们有后悔的时候。到那时，想我了，甭点香，就在我的骨灰盒上烧根烟就行。不过得好烟，冒牌货可不行。”

齐大夫脸色很难看。

詹姆斯博士上前一步，从裤袋里掏出一个硬如盔甲的烟盒按了某处机关，“啪”地弹出一根。他用长满黄毛的手指捻起烟，打着金乌龟模样的打火机。并不等火苗跳起，烟就熏着了。他轻轻嘘了一口，递给病人。

“肺癌”紧紧地抿着口，像个死蚌。

“给——你——”詹姆斯博士用怪调的中文满脸热情地说着，蓝眼珠里跳荡着仁爱的光辉。“这是正宗的英格兰产品，绝无假冒。”他又用英语说，急切地要齐大夫翻译给病人。

“肺癌”把嘴张开了，但不是接烟。说：“我不要沾过你嘴巴的烟。我要是叫你传染上了艾滋病，怎么办？我听人说了，亲嘴可以传染。”

我觉得齐大夫完全可以把这些话隐瞒下来，随便用其他理由拒绝博士的好意。但是，齐大夫原汤原食地将话译了过去，不怀好意地瞧着大洋彼岸的绅士。

我们都很紧张。

詹姆斯博士悲悯地看着病人，停了一会儿才说：“不要以为西方的每一个人都是艾滋病患者。我可以很负责地说，我不是。”说罢，他把烟盒留在床头柜上，对小白说，“小姐，请您再给他点上一支烟。谢谢。”

他小心地没有触着烟盒内壁。

小白憋红了脸。齐大夫接过来说：“中国女士一般不会吸烟。我来吧。”

老爷子香喷喷地吸着烟，冲着外国人，连连竖着大拇哥：“好烟！好烟！”

詹姆斯博士观察起墙上的一幅字画。小白又到别处忙去了。

“齐大夫，你还是挺适合搞临终关怀。刀子嘴，豆腐心。”我说。

“不。”他高大的身躯佝偻了。“我给病人买的红塔山的确是冒牌货。正规店里的太贵了。病人们都管我要烟，我又不能要他们的钱。卖烟的小贩说，这烟是专卖给送礼的人的。我的烟不是给当官的人抽的，是给临终的人，我不该骗他们。西方的临终关怀人员的确值得学习。”

我说：“我们毕竟刚刚开始。”

詹姆斯博士说：“我仔细研究了这张图表，发现其中有一个规律……”

我们定睛看去，那是一幅草书，铁画银钩“老吾老以及人之老”。

“什么规律？”我们异口同声地问。

“这个符咒连续出现了三次。”博士毛茸茸的大手指点着。

真够难为这位洋博士的。一片天女散花的狂草之间，他居然认出了三个相似又绝不雷同的“老”字。

齐大夫看了看我说：“解释这是作家的专利。”

我说：“还是你说吧。你们既然把它贴在这里，自然有寓意。”

齐大夫清清喉咙，说：“这第一个老字，是一个动词。意思是照顾服侍老人。第二个老字是代词，指的是自家的双亲。这第三个字是

名词，包括普天下所有的老人，具有一种抽象的意味。”

詹姆斯博士凝神听着。

齐大夫接着说：“这句话串起来的意思就是，你要像服侍自己的双亲服侍整个人类的老人。”

詹姆斯博士喟叹道：“神秘而博爱的东方哲学！”

我们为詹姆斯博士送行。

“我没想到在红色中国，看到你这样年轻而认真的同行。”看得出，詹姆斯博士挺欣赏齐大夫，但他的夸奖仍有节制。

“我这一次到你们国家来，请我看了豪华的宾馆，现代化的流水线，吃了皇帝吃过的饭，游览了美丽的古迹。一切都在萌芽，你们几乎什么都有了，建设中的中国现在只缺一样东西了。”詹姆斯博士很真挚地说。

“什么东西？”我们又一次异口同声。

“就缺临终关怀事业了。这是文明世界的象征。”他说。

我觉得这真是干什么吆喝什么。但还是为他真诚的敬业精神所感动。

詹姆斯博士继续说：“你们的临终关怀医院太简陋了，像贫民窟。我们的医院像花园，高大的病房，先进的设备。甚至还有一所幼儿园建在里面，让孩子们的欢笑去冲淡死亡的叹息。我们还有无数的志愿者。大学教授、学生、白领职员、家庭妇女……当然最多的是大学生，组成关怀者大军，完全无偿地为垂危的病人服务，闪烁基督的精神。很可惜，你们要走到这一天，还很漫长……”

无论詹姆斯博士怀着怎样的善意，齐大夫还是毫不留情地打断了他的话：“我们现在就有不要任何报酬的志愿者。”

同样固执的英国博士说：“可是我没有看到。”

“那是你在中国待的时间还短。假如你有兴趣，请周末下午来。你会看到我们的志愿者。”齐大夫毫不退让地坚持。

一位志愿者站在我面前。我是那么不情愿用志愿者这个词来称呼她。她很年轻，眉宇间很忧郁，时刻提醒你她不是一个完全的志愿者，而是被某种目的驱使到这里来的。

这一次站在院子里，是为了更方便地谈论死亡。病房里住满了垂危的人，尽管有的昏睡，有的痴呆，我还是不愿在距离他们很近的地方谈不可避免的归宿。尽管他们可能完全听不见。

因为冷，女孩瘦削的双颊现出艳丽的玫瑰色，使她比我初见时可爱了许多。冷和热都会使年轻人脸色红润。但热会使额头也红起来，人显得毛躁。唯有冰冷中的红润，像果子一样生动。

“你为什么到这儿来呢？”我问。不是专业记者，很不会采访，只拣最好奇的问。

“因为……大家都来，我就来。”她说。声音很小，迫使你离她更近些，看到她的额头明净得像刚洗过的玻璃杯。

“如果大家都不来，你来吗？”我问。这是个穿着随大流的小姑娘，今冬最流行的黑色羊毛健美裤，套上洋红色的小靴子，该是很有生气的打扮，但仍然觉出她的沉闷。

“我不来。”她干脆地说。

还好。有说真话的勇气。

“那么为什么来呢？”

“因为总说要做好事，一般的好事早就叫人做完了。我说的不是数量，是种类。学院要挖掘新的好事品种。一位同学的表姐在这当护士。她说，大学生闲着没事，到医院来陪要死的老头老太太说会儿话吧。就这样。”

“同学们都有些什么说法？”

“说什么的都有。先说，给不给钱啊？外国干这事可得给大价钱。立刻有人反驳，你才土呢，外国干这活儿一分钱也不要。其实他俩说得都对都不对。如果要钱，真是不少要。如果不要，就一分

钱也不要。”

“你们呢？”我明知故问。

“我们当然不要的。一星期来一次。”

“大家愿意来吗？”

“怎么说呢？又害怕又好奇。真的，我长这么大没见过死人。我特怕见死的东西，所以我喜欢小动物，可是我从来不养。觉得养得不好，它们就死了。心里的难过，远远大于它们活着的时候带给我的欢乐。我问过我妈，说以前的人有的连蚂蚁都没踩死过，我眼神不好，根本看不清地上有没有蚂蚁，不知踩死多少小生灵了，真糟。我妈说，傻孩子，一条生命，哪就随随便便没了？只要不是成心用鞋底碾，蚂蚁不会死的。我试了一回，穿着旅游鞋走过去，回头趴在地上一看，蚂蚁安然无恙。我的心不坏，可是我不愿来。不是因为别的，我太容易忧伤了，胆子还特小。”

“不来不行吗？不是说自愿吗？”我问。

“不行。现在说是自愿的事，有几个是真自愿的？学校后来把它规定为品行项目，打分记入档案。说这是爱心服务，必须来。刚开始，我的确是被迫的，但现在，我是心甘情愿地来了。”

我不知假如詹姆斯博士在场，会是一副什么样的表情。我说：“详细讲讲好吗？”

“第一次走进这个院落，死气沉沉。表姐说同学们愿意进屋同老人聊天最好，要不帮着打扫卫生也行。她知道我们害怕。

“几个胆大的同学随便找了个门，一推就进去了。我很想等他们出来告诉我里面是怎么一回事再决定进不进。可他们好像进了旋涡，再不露头。我傻傻地站在院子中间，后来发现只剩下我一个人站在那儿。表姐走过来说，你要不帮助擦玻璃吧。

“我端了一盆热水立在一扇窗户外头。那一年的冬天比今年冷，玻璃上结了厚厚的冰花，是从里面结的，外面蒙着黄沙。我用手把抹

布拧干，表姐会关心人，水是热的。我团着手巾在玻璃上一下一下地干抹，一溜溜同抹布等宽的洁净玻璃面就露出来了。现在只剩下里面的冰花了。我是第一次那么仔细地观察冰花，像一棵棵圣诞树，笔直地立在透明的大厦里。因了毛巾稀薄的热气，它们极轻微地融化了，精致的树叶好像淋了雨，晶莹的雾气缠绕其上，轮廓柔软地模糊了。现在，这间病房玻璃朝外的一面，已经像刚洗过的葡萄，带着隐隐的水珠，漂亮清洁。明亮但并不温暖的阳光照在上面，泛出带虹彩的光。

“其实没什么用。光擦一面的玻璃等于没擦。我不敢去擦里面，不知这间门窗紧闭的小屋里躺着怎样可怕的怪物。没办法消磨剩下的时间，我就用手指揉搓那块最下面的玻璃。玻璃这东西挺奇怪的，你用布用报纸用汽油用酒精，都没有用手指头擦得干净，好像手跟玻璃相克。

“我下意识地用手心画着圈，玻璃闪着蓝色的光。突然，手掌对侧的白羽毛神奇地变薄了，露出一个淡褐色的洞，好像一块蛋形的巧克力敷在玻璃的那一面。由于我的体温，一小块冰凌变成蒸汽飞走了。我不由得凑过去，想看看这间我擦了外面玻璃的房子，是番什么景象。

“我换了一只手。原先那只手掌已变得同冰块一般冷。新的手心热力很冲，油亮黑暗的斑块迅速扩大，已经够我把两只眼睛镶在上面了。

“我半蹲着腿，因为那块玻璃很矮。我屏住气把鼻子压扁在冷冷的玻璃板上……

“您猜我看到了什么？”她忧郁的眼神垂落在地，好像怕吓到我，提示我有个准备。

她不知我当过医生，而且已在病区盘桓多日。

“雪白的被单，瘦如骷髅的老人，树根一样的皱纹，氧气瓶……”我直截了当地说。

“你说得对。”她轻声地说，知道没有什么能出乎我的意料。

“我是看到了那些，但不在那一刻。那一刻，我看到的是无边无际的黑暗。黑暗中，有萤火虫在飞，不多，仅两只，但飞得很快。在黑暗四周，有一圈白茫茫的藤条，编织着细密古怪的花纹……”

“这是什么？”轮到我吃惊了。能让一个有着20多年医龄的主治医师吃惊的事，实在不多。

“那是一双患白内障的老爷爷的眼睛。他正从我的手心融出的那两个小洞向外张望。”女孩依旧垂着眼帘说。

“讲下去。”我极力使自己音色平和。

“后来我就进去了。我看到了您刚才说的那一切。”我对老爷爷说，“我是来为您服务的。”

他躺在床上，仍然保持着窥探外界的姿势，只是脖子软弱地拐在肩膀上。他是晚期胃癌，消瘦得无与伦比。脸色像一个角落里的脏塑料袋，眼睛大得令人恐怖。也许是刚才的运动费尽了气力，他拼命喘息。

看得出他非常寂寞。我想他该对我的到来表现出高兴。可是，没有。他面无表情地对着我，淡漠得像一块旧床单。

我是个生性腼腆的女孩，对那些热烈追求我的男孩都不知说什么好，面对这样一个年纪足可做我太爷的沉默老者，真不知该怎样。

我呆呆地看着他，他也呆呆地看着我。就像我们最初隔着窗户那样。

就在这时，护工小白送饭来了。我说，你到别处忙吧，我来喂饭。

小白说，杜爷爷的饭可不好喂了。要实在不吃，别勉强。

我说，你放心。我把鸡汤面放在嘴边吹，不凉不烫地送到杜爷爷面前。他的嘴像被透明胶粘住了，严丝合缝。

您得吃饭啊。我后悔揽了劝人吃饭的活儿，我不会劝人。

他终于开口，不是吃饭，是说话。药都没有用，饭就更没用了。

我不要吃饭。他很清醒，癌症病人至死都是很清醒的，没有人能说服他们。

您总得吃一点儿。我又说了一句。我不会说别的话，就擎着勺愣愣地站着。勺里的饭凉了，我就把它磕在另一个碗里，重舀了一勺热乎的汤，像举蜡烛一样端着。我想，古代的举案齐眉，大概就是如此。

杜爷爷打起精神，挣扎着说，你这不是成心气我吗？

我眼泪一下子迸出来。我跟你无亲无故的，这么服侍你，你还不知好歹！

我倔犟地一直举着，直到鸡油凝出了黄圈。

杜爷爷叹了一口气说，我吃，孩子。有一个条件。

我心里很反感。吃不吃饭是你自己的事，还跟我讲什么条件。可一想到回去还得汇报今天的战果，只好顺着他。就问，什么条件？

这回他回答得挺利索：唱一个歌吧。

我为难地说，我不会唱。

他毫不通融，死心塌地地说，那我就不吃饭！

我在心里嘲笑他。你见过这么不讲理的老头吗？我只是一个志愿服务人员，几个小时以后就走了。你吃不吃饭关我什么事？是你肚子饿还是我肚子饿？这么大年纪了，还要人来哄你。我愤愤地说，不吃就算了，我去喂别人。

他仿佛很怕我走，忙说，你唱一句就行。唱一句我就吃一口。

真没见过这样的交易。做事总要有始有终。我说，好吧。我唱。只是我从来没当着人唱过歌，可能不准。

他像孩子一样兴奋，望着我说，唱吧唱吧。

唱什么呢？轮到开口，更犯难。唱个《团结就是力量》吧。有劲，听着振奋。我说。

不听。他说，平日里小白常唱这个。他说。我这才知道以吃饭来要挟唱歌，是他的惯用伎俩。

我忍着气说，那就给您唱个《潇洒走一回》吧。

他木讷地问，到哪儿走一回？

我这才记起他住院已经很久，对现时风靡的歌曲十分陌生。我说，您看，您让我唱，我要唱的您又不听。您自己说个歌吧。别太难，我不会。

他慎重地开始想，惨白的脸上突然现出黄色。真的，不是红色。由于极度衰竭，他的血很稀很淡，就像绍兴黄酒的色泽。

他终于想好了，说，就唱一首情歌吧。

我手里的汤泼了。一个垂垂老矣的病叟，80多岁的年纪，居然要听什么情歌！该不是他的神经有什么毛病？看他目光炯炯的样子，我想起了无所不在的弗洛伊德。这老头在寻找宣泄，是性变态。

我一字一句地说，我、不会、什么、情歌！

他仍满怀期望地说，就是《在那遥远的地方》。

不会！我说。

他说，那就“一条大河”也行。

我说，也不会。他好像觉察到了什么，试探地说，都会的呀。你要记不清词了，我给你提。

你说我一个20岁的大学生用他80岁的老头提醒吗？我还是硬邦邦地一口拒绝。他改变战术，说，你就唱一个嘿啦啦啦，天空出彩霞也成。你是不是怕我说了不算话啊，我先吃，我这就吃给你看啊……说着，抖抖索索接过勺，填进嘴里，用长了黑苔的舌头搅拌面条。

我突然一分钟也不愿在屋里待了。我有那么多的功课要做，要看许许多多的书，要和男朋友约会，要去参加舞会和买新衣服……为什么要为一个素昧平生的人耗费金子一样的年华？我已经来过了，这就是说，我已经问心无愧。我可以走了。我说，歌我不会唱，饭您自己看着办好了。再见。

他怔怔地看着我，面条像生命的虫子，从他嘴里退出来。

屋里很静，天已渐黑。我若赶快走，之后的事就不会发生。小白托着干净的衣物走进来，说，正好要给病人换衣服，你帮帮忙。我那边好乱。她走时顺手把灯开了。

两端发黑的日光灯管发出毒蛇一样的嘶叫声。

我对虚弱地倚在枕头上的老爷爷说，请您移动一下，我来换床单。

他很吃力地用肘架着半身子，挪到一旁。我刚把床单铺平，他就迫不及待地把自己摔回来，仰着喘气。

我看到在他后背底下，很大一块床单裹了起来，像邮寄了一万里的信封。

叫别人看到，肯定是我工作不力的明证。我说，请您再挪开一次，我把床单抻抻平。这样多难看。

他短促地喘着气说，又折腾什么。

他说，不知道是为谁好啊。

我说，您这个爷爷怎么这样说话？难道是为我好？我又不躺在这床上，那么深的褶子压在你的身下，你会硌得慌！

他祈求地说，我觉不出硌。真的，孩子，除了心口，我再也觉不出别的了。让我安生会儿，行不？

我不由分说地将他搬到一旁。他不很配合，就像小孩不肯离开玩具柜台一样。但见我使了强力，也没有很大的反抗。你可以感觉到他的骨头僵硬地倔犟。幸好，他比我想象的轻多了，几乎是稻草人。操作时，我听到他的体内像半瓶子啤酒似的，发出冒着气泡的咣当声。为了表示我的不满，我顺便搡了他一下。

好了。你看，现在多平整！看着也舒服。我抹着头上的汗水说。

他阴沉着一声不吭。甚至尽力欠着半个身子，拒绝沾我铺平了的那边床单。不知是怕揉皱了，又要麻烦我一番，还是无声地抗议。

现在让我们来换衣服。我不理他，自顾自说。我发现他没有任何力量，我完全可以左右他。不知您注意到了没有？在临终关怀医院里，人

们对病人什么事都是说“我们”，从不用单数的“我”。比如说让我们来翻个身。听起来好像志愿人员要和病人一起翻身似的。临终的人都失去自我照料的能力，哪怕一个极简单的动作，都要协力完成。

我不换。老爷爷很衰弱但很清晰地说。

真是个难题。不行。我也很果断地说。小白把衣服交给我，他不换，不是我的失职吗？

他冷漠地盯着我说，我不要你换。他用仅有的气力强调了那个“你”字，意思再分明不过了。他不是不换，只是不要我来帮助他这件事。

我并不是一个很爱帮助人的人。例如在学校里，有人拒绝了我的帮助，我会乐呵呵地跑开，然后永世不理他。你已经表明了你的善意，在道义上你已经圆满。他不需要你的帮助。就咎由自取了。但在这里，一切颠倒了。他分明是需要帮助的，没人帮助他连个饭勺都拿不起，可他却倨傲地拒绝了你！你的自尊被强烈灼伤。

为什么不要我帮助你？我质问他。特别突出“我”字。

因为……因为……他迟疑着。

我气势汹汹，追究到底。

因为你是个女孩。他终于说出。

我没有想到这个原因，心里有些感动。但情势不容我听从他，我问，那么你打算让谁帮助你换衣服？

小白。他很快地说。

那小白就不是一个女孩子吗？我不平，觉得受了歧视。

我让一个女孩看见也就罢了，没法子的事啊！可我不愿让你们都看见！他突然低沉地吼叫出来。

想不到他衰弱不堪的胸膛里，还有这么强烈的性别自尊。我好声劝慰，我们都学过人体生理，您不必不好意思。我和小白是一样的。她现在正忙。

最后一个理由打动了他。他无可奈何地说，小白是太忙了，让她歇歇吧。

帮他换衣服，应该说我是很负责的。换内裤的时候，我用被子盖住他的下身。一是维护他那可怜的自尊心，二是怕他受凉。换上衣的时候，我简直就用被子搭了一个小帐篷，钻在里面忙活儿。

絮套里的气味很不好闻，有死泥塘的腐败气息。我憋着气，眼泪都流了出来。在医院蓝线条图案的衬衣里，还有一件贴身T恤。凑着被头筛进的恍惚光线，我看见爷爷胸前有一张猴脸，就是京剧孙悟空的彩色脸谱。大概是这猴王刚从蟠桃园吃饱了出来，龇牙咧嘴煞是开心。由于久未换洗，T恤的颜色已像厕所小便池上方的墙壁，污秽不堪。孙悟空脸蛋上的鲜红已染得像酱油膏。

您老抬抬胳膊，我给你把这件T恤换下来。我和颜悦色地说。

不换。他斩钉截铁地回答。

为什么？轮到我吃惊。

什么都不为。不换。他毫无商榷之意。

老年人真喜怒无常。从T恤的污浊判断，纵是小白，上回也没说服他脱下这件宝贝。我敏锐地想到这可能是一件信物，一定有一个故事，也许和他的情人有关。只是这种T恤是这两年才兴起来的，带有一种漫画式的夸张，叫人忍俊不禁。想必他的情人是位幽默的老媪。可是她为什么不来看他？可怜他孤苦伶仃的样子，身边一个亲人也没有。又一想，要是我能说服他换下来洗一洗再穿上，不是比小白还能干吗？

我说，洗净了，我再给您穿上。

他恼怒了，我不换！我说过了我不换，我就是不换！你这个姑娘怎么这么讨厌！你是来帮助我还是来成心气我？你从一进门就吊着脸子，吆喝我干这干那，烦死我啦！你根本就不是为我，你是为了你自己！

我此时还伏在他的被子里，预备给他更衣。他声音透过我头顶厚

厚的棉絮传过来，如喑哑的鼓鸣。我呼地一下撩开被子，全然忘记他还赤裸着双臂。扇起的冷风把他枯萎的白发吹得参起，更显出面目的嶙峋。

他恨恨地看着我。大概是怕冷，自己艰难地穿上衬衣，遮住那个嬉皮笑脸的肮脏猴王。

当小白进来的时候，一切看起来还算正常。

小白说，杜爷爷，今天来的志愿人员是大学生，比别的来得更细心更有经验吧?

老人极含糊地“嗯”了一声，看起来很沮丧。

别难过他们走。爷爷，他们下星期还会来的。小白甜甜地说着，抱走了蓝条纹的衣物。

我感到精神和体力都很疲惫。我不是一个爱交际的女孩。和这样一位喜怒无常的老叟打交道，恨不能马上逃走。

你把面条给我端过来。他毫无感情地说。

冷了。我说。毕竟他是要死的人了，我不能不理他。

拿来。他命令式地说。

我端了过去。面条已凝固。

他用勺抠了一块，放进嘴里。嚼呀嚼，好像那是泡泡糖。然后极为痛苦地咽下去，我听到“扑通”一声响，好像把石头丢下深潭。

他看着我，把勺子很响亮地撂下。

我控制着内心的嫌恶，尽量柔情说，老爷爷，我走了，下周六我再来看您。祝您晚安。

他蜡烛般卧着，无声无息。

我小心翼翼地往外走，当我就要挑起厚重的棉门帘时，听到我的背后发出声音：你到这里来，应该是给人带来快乐。你这种哭丧着脸的女孩，我再也不想见到你啦!

声音大而洪亮。简直可以称为咆哮。你绝不相信它出自一个病人。

我急速跑出去，任泪水横流。这是一个老怪物，老疯子。他一定得了人世间最严重的神经痴呆，脑软化！他活着给世界带来丑恶，赶快死了吧！

我用一个文明女孩所有想得出来的刻毒语言咒骂他，直到下个星期六。

又到了志愿者服务的日子。集合的时候，我对班长说，对不起，今天我不能去了。

他说，怎么了？上回医院还表扬你能干。

我说，感冒了。老人本来就体质弱，传给他们就糟了。

他说，不会吧？这么快？中午我还看你和男朋友打网球。别是借机会去看电影。

我说，感冒就是突然感到被冒犯。今天下午我将一直在图书馆带病坚持学习。你可明察暗访。

我没有去，整个下午心神不定。每间房屋里都有志愿者，只有那里寂寞。不知他如愿以偿还是感觉凄凉。想必该是前者，是他说的他不愿见我。想到这里，我捧着一本最难读的书啃下去。

又一个周六来临。这一次我编不出新理由，再者我想看看那个倔老头究竟怎样。假如他要拒绝我，就请当众说好了。省得明明是他的责任，却要我东躲西藏地背黑锅。

我走进临终关怀医院，碰见小白。她说，你来了，太好了。上个星期六杜爷爷一直在等你。

是吗？就是那个倔老头吗？我心中突然感到很温暖。我不该和他治气的，他毕竟是病人。我三脚两步地往那间小屋跑。我看见窗上的冰花像帏幔一般厚。这一次我一定要里外都擦，让老人家躺在床上就可以看到外面的天。

小白一把拉住我说，别去了。那间房子已经空了。

我说，那他呢？我不知他的名字。

小白说，他去了，就是昨天，星期五。他很想等到星期六的，可惜没有等到。世界上的有些事，不是你想怎么着就怎么着的。

我说，这不可能。

真的，我不相信这个死讯。一个可以发那么大脾气的人，怎么能说死就死了呢？

小白说，我小时候，也不相信人会死。但杜爷爷确实是去了。他只有一个女儿在美国，临死也没能赶回来。他一直都很清醒。最后他已经不再等他的女儿，只是等你。

我说，这怎么会？等我？我知道这些人在临死前会等人，甚至死不瞑目。但他不会等我。我同他只见过一面，而且还不欢而散。

是等你。小白很肯定地说。他说他对不起你，想当面向你道个歉。小白突然想起，说他还有件东西本想亲手交给你，后来托给了我。你等着，我给你去拿。

我站在朔风呼啸的院落里，望着冰花烂漫的窗户。昨天，昨天我在做什么？上天为什么不给我一点启示呢？

小白回来了。一层层打开布包，于是，我在中国北部湛蓝的天空下，看到一件雪白的T恤衫。前胸是一个嬉笑的美猴王脸谱，双眼喷射晶光，嘴唇像刚被桃汁浸染过，鲜红欲滴。

上面有一张纸条。

孩子：

你是我这一生认识的最后一个人了。原谅我那天对你的暴躁。看得出你是个天性忧郁的女孩，因为我以前就是这种性格的人。这不好。得了癌症以后，我决心做一个快活的人。我想了许多办法，比如唱歌。但最有效的是穿这件孙悟空的背心，我一看见这张滑稽的猴脸，就忍不住微笑起来。我要到遥远的地方去了，在我走之前，送给你一个猴脸。当你忧

伤的时候，看看它，你会情不自禁地微笑。

一位爱发脾气的爷爷

字迹非常潦草，每一横每一竖都是分几次写完的。

北风里，我满脸都是泪水，但我真的望着那件鲜艳的脸谱T恤，微笑了。

小白说，爷爷死的时候很痛苦。他是胃幽门癌，肠道完全梗阻，就像人的下水道不通，全积在胃里。每进一滴水，都像毒药。

我知道爷爷最后的那勺饭，就是他对我最大的抚慰了。

以前，我真的不会唱歌。现在，为了到这里来，我学会了许多歌。人们在许多地方寻找欢乐，很多人终其一生也没能找到。爷爷教给了我快乐，死亡教给我快乐。您说，我现在是不是已经不很忧郁了？

女志愿者望着我。

我说："祝你永远快乐地为老人们唱歌。"

由于我在医院里频繁出没，有的病人家属已同我熟识。

"是你老爹还是老妈在这里关怀着？看来你是个孝子。来探视总看见你。"他们说。

走进院长办公室，齐大夫恰巧也在。我说："我对这次采访很满意。还有最后一个要求，希望千万不要拒绝。"

他们真诚地说："尽管说。"

我说："就是介绍一位病人住院。时间不会长，所有费用一律照付，不必优惠。"

他们说："没问题。跟您关系密切吗？"脸上露出关切之色。

我说："很密切。"

他们说："男的女的？"

我说："女的。"

他们查了墙上的病区床位一览表说："正好有一张女空床。叫病人赶快来吧，我们的床位很紧张。"

我急急地点头："今天就来。"

他们说："要不要我们派车去接？我们有这个服务项目，上门拉病人。收费很少，只要一点油钱。"

我说："谢谢，那倒不必了。"

齐大夫说："您说待不了几天了，想必已是最后时候。不知病人什么病例？现在在医院还是在家？"

我说："那个病人就是我。我想在你们的病房里住上几天。我想体验一下死亡，请你们一切都按正规程序来办。"

院长和齐大夫把嘴巴张得好大。要不是多日来相互了解，我想他们会建议我去安定医院。

院长说："好吧。我就第一次收一个注定要出院的病人。不过，一旦来了重病人，你必须立即腾床。"

我连连点头。

齐大夫说："没想到作家也挺敬业。死亡其实没你想象得那样玄。中国有句成语叫垂死挣扎，好像死前痛苦万分。根据最新研究，肌体在死亡之前已经做好了一系列的准备工作。神志模糊，感觉迟钝，阈值提高到极限。你不能用正常人的感受看待死亡。"

院长说："我同意齐大夫的观点。有一则医学报道说，病人躺在手术床上，局部麻醉。突然病人叹息了一声，我要死了。随后，他的呼吸心跳完全停止。这是货真价实的死亡，正在流血的伤口，变得干干净净。因为心脏罢工，再也不会有血流出来。开始抢救。15分钟以后，病人才重新恢复心跳和呼吸。你知道此人是怎么形容死亡的？"

我说："这个人说得可能不大真切。他毕竟又活过来了，是个赝品。"

齐大夫说："您这话说得不正确。假如不是全力抢救，他就再不

会转回来。呼吸心跳停止的感受，那就是死亡。”

“那好，我听听他品尝死亡的感觉。”

院长说：“他说死亡是轻飘飘暖洋洋的羽毛一般。那个瞬间是飞翔的感觉，一切痛苦都不复存在了，极为舒服。”

我骇然。比听到死亡是最惨烈的酷刑还要骇然。

“死亡可能真是一件很美妙的事情。起码，它不像我们想象得那样可怖。”齐大夫说。

他看出了我的保留，就说：“例如你去了一个地方，觉着不好，不适应，是不是你就回来了？”

我说：“是啊。”

他说：“这就对了。你见过一个从死亡国度回来的人吗？”

我顿悟，说：“没见过。他们都不愿意回来？”

院长说：“我们这个国家缺乏死亡教育。死亡凄迷可怖。揭掉死的面纱。既然我们或迟或早要到那里去旅游。我希望能给将去的人一张导游图。”

齐大夫说：“您要住的那间病房今天恰有一人即将死亡。估计发生在凌晨4时左右。那是阴气最盛的时辰。那里有4张床，死亡发生时又要有一系列的操作。不知是否打扰您睡眠？”

我说：“我很高兴睡在那里。”心里想，不会打扰我的睡眠，因为我根本就不会睡着。

院长说：“那就这样定了吧。21床，你现在已经是我们的病人了。我给你下的第一道医嘱，就是口服安眠药。”

病房约有20多平方米，两排四床。自18床起，我的21床靠门。

知道内情的护士小姐莞尔一笑：“害怕请打铃。”

我说：“我的神经像缆车索道一样坚固。”

她走了。另三张床上都是老太，犹如三段槁木。我犯了一个极大的错误。是没有问清谁将在凌晨4时走完最后的路。有心叫护士小姐，

又怕她以为我胆小。

自己看吧。我自以为还是可以看出谁将去了。

已经入夜。我借着回廊里的微弱灯光，先上溯到20床。我立即断定不是她。她的嘴唇微启着，朱红的舌头从缺齿的间隙凸鼓在嘴外，像颗半腐烂的樱桃。血脉很有规则地在舌苔下浮动，不像一时半会儿即将远行。

我走近靠窗户的19床。她神色灰败，脖颈像一只古老的乐器，排满筋络。我在她的床头站立了五分钟，她像沉睡了千年的木乃伊，丝毫不知有人。我想，去的就是她了。忽然听到扑啦啦的响声，那老妇人折叠成五层的眼皮睁开了。

在这样近的距离同垂垂老媪对视，好像在观看史前遗迹。

“新来的？”她问。底气居然很冲。

“是。”我慌乱地应道。好像在超级市场被抓了赃的小偷儿。人家活得这样旺，你却在揣测死。

“癌症？”她问。

我说：“是。”

“他们会常让你搬家。”她说。

我说：“为什么？”

她说：“因为有人要去。你住的屋有人要去了，他们怕吓了你，就让你搬家。我已经搬了四回家了，后来我就不搬了。你是新21床，老21床昨天去了，我就没搬。我说，我不怕去，我怕搬。而且不论你搬到哪个房间，都有人去。这就是去的地方，天天都有人去。20床是植物人，18床就要去了……”

她毫无先兆地停止说话，撇下我一人在昏暗中。

问题已经解决。

18床像一根轻飘飘的白发，在床上无声地扑动着。她已经完全昏迷，瞳孔散得很大，像黑蚀吞没了眼珠。她的呼吸很快，我试着用她

的频率喘了一会儿气，立即感到窒息。

我走回21床。这是我的宿营地。

雪白的床单上有几片洗涤不去的污渍，绷得很紧，整个床面显出鼓面似的平坦。枕套也可疑地膨隆着，好像一张纸虚蒙在碟子上。

我小心翼翼地上了床。穿着信笺条纹的蓝衣服，钻进了洁净的被褥。我辗转一下，使自己躺得更舒服，猛然感到滑进了一个“槽”。在平铺的白褥单之下，有一个人形的凹陷。它把我楔在里头，严丝合缝。我的头骨同时落入枕头上的卵圆形窠臼，它像包绕精密仪器的泡沫板，将我的包括两个耳轮在内的头颅妥善地固定在枕中。

一位又一位僵卧不动的去者，在床上塑出了他们的最后杰作，后来者只是“卡”入而已。

我竭力想躲开那个像人仰卧在海滩上遗留的印痕。但是，我不能。无论滚到何方，都逃脱不掉。只有服服帖帖地埋在这个坑里，才有天造地设的和谐。

于是我不再挣扎。习惯了，还挺舒服。我抚摩着我的被子，它在无数去者的肌体上覆盖过，此刻又送我以温暖。我无法逃避枕头的气味，它将无数逝者的信息，强行输入我的大脑。枕头里的每一粒荞麦皮都浸透了故事。

我看到天花板上有一块舌形的干涸水泥斑。我想，在某位知识女性的眼里它一定像一幅地图，在家庭妇女的眼里一定是断了尾巴的壁虎。

距我头很近的地方有一个幽蓝的凸点。我伸出食指去抚摩了一下，它的颜色不掉。我立即感到以它为轴心，大约有一寸见方的墙壁格外润滑。噢，我明白了。所有曾经躺在这张床上的濒死的老人，都曾老眼昏花地注视过这个斑点，都曾用颤巍巍的手指抚摩过它。

一个充满玄机的斑点。谁能破译它的密码？

我极力体会死亡之前的感觉，眼前却一片迷惘。

“这是什么？”我问。我已摸出纸包里硬硬滑滑的轮廓。

“药，安眠药。”她说。

“噢，我已经吃了，可是还是睡不着。”我说。

“那还是吃得少！再把这两片吃下去，一定有用。”她很有经验地说。

的确是两片安眠药，同院长给我的一模一样。“这是谁的？”我问。

“21床的。就是刚刚去了的那个21床。这是她最后的药。她对我说，这点药我怕是用不着了，我就要上路了。扔了挺可惜，还给医生他们也不要了。这儿的床位很紧，马上就会有新的人来。刚来的人都睡不好觉，我掖到褥子底下，你就让他们吃吧。没想真派上用场。吃了吗？”

我说：“我吃。”

她又说：“别害怕。没什么。我见过几回了，真的没什么。”口气就像我小时候，先打预防针的女孩对后面的女孩说。

我说：“我不怕。谢谢您和以前的21床。”

她嘎嘎笑着，说：“谢我的我就收下了，谢21床的，等你到了那边再跟她当面说吧。”

她又突然隐去了。这一回，有结结实实的药在我手中。

一个陌生的死去的女人留下的药。我却感到和她那么亲近。我把药抹进嘴里，缓缓地咽了。

我想到了一个词，“遗药”。

生和死的界限在我的头脑里渐渐模糊起来。她像哈雷彗星的轨道，巨大的椭圆。

从死者那里继承的药片有着特殊的魔力。一觉醒来，我对面的18床，已经无声无息地消失了。床上的被子见棱见角，瑞雪一般祥和平淡。

护士笑盈盈地看着我，说：“您居然睡得这样熟。我们处理18床

的后事，您一点儿也不知道。”

我悔得捶胸顿足。

20床的植物人依旧极宁静地吐着舌头。

我不敢靠近19床，怕她看见我绝非病入膏肓之徒。我盘腿坐在被垛旁，好像真正沉疴不起的病妇。

“你是装的。”19床虚怀若谷地说。“装什么不行，来装死呢？你睡着了的时候，我一听你的喘气声就知道了。真正要去了的人，喘气是三长两短。”

她埋藏在被子的沟壑中，我不知她的表情。

在这样一位充满了死亡睿智的祖宗面前，你什么话都说不出来了。

但我还是要说：“我不是为了好奇。因为人们都害怕这件事，我想事先尝一尝。告诉大家。”

19床说：“你想得倒好！尝得到吗？尝不到的。死亡是一个红果子，要好多年才熟。每个人都有一个，你急什么？抢着摘下来的，是青的。青果子和红果子能是一般味吗？”

我哑口无言。

她忽然细细地笑了，说：“你知道我现在想的是什么吗？”

这正是我极想知道的。这些天里，我总想问问垂危的人们，可是我不忍心。我怕太悲怆。现在有人主动坦露，自然求之不得。

她说：“我在想，下一辈子我变个什么好呢？过几天我就会被抬去烧灰，在晴朗的日子里，如果有风，我会被吹得很远。我可不愿意在天上飘得太久，我打算很快就落到地上来。最多就是明年这个时候吧，我就变回来了。我已经想好我要变的东西，如果不随我的心，我就想想办法扛过去。比如赶上我要变成一棵树，我就不吸水，早点枯死。有些树无缘无故地枯死，就是这个故事，它们不乐意变树。要是让我变成一个碗，我就跳到地上打碎，锔也不锔不起来。你碰到碗自个儿打碎的事吗？”

我已经习惯了惊世骇俗的语言，连说是。

“这样我就能变成我想变的那个玩意儿了。”她满意地结束了自己的话。

面对着老妇人运筹帷幄的缜密的思维，我叹服之余小心地问：“那您究竟想早日变成什么呢？”

“眼睛。一个胖小子的眼睛，要睫毛长长的那种。”老婆婆斩钉截铁地说，“实在变不成一双，变一只也成。”她下了很大的宽容心，“那一只就让别人变吧。”

我探身，注视着她瘪如空巢的眼窝，才知道她是一位盲人。

我想未来一定有个男孩的眼睛像鹰隼般锐亮。

“你呢？你下辈子打算变个啥？”她像老树精似的问我。

“我……”我张口结舌，发现自己关于死亡的所有知识都浅尝辄止。我们以为运行到死，生命就完结。其实真正将死的人，忙碌地考虑着后面的事情。

是的。我们会化成烟，烟会在天上飞。它终究会落地。构成我们生命最基本的那些小粒子，携带着我们的信息，在宇宙中穿行。那是一把打乱了的牌，只有极少数的时候，才会再化成人形。我们会变成自然中的任何一种物质，显形或是隐形地俯视着世界，在无垠中沿着永恒的轨道盘旋。

珍惜这明亮的机会，直到最后一分钟。

“慢慢想……你还有好多年的时间哩……不急，不急……”婆婆又突然住了口。她安详地睁着无珠的眼眶，不再与我说话。

坐在临终关怀医院的病床上，我呼吸着新鲜的阳光，由衷地微笑起来。

是的。我们还有好多年呢！

阳光打在粉墙上，照亮一幅潇洒的草书：

“幼吾幼以及人之幼”

按照齐大夫的解释，这句话该是：像爱我们的孩子那样爱全人类的孩子。

临终关怀医院里的所有字画，都是院长的老父亲执笔。听说他是一位很有名的书画家，给大宾馆作画，一幅都是成千上万元。可是他女儿是一分钱也不给他的。

教授的戒指

一

“屈侠，你的陶教授挺怪。明明有一位如花似玉的少夫人，为什么还要把戒指戴到中指上？”朱提说。

“戴中指上怎么啦？又不是往卖身契上按手印，还非得用二拇哥。你不是也戴在中指上了？街上偶然碰上，我敢说你连教授脸上的老人斑都没看清，就注意到了戒指，还有如花似玉……女人啊，真是女人！”屈侠装作感慨地说。恋人吵架斗嘴，是感情最好的黏合剂。

“喂！屈侠，你是真傻还是跟着教授做学问做傻的？戴在中指是待字闺中的表示，已婚的人是要戴在无名指上的，你知道不知道！亏

我晓得你们教授的底细，要不然还以为他在施放求偶信息呢！”

“朱提，不许你信口开河。”屈侠正色道，“教授是医界圣手，是我非常尊崇的导师。你若成为我的妻子，就要恭恭敬敬地对待我的老师。就连他那位美丽的夫人，你也要尊称她为师娘。不可造次。”

“屈侠，现在是什么时辰？”朱提问。

“21世纪的××年5月10日的下午5时10分。”

“噢。你还蛮清楚的。那为什么还要用一个世纪以前的老古董要求我？”朱提撇嘴。

“不是老古董，是国粹。古老传统美德。你知道陶教授那双手，挽救过多少人的生命！”

“我们不要每次约会都谈你的教授好不好？”朱提娇媚地说，“屈侠，说点富有诗意的话嘛！”

屈侠说：“别急，我已经安排了跟你说诗意的话的时间，马上就轮到了。现在我要向你讨教一个学术上的问题，请帮忙。”

“讨教？不敢当。你是医学泰斗的博士生，我不过是个女职员。就像轻量级和重量级的拳击比赛，不可同日而语。”

“你听我说完。当然你对医学是一窍不通，可你在别的事上伶俐得很。比如女人的服装发型？是不是？我的小姑娘？”

“那倒是。可我想不通这能帮你什么忙。”

“你能帮我一个大忙。”屈侠两眼熠熠生光。

“什么忙？”朱提也来了兴趣。

“帮我做一次私人侦探。”

“什么？我？私人侦探？侦什么？是不是你以前的女朋友的近况？”朱提闪着一只双眼皮一只单眼皮的大眼睛，觉得这是今晚上最美妙的一道菜了。

“我只有你一个女朋友，朱提，我跟你说过了。不要把浪漫的情调带到严肃的学术问题里来。”

“好吧。说吧。侦探对象是谁！”朱提竭力把美丽的脸庞绷起来，这使她的眼睛显出天真的诡谲。

“教授。”屈侠简短地吐出这两个字。

“哪位教授？”朱提问。

“还有哪位教授？就是我的导师陶若怯教授。我对其他的教授都称呼姓，比如张教授李教授。唯有对我的老师，省略了姓，犹如我们称呼自己的爸爸妈妈不带姓一样。”屈侠很郑重地说。

“喔！屈侠！我更爱你了！”朱提说着，在屈侠的颊上吻了下。

“我想你的正常反应不应该是这样的。”屈侠喟叹，“女人怎么从什么事上都可以飞快地联想到爱呢？”他用餐巾纸抹着腮帮子上的口红。

“侦查自己的老师，我当然大吃一惊了！这么惊险的主意谁能想得出来？只有你！我的屈侠。世界上的一切都和爱有关系。现在我们来谈正事。你每天跟他形影不离的，他的一举一动都在你的监视之下，我不是画蛇添足吗？”

“你可不是蛇足，是火眼金睛。我的设想是这样的……”

鸽血红的葡萄酒在空中碰响。

二

丹岚夫人端上陶若怯教授的早餐：夹黄油的窝头片，掺了奶粉的豆浆，还有几块没有辣椒的四川榨菜。没有辣椒当然不能算是四川榨菜了，只是不知道叫它什么名好，姑且称之。榨菜买来当然是有辣椒的，因教授体弱，辣椒易上火，就被丹岚夫人用纤纤素手洗去了，丹岚夫人看上去只有三十几岁，但照顾起教授来，周到得像个老妪。

教授的胸腔发出金属样的咳嗽。

“今天风这么大，你又咳得这么厉害，在家歇息一天吧。”丹岚

夫人轻声劝说。

“不行，今天是我出门诊的日子，许多人是不远万里赶来就医的。在这个世界上，你可以骗任何人，但不能骗病人。”

“教授，这等于说您不会骗任何人，我们每个人在他一生的某个时刻都会生病，都是病人。”

“是的。但这并不包括你。”教授不耐烦地说。

丹岚夫人默默退去。教授只有对待病人的时候才和蔼可亲。

教授穿上雪白的工作服，因为他很瘦很高，下摆仅垂到膝盖上方，这使他显得有些滑稽。其实完全可以定做得长一些，但教授说不必了。我的个子大约20岁时就长成了这个样，那正是我开始行医的日子。没有人会为一个普通医生定做工作服。在以后半个多世纪的漫长岁月里，我已经习惯了它像一条超短裙，如果你们现在坚持要给我换一件长大褂，我会被它绊倒的。

教授在走廊里被一位白发苍苍的老婆婆拦住了。

“先生，我要看看你的病……”老太太确实够糊涂的了，说话也颠三倒四的，教授有什么病需要她看！

“老婆婆，您要先去挂个号的。”紧跟着教授的屈侠说。

“号早就挂完了，小先生。老先生，我是大清早从老远的地方赶来的，我的儿子已经死了，要不然他会陪我半夜里就来的……”老婆婆的拐棍杵倒了一个痰盂，污水流到她的脚面上。

“屈侠，你去对挂号的人说，就说我是自愿地为这位老人加个号。要是那个呆板的机器人又说出我的身体之类的话，你就绕开它那些可恶的程序，把病人直接带到我的诊室。”教授边走边说，并不停留。

医院的走廊很空旷。一般的病人都是在家里用电脑直接从医疗中心取得诊断，然后机器人送药上门。只有那些险恶而又复杂的疑难病人，才会来面谒医生。

屈侠把老妪安顿在候诊室，温和地说：“老妈妈，看病是按先来后到的顺序的。只有请您多等一些时候了，很抱歉。”

老奶奶吧嗒着嘴，露出一口白牙说：“能看上大夫就行。真没想到，医院这儿比商店还挤……”

屈侠摇着头说：“您应该想到的。想不到您这么大年纪了，牙齿还这么好。”

老妪说：“年轻人，这是假牙。如今什么都能以假乱真。”

“医道不能。”屈侠转身回到教授的诊室。他要寸步不离地守在教授身边，观察教授怎样诊病。

教授在世界医学界享有盛誉。无论多么扑朔迷离的怪病，只要教授的右手一摸，就能拿出诊断意见。俗话说：对症下药。知道了是什么病，就不愁治了。教授已近老年，技艺愈发炉火纯青。他不保守，每年广招研究生，基础知识的考试极其严格。有幸成为教授的弟子，青年人都欣喜若狂。可惜的是，这么多年，从教授身边就没有毕业一名学子。这不，跟屈侠一起入学的师兄师弟，全被教授淘汰了，屈侠如今可是三亩地里一头蒜——独苗一个了。

“尽管你懂得所有的中西医学理论，但你还远远不是一名好医生。”教授曾说。

“是的。我知道医学是一门同人类历史一样古老的学问，它有时很严谨，已经解剖到细胞分子亚分子水平；有时候又很朦胧，大而化之得像一团迷雾。好的医生是风浪中的船长。”

屈侠说完后紧张得不行。因为教授平常所说的话，不知道哪句就是对你水平的测验。他要觉得你不配再当他的学生，就会客客气气地请你到他家去吃饭。

“我夫人做得一手好菜。”教授心平气和地说。饭后就将你逐出，并不说明原因。

“不怕天不怕地，就怕教授家的席。”这是师兄弟们的临别赠言。

教授没有请屈侠吃饭的意思，说：“做一个好医生是很苦的。”

屈侠说：“一个人的苦，可以换得许多人的欢乐，我想还是很值的。”

教授说：“要有爱心。爱心和爱情是不同的。爱情只是对某一个特定的异性，爱心则要持久广阔得多。你还要研究许多领域，比如电子技术……医学是一个广泛交叉的学科。”

看来教授在短时间内还没有把屈侠轰走的意思，可他也并不传授给弟子什么经验。只让你看，不给你讲。屈侠觉得自己就像旧时木匠铺里的小学徒。师傅让你打眼你就打眼，师傅让你接样你就接样。至于手艺，凭你自己摸索去吧!

一年就这样白白耗费了。屈侠一赌气差点想拂袖而去。可是教授的医术对他的诱惑实在是太大了。

每个病人都是一口禁闭的箱子。尽管电脑在屏幕上可以把人肢解为一堆散件，提供像行星运行轨道一样庞杂的数据，给你打出超级市场账单一般的诊断证明，它还是有1%的误差。这是一个可怕的比例。

每个生命都是一个单独的世界，是一个完整的100%。谁摊到了这个1%，就是万劫不复的灾难。全世界人口已经达到100亿，1%就是1亿!

况且你想啊，连电脑都被蒙住了的病，定是充满探索的奥秘。

卧薪尝胆也得留下来呀!

今天的第一个病人是轮椅推进来的，枯瘦若木乃伊。屈侠几乎立即断定他是癌症晚期。

“先生的肚子里有一个不明肿物。条索状……不是炎症，不是肿瘤，不是寄生虫，不是……”他的随行人员递过来的电脑资料长达一千页，像一部惊世骇俗的长篇小说。

所有的报告单都说不清他到底得了什么病，可连小孩子也能在肚皮上摸到那个像热狗样的赘物。

“先生什么饭也吃不下去……”随从毕恭毕敬地说。

病者是一个大人物。屈侠敏感地判断出来了。身份会使医生莫名其妙地紧张，在格外的谨慎中延宕了病情，使情况愈发复杂。

教授伸出右手，就是中指戴有戒指的手，那真是一只古老又廉价的首饰，好像是镀金的，上镶一粒红玛瑙雕成的相思子。

也许有一个缠绵悱恻的爱情故事。屈侠想。

由于他这一定神，陶若怯教授已经完成了他的诊断过程，松开了病人芦管似的细胳膊。

“请准备一颗微型中子炸弹，爆破半径在650—960微米。”教授命令式地说。

“您要谋杀我吗？”病人虽然极端虚弱，还是不失威严地说。

“不。我要拯救你。”教授说。教授对病人从来不用“您”。面对高官重爵，显出居高临下的傲慢。

“用炸弹吗？”病人看了看随从，随从围拢来。他病入膏肓，仍有逼人的震慑力。

“是的。用炸弹。”教授明显地露出厌烦之色。他讨厌病人问长问短喋喋不休。

“我可以在您使用这种非常的治疗手段之前，知道我的腹腔里即将被你炸掉的这座建筑物是什么吗？”病人说。

“可以。不过我一般只同家属谈病情，怕病人的神经经受不起。”教授略踌躇了一下。

“先生一直亲自掌握他自己的病情，因为这对国家是很重要的，您尽可以直说。”随从小声说。

教授说：“好的，那么我告诉你，它不是什么建筑物。如果你坚持使用这个比喻，那它就是……”教授斟酌了片刻，“一间厕所。”

“您这是什么意思？”骨瘦如柴的先生用最后的气力勃然大怒。

“我的意思再明白不过了，你的肚子里的那块货色，是粪便。”

啊！连屈侠都几乎惊叫出声。

先生的脸色像是听到了世界大战爆发的消息。“粪便？！粪便？！”他惊愕地连连重复。

“您知道先生是谁吗？教授！”随从恶狠狠地问。

“我不需要知道他是谁。他是病人，这就足够了。”教授淡淡地说。

“不要吓着教授。把我当平常人来医病，最好。到底是怎么回事，还请教授详细讲讲。”先生毕竟有些大将风度，又知道了肚里不是癌，心情就好起来。粪便就粪便吧。

“你小时候有一次空着肚子吃了不少黑枣，后来肚子就有些胀，过了一段时间就好了。黑枣与你的肠液结成了小小的结石，像一株有生命的植物，在漫长的年代里不动声色地长大。在大约200天前，你生了一场很大的气，好像是感情上的波折。气郁化痞，这个东西就骤然膨胀。由于你精神上的高度紧张，胃肠蠕动几乎完全终止。这块肿物就显出了恶性病变的征候……”教授的语调徐缓平和，像在念一册古旧的线装书。

先生未置可否，只是说：“假如您能治好我的病，使我还能在这个位置上服务，我想提名您为国家安全部门的负责人。您好像有特异功能。”

教授说：“我接受病人的唯一馈赠，是他们的健康。你可以到一旁治疗。”

骷髅般的先生还想说些什么，教授说：“下一个。”

一位非常妖娆的女士富有弹性地走进来。“您好！”她目空一切地打招呼。

今天怎么尽碰上稀奇古怪的病人！屈侠想。

“你怎么不舒服？”教授常规问。

那女人只是微笑，并不答话。

时间流逝。屈侠想女士可能耳背，大声重复了问话。女士矜持地

说：“那您看我哪儿不好呢？”

又碰上了这路病人。他们好像存心要和医家捉迷藏。顽固地信奉：“病家不用开口，就知病情三分。说得对你吃我的药，谈不对分文不取。”原则，非得让医生先说。

这不是耽误工夫吗？屈侠暗暗叫苦，教授不愠不恼，轻声说：“伸手。男左女右。”

接下去的步骤屈侠不用看也知道。教授伸出中指戴戒指的右手给病人把脉。不知教授年轻时是跟哪位走江湖的郎中学的手艺，依屈侠看，教授把脉的姿势极不标准。位置略高，用力也不均衡。要是创立脉学的先哲看到了，鼻子非气歪不可。

但教授就是凭着这一摸，成为神医，你不服也得服。据说有人用全息摄像机把教授诊病的全过程拍了下来，回去用极慢的速度重放走格，也看不出丝毫名堂。

“你是一位舞蹈家。此病每月朔、望两日发病。”教授缓缓说。

“哎呀！您怎么知道的！我刚刚从国外回来，就是想逃开这可怕的魔鬼。时差搞得我都不知道是什么日子了，可它还是风雨无阻地来折磨我了。医生您可要救救我。再这样下去。我只有死了才能摆脱它……呜呜……”女舞蹈大师哭起来。

屈侠还是第一次听到这样的怪病，不由得竖起耳朵。

“我的身体里好像有一只铜壶滴漏，它精确地挟制着我的生命钟。每到发作的时候，我抽搐不止，全身痉挛得像一张铁弓。我恐惧极了！这么多年来，我从来没有看过医生。这病太古怪了，像一个谋杀案。没有人会相信我的，我不敢到医院，怕人家说我是妖女……”舞蹈大师一反初来时的倨傲，悲悲切切说个不休。

“医生，您就是不能救我，也要告诉我到底是什么病把我害死的。要不我到了阴间也是个屈死鬼啊！”舞蹈大师哭诉着，简直不给别人插话的机会。

教授平和地说："你不要这么紧张。你的病是在大脑里长了一窝虫子。"

"什么什么！您是否想给小报制造耸人听闻的花边新闻？"舞蹈大师柳眉倒立。

"我和我的助手将终生为你保密。"教授设身处地地说。

屈侠用力点点头。

"我怎么从来就没听说过这种病？"舞蹈大师半信半疑。

别说病人，就是医学院的高才生屈侠，也是头回见到。

"这是一种极为罕见的病症。在我做医生的漫长生涯里，你是第二例。"教授解释。

"那第一例呢？"女病人忙不迭地问。

"很遗憾，他死了。"教授沉痛地说。

"我不信！"舞蹈大师歇斯底里地嚎叫起来。"我绝不会得这样可怕的绝症。您是江湖骗子，您瞎说八道！虫子怎么会像天文学家一样知道月有阴晴圆缺？您看不出我是什么病，就故弄玄虚！"

屈侠想把这个疯狂的女人请到外面去吃点镇静剂。教授轻摆了一下手。

"你听我说。不要小看虫子。虫子也是一种生命。你早年吃过生肉，虫卵就是那时潜进了你的血液。它们在你的脑子里定居下来，生儿育女。它们的繁殖周期是以月相变化为规律。既然澎湃的潮汐都听从月亮的指挥，虫子当然也可以这样了。"教授耐心地解说。

"那我可怎么办？！"舞蹈大师操拳就要砸自己的脑袋，屈侠刚要赶上前制止，女大师又停了手。"不能打。要是万一打漏了，虫子跑了出来，我的头就成了马蜂窝……呜呜……"她孤苦无助地哭了。

"我可以把你的病治好。虫子外面包着一层膜，很薄，但已经足够了。我们可以用β一射线刀将它完整地剔除。"教授很有把握地说。

"真的？"女大师泪眼婆娑地问。

“是的。”教授说。

“您有绝对的把握？”舞蹈大师咄咄逼人地追问。

“医学是没有绝对这个词的。我们将尽力而为。”教授坦诚相见。

“你们要把我的脑袋打开瓢？隔皮买瓜生熟还没个准呢，说我脑袋里有虫，您有什么证据？拿出来！”

虽说女大师重病在身，屈侠也觉得她稍稍过分了一些。这又不是对簿公堂，还要什么证据。你来看病，说明你信这个医生，凡事信则灵不信则不灵嘛！陶教授就是靠圣手摸脉诊病，你还让他拿出什么证据！

没想到教授和颜悦色地说：“你说得有道理。为了更保险起见，你到隔壁去做一下系统检查。”

“要抽很多血吗？我就是因为怕抽血，才不敢上医院的。人家都说您这儿不用抽血，我才来的。没想到又打发我去抽血。”女大师啰唆不止。

“女士，您是否陷入了一个怪圈，您是仰慕教授的特殊方法，才到我们这里来的。教授为您详细地解说了病情，您却信不过。现在双管齐下，您又有怨言。”作为教授的学生和助手，屈侠忍不住插话。

教授严厉地示意他闭嘴。“人命关天，慎重些好。”

“所有的检查只需一滴血就可以完成。”屈侠耐心地解释。

大师刚离去，诊室的门又被推开。“小伙子，什么时候能轮到我？呵呵，我的腿都坐麻了。”拄拐棍的老奶奶又来了。

教授半仰着脸，雪白的头发遮没了他智慧的额头，已经睡着了。诊断是一桩非常耗费精气神的事情。

“教授累了。一会儿就轮到您了。请再耐心等等。”屈侠好言劝走她。

“人家说虫包没外膜，不能手术。可您说有。”女大师回来了。

“人家是谁？”教授猛然惊醒。

“电脑。”舞蹈大师说。

“请你记住，人脑永远比电脑强。赶快手术，现在是最好的时机。”教授谆谆告诫。

“可是您的第一个病人不是死了吗？我一想起来，好怕。脑袋被打开，那个重新缝起来的人还是我吗？”女大师战战兢兢。

“是你。”教授和蔼地说，“而且比现在的你还要完美。”他沉吟着，思绪穿过遥远的时空。“是的，我的那一位病人死了。这是我终生的遗憾。在那以后的日子里，我无数次地检讨自身。我分析了失误，改进了仪器，不断磨砺感觉……”教授猛地打住话头，“你的手术会成功的。”

“谢谢！谢谢！”女大师倒退着退出诊室，好像是盛大演出之后的谢幕。

病人像传送带似的进来，被教授的圣手抚摩之后，带着明晰的诊断离去。

“还有……几个……病人？”教授虚弱地说，伴随一阵金属调的咳嗽。

“一个……最后的一个。就是您让加号的那位老婆婆。要不然，我劝她回去，下回再来。您太疲倦了。”屈侠心疼地说。

“请老人家来。她来一趟不容易。我们悬壶济世之人，说话要算数的。”教授半合着眼说。

“您来吧。”屈侠对老婆婆说。

“我……害怕……”老婆婆反倒往后退。

“没什么可怕的。教授只是把脉，请尽量放松。”屈侠劝慰着老婆婆，搀她坐在教授对面。

只要一见到病人，教授就精神抖擞。

老婆婆主动伸出胳膊。

教授把自己的右手扣在老人的右手上，顷刻之间就放下了。

屈侠跟随教授这么长的时间，从未见过教授对病人如此草率。

“为什么？”教授说，语调里充满了好奇。

“你问我为什么来看你啊？我头痛、脚痛、肚子痛、喉咙痛、神经痛……全身上下没有不痛的地方哇！”老人家长吁短叹。

“你所说只有一条是准确的，那就是肚子痛。你正处在月经期。”教授严肃地说。

屈侠吓了一跳。老妪白发飘飘，起码也有80岁了。

“你这个医生，怎么能瞎说呢？我这么大的岁数，重孙孙都有了，怎么还会来红！你呀你，人人都说你医术高，我看是鬼话连篇。我不要你给我看啦！”老婆婆说着，拐杖捣蒜似的捅着地板，气哼哼地走了。

三

“屈先生，我想请你到我家去做客。”陶若怯教授说。

屈侠的脸白了。

“你是不是哪儿不舒服？”教授关切地问。

“不不。没有。”屈侠镇静下来。反正已是那么一回事了，兵来将挡，水来土掩。土屯呗！

“带上你的女朋友。我夫人说她很漂亮，有一次我们在街上相遇过，可惜我老眼昏花的，不曾认清楚。你应该打个招呼的。”教授亲切地说。

“当时看您和夫人谈兴正浓，不好意思打搅。”屈侠说着，心里想：教授夫人的眼睛快赶上望远镜了。

屈侠全文传达给朱提。朱提说：“教授夫人真的说我很漂亮了？”

屈侠说：“真是妇人之见。人家不过是一句客气话罢了，你就当真。这回咱俩一块去，就可以近距离观察教授一家了。教授是一个谜。”

朱提说：“你看我穿什么颜色的衣服最好。”

“穿白色吧。教授最喜欢白色。”

朱提说：“你那个教授，真像个得道的仙人。”

“他不是仙人。他也感冒，也咳嗽，上卫生间好像还有痔疮。有时候还很忧郁。当他不看病的时候，他是一个平平常常的老头，简直就是未老先衰。可他一站在病人面前，就像电焊似的冒出耀眼的火花。经他诊断的病例，有100%的准确率。100%啊，你知道这是什么含义吗？”屈侠激动了。

“知道。二年级的小学生都知道。不就是个个都说对了吗！”朱提说。

“那就是完完整整的生命。”屈侠神往地说。

“你以后会和教授一样造福于人类的。”朱提说。

“可是教授总是不把过程告诉我。我见到了结果，但我不明白它是如何来的。”屈侠苦恼地说，“你再谈谈那天的感受。”

“让我再好好想想……他按了我的脉，好像和通常的中医有些不同，中间他还调整了位置，好像是在特意寻找一处穴位……用他的戒指。”朱提回忆着。

“太好了！这是很有价值的资料。只是你后来为何狼狈逃窜？”

“我怕他认出我来。其实认出我来倒没什么，只是教授以后知道了他的得意弟子伙同外人，化装侦察他，教授也许会生你的气。我这样一跑了之，他也就算了。”

“你为我想得真周到。谢谢。”

“谢谢要拿出实际行动来。给我一个吻。”

四

教授的家十分简朴，家具是莹白的冰雪色。但丹岚夫人一出场，就充满富丽辉煌的感觉。她实在是太美丽了，虽说穿的是家常衣服，

依旧明眸皓齿光彩照人。她所有的部位都像古希腊的女神一般完美无瑕，特别是眼睛，像黑潭里的寒星，顾盼生辉。当她凝视你的时候，好像有一束闪电传来，阅读你的心灵。

“非常欢迎你们！尝尝我做饭的手艺。我猜你们的教授一定为我吹嘘过了，其实不过是点家常菜。我到厨房去忙，你们坐。”丹岚夫人说着走了。

灿烂的大灯熄去了，只留下暗淡的红烛。这是一个极富诗意的谈话氛围。

“小姑娘，认识你我很高兴。”教授和朱提拉了一下手。这个接触略有些别扭，教授的中指扣住了朱提的手腕子。近在咫尺的屈侠看清红相思子戒指贴在了朱提的“内关”穴上。

“我们其实早就认识了，那天在我的诊室里。你的化妆技术很高明，连我这个老医生，最初都被你骗过了。你为什么要伪装成病人呢？那天你并没有回答我的问题就溜掉了。今天你是作为屈侠的女朋友——我学生未来的生活伴侣到我这儿来做客的，想必是不能再跑了的。那么你就必须回答我的问题了。为什么？”教授严峻地说。

屈侠暗自叫苦。这是一场鸿门宴，屈侠你怎么就没想到呢？那天教授已经捕捉到了朱提的生命信息，只是不知道她的确切身份，今天不是送货上门了吗？教授借握手巧妙地摸了一回脉，朱提就露了馅儿。

内关穴和戒指，是要害。

朱提尴尬得像只受惊的兔子，跑也不是，躲也不是。

屈侠挺身而出：“教授，一切都是我的错。是我幕后策划，想探到您医术的秘密。”

教授说：“偷艺好像是咱们中国的老传统了。我记得鲁班、孙悟空好像都是偷着学本领的。”脸上的表情高深莫测。

朱提抢着说：“后来他们都被师傅发现了，给骂了一顿。可师傅最后到底是把手艺传给他们了。”

“你们俩可真是天造地设的一对人精。”教授的话里听不出嗔贬之意。

朱提嘴甜甜地说：“我们俩算什么呀。您和师母才是珠联璧合！”

教授莞尔一笑：“我们是半路夫妻，与你们不能比的。”他向厨房叫道，“丹岚，快来看看这对我早已同你说过的年轻人。”

屈侠悚然一惊：原来教授洞若观火！

丹岚夫人款款而出：“急什么？我的原始菜系还没有烧好呢！”

“我很急。”教授说，“他们能打多少分？”

丹岚夫人灿若潭星的美目充满盈盈笑意：“刚见头一眼的时候我就给他们打过分了。要是不好，我哪里放心你同他们俩说这许多话？”

“到底是多少分呢？”教授迫不及待地问。

丹岚夫人说：“就在这儿讲吗？”

教授说：“你说好了。我对他们俩还是有基本的判断。请你看，不过是为了更保险。”屈侠和朱提面面相觑。他们俩说的“他们俩”当然是指的他们俩了。可这些是什么意思？好像暗号。又不好插嘴，呆呆地看着老夫少妻打哑谜。

“80分，”丹岚夫人说，“我的汤要冒出来了。”走了。

“真是一个好成绩。”教授高兴得直搓手，“太好了！”

屈侠和朱提呆若木鸡，教授也并不忙于解释。

“这是我特意复制出的原始菜系，你们尝尝味道好吗？来来，先品苔藓汤。”丹岚夫人端上热气腾腾的汤钵。

“这汤钵怎么是用石头抠成的？”朱提大吃一惊。

“你想想，原始人盛流质，除了用石头器皿，还能用什么？”教授兴致很好地解释。

大家呷了一口，果然鲜美无比。

“夫人，你这汤是怎么烧成的，教教我。回家先给妈妈烧，以后再烧给屈侠喝。”朱提天真地说。

丹岚夫人微笑着说：“汤是不难烧的。只是这火却有些难取。”

朱提说：“火有什么难的？煤气火、酒精火、汽油火……不是多得很？”

丹岚夫人说：“这些火都是不行的。你想原始人从哪里能得到这些火？”

屈侠醒悟道：“那这就必得是天火了。”

丹岚夫人说：“是的。火种是我在大雷雨的天气，从原始森林里被闪电点燃的枯木上取来的。一直保存着。”

陶教授惊诧地说：“我一点都不知道！这对你是非常危险的！”

丹岚夫人说：“你不是推崇返璞归真吗？我愿意为你做这事，你又不是总有学生来做客。”

朱提说：“想不到这汤还这么惊险传奇。屈侠，对不起，我可做不出来了，巧妇难为无火之汤。”

夫人微笑着说：“小姑娘，你何时要做汤了，到我这儿来取火种就是了。只要我在，它就不会熄的。”

教授说：“为了我们的相识，我指的是精神上的。我不能喝酒，就以这古朴的苔藓汤替代，让我们一饮而尽！”

后来又吃了炙烤的兽肉和清蒸的树叶野果，风味特佳。

五

当天夜里，屈侠被急促的电话铃声惊醒。

“我是你的丹岚师母。陶教授请你立刻到我们家来！”声音非常急迫。

“陶教授，他……他怎么啦？”屈侠惊恐地问。刚从教授家离开不过几个小时，没有极异常的变化，生性沉稳的教授绝不会深更半夜地打搅别人。

“是的。他说他的情景不好。”丹岚夫人悲切地说。

“我马上就到。”屈侠撂下电话，风驰电掣赶到教授家。

一进客厅，屈侠愣住了。

教授正悠然地坐在沙发上品茶。“你师母做的汤有点咸。”他说。

屈侠哭笑不得地点点头。他的气还没喘匀呢！

“半夜叫你来，真是很抱歉。但科学是一桩需要献身精神的事业，我只能如此。”

屈侠说：“我选择了这个事业，无怨无悔。”

教授说：“你的伴儿呢？”

“在她父母家。”

“叫她一起来吧。我要同你谈的事情很重要。”教授说。

朱提也睡眼惺忪地赶到了。

“特地叫你们来的原因，是我就要死了。”教授从容不迫地说。

“什么？！”屈侠和朱提差点从沙发跌落到地上，面前这位精神矍铄的老人，用谈论天气预报的口吻说到自己的死亡，神情静如止水。

“先生。这不可能！您虽然已鬓发苍苍，但按现代的年龄分野，只是中年人，您怎么就想到死！”屈侠慌忙拒绝先生的话。

“不是想到，是感到。”先生挥挥手，好像赶走一只嗡嗡叫的小蚊子。“我们谈正题。经过我长期的观察和你师母昨晚的当场测试，我决定收你为我的关门弟子，把我一生诊病的心得传授与你。寻觅半生，终于找到理想的传人，我心中快活无比。这件事本想从明天早上开始进行，没想到突然收到了来自体内的异常电波。死亡已经像一只野兽，出现在我的视野。我闻见它的气息了……”教授不得不停下来，浊重地喘着气。这番话耗尽了他的精力，他要积蓄一会儿心神才可继续说下去。

屈侠和朱提惊心动魄地听着。

“你们已经发现了教授戒指的秘密，那是他半个世纪研究的心血

结晶……”丹岚夫人说。

“好了。”教授虚弱地打断了夫人的话，“那些枝枝蔓蔓的事，等以后再说吧。反正你们有的是时间。”

“这枚戒指是一个极为精巧的人体生物电流传感器。人的所有感觉，说到底，都是一种电流。火焰灼伤我们的时候，实际上就是一种损伤电流。恐惧是一种电流，欣喜是另一种电流……”教授滔滔不绝地说。

“那么，我爱屈侠，也是一种特定的电流了？”朱提好奇地问。

屈侠狠狠地瞪了朱提一眼，这是什么时候，你说这些没油没盐的话！可惜朱提只顾半仰脸虔诚地看着教授，根本就没注意到屈侠的白眼。

“理论上是这样的。可以像光谱似的绘制出人类的思想情感频道。还可以加以精确地定量分析，包括变化轨迹。”教授侃侃而谈。

“啊呀！这太可怕了！”朱提惊呼，“我可不想让屈侠知道我在他以前还爱过别人……”

“是啊！”教授长叹一声，“居里夫人也没有想到她的发现会变成惨绝人寰的原子弹。这就是我为什么非常严格地选择传人的原因。并非我的保守，而是事关人类的精神自由，他必须忠诚正直，绝不将这项研究用于医学以外的领域。”教授冷峻地说。

“我发誓。”屈侠明亮的目光清泉般澄澈。

“我也发誓。和老公一道忠心耿耿。”朱提郑重其事地表态。

教授难得地开颜一笑：“我信得过你们！”他接着说，“任何复杂的疾病，体内都会向大脑发出频频的报急电流。只是病人像一个初上战场的指挥官，无法破译这些宝贵的情报……”

“您的戒指就把这些电流传递出来，像接力火炬一样传给您，由您亲身感受病痛分析症状……”屈侠心领神会地说。

“对！对！”教授非常高兴，“你的悟性很好。每次我都在诊断

的那一瞬间幻化为病人。这就是我要向你传授的诀窍。”

“我明白了为什么每次诊完病，您都精疲力竭。因为您就是病人，设身处地感受了痛苦。”屈侠说。

“教授是用自己的痛苦换来了他人的生命。”丹岚夫人心疼地说。

“我没有那样伟大。不过是一个体验了无数病痛的多病之躯，是一个死了许多次的不死之人。经历的苦痛愈多，愈坚定我济世救人之心。”教授又停息下来，大口地喘气。

屋内是死一般的寂静，任何语言都已多余，只有钟表永不迟疑的响声。

“开始吧。我的时间已经进入了倒计时，不敢耽搁了。”教授说着褪下了镶有红色相思子的戒指。“孩子，你把它戴在中指。扣在我的内关穴上……”

屈侠顺从地伸过手去，戴上红色相思子戒指。教授手把手地指点他。

屈侠小心翼翼扪着导师瘦骨嶙峋的胳膊，并没有丝毫异样的感觉。“喏，要这样调整位置，红宝石一定对准病人的穴位……”教授虚弱但是非常清晰地说。

蓦地，屈侠感到了椎心泣血般的痛楚，差点大声呻吟。剧烈的头痛像毒蛇缠绕着他的脑髓，无数尖锐的玻璃碴蹂躏着他眼睛后方的筋脉，心脏像被章鱼残忍地捏紧又松开，血液沸腾地冒着泡……

看到他陡然变色的脸庞，一旁的丹岚夫人赶快扭转了红宝石的方向，痛苦就烟消云散了。

“第一次，他还不适应。”夫人轻声说。

好舒适好清凉的夜晚。屈侠重又感到自己年轻的躯体矫健而充满活力。健康，健康是多么珍贵美好的财富啊！

“刚才那是……”屈侠嗫嚅着。虽说从理论上他知道是怎么一回事了，但却无法相信。

“是的。那就是教授此时此刻的感觉。很惨烈的痛苦。”丹岚夫人代她的丈夫回答了。

屈侠愕然地盯着教授平静的眉宇，教授淡然地点了一下头。“刚才我们像是一个连体人。这就是心脑血管病的感觉。至于具体的细微分类，你还要多历练，积累经验。”

屈侠还没有从片刻前的痛苦中缓过劲来，心有余悸地说：“难道不能采取更科学的方法吗？比如测量仪……”

教授说：“我毕生都在朝这个方向努力，只是尚未成功，就接到了死亡的请柬。这副担子就要交给你了。”

洪荒般的静谧。

“小伙子，你现在还可以后悔。这件事将腐蚀你一生的幸福。我的第一位夫人就是因为不能容忍这种她称为非人的生活，离我而去。我才……使丹岚在我的生活中出现了。这就是我一定要你们俩一齐来的原因。”教授的嘴角轻轻抽动。

屈侠知道教授是忍受着巨大的痛苦在说这些话。在导师为人类献身的一生面前，他责无旁贷义无反顾。

“我不悔。吾爱吾师，吾爱真理，吾爱人类。”屈侠眼里噙着泪水和火花。

“我爱屈侠。我爱屈侠所爱的一切。”朱提说。

“内关穴为人体内气的总关口……”教授开始传授。

六

教授让丹岚夫人马上到报馆发一个启事，说自即日开始，圣手陶教授将敞开大门应诊，且皆为义诊，分文不取。吁请海内外疑难病症尽早前来就医。

“教授，您的身体哪里经得住这般劳顿？”屈侠知道教授是想在

最后的时日里，多教他一些本领，忍不住劝道。

“不。不完全是为了你。只有当我面对病人的时候，我才感到自身生命的价值。我要用最后的精力，为他们再做一点事。就算告别。”教授微笑着说。

“师母，您不要去发这个启事吧！”朱提偷偷对丹岚夫人说。

“他是劝不住的。”夫人美丽的眼睛充满哀愁，“小姑娘，我已经看出你的未婚夫是很像教授的。但愿你将来不要碰到这种时候。”

病人云集而来。其后的一个星期，屈侠饱经沧桑备受折磨。红宝石相思子戒指，忽儿戴在教授手上，忽儿戴在屈侠手上，像一支燃烧的火炬。屈侠刻骨铭心地记住了什么是癌症的剧痛，什么是炎症的灼热；什么是心脏的梗塞；什么是气管的痉挛……经验在痛苦的地基上耸立起来。

屈侠几次提出再体察一下教授的病况，想借此说服教授休息。教授拒绝。“不必。我自己的病自己知道。”

朱提悄声问丹岚夫人：“教授大约还有多长时间？”

“那一天夜里叫你们的时候，说还有十天。”丹岚夫人心如刀绞地说。

“只有最后三天了。”朱提滴下泪水。

教授难得地出现了一次误诊，由于他殚精竭虑地救治病人传授知识，自身的痛苦加上病人的痛苦，犹如一把双刃的斧头，加速割伐着他的生命之树。他的寿命缩短了，今天是最后的晚餐了。

他不愿告诉他们，悲哀已经够多的了，他愿意在微笑中走完最后的台阶。

门外还有病人，教授用商量的口吻说：“今天就到这里吧。明天再重新开始。非常抱歉。”

拒绝病人，这在教授漫长的行医生涯里，还是第一次。屈侠想，教授是要把最后的时间留给丹岚夫人。

屈侠把教授送到家，知趣地说：“我和朱提走了，明天再来看您和师母。”

教授说：“不要走。我需要你在身边。我是一个老猎人，要把自己的经验尽可能多地传给你。以后你就要独自在黑暗中摸索。”

屈侠说：“我是站在您的肩头上开始工作的，我会用双手再把他人托举起来。”

教授的眼珠突然像镀了油，精光四射：“孩子，你不是一直想知道我现时的感觉吗？戴上相思子戒指，扪住我的内关穴，仔细体会。”

屈侠依言办理。他已经很熟练地掌握了方法，调整好位置，红宝石把教授和他的弟子紧紧地粘在一起。

屈侠做好了领略极端痛苦的思想准备，走进了教授的弥留世界。

到处是皑皑的冰雪，砭人骨髓。高远的天空，有五色的祥云逶迤。金色的霞光从云隙中麦芒般地洒下，将峰峦剪出黛青的绿影。远处有辉煌的屋宇，缥缈的音乐像香花的气息弥漫而来。在莽莽苍苍的白雾之中，有一颗红色的玻珠跳荡起伏。一种像羽毛一样温暖而洁白的神韵，源源不断奔涌而出，涤荡寰宇……

这是什么？

在屈侠储存的成千上万份感觉档案里，没有这份独特的境界。

“教授！这到底是什么？是什么！”屈侠失声叫道。

没有人回答他了。只有教授的手紧握着他的手。

“教授去了。他让你最后感觉到一个智者的死亡。那不是痛苦，是一种超凡入圣的解脱。”丹岚夫人说。美丽的女人多半软弱，但此时的夫人，异乎寻常地冷静与果敢。

只是她的胸腔里发出怪异的响声。

七

明天就要为教授下葬了。将有无数的人为这位普通医生哭泣。

遗体安卧灵堂。

在悲痛的日子里，丹岚夫人没有掉一滴眼泪。她除了安顿教授的丧事，就是向屈侠传授教授的经验心得。

“好了。你现在已经懂得的和我一样多了。教授告之于我的，我已全盘馈赠于你。我想，我们之间的友谊也就到此结束吧。”丹岚夫人端庄地说。她美丽的仪容并没有因为巨大的悲痛而憔悴，依旧光彩照人。

“师母！您为什么要这样说？我和朱提视您为亲人。”屈侠惊恐不安。

“夫人，我们是不是有什么做得不周到？”朱提问。

“不。我很喜欢你们。我给教授的许多学生的品行打过分，这是教授分派给我的任务，他要从中筛选出自己的传人。你们俩是得分最高的。我从看到你们的第一眼就喜欢你们，这也是缘分，但在这个世界上，我最喜欢的人是你们的先生。我之所以留到今天，是因为先生的事业还没有完成。现在，你们已独当一面，我就可以告辞了。”丹岚夫人宁静地说。

“夫人，您不能走！不能走！”屈侠和朱提一齐预感到要发生的事，一人拉住丹岚夫人的一只胳膊。他们想师母一定是在巨大的苦难中精神崩溃。

夫人轻轻地但是极有力地推开他俩，说：“屈侠，你来探探我的内关穴。”

屈侠遵嘱扣住夫人的纤纤素手。他以为会触到悲痛欲绝痴迷错乱的情感波，没想到是一下又一下极规律极呆板的振动。又是一个他从未遇到的病例。

“您是……”他充满迷惘地说。他已经知道了那个答案，只是无法相信。

“是的。我是个机器人。教授将他的全部心血献给了事业，爱情背叛了他。极度绝望中，教授制造了我。因为每天看到的都是残缺的人体痛苦的面容，教授采用人类最优秀的黄金分割数据，浇铸了我美轮美奂的躯体。教授只给我安了一套程序，就是探察世界上美好忠诚的心灵。现代人在勤奋进取的方面，得分都很高，但在忘我与献身上，往往是不及格的。无私地为人类而奉献的精神，作为一种美德，已经像黄土一样流失。教授终于找到了你们，是他的福气。”

“夫人，您和我们在一道吧！您是永远年轻的！”屈侠和朱提异口同声。

“我是很想这样的。教授生前也是这样同我说的。但机器人也是人，机器人也有心。但我的主部件在教授逝去的那一瞬间已经轰毁，巨大的悲痛烧灼了我的电路。现在是备用系统在进行最后的工作。永别了，我的孩子们！你们不要总觉得我年轻，我的年纪其实同你们的祖母差不多大。记住，把我和你们的教授葬在一起。”美丽的夫人说完，走到教授的遗体旁，静静地合上了她亮若潭星的眸子。

一切都和那个喝苔藓汤的夜晚一样，只是没有了教授，没有了夫人。

火把熊熊地燃烧着，那是夫人取自雷电的天火。

朱提对屈侠说：“请把你的红色相思子戒指褪下来。”

八

屈侠和朱提精心制作了两枚真正的红宝石相思子戒指，同教授赠予他们的那只一模一样。

他们把戒指端端正正地戴在教授和丹岚夫人的无名指上。

最后一支西地兰

一

“请支援我们几个健康的死人。要快！”

监狱长打量着面前的三位军人。老中青三结合，现下最时兴的班子。讲话的是中年人，军装补丁挤补丁，连最不易破损的前胸，也糊了一块新鲜绿布，白线在上面跑着规矩的同心圆，像一张标准的胸环靶。

倒是年轻人高大端正，军容整肃。只是脸色血红，好像罩了一张红色蛛网。

那老人，正确地讲，似乎不能算作军人。穿一套极旧的军装，袖口和裤腿处，有流苏一样的毛边，却十分洁净。领口处该钉红领章的

部位，是两方浓绿的暗块，仿佛他缀着一副绿领章。这是长期被红布遮盖过的痕迹。

这支人马不知是干什么的。见多识广的监狱长想象不出，展开了他们的介绍信。

> 西北军区军医训练队，需要几具尸体标本，特请地方协助解决。

“部队同志，真不巧，前几天我们刚枪决了一批死刑犯……”

全军原有111所军事院校。林彪说，这个数字念“妖妖妖”，是妖怪，一夜之间就都解散了。不知这传说是否确切，只是西部军区没有了培养军医的学校，医生的来源坐吃山空。几年之后，高原哨卡全凭刚入伍只会扎“阿是穴”的卫生员诊病。战士得了阑尾炎，以为是红白痢疾，连灌了几天黄连素，士兵就牺牲在雪山上了。

终于到了忍无可忍的地步，西部军区开办了一期军医训练队。不敢叫学校，怕冲撞了上面。也没有叫班。各式各样名目的学习班，都有接受批判改造之意，怕从基层选拔来的优秀卫生员不乐意，就叫“队”，有一种不明底细的模糊感，对上对下都好说。

训练队的楼房盖在山里，附近有一家野战医院和附属药厂。就地取材，请老师，看病人，都很方便。好比猪圈都修得离伙房不远，取天时地利人和。

从工兵部队抽了个“硬骨头连”的连长来当队长，让在药厂劳动改造的反动学术权威焦如海，边改造边讲课，医训队就算正式组建起来了。

开学典礼就设在走廊里。灯泡小，悬得又高，幽暗得像条半夜的胡同。本来可以借野战医院的礼堂，队长认为大可不必。工兵连队经常在旷野中训话，他的嗓门早练出来了。

他穿着那件有许多线轫的军装："我们人民军队的第一支工兵部队，是在安源煤矿创建的……"这是他最喜爱的装束。

学员们坐在小马扎上，双脚并拢，手半握空心拳，团在膝盖上，很乖的样子。新来乍到，都想给领导个好印象，腰板笔直，绿油油的，像一畦雨后的菠菜。

"工兵的'工'字，左边加个绞丝旁，念什么？"队长征询地望着大家。

"念'红'！"大家异口同声地回答。走廊里有回声，显得地动山摇。

"对！"队长兴奋地肯定，好像这是一个多么高深的问题。气氛就是这样烘托上去的，这番话是他的拿手好戏，哪该停顿，哪该夸赞大家，他都烂熟。

"工兵一颗红心永向党。我再问，'工'兵的工字，左边加个三点水，念什么？"

他满怀信心地等待着。有了上面那段操练，现在该是更加众志成城的"念江"的吼声，可惜，卫生员们似乎觉得这题太容易，恐领导另有深意，回答错了怕惹大家笑，居然没人吭声了。只有一个脸细小如韭菜叶的小兵，不知深浅地答道："念江。"他叫翟高社。

有文化水平的兵就是难带！明明认得，却偏不答话，晾你一个难堪。队长心里很恼火，改了程序，不再启发诱导，兀自说下去："念江。逢山开路，遇水架桥，靠的是工兵。右边若加个力呢？念功，要为人民立新功，右边加个弯弓呢？念巧，工兵就是要心灵手巧……"

所有的人都在这一瞬给队长起外号叫"工兵"，不叫这个名字，对得起队长的一片痴情嘛！

人们开始分心。

工兵突然停止讲话。他的耳朵善于分辨任何异常响动，成功地预防过重大塌方。寂静使大家都听到两枚牙齿清脆叩击的声响。

一个漂亮的女兵，在玩自己的指甲刀。精巧的琵琶形指甲刀，运用杠杆原理，剪下女孩珠贝似的指甲，然后小锉又细细打磨，银似的粉屑飘然而落。

工兵用沉默警告女兵，真正的士兵会对这种反常的宁静噤若寒蝉。女兵却毫不在意地继续修理指甲，仿佛那是一段象牙。

“快别挫了！领导正盯着你呢！”一个黧黑面貌的男兵，在这一触即发的时刻，奋不顾身地通知女兵，并且英勇地挪动了一下马扎，企图用铁器的响动掩护小锉的声音。他叫郁臣。

“你好好坐着吧！我是成心不想听他啰唆。”女兵一撇嘴。

“你给我站起来！你叫什么名字？”工兵气咻咻地把花名册翻得像雨打芭蕉。

“咦？你不认识我了？我是梅迎，你不是6床吗？！”女兵笑嘻嘻地站起来。前排的学员回过头去，在走廊幽暗的黑绿底色之上，浮动着一张像葵盘一样鲜丽明亮的脸庞。后排的学员只看到两根又细又长的发辫悬在柳条一般柔韧的腰间。

委顿的学员们立时振作起来。工兵的说教已经使他们搞不清，自己将来是坑道作业还是给人治病。

工兵愣在那里，6床这个悲惨的名称，使他的右臂又火辣辣地疼痛起来。那是他勇排哑炮时受的伤，住进梅迎所在的医院。所有的女护士戴上口罩都一模一样，工兵分不清她们的区别。但他应该记得梅迎，梅迎曾专门守护过他三天三夜，梅迎打针一点不疼。

工兵张口结舌，但他很快将自己从病号的角色中解放出来：“梅迎，你坐下吧！军人要服从命令，再玩指甲刀，我就没收。”

这一次梅迎很听话，乖乖把指甲刀藏了起来，指甲刀上镶着一块精致的少女浮雕，曲线玲珑。这种图案，现在几乎属于黄色的范畴，真叫工兵收走了，你到哪里去找！

“现在我把教员给大家介绍一下。姓焦，焦如海。你们就叫他老

焦好了。”叫梅迎一气，工兵忘了自己说到哪儿了，索性进行下一项。

从暗影里摇摇晃晃走过来一个人，戴两枚绿领章。

天下竟有这么瘦的人！两颊猛烈地向里收缩，好像一颗子弹洞穿腮部，将所有的肉都掳走了。纸一样菲薄的皮肤，敷在嶙峋的骨茬之上。双耳到高耸的鼻梁之中，是两个深陷的坑。一眼望去，仿佛脸上不是七窍，而是九窍。

“妈呀！这还能当大夫！不等把病人医好，自己先就瘦死了！”翟高社吐吐像小狗一样鲜红的舌头。

工兵的话，叫大家费琢磨。部队是最讲究长幼尊卑的。一般都是官衔高的首长谦虚地说：你们就叫我老某好了，透出官兵一致的亲热。其实谁敢叫他老某呢？还是要叫某首长的官阶。大家都是正规军来的，自然懂得这规矩。工兵这番指示，明摆着要大家不必尊重焦教员。

“我是牛鬼蛇神。”焦如海讲第一句话。

走廊里极静。尽头的厕所里有水管滴水，很长时间才坠下一滴。

不单因为老焦是牛鬼蛇神，还因为他讲这话时的安宁。

“大家也不必四下打听我的事，那会影响你们听课。我的罪行是新中国成立前在日本读医科大学，抗日后回国，参加了国民党军，当过医学教官和医院院长。官至上校。国民党军溃败后，被收编入解放军。现在是反动学术权威，接受改造。队长，我有些站不住，能否给我张椅子？”焦如海双手杵着讲台，嘴唇苍白，像扇死贝。

看样子不像是装的。工兵想给他椅子，又想，自己还站着同大家讲话，他就想坐下？准是摆臭架子，显示自己不同一般。他冷冷地说：“你咋娇气了？听说批斗你的时候，让你撅着，三四个小时你都撅得挺标准，怎么退步了？”

焦如海说：“那是批斗，这是讲课。”

工兵说：“讲课比批斗轻省多了！哪有100斤扛得，80斤反倒扛

不得！”

焦如海说：“要是现在斗我，也还站得下来。不是要我讲课吗？力气要用在脑子和嘴巴上，腿上腰上就没有那么多劲了！”

工兵气愤得直哼哼。心想这精老头子硬是该斗，知道要用他的一技之长，马上就摆谱拿糖。罢！忍了。为了让学员们早点把老家伙肚里的墨水掏出来，椅子就椅子！

郁臣看出工兵的心思，起身搬来椅子。工兵看这小伙挺有眼神，决定让他当班长。

老焦坐了椅子，脸色稍好些：“大家除了学习上的事，不要同我讲话。见了面，也不必同我打招呼。”

工兵插了一句：“特别是有关边防站国境线的情况，当着焦如海，一句也不要谈论！”

梅迎真替她的6床难过，就算需要这样如临大敌，也不必当着老焦说。

焦如海很平静，仿佛工兵说的是另外的人：“现在，我要把同学们的文化基础，摸个底。”

走廊内一阵骚动。招收学员时只说要路线斗争觉悟高各方面表现好的，并没提到文化水平。怎么反动权威竟敢考试？

大家便去看工兵。工兵倒挺支持焦如海这一手。他在连队时就经常考核风钻手、装填手的，要心中有数嘛！

“大家不必紧张，不过是问几个化学元素符号。说出10个就算及格，我就知道你起码是念到初中了。”老焦说着，翻开花名册。

“翟高社。”

学员们东张西望，竟没人站起来。

“我再念一遍：翟高杜。”

“你才‘瞿’呢！我叫翟高社！”韭菜脸的小兵气愤地站起来。“我不知道什么叫圆素，什么叫方素，就知道艰苦朴素！”他越怕叫

到自己，越偏叫到自己，料着老焦也不敢把他怎么样，便要起赖。

老焦想是自己眼花喊错了他的姓，才惹得小兵不高兴。说："对不起。空气中含有的这种成分叫什么？"老焦用毛笔管一般细的手臂，在空中画了一个圈。

"零。"翟高社毫不迟疑地说。

大家哄堂大笑。

"你读过几年书？"老焦手僵在半空，走廊里的穿堂风，将他的袖筒吹得像个鱼鳔。

"高社高社嘛，我成立高级社那年生人，'文化大革命'开始那年，上小学四年级。"

1966年，像一副普遍的凝固剂，少年们那时读到几年级，便永远地停止在那里，不再长大。

"那你怎么能学医呢！"老焦深深地叹息。

"我根本就不想学医！你不想要我，正好！我这就打起背包回家！"翟高社高兴得双脚一蹦高，差点踩坏了小马扎。

翟高社说的"家"，不是指乡下的父母，而是自己的老部队。他爹是木匠，自小耳濡目染，也会吊个线扯个锯。到了部队，领导说他年纪小，恐怕吃不了连队那个苦，当个卫生员吧，等两年大白馒头把个头撑起来，再去摸爬滚打。当了卫生员，也就会搽"二百二"什么的。看见装药的柜子挺肮脏，就用废罐头箱子板打了个新柜。领导见了，说你这么热爱本职工作，正好有个地方要培训医生，就定了让你去吧！翟高社稀里糊涂来了。心想既然领导对咱挺好的，还不如回去好好表现，过个一年半载，有招土木建筑的训练队，自己再去可不美气，强似在这里听一个反动老头念神念鬼！

"翟高社，你给我坐下！"工兵一嗓子把翟高社钉在马扎上。

焦如海指着一个满脸血红的学员说："你是从喜马拉雅山、冈底斯山、喀喇昆仑山交界的全军区最高的哨卡来。"

那学员站起身来，脸红得像要沁出血珠："我叫岳北之。您怎么知道？"

"你的脸色就是高原病的招牌。我去过那个边防站。"

"我们那儿经常因为高原病死人，我愿意好好学一身本领。"

"你先回答我的问题吧。"

岳北之初到平原，被过多的氧气灌醉了大脑。自学过的化学元素符号，像是浑身沾满黏液的活鱼，看着鳞光闪闪，待要去捉，滑溜溜的尾巴一甩就不见了。

学员们都是从各部队来的，基础不一样。从医院来的，就像富家子弟，见多识广，把医学名词念叨得跟他们家亲戚一般熟络。从小地方来的则透着可怜。一个边防站，拢共就十几个人来七八条枪，就算每人都生过病，病得都还不重样，你才见过多少病种呢？当医生是门经验科学，见过同没见过，就是不一样！

学员丛中响起了窃笑声：不会就坐下算了，站那戳电线杆子，逞什么能！

岳北之不服气，他镇定一下自己，开始说："Na钠，K钾，P磷，Ca钙……"

一共说了9个，再也说不出来了。嘴唇涨得发紫，补充说："C碳……"

"你已经说过了。好了，坐下吧！"老焦向他示意。充其量，这个学生不过是自学了些医学知识，如此而已。

但岳北之顽强地站在那儿拧着眉头苦苦思索。因为高原缺氧而滋生出的过多的红细胞，像蜂群一样撞击着他的血脉。他一遍又一遍重复筛选自己的记忆……

"怎么还有这么死心眼的人！要是叫到我，一口气能说出50个。"郁臣炫耀地对梅迎说。

这有什么了不起的？我也行！可梅迎不想同他争辩，她真心为红脸汉子着急。谁都有这种非常窘迫又不肯认输的时刻。她把嘴唇嘟成

一个圆筒，对着岳北之“呜——呜——”像一只焦虑的猫。

可惜岳北之完全不看她，冥思苦想。

郁臣倒是看懂了，恨不能用手把梅迎的嘴捂上。漂亮女孩对另一男子有好感，是令人气愤的事。

梅迎百般无奈，猛地扯了一下岳北之裤腿，岳北之一低头，看见梅迎笔直地竖着手指，直指天花板。

天花板上有什么?

岳北之狐疑地抬起头。

天花板上有一枚灯泡，像一颗黄澄澄的鸭梨。在梨核的部位，有曲折而闪亮的灯丝。

“w——钨。”

岳北之终于回答出了第十个元素符号。

考试很糟，大家心中忐忑不安，预备挨先生批。他们不敢叫“老焦”。大部分是农村来的孩子，对师长有一种遗传来的敬畏。也不敢叫“焦教员”，因为队长已明令不准。他们找到一个折中，称他“先生”，这个词在当时绝不像后来那样风光，它有遗老遗少的腐朽气息，又隐含着曲折的敬意。全凭呼叫人当时的口吻，对大家都方便。

工兵也做出老母鸡护小鸡的姿态。谁要是想把他的兵赶走，他先叫他滚蛋!

从来没有见过这样糟糕水平的医学生！老焦缓缓站起来：“这是我第一次对你们进行考试。以后，这样的考试……”

他略微顿了一下，所有的同学都在心里续上了他的半截话：“……还要进行多次……”

“以后，这样的考试，我再也不会进行了。我也不会提问。因为要讲的东西太多了，我们没有时间。”他把花名册还给工兵，“我不需要知道他们的名字。”

医学，是需要天才的。现在，人家随手塞给你一把谷，你不知道

哪一颗能长成栋梁，哪一颗会半路枯萎，你当然可以仔细分辨，就像一个音乐大师去看琴童们的手。但是，你是一个野人，你不知道有什么野兽在半路等着你。云彩下了雨，哪怕只有几滴，你除了把种子撒出去，别无选择。

"既然是开学典礼，我送同学们一句话：桐油罐子装桐油。这是将近半个世纪以前，我学医之时，我的老师送给我的。"焦如海准备离开。

"桐油罐子装桐油"，什么意思？

"你那老师是日本人吧？"工兵追问。

"不。中国人。一位能生死人、肉白骨的老中医。"

二

老焦每天踩着上课铃声走进来，不带讲义，佝偻着腰，不看任何人，侧坐在专为他预备的椅子上，对着教室的门讲课，仿佛他随时要从那里走出去。

平心而论，他的课讲得极好，深入浅出，字字珠玑。不过，听他的课很累。他从不板书，黑板洁净得如同少女的乌发，学员们只有全神贯注，埋头笔记，像是记录重大案件的法院书记员。

岳北之感冒，撕下一张纸，敷在脸上，哗地擤鼻涕。课间，翟高社走过来，指着笔记本中间的空白说："你赔你赔！"

"赔什么？"岳北之不解。

"赔笔记。你的脸有一平方米吗？用那么大一张纸，声音像甩炸药包，害得我老长一段没记下来。"翟高社本来就无兴趣，抱惯锤刨的手，写起字来就是不习惯，借机把责任一股脑地转嫁给别人。

岳北之到了平原，反而生病。好像贫寒人家子弟，突然大鱼大肉，不适应。慌着要给翟高社补笔记，钢笔又没水了。提着钢笔囊到

窗台上去灌钢笔水。部队什么都是供给制，小号暖壶那么笃实的一瓶墨水，敞开供应。

不想梅迎一把拦住他："你看这墨水是什么牌子？以前用的是什么牌子？"

瓶签上一只大鸟，张着孔明羽扇般的翅膀，连跑带颠。至于上回灌的什么墨水，他一门心思用在学习上，哪里记得！只有憨憨一笑。

"是北京牌！你不记得了？那个华表多气派！"梅迎对自己家乡的饰物被人如此轻视，表示偌大不满。

岳北之很抱歉。墨水嘛，只注意过是蓝的还是红的。

"牌号不同的墨水混在一起会产生沉淀，这是化学基本知识！"梅迎很着急，好像那是鸵鸟牌砒霜。

岳北之的大脑袋钢笔拢共才值一块来钱，实在不值得大惊小怪，但刚才被梅迎轻微触过的手指，异样跳动，仿佛扎了一根刺，他不愿拂这位美丽女兵的意，窘急地问："那怎么办？我到水房去洗洗笔。"说着要跑。

梅迎一把拉住他，"马上就要上课了，哪里来得及！"她掏出一支苹果绿色的小钢笔，"我这支还是北京牌墨水，先援助你好了。"不由分说，拧开笔帽，往岳北之的大脑袋笔尖里兑水。

两支笔舌舔在一起，一滴又一滴幽蓝色的墨水，如钟乳石的眼泪，缓慢地滴注着，从纤巧的果绿色坠入粗犷的黑色。

很难说梅迎为什么对这个红脸汉子产生了特别的好感。也许因为他来自三山交汇的高原，也许因为他的成绩在突飞猛进地提高，很快要超过成绩最好的梅迎。也许只因为他从不理她。

纤巧的笔舌吐出一个大而稀薄的蓝泡，好像就要从中钻出一只蓝色的小螃蟹。

岳北之对着翟高社说："谢谢！我赶紧帮你补上，千万别落下课！这么好的先生讲课，要不是'文化大革命'，你我这种乡下孩子，恐

怕听不着。”并不看梅迎，脸却又像回到了高原。

郁臣看见梅迎关切岳北之便有气，对岳北之说：“你的高原病，我在书上看到了一个治法。”

岳北之边抄笔记边说：“这病到了平原，不治也能慢慢好。”

“我就不信你不想好得更快一些？告诉你——把血放出来，输点盐水进去，血自然就稀释了，你这一脸的精神焕发才能彻底好。”郁臣一脸揶揄的笑容。

“我以为什么高明主意呢！整个一个恶治！”翟高社大叫。

岳北之疾速抄写，无暇答话。

焦如海晃晃悠悠地走过来，像一根孤零零的输液架子，挑着一套清洁而破烂的军装，自动在地面滑行。即使在正午的阳光下，在人声鼎沸的教室里，也有一种鬼魅似的感觉。

“懂吗？”他问。

“不懂！”翟高社抢先答话，“你看这书上的人眼珠，明明是圆的，怎么画得像座桥？”

那张图挺漂亮，彩色的。可你真是想象不出，人人都有的黑眼珠，掉到纸上，怎么成了这个样子！

学医不是学数学，必须要有实物。

老焦去找工兵。工兵正在帮炊事班改造炉膛，力争把每顿饭的人均煤耗再降下两钱。满面尘灰烟火色，用雪白的眼球看着老焦说：“这我早想到了。到野战医院去实习。”

妇产科外平日拥滞大肚子孕妇的长椅子上，坐着像刚出炉的面包一样新鲜的医学生们。他们浆洗一新的工作服嘎嘎作响，嘴角抿成一字形，竭力作出成熟老练的神态，恨不能在唇下粘一缕胡须。手心里却窝着一汪汗，工作服在腕口处扣得铁紧，里头的军装袖子都捋到肘关节以上了。

今天，他们将摸胎位，听胎心，这类似隔着瓜皮判断西瓜的生

熟，全凭的是手上的感觉。大家摩拳擦掌，跃跃欲试。

他们傻呆呆地坐了一个下午，没有一个产妇登门。大肚子们一看重兵压境的阵式，互相转告，远远觑了一眼，打道回府了。反正产前检查也不是急诊，早一天晚一天无妨。肚里的宝贝叫这伙学手艺的一折腾，还不得早产？

“这帮老娘们，忒封建！本想学一招，等日后俺娶了媳妇，有了革命接班人，咱也给她蝎子掀门帘——露一小手。没想到把咱们当成日本鬼子了，花姑娘全藏起来了！”翟高社没心没肺地嚷嚷。

郁臣平日把女性生理解剖钻研得挺透彻，今日想理论结合实际，没想到落了空，挺扫兴。

岳北之想，这一门不能实习也就罢了，比较起来还是最不重要的一科。但愿别处别这样！

唯有梅迎高兴。妇产科把女性所有的秘密都悬挂起来示众，简直令人丧失尊严。看来女人的心是相通的，她们把自己坚壁清野了。

妇产科的医生欢送他们：“欢迎你们再来。我们今天难得地清静。”

望着垂头丧气的部下，工兵拍拍手上的烟灰说：“那号东西，有啥学的？在我们工兵，连蜘蛛和耗子都是公的！接生婆子干的活，血光之灾，还嫌晦气哩！”

队伍哈哈大笑，委顿之气一扫而光。

焦如海找到工兵：“当医生的，必须什么病都能看。任何一个行当，都可以挑选原料和产品，唯有医生不能。他不能说我会看这个病，不能看那个病。在医生手下，没有男人女人大人小孩的区别，他们只有一个统一的名称，就是——病人。医生面对的，是这个世界上最珍贵的矿藏——人的生命。”

工兵吃了一惊。这个瘦干老头，除了讲课，打扫楼道卫生，就是在自己的小屋里劳动改造，从来没听过他振振有词地讲出这么一番大道理。“你到底是什么意思？”工兵真有点摸不着头脑。

"在活人身上实习之前，必须先学习标本。"

工兵知道标本。岩石也有各式各样的标本，比如花岗岩、石英岩。

"你就明说要什么吧！"工兵不喜欢绕圈子。

"要尸体。"老焦说得很平静，就像跟熟人要一支烟。

"到哪里去找死人？"工兵为难了，工程部队倒是常死人，可隔着多少架山把人拉到这里还不得长大尾巴蛆！再说，塌方啦抢险啦牺牲的都是烈士，能叫你领着一伙毛孩子把人给零碎了吗！工兵心里便怨老焦多事，让你讲课就是够宽大的了，还这么没完没了！不过平心而论，工兵到底是技术兵种出身，知道说十遍不如看一遍。

"我再到野战医院去想想办法。"工兵拔腿走了。

焦如海平静地等待着。医学院校怎么能办在这种偏僻之处呢？医学生是一种娇贵的植物，他们应该生活在人烟稠密的大城市。设备先进，病人众多，病种繁杂，经验才会像雪球一样迅速膨胀。只是，谁会听焦如海的？明知不可为而为之吧！

果然，野战医院说军人病故都需妥为安葬，无法供医学生们整体解剖。当地老百姓因为地处边陲，较为闭塞，更无法接受这一要求。简言之，无论花多少钱吧，也买不到一具死尸，何况工兵还没钱。

"将来我死了以后，遗体供医学解剖。"焦如海说。

工兵心想，你是当医生的，当然会自我保养。揭发他的材料里就说他经常给自己吃药打针，随身带药，肯定大补。纵是别人都死了，他大约也能活在世上。别看瘦，筋道。倘真死了解剖，肯定像劈一盘古树根。

只可惜远水解不了近渴。

"还有一条路可以试试，要行刑犯人的尸体。"焦如海迟疑了一下才说。如今冤案太多。

"你怎么不早讲！"工兵高兴地一拍焦如海后背，差点把他搡一个跟头。

三

于是就出现了开头所写的那一幕。

下次再同监狱打交道的时候，工兵就独自去。这回可惨了，盖着苫布的解放卡车，裹着浓烈的血腥气奔驰回来。工兵脸色蜡黄地对老焦说："你要的那些个，全在这儿了。剩下的事，你看着办吧！"说完，找个地方喝点酒压惊去了。

焦如海围着褐色胶皮围裙，戴一双长长的胶皮手套，像个屠宰工人，一反平日的冷漠，风风火火进了教室。

尸体到了！

消息像野火燎着学员们的心。真正的人体标本！你在书本上熟知的心肝脾肺肾，全都立体地鲜活地藏在这具还微热的躯壳里。好比你早就有了一口箱子内藏货物的清单，现在这口箱子到了。你急于想知道箱里真像你知道的那样吗？特别是你本人也是一口同样的箱子！对知识奥妙探索的渴望和与生俱来的对死亡的恐惧，使大家好奇而紧张。

"谁愿意同我一道解剖尸体？"焦如海问。他曾经带领过无数次医学生解剖尸体，早已激不起一丝涟漪。但这一次，他有些激动。已经许久没有干这个活了。他突然想到，在他的医学生涯中，也许是最后一次。就像一位大师的告别演出，他要借此遴选最优秀的学生，把自己的心血传给他们。

"我愿意。"郁臣第一个站起来。他是班长，而且是坚定的无神论者。私心里也有一个小小的愿望，不怕死亡才是男子汉的风度，他希望梅迎注意到这一点。

"我也去。"岳北之沉稳地站起来。他不愿意见死人，而且还是恶死。小时候妈妈就告诫他，不要穿过坟地，那里有瘴气。可是，你要当一个优秀的医生，你必须从死人开始。岳北之白杨一样的身躯站得很直，声音镇定而响亮，好像他一百年前就决定了此刻的挺身而

出。其实，他的内心很恐惧，他是逼迫自己这样做的。

许久，再没有人站起来。

焦如海刻骨铭心地伤感了。他违背了自己的诺言，开始翻检花名册。

“翟高社——”这一次，他没有叫错。

“到——”翟高社不情愿地站起来，把桌椅碰得乒乓响：“好事咋轮不到我头上？比如到食堂炸油条，都三回了，也不叫我去趟。”

老焦扫了一眼，站起的都是男学生。

梅迎何等聪明，一看这情景，开始往椅子下出溜，好像那是一架滑梯。草绿色的军装包裹着她柔软的胴体，现在，那躯体像水一般地流去，只剩下一套蝉蜕似的衣服，摆在椅面上。

活动着的物体总是最易招致注意。老焦没用花名册，就叫出了这个学习成绩最优异的女生的名字。“梅迎——”他认为这是对她的一次奖赏。

“我……我不去……”梅迎不肯站起来，葵盘如同被人拦腰砍断，柔软地垂在胸前。

“为什么？”老焦焦灼地问。他距离年轻的医学生的生涯已经太远，他不知道这个优秀的学生为什么如此退缩。这样，她会荒废的。按图索骥，连马都对不上号，何况是人！

“我……害怕……”梅迎老老实实地承认，显得很可怜。

“死人没有了生命，他有什么可怕的？在这个世界上，死人并不可怕，可怕的是活人……活人……”焦如海精神有些恍惚。

“先生，求求您，不要让我去！我不去……”梅迎哀求，楚楚可怜。所有的男孩子都在这一瞬咒骂老焦，他太残忍了，非逼着一个如花似玉的女孩去翻弄死尸！

梅迎自幼喜欢当通信兵。《我是海燕》那幅油画里潇洒矫健的女电话员，是她心中的偶像。因为这幅油画，她当了兵。分配单位时，

隔壁铺位非常想学医的女孩去当了海燕，而她被分到医院。后来，她终于慢慢喜欢上了当护士，主要是因为身上那件飘飘欲仙的白裙衫。不就是打打针服服药吗，这不难。她没见过真正的死人，一来是她运气好，碰到的多是轻病员，有一两个重病的，还死在别人班上了。二来是她干这行的时间还短。当护士的没见过死人，似乎不可思议。就像车水马龙的大道上，有时也会遗有一朵生机盎然的小花。无论你多么想不通，它反正在那儿开着。

“如果你根本就不想做医生，那么你可以不去。今后，你也不必听我的课了，不要在这里白白占着一个将来的医生的座位！”焦如海勃然动怒，颈部暴起数根苍老的藤条。

不知是监狱长没有传达到，还是行刑的人太漫不经心，所有的尸体头颅都被敲碎了，焦如海扼腕叹息。

一间空旷的教室，几张课桌拼成狭长的台案，巨大而透明的塑料布蒙披其上，依稀看出匍匐的人形。有暗红色膏浆状的血滴缓缓坠落。

第一次站在如此近距离的位置上观察死人，尤其是一个刚被枪决体有余温的年轻人，真是对人类灵魂的惨烈拷问，你会那样真切地感到他是你的同类，心力交瘁地感受到他在死亡的那一瞬间承受的酷烈痛楚。

过多的血液使屋内充斥着钢铁一般的锈气，大家同焦如海一般装束，鸟一样地乍着双手，不知该插到哪里。

“可惜了。”老焦围着尸体，像围绕一座岛屿，仔细观察。“一个多么好的头颅被敲得这样碎。我们只有另想办法为他配一个头颅。”

学员们默不作声。胸臆中充满了血腥的空气，一时无法用这种味道的气流开启声带。

郁臣最先缓过劲来，这正是表现男子汉气概的极好机遇。他用套着手套的食指，拨弄着死者头部碎裂处溢出的脑浆。脑浆半凝固，像灰白色的软石膏，留下橡皮手指清晰的痕迹，“我还以为脑浆跟豆腐

脑似的。其实要硬。”郁臣诙谐地说，气氛略见松动。

“请尊重死者。”老焦冷漠地说。

郁臣吃了一惊。这一份轻松是他好不容易克制着恐惧才说出来的。他看见梅迎怯怯地躲在岳北之身后，嘴唇苍白，为给她壮胆才第一个打破沉默。

“现在我们站成一排。”焦如海退到距停尸台三步之远的地方。

学员们规规矩矩地拢过来，站成整齐的队列。

“让我们向死者鞠躬。”焦如海说完，双腿并拢，双手紧附腿侧，腰板缓缓下俯，头几乎抚到膝盖，花白的头发像一簇水草垂直飘落，橡皮围裙下缘触到地面，发出沉重而湿润的摩擦声，仿佛卡车上盖货的篷布从高处掷下。

年轻的医学生们，直挺挺地站着，没有一个人随他鞠躬。他们无法执行这道莫名其妙的指令。

翟高社觉得挺好玩。老焦这个躬肯定是跟日本人学的，就差喊一声“哈伊”了。想不到老头还挺会逗乐！

郁臣想马上跑出去找工兵报告，工兵交给过他监视老焦的任务。不过，先不忙，看这个牛鬼蛇神还要搞什么鬼花样！

梅迎觉得站这儿挺好。离死尸远点，喘气也畅快多了。最好一直待在这儿，只是别鞠什么躬。

岳北之也思虑不出这是为什么。既然先生要求做，必然有道理。他沉稳地问：“您能告诉我们这是怎么回事吗？”声音经过多层纱布过滤，显得越发低沉。

“当我是一位医学生的时候，我的老师告诉我，对每一位经你亲手解剖的尸体，都要先向他行鞠躬礼。”焦如海郑重解释。

“请问老师的老师，是不是位日本人？”翟高社抢先问。

“正是。”焦如海毫不迟疑地回答。

翟高社为自己的推测被证实感到得意。

“这么说，你是用资产阶级的一套在争夺革命接班人！你要我们给被无产阶级专政的死刑犯鞠躬，这不是阴谋反攻倒算吗？”郁臣觉得人证物证俱在，铁证如山，一反平日的矜持清高，声色俱厉地说。

血腥气中又掺了火药气。

焦如海消瘦如铁的面孔，九窍平和，并无丝毫波澜。比这霸蛮百倍的话，他也领教过多次了。看在这个学生第一个站起来进解剖室，他可以原谅。学生还年轻，他们还有机会明白许多事。

“我不管他是什么犯。那都是他生前的事情了。现在，他躺在这张解剖台上，以自己的躯体为这个世界，做着最后的贡献，他将以自己的肌肉血管内脏，无声地告诉你们许许多多东西。假如有一天，你们终于成为真正出色的医生，你们应该记起他，感谢他。因为，他也曾经是你们的老师。”

焦如海说完，重新恭恭敬敬地俯下身去，向这位衣衫褴褛肌群膨隆头颅粉碎须发怒张的尸体鞠躬。

学员们站成一排，学着先生的姿势鞠躬。翟高社鞠得最像，他很愿意尝试日本躬。郁臣不过浅浅一点头，然而终究还是鞠了。看老头这个倔脾气，不鞠真会把他赶出去。到那时，纵使工兵再向着他，学业上也会受影响。成绩不好毕不了业，当不成医生，穿不上四个布袋的军官服，郁臣就亏大了，更不要说寻找漂亮的女孩子了。“私”字一闪念，终于战胜了革命警惕性。

焦如海主刀，其余四人均做助手。医学是真刀真枪的学问，想不到平日理论平平的翟高社，表现最为出色，也许修理桌椅同修理人体，有某种神韵相通。切胸开腹，需用何种刀剪钳凿，老焦一个手势或干脆一个眼色，翟高社就手疾眼快地一一递上。犹如一对配合默契的舞伴，只要扶在腰部的手指轻微一压，便知道如何旋转腾挪。当然焦如海已经很多年不跳舞了，翟高社也要其后很多年才学会跳舞，但这种心领神会的协调使两个人都兴奋起来。噢！医学原来就是这样！

翟高社想起往日给爹打下手，兔起鹘落，正是这个感觉。要说有什么不同，就是修理人的这套家什，更精巧，更趁手，亮闪闪像是银子打造的。在这一瞬，这个长着韭菜叶一样窄的小脸的小兵，下决心要成为一个好医生。

岳北之紧跟着老焦的手。平日看来那么盘根错节关节都涩住的手指，竟变得像鹰爪一样准确犀利。不锈钢的医用器械操在他手中，刚开始亮如鱼腹，几分钟后就镀上了艳红的血迹，像涂满了润滑油一样滋滋打滑。翟高社赶紧把纱布递过去，擦拭过的刀剪又同镜面一般雪亮。梅迎刚开始忐忑不安，双腿在肥大的军裤里轻微打战，但老焦一丝不苟的精神有巨大的震慑力，它像无所不在的空气充斥着这间房屋，仿佛一种安定剂，使人进入纯粹科学的探索之中。

新鲜的饱含血液的肝脏，像一顶庄严的绛紫色王冠。纵横密布的血管根叶繁茂，犹如一架海中的珊瑚。胰脏有着最纯粹的砂红色，雍容淡雅。肠襻像一柄巨大而透明的折扇，极富力学原理地支配着蜿蜒的小肠。一根根强韧的肌纤维，像琴弦一样铮铮作响，起伏的曲线，像沙海中徐缓的沙丘。人体这架精密无比的仪器，以无与伦比的秩序和美丽，以大自然千百万年的造化之功，以符合近现代科学所有领域规则的先见之明，以无数已知的秘密和也许永远无法破译的密码，展示出一个庞大而庄严的世界。

这是一片魔鬼的海域，它需要一代又一代人殚精竭虑地求索，它神圣的祭坛，需要鲜血、汗水以至生命的祭祀！

医学生们不再闻得到血腥气，从此他们的嗅觉将对这一气味失去感受。他们不再对尸体感到恐惧。那不是尸骸，是一本打开的书。

四

“队长！队长！老焦没了！”郁臣大呼小叫地跑到猪圈。

工兵正在喂猪。猪们除了认识炊事员，就跟工兵熟了，甩着8字形的小尾巴，吃得呼噜响。

“没了？确实吗？”工兵一惊，泔水便浇了肥猪一头一脑，猪耳朵上挂着根粉条，摇摇欲坠。牛鬼蛇神跑了，这该如何交代？

“确实！今天没他的课，整个上午他都不在。吃午饭时也没见，现在，天都快黑了，哪都没他的影。”郁臣确实很负责，该找的地方都找了。

“咱们再找找看！”工兵不愧是正规部队出来的，遇事有大将风度，先要把情况核查清楚。

教室里自然是没有的，同学们都在上自习。楼梯过道平日里归老焦打扫，现在经过一天践踏，中央部分已糊满鞋印，污浊不堪。唯有边角旮旯处，仍是如水般的洁净。看得出今天早晨有人仔细擦拭过。

“呸！”郁臣在旮旯处吐了一口浓痰。就是要给老焦添点麻烦。吐在中央，他拖把一扫而过，吐在偏僻处，要他多费点力气！郁臣更主要的是要借这口痰表示对工兵的忠诚，与牛鬼蛇神势不两立。

可惜工兵正焦虑，没有看到这个动作。

“走！到焦如海老窝去！”工兵说。

医训队四周，一片旷野。很远的荒草之中，不知什么年代，遗留下一座楔形小屋。四周堆满了枝枝丫丫枯臂般的草药根，空气中弥漫着极其苦寒的气息。

小屋没锁，因为几乎没有门，只有半截破败的木板遮风。推开木板，一股阴湿霉冷的空气扑面而来。唯一带有现代化气息的，是一根红色的灯线。工兵狠劲一拽，一盏昏黄的灯泡燃亮了，小屋内的一切才像浸泡了显影液，不情愿地闪现出来。

一张木板搭成的床。一张缺了半截腿的三屉桌，之所以称它为三屉桌，只是在它应该安抽屉的地方，看到三处方正的缺口。仿佛牙被拔掉的齿床，飕飕透着风，其实是一屉也没有的。倒是缺了半截的桌

腿上，绑了一块削制得很平整的木块，显得比其他几条腿更为牢靠。

还有一张椅子，也断过一条腿。

唯一给这晦暗的楔形小屋增色的，是一把闪亮的小药铡。寒光闪闪锋利无比，一旁堆着黄亮如星的金色饮片，仿佛一片小小的沙漠。看得出焦如海日日在此劳作。

“这是什么？”郁臣纳闷。刚才不知开灯的机关，他只瞅见没人，并未分辨出细部。

“黄连。”工兵心不在焉地回答。

黄连极苦。铡制黄连是谁也不愿干的活，药厂自然把它分给牛鬼蛇神。

简陋的小屋绝无藏匿一人一物的能力。焦如海到哪去了？倘畏罪潜逃，这里离国境并不遥远。工兵感到一场重大的塌方，就要铺天盖地而来。

焦如海曾留学日本，又为国民党军效力。想想吧，他曾给那么多的国民党高级官员治过病，本该一命呜呼的，也叫他妙手回春，苟延残喘了。这些战争罪犯又屠杀了多少善良的中国人民，沾满了多少革命志士的鲜血！这笔账难道不应该算到焦如海头上吗？从这个意义上讲，焦如海真是十恶不赦！他投诚后，因我军缺乏医生而留用，每次政治运动，都要整治他一回，他的妻子女儿早就离他而去，只剩他孑然一身。他要跑，真是太容易了！

工兵深深懊悔自己放松了革命警惕，看他像个木乃伊似的，一天不多说一句话，便以为他是个死老虎，不再严密监视，自己光顾得给学员们改善伙食，没想到酿成如此大错！

工兵是真正的军人。又问了药厂没有，医院也没有。一旦查明了情况，立即上报。他摇通了军区的电话。

“我是军医训练队队长。反动学术权威焦如海失踪，下落不明，极有可能是畏罪潜逃。我没有完成好党交给的任务，我请求处分……”

对方答话："你的革命警惕性高，这很好。焦如海不是畏罪潜逃，他现正在我们这里。"

"在军区？"工兵大惑不解，反问道。

"是的。军区首长病了，用车接他来会诊。"军区方面答道，听声音年纪不大，可能是值班的参谋干事，语调中却透露出上级机关的骄矜。

"那也应该同我说一下。"工兵想起刚才冷汗涔涔的焦灼，压着性子埋怨道。

"是你大还是首长大？耽误了首长的病，你负得了这个责吗？"电话哐地放下了。

这事其实并不稀奇。史无前例的"文化大革命"比任何一次运动更彻底，革命军队再不能保留各种历史渣滓。批斗之后，扒下焦如海的红领章，将他赶回原籍。其实生养他的那座小城，早已没有他的任何亲眷。当他形影相吊蹒跚走进家乡的暮霭之中，早已有两个年轻的军人在地方革命委员会等候多时了。他是坐火车，被大串联的红卫兵挤得辗转周折，年轻的军人们是天上飞来的。原因很简单，军区首长病了，年轻美貌的女保健医生束手无策，首长想起他几次都是一个不苟言笑的老医生治好的。问：为什么不请他来？

首长的病好了之后，焦如海成了走也走不得留也不能留的尴尬角色。首长不知道什么时候会病。得把他像战备物资一样储藏起来。养兵千日，用兵一时嘛！现在果然派上了用场！

工兵不是京官，是在山沟里打洞子炸石头的，因此他不明白其中的典故。他满腔委屈，又要他看着人别出娄子，把人拉走又不同他打招呼。他真切感到自己地位的卑微，一腔火气不知向谁发泄。

老焦是第二天早上回来的。本来首长的病前一天晚上就已经安顿好了，但美丽的女医生不让老焦走，她胆子小，怕出意外。首长就命令老焦留下。老焦在椅子上守护了一夜。早上，当他打扫完楼道卫生

（旮旯里的痰迹让他费了点功夫），出现在讲台上的时候，仿佛一具埃及金字塔内发掘出的木乃伊。

隔了一段时日，郁臣又来报告：焦如海找不到了。他不知道工兵上次受到的挫折，兴致勃勃以为是表示忠诚的好机会。工兵这一次只淡淡地说："你不要管了。我知道了。"

仍旧同上次一样，哪里都没有焦如海，好像他已提前火化成烟。

工兵耐心地在堆满黄连的小屋里等。是的，他没有军区首长大，可他比焦如海大。军区可以不通知我，但你焦如海必须向我请假！你得明白，在这一亩三分地里，到底是谁说了算！

暮色，像昏鸦的翅膀，裹挟走了屋内所有物件的轮廓。凛冽的苦气，浸泡着人的每一次呼吸。屋内很洁净，但这洁净，更笼罩着一种冷漠的凄凉。

"这真他妈不是人待的地方！"工兵咒骂着，抬起屁股要走。他原本预备等老焦刚一进屋就给他一个下马威，叫他以后再敢目无领导。但这小屋给他无形的压力，他一分钟也不愿停留了。

正在这时，门开了。一个鬼魅般细长的阴影，飘然而至，手中还挽着一个偌大的包袱。"队长，你好。"焦如海苍老的声音竟含着抑制不住的喜悦。

工兵的心吓得怦怦直跳。他原是专为等焦如海，来人应时而归，还把他骇成这样，奇怪焦如海在自己黑洞洞的房间里，劈头看到一个人影，竟如此安详。

"我是既不怕死人也不怕活人的人，还有什么可怕的呢？"焦如海仿佛看出了工兵的疑惑，淡淡地解释。

"首长的病好些了吗？"工兵单刀直入。

"我没到首长那去。"老焦回答，声音中仍有抑制不住的喜悦。

"那你究竟到哪去了？"工兵火冒三丈。到军区去多少还有点投鼠忌器，此刻完全肆无忌惮。

"到野外去了。"老焦把包袱放在桌上，发出清脆如铁的震荡声。腾出手指一比画，那边正是国境所在地。

"干什么去了？为什么不请假？"工兵简直怒发冲冠，这一次有了真正伪敌情。

"早上，我要找您请假。猪圈、伙房都去了，没找到。因为路途太远，就赶快出发了。"焦如海恭恭敬敬地答道。

工兵想起来，早上他正在操场边收拾露天厕所，口气略为缓和一些："你还没回答我究竟干什么去了？"

"就干这个去了。"焦如海小心翼翼地打开桌上的包袱。里面是几个白森森，黑洞洞，风像笛子一样呼啸而过，浮现着永恒笑容，神秘兮兮注视着你的——骷髅头。

泰山崩于前而不变色的工兵，被这些肮脏而丑陋的镂空怪物吓住了。他竭力镇定住自己："你擅自外出，就是去鼓捣这些玩意吗？这是借口！我们已经有了那么多的死人，足够用的了！你是想察看地形，伺机外逃！"

焦如海心爱地拍拍骷髅光滑的头盖骨："多漂亮的骨骼！乱葬岗上死人虽多，要找到这样完美无缺的头颅可并不容易。"他的手臂上有蚯蚓一样的红色血迹，仿佛攀到悬崖上偷吃了酸枣。

"我们的死人都没有头了。这是一个很大的遗憾，人与人的区别主要在头上，而躯干则基本一样。我不得不把这些头装置在那些骨架上，来一个移花接木。至于跑，我为什么要跑呢？我有了给人治病的机会，我能够培育出一批优秀的医生，这正是我一生梦寐以求的事情，我跑了，岂不是太傻！我要跑，当初又何必回来！队长，你放心好了，我永远不会跑，直到我死在这片土地上！"

从门洞打进来的夜风，把焦如海破烂的军装（荆棘又扯开几道凌厉的破口），吹得像一片哗哗作响的旗。

一席话，直噎得工兵瞠目结舌。不管怎么说，焦如海擅自外出，

要给他一个狠狠的惩罚。只是，怎么教训他呢？院子就这么大，不可能扫了又扫。平日罚他铡黄连，已占去了他所有的时间，又不可能叫他干更重的活，万一累垮了，学员们就没人教。再说若首长又病了，也不好回复。要想一个不显山不露水的办法……

浓烈的苦气像水蛭钻进他的鼻孔。

有了！

工兵清清喉咙，对老焦庄严宣布："鉴于你严重违反纪律，经研究，给你一个处分。从今天开始，你每天要喝三碗黄连水！"

"是。"老焦垂下眼帘，谦恭地回答。声音中仍有掩饰不住的喜悦。

这是一些多么好的头颅啊!

五

一个纯粹的人，抽象的人，没有性别的人。所有的性征都是皮毛，都随着皮肉被一同掳去，只剩一尊洁白如美玉的骨殖，昂首挺立在讲台的一侧。

漠漠的历史劲风，从他宫殿般复杂的颅腔中穿进穿出，奏一支我们所不懂的歌。他的眼眶深邃而空洞，注视着永恒的宇宙真理。他的牙齿很完整，雪白狞厉，保留着人类自远古以来遗留的某种食肉本性。他的颈椎柔软精巧，有像麋鹿一般左右旋转。他的胸廓伟岸挺拔，蕴藏着祖先追赶猛兽时惊天裂地的呼啸。骨盆猛烈地凹陷进去，锋利隆起的骨骼表明曾经有强有力的肌群在此附着，像黄河纤夫的绳索一样，牵引过整个躯干壁虎样的攀缘。还有四肢，像非洲象颀长美丽的象牙，发出凝脂一般润滑的闪光。它们负重而中空，符合最严谨的力学原理，像金属钢管一样无懈可击。还有手指骨、脚趾骨。在如此狭小紧凑的空间内，密植了如此多的骨块，仿佛一盘庄户人家过节

时烙的面果子，形状各异，无不精致可爱。正是这些完美契合的骨块，被蛛网似的韧带连缀在一起，（韧带现在由细铁丝代替）形成人类得以骄傲地凌驾于所有动物之上，辉煌地创造出匪夷所思的艺术珍品的——手！

这是被老焦精心处理过的越狱犯的骨骼。正确地讲，他是一个组合起来的人。老焦把另外一个不知名的骷髅，镶嵌在这具壮年男性强健的体魄之上，成为一名自然界从未存在过的人。

他是医学殿堂的守门人。

“如果有一天，他突然活起来，我想，我会在一万个人当中，认出他来。我们熟悉他身上的每一块骨骼。我对我的父母亲人，对我自己，都绝没有熟悉到这种程度。”梅迎对岳北之讲，她已经不再害怕死人。

“先生的嘴角，为什么总是黄的？”岳北之若有所思。平原的氧气，已经洗去了他脸上过多的紫绛。

“防冷涂的蜡！”翟高社没心没肺地喊。他倒并不是不尊重先生，只是天性如此。

“我们今天来讲心脏杂音。”

每人发一副银闪闪的听诊器。大家把圆圆的怀表似的听诊器头捏在手心，指甲刮到听筒上的薄膜，耳鼓响起宛若“车辚辚、马萧萧”的动荡。翟高社趁郁臣不注意，猛地弹一下他的听诊器的头，郁臣嗷地叫起来，好像有人在他耳边扔了一颗手雷。

“杂音可分吹风样、雷鸣样、滚桶样、泼水样……”老焦如数家珍。

岳北之的单位处于风口。一年只刮一场风，从大年初一刮到大年三十。他什么样的风声都听过：笛样、萧样、呜咽样、叹息样，没什么稀奇。想不通的是在自己军衣第二个纽扣偏左这方寸大的地方，竟会有这许多名堂？莫非心脏也是风口？

“同学们先互相听正常心音。知道了正常的，才能分辨出不正常

的。有比较才有鉴别。”老焦引用了一句最高指示，恰到好处，使他的讲授更具有权威性。“两人一组，互相听。”他划定范围。

翟高社把听诊器头像探雷针似的，杵到郁臣怀里，郁臣像被扎了一刀似的直往后躲。

“咋啦咋啦？”翟高社忙不迭地把银亮的钢头抽回来。

“凉。”郁臣嘶嘶吸气。

“忒娇气！革命战士一不怕苦二不怕死，这点凉怕什么！”翟高社不屑地说。

“同学们暂停。”焦如海擎起听诊器，“听诊之前，一定要把钢头捂热。一种方法是暖在手心，直至同自身体温相近时，才可接触病人肌肤。适用于任何病人，缺点是升温速度较慢，另种方法是用嘴呵气，像我们暖和自己冻僵的手指头那样。优点升温快，节约时间。不便之处是用于异性青年病人时，有过于亲昵之感。”

老焦就有这能耐，把一个极普通的问题上升到理论高度。

大家都点头，唯有翟高社不服：“我就不信。听诊器就算是冰做的，那么一分半分钟的，还能把人给冻死？”

老焦不急不恼地解释：“在突发寒冷的刺激下，病人的思想无论多么先进，肌体都会不由自主地产生反应，心跳加快，频率失常，这对检查是有妨碍的。”

倔小子翟高社只得往听诊器头上吹气。大家敞胸露怀，你听我的，我听你的，礼尚往来，好不热闹。

“老焦，梅迎说我有心脏病，几种杂音都有。我在高原多年，也许真的落下毛病了。这可怎么办？以后我回不去老部队了！”岳北之一脸哭丧相。

梅迎葵盘似的脸庞像经了霜，惨然无色。她反复听了几遍，确信无疑。

老焦把听诊器头在手心暖得很热，又呵了两口气，轻轻搭在岳北

之像木凳一样饱满的胸肌上，深陷的眼窝露出睿智的目光，像在倾听遥远的山的回音。

大家都安静下来，等着老焦的裁决。

“你很正常。那种轻微的声音，是一种生理现象。”老焦温和地说。年轻的医学生们常犯这种毛病，讲到什么病种，他们就疑窦丛生，怀疑自己和同伴染了这种疾患。

梅迎的脸仿佛突然朝向太阳，一片通红。虽说当众出了洋相，但岳北之那颗经过缺氧和山风折磨的心很正常，这就比什么都好。

“翟高社，把你的心给我听听。”岳北之低声求告。

“干吗你又来听我的？郁臣刚听完，他耳朵大约背，手又重。把那个铁家伙使劲往我皮肉里按。好像我的肚子是猪屁股瓣，他要在那儿扣个紫药水的合格章。碰到这样的医生，没病也得给检查出病来！哎，你为什么不听和你一组的那个人的心？”

翟高社看到梅迎的脸越发红了，才悟到自己说走了嘴。梅迎是岳北之的搭档。

隔着厚厚的棉军装，胸部仍像驼峰一般耸起，风纪扣系得铁紧，毫无接受检查之意。

其实，在她那颗心的极隐秘处，渴望岳北之倾听她的心音。她的心会告诉他一个秘密。

“在给女病人检查时，可以将丰满的乳房推开、抬起或翻上。乳房是一个囊性腺体，具有强烈的隔音效果……”

老焦啊老焦！在他眼里，人类自身没有任何秘密可言，梅迎真想用听诊器头把他的嘴堵上！

进入临床课了。讲到肺炎，就带大家到野战医院，找个肺炎病人，让学员们轮流去听。几个学生听下来，病人冻得胸前直起鸡皮疹，咳嗽也愈发深厚了。医院医生不干了，辛辛苦苦治了半个月，眨眼工夫疗效就打水漂了。

“现在，我领你们去实地检查一个病人。他的心脏可以说五毒俱全，而且他会很好地配合你们，使每位同学都能听清。本想在教室里实习，没有床。请同学们跟我走。”老焦说。

走啊走……出了楼，左拐右拐，穿过空旷的院落，空气中浮动起若隐若现的苦涩。这苦涩迅速地醇烈起来，像一只无所不在的黑猫，猛地钻入鼻孔，牢牢地霸占在那里，使你除了苦涩，感觉不到天地之间还曾有过其他气味。

到了！这座黄连弥漫的小屋！

“地方小，只请担任检查者的同学留下。其他的，请在屋外稍候。”老焦一指梅迎，“就从你开始吧。分辨一下什么是真正的杂音。”

梅迎知道这是老焦的宿舍，她没来过，此刻被这种清贫和简陋所震愕。

病人呢？她四下寻找。

“我就是。”老焦平静地说。

“铺板当检查床矮了些，但一个好医生，应该能在各种条件下检查病人。”老焦说着，在菲薄的褥单上躺好，骨骼与床板相击，发出类似鼓掌的响声。

屋内很冷。老焦袒露着他嶙峋的胸膛，像一把古老的篦子。

梅迎捏着听诊器，不知所措。

“全队50个同学，你要抓紧时间。”老焦尽量平和，但已抑制不住冷战。

梅迎把银亮的圆饼贴在老焦胸上。他太瘦了，干枯的肌肤填不满肋骨之间的缝隙，圆饼便像钢桥，架在肋条之上。

剧烈而钝重的心跳，像一颗滴血的太阳，空洞地燃烧着，发出火焰与洞穴的声音。梅迎听过岳北之的心跳，浑厚低沉，透过发达的肌群，那心像埋在地壳深处的煤，稳定而极有韵律地搏动着。她也听过自己的心，纤巧秀丽，那心像一柄珍藏于锦盒内的绢扇，温柔地细

腻地一下又一下不疾不徐地摇曳着，像一曲低缓的歌。焦如海的心脏，像一匹衰老的马，在旷远的荒漠上跋涉，不时传来马失前蹄的溃乱之音。

猛然，一切声音全部消失。什么叫死一般的寂静？梅迎刻骨铭心地感觉到了。你眼前明明是活人，他的心脏却阒无声息。心不跳了！梅迎想这一定是自己的错觉，再看老焦，只见面色灰黑如铁，牙关紧闭。

梅迎吓得刚要叫人，听筒里传来像空酒瓶砸在地上的爆裂之声。怦……怦……那颗苍老的心，缓慢执着地又开始跳动。老焦叹息样地吁了一口长气。悠悠睁开眼睛，茫然地望着梅迎，不知她为何受了惊吓。

瞬间，他明白了："我刚才是否有一过性晕厥？"

梅迎点点头，惊讶一个人能这样精确地给自己做诊断。也许，他将来也能这样精确而科学地描绘自己的死亡。

"我这个心脏，也闹'文化大革命了'。"老焦难得地幽默了一下。

"老焦，你好好休息，我去找医生。"面对着这种确实死过片刻的人，梅迎发悸。

"不必了。我这是老毛病。请帮忙将我床下的小箱子拿来。"老焦喘息着说。

箱子很精巧，老焦不知揿动何处机关，砰地弹开，一排整齐的药瓶呈现眼前。

老焦倒出一粒朱砂红的药丹，噙在嘴里，面色渐渐转红。"在我所有的罪名里，唯有私藏药品这一条属实。都是我自己买的，靠它们维持着我的生命。只是坐吃山空，越来越少了。"

梅迎发现药箱中有一支装潢古怪的小瓶，全身被覆着严谨的外文。只在瓶口处可以看到澄清的药液，闪着蒸馏水一样纯净的光。她也算见多识广的护士了，从未见过这种药。

"这是什么？"她好奇地问。

“这是从西地兰中提取的强心剂。”

西地兰！多好听的名字。梅迎的父亲喜欢兰花，泽兰芝兰鹤望兰，可她没听说过西地兰。兰高雅而名贵，居然还能制成药。

“疗效极好。进口的，可惜我只有一支了。”老焦珍惜地抚摩着药瓶，好像那是他生命的舍利子。

梅迎赶紧离西地兰远一点。就这一支，丢了或碎了，谁能赔得起！

“现在，我们开始吧！”老焦收起箱子说。

“开始什么？”梅迎反倒糊涂了。

“听心脏。免得你把吹风当成雷鸣。”

“我不听了。你心脏这么不好，我们一圈学员听下来，你的心脏更受不了。”

“心脏这个东西，你听也好，不听也好，它总是要那样跳，不在乎外界在干什么，这是由它的本性所决定的。所以，也不必把心脏说得那么崇高。跳动本身就是它的生命。它不跳，自身的价值就不存在了。”

梅迎明白了，对于一个全身都被他所热爱的事业酱透了的老人，你拒绝听他那颗有病的心脏，他会伤心的。

梅迎看到桌上一只硕大的碗，盛满金灿灿的黄水，鲜亮得如同刚刚洗过迎春花。她已知道工兵罚老焦每天喝三碗黄连水，没想到碗竟这么大。

“这是队长给你的碗吗？”梅迎气哼哼地问。这个工兵，心也太狠！

“不是。他为什么要给我碗？”老焦莫名其妙。

“他每天盯着你喝黄连水吗？”梅迎又问。

“不。他也很忙。这点小事，就不用他操心了。”老焦设身处地为工兵着想。

“那你为什么要用这么大的碗，喝这苦药汤呢？你可以换个小

碗，再说，不喝他也不知道！要不，干脆泼了就是！”梅迎说着，颤悠悠双手端起药碗。老焦急忙去拦，撞出一道弦形的黄色，老焦的军衣上晕染一片。

老焦正色道：“这怎么成！我既然受罚，就要自觉遵守。怎么能泼了或者干脆不喝呢？这不是科学的态度。”

梅迎想不到先生竟会这样，没有什么可以回报老师，索性替老师把这碗苦药汤一饮而尽吧！

她一仰脖，咕嘟嘟直灌喉咙。

苦，真苦啊！苦到极处，就是辣，就是痛。全身的血液仿佛都为苦水所浸泡，每一根头发梢都苦得蜷缩起来。

她半天没有喘过气来。这一瞬，她在心中将工兵千刀万剐，竟能想出如此折磨人的酷刑。她记起儿时看过《十万个为什么》，那里说，黄连稀释25万倍之后，依然是苦的。

老焦怜惜地看着梅迎被苦得战栗：傻丫头，你喝的代替不了我。等你们走后，我再沏一碗黄连水，把我的那一份补上。

他拥有许许多多的黄连。部队有座制药厂，铡制黄连是件苦差事。只要你接触黄连，你流出的眼泪是苦的，汗水是苦的。一根发丝偶尔落进汤盘，整锅汤都是苦的……人们把黄连都卸在他的小屋旁，他用药铡将黄连切碎，再送到药厂去机械加工，西部军区需要大量的黄连，好像整个部队的人都在闹痢疾和肠炎。

老焦的心脏还在等着梅迎。梅迎往铁饼上呵气，直到那上面凝起细密的水珠……

六

“队长，学到外科了。”老焦找到工兵。

工兵立刻提高警惕，老焦以教学为名，今天要死人，明天要死人

脑壳，蹊跷极多。

“外科又怎么样？莫非你还想把学员拉到印度支那战场上去？”工兵没好气地说。

“要狗。活狗。”老焦预料到今天的事难缠，慢条斯理地说。

要狗？干吗用？肯定是想吃狗肉了！再不就是关节痛，想搞条狗皮褥子暖暖腰腿。对！准是这么回事！那间小屋又潮又冷，落下毛病了。当医生就是会自个保养。别看你伪装得挺像，还张口闭口外科内科的，也叫我一眼看个透明。正好，我也有腰腿痛，何不就坡上驴，也弄张狗皮铺铺！

想到这里，工兵笑嘻嘻地问：“你需要多少条狗呢？”

“得几十条狗。”老焦没料到工兵如此爽快，心中高兴，把事先拟定的小打小闹政策索性抛开，狮子大开口。

“哪有那么大的锅炖狗肉！扒下来的狗皮够搭一顶帐篷了！”工兵想这老焦心太黑。

“两个同学一只狗，这是很低标准。”老焦也不解，这同锅同帐篷有什么干系。

“两人一条狗，做什么？咱们也不是马戏团！再说哪有这么多伙食费！”工兵真急了。

“做手术啊！狗的肠子连切两刀，剩下的也就不多了，还得让它活着检查手术效果啊！你知道狗的肠血管襻是这样分布的……”老焦想给工兵画一张图详加解释，满屋睃巡，也没找到工兵的笔，索性把工兵刚沏的茶水倒了一洼在桌上，抖抖索索以指代笔用水画了一幅狗的血管图。挺美观，像一张晶莹剔透的水树叶。

“哎哟哟，我那是小红袍呀！”工兵顿足叹息。“少买几条，剩下的用鸡不行吗？”

工兵终于明白了，这是让学员们在狗身上练手艺。上边没布置这项，自然也没有经费。看来真得从伙食账上打主意，够做狗皮褥子的

就行了。“俗话说，麻雀虽小，五脏俱全。鸡身上的零件同狗也差不多。”工兵很为自己的主意得意。

“你为什么炸山洞用炸药包不用二踢脚呢？都是火药。”老焦顽强机智地反驳。

“鸡不行，兔子总成了吧？”工兵自觉退了一大步。

“不过是换成了手榴弹。”焦如海毫不退让。

“不用动物能咋啦？上边也没这个规定。”工兵恼羞成怒。

“也成。就叫这帮学生们合上书本，直接到活人身上动刀吧！”老焦也火了，“祝愿你有朝一日住院时摊上这么一位医生！”

工兵傻了眼，心想备战备荒为人民，学员们将来也是为最可爱的人服务，破费就破费点吧！掂量一下说：“没那么多伙食尾子，三人一条狗吧！”

真去买狗时，才发现大费周折。连老焦也没料到工作量如此之大。他当医学生或在国民党时或者干脆“文革”以前，医院都有专门的动物房。穿戴如同动物园饲养员一般的工人，天天拎着小饲食桶，将同一品种的优良成犬，喂得油光水滑。学生们手术时每人分得一狗，就像就餐时每人一套餐具。手术后也容易比较成果，评判成绩。现在可倒好，工兵骑辆破车，到方圆百里内外搜集狗。刚开始工兵还嘴硬，按照老焦说的，要成年雄犬，体重多少至多少公斤。几家转下来，就开始骂老焦是死书呆子。西北地广人稀，饲狗的多是为护院看家，猛悍异常，同主人亲如手足，绝不出卖。偶有愿卖者，又都是老弱病残，谁知能否禁得住开刀。老焦不愿要，工兵说：“你还挑肥拣瘦，老子不买了！”老焦再不吭声。

狗分期分批购进后，饲养又成大问题。没有狗舍，也没有专门的工人照料。盖狗棚或请工人的事，想都不用想，没钱！老焦忧心如焚，虽说天天喝黄连水，嘴角还是起泡。工兵倒不怵，每买回一条狗，就叫过几个学员：“喏，这畜生都分给你们了。吃喝拉撒睡，全

归你们了！”

不几天，野战医院来告状，说是他们的砖头、席片还有成材的木檩水泥板丢了不少。据说是叫医训队的学员们给牵走了。人家挺客气，用了“据说”和“牵”这样两个词。

“不是‘据说’。”工兵不领情，“实实在在全是我们扛走的。不信我领你去看看。”

“这……”倒弄得医院的人下不来台，不知如何同这个炸石头出身的队长继续谈话。

“你们甭心疼。我们不打算长要，不过是借。你等我们手术做完了。有一部分狗会死，当然死了的立马就不用窝了，我们马上就能还一部分。活着的，观察几天，证明手术成功，也就杀掉了。”工兵已从老焦那儿学了不少医学知识，知道狗肉和狗皮褥子还是有把握的，慷然许诺，“到那时候，我们物归原主，秋毫无犯。怎么样？兄弟单位嘛，给个方便。到时候请你来喝狗肉汤，大补！”

医院的人只好苦笑着走了。

狗大小不均，爷爷辈孙子辈的都有。学员们都愿意要大的雄壮的健康的狗，翟高社和郁臣等如愿以偿。他们的狗魁梧如马，浑身发出湿煤一样的闪光，两眼像狼一样桀骜不驯。

“我敢说，咱这狗，手术后保证第一个能叫能跑，好生饲喂，没准比现在还结实！”郁臣摸着狗的尖耳朵说。

“瞎吹！开膛破肚是大伤元气的事，伤筋动骨还得一百天！这是肠切除！能活下来就算不错。幸好咱这狗腰细腿长，看样子禁折腾。”翟高社说。

“咱们得给它多吃些补养品。人是铁，饭是钢，人狗同理。你没见有些病人住一阵子医院，没吃药打针，照样养得像刚坐完月子的女人，白白胖胖。咱们得爱狗如子。我给它起名叫‘火焰驹’，你说怎么样？”郁臣觉得自己很有艺术细胞。

“这要是个红毛狗，也就罢了。可它是黑的呀！”翟高社不甚响应。

“你这人怎么这么死心眼？意思到了就是了呗！好比管心脏的血管叫冠状动脉，你以为真是一顶帽子扣在心脏上头？讲究的是神似，你还得跟着我多学习学习。”郁臣说着，又把一口痰吐到犄角处。倒也不完全是给老焦添乱，他近来痰多，把一摊吐到地中央，到底不雅观。

翟高社光洁如糖衣药片的额头，使劲皱了一层，也没想出更贴切的名字，只好管大黑狗叫火焰驹。

岳北之生性谦和，一直退让。梅迎见岳北之不往前凑，自己也躲在后面。轮到他俩时，简直就是一只狗娃子。工兵开了恩：“你们俩分一只狗吧！这狗恐怕禁不住三刀。”

狗娃子怯怯地看着他俩。黄黄的皮毛在旱天也像遭过雨淋，一缕缕败絮似的披挂在刀刃似的背脊上。斑驳脱皮的地方，露着嫩红的肉，腿也一拐一瘸。眼角积满秽物。

“这狗患有皮炎、眼炎、关节炎、重度营养不良……”梅迎抱着肩，站得远远地说。同岳北之在一起，她很高兴。但这狗实在晦气。

岳北之俯下身，仔细给小狗检查了一番，爱抚地拍拍它的脑门：“心肺都好。”见别人都吆三喝四地呼唤狗的名字，对梅迎说，“你给它起个名字吧！”

“我不起。趁早叫队长再买条狗。队里没钱，我自己出。把这狗放了生，给它一条活路。不然，肯定死在手术台上，咱们怎么下台？我各门成绩都是优，可不想叫这条癞皮狗毁了全国山河一片红！”说罢，不待岳北之答话，扭身就走。那一对细长的辫子，在空中画出愤怒的圆圈。

走廊里，焦如海正在拖地，他把墩布甩得像一朵牡丹花，极有韵律地舒展、收拢，在地面上雄浑地画过，蚕头雁尾，仿佛在书写一个

又一个巨幅的隶书“一”字。

梅迎看得呆了。她突然有一种顿悟：任何一桩技艺，只要你倾心地热爱它，就能操练到出神入化鬼斧神工的境地。

有人从对面走来，因为是逆光，梅迎看不清是谁。来人已分辨出梅迎。他从尚未拖扫的那一侧走来，老焦见来了人，便收起拖把，垂手挤在墙边立着，待来人走过再擦。来人趾高气扬走到洁净处，喉咙里酝酿许久，“啪”的一声将一口浓痰溅到地上。

声音很响，像打碎了一个空杯。

梅迎认出是郁臣。

“你这是干什么？”

梅迎愤怒地问。

“不干什么。给他创造点劳动改造的机遇。这样他不是能早点成为人民？！”郁臣嬉笑着说。要不借这机会，梅迎会同他擦肩而过，一句话也不说，心全叫岳北之给钩走了。

声音惊动了焦如海。他默默地注视着郁臣，然后蹲下身去，仔细地看了看痰。走到郁臣面前：“这么说，经常在墙旮旯里吐痰的那个人，就是你了？”他双眼深不可测地睃巡着郁臣。

“对。正是鄙人。是，又怎么样？”郁臣充满戏谑地说，他要在梅迎面前充分展示一下调侃与机智。

“我一直在寻找这个人，你能当着我的面，再吐一口吗？”焦如海毫无感情色彩地问。

“当然能呢！别说一口，就是一百口痰也有！”郁臣漱漱喉咙，啪啪啪——在洁净如水的地面啐了一片，唾沫星子迸了焦如海一脸。事至如此，他勇敢地迎接牛鬼蛇神的挑战，不能在心爱的姑娘面前输了面子。

“郁臣，你太下作了！”梅迎惊恐地斥责郁臣，眼睛却直瞅着焦如海。这种折辱，鬓发苍苍的先生怎么能受得了！她跑过去，揽过拖

把，“先生，您别生气。我来把它拖干净。”

焦如海轻轻抹了一下脸，那些口水像小小蚊虫，叮得人不舒服。他拦住梅迎，又蹲下去，仿佛一个顽皮的男孩，在暴风雨即将来临之前，好奇地观察蚂蚁搬家。

“这位同学，依我多年积累的经验，你可能患有某种严重的疾病。我一直在观察这些痰，在寻找痰的主人。谢谢你今天当面证明了我的诊断，同时，它也将使你赢得时间。病才起于青萍之末，一切都来得及。”焦如海温和地说。平日他把他们当作弟子，这一瞬，他把郁臣当成病人，露出少有的慈祥。

“你少危言耸听！我会有病？我结实得只想迎面打谁几拳才解气！你以为说我有病，我就会对你佩服得五体投地，乖乖听你的，对吧？你甭来这一套！有没有病，我自己最清楚！告诉你吧，等你的坟上都长满了青草，我也不会有病！”郁臣很恼怒，红口白牙咒别人有病，是何居心？还他一个恶毒！然后扬长而去。

焦如海如同蜡像一般站在满是痰迹的走廊中央，非常沮丧。从没有病人如此不信任他！

梅迎这才记起自己的初衷，同先生讲了小狗的事。

老焦拄着拖把，缓缓地说：“你们就当它是个营养不良又急需手术的孩子吧！”

梅迎没找工兵，回来了。

岳北之已给小狗洗了澡，露肉的地方涂了药膏。小狗比初来时显得洁净可爱些，只是由于皮毛湿水还未干燥奓起，更加瘦小。“皮毛上的病好治，营养不良要花大力气。”岳北之见梅迎没有换回狗来，也不问为什么，温厚地说。

“多给小狗吃点好的。我们叫它阿随。”梅迎与其说是喜欢，不如说是可怜这小狗。

“那你就是子君了。”岳北之随口说道。

"那你就是涓生。"梅迎接着说。

"我不喜欢《伤逝》的后半部分。"岳北之说。

"我也不喜欢。他们不应该分手。"梅迎接着说。

世上的爱情有许许多多表达方式。鲁迅先生的一部悲剧，竟成了爱情的誓约。热恋中的男孩和女孩，完全不去想那出悲剧的真正含义，他们沉浸在自己的幸福之中。

小狗吃惊地汪汪叫，不知道自己扮演了这么重要的角色。

梅迎再也不说抛弃小狗的话了。

午饭吃白菜炒肉片。梅迎把馒头一劈两半，夹上舍不得吃的肉片，捏成比火柴盒略大，团在手心里。

"手里拿的是什么？伸出来！"工兵站在食堂门口，像日本鬼子设路岗检查八路军的交通员。

"什么也没有。"梅迎仗着自己给工兵屁股上戳过洞的余威，耍赖。

工兵说："回你饭桌去！把那个馒头放碗里留着下顿吃！锄禾日当午，你懂不懂，拿大白馒头喂狗，你还是不是人民子弟兵，来自老百姓？亏你们做得出来！"难怪工兵气哼哼，这两天炊事班反映，学员们饭量大增，顿顿馒头不够吃。工兵一查，原来都是挟带出去喂了狗！从伙食费拨钱买了狗，再这样撒开来吃，只怕医训队要回到"三年自然灾害"时的瓜菜时代了。工兵亲自盘查，严防流失。

"粒粒皆辛苦我懂，可总不能让阿随饿死吧！"梅迎急出哭音。

"天下只有饿死的人，哪有饿死的狗！"工兵狡黠地眨眨眼睛，"守着这么大个医院，病人的胃口就都那么好？没个边角余料什么的？"狗是工兵四处奔波买回来的，手术还没做，他也舍不得让狗出师未捷身先死啊！

学员们有文化水，心有灵犀，一点就通。

医院里残羹剩饭颇多，猪肥得肚皮蹭到地上磨出伤口，护士给贴一块雪白的纱布，继续把剩牛奶喝得咕嘟嘟。

不几天，野战医院又来提抗议，说猪掉膘，病人们成天闻狗叫。上了岁数的就以为日本鬼子又进庄了。

这一回，工兵装傻充愣，给他个一问三不知。

七

阿随终于还没有养到很强壮，就轮到了开刀的日子。

解剖犯人的那间屋子，临时改造成了手术室。没有无影灯，空中悬挂了许多葫芦似的大灯泡，像一座金色的菜园。几张桌子拼起来，蒙上一条雪白的床单，就算万能手术床了。空气中弥漫着强烈的消毒剂气味，仿佛大战前的硝烟。唯有借来的不锈钢手术器械很正规，像雪亮的餐具，正期待着嗜血的盛宴。

临上手术台前，要先给狗称体重，好计算麻药的剂量，一切都尽可能地正规。阿随真可怜，虽说长了肉，还不及火焰驹一半重。

手术者们穿着白衣白裤，巨大的白口罩将面部几乎全部遮住，人人只剩一双眼睛。众多的灯泡使人们消失了自己的影子，一切变得虚幻和迷离。狗被缚在洁白的手术台上，像被突然照亮的银幕上的剪影，反差显著。

“你看他们的火焰驹，大得像只熊。”梅迎对岳北之说。她的眼睛很美丽，葵盘似的脸被雪白口罩遮没，眼睛像冰雪之上的龙眼核，漆黑清冷。

2号台上，郁臣执刀，翟高社麻醉，另一同学为助手。手术已铿锵开始。

1号台原说好梅迎主刀，岳北之麻醉，然后再互调位置。临到最后一瞬。梅迎突然临阵脱逃。她已经勇敢多了，但看到阿随的腹部像一张柔软的毛毯，自己就要在这完整的肌肤上犁开一刀，看殷红的血迹和斑斓的肠管翻涌而出，手脚就酸软。

“好。我先来。女人针线活好，你管最后的缝合。给阿随缝个整整齐齐的刀口，就像用缝纫机轧出来一样。”岳北之宽厚地说，从狗头处麻醉师的位置与梅迎互换。

仰卧的狗，呈现出常态下见不到的怪模样。四腿僵直，肚皮像蛙腹一样上下起伏，嘴里咻咻吐着白气。

梅迎拨开阿随的眼皮。眼珠是瓷蓝色的，像是人类极小的婴儿，温顺而纯洁。

麻醉开始。

麻药是无色轻盈如火苗般的稀薄液体，瓶口一开，就挥发成一抹诡谲的气味，争先恐后往鼻孔里钻。不像十字坡卖人肉馒头的孙二娘，用的中式古典麻药，会使酒色发浑。如果是给人嗅入，让他数“一、二、三、四……”往往不到十，病人就进入深沉黑暗的抑制之中。但狗不会数数，麻醉师的责任就更加重大。

郁臣提刀扑地一切，火焰驹一激灵，差点从手术台上蹿跳起来，若不是口鼻被缚，非把郁臣的胳膊撕得露出骨茬。郁臣吓得松了手，刀子就楔在火焰驹的腹部，像插在生日蛋糕上，起伏不定。

“你这麻醉太不像话！狗差点从台子上跑了！深一点！”郁臣像一个真正的外科权威，训斥翟高社。

翟高社把麻醉剂像酒徒干杯似的，兜底倒给火焰驹。

郁臣手起刀落，分外麻利。前几组同学创造的手术纪录，郁臣很想打破它。虽说老焦一再提醒大家不要求快，但年轻的医学生都想成为一把快刀。时间就是生命，这是战场上永恒的真理。

切肠子时，火焰驹有一丝死水微澜似的挣扎，瞬息即过。

“麻醉请再深一些。”郁臣用纱布拭着手上的膏脂，潇洒地说。

“够深的了。”翟高社没把握。

“是你主刀还是我主刀？你是为我服务的！”郁臣专横地说，“火焰驹重，药量也得大！”

翟高社很想问问老焦。门外有扫地声，一遍又一遍，像秋风从门外和窗下刮过。老焦手把手地教大家，手术这天却不参加，“你们必须学会独立处理意外情况，已经是初具规模的医生了。”老焦说。

翟高社看看梅迎，那一台配合得挺默契。得！他也听郁臣的吧！

郁臣手术粗糙，但的确是快。火焰驹又出奇地乖，越做越顺手，眼看就可以打破纪录了。

突然，郁臣停了刀。火焰驹被割断的血管不再出血，好像那是根空洞的塑料管。

火焰驹的心脏停止跳动。

火焰驹死了。

郁臣忙着做人工呼吸心脏按摩，就差口对口吸痰。然而一切都无济于事，骁勇异常的火焰驹，因为麻醉过深，永远告别了年轻的医学生。

郁臣真想把翟高社破口大骂一顿，你这个麻醉师怎么这么笨！活活把这么好的一条狗给毒死了！一看翟高社眼泪汪汪，心想自己甭管怎么说，好歹还在狗身上练了练手艺，翟高社可是连刀把还没来得及摸，狗就先因公殉职了。比较起来，还是自己合算。以后再有这机会，还要抢先一步。

现下怎么办？三个人你看我，我看看你。他们同时想起老焦。但老焦有话在先，出了什么事，他也不管。说不管，又不肯躲回苦寒弥漫的小屋铡黄连。只在周围乱转。

岳北之也做完了手术，正要同梅迎交换位置，见这边异常安静，轻轻走过来，看到火焰驹死鱼一样固定的眼珠子，什么都明白了。

“到我们这台来吧！”岳北之温和地说，“手术手术，不动手算什么技术！总要亲手做一次，尝尝梨子的滋味。”

“翟高社，你去吧！这边火焰驹的后事，我来处理。”郁臣说。

翟高社讪讪走过去，另外一位同学到别处搭帮。

阿随比火焰驹瘦削多了，一张狗皮包着肠子，几乎看不到红的

肉白的油。这样的小狗连吃三刀，纵是台上不死，下了台也活不成。翟高社觉得自己像是荒年乞讨，到了一家也是吃了上顿没下顿的贫苦户，就算男当家的热情相邀，谁知女掌柜的什么脸色？

没想到梅迎挺痛快：“翟高社，你先做。我最后。”

岳北之很喜欢梅迎的通情达理，说：“你休息一下，我来麻醉。”

梅迎不让：“你做手术，比我还累。再说我麻醉已经有点经验，还是我来。”

翟高社想，还没过门就这么贤惠，老岳好福气。

其实梅迎是害怕，手术能推一分钟是一分钟，甚至希望阿随干脆死了，这样她就可以免受折磨。她几乎下了谋杀阿随的决心，待到翟高社手术将完时，多给阿随灌点麻药，事情就不显山不露水地结束了，岳北之绝不会埋怨自己的，火焰驹那么壮都死了，何况先天不良的阿随。也对得起翟高社，他也练过手艺了。就是阿随，也丝毫感觉不到痛苦。她这样想着，药液便汹涌地灌向阿随……

突然，窗外传来“唰唰”的扫地声，它像一道符咒，镇得梅迎停止了谋杀。一张苍老的面容，一颗孤寂的心，在金色的黄连水中浮沉……她不能辜负了老焦！

梅迎的手术做得很漂亮，修长的手指熟练操作，犹如弹拨一件粉红色的乐器。长长的刀痕缝得也很优美，像一只巨蜥从阿随腹部爬过。

连挨三刀的阿随从台上下来时还活着，它的肠子仅剩广东香肠那么短一截。谁都不知道凭着这么短的肠子，它将怎样生活。

阿随陷在深昏迷中，移到火焰驹生前的宾馆。四周是砖头，上有苇席，这在狗舍中实属上乘。

梅迎等三人自然非常关心阿随，郁臣也加入进来，好像死了孩子的寡母，要找一份精神寄托。

阿随醒过来了，像一个未足月的婴儿，极端虚弱地伏在地上，俨然一只死狗。

学员们去请教老焦。

“喂药。”老焦指示。

给狗喂药，谈何容易！阿随无力吠叫，但用残存的气力，将药粉吹得如天女散花。它焦躁不安，对世界充满疑虑。它记得自己以前好好的，怎么一觉醒来，肚子上就多了这个火烙一般痛楚的伤口。它记得这几个军人，所有的事情都同他们有关……

食堂吃排骨汤，岳北之把药片砸碎，撒在汤里，再把馒头泡进去。馒头像冰雪一样融化在热腾腾的汤里。端着出门时，被工兵一把扯住。

“不许把饭端出食堂。”工兵觉得如此大张旗鼓，太不把领导放在眼里了。

“阿随再不吃药，就要死了！”岳北之十分急迫。

“阿随是谁？可是咱医训队的学员？”工兵讨厌学员们给狗起各式各样的花哨名字，透着小资产阶级习气。依他看，编成号最好。像那条小瘦狗，他就叫它“5号”。

“不是人就不能吃国家给的大白馒头！部队上的规矩你又不是不知道，只许吃，不许带！”工兵吹胡子瞪眼。

“吃多少都可以？这可是你说的！”岳北之紧追着问。

“我说的。”工兵不知何意，很肯定地重复。

岳北之张开小簸箕似的嘴巴，将肉汤泡馍全塞到喉咙里，拌碎的药粉像火药似的，炙烧着他的口腔。

“这下可以走了吧！”

这是梅迎在替岳北之讲话。他已经无法说话，预备这样一直含到狗舍，把饭吐出来再喂阿随。

四周围上同学。

工兵哪吃这一套！这不等于在他眼皮底下耍花招，阴谋仍旧得逞吗！此例一开，炊事班是给人做饭还是给狗做饭？工兵什么调皮捣蛋

的兵没见过，还怵这个！他的脸板得像刚用炮崩下山的岩石，陡峭阴森：“你站在这儿，把饭咽下肚再走出食堂！”

事情就僵在这里了。

老焦正好走进来，他那双经历过多少世态风云的眼睛，一下就明白了怎么回事。

“这位同学，你把嘴里的饭吐我碗里。”老焦仍遵守着他最初的诺言，不称呼任何同学的名字。

岳北之已憋得够呛，像牛反刍似的把饭吐到老焦碗里。碗很大，四周渍着洗不掉的黄色。老焦只有这一个碗，吃饭喝药全是它。泡了排骨汤的馒头渣加上药末加上岳北之的唾液，老焦这一碗惨不忍睹。

“队长，我还没吃饭。这就算是我的晚饭吧。”老焦双手捧着碗说。

工兵想：你这个牛鬼蛇神凑什么热闹，想讨好学员，没门！他冷冷地说：“既是你的晚饭，你就把它吃下去！”

岳北之火了，这不是成心欺负人吗？在高原上制造出来的过多红细胞，并没有完全消失干净，汹涌澎湃地激荡着他强韧的血管，随时准备喷薄而出。他一撸袖子：“我的饭，我来吃！”

老焦伸出瘦骨嶙峋的臂膀，像小火车站的栏杆，直直地挡在面前：“饭在我碗里，我吃。”不由分说，伸出筷子就往嘴里扒拉，喉结像个老鼠，上下窜动。工兵的火是冲他来的，不这样，何以能搭救学生和狗！

果然，工兵挣足了面子，不再纠缠这件事了。他自个也恶心得够呛，倒剪着双手，帮炊事班喂猪去了。

“老焦，你……”梅迎的长睫毛像刷了胶，聚成许多把极小的刷子。

“挺好的……比黄连水强多了。”老焦安慰他的学生。

老焦捧着剩下的半碗，朝狗舍走去。

八

夜里，一场猛烈的风雨骤然袭来。狂风鼓荡着雨网，无所不在地缠绕在天地之间。雨像纠结不清繁衍不息的无数条蟒蛇，吞噬着荒野中的一切。一道闪电击过，空中刹那间生长出一丛银色的文竹，枝叶婆娑，将凄惨的银光笔直地泻向大地。万物在这一瞬被施了魔法，黑色浮雕一般凸显在白色的雨帘之后。雨帘被建筑物的棱角、白杨树的枝梢和山峰锐利的石块，戳出一个个紫色的窟窿。闪电过后，一切又沉没于黑暗，雨丝强韧地扭结起旗帜，仿佛半空中有一只巨大的乌蜘蛛，向所有方向喷射黑线。

梅迎一个冷丁坐起，玻璃窗被雨击得怦然作响，仿佛无数只小手在挥舞。那节奏渐次统一，仿佛就要将玻璃擂碎，探进湿淋淋愤怒的巴掌。

……啊！阿随！

梅迎慌忙套上军装，从上铺一个鱼跃跳在地上，同屋的战友以为吹响了紧急集合号，随之轰轰隆隆起身。“跟你们没关系，我去看阿随。”

梅迎三脚两步下楼，出门时遇到了从男宿舍跑出的另外三位监护人。

阿随的屋顶已被狂风掳去，壁角也坍塌。没有拴阿随，但阿随根本没有气力躲避，任凭雨束像子弹般射来，无声无息，仿佛已经死去。

“阿随！阿随！”梅迎恐惧地呼叫，在这浓黑的子夜分外凄凉。

“镇静一点！”岳北之厉声制止梅迎。到底还是男子汉临危不乱，郁臣打开手电，岳北之仔细察看阿随。

“它还活着，但是并发了心力衰竭。”岳北之很肯定地做出诊断。

在手电筒的强光刺激下，阿随睁开了眼睛。那是一双多么像婴儿

一样渴望生存的眼睛啊！蔚蓝而纯真，散发着即将不属于这个世界的聪慧之光。而在这大风大雨的黑夜，他们身穿浑身湿透的衣服来看望它，无论他们曾做过什么事，阿随都原谅他们了！

郁臣不以为然，又检查了一遍，终于没说什么。

怎么办？怎么办？

阿随一分钟甚于一分钟地衰竭下去。

“我去找老焦！”梅迎撒腿就跑。三个男学生聚在一起，用身躯护卫着小狗。

循着那愈来愈浓郁的苦涩之气，梅迎确信自己找到了黄连深处的楔形小屋。她突然丧失了勇气。在这风雨交加的深夜，来敲一位百病缠身的老人，而且是为了一条狗！这……

就在她迟疑之中，灯亮了，门开了，黄连的苦气像手榴弹爆炸的烟雾，呛人口鼻而来。

“是不是阿随病重？”老焦苍老的声音没有一丝困顿，仿佛他一直在等着学生敲门。他从未叫过学生的名字，却清清楚楚地叫出了那条狗！

梅迎哆哆嗦嗦磕磕绊绊地把病情讲完。

“那条狗的情况很危急。”老焦说，“我给它喂药的时候，已经发觉了这一点。风雨使这一切提早发生而且愈加严重。”

梅迎相信几乎所有的病情都在老焦预见之中。似乎他有巫术，为了证实预言的精确，竟不允许疾病沿着其他的轨道行进。一切的偶然性都已消亡，只剩下医学自身铁的逻辑。

“你们有几个同学在狗那里？”在这危急时刻，老焦却不再谈狗而开始谈人。

“加上我，四个。”

“你可以告诉他们，”老焦若有所思地沉吟，“你们四个人都可

以成为好医生。”

“谢谢您。”梅迎很高兴。透过老焦高耸的肩胛，可以看到屋内那盏昏黄的灯。虽然度数很小，但在这凄苦的暗夜，闪着熟南瓜一样温暖的光。记忆中，老焦从来没有夸奖过学生，此语一言九鼎！

“那阿随……”梅迎想起她的使命。

“梅迎……你看，我居然记住了你的名字，这是很少见的事。也许是因为你的功课很好……不……我曾经有过许多比你功课更好的学生，不是因为这个……因为你很像我的女儿……”焦如海双手抚着自己花白的头，喃喃自语着。

“阿随……”梅迎实在忍不住要谈那只小狗。小狗的心脏每一分钟都可能停跳，像一只拧断了发条的手表，永不摆动！

“好吧！我们来谈阿随。”

焦如海有些失望。在这个风雨如磐的黑夜，他非常迫切地渴望同别人谈谈他的家，他的亲人，他的一生。面对着这苦难深重的雨夜，他觉得仿佛是自己浓缩的一生。他把自己的整个生命同事业铸造在一起，仿佛一对连体的孪生儿。但此刻，他强烈地想同那事业分离，哪怕扯得鲜血淋淋，也在所不惜。他想同这个长着葵盘一样脸庞的女孩子，谈医学以外的任何事情。

他的女儿按说要比梅迎年纪大许多。但女儿与他断绝关系的时候，正是梅迎这个年龄。于是女儿在他心目中，便永远不会长大。

但是，已经晚了。他依照自己的模型铸造了传人，他们并不了解他！

“那狗需要迅速救治。”焦如海的脸重新板结得如同土壤。

梅迎觉得这个先生才正常。片刻前的老焦似乎是个幻影。

“你把我那个小箱子拿来。”老焦吩咐。

箱子里的药，比以前少得多了。梅迎想，在这间不见天日的楔形

小屋里，老焦不知熬过了多少病痛。她用眼去找那支古怪的西地兰。唔，它还在。像一枚光滑的贝壳，静静地躲在那里。

老焦把它拿起来，狠攥了一下，药液动荡起伏，好像一个无色的精灵。

“拿着它。”老焦把手伸平。

“干什么？”梅迎不解。

“给阿随。这样它就可度过危险。”

“这支西地兰我不能要。阿随的生命固然宝贵，但它是狗不是人！”梅迎强硬地拒绝，甚至把手背到身后。她怕自己对老焦的尊重，会不由自主地服从。

“阿随是一条生命，而生命是这个世界上最可宝贵的东西。医生的职责就是修补生命，延续生命。生命是平等的，神圣的，没有高低贵贱之分。我们都是大自然的恩赐。”先生对着茫茫的风雨宣讲，仿佛它们也是他的学生。

“这是最后一支西地兰。”梅迎提醒老师。

“是啊！我一直没舍得用，这次算是给它派上了用场。”老焦有“士为知己者用”的欣慰。

梅迎接过这只在老焦手里煨了许久的西地兰，本以为一定是温热的，没想到依然冰寒砭骨。

“先生，我走了。”梅迎很感动地说。

“咱们一起走。不亲自看看病人，我不放心。”老焦合上房门。

一老一小在风雨中蹒跚。

“总算回来了！”几个浑身湿透的汉子站起来，怀里抱着用军衣裹着的阿随。

如果半空中有一双眼睛，一定以为谁家的孩子病了，他的叔叔舅舅爸爸抱着他，他的母亲跋涉风雨请来郎中……

西地兰果然灵验，阿随安静多了。焦如海给弟子们详细讲了这药的作用，现炒现卖的知识记得最牢固。梅迎又向先生一一介绍了大家的姓名。焦如海疲惫地抽抽嘴角，耸耸眉毛，算是表示了难得的笑容："白天我好好看看你们，黑夜中看起来都是一样的。"

小伙子们嘿嘿笑着，雨水打在他们的牙上。

突然，他瞪大眼睛，急促地走到郁臣面前。"你叫郁臣。我没有认错吧？"

"是……是的。"郁臣的上下牙冻得打战，顾不得再摆什么威风。

"孩子，我是一个行医多年的老医生了。你可以不相信我，但你不应该不珍惜自己年轻的生命。我非常希望自己的诊断是错误的，但不是你自己盲目地否认。快到医院里去做详尽的检查，一切还来得及！孩子，快去！越快越好！"焦如海抹着脸上的雨水，真诚地说。

郁臣还想反驳，就在这一瞬，他的脏腑内部突然闪电般地掠过一丝尖锐的疼痛。他空张了张嘴，雨水落进喉咙，冷涩异常。

雨未停，天却渐渐地亮了。风雨之中也有黎明。阿随终于安静地睡去，那颗奔马一样狂飙的心脏，在来自西地兰花的照拂下，已趋向安宁。

"明天……噢，不，是今天了，你们还要上课。早些休息吧。"老焦关怀着他的学生。

"老师也早些睡吧。您讲课比我们听课还要累。"岳北之和翟高社异口同声地说。

"先生，我送您回去，路上千万别摔倒。"梅迎过来搀扶。

"不用不用。我会小心的。咱们一会儿再见。"焦如海咕哝着，缓缓地走了。在越来越明亮的曙色中，像一幅活动着的黑色剪纸。

突然，他又扭过头来："要去看病！桐油罐子装桐油。"

九

上课的铃声响了，学员们端端正正地坐着，等待着他们的先生。大约过了五分钟，先生没有来。又过了大约五分钟，先生还没有来。教室里像涨潮似的骚动起来，要是别的教员，迟到是常有的事，但老焦不会。他永远不会早到，但更不会晚到，如果有一天他走进教室的时候上课铃没有响，那一定是停电了。

大家跑出教室去找工兵问情况。很希望能在走廊楼梯上碰到老焦，这样就不必瞎忙。楼梯上没有老焦，楼梯很脏，到处飘满昨夜风雨袭进的黄叶，令学员们感到陌生。仿佛你天天看到一个干净的女孩，有一天，她还是她，只是十分肮脏，你会突然不认识。

工兵和学员们推开拥塞黄连的小屋。焦如海斜躺在菲薄的木板床上，枯如鹰爪的手撕扯着破旧的军装，仿佛要把自己的心扒出来见见太阳。他花白的头颅，笔直地垂向地面，杂乱的头发像一丛海藻，在雨后的冷风中微微拂荡。他的药箱滚落在地上，摇摇欲坠的三屉桌上，摆着半碗浓浓的黄连水……

平心而论，焦如海的面容并不痛苦，一如他平日的漠然与安宁。

焦如海生前说过多次，他的遗体供医学解剖。学生们尊崇先生，不愿违背他的初衷。对于他的死因——心脏病突发，无特效药急救以至猝死，也能最后得以确诊。

“人都死了，还不让落个全尸！你们若想学手艺，我再给你们弄犯人去！不许把老焦给零碎了！”工兵动了恻隐之心。毕竟在一起共过事，临死时身边又没有一个亲人。工兵要为老焦操办好后事。

临火化的时候，老焦穿的还是那套发白的旧军衣，衣襟上有片片黄渍。裤腿处散着毛边，像灯笼的流苏。岳北之捧出自己一套新军装：“我同先生的个子差不多高，只是先生比我要瘦得多。不过先生

反正一直躺着，肥瘦也不要紧了”

“不可。”工兵果断地伸手拦住，“军装不能给他穿。这里有原则。”

工兵回到自己屋里，抽出床下的狗皮褥子。这是用火焰驹的皮毛缝制的，黑亮如沥青。“把这个给他铺上，一道烧了吧。心脏病啥的我不懂，关节炎可是知根知底。这个顶管事！”

阿随终于痊愈了，并且奇迹般地凭着它那只有广东香肠长短的小肠，长成一条毛色灿烂的大狗。它对四位主人忠心耿耿，梅迎在路灯下读书的时候，阿随会温顺地蜷在脚边。等到一页读完了，刚要翻动，阿随猛地抬起头来，咻咻吹着微喘的气流，将那一页书轻柔地掀过去……

狗的任务已经完成，工兵要清理狗圈，杀狗熬汤了。梅迎要赶阿随走，它却不停地绕圈，死也不肯离去。

“阿随，你走吧！快走吧！你不是一条普通的狗，你曾经动过三次手术，你都在深沉的麻醉之中，你不知道。你的生命来之不易，你的血液中有遥远的西地兰花的芳香，有一位老人宝贵的生命在你身上延续。你走吧，没有任何一条狗有你这样奇特的经历。你到远离人类的地方去吧！”泪水顺着梅迎的面孔，滴在阿随光亮如丝的皮毛上。

岳北之已经预备了一根棍子，阿随再不走他就狠狠打它。

阿随好像听懂了这些话，它用温热的舌头，舔了舔年轻的医学生们的手，用像婴儿一样湛蓝的眼珠，最后看了他们一眼，义无反顾地走了。

郁臣终于到医院去做了详尽的检查。

“你的肺上有一处极小的恶性病变。你别紧张，现在手术，一切还来得及！谁给你诊断出来的？他有一双X光的眼睛！”放射科医生对他说。

部队需要的大量黄连素片，原来是用它溶化在水里，染线。金黄颜色的线，可以在挂包上绣五角星和葵花。

十

许多年过去了。

郁臣因大手术后不宜在部队工作，转业回家了。

翟高社是医院外科主任，有名的“一把刀”。

岳北之是西部军区卫生部的副部长。他的妻子梅迎，是军医学校的教员。每逢有新学员入校，梅迎在说完所有教诲指导的话之后，会说一句：“桐油罐子装桐油。”

看家护院

厂门口突兀戳起一把太阳伞，红白蓝三色外加公主裙般的飞边，在晨风中张张扬扬，好不鲜艳。

哟！个体户宰人也到家了！买卖做到了工厂大门口。可今天不是发薪的日子，谁有那么多闲钱？就算是发薪，自己也开不了多少钱：请了那么多事假！

艾晚纷纷乱乱地想着，脚下却不敢有丝毫怠慢。迟到了，又要扣钱。

“站住！”

随着瓮声瓮气一声喊，轻盈的太阳伞下露出一张粗糙的面孔，目光如炬地盯着艾晚。

艾晚吓得差点扭了脚。

"师傅，请你拿出工作证。"一个小个子兵从绸伞的另一侧闪出，笑眯眯地对艾晚说。这时，小个子兵旁边的老兵说："万良，你那嗓子眼就不能勒细点？别忘了八项注意第一条就是说话态度要和好，尊重群众不要耍骄傲。"

万良脸涨得像紫铜火锅："俺也不是耍骄傲。主要是一当兵就喂猪，吆喝惯了。"

艾晚这才想起，厂里为了不丢铜，雇了一伙看家护院的大兵，从今天起开始凭工作证出入。

她拉开闪着鳞光的白蟒皮书包，用涂着银粉色指甲油的纤指，拎出一个蓝皮本，潇洒地挥舞了一下，然后漫不经心地甩进小包，碰得镜子之类的小零碎发出清脆的响声。

这套动作太简练了点。今天早上所有经过万良身边的人，都要比这个漂亮妞认真。

一个抽着烟的男人，低着头走过来。烟灰很长，却不掉。他走得很慢，像个乡下老汉。在欢迎大会上，万良见过他。万良问老兵："一个厂长相当于多大的官？"老兵不屑地回答："县团级，没多大。"万良嘴上没说，心里想：老兵你别狂，你不是连个班长也没混上吗？

厂长好像正在考虑铜厂的百年大计，忽略了尼龙伞和下面的士兵。万良尊重地看着他缓缓走过，不打算打扰他。

"站住。请您拿出工作证。"老兵挺身而出，不卑不亢地拦阻住他。

那人手一抖，颠落下一截很长的烟灰。

"你们这种对工作负责的精神，很好嘛！"厂长惊魂未定就开始了夸奖，然后猛吸了一口烟，匆匆往里走。

老兵穷追不舍："您的证件……"

厂长这才像突然想起，从衣袋里抽出天蓝色的工作证。

"知道吗？城里人管出入证工作证身份证……反正乱七八糟所有

的证，都叫‘派司’，这可是真正的外国话。”老兵告诉过万良。

万良觉得把证件叫派司真没道理。可他还是不动声色地把它记住了。不就是“派你去死”嘛！好记得很。

老兵接过厂长的蓝派司，郑重其事地打开，如临大敌地核查，其一丝不苟的程度不亚于海关。万良没出入过海关，只是听说那是盘查最仔细的地方。

厂长的思绪一旦被打断，反而不急了，他饶有兴致地注视着老兵，半低着脸，好让老兵把他看个一清二楚。

老兵公事公办地将派司还给厂长，然后半臂弯曲，作出标准的放行姿势，示意眼前之人可以离开了。

厂长并不慌着走：“不错嘛！严守岗位尽职尽责。你叫什么名字？”

老兵忙着报出自己的名字，然后一捅万良，叫万良也报名姓，万良张了两下嘴，终于没出声。厂长也没问他！

厂长把烟丢在地上：“厂里的铜丢得厉害，内外勾结，监守自盗。没奈何，请来你们这些钢铁门神。好好干，小伙子！逮住了偷铜的，我是重罚重奖。偷铜的，我把他除名；你们复员了，有愿意在我这个厂干的，我欢迎。”

厂长用脚把很长的烟蒂碾成粉末，走了。

“老兵，你忘了他是厂长吧？”过往人稀，万良问老兵。

“忘了谁，也不会忘了当官的。”老兵嫌万良问得没水平。

“那你咋还像查贼娃子似的查他？”万良不解。

“你哪能断定他不是故意装傻充愣考验咱俩呢？”老兵反问万良。

万良佩服老兵的老谋深算。

“要是咱俩都不吭气，厂长上去一个电话：查查今早上那对木头兵叫什么名字，这个黑状告到连里，肯定背个处分，你新兵蛋子……”老兵谆谆告诫。

“我都当一年兵了……”万良不服气地提醒老兵。

“好，就算你是个半生不熟的兵蛋子吧，”老兵不愿在枝节问题上纠缠，单刀直入，“你还有时间洗刷洗刷，我可就得把黑锅背回自家炕头上了。所以，咱得毫不留情地盘查他。”

万良频频点头，新兵和老兵就是不一样，看人家想得多周全。

老兵不保守，继续教诲：“再者，他就是真的一脑门子工作，忘了拿派司”，万良看老兵把派司这个外国词，操纵得像系解放鞋带，不由得更添几分羡慕，“忘了拿派司，咱拦住他不叫走，也是正理。他除了夸奖你我，是断不能说出别的话的。”老兵胸有成竹。

“你咋就知道他一准不会生气？”万良非要把老兵肚里的花花肠子都掏出来，刨根问底。

“你没看过《列宁与卫兵的故事》？”老兵打了个哈欠，天不亮就上岗，这会肚子也饿了。

“没看过。”万良老老实实承认。

“那就没法子了。”老兵烦了，便作出很惋惜的样子，“这不是一时半会说得明白的。”

万良也不着急。老兵就是这个样子，你不问他，他也赶着告诉你。你真追着屁股问，他就摆谱卖关子了。

等着吧！

一辆红汽车缓缓开入，一个小胖孩从窗玻璃里向万良招手，像骄傲的将军在检阅他的士兵。

万良好不晦气。这是厂里的班车，若无其事地开进厂区（托儿所也在厂里），人们纷纷下车四散而去。

“老兵，咱们是不是得跟厂里提提，坐班车的人在大门外下车，咱也得查他们。要不，混进个把贼进去，咱们也怪对不住厂子的。”万良很为自己的合理化建议沾沾自喜。一来报了班车趾高气扬目中无人之仇，二来厂长没准也会再表扬万良几句。

老兵鄙夷地从鼻子里哼了一声：“我说半生不熟的兵蛋子，你

还嫌咱们这一早上忙活得不够？班车上的百十口子，“哗啦”一声都“卸”在大门口，大人叫，孩子哭，这还不得成个自由市场？俗话说，捉贼捉赃，捉奸捉双。不在乎什么人走进厂去，要紧的是什么人走出厂来。沉甸甸硬邦邦的铜块不是灯草，谁带在身上也得显形。你甭一看见大姑娘小媳妇走过来，就来了精气神，留心着那佝着腰驼着背走路腿脚不利索的爷们汉子。真抓住一个两个偷儿，立功受奖，就真有大姑娘上来给你戴光荣花了。听见没有？”

老兵不客气地数落万良。万良长得比他帅，稳稳当当的身坯，站在门口像座铜钟。跟万良一比，老兵觉得自己像个错别字。

老兵讲这席话的时候，嘴角动作很小，离得稍远，只见他的嘴抿得铁紧，根本看不出在说话。老兵病恹恹地站着，一副病秧子相，话语却一字不落地送到万良耳膜上。万良知道这就是真功夫。想必自己在女人面前特别精神，被老兵看了出来，不服气又臊得慌。

一个漂亮妞踩着高脚杯一样的白鞋跟走来。同行的几个人有意无意地拉开距离，不愿被这美丽的姑娘映衬得更丑。

这就是艾晚。她出示证件的动作犹如电光石火，完全不把看家护院的大兵放在眼里。

万良感到被人轻视的愤慨。他看了一眼老兵，老兵正似笑非笑地瞅着他。

尾随艾晚的几个人停下脚步，静观事态的发展。一是凑热闹，二是以决定自己是按部就班地出示证件，还是也来个偷工减料。

假如艾晚这时看万良一眼，万良也许就没那么大火气了。可惜，年轻的姑娘很少体察别人的心境，“白鞋跟”不耐烦地敲击着地面，像正在点射的机枪。

“请你把工作证……就是派司，打开来，让俺……不是俺，是我……看一下。”众目睽睽之下，万良磕磕绊绊但坚定不移地履行卫兵的职责。

艾晚愣怔片刻，好像万良说的是外语，她要有一个翻译过程。万良的“我”字说得很像“饿”，不过“派司”说得很老练，连老兵也得承认他模仿得地道。

可使馆区的警卫也不能对艾晚这么不客气。美貌是女人最好的通行证。艾晚没受过这种冷落，她薄薄的红嘴唇一撇：“大兵同志，什么叫派司呀？‘饿’不懂。还得麻烦你给‘饿’解释解释。”她的牙齿光洁得像纽扣，在初升的阳光下一闪一闪发光。

周围一片哄笑。

万良真恨不得掴自己一个耳光，脸涨成沸腾的铜水色：什么派司，出入证就是出入证，土包子开什么洋荤！

他求救地看看老兵。老兵舒服地眯着眼，在数周围矗立着多少根烟囱。

围观的人饶有兴趣，谁不知道艾晚是全厂最漂亮最厉害的姑娘。

万良只有孤身一战了。乡下男人一旦不再记得乡下二字，只剩下男人，那强硬剽悍的劲头比城里的奶油小生可要厉害得多了。

万良黑了脸，用纯粹的土话说：“俺要查你那工作的蓝本本。”

这就对头了。老兵一下子忘了自己数到第几根烟囱，只好从头数。

“不是查过了吗？”艾晚没辙了，却还在负隅顽抗。本来打开派司也不是费难的事，可艾晚头一次在众人面前这么丢面子。

“俺没瞅清楚，还得细瞅瞅。”万良认定了死理，大有愚公移山的劲头。

“噢——噢——仔细瞅瞅，就省得买挂历上的电影明星喽！”人们快活地起哄。

万良的脸像烧红的钢板，壮疙瘩一个个螺母般凸起，执拗地沉默着。

“同志，对不起。请您拿出证件我们再看一下。不然，我们就通知厂里来解决。”老兵出面了，彬彬有礼的话语里裹着锋利的骨头。

艾晚瞟了一眼老兵。老兵松松垮垮的军装里，露出训练有素的棱

角。傲慢和军人的强韧在交锋，艾晚终于觉出自己不占理，埋头将证件打开了。

这一次，在明晃晃的阳光下，所有的人都看清了，那证件的颜色有点不对头，略微浅淡了，像海底深度不同的海面。

艾晚没有察觉，她过于自信了，把证件递给了老兵。老兵示意万良去接。刹刹这姑娘的气焰。

艾晚在淡蓝色的派司里明眸皓齿地一往情深地注视着万良。

老兵无中生有地咳嗽了一声。

万良意识到自己端详相片的时间过长，忙着履行神圣的职责。

姓名：艾晚（多好听的名字！）年龄：20岁（比我还小一岁呢！）专业：公共关系。

证件可真是个好东西。它能把关于个人的情报，在一瞬间准确真实地端在你面前。

只是，这公共关系是个什么东西？

“哎呀！错了。”艾晚发出一声惊呼，“这是我的学生证。”随着淡蓝色证件的合起，万良看到封皮上××业余大学的烫金字样一闪而过。

其后的事情顺理成章。艾晚忙着掏出工作证，双手打开，递给万良。围观的人群一哄而散，急急去追赶他们的“奖金”。

看家护院的大兵们白天站岗，晚间巡夜，不几天脸上就暴起了皮。

“你脸上涂的这叫啥油？”万良趴在上铺，脑袋枕在床帮上问。

老兵正在往脸上抹一种有浓郁水果糖香味的油脂，用手背在额头上画圆圈。

“我涂的这油叫‘黑又亮’，电视里常做广告的那种。”老兵很痛快地告诉他。

“黑又亮”这名字的确耳熟。凡是耳熟你又确实没见过的东西，就是电视告诉你的。可惜每晚的电视他们都看不周全就要上哨了。只

是老兵回答的速度快得可疑。老兵见多识广，还谈过恋爱，经常告诫万良种种处世之道。当他真心教诲你的时候，总是慢条斯理。

万良努力回忆，终于记起那是哈尔滨产的一种优质鞋油。爱美的自尊心被人践踏，把对老兵的尊重也就扔到了一边："黑又亮还是给你当头油使吧！"

老兵难得地蔫了。他的头上已生出丝丝缕缕的白发，这使他探家相亲时总也不敢摘下军帽。他想了一下，慢吞吞地更正道："我用的是大宝抗皱增白粉蜜。"

夏天的晚上8点，夕阳还顽强地守候在西天。半夜11点到明日1点，有万良和老兵的一班流动岗。那时辰就是古时所称的子时，被人叫起来的滋味非常难受。连里规定，每天晚8点就上床，堤外损失堤内补，也算是无微不至的关怀了。

部队住的是活动木板房，房顶墙壁薄如三合板，满满当当挤着双层床，像拥挤的铅笔盒。三合板在骄阳下暴晒一日，热得炙手。吃饱了饭的壮汉子们，直挺挺地集体卧床板，如上老虎凳一般难熬。

"要是冬天也这么暖和，就好了。"万良热得受不了，便想冬天的滋味。

"到冬天，你我就升官了。"老兵不紧不慢地说，"都升'团长'，你就该想夏天的好处了。"

木板房狭小的窗外，上中班的工人车水马龙。

"你看人家工人，铁饭碗不说，上中夜班还有加班费。咱们可倒好，一分钱不多给。过两天一复员，又回家去服侍地球，真没劲。"老兵气哼哼。

万良不敢接下茬，新兵和老兵究竟不一样。他小声问："连里统计军地两用人才培养目标，你报的哪个班？"

老兵回答："我说我就学养蝎子吧！连长说没用，让我报养蘑菇的。我说养蘑菇还用学？我们那漫山遍野都是。"

万良说："连长也让我报养蘑菇的班，咱俩又在一起了，是同学。"

老兵哼了一声，再也没说话。

连长是半个皇上，这个连单独执行任务，连长就是整个皇上了。他们连原来在深山里守着一座皇陵。那地方偏僻得如同夹皮沟，真不知当年皇亲国戚怎么挑了这么块风水宝地。皇陵的空气倒挺好，洁净得可以制成罐头拿到城里卖，可就是没法搞副业。不能挖沟，不能种菜，连猪也不许养。总不能让偶尔来拜祖宗的国际友人美籍华裔什么的，一边瞻仰一边听老母猪打呼噜吧！连队就死守着，日子过得挺苦，别的连队时常还得支援他们点物质基础，连累大家。

这家工厂需要看家护院，消息辗转传来，部队一合计：巡逻放哨，近战夜战，碰上盗贼练个格斗擒拿，正是咱们的看家本领。一来支援地方军民团结，二来部队也可以增加收入，既拥政爱民又备战练兵，何乐不为？

厂里听说部队愿来，也很高兴。反正一样花钱，雇谁不是雇？人民子弟兵，比镖局还可靠，请他们吧！

万良的连队开赴工厂，所得收入全团共享。他们走了，皇陵由别的连队代守。

进驻厂区，万良他们才发觉这远没有守皇陵舒服。

这是一家炼铜的工厂，就是造铜钱的那种铜。要在以前，就相当于印钞票的机要重地了。现在既然没有那么重要，铜也依然贵重。要不奥运会金牌、银牌之后紧跟着是铜牌，而不是铁牌铝牌。我们的祖先在用许多铜制造了一个青铜时代之后，剩给子孙们的铜就不多了。物以稀为贵，一块巴掌大的精铜块，要卖上百块钱呢！里里外外都有人偷铜，有的还因此成了万元户，真是一方水土养一方人。

再大的家当，也架不住这么吃里扒外地折腾。万良他们的担子很重。对进厂的人要一个个盘查证件，不能让不法之徒混进厂区；对出厂的人要不动声色地观察，没有十分把握，不能搜查人家携带的物

品。特别是出入的卡车，隐蔽的死角多，掖藏上几块铜难得查出，卫士们得有警犬一样的灵敏。万良和老兵的班长，就从汽车司机擦手的油污棉丝里，抖落出铜块，受到厂长的表扬。因为他还没复员，所以能不能留在厂里当工人，谁也说不准。不过，大家都说班长好福气，查得也就格外认真了。

上铺比下铺还热，万良睡不着，来回翻身。

“你轻点折腾！我这儿直掉土，像住在坑道里，上头又落了发炮弹。”老兵没好气。

“你知道啥叫公共关系吗？”万良胡思乱想，见老兵也没睡着，正好把心中的疑团端出。

“根本没这么个词。只有男女关系这一说。”老兵不假思索地回答。

“有。”万良更斩钉截铁。艾晚的证上写的是公共关系，他绝不会看错。那一瞬的记忆像一张彩照，随时可以拿出来核对。

老兵不知其中原委，不敢断然肯定和否定，也许，他真的在哪看到过这个词。进城以后的新鲜事太多。老兵思忖着说：“对了。想起来了。公共关系就是公共汽车的司机售票员怎么同坐车的搞好关系。对！就是这么回事儿！”老兵一拍汗渍渍的大腿，为自己的聪明才智叫好。

万良第一次大胆地怀疑老兵的权威：“不对吧？”

“那你说是什么？自己不懂，问了别人又不相信。睡觉睡觉。”老兵恼羞成怒。

半夜从被窝里爬出，真不是个滋味，头重脚轻像是晕车。出门冷风一激，又清醒得如雨后的蓝天，只怕两小时巡更回来又睡不着了。

万良和老兵都穿着军装。进厂以后，每人发了一套同工人一样的工作服，可以换着穿。但半夜执勤他们都爱穿军装。绿颜色看起来像黑的，便于隐藏。还有一层谁都不说的理由：军装毕竟有威慑力，小偷小摸们，一看是正规军，吓跑了最好。其实他们也没武器，只提着中学生上军体课用的木枪。连长私下暗示过：小偷小摸犯不上死罪，

主要以吓为主，跑了就算了。真打得见了红伤，也不好交代。

老兵在前，万良在后，沿着厂区的犄角旮旯搜寻而过。夜不算黑，城里的夜不算夜。无数灯火映到半空，又被稠密的云彩反射回来，四周就朦朦胧胧渲染出来汤样稀薄的亮光。

城墙一般笃实的围墙，顶端斜插着尖锐的玻璃碴儿，散发着凌厉的寒色。万良想：这得用多少玻璃？不知是把好玻璃砸碎了镶上去还是专门买的碎碴儿？

老兵说："我不走了。就猫这儿，也叫潜伏。兴许能蹲上一两个偷铜的呢！"

平时都是两人一组，彼此有个照应。今天老兵没说让万良留下，也没说让万良走。万良想老兵八成是困了，想一个人眯会儿，就说："那我自个到前头看看去。"

前面是一丛灌木，发出窸窸窣窣声。万良用木枪横扫了几下子，声音大起来，反倒不令人害怕了。

绕过灌木，是一片开阔的货场，堆积着麦秸垛般的铜板，炮弹般的铜锭，金箍棒般的铜棍，细如发缕的铜丝。这里是铜的世界，也可以说遍地是钱。

高大的龙门吊俯视着料场。白天，这里极繁忙，无数吨铜材装卸腾挪。入夜，死一般寂静。粗重的吊梁像魁梧的大门，小小的操作室罐笼一般依偎在寥落的星空，看上去像是一件玩具。一行铁梯被无数次上下摩擦得雪亮，在夜色中泛出游蛇一般细腻的光。

万良突然萌生出爬上去的愿望。他还没有整体瞭望过自己守卫的辖区。

他朝四周看了看。老兵确实不在，没有人能约束他。念头像雨后春笋势不可当，他朝手心吐了两口唾沫，夜里登高，他得当心。梯子有些滑，不过万良的解放鞋很争气，涩得扎实。龙门吊铁梯外形虽像秋千架上的软梯，实际上毫不晃动，给人足够的安全感。

万良像浮出海面的潜艇一般，缓缓升高。距星星越来越近，距地面越来越远。终于，到顶了。这里高得空旷，高得荒凉。凭借着点点的星光，他看到庞大的厂区像一堆黑黢黢的小沙盘。万良从没爬过这么高，村里最高的树也没有这么高。家乡的山肯定要比这钢铁巨人高，可山不会平地突兀而起，真爬到山峰尖上，只觉得比别的山峰高出那么一点点，不像这吊车高得陡直冷峻。风嗖嗖而过，攀登时出的微汗，被风刮得四散，寒意贴上身来。

万良顺着栏杆走到小小的操作间。这是一间悬在半空中的铁皮小屋，四周都是擦拭得几近透明的玻璃，使小屋像一间玻璃亭子。操作台上有些红红绿绿的按钮。当然现在都是灰色的，白天一定叫人眼花缭乱。台面一侧有本包着皮的书。万良本想打着手里的电筒，看看那本书的名字。一想老兵若突然看到半空中有灯光，一定要追根刨底，还是忍下这分好奇心。万良仔细看下去，发现操纵杆的正前方，居然悬着一块桃心形的小镜子。这位置使天车工在吊装沉甸甸的铜料时，能不断看见自己的发型是否整齐，胡子是不是该刮了……万良在黑暗中充满嫉妒地笑了一下。城里的小伙子俊姑娘，干这种精细活时还忘不了爱美！就不怕铜料歪了砸死人？再说你半空中臭美，谁又看得见！

万良掉转身，预备下去了。他朝大门的方位看了一眼，不禁大吃一惊。居高临下，从这里看大门，简直太清楚了。厂门的灯光像一柄巨大的纱伞，雾澄澄地罩在那里。一个很威武很能干的哨兵在来回走动，并不因深夜无人而有丝毫懈怠。万良认出那是连长。万良慌乱起来，回想检讨自己是否在岗位上随意晃动摇摆，或是一看四周无人，就倚靠在墙上歇歇……想呀想，却总也想不清楚，总觉得空中有一双眼睛在俯视自己，好不自在。往上看，只有稀朗的星星。

万良下来时，老兵正在找他。“怎么，贼娃子还爬到半空中去了？你若是一脚踩不实跌下来，闹个甲级乙级残废，只怕是回乡下连婆娘

也找不到。”

万良看换岗时间快到了，催老兵快走。老兵说：“慌啥！好戏还没开始呢！”说完，像狸猫一样轻捷地蹲到墙根下的灌木里。

万良也跟着蹲下，只觉得周身四处都有心脏在跳：脑瓜顶，脖后窝，小肚子，甚至大脚趾那也有个心脏在动。问又不敢问，只得等着。

不知过了多长时间，“唰”的一声，紧跟着一道闪亮的寒光，径直朝着万良的脑门扫过来。万良吓得一闭眼，心想这次不是残废的问题，而是要光荣到底了。待等了一会儿没动静，大着胆子睁开眼皮，只见那道白光已经聚成一支五爪的抓钩，紧紧地吸扣在粗糙的围墙之上。万良想喊，老兵狠狠瞪了他一眼，白眼珠瓷球似的瞄着他。万良的胆气壮了些，同老兵一起咬着嘴唇看下去。

好长一段时间没动静。万良几乎怀疑自己刚才是错觉。定睛瞅瞅，五爪钢抓还在颤抖晃动，这才又重新紧张起来。

终于，钢抓上系着的绳索猛地拉直，一个燕似的身影跃上围墙。他好像穿着海绵底的鞋，悄无声息，而且犬牙交错的玻璃碴子，也没有给他造成伤害。

万良直瞪瞪地看着，心里却对盗贼的功夫不大满意。比武侠电影里的轻功差得远喽！想到这可是真玩意，心又咚咚直跳。看看老兵，老兵半眯着眼，挺安然，万良又觉得有主心骨了。

第一个盗贼跳下来，踢起的土呛得万良只想咳嗽。他再偏一点，就会踩到万良头上，老兵借着泥土的响动，拽了万良一把，那意思是“别动！”

第二个盗贼又出现了。他要蠢笨一些，踩得玻璃碴子万花筒转动似的响。

“轻点！”第一个盗贼忍不住呵斥，万良觉得他像老兵，富有经验。又觉得他们挺可怜，轻又有什么作用，我们看见啦！

盗贼们把抓钩摘下，甩到墙外重新挂好。柔韧的绳头就垂在万良

脚边。万良若愿意，可以捡起来玩一玩，看来盗贼们挺有经验，一旦发生意外，他们可以迅速攀墙逃走。

万良热血沸腾，他从小到大，还没碰到过这么真刀真枪的事呢！老兵却死死地按住他，指甲恨不能抠进他的肉里。整个体态就是一句话："别动。"

盗贼们走了。只剩下五爪抓钩的绳子在微风中荡漾。

"都什么时候了？"万良张张嘴，用口型说出这句话，没发出一点声音，"还等什么？"

"捉贼捉赃。"老兵不容置疑。

万良指指抓钩的绳子。那不是赃吗？

老兵摇摇头。那不是赃，是作案工具。

等吧！

万良感到贴身的衬衣全被汗水浸透，冷得打战，手心却还在不停地出汗。

盗贼们挺体恤人，没叫万良他们等太长的时间。两人颤颤巍巍地扛着一捆每根都有拇指粗细的铜棍走过来，压得气喘吁吁。

万良几乎替他们发愁了。这么长的铜条，他们怎么运出墙去？扔吗？像标枪运动员似的？那得多大的臂力？还得助跑，真得踩到万良他们脑袋上了。紧接着又愤恨：这帮家伙心里太黑了，这捆铜条要值几千块钱呢！最后看到他们得意地用衬衣襟扇风擦汗，万良怒火中烧：这也太小看人了！你们不知道这里还有正规军把守着吗！

赃也有了，这么大一捆，老兵还是不让动。万良简直不知道老兵葫芦里卖的什么药。

其后发生的事情，令万良大开眼界，才知道等待是多么必要而有趣。

盗贼们稍事休息，然后在墙壁上仔细巡查，伴着极轻微的敲击声。突然，声音有一丝异样，他们灵巧地把那块墙砖取下，虽说距离

稍远，万良还是清晰地看到厚重的围墙被打了一个洞，比拇指略粗，一片幽蓝的墙外星光照了过来。

机灵的盗贼们把铜棍插进洞里，轻轻顺了过去。墙外有极细碎的响声，可能是一层伪装纸被戳破了。铜棍顺从地向墙外滑去，这一端逐渐缩短、缩短。

突然，钢棍像卡在咽喉的鱼刺，纹丝不动了。老兵一个虎步跳将出去，双手聚成杯状猛地拍击盗贼头部，正弯腰送铜棍的盗贼之一，一声没吭就坐在地上，捂着头死鱼似的干喘气了。

万良的功夫没有老兵深厚，跳出去的动作又稍微拖泥带水了一些，他想正面去卡盗贼的脖子，这是擒拿术的第一招。可惜他太教条了，这招的要害是揪领卡脖，大夏天的，盗贼只穿了件无领衫，万良蕴积的满身气力扑了个空。盗贼忙着解脱，连踢带咬。老兵急忙腾出手来支援万良，虎口被扯去一块皮。不过做贼的毕竟心虚，几下之后，也就束手就擒了。

万良有点惭愧，自己人高马大的，还让老兵负了伤。老兵驾骂咧咧："打架就得像打架的样，咬人算什么本事？像些个老娘们！"

万良和老兵押着贼们往回走，铜条就留在现场，天亮了好向厂里邀功。虎口处血肉模糊，老兵疼得直吸溜。万良见了，使劲一搡走在后面的盗贼，他一个趔趄，扑到前面那个身上。前面那个一回头，恶狠狠地问："你为啥打我？"后面的那个忙分辩："我没……"

万良说："就是你。"

前头那个气哼哼地转回身。万良又推搡后面这个，前面那个不由分说，回身就打。后面的也不示弱，两个人直打得鼻青脸肿，万良才叫他们住手。

万良对老兵说："我替你报仇。"

老兵抱着肩膀："也不能叫他们打得太狠。不然，不是咱们打的，也说是咱们打的。"

万良觉得自己大有长进，可比起老兵来，还差得远呢！

老兵受到嘉奖。材料报到厂长那儿，厂长大为感叹：怎么就发现了盗贼们偷运铜棍的途径！这个兵不简单。以后复员了，你们不给安排工作，我要！

万良也奇怪老兵怎么就发现了奥妙，两个人连上厕所都一起去，万良怎么一点没察觉？老兵难得地谦虚了一回："也没什么。我就是抽空到围墙外走了一圈。外头他们伪装得不那么严实。"

老兵和万良又开始按部就班地站岗巡哨，附近的盗贼知道正规军厉害。偷鸡摸狗的少了，晚间清静了不少。白天的工作还是照旧。几千人的厂子，人流出出进进，万良眼前就像终日流淌着一条彩色的河。万良发现全厂最漂亮的姑娘，要数艾晚了，难怪她那么傲慢。万良很希望她再出个差错，自己就有缘由多同她说几句话。可惜艾晚很自觉，老远就打开派司，也算是不打不相识吧，有时还淡淡一笑，害得万良琢磨半天。

嘟——嘟——哨子响。万良觉得肚子饿，一看表，离吃中饭还早。部队在皇陵时吃饭吹号，进了城改成吹哨。工厂里指挥龙门吊天车装运铜料，也是吹哨子，闹得万良条件反射，不由得老咽口水。他挺佩服开天车的工人，一上午不闲，吊车穿梭般地往返，比站哨还累。

军人们和工人们同在一个食堂吃饭。食堂里飘荡着烹油的烟雾和米面的腾腾热气。这里是老百姓议论国家大事和交换各种情报的场所。菜的种类很多，各处排着长短不一的队，卖红烧肉的队最长。工人们一边骂着菜太贵了，一边吃很好的菜。有的人用饭盒把菜带回家去，留给孩子吃。

大兵们吃不起好菜，便显出军民的差异来。菜谱是司务长替大家定的，永远是最便宜的菜。万良和老兵规规矩矩地坐在长条板凳上，八个人一桌。司务长用医院盛注射器用的白瓷盘，盛了满当当一盘熬小白菜，颤巍巍地端上来，小白菜翠绿得如同长在地里时一般可爱。

有什么办法呢？军费有限，二十啷当岁的小伙子，正是吃死老子的年纪，总得管饱，不能让大家饿肚子。数量要多，质量就要受委屈。老兵嘟囔了一句：“都他妈是人，鼻子眼里闻的是烤肉味，嘴巴里吃的是熬白菜，真不是滋味！”

老兵自打逮着贼以后，脾气长了，说话更无顾忌。万良只顾扒菜，他当兵时间短，肚子还没垫起来，吃什么都香。再说新兵老兵不一样，讲怪话是老兵的权利，多年的媳妇熬成婆。

蓦地，万良眼前一亮。他看见艾晚托着一个精致的不锈钢饭盒，踢踢踏踏地从他面前走过。艾晚穿一套同万良一样的茄皮色工作服，脚下蹬一双狐狸皮色的翻毛工作鞋。没了酒盅样的鞋跟和白蟒皮挎包，艾晚的矜傲之气就少了大半，同厂里其他女工就没啥分别。

艾晚从万良身后毫无察觉地走过，万良却感到从肩膀头到后腰火烧火燎的异样，好像拔满了火罐子。万良眼见艾晚要去洗碗，忙三口两口囫囵着吞自己碗里的菜。唬得司务长正想端起白瓷盘再到伙房添菜，不想万良一扭屁股，刷碗去了。

刷碗的池子边只有艾晚。她把水龙头拧得很大，想凭借水的冲力把饭盒冲净。

“你也刷碗？”万良好不容易鼓起勇气说了这话，又后悔地直想擂头，多么蠢的一句话呀！

果然，艾晚先是吃了一惊，接着咯咯笑起来：“吃了饭不刷碗，下顿可怎么吃呀？还不结了嘎巴！”

万良窘得不知接下去说什么好。他本来是想请教一下什么叫公共关系，他问过连长，连长说回去查查，可这一查就没有音信。万良又不敢去催问，狠下一条心，干脆问问发源地吧！这倒好，一张嘴就叫人当了傻瓜！

万良把嘴抿紧，不说话了。他把水管子开得很小，泉眼似的水不出声地往外流。他专心一意地刷碗，粗大的手指在碗圈上蹭出一溜螺

旋形的指纹。

“给你这个用吧！”艾晚递过来一个秀气的小瓶，“挤上一滴，碗就刷干净了。”

万良一拦：“不用。俺们吃的菜没多少油，不像你们的油水大。”他原想不再理艾晚，人家好心好意给东西使，能不理人家吗？

“谁的菜油水大呀！我一天是舍不得吃舍不得穿，省下钱来好交学费。”艾晚叹了一口气，把饭盒盖上的肥肉片，哗啦啦倒进泔水桶里。

万良看得目瞪口呆：那是多好的肥膘肉，吃一口香掉牙。就这么活活扔了，还说没钱买好菜，谁娶了她做老婆，还不活活把家给败了！刚想到这儿，脸便红了。人家给谁做老婆，又碍你万良何事呢！

艾晚是个聪明的女孩，见万良盯着饭盒，便说：“你心疼了？是吧？”

“我不心疼。又不是我的。”万良硬邦邦地说。他不喜欢糟蹋东西的人，不管这人跟他有无关系。

“也不是我的。”艾晚用洗涤灵洗盒盖，一滴不够，又挤出一滴，“厂里发的保健菜，不让你买别的，天天给一份红烧肉。谁吃得了？”她手上终于冒起了螃蟹似的白沫。

原来是这样！万良紧跟着又生疑团：有资格吃保健菜的，都是强体力劳动者，艾晚一个柔弱的女孩，绝享受不了这份待遇。对！一定是她的相好的给她的。想到这里，万良又沉下脸来。

艾晚就是再机灵，也猜不到万良这回绕的圈子。她说：“我天天看到你。”

废话！万良天天上岗，艾晚天天进厂，当然天天看到喽！

万良的碗已经洗完，他不愿搭茬，连公共关系也懒得问了。

艾晚却没感到异样，边甩饭盒里的水边说：“今天上午我看到你一直笔挺地站着，那个老兵可偷着歇了好半天。”一副打抱不平的神气。

“你在哪看见的？”万良半是惊讶半纳闷。

“在那儿。”艾晚纤细白嫩的手指往半空中一扬，一滴凉凉的水珠落进万良的脖子。

“你是……”万良的眼珠瞪得像铜铃。

“我是龙门吊天车工啊！”艾晚平平静静地回答。

来洗碗的人多了，艾晚笑笑，款款走了。

老兵说：“万良，你这碗刷得够有时辰的，刷锅也用不了这么长工夫。”

万良嘿嘿一笑……

第二天吃午饭时，艾晚端着碗走过来：“我的菜吃不了，你帮我克服克服。”

万良嘴里的菜汁把牙都染绿了，吓得差点没咬着舌头：“别——别——我们这菜挺好。”

全桌的士兵都挺直了身子，停止了咀嚼，注视着这个美丽的姑娘。

“我可没病。连眼睛都是1.5的，够当兵的了。”艾晚细细的眉毛皱起来，不高兴自己受了冷遇。

万良不知自己是要，还是不要，赶紧去看老兵。老兵正馋肉，便说：“万良，你还不谢谢人家！”

万良这才松了一口气。艾晚便把肉菜都扣到万良碗里，气得周围几个青年工人直翻白眼。万良把肉分给大家，特意给老兵多分了几块。

以后，艾晚常常给万良拨菜。万良推辞，艾晚就说：“那我可倒掉了。”不得暴殄天物的习惯和肉的香味使万良硬着头皮收下了。“你怎么不给厂里的小伙子？”万良问过。“我不理他们，他们还成天瞎编派我。要给了谁，还不更想入非非！”艾晚嘟着嘴说。

万良按老兵的指令，买回大宝抗皱增白粉蜜，试用的效果却很不理想。他以为是自己小气，抹得太少，便狠狠心，剜了一大坨，厚厚涂一层。这下更糟了，像是柏油路上挂了一片雨夹雪。万良火了，便用手去搓，一根根泥棍似的灰卷便往下滚，万良大叫大宝骗人。

"不是大宝坑了你，是哥们我坑了你。我抹的是蛤蜊油。你要是不嫌弃，咱俩换。我复员拿回家给你嫂子抹去。"老兵笑眯眯地说。其实他复员后很可能留厂里，可他偏要老说回乡下，以求大家别忌恨他。

万良只好眼睁睁地同老兵进行了不平等交易。

万良买了一双很尖的皮鞋。每天擦得又黑又亮一尘不染。

穿着尖皮鞋，抹着蛤蜊油的万良，每天英姿勃发地站在哨位上，时不时地回过头去，对着半空中微笑，皮肤黝黑但牙齿特白。

艾晚袅袅婷婷走过时，再不必停了脚步去掏白蟒皮书包里的蓝派司。酒盅鞋跟像敲打扬琴一样充满乐感地走过，老兵怎么冲万良使眼色也无济于事。

连长不指名地批评有的同志要注意资产阶级思想的侵蚀，还有要坚守岗位，严格执行纪律，不能让生人进厂。

万良觉得这些同自己无关。艾晚可不是生人，每天她路过岗哨，都要丢来一个妩媚的笑容。她感谢万良为自己节约了时间，哪怕是一分钟。早一分钟到岗，可以翻一页书。早一分钟到学校，可以看一页笔记。

艾晚有几天没来上班了。万良心事重重。看看天车，龙门吊在缓慢地移动，全没了平日明快的风韵。另外的工人接替了艾晚。

艾晚到哪去了？发生了什么事？会不会调走了？该不是病了吧？万良思来想去，又不知跟谁打听，便又有些恨艾晚，为什么不打声招呼呢？可又一想，你万良是人家什么人，人家为什么要告诉你？

"这两天，你那个相好的，怎么没给你送菜来？闹得咱们也沾不上光了。"老兵看万良魂不守舍的样子，干脆把话挑明。

"谁是谁相好的，你可得把话讲清楚。"万良一反常态，对老兵发起火来。

"大哥我说错了。是我的相好的，还不成。"老兵忙着缩小事态。

"是你的相好更不成了！"万良不依不饶。

战士们闲得无事，有时便拿厂里的女工开个玩笑，比如把那个最胖的女大师傅说给干瘦的老兵当媳妇。其实女大师傅的儿子都快有老兵高了，每星期天都到厂里来洗澡，恭恭敬敬地管战士们叫叔叔。大家都不是恶意，开心过后也就忘了，绝不会有人把话传到工人中去。万良这次却真的生起气来。

还好，第四天早上，艾晚上班来了。她的步履有些蹒跚，面色也显得苍白。

"请拿出证件。"万良尽量把声音放轻柔，怕自己一反常态地拦住她，会令艾晚生气。他实在是关心她，怕出了什么事情。

艾晚疲倦地笑了一下，好像并不奇怪万良破坏了他们之间的默契，静静地拿出蓝派司。

"你好几天没来。是三天。"万良低声说。他低下头，并没有看证件，看的是自己的尖皮鞋。

"是三天。"艾晚点点头，有些感动。

"病了吗？"万良勇敢地抬起头，打量着艾晚的面庞，觉得她很忧郁。

"没有病。谢谢你。是考试。不管多大的人，都怕考试。"艾晚叹了一口悠长的气，万良嗅到一股清凉的芬芳。

"是公共关系？"万良问。

"咦！你怎么知道？"艾晚漆黑的眉毛像鸟翅膀一样飞起，她实在想不出这个连名字都不知道的大兵，怎么知道她那么多事情！

"公共关系就是一个社会组织运用传播手段，使自己适用于环境并使环境适应于自己的一种……一种活动或职能，对吗？"

万良紧张地一口气说完。还好，当初觉得像吃葡萄不吐葡萄皮一样拗口的废话，今天竟相当流畅。

"哟！公关的定义你记得这样熟，真该让你替我去考试。"艾晚

大为惊异，不禁对这个憨头憨脑的小伙子另眼看待。

“我不过是随便翻翻书，偶尔记住的。”万良谦虚地说。这可不诚实，为了搞清什么是公关，他在新华书店开架的书柜旁边，没少查找。关键时刻，自己的脑子还挺争气。

“你考得不好吗？”万良替艾晚担心。

“考得还好。只是这学期一结束，就得交下学期的学费了。”艾晚化过妆的眉尖蹙在一起。

“厂里不给你出钱吗？”万良不解。自打当兵以来，什么都是供给制，冬发手套夏发蚊帐，他想不通上学这样庄严郑重的事，怎么还要自己掏腰包。

“专业不对口，所以我得自己筹学费。像高玉宝一样。”艾晚苦笑了一下。

嗐！这么漂亮的高玉宝，还不把周扒皮吓晕过去！万良想说，那你干吗还背这么高级的书包，干吗还穿这么时髦的鞋呢？万良在街上闲逛，专门注意过这种挎包和鞋，价钱好贵。不过万良挺机灵，知道这话艾晚肯定不喜欢听，便叹了口气说：“糟糕！”

“怎么了？”轮到艾晚反过来关切万良了。

“我的钱刚买了这双尖皮鞋，早知道……”

艾晚一怔，待明白过来，难得地咯咯笑了：“谢谢你这番好意！早知道你这么有钱，我每天该把红烧肉卖给你们当兵的。”她突然停住笑声，怔怔地想起什么。

“我得走了。”艾晚看看表，“下午还是你的班？”

万良点点头。

“下午见。”艾晚把始终未曾打开的蓝派司收进书包。

“下午见。”万良注视着艾晚的背影，喃喃重复道。其实，有进就得有出，既然下午是万良的班，你不想见也得见。可这招呼里，有意味深长的亲切。

老兵像条上好的猎狗，无声地溜达过来。这位痴痴呆呆的小老弟，看样子要陷入单相思了，拉他一把，义不容辞。

“这小娘们，挺妖道的。”老兵不慌不忙地抛出这句话，引万良开口。

万良一惊，紧张地等待下文，自己却不张口。

老兵也不在乎，他是我行我素惯了的，径直说下去：“讲个笑话给你听。有回夜里巡逻，不是跟你，是跟旁人一岗。砖缝里有团黑乎乎的东西。我以为是条野狗呢，心想堵住它炖锅狗肉还能落条狗皮褥子，就悄悄逼过去，用手电棒这么一照，呵！你猜怎么着？”老兵讲得津津有味，好像眼前正在演这场电影。

万良的心咚咚乱跳，血热烈地往头顶上聚合，他感到某种恶劣的危险正在向自己逼近，又完全不知向何方逃避，忙拼命摇头，表示自己一点也想象不出当时的情景。

“原来是一男一女抱成一团。咱实事求是地说，衣服倒是都穿着，夹克衫，挺时髦的那种。拉锁还是全裂着……嘻嘻，挺开眼的。那男的模样我忘了。男的记不住男的长相，可记女的长相那没跑。你有没有这种体会？”

不管万良有没有这种体会，他忙着点头，急等着听下文。

“那女的，我可是记准了。你猜是谁？”

老兵眼里露出不怀好意的狡黠微笑。万良像被扔上岸的活鱼，呼呼直喘粗气。他已猜出那是谁，又不愿相信，痛苦地等待着。

“对！就是刚才那小娘们！听说她不乐意在厂里干，天天想跳槽，到外国人办的饭店里去当小姐。那咱管不着，我别的不服，就服这城里人胆子大。你想，那砖垛子摇摇晃晃，两个人若再一动弹，那还不塌下来成了合葬墓了？还不如咱们乡下，往庄稼地里一钻，想干啥干啥！”

老兵津津乐道，万良觉得自己心目中一块美好的桃心形小镜子，

一块一块地被掰碎了。

“你为啥告诉我这个？”万良怒气冲冲地喊道。

“为啥，为了你好！”老兵像长辈似的拍拍万良的头。他没万良高大，拍得便有些吃力，好像万良头上有个苍蝇，他要帮他赶开。

万良又气又急：“你把他们咋样了？”不知为什么，在这种气恼的时刻，万良还在担心艾晚，他知道老兵手毒。

“我能把人家咋样？人家又没犯法！厂里只给了咱看铜的钱，又没给咱看人的钱。我把手电筒在他俩脸上狠劲晃了晃，晃得他俩睁不开眼。我把手电筒关了，哼着小曲上茅厕去了。”

“后来呢？”万良穷追不舍。

“后来就啥也没有了。再后来就碰上你，我想跟你说，忘了。今儿又想起来了。”老兵觉得自己尽到了责任，便心安理得地溜到对面哨位去了。

万良失魂落魄。龙门吊天车的哨子，锥子似的戳着他的太阳穴。往日，他常常回头往天上看。龙门吊操作室玻璃反光，看起来像悬在半空中的银房子，看不清里面的人。但万良还是爱仰头，他想艾晚也许会看见他。今天，他一次也不回头，背脊僵得像铁板一样笔直。

万良是乡下人。万良喜欢看电影里电视里男男女女搂抱的镜头，越亲热越好。但万良不喜欢自己身边的女人这样，万良看不起这种女人。

万良朝地上吐一口唾沫。书上说，唾沫里有许多种酶，挺好的东西。万良还是要吐。

其实，这又有什么呢？艾晚对你说过一个有关的哪怕是模棱两可的字吗？她甚至连万良的名字都没有叫过一声。彼此间的情谊寡淡得像清水。

万良开导自己。一时见成效，一时就又气愤起来。

下午，下雨了。细密的雨丝刷子似的从灰蓝的天幕渐次而下，待流淌到地上，已被工业区特有的烟尘，污得混浊而黏稠。天幕抖去尘

埃，熨过般平整，一道稀薄的虹，懒懒的斜在天空，天空有一种清晨般的凉爽。湿淋淋的地面弥漫着使人哀伤的土气。

下班了，人流也像鱼汛，有着显著的时间差异性。最先熙熙攘攘拥挤而出的，是中年女工。她们面色倦怠，步履匆匆，眼神中流露出对一切都无动于衷的疲惫。她们的书包多半残旧而污秽，半敞着的口袋露出几根伶牙俐齿的毛衣针……其后，是些懒洋洋的男人们。他们叼着烟，脚步在地面沉重地挪动。多半没有拎包，只在腋下夹着一个被炉火熏得半黑的饭盒。不论社会怎样进化，老婆们得先赶回家做饭，男人们得固守住男子汉的尊严。

厂长们走过来了，边走边谈，百忙之中日理万机的样子。他们的工作服同警卫战士和全厂职工一样，也是茄灰色的，使人生出官兵平等普天同乐的欣慰。提的经理包挺华贵，显出身份和责任的重大。万良很想打开那方正如弹药箱子一样的皮匣，看看内部设施。作为门卫，他有权检查任何人携带出厂的物品。但是他不能，因为没有足够的证据。

老兵尊重地望着厂长，可惜厂长没注意到老兵。

最后的往往是最精粹的。年轻的姑娘们走过来了，她们一个个新鲜如刚剥去纸的奶油冰棍，裹着团团香气，从看家护院的大兵面前鱼贯而过。

往日此时，是万良最精神抖擞的时刻。今天，他松松垮垮地倚着墙，目光冷淡漠然。

扫尾的是小伙子们。繁重的体力劳动并没有消蚀完他们年轻的精力，他们打球，甩牌、发牢骚，谈女人。当浑身的精力都宣泄一空时，才懒懒散散潇潇洒洒地出厂。

万良阴郁地扫视着他们。都是同龄人，嫉妒便很有理由地产生了。他们有工资、奖金、补贴、保健和各种各样的福利，万良没有，万良只有津贴。万良至今搞不懂津贴这两个字是什么意思。津贴很

少，买一双尖皮鞋几乎花去万良半年的津贴。万良后悔自己买尖皮鞋，应该把那钱攒下来，复员以后买点实用的东西。一个衣着很花哨的小伙子，用几乎是跳舞的步子从万良面前走过，万良无端地认定他就是同艾晚钻过砖堆的小伙子，便狠狠地用眼剜着他。万良很想搜查他，以往逮住过几个携铜出厂的，都是这种看起来很轻薄的男人。可惜，他步履矫健得像兔子。万良只有恨恨地看着他走出厂去。

现在，进入真正的下班状态了。除了极个别滞留人员外，将很少有人经过大兵们肃立的尼龙太阳伞了。

老兵躲到远处的僻静角落去抽烟，万良一个人坚守岗位。

清脆得如同敲玻璃般的脚步声传来。

万良一激灵。他知道这是谁来了。往日他会挺胸，多少有点手足无措，还需极力保持威严，不要叫老兵看出来，弄得顾此失彼。今天他发现自己很沉着，闲散的姿势不曾收敛，能够像打量陌生人一样注视着艾晚。

艾晚穿着鹅黄色的连衣裙，在略显凉意的晚风中，像一瓣打湿的葵花。她走得很慢，脸有些微红，仿佛挤牛奶的蒙古姑娘拎着沉重的奶桶。她的身子朝一侧仄斜，肩上是万良很熟悉的白蟒皮书包。

艾晚看到万良一个人值班，轻松地吁了一口气，给他一个浅浅的笑容。这笑容妩媚多情，只是略为长了一些。

万良的心像被虫做了茧，蜷缩起来，他又强逼自己展平。就算她敞开着拉锁衫同另外的男人钻过砖堆，你就应该对人家横眉冷对吗？你是看大门的，其他的什么也不要想！

万良努力想回报一个微笑。连长要求文明执勤，对所有奉公守法路过哨位的人，都应当回赠这种微笑。万良平日做得挺好，他有一双上翘的嘴唇和一口雪白的牙。可惜今天不成，嘴角咧咧，勉强归入笑的范畴。万良对自己不满意，嫌自己不是拿得起放得下的汉子，便用解放鞋去踢一块小石头。小石头骨碌碌滚进树坑。秋季植树开始了。

工厂为了门岗们的长治久安，在扎太阳伞的地方，要栽一排毛白杨。

艾晚看看万良，万良不看艾晚。艾晚决定这就往外走，脸色没来由地憋得通红，黑亮的眼珠在睫毛的掩护下向四处睃巡。

好像有什么不对头的事。

万良已基本恢复正常，开始用职业的目光审视这一切。只有心虚的人，才是这副模样。艾晚在害怕。她怕什么？周围没有旁人，只有万良。她怕万良什么？

万良想不通。也许，她知道万良知道了底细，才这般畏缩？这又何必呢！万良在感到复仇的快意同时又不相信真是这么回事。老兵密语相传之时，周围绝对没有第三者。

莫不是得了什么急病？万良刚动恻隐之心，又忍不住骂自己：人家有钻砖堆的小伙子照顾着，要你瞎操心！眼睛不顾心里怎样想，早已开始关切地打量艾晚。只见她白蟒皮书包的带子勒在肩头，紧绷绷的。

万良的心"当啷"一声响，白蟒皮书包里必有重物！

那能是什么呢？

是书。很重很重的书，万良企图说服自己。他命令自己别往坏处想，但思绪就像发现了猎物的兀鹫，久久盘旋在警戒点上。

艾晚下意识地把书包拽向胸前。她几乎想撒腿就跑。不是往厂外跑，而是往厂区里跑。趁一切还没有开始，就把它结束掉。但她脚软如麻，一步也挪不动。

艾晚的举动构成了明确的疑问。我们的祖先把这种成风的局面，冷静地提炼成一个成语：欲盖弥彰。

平心而论，万良还不能算经验很丰富的门卫，但面前的征象太异常了，他应该搜查她。

万良踌躇：不管怎么说，她是他真心喜爱过的一个姑娘，尽管她钻过砖堆。万良知道，只要书包拉链一打开，无论结果如何，他们都不再是朋友了。

万良沉重地举起了手。这是一个模糊动作，可以理解为示意留下或是表示放行。

模棱两可的时候，人们往往按照自己的希望去理解。艾晚如遇大赦，仓仓皇皇向门外走去，竟来不及再看万良一眼。

她原应该再沉着些。像抛锚的汽车启动过快，从艾晚身上发出轻微的金属撞击声。

周围太寂静了，那声音便袅袅不散。

艾晚像被一根钢钎从头顶钉入，僵立不语。

万良的血打着旋地扑上脑门，从每一根毛孔向外蒸腾。声音尖锐地划伤了他的脑神经，蛰伏多时的军人的职责，猛地苏醒过来用尖利的牙齿噬咬着他的脉脉温情。这是什么地方？你是什么人？这是我的岗位，我是军人。万良听到自己毫不含糊的回答，战士的职责统领了他的全身。

“请把你的书包打开。”万良不可能有第二种选择。这是他在沉默许久之后开口讲话，音色暗哑。他不去看艾晚的眼睛，怕自己的心被里面的水泡软。

“书包里什么也没有……真的……只有一个不锈钢饭盒……”艾晚被这道命令吓傻了，声音在愈来愈凉的晚风中，蝉鸣一般凄凉。

呵，不锈钢饭盒……美好的记忆，像爆米花，噼噼啪啪地爆裂膨胀开来。

万良又一次犹豫了，他和这家工厂并非休戚相关。工厂创造利益，上交国库，也许有一部分会成为军费，也许军费中的极小部分会划拨到他的部队。这是一个巨大的圆，大到万良几乎认为它不存在。万良没有奖金，没有夜餐费，没有岗位补贴。厂子富强不富强，对他来讲如同一个古老的神话。站岗的乐趣在于眼前彩色的人流，还有人们对他略带畏惧的服从。说心里话，万良对工人们有一种轻微的仇恨：城里人多么痛快！八小时工作，旱涝保收，哪里像农村……

突然，他想到厂长为部队战士作出的许诺：只要你们好好干，复员后到厂里来！老兵已经得到了这份嘉奖，万良正面临一个机会。

艾晚这会倒挺安静，顺从地站着，她已经失去了对事物作出判断和反应的能力。她完全无法把握事态的发展，剩下的只是木鸡般的等待。

也许她应该挤在下班高峰的人流中，随大拨人流往外走。也许她该挑别人执勤的时间出厂，彼此间没有那份若明若暗的关切，一切可能会是另外的样子。也许，她该飞给他一个媚眼，事情没准能化险为夷……不！艾晚不是轻浮的女孩子。现在，听天由命吧！

艾晚久久没有动作。万良做了一个标准的立正姿势，重复道："请把你的书包打开，接受检查。"他的声音冷漠严正。如果说第一次还有协商的成分，这一次就完全是命令了。

艾晚惊恐地睁大眼睛，泪水涟涟，好像不相信这是真的。万良顽强地不为所动，最后的希望破灭了。艾晚战战兢兢去拉拉链。拉链打滑，她便用两手去拽。拉链像新鲜的伤口被撕开了。

书包里有两本蓝派司，一本深蓝，一本浅蓝。还有那只不锈钢饭盒，洁净的盒盖将门口的三色遮阳伞映照成花团锦簇的光斑。

秘密只能在不锈钢饭盒里。

万良张开葵花叶子般的大手，去抓饭盒。尽管已经做好抓取重物的准备，第一把还是没提起来，他开始运气，把力量集中到手指筋骨上。一屏息，饭盒被取出来了。

它重得令万良擎不住，粗壮的胳膊微微抖动。

艾晚突然清醒过来，发了疯似的扑过来抢饭盒，泪水向四处迸溅："别打开！求求你，千万别打开！我这是第一次……真的是第一次，以前从来没有过……我实在是凑不出学费……饭盒我不要了，你放我走……放我走吧……"

万良听见饭盒里发出极轻微的金属撞击声。饭盒里有什么，万良不用打开也知道了。那可能是一盒古铜钱，携带出厂，拿到长城十三

陵卖给外国佬，一枚要几美元呢！也可能是几个景泰蓝的铜胎，戒指、手镯、小花瓶什么的，古色古香，宛若出土文物，当然最大的可能是灿若黄金或紫如汗血的纯铜块，铜价上涨，这是极值钱的东西。

远处，老兵吸足了烟，晃晃悠悠走过来。万良迟疑着。

艾晚痴痴呆呆地瞪着万良背后，万良也回过头去。那是工厂的布告栏，一张明黄色的告示贴在那里。斜行的雨水曾将它浇湿，明黄非但不显萎靡，竟越发鲜艳得触目惊心。其上以很规整的隶书写着：×××于×年×月×日盗窃铜料××公斤，受到开除厂籍的处理。

布告写得详尽周全，姓名年龄时间地点均有，像一张话剧节目单。

万良其实不用看，那是他们的业绩，他们的光荣。

艾晚的整个身躯，像初秋坠落的第一片黄叶，抖个不停。

万良于是看到布告上的姓名写成：艾晚……偷盗……

“真的……是交学费吗……”万良的手臂酸了，他舔舔干燥的嘴唇，困难地问。

艾晚没有点头，也没有摇头。她没有力量把自己的话再重复一遍。

饭盒亮晶晶，映出万良古铜色的脸庞，于是那饭盒便像是铜铸的。饭盒里锁着一个魔鬼，一旦放出来，它将把美丽的姑娘，永远地钉在黄色的告示上。黄纸会沤成纸浆，被新的黄纸所覆盖，耻辱却永远新鲜地印在她的身上。没有人会给她发毕业证了，谁会雇用一位会偷窃的公关小姐呢？一瞬时，万良很恨那个同艾晚一道钻过砖堆的男人。你怎么就不帮她想想别的办法，偏让她去走这条傻路！

在万良起伏的心潮之下，还有一块阴冷的礁石。如果抓获了艾晚，那将是他极难得的一次机会。

老兵就要走到跟前了。

“让我回家吧。我再也不会做这种事了。”艾晚最后一次哀求他。

万良直视着艾晚的眼睛：“你再也不会做了？”

“再也不会做。”艾晚声音很小，却很清晰。

“那——你走吧！”万良果决地挥挥左手，他知道难得再有这样的好机会赐给自己，可他不能为了自己，就毁了这姑娘的一生。于是这一挥手。便有了悲壮的意味。

艾晚走了，好轻盈。她甚至没有回头再看万良一眼。也许是害怕万良再把她揪回来。

“怎么了？”老兵问。

“没怎么。”万良回答。

“这是什么？”老兵的目光直指不锈钢饭盒，仿佛想透视出其中的内容。

万良从没在老兵面前撒过谎，他想自己的脸一定很红。可他还是毫不口软地说：“是红烧肉。”

“红烧肉？”老兵乜斜着眼，“只怕会把牙齿崩下来的红烧肉。”说着，就要动手去打开盒盖。

“别……别动。打开了，就盖不上了。”万良拦阻。私自把艾晚放出厂，若有什么责任，他一人承担，千万不能再连累了老兵。

老兵的手像遭了蛇咬一般，缩了回去。他眯了眯眼，便全都明白了。

“你小子是个傻蛋。”老兵说。

“是傻蛋。”万良赞同。

“她跟别人钻过砖堆。”老兵又说。

“我知道。”万良挺平静。

“唉——”老兵重重叹了一口气。新兵蛋子，真不可救药。

“根本没那个可能。”老兵苦口婆心。

“什么可能？”万良丈二和尚摸不着头脑。

“你以为她会跟你下乡种蘑菇或是把你也弄到外国人开的饭馆里？”

“我做梦都没想过那事。”万良觉得老兵也挺幼稚的。

“这玩意你打算咋办？”老兵努嘴指饭盒。

是啊！饭盒怎么处理？大门口人来人往，门岗手里端着个亮晶晶的东西，着实引人注目。

“我把它丢这树坑里，再埋些土。明早一栽树，不显山不露水，谁也发现不了。”万良觉得手里的饭盒是个祸害，想赶紧处理掉。

“不好。明天栽树的如果嫌坑小，再往大里挖，“当啷”一声，岂不就露馅了。”老兵到底老练，思谋得全面。

那怎么办？

“给我吧。”老兵感动地伸出手。

万良赶紧交给他，心里好像有了依靠。

老兵把饭盒塞进衣襟，夹在胳肢窝下。衣服肥大，老兵瘦削，看不出丝毫破绽。

“看不出来吧？”老兵多少有点不放心。

“看不出来。”万良头摇个不停。

“我说那帮偷铜的也傻，用这个办法夹带，且比拎在手里保险多了。”老兵设身处地为盗贼们着想。

“我到那边铜料堆转转，抽冷子把饭盒里的玩意倒回去。连长若来查哨，你就说我拉稀跑肚去了。记住，咱们别说两岔了。”老兵轻声叮嘱万良。

老兵走出几步，又甩着胳膊回来：“饭盒我可扣下了。不然你小子哪天一黏糊，又把饭盒给还回去，这事非漏底不可。”

老兵步履稍显蹒跚地走远了。万良英姿飒爽地站在哨位上。

紫色布幔

这封信，真难措辞。梁阿宁写好后，交给丈夫沈建树，焦急地等着反应。

沈建树看得很慢。

尊敬的伯父、伯母：

你们好！

我是你们的侄女梁阿宁，常听父亲谈起你们和老家的事，觉得很亲切。以后有时间，一定回去探望你们。

不知老家今年收成怎么样？我的堂兄弟、堂姐妹们都好

吗？我很想念他们。

有一件事，想同你们商量：我有了一个男孩，现快半岁了，找不到托儿所。双方的老人也没有精力帮我带。我马上就要上班，这件事太难办了。不知家中的堂姐妹们，可愿意到北京看看，顺便帮我照顾一下孩子？

爸爸常说起家乡人的淳朴和热心，我想，你们一定不会叫我们失望的。

哪位堂姐妹来，请事先通知我，我到火车站去接她。

……

“怎么样？”梁阿宁问。

“还行。事情说清楚了。只是这么多年从没跟人家打过交道，临时抱佛脚，行吗？”沈建树没多大把握地说。

这正是梁阿宁心中顾虑的。父亲在老家只有这一个哥哥了，多少年不曾回去，也极少在言谈中提到家乡。阿宁从没有回过老家，听妈妈说，那简直不是人待的地方。至于伯父有几个女儿，谁都说不清，只知他孩子多，生活困难，总不至于都是清一色的男孩吧！在找托儿所、找保姆连续碰壁之后，梁阿宁好不容易想起这股可借用力量，能否成功也没有把握。气可鼓不可泄，这种时候，不该说丧气话。

“都怪你！都怪你！”梁阿宁的脾气变得很坏。

“怪我什么？”沈建树不解。虽说已经习惯了妻子的思维逻辑，无论什么事发了愁，最后总能找到他头上，但这一次，毫无来由。吃饱喝足了的费费，像个驯服的大熊猫一样，平躺在床上，安静地看着他的父母。

“要是你像外国的男人那样，挣回足够的钱，还用我扔下费费去上班吗？”阿宁说完俯下身去亲她的宝贝儿子。

沈建树吃了一惊。昔日的计算机软件工程师，何以短短半年，就

变得这么婆婆妈妈！好像不单将血肉，而且将魂灵，都给了这个胖胖的婴孩了。女人啊，真没法说。

“我看就这样发吧。死马当活马医。找保姆和托儿所的事，我也不放松，双管齐下吧。”沈建树安慰着妻子。

阿宁找出一个牛皮纸信封，路途遥远，可别半路上磨坏了。然后像小学生默写似的，一字一蹦默念着，写下那个偏僻闭塞的小山村的名字。

“不管怎么说，我还有个老家。”她略有点得意。

沈建树没话。他祖辈都在城市。只有那些从父辈才进城的人，农村才有一个悠长的根。

阿宁原以为像科学没有祖国一样，以后的人也没有籍贯这个概念了。想不到，一条小小生命的问世，竟把她同那个古老的地方联系起来。那些从未见过面的亲属，会理会她的呼救吗？她在信中把北京的美好着实描绘了一番，不知是否能够产生足够的诱惑力。再有，她有意识地几次三番提到了爸爸。爸爸是乡下亲人们的骄傲，他们不会太怠慢爸爸的女儿的。

该写的都写上了。想一想，还有什么更充足的理由？对了，给外地的爸爸妈妈写封信，请妈妈以爸爸的名义给老家施加点压力。

现在能做的唯一的事，就是等待。

二

沈建树锲而不舍地为费费寻找归宿。找亲戚，这是没把握的事，阿宁一厢情愿。社会上到处人欲横流，几句好话就有人给你帮忙？还是走正经途径保险。

附近没有托儿所。远处有，但又不要三岁以下的婴儿。于是只剩下找保姆一条路。

“请问家庭服务员介绍处在……”墙角下晒太阳的老头年岁挺大，沈建树特地大声说。

“在这儿……”老头的反应竟相当敏捷，他不是听清了，而是从沈建树皱皱巴巴的西服和焦灼的眼神中看明白了，用镶着铜头的拐杖捅了捅地。

轮到沈建树吃惊了。地是水泥的，被太阳烤得暖暖烘烘，像是个巨大的饼铛。站在上面，感到一股股热气蒸腾，倒挺惬意。介绍处难道是座地下宫殿吗？

介绍处果真设在这座高层住宅的地下室里，房间格局完全同居民住家一样，给人一种家庭的气氛，沈建树觉得亲切，预感到自己将得到帮助。

“我们有一个孩子，他妈妈产假就要满了，要上班。我们需要……”

“知道。知道。”负责接待的女同志说，态度和蔼但却不容置疑地用手势，截断了沈建树的话，“我很愿意帮助你。这是表格，你填一下。”

沈建树乖乖地填了表，当女同志往回放表的时候，他看见铁皮柜几乎挤满了。

“请问，什么时候……”

“这可说不准，也许一年，也许半年，也许三个月，但这种情况很罕见。要等，僧多粥少，服务员的来源很有限。农村富了，没有人愿意出来侍候人。来的也是各有动机。比如旅游的，北京最贱的旅馆一天要几块钱？住上半年，哪都逛遍了，合算。再比如想学点东西的，什么外语呀，缝纫呀，北京有各式各样的补习班，有些被雇到老教授家，本身就是学校加图书馆……”

沈建树听得脊背发凉，这样的保姆，他可雇不起。忙打断说：“请问，除了您这儿，还有哪管这事？”

“就我们一家！想不依靠我们，那你可大错特错了。建国门那有

自由市场，你可以去试试。不过我可以告诉你，前几天有这么回事，有人从那找了个保姆，说得好好的，头三天还真勤快，到了第四天，你猜怎么着？”女同志停下话头卖关子。

沈建树尴尬地赔着笑脸。他知道结局好不了，又不愿妄加猜测。女同志得意地告诉他：“屋里东西被连锅端了不说，连孩子都一块卷跑了……”

沈建树道着谢，逃似的离开了地下室。他后悔没有早想到这一步。要是他和阿宁在登记结婚之前，先到这儿填个表，这会儿也就不必如此抓瞎了。

只得到“人市”上去撞撞运气了。沈建树小心翼翼地扶了扶眼镜，好像他不是去跟人打交道，而是要踏入雷区似的。

人市并不像想象中那么恐怖，都是些普通的人，有的还相当落魄，沈建树多了几分信心。

“侬要雇阿姨？”有人迎上来问。

沈建树摇摇头，目不转睛地往前走。他打定主意，凡是主动找上门来问的，一概不理。因为这更像是一个陷阱一个圈套。终于，他在人群外围发现了一个小姑娘，既不时髦也不漂亮，这使他很中意，心想阿宁也会满意的，就径直走过去问：“给人带孩子，你干吗？”

“嗯哪。”小姑娘回答得很简捷，很实在。

沈建树觉得一切比预想的顺利，高兴地介绍说：“我有个孩子，叫费费，快六个月了，很结实，一点也不爱哭……”

沈建树突然发现小姑娘有点心不在焉，循着她的目光看上去，见另一个与自己年龄打扮相仿的男子，也朝这里走来。真是僧多粥少呢！他不禁暗暗叫苦。

小姑娘觉察到了自己的失态，忙稳住他说：“我很喜欢费费呢，只是你们家的其他情况我还不了解。”

“您是指哪些方面？”沈建树有些莫名其妙，不知指的是家庭出

身还是工作单位，慌乱中竟将你换成了“您”。

“你们家有彩电吗？有冰箱吗？有双气吗？不过现在天暖和了，有没有暖气倒不很重要，煤气可一定要是管道的……”

沈建树略一沉吟，后来的小伙子忙接上去说：“我家有，都有。”

小姑娘挺讲义气的，面孔还对着沈建树，等他回答。

“我也有。”沈建树一咬牙，撒了个谎。他家没有管道，是煤气罐。

小姑娘好像有点为难。忽又想起最重要的一条：“住房呢？”

“两室一厅。”那男子答。

这一回，沈建树再不能撒谎了，他嗫嚅着：“我们只一间，但也是独立单元。”

小姑娘听了这话，有些惋惜地说：“那我就不去你家了。一间屋请保姆，叫我住哪呢？”

“我们的走廊挺宽敞，放个单人床不成问题……”沈建树还想最后挽回。

“怎么能让人睡走廊里呢？我那个孩子的情况是这样的……”那个小伙子插进来。

小姑娘掉过头，同她的新主顾交涉。

怎么办呢？可怜的费费！倒霉的费费！

三

沈建树只得加入热切等待的行列。

挂历上有一个用红笔圈起的日子，那是阿宁产假满了该上班的日期。像个负隅顽抗的土围子，它前面只剩几个不多的黑色士兵在英勇抵抗。

“这些乡下人，把邮去的路费贪污了不算，连信也不回一封！”阿宁气愤地说。

一天天过去了，信还是没来。

来了一封电报：

“×日×次接小髻”

“髻”字是人工手写的。在一行电子计算机打出的拘谨字体中，显得大而懈怠。

这个字怎么能当名字呢？髻是女人头上挽的发鬏，看这名字，该不是个古色古香的农村大嫂吧！也许，她有一头长长的黑发？

对这位即将到来的亲戚保姆，阿宁只知道这些。北京站浩如烟海，唯一可依靠的，大约就是阿宁和小髻同属一个爷爷，兴许有血缘的感应。

“你是小髻吗？”阿宁在站台出口，向所有她认为可能是小髻的乡下姑娘（不管有没有浓黑长发）打招呼，年龄范围大约控制在15岁到30岁。除了名字，她对这个堂妹几乎一无所知，乡下人多半老相，宁可错问一千，不可漏问一个。然而阿宁还是错了。车站出口有好几条通道，她就是眼观六路，耳听八方，也终免不了遗漏。不由得后悔起来：应该举一个木头牌，上书“接小髻”。又一想，谁知道这个小髻识不识字呢？

出站口冷清下来。阿宁有点急了：一个乡下姑娘，若是碰不到接的人，心里不定多么害怕呢！忙掏出站台票进站去找，一边又埋怨自己糊涂：人生地不熟的，那小髻是不会自己出站的，没准正蹲在月台上哭呢！

月台上安安静静，好像刚才嘈杂的人流不是从这里发源的。零零散散几个负重过多的旅客，将身体弯成S形，艰难地移动着，哪个也不像是小髻。阿宁不死心，挑了一个嫌疑较大的，迎上去问：“你是小髻吗？”

“小鸡？还是小鸭呢！”旁边的一个男人怒气冲冲地回答，把无人来接的怒气，发泄到阿宁身上。

无端受到抢白，阿宁白皙的面孔腾地红了，却不知该如何回敬这种粗鲁的人，只得返身出站。站台口已聚集起接下一趟列车的人群，其中也并不见面容焦虑黑发浓长的乡下姑娘。

阿宁焦虑之中平添了怨愤：这个小髻！明明大家互不相识，也不把事情办周到一点。起码要在电报上写明穿什么衣服有什么特征吧！你以为北京也像你们家那个小村子一样，站在门口就能看清大路？

怨愤归怨愤，当务之急还是找人。阿宁烦躁地仰头看钟。人真怪，一到了火车站，便不再看自己的手表，而只相信那座像珠穆朗玛峰一样高耸的大钟。

时间过去得还不多，小髻就是出了站台，也肯定不曾走远。阿宁开始在站前广场上寻找。

北京站是一个缩小了的世界。到处都是人、物品和五花八门的语言，搅缠在一起，令人眼花缭乱。正是薄暮时分，暗色已经像潮水似的漫了过来，路灯却还没到亮的时候，于是竟成了都市一天中最混沌的时间。拂面而来的人脸像一张张灰色的圆饼，此起彼伏的人流裹挟着阿宁来回乱撞……她没有目标地碰着运气。此刻可以凭借的，只有她和小髻那1/4完全相同的血统了。

可惜，爷爷的在天之灵，不肯保佑他这一双没有见过面的孙女。阿宁一无所获，吃力地倚靠着一根粗大的廊柱，胸前胀动不安。准是费费饿了，母亲的乳房是孩子的粮仓。

这个小髻，肯定有点傻！再不就是莽撞得出奇。不在月台里等，又不在出站口停留，自己乱跑，出了事自己负责，与阿宁无关！

费费，别哭了。妈妈就回来了。

阿宁离开了火车站。

四

阿宁用钥匙打开门，没见到人就嚷："费费，费费——"

沈建树抱着孩子走过来。

"真倒霉！转了一晚上，也没接到什么小髻，谁知道她到底来了没有！"

建树笑笑："已经来了。"

阿宁一惊。尽管她在火车站找人耽搁了时间，小髻到家的速度也够快的。她越发急着去见这个堂妹。

走进里屋，她惊呆了。

哪里是什么小髻，分明是十年前的自己！

白衬衣，蓝裤子，一双黑布鞋。在城里自然显得很土气，但这种曾风靡过整个中国的服装，也自有一种安宁端庄的美。更不消说，它是穿在如此美貌的一个少女身上。

略显圆形的瓜子脸，像蝉翼一样黑亮的眉毛，单眼皮的杏核眼，小小的鼻梁周正而挺直，嘴唇红艳艳的，像刚吃过紫色多汁的水果。她的眼睑低垂，带着乡下人的羞涩与不安，听到声响，将有着长长睫毛的眼睛缓缓抬起，像受了惊动的小麋鹿，观察着对方的反应。

阿宁对这张脸简直太熟悉了。多少年来，她无数次在镜子里看到她。看到她快乐时的模样，看到她故意生气时的模样。（真生气时，就没有心思照镜子了）看到她的皮肤怎样显出折痕，眉毛怎样稀疏浅淡，眼角怎样网起不易察觉的纹缕……对于这一切，她倒并不怎样伤心。她有事业，她有费费，有时竟感到一种奉献的快意。但这些突然像魔术一样复员了，一张酷似她的然而却极年轻蓬勃的脸，正旋着同她一样的笑靥，向日葵一般地迎着她。

小髻真聪明。一个人这么快就从火车站找到家来了。阿宁心中暗自赞叹。她不愿意跟太笨的人打交道，那简直是对人的精力体力的最

大浪费。但一个用人，这样年轻伶俐，恐怕未必是什么好兆头。以后倒要严加管束。

小髻沉浸在惊奇之中。自从坐上火车，她就不停地想象这位没见过面的堂姐是什么样子。想不到堂姐竟长得这么像自己的亲姐姐，就像一千年前就认识一样。

“小髻，想不到你到家比我还早。”阿宁夸奖着，“路上辛苦了吧！”

“姐，一路打听，按信皮上的地址，也不很难找。要是在火车站碰上，我一准能认出来。你……长得太像咱姑了……”小髻本想说咱们俩长得像，怕阿宁姐不爱听，便说起了她们共同的姑姑。

姑姑？可能有一个吧？记得前几年因病去世了，爸爸还寄过钱。阿宁有点不悦，她已经老到那种样子了吗？

小髻还以为自己说了一句很得体的恭维话。把同辈人比成长辈，是很尊重的。

不管怎么说，小髻千里迢迢赶来，救了燃眉之急，阿宁还是很高兴。

火车厢特有的烟霉汗酸气，从小髻身上发散出来。也许还有什么寄生的小动物。阿宁第一件事是带小髻去洗澡。

澡堂里真是天下最平等的地方。女人们取下胸罩、腹带、头饰、项链，披散开头发，赤裸裸地站在水的帘幕之下，像每个人最初来到这个世界上一样，无遮无掩。女人们在不动声色地打量着，比较着，评判着自己与别人。发育尚不成熟的少女，虽然挺拔，却像还没熟透的青果子，显露出过于分明的棱角。生育过多的老妇们，松弛的腿和臀几乎分不出什么界限，下垂的腹部围裙般地耷拉着，线条糊涂混乱，令人感到人生的悲哀。唯有成熟的姑娘们和少妇，才是浴池的公主与皇后。

小髻很脏，也许自出了娘胎，也没用过这么多热水洗过澡。阿宁

用带着香味的浴液，毫不吝惜地朝她泼去，浴液刹那间变了颜色，香味俱失，褐色的汁液像咳嗽糖浆一样黏稠，汇成一道道小溪流下。

终于，小髻身上能搓起泡沫来了。雪白轻盈的香泡沫，云彩一样簇拥着，像给她穿一件纱衣。当着这么多人赤身露体，虽说都是女人，小髻也不习惯。刚开始，她不停地用手捂着胸。阿宁要帮她搓脖子，洗后背，她的手只好放下。慢慢地也就习惯了。水温暖滑爽，待到阿宁拧大龙头，让瀑布一样的水流将小髻冲洗干净，全澡堂的女人们，只要她不是瞎子和存心嫉妒，都惊叹起小髻的美丽和健康了。

这是单位的浴池，人们多半熟识："这是谁呀？"有人羡慕地问阿宁。

"是我妹妹！"水声哗哗，阿宁用压倒水声的嗓音说。

小髻实在是太像年轻的阿宁了。脸庞像，身段像，所有的地方都像。这是造化的功劳。阿宁好像隔着历史的水雾，在观察年轻时的自己，不由得发出感叹。

"走吧。"阿宁催小髻。

这么多的不用柴烧自天而降的热水，多舒服呀！小髻本想再冲一会，想到来时妈妈说过要听姐姐的话，就跟着出来了。

出了浴池，该换衣服了，阿宁像变戏法似的拿出内衣外衣，要小髻从头到脚换个彻底。

"姐姐，这使不得。怎么好都用你的？"小髻忙推辞。

"自己姐妹，还说这些见外的话干吗？再说，这些衣服也都是我不能穿的。"阿宁说的是实情，但还有一个理由她不曾说出：妈妈说过，乡下人身上有虱子。

那个肮脏土气的小髻丢在浴池的污水里了。走回家的小髻洁净而芬芳。

"小髻很漂亮，是吗？"阿宁抽空问沈建树。一间屋子半间炕的，小小房间住进这么一位姑娘，她索性先给丈夫打点预防针。

“你连我也不放心吗？”沈建树难得地红了脸，“我只是觉得，她穿了你以前的衣服，简直同那时的你一模一样。”

“那我现在怎么样？”阿宁希望听到丈夫的恭维。

“你现在也很美。只是比以前稍微……”建树谨慎地挑选着字眼“稍微疏松了点，像一个堆起的雪人，叫人忍不住要拍打拍打……”

小夫妻说笑着，为小髻在走廊里铺了个小小的床。

墙上楔进一颗钉，牵起一根长长的铁丝。再挂上帘子，小髻的床就成了一间独立小屋。夜里正屋的人出进，就看不到小髻了。

五

阿宁给了小髻几块钱，叫她上街去买块布缝帘子。

小髻在街上走。看看别人，又看看自己。忍不住偷着笑。人们再不像头一天下火车后像看怪物一样打量她。不就是一身衣服吗！小髻就变成另一个人了。

走进商场，人可真多。阿宁说过几天抱上费费，领小髻去动物园。其实动物有什么看头呢？山里什么动物没见过，养在园子里的动物，还能有活性吗？到城里来，主要该看人，城里人比乡下人好看多了，那么多衣服式样，真叫人眼晕。小髻忽然发现对面走过来个姑娘，不用正眼看人，却一个劲用眼角瞟她，一副瞧不起人的样子。哼！你瞧不起我，我还瞧不起你呢？话是这样说，小髻还是没勇气直视人家，便闷着头往前走。

当！小髻和那女孩子脸对脸地撞到一块，只觉得冰凉一片。原来，商场的一侧墙壁是一面巨大的镜子，小髻同镜子里的自己贴到了一起，不由得又惊又喜：那就是自己吗？小髻没照过这样大的镜子，连自己的鞋子和土袜子上的花都照得进去，在家时只有个鹅蛋镜，还不敢当着人照。小髻回转身，快步退到商场门口，慢吞吞地往里走，

眼睛眨也不眨地注视着前方。这一回，她看清楚了，对面那个美丽的姑娘，也微笑地看着她，一步步朝她走来。同四周乱纷纷熙攘攘的人群相比，这姑娘一点不逊色，还要比她们强呢！

“扯块布。”小髻兴冲冲地对售货员说，还微笑了一下。心情好的人，对谁都充满善意。

“要哪块？说清楚点。”售货员可不那么容易被感动。

“要那块。”小髻一眼就看上一匹绿叶红花的布。

“你刚还说这布没人要呢，马上就来了买主了。乡下人，还是喜欢这种花红柳绿的。要几尺？说话呀！”

“不！不！我不要了。”小髻像被人识出身份的逃犯，慌不迭地离开了柜台。

“神经病！”两个售货员一齐说。

真奇怪，他们怎么就认出小髻是乡下人呢？也许是小髻的外地口音太重了。

在街上走走，小髻重又恢复了信心，她走进另一家商店。没有那种绿叶红花的布，小髻看中了另一种，等了半天，也没见有一个人买。小髻明白了，这布也是买不得的。城里人怎么这么不识货呢！小髻很怨恨。却也不敢由着自己的性子买，钱是阿宁姐给的，买回也该符合人家的心气。小髻这一次学乖了，站在一旁静静看。人们都在买一种紫色的花布，底儿是紫的，花是紫的，深紫加浅紫，像一大片夏天的马莲花。只是每朵花都不完整，好像被谁掐去了一瓣。小髻不喜欢这花布，但也说不上太嫌恶，大家都买，她也决定了买这种。

“哟！小髻买的花布又雅气又新潮，真是很有眼光！”阿宁惊叹起来。

小髻反倒有点后怕。若是真买回绿叶红花，阿宁姐又不知该说什么了。

“现在我来教你怎么给费费喂西瓜。费费是一年到头要吃西瓜

的。今年的西瓜还没有下来，这是从冷库里买出来的，先用羹匙把瓤刮在瓷碗里，再把瓜子挑出去。一定要仔细。然后用纱布过滤，才能用瓜汁喂费费。羹匙、纱布、奶瓶、奶嘴，一定得煮开消毒……”

阿宁手把手地教小髻，末了还要抱着双臂看小髻单独做一遍。她很严格，特别是在卫生方面，简直近乎苛刻。

“都是亲戚，不要搞得这么盛气凌人。”建树暗下劝阻道。

“你认为，我是缺一个漂亮的妹妹，才把小髻从那么远的地方找来吗？”阿宁缓缓地说。

阿宁习惯了做一个优秀的工程师，一个好妻子，一个好母亲，现在学着做主人。

阿宁变得格外勤快。假如平日擦地只擦两遍，那么在给小髻示范时，她一定拖三遍。她希望小髻比她更勤快。

做主人不是一件很难的事。以前你看到什么事该干，就得站起身去干。现在不用了，你只需要说出来，自有一双勤劳的手替你干。你要觉得不好，还可以让她重干。

这很惬意。指使别人是一件有意思的事。但阿宁多少有点不习惯，她察觉堂妹并不是那么心甘情愿争先恐后地干，你说一说，她动一动。有时你连说几遍，她才去做。而且并不全令人满意。

难道是自己对她不好吗？这几天阿宁还在家，活基本上是两个人干，等她上了班，全部家务落在小髻身上，像这样的工作态度怎么行？因为小髻远道而来，阿宁在伙食上特地搞好了一些，破旧衣服也给了她，还要怎么样呢？

阿宁细细琢磨着，她需要调动起小髻的积极性，最好能像个上了发条的机器人一样，把阿宁想到没想到的活计，都主动干好。

“姐，你要在老家，就不叫这名字了。”小髻说。她又想家了。

“为什么呢？”阿宁想不通，那个遥远的小山村，怎么还管得着她！

“有家谱啊！梁氏宗族谱，蓝皮黑字，可贵重了。咱们这一代

女孩子，名字中间一个字都是小。我这个‘鬐’字，还是老辈给起的呢！”小鬐很愿意同堂姐说老家的事，这是她唯一可炫耀的知识。

阿宁确实被唬住了。想不到远在她出生之前，在数千里外的一处穷乡僻壤，就把她名字的一部分确定下来了。她觉得有一股无名的力量，企图主宰她。

“那么费费在家谱上该叫什么名字呢？”阿宁立刻想到她的孩子。

“费费是他们沈家人，该去查沈家的家谱啊！”小鬐觉得好笑，那么聪明的姐姐，怎么糊涂了！

沈家家谱？沈家有没有家谱还不知道，城里人谁还保存这个！就是有，八国联军攻占北京时没烧，也叫红卫兵给烧了，沈费费的命名极其简单，费时费力费钱，仅此而已。

阿宁觉得自己愚昧，竟对这种落后的东西这么感兴趣。家谱与她有什么干系，她不叫梁小宁而叫梁阿宁，这么多年不是活得兴旺发达？这名字不是写在毕业证、职务聘书以及所有严肃而正式的登记表上吗？梁氏宗族谱上的老祖宗们，谁又曾使她的生活轨道改变过一分一毫！

真好笑。也许人对所有有关自己的事，都感兴趣，听过之后，才觉出是无稽之谈。

小鬐很伤心，自己以为那么神圣亲切的东西，阿宁姐竟一笑了之。她想念那个温馨平和的小山村。老牛迈着缓慢的蹄子，路边的野花被踩倒后，一场小雨，就又直棱棱地挺了起来……村子里所有的人都是亲戚，哪里像城里的人，见面都只称呼名字……

阿宁对小鬐的手脚迟钝，刚开始以为是懒。小鬐是大爷家最小一个女儿，穷人也有娇女嘛！后来才发现不是。小鬐上过初中，手脚也蛮伶俐，轮到给她自己缝紫花布帐子，就干得又快又好。阿宁继而认为是小鬐眼里没活。比如费费的衣服，阿宁认为要一天一洗，就是没有明显的污渍，也要去去奶味和汗气，小鬐嘴里不说，脸上的神气却

不以为然，洗的时候也不用心，只在水里荡荡了事。

这不行。也许每个人头脑里有一条对待清洁和舒适的衡量线。有的人认为地面有一片碎纸屑就算不干净，需要拿起扫帚打扫。有人则不然，满地碎纸，跟抄了家似的，他们仍旧安之若素，觉得蛮好。乡下人，屋里屋外到处见土，很难觉得这四白落地的房子，还有什么必要打扫不停。

要想办法提高小髻对洁净的热爱。阿宁自以为抓住了症结，耐心地告诉小髻：这是浴液，这是洗发液，这是护发素，这是油污洗净剂，这是玻璃洗涤灵、这是除臭剂……

小髻紧锁眉头地听着，记着。这么多瓶，瓶子都很漂亮，里面装的水，颜色也差不多……

她依旧像算盘珠子一样，不拨不动。阿宁几乎气馁，培养一个精干的可人意的保姆，真比培训一个合格的程序设计员还难！后院不稳，她怎么能安安心心地上班！该优抚的优抚过了，胡萝卜既然没用，只有用大棒了。于是，她硬起心肠，训了小髻几句。

“不是跟你说过几遍了吗，挤瓜汁的纱布一定要煮开，你怎么只烫烫就算完事。这我还在家呢，要是看不见，你更不知要省多少事呢！”

小髻哭了。眼睛大的人，泪珠也大，沉甸甸地落下来，像久旱之后的雨。

“就算小髻不对，你也完全可以和气些嘛！”沈建树于心不忍。小髻太像年轻时的阿宁，使他生恻隐之心，好像成了妇人的阿宁，在训姑娘时的阿宁。

阿宁还气鼓鼓地不肯松动，倒是小髻自己使事情有了转机。

“姐，你这儿我不想待了。我来时带了回去的路费，我娘说要是给姐帮不上忙还添乱，叫我早些回去。”

天哪！这哪行！找保姆的种种艰辛困顿，霎时涌上心头。阿宁这

才发现自己铸成大错，官逼民反，事情就不可收拾了。

阿宁立刻软了下来，得想个办法，无论如何也得把小髻留下来。亲不亲，一家人嘛！可这个弯子也不能转得太急。不然，以后一有风吹草动，小髻总拿出回家这“撒手锏”要挟人，阿宁可受不了。

事已至此，阿宁索性把话挑明了。大家老在一团温情脉脉的亲戚情分里裹着，反倒把简单的事情搞得复杂了。主意已定，她先把毛巾递给小髻擦泪。然后拿出几十块钱。

“小髻，姐姐刚才说话声重了点，你受了委屈，姐姐给你赔不是。”

小髻止住了抽泣。不管怎么说，姐姐年纪大，能给她服软，她也就知足了。

“你真要想家，要回去，我也拦不住你。”阿宁叹了一口气，自己的眼圈也不由得红了。并不完全是为了出感情效果，小髻真一甩手走了，她可实在是求告无门。

“你是我请来的客人，回去的路费哪能让你自己掏，真要走，你就拿上吧。”阿宁把钱往前推推。

小髻手像火烫了似的往回缩。来时妈嘱咐过，要听姐姐姐夫的话，别惹人家生气。远的不说，你叔叔这些年常接济咱家，这回你婶子也来信说叫你去。你得对得起人！现在这么跑回去，该怎么和家里人交代！

“姐，那也用不了这么多钱……”小髻怯怯地说。

“剩下的，是你这几天的工钱。都是自家姐妹，还没来得及商量具体的数目。你也别嫌少。”阿宁声音冷淡地说。不在乎这几个钱。她不愿叫人家说自己占一个乡下姑娘的便宜。

“这，这怎么成？我是来给姐帮忙的。姐愿意，就给几个零花钱。不给也应该。小髻绝不是冲钱才来的。”小髻慌忙地往回推钱，神情十分真挚。

阿宁先是一愣，旋即明白了。原来症结在这里！古老乡俗，耻谈

金钱，亲友间的互助，完全是无偿的。愿干就干，不愿干谁也说不出什么。小鬈一直以为她是在姐姐家作客，哪里来的踊跃工作姿态！

阿宁连叫自己糊涂，也许怪自己那封求援信太含混，谁知乡下人竟按着自己的逻辑去理解。亲戚归亲戚，帮佣归帮佣，要想处下去，第一是要把这条界限搞清楚。

阿宁拉开抽屉，找出她和沈建树的工资条，递给小鬈："你看看。"

字条是细长的一条纸带，密密麻麻都是数字，小鬈看不懂。

"你就看最末尾这个实发数字。"阿宁指点她。

嗬！真不少哇！怪不得城里人可以这么讲究，一个月挣的钱抵乡下人一年了。小鬈的家乡至今还很穷困。

"别看挣得多，城里的开销也大。吃穿用，房租水电，费费的奶粉橘汁，都从这钱里出，四下里一分，也就不多了。城里人有城里人的难处，不像乡下，烧柴吃菜都不花钱。"

小鬈点点头，阿宁姐说的是实话。城里什么都要钱，连楼下掏垃圾的老头，还一个月收五毛钱卫生费呢。

"要是我每天在家带费费，便一分钱也没有了。"阿宁把自己那张工资条团成个球，桌上只剩下沈建树那张孤零零地趴着。

"所以，我得上班。你帮我带费费，就是你付出了劳动，我该给你钱。至于多了少了，咱们可以商量，这是你应该得的，何必推辞呢！"

小鬈愣愣地听着，觉得姐妹间怎么这样生分。私下里又觉得挺好，要不谁都愿意歇着或是玩，这样干活也有劲了。

姐姐妹妹推让了一气，小鬈还是把头一个月的工钱预收下来了。

阿宁很高兴，这样小鬈再不能动不动就说走的话了。再者，她把小鬈的工资定得比街上的保姆们要少，小鬈还挺知足。这样双方都好。

六

费费今天穿了一套白兔服。雪白的棉绒布，配上带长耳朵的白兔帽，真像只胖兔子呢！小髻爱给费费穿好看的衣服，心里又有点不以为然。有钱打扮十七八，没钱打扮屎嘎巴。像费费这么大，正是屎嘎巴的年纪，却有这么多衣服。乡下孩子，十七八了，也没几件囫囵的衣衫。城里人和乡下人，真是不能比呀！等自己什么时候回家走，跟阿宁姐姐说，把费费穿剩下的衣服给上，拿回去，可以送人，也可以留着……小髻想到这儿，脸红了。虽说屋里没人，还是觉得挺不好意思，看看费费，费费正张着手要她抱。小髻抱上他，思绪还沿着刚才的坡往下滑：日后我也会有一个孩子，甭管是男是女吧，也穿这件白兔服，只是衣服里头的人不一样……再以后，费费长大了，上大学、出国、研究生、当博士……另一个孩子呢？上山割草，下河捞鱼，长大了日日种田，识得几个字，终于也忘光了。在低矮茅屋中过一辈子……小髻已经记不得羞怯，她被自己设想到的这种铁定的结局震撼了，这是不会错的，没有世界大战那样的变化，事情就不会是两样。

费费因为无人理睬，哭了起来，小髻一摸刚刚换上的白兔服尿湿了，不由得火了起来。这孩子，生在福地福窝，还这样不知足！她气得直摇晃费费。她不敢打费费，就是家里没人也不敢打。一是阿宁姐对她那样好，不该背着她打她的孩子，二是费费挺招人喜爱的，她舍不得打。但这一刻，她真火了，手上使劲，下死命摇费费。费费刚开始觉得挺好玩，止住了哭声，随着前仰后合，一会儿发现事情不对，哭声再起，颇有点受了惊吓的意味。小髻不敢再晃，赶紧哄他，又给费费换上一套小小的猎装，抱他出去玩。猎装上绣着一架小小的雪橇，雪橇上蹲着一个小小的猎人，拿着一支小小的猎枪。猎枪小到绣不出上面细微的机关，看起来像一根棍子。

暮春的阳光明晃晃的。费费伸出手去，在空中乱抓。他看见空中

飞舞着许多金色的小蜜蜂。当然以他的年纪，还没见过蜜蜂，只知道是一种毛茸茸的有着许多纤细毫毛的飞虫，如果说他看到的是些金色的苍蝇，也可以。

小髻在头顶部梳着一根长长的独辫，垂到颈部又弯折回去，将辫梢隐藏在茂密的发丝中，从侧面看，像在后脑挽着一个巨大而柔软的环。她的头发很好，这么长的辫子竟丝毫看不出细下去的趋势。发式是阿宁姐为她设计的。起初她不习惯把额头露出来，总爱留稀疏的发帘，直遮到眼眉。“你的前额这么漂亮，为什么要怕别人看呢？”阿宁不解地说。于是小髻顺从地把头发一根不剩地甩到脑后，露出光洁得像剥了壳的鸡蛋清一样的额头，她现在有一种特殊的风度了。柔软的腰肢像春天的柳枝，随风俯仰又很有韧度，臂弯里托着费费这个胖胖的小猎人，像擎着个精致的洋娃娃。

看自行车的老太太正在同卖冰棍的老太太聊天：“听说了吗？人肉包子！弹棉花卖网套的乡下姑娘，进城来叫人给害了。刚开始谁也不知道，后来您猜怎么着？”

卖冰棍的老太太惊恐地瘪着嘴，好像刚被人强迫她吞了一口苦冰棍。

“咳！有一天，有一个人，突然从包子里吃出一块带指甲的肉！”

小髻听不下去了。到处都在糟蹋乡下人。再说这个故事也太可怕。可别吓坏了费费。她正要走，却被看车的老太太叫住了：“姑娘，你是给那家看孩子的吧？”

小髻尴尬地停下了。老太太怎么认出她是给人看孩子的呢？她穿着打扮举止，不是都很像一个地道的城里人了吗！又一看，老太太的手指正斜指着阿宁姐家的楼房，看来老太太是这儿的老熟人了。在熟人面前，就没什么可装模作样的，人家什么底都知道！以后，抱着费费到远处去！

小髻不情愿地点了一下头。随即又补充道：“那是我姐姐。”

“知道。都说是姐姐，还不如外边请的保姆呢！”老太太颇有含意地眨眨眼。她的眼睛很小，加上有几根倒翻的睫毛遮掩，除了略见发红外，看不出深浅。

这是什么话！难怪姐姐三番两次告诫小髻不要同外边的人瞎聊，人多嘴杂，有些人专门爱刺探别人家的事。

小髻转身要走。看车老太太受了冷淡，反倒很高兴。她喜欢嘴严实的人。

“劳驾你给帮个忙，帮我看会车，我有个事出去一会儿。这事不难，规矩是后收费，谁往外推车，你收他两分钱就成了。”

“这……”小髻是个热心肠的姑娘。只怕因此委屈了费费。回头一看，费费正用小手将自行车的铃铛抹得亮闪闪。“大妈，您可得快点。一会儿我还得赶回家做晚饭呢！再有，这取车要什么凭证不？”受人之托，总要把事办得稳妥些。

“不要凭证。只要他是拿钥匙，不是拿老虎钳子打开的车锁，就行。”老太太掩饰起自己的满意之色，又格外补充了一句，“看车这活没个定数。多呀少的，就那么回事。”说罢，扭呀扭地走了。卖冰棍的老太太，可能觉得同个年轻的姑娘没什么好聊的，也推起吱吱响的冰棍车走了。

到处都是车，排列得很整齐。新车的车圈亮得像镜子，旧车就要柔和得多。小髻抱着费费挨个按车铃。有的脆亮，有的喑哑，还有的干脆默不作声，按得重了，才发出生涩的嘎嘎声。车多车架少，先来的车就有一个固定的位置，钢筋凹成的弯曲，像牙槽一样将车轮咬合在其中，结实而牢靠。多余出来的车，只好孤零零地挤在队阵之外，显得凄凉。小髻可怜那些车。都是一样的车，为什么早来的就有位置，晚来的就丢在一旁？车跟车，怎么就那么不平等！

一场电影散了。小髻忙得够呛，她不知道看车大妈并未走远，正在僻静角落里清点着出入的车辆。

"大妈，这是收的存车费。"天色不早了。小髻交代清楚，抱起已经待腻了的费费，预备赶紧回家。

大妈不动声色地扫了一眼钱箱。凭着对硬币特有的直觉，不必点算，就知道同存车数是相符的，不禁为自己识人的眼力自得。她伸手拉住小髻："我姓田。住得离这儿不远。我打第一眼见你，就喜欢上你了。也许是咱们有缘。"

小髻笑笑。田大妈的手背很硬，手心却是软的。只有那种生性绵和后来却经了许多磨难的女人，才有这种外刚内柔的手。

小髻愿意有个人同她聊聊。田大妈好像随口问起她的种种情况。她都照实答了。

"你又带孩子又做饭，主人家一个月给你多少钱呢？"

"20块。"小髻回答。

"没给涨过吗？"田大妈露出骇怪的神色。

小髻摇摇头。

"太少了！姑娘，你也过于老实了。头一个月20块，以后是要给涨工资的。这是规矩。"

小髻不知道这规矩，原以为20块钱就够多的了。谁想自家的姐姐还不如外人！她的心发冷，不急着回家了。

"回去跟你那个什么姐说说，要涨工资。她要是不给，你就不给她干了。"田大妈打抱不平。

这恐怕不成。少给就少给吧，姐姐不仁，小髻不能不义。以后，自己的力气节省着点，不给她家那么尽心尽力就是了。不管怎么说，阿宁还是姐姐，家丑不该外扬。小髻摇摇头。

田大妈心里很矛盾。她喜欢这姑娘的厚道，可人心隔肚皮，也许是故意装的呢？便说："那边商场来了新式样的衣服，你不去看看？"

"我有。都是姐姐给的。"小髻不知怎么觉得有点对不起阿宁，赶紧表白，给姐姐说句好话。

“料子倒还不错。只是样子不时兴了。”田大妈挑剔地打量着，“小姑娘家，就该好好打扮打扮，年轻时不穿，难道成了我这样的老婆子再打扮吗？”

小髻不语。这几句话确实厉害。哪个姑娘不爱美，不喜欢漂亮时髦的衣服呢！

小髻没有钱。钱都按月寄回家去，贴补家用了。

“当保姆的每月还该有两天休息，他们让你歇不？”

小髻摇摇头，阿宁姐从没说过这事。刚摇完头，又后悔了。这田大妈心术有些不正，自己不该跟她说这许多体己话。

“想不到，自己亲戚比外人还刻薄。”田大妈叹了口气。

小髻抱着费费要走。这些事，还是不说的好，知道了，叫人伤心。

“说实话，大妈是试探你呢！看不出，你是这样一个仁义的姑娘。”田大妈慈眉善目地笑了，“这样吧，我有心帮你找个能多挣几块钱的活，不知你愿意干不？”

小髻好奇地问：“也是看自行车吗？”

“傻孩子，看车能挣几个钱呢？不过是大妈这样的睁眼瞎混碗饭吃罢了。后天是星期天，早上9点，你到前头那个路口等我，到时候就知道了。”

小髻想了想，田大妈天天在这儿看车，是个有根底的人。路口又是个繁华大街，大白天的，不会出什么其他事，就答应下来。

聊天最耽误工夫了。天色实在不早，阿宁姐说过晚饭吃饺子，得赶紧做。小髻去买韭菜，两边货色差不多，自由市场摊上每斤比公家要贵一毛钱，公家菜站却排着挺长的队。往日，小髻总是买公家的菜，哪怕多排一会儿。今天，实在是怕来不及。

择菜、剁馅、和面、擀皮、包……好吃莫过于饺子，费事也莫过饺子。还好，赶在姐姐姐夫下班之前，小髻一个人忙活完了。

“姐，你回来了。”小髻招呼着。听了田大妈的话，她不满意阿

宁；自己又说了姐姐的坏话，心有点虚。饺子总算包好了，多少有点显摆功劳的意思。

阿宁随便“嗯”了一声，她没精力去品评这声招呼中的味道，急急叫着“费费”，冲进里屋去了。

其实阿宁每天都是这样，小髻原来怎么没发现？她默默端起盖帘，去下饺子。

“韭菜多少钱一斤买的？”阿宁问。买菜的钱由小髻掌握，隔三五天阿宁查对一次，从未出过差错。今天不过是随便问问。

小髻觉得不顺耳。倘是一家人，不该这么盘问，真当保姆看，就该给做饭买菜的那份工钱。但姐姐到底是姐姐，不好忤逆，便低着头报了价目。

“怎么这么贵？”阿宁吃了一惊。也许是出自主妇的癖好，也许是家里有外人总有戒心，她有意无意地经常注意市场上的菜价。小髻平日说得还相符，今天怎么这么大差别？

“我买的自由市场的。抱着费费，公家排队太长……”小髻不服地为自己辩解。

“不是早跟你说过，公家有就不要去买私人的吗！你倒越学越大方了。我们挣的钱是死数，全靠平日里能省一分是一分。你怕排队，你的时间又不值钱！咱们现在是一家四口，还要付你的工资，再不俭省，真该到了北京的贫困线以下了！”阿宁越说越有气。在现在这种物价上涨的时候，当个主妇太不容易。同样的货物，多花了冤枉钱，不但经济上受损失，心里总憋着一团火，好像被人骗了或抢了一样愤愤不平。

建树回来了。小髻再没说话，阿宁也住了嘴。两姐妹都不愿让别人知道这争吵。

饺子锅翻腾着，一会儿就好了。

“小髻上来一起吃吧。”姐夫招呼道。

小髫自然是不能去的，但心里感到一阵温暖。

饺子也许是天下最不平等的食品，永远得有一个人煮，而不能所有的人团团围坐在一起吃。

家里的大柴锅没煤气灶好烧，锅开得很慢，可每锅下的饺子多……小髫是娇女，每回都和爹吃头一锅饺子……

正屋里的话语，随着酱醋香油的气味一同飘了过来："调动的事，怎么样了？"阿宁焦灼地说。

"老萧还是不松口。说是像我这样的人才，就是暂且用不上，过三五年也有用处。"沈建树苦笑了一声，"只怕到那时，我也成出土文物了。"

"他只不过是你的领导，又不是太上皇，怎么能这么一手遮天！"梁阿宁愤然了。她和丈夫是大学同学。毕业以后，她一直搞应用技术，沈建树搞纯理论研究。研究院里近亲繁殖，一点用武之地也没有，阿宁活动着想把沈建树调出来，接收单位已经有了，这边又死扣着不放。

"我死说活说，他总算松动了一条缝。可这一条缝，有和没有一样！"

"到底是怎么回事，快说出来。一块想想办法。"

"老萧说，我们这些人都是单位的财产，一定要走，得赔偿单位的损失，也就是交纳一笔赎身费吧！"

"多——少？"阿宁真心希望自己能付得起。

"本科生八千，研究生一万。我对他说，我不是金子铸出来的，值不了那么多钱。他说，这就对了，年轻人，好好待着吧！"

"我们是服务于某个单位，又不是卖给他们的奴隶，怎么能这样？"阿宁气得摔了筷子。

"有什么办法？真是受雇倒也简单，他可以炒我们的鱿鱼，我们也可以卷铺盖走人。现在是家长式……"沈建树也停了筷子。

小髻又端了一盘饺子。

“饺子煮得太过火了。你看，皮都煮破了。”阿宁强打起精神，给小髻下指示。

小髻的脸被厨房热气烘得红彤彤，她鼓足勇气说：“这是我成心煮破的。”

什么？这不是故意捣乱吗！家里家外，到处都乱了套了。“你……你……”阿宁气得找不到合适的话。

“这是取个吉利呀！按咱们老家的风俗，煮饺子一定要煮破，意思是‘挣破’，主一年过好日子，事事如意呢！”这是小髻能给姐夫帮的唯一的忙了。

“什么迷信风俗！不过是糟蹋了上好的馅儿！这些破饺子，放不好放，煎没法煎，小髻，你都挑出来吃了吧。”阿宁可不领情。

“我来吃。”沈建树说。

晚上，小髻抱着费费在看电视。姐姐姐夫抓时间看他们的专业书。

这是一部外国电视连续剧。男主人公很英武，很潇洒，正含情脉脉地望着女主人公。可电视是从正面拍摄的，于是那个美丽的姑娘，便不知被排挤到什么地方去了。小髻看到的是一张年轻又很有个性的脸。线条刚毅的鼻子和嘴巴。尤其是眼睛，正深沉又满怀热烈地注视着小髻……

小髻的心不由得怦怦地跳。她还从未这样死盯着一个年轻的男人看，也从没有人这样温柔地看着她……啊，有过！那是妈妈！可妈妈的眼光跟这不一样……

镜头持续得相当长，然而小髻还是觉得一眨眼就过去了。费费已经睡实，按说该把他放回床上去，可小髻不敢动。她甚至嫉妒起片中的女主人公。

终于，又一幅男主人公的面部特写镜头出现了……

一只纤细而柔弱的手，拿起一个像电源插座般大小的小仪器，轻

轻地按了一下。

屏幕上唰啦一下，全是茂密的雪花，然后一片昏暗。紧接着，出现了另一个频道的节目。

阿宁被沈建树调动的事搅得心烦意乱，看不下去书，找了个自己喜爱的频道看起来。

没想到要征询一下小髻的意见，仿佛她根本不在看电视，或是此时此刻根本没这个人一样。阿宁用遥控开关把英俊的男主角赶走了。

小髻把紫花布幔帐扯得唰唰响，早早躺下了。正屋的灯光透过花布，变成稀薄的紫色，轻柔地覆盖在小髻身上。

妈妈，妈妈现在睡了吗？是不是也在想小髻呢？

妈妈用苍老的手，抚摩着小髻的头发，掌心的皱纹刮起一根柔软的发丝，有点轻微的疼痛。小髻不说也不动，任发丝随着妈妈的手势慢慢飘起，任这疼痛像一条细小的虫子，在她的头顶慢慢爬行……

城里的叔叔，过的日子是和咱们不一样吗？小髻在问。城里的叔叔，是家里人的骄傲，小髻还从未见过。

是。他们天天吃饺子，家里有电灯电话还有电扇子……这是妈妈在回答，那时她还不知道世界上有带颜色的电视。

我要去城里看看，小髻坚决地说。

莫去吧。城里人眼皮子浅，怕看不起你。妈妈不愿最小的女儿受委屈。

偏要去！都是自家亲戚，能把我怎样！小髻听到自己无忧无虑的声音。

饺子是吃上了，彩电也算看了，可是……被幔子染成浅紫色的枕巾，吸进小髻思乡的不平的眼泪，变得湿润而凄凉。

七

不知是几时，费费哭了，小髻立刻惊醒。其实费费夜里跟他爹妈睡，与小髻并无关系。小髻一天同费费在一起，听得懂他的哭声，这是费费要尿了，应该马上抱起给他把尿。可惜，阿宁虽然是懂多种计算机语言的工程师，对儿子的特殊语言却很生疏。费费是个干脆的小伙子，他的哭声很快停了，变成一种快活的哼叫。糟了！已经尿出来了。小孩子真怪，尿湿了自己身底下的被褥，该是很不舒服的一件事，怎么能如此自在而得意呢！屋里传来一阵忙乱。小髻想象得出，费费此时正睁着浅蓝色的圆眼睛，无辜地注视着他手忙脚乱的父母，好像一切同他毫无关系。小髻不觉无声地笑了。20岁女孩子的心境，明朗而单纯，经过一个美妙的春夜，立即将烦恼遗失在刚才的睡梦中。

遮天蔽日的紫花布幔帐，在黑暗中像一堵高耸的墙，小髻觉得自己仿佛睡在一个巨大的柜子或是夹壁墙里。突然，她又听到窸窸窣窣极细微的响声。

“多长时间……没有了……”姐夫的声音轻柔得像一团温存的棉花。

“轻些，小髻在。”阿宁姐说。

“她睡实了。”

小髻赶紧屏住气，预感到要发生什么。也许她该弄出点什么声响，阻止将要发生的事，但她内心里却充满着渴望和好奇。她觉得自己很坏，却越发僵硬得毫无声息，不过事与愿违，从她身上发生咚咚擂鼓般的声响。她绝望地松了一口气，才发现不过是心在嗓子下面跳动。

极短暂的平静后，声音又起。

“小髻来了以后……你好像……少多了？”阿宁姐的话，慵慵懒懒的。

“这样年轻的一个姑娘……你不是对我也正规多了……”

"不说这些好吗？好不容易……"姐夫有些急躁。

"那……你得去洗一洗……"

"今天，就免了吧……小髻会醒……"

"今天……以后要先去……"

"以后……唔……以后我每天都先去，然后……等着你……"

小髻一下子觉得自己的耳朵不好使了。其后的声音是确确实实的，但因为想象不出是如何发出的，声音也就变得模糊不清了。当她焦急地睁开眼睛，紫花布幔帐无情地遮断了她的视线。她极轻灵地挑开一个犄角，幔外仍是一片混沌。通往正屋卧室的门虚掩着，露出一扇极细薄的光栅，像一片金属板，笔直地立在那里。

小髻感到一阵燥热，从屋内分明往外发散着一种炙人的气息，烤得她想冲出房子，赤足站在冰凉的野山坡上，让带着露水的夜风，打湿她的头顶。

因为长时间憋气，她只得微微张开口，让胸内火热的气流无声无息地吁出。

屋内竟连一点声音也听不到了。髻儿怀疑起自己的耳朵，也许什么也不曾发生，刚才只是自己的一个梦境？她只得借助于眼睛。这一次，是不会错的。那片薄薄的金属样光栅，因为有人影不时遮断，竟像一个有生灵的翅膀，忽明忽暗地上下抖动起来。

然而，屋内依然是寂静的。小髻先是疑惑继而惊异起来。乡下的孩子，远比城里的孩子要懂事早。草木欣荣，禽畜繁殖，人不是与它们一样吗？小髻听惯了吵闹，甚至半夜的扑打。对于那件事，以为一定是同各种各样的声音连在一起的。屋内的宁静，使她深深地感动了。

原来城里人是这样睡觉的；原来费费是在这样温馨美好的夜晚，来到这个世界的。原来世上还有这样和谐的欢爱；原来阿宁姐是这样一个幸福的女人！

小髻知道自己像一把锐利的小刀，深深楔进了堂姐家生活的断

面。她知道他们爱吃什么菜，爱喝什么汤；知道他们刷牙洗脸时挤多长一条牙膏搓几下肥皂。她甚至知道他们有多少钱存款，储蓄单藏在哪里。那数字之和比小髻设想的要少。她并不是存了什么非分之想，只是一种不可抑制的好奇。她也不时感到，姐夫想亲吻姐姐，因为她的在场，只得改为温存地一笑，留下几许不满足的遗憾……

她曾以为这就是城里人的全部了。直到今天夜里看到——正确地讲应该是听到，或者是说什么也没看到什么也没听到的一幕，小髻才知道城里的女人怎样做女人。

城里人是该瞧不起乡下人的。

早上起来，小髻久久不敢正视阿宁，怕他们知道自己夜间不曾睡着。直到阿宁发现费费在发烧，家里一团忙乱，小髻的神态才自然起来。

阿宁把费费严严实实地包裹起来，同小髻一起去医院。

正是上班时间，路上的自行车群，逼得人不敢过马路。“小髻，给你买车票的钱，咱们俩万一挤散了，你在医院门口等我。”

“姐，我有钱。”小髻推辞。

“拿好。车来了。”

阿宁抱着费费从后门上，小髻被人流裹向中门。

“买票了买票了，没票的买票了。”售票员像在吟一首不曾断过句的循环诗。

人们无动于衷，全神贯注地对付拥挤。这是由真正北京人构成的货真价实的拥挤（绝不像外地人多时那种里糖外涩式的赝品）。假如从车厢顶掉下来一根针，它会洞穿几个人的肌肤，而绝不会掉在地上。到站了，人们左右俯仰，靠压缩肉体腾出下车者通行的甬道，然后像被风分开的青纱帐一样，又严丝合缝地密闭起来。没有人说话，没有人抱怨。甚至踩了脚，也没人说对不起，更不用说回答没关系了。车厢里挤满了人，寂静得却像一片荒漠，这是真正的北京人的拥挤和对拥挤的默契。

阿宁姐不知在什么地方，她抱着费费不知有没有座？小髻什么也看不到。她想买票，售票员惺忪着眼，无精打采地垂着头，像受了冻害的瓜。小髻拿不准该不该叫醒他，她希望另有人买票，这样小髻可以趁机递过钱去，可惜没有。人们似乎在无意中维持着沉寂。售票员也不检票，有几个人自觉地掏出月票虚晃一下，速度快得如电光石火，售票员看也不看。正是上班高峰，全都是正宗的北京人。

小髻忽然萌生出一个大胆的想法，她觉得自己同其他人并没有什么区别，她很想得到更多的人承认。她的手在衣袋里，把那张潮湿的角票松开了。手从衣袋里抽出时，感到一种冰凉的寒意。

下站就是医院。真正考验人的时刻来到了，小髻镇定了一下自己。正宗的北京人。这时是要说着“劳驾，换一下”，然后奋不顾身地往外挤。小髻却是不能说话的，她的北京话还不纯正，会露馅，于是她硬往外挤。人们虽略有不满，还是很配合地为她放出一条小径。像这样漂亮的姑娘，有时常常是不注意她们应有的礼貌。现在，小髻站到售票员眼皮子底下了，离车站却还有漫长一段距离。

“下车的同志把票打开了打开了。”售票员又开始唱他那古老而无韵的歌。精神虽不见其怎样好，眼皮却是睁开了。

小髻一阵腿软。现在买票，还来得及，一切还没有开始，结束它谁也不知道。小髻的手不听使唤，急切地直想去够那张角票，但内心深处有一股更倔犟的念头，阻止了手的冲动。于是颤抖的手指只掸了一下衣角，在外人看来，这个动作还挺优雅的。

不能退缩？你已经很像一个城里人了。售票员扫过你的目光，没有一点异样，为什么要在这最后一分钟退缩下来呢？要是小髻现在掏出钱来买了票，她会一辈子为这一刹那羞愧后悔的，她失去了一个极好的鉴定自己的机会。于是，小髻格外笔直地挺起了腰，尽管她的腿紧张得发麻。她甚至命令自己故意露出了一个笑容，并且大胆地瞟了售票员一眼。

售票员这会儿是完全清醒了。他很高兴有这样一个妩媚的姑娘对自己瞩目，回敬给她一句“先下后上”。

终于——到了。车门发出像开水溢到火红炉盖上的蒸汽声，木偶动作般地打开了。小髻真想一个箭步跳下去，然后撒腿就跑。然而，不能，正经的北京人，应该是从容不迫地将小巧的书包挽到胸前，轻轻跺跺脚，然后潇洒地用鞋点地，从蜂拥而来的上车者中挤出去，嘴里还要说着：“挤什么挤……”

小髻都照着做了，就是没说那句道白一样的京韵。当她从人流中穿过的时候，感到一种神圣的莫名的喜悦。如今，她在外表上，已经是一个地地道道的北京人了！

“同志，请打开您的票。”

小髻一怔，一时竟不知道这声音是从哪儿传出来的，抑或只是自己的错觉，因为她不止一次设想过售票员会这样问她。

公共汽车开走了。

“同志，请打开您的票。”声音又不屈不挠地响了一遍，已稍微流露出某种不满。

这一次，小髻听清了。声音就从她正前方发出。那人臂戴红箍，正毫不客气地打量着她。

小髻傻眼了。这是汽车公司站台上的查票员，这种情景很少见，但今天小髻碰上了。

她的第一念头是逃。哪怕登上刚才开走的那辆车，她可以立即买票，在下一站下车，一切都来得及补救。然而这肯定是不能实现的。第二个念头是寻找阿宁，只有姐姐能救她。

左顾右盼在查票员眼里，等于招供了身份。小髻因此失去了宝贵的时间，她本应立即服罪补票认罚的。

“想溜走呀？有没有票？说话呀？哑巴了？”查票员一旦碰到时髦新潮而又蓄意逃票的人，嘴巴便格外尖刻。

围过来一群人，有些人看看表，惋惜地叹了口气，恋恋不舍地走了。

小髻的头脑里一片空白。她不知道自己该干什么，只知道自己不能说话。便紧紧钳闭着紫葡萄一样的嘴，惊恐地瞪着查票员。

“甭装可怜！掏钱，罚款！”查票员把小髻的态度误认为是对他职权的藐视。越发来了火气，“还挺宁死不屈的！说不说话？不说从哪上车的，从起点站罚！”

小髻执拗地紧闭着嘴。从自以为是一个城里人的美好感觉中坠入当众受辱的窘境，她完全失了方寸。

梁阿宁看到小髻的时候，正是这样一番情景。她的脑袋“轰”的一声变得很大，踉跄了一下几乎摔倒。她自诩不属于小市民，而且受过良好的高等教育，从来不屑于注意这种闹剧式的纠纷。想不到，小髻竟这么丢人，被当场揪出来示众。看到那张酷似自己的脸庞在众人逼视下红一阵白一阵，她只觉得全身的血往脑袋上冲。

站出去，救下小髻？这类执法队，说上几句好话，认罚认错，事情也就过去了。

小髻被围在中心，像陷阱中的羔羊一样，用充满泪水的眼睛在寻找着自己的姐姐……

阿宁的脚却像钉在地上一样，僵直不动。丢人呀丢人！她梁阿宁要在众目睽睽之下，领回一个逃票犯，还要被人劈头盖脸地奚落一番，她从未遇到过这种尴尬，小髻是小髻，她是她。小髻既然自己不拿脸面当回事，就让她自己去蒙受这耻辱吧！我可不愿意代人受过。

梁阿宁铁青着脸，紧紧地抱着费费，冷漠地站在围观的人群中，执拗地沉默着。

小髻在众人的逼视下，抬不起头来。她找不到姐姐，只看到一条条宽窄不一的裤腿和一双双大小不等的鞋……姐姐也许从另一个车门下车走远了，费费正生着病……

费费从睡梦中醒了过来。他一眼看见自己的小髻姨姨站在离他不远的地方，就张开双手，奶声奶气地发出模糊的“一”声，要小髻抱。

这真是出人意料的小插曲！已经感到乏味的人群，立即像打了一针似的兴奋起来，连稽查队的也跃跃欲试：怎么，还有一个同伙？

阿宁不得不站出来了。她先把兜里的月票冲大家端正地出示了一下，然后用从容不迫的矜持口吻问道：“怎么了怎么了？”

阿宁的气度不凡，稽查队稍微收敛了一点气焰：“你问我，我问谁？你妹妹坐车不买票，问她话还装聋作哑，真不嫌寒碜！”一边斜着眼，打量着她俩。

“姐——”小髻满含委屈地叫了一声，为稽查队的话，充当了极好的注脚。

“噢——”围观的人一阵起哄。

“谁是你姐！”阿宁冷冰冰地抛给小髻一句，然后，对稽查队说，“一个乡下人姐呀妹呀地乱叫，你们就相信？她是我们家雇的保姆，新来乍到不懂规矩。你们也犯不上这么厉害。该补多少钱的票，我来买。”

小髻蹒跚地跟在阿宁后面，好像腿脚受了很重的伤，众人的目光，像锥子一样戳在身上，却终能洗去，但阿宁姐那句话是扎在心上，永远也拔不掉……对了，不能叫阿宁姐了，她不认我这个妹妹的。小髻把手伸进衣袋，把那张被汗水濡湿的纸票扯得粉碎。

八

“明天，我想休息一天。”小髻惊讶自己怎么这么轻易就把话说出了口。请假的事，她一直犯怵怎么说才好，想到不过是雇人的与被雇的，心里反倒轻松多了。

阿宁觉出今天的话味道有点不对。往日小髻有什么事，就说什么

事。比如上公园，比如逛商场，总是快去快回，什么时候到家，就马不停蹄地开始干活，并不曾说过“休息一天”之类的话。

“费费病了。你的事改天再办行吗？”阿宁强压住不满，跟小髻商量。

是的，费费病了。小髻一阵心软。可答应了田大妈的，怎好悔约？再说，星期天你们都在家，干吗非得剥削我这一天？“不行。”小髻还不曾当面顶撞过阿宁，但这一次，她坚持自己的要求。

这个小髻，近来学坏了！想必是听了什么人的闲言碎语，变得这样不安分，阿宁思忖着，话说到了这份儿上，闹僵了对大家都不好。便点了点头：“好吧。你就休息一天吧。”

星期天的城市，苏醒得比平日晚些。干燥凉爽的晨风在洁净的街道上快活地跑着，把小髻的衣衫像风帆一样鼓起。

田大妈已经在那里等着了。地上是一大堆杂乱的书刊和一块大塑料布。

“把它们按类归好，摆在地上。”田大妈指挥。

书摆好了，都是过期刊物。封面花花绿绿的，像地面突然铺起一块斑斓的地毯。

“看好了吧？这事再容易不过了。卖书一毛钱一本，一手交钱，一手交货。留神别叫人白拿跑了就成。你看着卖吧，我还得看车去呢！”田大妈交代完了要走。

事，按说不难，可小髻心慌意乱：“大妈，我可不会吆喝呀？”

“我的傻姑娘！这不用吆喝。你给我老老实实站着看摊就行了。自有人来买，只怕你会忙不过来呢！”

会是这样吗？小髻孤独地站在那里。寂寞的杂志被风掀动书包皮，发出哗啦啦旗子一样的声响，小髻听起来，有点像家乡风吹苇叶的声音。

要是这样一直站下去，就糟了。小髻开始后悔轻易地答应田大妈。

幸好这只是很短的一个时间。过往的人们，先是注意到这个眉宇间略含忧郁的姑娘，其次注意到她脚下斑斓的书。

“这是卖的吧？”有人问。

髻儿点点头。她的普通话已经很纯正了，但她不自信，能用姿势的时候，便不张口。

“怎么都是旧的？”

小髻不答后，自己能看明白的事，何必再问。

“多少钱一本？”

“一毛。”这是非回答不可的，在这么多生人面前抛头露面，真是太难为人了。

“什么新的旧的！没看过的，就是新的。”人们被一毛钱的低价所感动，自我解着嘲，纷纷挑选掏钱。

北京人爱凑热闹，见这儿围拢了一群人，凑上来的人就更多了。一手交钱，一手交货，小髻买卖兴隆。不知不觉中，脚下的地毯菲薄起来，有的地方已露出灰白色的空地。

“请问，这杂志有第四期吗？”一个很清朗的男低音隔着几个人问。

“没有，有的都在这儿摆着，找不到就是没有。”小髻抬起头，不觉愣了。

问话的正是姐夫沈建树！“不卖了！不卖了！”小髻手慌脚乱地将剩下的杂志归拢到一块，好像这样能弥补自己的失态。

沈建树只看到一个小姑娘在低头售书，没想到竟是自己的堂妹。

在窄窄的家里，他们原没有多少机会说话。所有支使小髻的指令，都是由阿宁发出的。沈建树没有精力也没有心思管，他缺一本资料，想在这旧书摊上碰碰运气，不想竟这么巧！早知如此，该绕过去。

“姐夫，你别对姐姐说。”小髻央求道。

沈建树点点头。看到小髻风尘仆仆的样子，又很有些于心不忍。一个小姑娘，若不是为了给自己带孩子，何至于背井离乡呢！想起阿

宁说小髻不买票的事，他总有点难于相信。纵是真的，也只能说小髻家的经济太窘困了。他去过家庭服务处，知道阿宁给的工资太少，私下说过几次，阿宁也不听，反说他把亲戚当外人了。

沈建树掏出身上的钱，说："你这些书是帮别人代卖的吧？就算我买了。你把钱交给人家，回去吃饭吧。"

小髻很感动地看着姐夫，突然觉得他有点像电视中的那男主角，那么亲切。当然，沈建树绝没有那么潇洒，可他的神气像。

小髻不接钱："我答应了帮人家卖书，就得把这事办好。我不光是为了挣点钱，我想看看自己能不能在北京这干点事。"

沈建树微笑了，这已经不太像最初那个拘谨的乡下姑娘了。

"怎么，姐夫不相信？"

"不是，我是说，你真要干事，就该干点比这有意义的事。你可以看书，学点东西，电视里每天都有讲座……"

小髻若有所思地点点头。

姐夫走了。

田大妈好像从地里钻出来似的，突然出现在她面前："饿了吧？我给你带了包子，快趁热吃吧！"

小髻顾不得说谢，狼吞虎咽地吃起来。全忘记了城里的女孩子，即使在这时候，也是一小口一小口地去揪，斯文而娇柔。

吃饱了，小髻这才恢复了平日的安静。有些腼腆地说："大妈，这是包子钱和粮票。"

"快别这么见外！大妈这就给你钱。"田大妈说着，将手绢包里的卖书款抽出一张，"这十块是你的辛苦钱，别嫌少。"

小髻双手推拦："大妈，这书是有本钱的。我不过站着看看摊，哪能要这么多钱！"

"姑娘，你要是硬不要，就是嫌少，大妈可就拿你当外人了！"田大妈佯装着沉下脸。

“这……”话说到这个份儿上，小髻只好把钱收下，心里高兴得怦怦直跳。十块钱，抵上给姐姐干半个月了。

大妈没有说以后还要不要小髻帮忙卖书，小髻自然也不好问。

“今天有个人，想找一本《计算机》第四期。”这个问题，小髻可得问清楚。

“这可难了。咱们的书，是从废品收购站买回来的。按废纸的价买，照咱们这个价卖，哪能不赚钱呢！当然这得有熟人。请客送礼，不过还是咱的赚头大，这你也看到了……”

小髻点点头，她拿的钱，不过是几分之一。

“话又说回来，人家卖什么书，咱才能有什么书。所以，要想指名道姓地找哪本书，那才是大海捞针呢！你知道人家卖没卖呢？就是卖了，那么多废纸旧报，谁能担保一定能过咱们手给挑出来呢？也许这期在咱地摊上摆着，下期在哪个小贩手里，正给人包五香花生米呢！”

九

阿宁感到了小髻的离心离德，又苦于没有办法弥合。日子疙疙瘩瘩地朝前过着。小髻每月请两天假，既不多，也绝不少。如果阿宁批的时候不那么痛快，小髻就会甩出一句：“那你扣掉一天的工钱好了。”阿宁不由得想起政治经济学里讲过的工人自发反抗之类的话，不敢再坚持了。要知道，她每天不在家，小髻若真来个消极怠工，冷淡了费费，她可吃不消。

沈建树和小髻的关系倒很密切。沈建树给小髻带回一些书，有时阿宁吩咐小髻干事，沈建树听到了，不声不响就去做了。

“这算怎么回事！一家子人，就我唱黑脸。你想让小髻在咱们家学成一个大学生吗？”阿宁冲沈建树嚷。当然是趁小髻不在家的时候。

"读些书，总没有坏处。我总想，小髻到咱们家一趟，该让她学点东西。大家都是一样的人嘛！"建树很诚恳地说。

阿宁再说不出什么。一个受过高等教育的女人，总不能反对自己的堂妹学习现代科学文化知识吧？于情于理都说不过去。可一个当保姆的，学这些还能安分守己地做家务带孩子吗？小髻刚来时多纯朴老实，现在变得油滑多了，城市真是个大染缸。小髻的心思，她现在越来越摸不准了。

阿宁把上班时必带的一本资料，放在家里。

小髻抱着费费看电视，不时亲亲费费的小鼻子。费费的鼻子很像姐夫，高挺而周正。费费的嘴很像姐姐，薄而棱角分明，并不难看，却总叫人觉得不可亲。

费费这阵听话，小髻正好安心听课。不想，听见钥匙开门的声音。

会是谁呢？小髻凭着女人的敏感，立即断定这是姐姐。她迅即扫了一眼四周，房间很整洁，费费浑身上下也收拾得很干净，就是厨房里还泡着一个碗。那是给费费蒸完蛋羹的碗，不泡很难洗。这该算不了什么吧，阿宁姐也常这样做的。

"下面，请同学们把书翻到第90页……"一个温和的女中音，打断了小髻的忙碌。

怎么把这个给忘了！小髻赶紧走过去，"啪"地把电视关上，把罩子蒙好。

"有份资料忘记带了，只好跑回来一趟。"阿宁面色有些发红，对小髻解释。

这是姐姐的家，姐姐什么时候想回就什么时候回，犯不着说这么多话。话说得多了，就露馅。然而小髻还是很紧张，这是主人在冷不丁抽查她的工作。

还好。一切都井井有条，不是匆促之中现收拾打扫的，费费也很乖，身上散出好闻的儿童霜气味。无论阿宁眼光多么挑剔，应该说小

髻是一个称职的保姆。

不过，屋里有一种气氛。那是人片刻之前还沉浸在另一种情绪中，一刹那转不过来的表情。连费费都直瞪瞪地看着她，好像没缓过劲来。

阿宁又不动声色地环顾屋里。电视机罩是歪的，她走过去抚平，用手指触了一下荧光屏，温热如费费的额头。

“小髻，你在看电视？”

“嗯。”小髻回答。

“这么好的天，该多带着费费到楼下去玩。一天关在家里让他看电视，眼睛该受影响，也许变成对眼。”

“没那么严重吧？”小髻心里不服。

“你再来看。”阿宁走到电表前。“这个月走了这么多度，天天看电视，光电费，就是一笔不小的开支。”

小髻不语。电表转盘飞速旋转着，红色三角标志一晃而过，片刻后又折返回来。好像一个红衣小姑娘在骑旋转木马。

“电视机我已经关了。”小髻低声说。

“这是电冰箱在耗电。”阿宁叹了口气，“你也许觉得我太小气，可钱就这么多，不当家不知柴米贵，你也得体谅我。”

小髻点点头。她不是不讲道理的姑娘。阿宁姐说的是实话。

“彩电显像管是有寿命的。看一小时就少一时。我和你姐夫，除了工资，没别的钱。一天多开几小时，别人家的能用十年，我们这台五年就得坏。就算到时候能攒出再买一台的钱，求人走后门，还不知买得到买不到呢？”

阿宁买这台彩电真是费了力气。父母在外地为官，是很清廉的那种。她和沈建树都是普通技术人员，朋友也都是清高而没有实权的，为买彩电，颇费工夫。后来还是出高价托人从黑市买到的。

作为亲戚，小髻该体谅姐姐的难处。作为保姆，主人把话说到这

份儿上，小髻还有什么脸面再看下去呢。

“姐，我有封给家的信，你帮我发了吧。”小髻领着费费往田大妈看车方向走，那边没有邮筒。

阿宁并不是从一开始就打算拆看小髻的信。如果她在路过第一个邮筒的时候把信丢进去，就什么都不会发生了。可惜，她忘了。职业妇女步履匆匆，她走过好久才想起来。往回走，去发一封信？算了吧，投到单位收发室也一样，最多慢上一天半天的，那有什么呢？农村生活节奏慢，早一天晚一天有什么关系！

收发室正巧锁了门，待一会儿再进去吧，阿宁把信放在自己办公桌上。信封上那个熟悉而又陌生的地址，唤起了她的记忆。曾几何时，她曾那么热切地盼望过它的回音。他们把小髻送来了，小髻不知同他们说了我些什么？她对北京的一切满意吗？大概不会太满意，我对小髻不错，起码是尽了我的能力。小髻要求太高，她总以为是亲戚作客，帮你的忙，干多干少都只凭自己高兴。大家的价值观不一样，衡量起来就有差距。但我希望小髻不要说我的坏话，多想想彼此的好处，多体谅一下对方的困难。最好不要把闹过的那些纠纷让她的父母知道，那样，也许会给老家乡亲们一个坏印象。阿宁不在乎印象好坏，她一辈子也不会回那个鬼地方。可阿宁怕因此影响了父亲在家乡的口碑。爸爸虽然因为忙，多少年不曾回去，但老人心里是很眷恋那块故土的。

小髻稚嫩但却很工整的字迹，神秘地摆在面前，里面是对家乡亲人讲的心里话。

阿宁把信封拿起来，对着阳光晃了一下。信封很厚，隐约可见折成两叠的信纸轮廓，字却一个也看不清。

阿宁拿起剪刀。这很容易，只要咔嚓一下，所有的秘密都尽收眼底。可是，慢着，她受过高等教育，她是国家干部……阿宁把剪刀放下了。

信封庄严地面对着她。

为什么不可以看看呢？要知道，我是她的堂姐，这是至亲至爱的关系。我有权利知道她在想什么，也许遭遇什么困难，碰到什么解不开的难题，需要帮助或出个主意……

无数冠冕堂皇的理由涌上脑际。干练的女程序设计工程师不再迟疑，她把剪刀换成一枚小巧的大头针，把信的封口处轻轻挑开，这样复原的时候，不容易留痕迹。

"哼！看过之后，我差点想给她撕了！哪能这样釜底抽薪！"阿宁气得完全失去了平日的矜持。

"到底是怎么一回事？"沈建树着急地问。

"小髻在信中跟她父母说，一个人在外，没人管没人疼，天天想家。叫她父母接到信后，发封加急电报，就说她母亲病了，她就回家走了！"

怎么能有这种事！

"你怎么能偷看她的信呢？"这是沈建树觉得不妥的第一件事。

"幸好偷看了。要不然，哪天她卷起包袱一走，给你个措手不及，看你怎么办？"阿宁冷笑道。

找托儿所找保姆的艰辛又浮上心头。小髻，你这又是何必呢！你愿意干就干，不愿意干可以走，这样惊动家长一块骗人，弄得我们不知道还要为你和你母亲着急，费费又没有人管。不要说人世间，单一个家庭，就这样复杂！他没有办法。

"实在不行，我再到家庭服务处看看，也许我们的表快排到了……"沈建树没多少把握。

时至如今，阿宁又想起小髻的种种好处来，这一年她能安心上班，从不担心家里，不都是因为有小堂妹吗！也许，自己做得太过分了？

是啊，以前归以前，现在重要的是怎么办？

"信，你怎么处理了？"沈建树念念不忘的还是那封信。

“我给她发了。你放心，粘得牢牢实实，看不出破绽。”阿宁这点起码的道德还是有的。

“这么说，电报很快就回来了？”

“是的。”阿宁有气无力地说。

小髻罢工了，这也许是雇工们最严重的反抗行为。阿宁对沈建树说：“这两天，咱们都对小髻好一点。”

“只怕来不及了，小髻又不是孩子。”

“姑且一试吧。硬拦着不让走，不可能。再说强扭的瓜不甜。真要撕破了脸，大家都不好看。咱俩不是每人有半个月的休假吗，先拿出来看费费。走一步说一步吧。”阿宁的主意是唯一的办法了。

电报是邮递员交给沈建树的。他真想推辞不要，请邮递员直接给小髻。

“给，小髻。你家的电报。”沈建树低着头，没看小髻。

“什么事？”小髻故作镇定。

“我没看。”沈建树真不愿看到那张单纯明朗的脸上，出现虚伪的表情。

“哎呀！我妈妈病了！这可怎么办呀？也不知道是什么病，我得赶快回去，看看我妈妈呀！”小髻惊呼一声，就哭了起来。刚开始还偷偷观察一下姐姐姐夫的表情，一会儿，就真的痛哭起来。这么长时间，她从没有机会大声呼喊过自己的妈妈，看着电报，好像妈妈真在望眼欲穿地盼自己回去，不禁热泪滚滚而下。

阿宁急忙过来劝慰。看堂妹哭得这般伤心，她几乎怀疑这封电报是真的了。不管是真是假，如果她还想留住小髻，只有拿出最大的热心和关切来。

“小髻，别哭了！我这就托人去给你买票。再给你父母带些北京特产和各种补药，也许就会好的。要是你们那儿医疗条件不好，你回来时和你妈一块来，我们找最好的医院……”

沈建树真想逃出这间房子去。他不能容忍面貌这么酷似的两姐妹，他那么喜欢的两个女人，彼此情真意切地欺骗着。

“建树，你抽个空问问小髻还回来不？咱们也好做个长远打算，”阿宁趁小髻不注意，丢给沈建树一句。

“小髻，你还回来吗？”这也是一句虚伪的话。小髻既已处心积虑想出要走的计谋，她怎么还会回来呢！沈建树却不得不问。纵是欺骗，他也需要一个回答。

“我妈病要是好了，我就回来。要是病不好，我就得在家侍候她老人家了……”小髻不敢望姐夫的眼睛。那眼睛正深沉地注视着小髻。

这该不算一句谎话吧？

大人们在做什么？沈费费好奇地用浅蓝色不曾见过人间丑恶的眼睛，从这个人身上，转到那个人身上。

十

火车隆隆地响，车厢里亮着幽暗的光。窗玻璃很黑，像一面黝黑的镜子。照出小髻白净椭圆的脸。女人比男人爱照镜子……法国女人平均每人每天要照一百回镜子……这是小髻从田大妈那些杂七杂八的杂志上看到的。电视讲座阿宁姐不让看了，抽空看点闲书总管不着吧？况且看这种书比学虚无缥缈的外国文要有意思得多。既不觉得虚度了光阴，又迅速地充实了知识。小髻终于发现城里人的秘密了：不就是头发怎么烫，衣服怎么穿，加上毛衣编出多少种花样，一块豆腐能做出几十种吃法吗？！这没什么了不起，小髻也学得会！只是这次走得匆忙，没来得及同田大妈道个别，小髻觉得有点过意不去。

别了北京！这个巨大而明亮的城市渐渐向后隐去，小髻听到有节奏的铁轨在千百遍地重复着同一句话：快快回家！快快回家！愈来愈响地进入了她的梦乡。

“髻儿！你总算回来了！看瘦成了这个样子！我早知道城里人不实诚，你偏要去！快歇歇，妈这就给你做顿饱饭吃！”妈妈用手摸索着小髻，好像单用眼睛证实不了这就是朝思暮想的女儿！

这就是故乡！小髻每晚在紫花布幔里想过无数次的故乡！距离像一块模糊的毛玻璃，滤去了所有不美好的印象，留下的只是一个朦胧而温暖的轮廓。待你真的走回家乡，才发现她依然古老而陈旧。

“妈，别冤枉人。阿宁姐家饭是管饱的。是我自己想苗条些。”小髻轻轻将妈妈的手挪开了。那痒酥酥像小虫子爬一样的感觉，虽然亲切得令她想依偎到妈妈怀里，可新做的发型禁不住妈妈粗糙的手摩挲。

苗条是个啥东西呢？妈不懂，妈到城里去的时候，城里还是以壮为美。时代不一样了，乡下人也讲究用城里的眼光看人。要不，怎么能有人光看了髻儿捎回来的相片，就托人上门提亲。

“是个万元户呢！人家上门求的咱，说要找一个见过世面的女孩。妈生怕不让你回来，就拍了电报。”

家乡也有了万元户？！小髻与其说是对婚事，不如说是对万元户的能干来了兴趣。在阿宁姐家，每逢看到电视里的农村，她就想到自己的家乡：什么时候才能富裕起来？没想到这么快，家乡就有了万元户了。

走在山村羊肠般的小路上，小髻才从从容容打量了生养她的这块土地。山是绿的，水是青的，天空湛蓝湛蓝，和梦中多少次出现时一模一样。只是房子变小了，人的背仿佛也更驼了。也许是小髻的眼睛变大了。就像自家住的那栋破屋，歪歪斜斜好像就要倒塌，其实它已经那样歪斜了几十年，再歪斜几十年，也不成问题。小髻越发急切地想看到那个农村中率先富起来的穷人。

一幢新盖的房屋，确实不同凡响。到处散发着新鲜木料的香气。进到屋里，气味变成了浓烈的油漆味，使小髻想到北京马路上飞驰而过的摩托或是抛锚的拖拉机。

小髻忽然想上厕所，便一个人溜出来。这么漂亮的一所新宅，厕所该盖在隐蔽处的。小髻便寻往后院，突然，她闻到一股焦煳的橡胶气味，像是塑料底鞋踩在红煤球上，呛得人喘不过气来。

“这是什么味？”她问身边一个短打扮的年轻人。看来是这家雇的伙计。

“这是钱味。”那人一本正经地回答。

小髻越发不明白了。

年轻人给她解释：“我们就是干的这个活。从城里收来旧橡胶内胎，把它化了再成型，做出东西卖，就赚大钱了。”

“做成什么东西呢？”小髻想不通。黑色的汽车内胎除了打足气扔到江河里当救生圈，还能有什么用途？

小伙子却不肯讲下去了。“你到茅厕里看一看，自己就知道了。”

小髻越发急着要找茅厕了。

踏破铁鞋无觅处，使劲用鼻子去嗅，山野中的空气凛冽，加上橡胶味遮掩，提示不了方位。小髻突然醒悟到自己错了。房子是新的，茅厕可还在老地方。她退回到大门前。果然，在祖祖辈辈遗留下来该建厕所的地方，与崭新院落极不相宜地搭着一处简陋的茅厕。

小髻提着裤腿走进去。地面潮湿阴暗，搞不清是雨水、露水还是尿水，实在无处下脚，只得翘起脚尖，让高高的鞋跟委屈在泥泞之中。地上扔着些边缘圆滑的石块，外表不甚粗糙的树棍，结成团的土坷垃，叠成一棵的阔树叶……小髻知道，这就是乡下人的手纸——经济实惠，还可以再生。在人眼看不到的犄角旮旯，还隐藏着女人们专用的物件。蜘蛛在上面结网，蜗牛从上面爬过，留下一条鼻涕般银亮的线……小髻不由得打了个冷战，她看见一条肥胖的蛆虫，正沿着她红色的鞋跟往上爬，沉着得像闹市中的无轨电车……她猛地一跺脚，蛆像登山队员一样坠落下去，片刻之后，又毫不气馁地重新开始……一只贪婪的猪娃，正从与茅厕相连的猪圈摇摆着走过来，尾巴快乐地

卷出一个漂亮的“8”字。人的粪便，是它的一顿佳肴。

一切是那样熟悉，又是那样陌生，小髻在这样的茅厕中进出过多少年，今天竟觉得一分钟也待不下去。阿宁家的厕所，是一间小小的独立水泥房间，姐姐很爱干净，终日打扫得清清爽爽，还有一种淡淡的消毒水气味。临街有一扇不大的窗户，白天可以看到过往行人，晚上可以看到闪亮的路灯，靠墙的搁板上，还放着几本消遣的书……在远离京城的地方，小髻竟如此鲜明地回忆起阿宁家厕所中的所有细微之处。包括第一次上厕所时，因为居高临下，因为能看到那么多人影，她产生出一种不安全的恐惧感……农户的院落，第一是实用。院子的一边是柴草垛，另一边就是茅厕和猪圈。为什么不可以移到院落背后？可以的。但没有人做这种移动，随着一股刺眼睛的腥臊气，小髻终于明白这户富裕人家生产的是什么货色了。靠墙处摆着几个橡胶外带，水囊一样，厚而结实，农民们买了去，盛满稀薄的粪尿。用扁担挑着，去肥各家的责任田。陶罐易碎，木桶易糟，唯有这再生橡胶的，轻便省力，想必生意是很红火的。庄稼一枝花，全靠粪当家。乡下人并不认为粪便是什么可耻的东西，也不觉得打造盛粪便的器皿是什么不光彩的职业。但小髻受不了。她想念阿宁家那间小小的水泥房子，弯弯曲曲的下水道管子，才是排泄物的归宿。直到这时，她才发现自己的心，已经不再属于生养她的这块土地了。

“髻儿，看了这么半天，你到底觉得怎么样，也该给妈一句痛快话。妈不糊涂，不包办，大主意你自己拿。”妈妈做出很开明的样子。

怎么样？妈妈问小髻，小髻问谁去？单看了一面，谁知道谁怎么样？那个人不难看，谈吐也还精明，小髻的一辈子就跟他过了？婚姻就是这么一回事，怎么跟电影电视剧里那些缠绵悱恻的故事一点也不一样，还没开始就要结束了？

“髻儿，妈知道你的心，进过城刚回来，看哪都不顺眼。可城里不是咱们的家，乡下人的根子在土里。孩子，收收心吧。成家过日

子，就不会想那么多了。”

妈妈的声音，苍凉而悠长，山里女人一辈一辈就是这样走过来的。小髻难道能挣得脱吗？

阿宁姐和姐夫，不要埋怨小髻的一去不返。好心的田大妈，不要奇怪小髻怎么不辞而别。还有那个找书的大学生，今生今世再也不会相见……不懂事的费费，忘了你的小髻姨姨吧，我们原不是一种人啊！

小髻痛苦地点了一下头，她的终身大事，就算这么定了，她到城里去过，就这么回事，什么也改变不了。城市像一口巨大的樟木箱子，每一个装进去的人都沾染上一种城市味。风吹日晒，用不了多久，它们就会稀薄下去，被山野的雨露，冲刷得无影无踪。

小髻站在自家屋后的树丛里，任泪水无声流下。脚下有极细微的声响。她俯下身，借着朦胧的月光，看到地面有个纽扣般的小洞，一个丑陋的马猴一样的小昆虫挣扎着，从背上裂开一道不规则的细缝，一个柔软细腻的躯体从中奋争而出。它的翅膀是嫩绿色的，敛在一起时像一柄优雅的折扇。翅膀一点点张开，像是一件翠绿色的纱衣，这是秋蝉。到了明天早上，它的翅膀变成透明的黑裙，驾着它，飞上高高的树梢，把久居地下的梦，变成现实。遗下孤零零的蝉蜕，任下落的树叶将它掩埋，最后像炸得过薄的油饼屑，化为碎尘。

蝉儿也许不该到高处去，那儿太冷……

“髻儿——回来——”是妈妈在叫，像是儿时唤她回去吃饭。爸爸不管小髻的事，女儿终是人家的人，嫁给谁都一样。小髻朝自家灯光走去，农村的窗口也要比城里的小，不需要读书写字的人，不需要那么多光亮。窗户小些，夏天少进阳光，冬天少进冷风。

一个老迈得分不出男女的声音在说：“人都讲‘底下都一样，脸上分高低’。不对，不对，人和人哪都不一样。”

“婆婆见得多了，自然一眼就看得出。”这是妈妈在答话。

屋里是谁？噢，想起来了。大家都叫她稳婆婆，会接生的。小髻

还是她接到这个世界上的呢！只是自己家里并没有产妇，这么晚了，稳婆婆到这干什么？小髻感到隐隐的不祥，朦胧之中好像有什么危险向自己靠近。她倚在门旁，人在弄不清底细的时候，往往愿意先藏住自己，也许，是为了更有效地躲避吧！

“小髻这孩子，怎么还不回来？”妈妈的话中流露出焦急。

“不慌不慌，今日不在，还有明日。那家央了我来，原也说要在白花花的日头底下，才好看得分明……”

“那就又要辛苦婆婆了。”妈妈不过意地说。

“若是髻儿一直在乡里，也就不必过这道手了。哪家的妹子咋样，人人都看得见的。进了城，抹了层洋釉子，人家就不放心了。”

小髻好像听明白了，心中咚咚跳，血突突往上顶，又好像什么也不明白，不到那话清清楚楚说出来，她便不敢去想。

“自己的女儿，我还是心里有数。”

稳婆婆察觉到了妈妈隐隐的不满，忙说：“我也是这样讲，从小看大的妹子嘛！可人家有钱了，气也粗了，一定要验明是童身的姑娘。还说什么，给姐姐家帮佣，谁不知小姨子有姐夫的半个屁股……”

小髻如同被雷击了一样，歪歪斜斜站立不住，只觉得一盆尿水自天而降，兜头兜脑洒遍全身……

家乡在泪水中模糊起来，眼前闪出一排排亮晶晶的星星。那是城市不夜的灯火。阿宁姐和姐夫，还有小费费在等着她。在那里，她有可能开始一种新的生活，而留在家乡，她一生的命运，今天晚上就定下来了！

不！不能！

“我家小髻，随婆婆怎样看，也是不怕的。”妈妈口气里颇透着自信。

不！妈妈！小髻怕，怕得心里胆寒。她用手紧紧护住腰身，好像黑暗中有一只巨手，就要将她全身衣服掳掠而去，赤身裸体扔在野外。

“是嘛！听说城里也都兴起婚前检查，谁想我这稳婆婆，老了老了，又派了新用场……”

小髻无力地垂下头。稳婆婆是年老而衰迈的，但小髻敌不过她。古老的故乡有那样强大的威力，它能容纳一切却不会被改变。连生她养她的妈妈，也加入了进去。小髻不怕查，她一如妈妈生她到这个世界上时一样清白。可她不能忍受这无端的侮辱，让一双老眼昏花的眸子，在阳光下像贼那样窥探，然后把一个姑娘最珍贵的秘密，讲给一个愚昧而粗俗的男人……不！无论他多么有钱，他没有权利像出售他的尿桶一样挑选小髻！

门“吱嘎”一声响了。“婆婆走好，明天我和小髻到你家去。”

最后的一缕血脉断了。飞上树梢的蝉儿，无论它愿不愿意，都再不能回到蝉蜕里去。这是蝉的悲哀，也是蜕的悲哀。

“妈，明天我就回去了。您多保重。”小髻尽量平静地说。

“放着现成的好日子不过，怎么一定要去侍候人？告诉妈，是不是城里有什么人，勾住了你的魂？”妈妈自以为猜得很准。女孩家除了嫁人，还有什么更重大的事？

该怎么跟妈妈说明白？也许，这本来就是说不明白的一件事？小髻支吾着：“就算……有吧……”

“真的？”妈妈绝不是好哄骗的，“莫不是骗你耍吧？你仔细讲讲是个啥样人？”

谎话是不能开头的，小髻只好顺着编下去。“他个子很高，戴一副眼镜，嘴巴抿得紧紧……”

“妈不是问这个。长相好坏倒在其次，这人是干什么的？”

“是……”真难煞人也。小髻一顿，一个现成的答案又像是早就准备好了，脱口而出：“是大学生。是工程师……”

妈有点狐疑。天下会有这么好的事？该不会是个骗子吧？“那人的脾气品德怎样？你好好给妈说一说。”乡下老女人自信凭着多年看

人的经验，只要女儿详详细细讲个周全，她就能识出其中的真假。

话说到这个份儿上，只能前进，不能后退了。小髻不忍心骗妈妈，可她知道，唯有这个强大的理由，才能帮助她再次离开，她强自镇定自己，有板有眼地说下去："这个人呀，又忠厚又老实，从不大声说话，脾气可好了，心肠也好，对小孩子特别亲热……"小髻突然停了嘴，她被自己吓了一跳。

这个人是谁？高高的个子，紧抿着的嘴巴，大学生，工程师，好脾气，好心肠……这不是姐夫吗！

姐姐呀姐夫！小髻可绝没有恶意。姐夫是小髻唯一见过的最值得佩服的男子汉，慌乱之中，只有依照姐夫的模样，画出自己心中的那个人。

妈妈还是听出了破绽："对小孩子好不好，你怎么知道？莫不是个离了婚拖着孩子的男人？"

"妈，你为啥偏要把女儿的事往坏处想呢？"小髻实在无法继续圆说她的谎言，真的气恼起来，积攒下的满腹委屈，化成抽抽噎噎的泪水，洒在妈妈怀里。

妈妈长长地叹了一口气，算是结束了这场艰难的对话。女大不由人，妈是管不了啦。许久许久，妈妈像是自言自语，又像在谆谆告诫小髻："这样好的一个城里伢子，有多少姑娘争抢，他为何一定要娶你这个乡下妹子呢？"

小髻必须回答这个问题，她给自己打造了一柄锋利无敌的矛，还需给自己铸一面更加坚固的盾，她必须说服妈妈，也就是说服自己，在城里寻找她的幸福，可是，她到底有什么，值得那个在实际中并不存在的男人娶她呢？除了自己的身体，小髻一无所有。

于是，她只好说："因为妈妈把我生得漂亮呀！"说完之后，小髻不好意思了。每个姑娘，可能都在暗地里自信自己的美貌，真要当着外人，哪怕是自己的妈妈说出这一点，还是难为情的。

美貌是上天赐给女人的田地，它一代一代传了下来，既长莠草，也长大树，全看每个女人自己怎样耕耘。

妈妈相信了小髻的话，并因此生出淡淡的欣慰。她对得起女儿，凭着祖先和妈妈所给予的，女儿毕竟要过跟妈妈不同的日子了。只是好脸蛋好身段，带来的可不一定是好运气，女儿终有老了的那天。小髻太年轻，可不要被人骗了。城里是人人向往的地方。乡下老太太虽不知道户口工作的安排，究竟有几多艰难，单凭阿宁父亲那么大的官职，几十年来不曾安排下家乡的一人一丁，也深知此事不易了。母亲没有本事把女儿生在城里，女儿自己要去闯，挡也挡不住。她只有充满慈爱和忧虑地说："一定要明媒正娶。要先把照片寄回给我看看。娘家相亲时人不在，叫你阿宁姐去看看。结婚的时候我要去的。婚事一定要办得像样，不然会一辈子被人看不起的，记住了吗，髻儿？"

小髻不敢看妈妈。一个谎话，竟惹出妈妈这许多话。不管怎样，她要再到城里去一次。乡下自然会慢慢好起来，但小髻等不得了，好起来是几辈子的事，小髻却只有这一辈子。城里人也并不见得怎样聪明，只不过他们的运气好罢了。父亲和叔叔，当初不就是只差一步吗？要是爸爸去当红军，今天的阿宁姐的位置，不就是小髻的吗？可惜，现在不打仗，也没有人招红军了。小髻觉得如今自己这样受难，都怪父亲当年错走了一步。便有些怨恨自己的父亲。又一想，若是父亲当了红军，枪子不长眼，没有叔叔的运气好，不定在哪个荒郊野外做了烈士，又哪里来的小髻呢！父辈的事，都过去了，小髻要试试自己的命运。

妈妈睡着了，小髻抚摩着妈妈嶙峋的手臂。小时候，她觉得这手臂温暖粗壮，无论有多少烦苦，妈妈都会把她解救出来，都会把她香甜地送入梦乡。如今，手臂上的皮肉松弛了，里面包裹的骨骼疏松而脆弱。小髻暗下决心，以后要堂堂正正接妈妈到城里去，过安逸的晚年。

小髻错了，妈妈并没有睡着。

十一

小髻复归，阿宁欣喜异常。费费没人带，打扫房屋买菜做饭，两个人轮流值日，眼看到了重新上班的日子，真愁得一筹莫展。小髻突然风尘仆仆地出现在面前，怎不令人喜出望外。终日辛苦，使阿宁意识到小髻平时所付出的巨大劳动。疲惫之余，小两口不停地念叨小髻会不会回来。堂妹离去造成的空白，使阿宁像怀念一个死去的朋友一样，检点起自己的苛刻，回忆起小髻的许多好处来。

小髻这一次回来，仿佛长大了许多，勤俭而恭顺，时时皱着眉头，像有一肚子的心事。对阿宁，有时简直逢迎讨好。连沈建树都看得纳闷起来。

“姐，我不想回老家去了。你帮我想个法，长留北京吧。”小髻鼓起勇气对阿宁说。偌大一个北京城，她要想站住脚，只有求这唯一的亲人。话是对阿宁说，小髻还是挑了个姐夫也在的场合。她知道，沈建树不会不管的。

这些天小髻变乖的缘由原来在这里！阿宁恍然顿悟，她原以为是老家的伯父伯母对他们的女儿进行了某种教育，没想到是这样！只是留北京，谈何容易！就是最现代化的电子计算机，只怕也解答不了这个问题！

只有一条路，就是读书。成绩好的考上大学，从此进入另一个阶层。这是所有向往城市的农村孩子，唯一光明正大的出路。

只是，小髻行吗？多少教授工程师的孩子都进不去的大门，对一个只读过初中的农村姑娘不是虚伪的欺骗吗？纵是阿宁舍得她的电视显像管，不吝惜她的电费，小髻终日在家里读书，阿宁也没把握她能闯过那座独木桥。

望着小髻那双酷似自己的渴望的眼睛，阿宁真不忍说出真实的想法。小髻想得不算过分，假如没有四十几年前那场变动，也许她和小

髻的位置恰恰颠倒。今天就不是小髻求她，而很可能是一个粗鄙的乡下农妇在求一位盛装的城市小姐了……她不由得愣怔住了。有许多事情是不可以这样退回去重新“假如”的。现在的问题是：她梁阿宁需要一个踏踏实实全心全意照看费费的小阿姨，她不应绝了小髻的望，应该有一束希望的火花总在前方闪烁，小髻才不会再演出假电报之类的活闹剧。但她总不能红嘴白牙地骗人，给小髻打什么包票，于是便含含糊糊地说：“这个事，别着急，我这就给你托人打听，看有没有办法留下。”

沈建树皱着眉头没说话。除了岳父动用自己的权力，小髻的事或许有一点办法，其他的主意，他认为都不现实。搞一个北京户口，真是难于上青天！也许阿宁愿意求求她父亲？只是那个倔老头为人清廉，只怕未必能办。况且他人在外地，鞭长莫及，但沈建树不愿把自己的顾虑说出来，不愿让这件事还没办就罩上阴影。

小髻满怀希望地开始了等待。在她眼中，姐姐姐夫都是有大本事大学问的人。他们既答应帮助她，那事情就有了希望。她唯一能报答他们的，就是尽心尽力照看好他们的孩子，不让费费受一点委屈。帮姐姐姐夫洗衣做饭，再不提一句有关钱的话。

沈建树实在不忍心，私下里对阿宁说：“你还是叫小髻多休息一会儿。”

“我并没有叫她这样拼死拼活地干，是她自己愿意的。”不管怎么说，小髻近来工作的积极性如此之高，阿宁还是很满意。

“你答应了她，她自然要报答你。而实际上，咱们是办不到的。”沈建树叹了口气。他想调出一个单位尚且如此不易，更何谈对人有生杀予夺干系的户口了！

“我并没有答应她，只说帮她想想办法。我最近托了人去问，有没有愿意找农村姑娘做对象的。人家还没给回话呢！”

想到小髻要用出嫁这种古老的办法，换到进入北京的权利，沈建

树不由得心中一阵悸痛。

小髻正好走进来，夫妇俩不愿把八字没一撇的事让小髻过早知道，便急忙把话岔开了。

阿宁姐和姐夫天天声色不动，小髻等得心焦，又不敢贸然去问，只有更加努力地干活，把地板擦得光可鉴人，把费费收拾得像个漂亮的瓷娃娃，谁见了谁爱。借此提醒姐姐，感动姐姐，使大家想到她的问题。

费费已经会学简单的话了。费费要吃棒棒糖，含在嘴里，像噙一根融化得很慢的冰棍。小髻把棒棒糖从费费嘴里拽出来。

费费张着小手要他的棒棒糖。他不明白一向和颜悦色的小髻姨姨怎么变得这样霸道。

“姨姨……糖糖……”

小髻把糖举在离费费鼻子很近的地方。糖味像小虫子一样钻进费费的鼻孔：“费费好孩子，听姨姨的话……”

费费像个幼儿园的小布熊，憨憨地使劲点头。

“等晚上妈妈回来，费费对妈妈说，不让小髻姨姨走，费费记住了吗？”小髻晃着棒棒糖说。

“记住……告妈妈……不让姨姨……走……”费费吃力地重复着。

“真乖！”小髻响响地亲了费费一下，又给他买了一根大大的棒棒糖。

阿宁听完费费好不容易学说完的口舌，微微笑笑，没有答话。

小髻的心有些发凉。看来，不能在这一棵树上吊死，小髻自己也得想想办法。

报纸的左右下角和中缝，登满了招生招工的广告。闭起眼睛一想，就像全北京都摆满了课桌和机床。然而所有的校长和厂长，都绝不吝惜广告费，雷打不动地率先写上：报名者需持有北京市正式户口……

小髻沿着马路，漫无目的地走着，当一个外乡人企图在这座城市永久居留的时候，你才会发现，北京是多么狭小，多么严丝合缝。小髻置身于北京人之中，他们义愤填膺地抱怨着物价，咒骂着交通，说着只有他们才懂的充满儿化音的俚语，好像他们是普天下最受欺压的劳苦大众。但小髻听得出其中的骄傲和自得。只有真正的北京土著，才能肆无忌惮地攻击这座城市。这是一个巨大的透明鱼缸，却没有小髻遨游的地方。

粗壮的金箍棒一样的水泥电杆上，密麻麻贴着些油印的复写的换房换工作城市对换的启事。小髻百无聊赖地打量着。阿宁姐放她一天假，她有足够的时间。她想象着每张条子各自的主人，有的还附有联系电话、具体地址。她突然想记住其中的一个名字、给他打一个电话，跟他说几句话。只是，说什么呢？就说她想要他纸上所写的那间房屋那个工作？只是人家要问她用什么交换呢？她的房子她的工作在哪里呢？在那个遥远的人所不知的小山村，她的工作是修理地球？想象中的那个人，恼怒地放下电话，小髻羞愧而又不平地快步而去。

她踩在这块土地上，这土地却不收留她。

突然，她眼前一亮。一间油漆一新的门脸，一张黄白色醒目的告示：本店拟招售货员若干名，待遇从优，欲报从速！附注：只收女性。

小髻几乎觉得这是自己想象过多出现的幻觉。怎么会有这样的好事？怎么没有正式户口一说？

她迟迟疑疑地走进这间小小的店铺。若干名是多少名？会不会早已招满？求职的勇气和乡下姑娘的怯场，使她举步维艰。

“请问，招工……是这儿吗？”她尽量大声说，声音还是含混不清。

店主人是个看不出年纪的络腮胡子男人。他用篦子一样细密的目光，将小髻上下刮了两遍，才说：“是。”

接下去是难堪的沉默。小髻不知道再说什么好，那人也并不急着问。

屋内光线很暗，小髻这才看清是间经营服装的商铺，已经有几个与小髻差不多大的女孩子在码放衣物。

原来已经招满了。小髻真后悔，为什么不早一点上街，早一点来到这里！

“你真想干吗？”那男人的话里好像露出某种转机。

“真想干！真想干！”小髻忙不迭地说。

“你要真想干，我就把她辞了，要上你。”那人用粗糙多毛的手指，点点姑娘中的一个。怎么能这样？小髻就是再想找份工作，也不能抢别人的饭碗！“那我……另找个地方。”

“看不出，你还挺仗义的。”老板嘉许地说，“你要是肯干‘全活’，我就收下你。”

“全活”是什么东西？小髻只知道理发馆把洗、理、吹、剪全上，临了再喷一头花露水叫作“全活”。服装店里，大约是指搬、扛、运、卖叫“全活”吧。无非是苦点累点，小髻不怕。她很肯定地点点头。

“那就好。每个月200块，真能让我高兴了，以后再给你涨！”络腮胡的男人很有魄力地一挥手，事情就这么定了。

什么样的“全活”这么值钱？小髻正在狐疑，络腮胡的手，已经毫不留情地在她脸上拧了一把。

猝不及防，小髻一愣：“你？”

络腮胡哈哈大笑。

小髻愤怒地斥骂道：“你耍什么流氓！”

“耍流氓？”那男人真诚地奇怪了，“你不是‘全活’都干吗，这算什么！”

原来，这就是“全活”！

小髻失魂落魄地往家走。今天的事，跟谁也不说，永远也不说！

小髻的工作热情显然低落下来。倒不是她有意要怠慢姐姐一家，

只是一个年轻姑娘，心里压了这许多的心事，妈妈又一个劲来信问她说过的那个对象怎么样了，闹得小髻再没个能说心里话的人，连对至亲至爱的妈妈也只能说假话。每晚早早钻进紫花布幔，去想自己总也想不出头绪的心事。

这可不行。保姆的工作，数量和质量都很难有确切的标准，干好和干坏可大不一样。阿宁需要一个可靠的后方，费费应该有个快活的童年。只是现在要调动小髻的积极性，实在不是件易事，几块钱，几件衣服，包括温暖体贴的热情话，全都失去了效力。一个人如果时时刻刻在忧虑着自己今后的命运，哪还有心思照顾身外的事情呢！得想个办法，使小髻重新振作起来，像上了发条的机器人一样，井然有序不知疲倦地工作。

“小髻，你过来一下，有个事要跟你说。”阿宁破例坐在小髻床上，把紫花布幔子拉过一半。沈建树在正屋里看书，阿宁不想让他听见这场谈话。

“哎。”小髻乖巧地答应着，紧偎着姐姐坐下了。不知怎么，她心有点跳，好像预感到姐姐要同她谈重要的事情。为掩饰自己心中的不安，她用手缠扭着紫花布幔的边角。

“小髻，你也别不好意思。我考虑过了，你想留在北京，最保险最稳妥的办法，就是在北京找个对象。我们单位有个小伙子，大学刚毕业，各方面条件都不错……我跟他把你的情况谈了谈，他说可以考虑……”一向伶牙俐齿的阿宁，这一次竟有些结巴，也许是不善充当红娘的缘故。

天下竟有这样的巧事！大学生，工程师，一切同跟妈妈说过的一模一样！也许真是上天对小髻格外恩慈，竟早早给了小髻一个预兆！小髻真是从心里感谢姐姐。

看着小髻不由自主地把手中的紫花布幔拧搓成了一根紫布绳，阿宁忙补充道：“这事成不成，现在还很难说。你也别寄太大的希望。

成了不要太高兴，不成，也别怨我。”

“姐姐！我怎么能怨你呢！不管成与不成，你待我的这片心，小髻一辈子是忘不掉的。”

紫花布幔抖开后，皱得很厉害。以至于小髻不得不尽量拉向头这一侧，以挡住自己兴奋的脸。至于脚，就让它们露在外面吧。

十二

“哎呀，我的髻姑娘！你到哪去了？可把大妈给想死了！”田大妈一边往自行车的闸缝里塞着邮票大的存车收据，一边热辣辣地招呼小髻。

小髻一阵感动，忙向田大妈说明。

田大妈再不敢实施她放长线钓大鱼的计划。一切得抓紧进行。不然，小髻哪天再消失一次，到哪去找！

“小髻，有件事，人家托我多时了，你也不要害臊。若是愿意呢，就算给大妈一个面子。若是不愿意呢，就直说，大妈绝不会为难你。”

什么事需要这么长的开场白？田大妈慢慢说下去：“我家邻居有个儿子，岁数与你正相当。干的工作是工艺美术。人家求我给你们俩牵个线。”

莫非冥冥之中真有什么贵人在相助小髻？早知有今天，又何必她没头苍蝇似的乱撞？真没想到，她的难题竟这么容易解决。人家找上门来，媒人又是知根知底的田大妈！

最初的惊喜之后，曾经萦绕过妈妈的迷雾，又像鬼魂似的出现了。既然对方一切都好，为什么偏要找一个乡下姑娘呢？

小髻知道自己漂亮。但北京城的漂亮姑娘多的是，小髻绝不是最出色的一个，就算小髻是最出色的一个，还有远比漂亮更值钱的工

作、文凭、房子……是什么人把这一切都抛弃了，来找小鬈呢？

想到暗中曾有一双眼睛，将自己审视再三，左右衡量，才做出这个决定，小鬈不禁悚然。她固执地保持沉默。田大妈应该知道更多的理由，她理应把事情再讲清楚些。

一向精明的田大妈，稍稍有点紧张：成败在此一举了，弄不好，鸡飞蛋打。她清清喉咙，说："小伙子别的都不错，就是有点——"她像怕吓着小鬈，放低了声音才说出来："——残疾。"说罢，大气不喘地盯着小鬈。

原来是这样！小鬈的第一个反应竟是——松了一口气。她原以为是个刑满释放犯呢！第二个反应才是这事，不妨一试。成与不成，见了本人才好定论。

见小鬈脸上并没有多大变化。田大妈又恢复了平日的精明与口才："说是残疾，其实没那么厉害。不过是小儿麻痹后遗症，微微有点跛，干什么活都不耽误。"

小鬈试着想象了一下，不成，想象不出来。平日上街，她注意的都是青春勃发、神采飞扬的年轻人，没有留心过跛子。

田大妈半是解释半是发泄地说："北京的姑娘，如今连个中国人都嫁腻了，抢着去嫁洋毛子。就是种菜的老农民，也说不嫁残疾人。其实，脸上抹多少增白粉蜜，也挡不住那黑！"

小鬈心里像翻了五味瓶。这席话，只能使她哀叹自己的命运。她连在北京郊区的菜农都不如。她憧憬中等待的那个人，朦朦胧胧之间，眉目永远看不清，但绝不是个跛子呀！只是，那个人在哪？就算找到了他，他会不会要小鬈呢？小鬈就是心气再高，也只有等别人来选择她。何况，阿宁姐至今也没让她同那位大学生见过面。

小鬈答应了田大妈，星期天去她家见那位跛邻居。

跟不跟阿宁姐说实话呢？还是不说吧。一个跛子，这太伤人心了，小鬈对这件事也没有太大的兴趣，只因为田大妈盛情难却。

小髻穿上阿宁姐给的茜红色羊毛衫，外面穿上阿宁姐的驼色呢子大衣，戴上一顶白雪蓝毛织的帽子（这是她自己买线织的），收拾停当出了门。

打扮起来给谁看呢？给那个跛子吗？不是的。小髻是为自己打扮的，这毕竟是她第一次约会。

田大妈家不远，是幢同阿宁姐家一模一样的统建楼房。暗淡的灰色，给她一种亲切感。

按照地址，就是这间了。小髻不忙去敲，把旁边的两扇门细细打量了几眼：那个跛脚的邻居，不知住在哪一边？又一想，说是邻居，并不一定挨着住，也许隔着几座楼房，田大妈是个关系很多的人。

敲门。田大妈非常热情地把小髻迎进家，原说好由田大妈领她到邻居家去。

“不忙去，先坐坐。家里没旁人。吃糖。”田大妈嘴里招呼着，端出一盒糖。盒里装着廉价的水果糖，浮面上有几颗金光闪耀的酒心巧克力。田大妈剥了一块递过来。小髻噙在嘴里，竟吃出一股清凉油味。仔细一看，那糖盒原是装药的铁皮盒，一侧还写着：活血化瘀，主治跌打损伤。

“小髻，你看看我这个家怎么样？比你姐姐家不差吧？”田大妈像个博物馆的讲解员，领着小髻参观。

田大妈家也是中单元，不过比阿宁姐家多了一小间。在小髻摆单人床挂紫花布幔帐的那侧墙壁上开了一个小门，田大妈就住在这间。刚才小髻一进门，也就是坐在这里，几件简单家具，一床半新的被褥，墙上挂历上有一个巨大的美人头，正对着人笑……其余的走廊、厕所、厨房，都同阿宁家走向一样，只是没有那么干净。厨房里的炊具也很少，搁板上也冷清，全不像阿宁姐家有诸多的不锈钢锅盆和麻油辣酱腐乳陈醋等瓶瓶罐罐。看得出，田大妈家是清贫而寡淡的市民家庭。小髻沉静而矜持地跟着走动，不知不觉中用阿宁的眼光打量这

一切，含着淡淡的俯视。

就剩下相当于阿宁卧室的那间大房屋了。田大妈搓搓手，将房门推开一道细缝，然后示意小髻自己接着去推。那神情，有点像东海龙王显示他的定海神针。

小髻不以为然。她虽是乡下人，但阿宁姐是上等人。她因为带着费费，也颇去过几家有学问有地位的人家。一个看自行车卖旧书报的老太太，再精打细算从嘴里抠食，也是不能比的。门缓缓地开了。小髻虽然做了足够的思想准备，还是被屋内的繁华景象惊呆了。落地的纱帘，吸顶的吊灯，使这间不大的房屋显出一种局促的豪华。一套浅茶色的组合家具里，摆放着电视机、录音机。地当央，是镀铬床头，镶有小天使图案的席梦思软床，缀着璎珞的床罩直垂到地面，将主人的温馨与甜蜜都笼罩在一片蓬松之中。墙壁上挂着电子石英钟，正值报时，奏出像钢琴一样悦耳的声响。地面上铺着几何图形的地板革。小髻移动了一下脚步，地板上像盖了章似的留下一双脚印。倒不是小髻鞋脏，而是地板革柔和的反光，被鞋子涂抹得不那么清晰了。多宝格的文物架上，安放着花瓶和其他叫不上名的瓷器，当然还有唐三彩马。最下层矗立着一枚巨型彩蛋，足有小号暖水瓶那么高。于是小髻很想走过去摸一摸——它真是一枚鸟蛋，还是白石头雕成的?

这房子不知属于哪一对幸福的小鸟！小髻由衷地羡慕他们。阿宁姐没有这样的“席梦思”，说是怕费费睡驼了背，但也说过这样一张床，价钱贵得会使人做噩梦。阿宁姐也没有这样的“多宝格”，说是玩物丧志会使人堕落，但每逢领费费出去，总要买回些便宜的小工艺品。阿宁姐也不买石英钟，说是轮到她出国时，带回一架誉满全球的“西铁城”，要便宜得多……

“这是我儿子住的。怎么样?”田大妈带着掩饰不住的得意。

“想不到这么讲究。都能拍电视剧了。”小髻说的是真心话。阿宁姐活得神气，但田大妈的儿子活得似乎更滋润（这是小髻刚学会的

一句北京土话）。

“你喜欢吗？”田大妈紧接着追问了一句。

小髻有些意外，这话问得不近情理。房间又不是衣服，不可以换着穿。对别人的家，她喜欢怎么样，不喜欢又能怎么样？当妈妈的，也许是高兴糊涂了。

“你若是喜欢的话，这里就是你的家。”

猝不及防的小髻，突然明白了。这里的一切摆设像个新房，但它不是新房。墙上该挂夫妻合影的地方，只挂着一幅青年男子的半身照片。隔得远，眉目看不清楚，影影绰绰只觉得是个很清瘦的面孔。

这就是那个跛子——田大妈给小髻介绍的那个对象——她唯一的儿子！

难堪的静寂。

田大妈怎么能这样做呢？儿子就是儿子，邻居就是邻居，为什么要骗小髻，小髻在家中，设想过事情的种种结局。碍于田大妈的面子，她也想亲眼看一看对方有没有诚意，究竟残疾到什么程度，她梳洗打扮了一番，还是来了。无论成与不成，她都要留给人家一个好印象。同一个跛子谈朋友，在感觉受了委屈的同时，她也感到了自身的优越。主动权是操在小髻手里的。现在，她保持不住这种镇定了。田大妈不愧是老谋深算，不知从何日起，她就开始周全地计划着今天这一幕了。小髻在完全不设防的情景下突然受袭，她对新房陈设毫无掩饰地羡慕，使她失去了矜持，又被对象实际是田大妈儿子的变化，惊得手足无措。

姑娘慌了，这很好。聪明而平静的女孩子对别人的相貌往往太挑剔。现在，她被突如其来的变化震慑住了，失去了从容判断的能力。田大妈不失时机地说：“国兴等在邻居家，我就去叫他。”

“国兴”就是他的名字了？那个跛子！小髻木呆呆地坐着，几乎不会思索。他是个什么样的人？对面墙上就有他的相片，在炯炯地注视着

小髻。小髻有心想走过去，细细端详一下对方的容貌，又怕田大妈他们突然回来，便越发将身子板得笔直，掩饰着自己的想法。

也许只过了几秒，也许过了几个小时。有脚步声传来，门开了，来人站到了小髻跟前。

小髻多么想早一点看看这是个什么样的人！但姑娘家的羞涩和隐隐的自卑，使她端庄地垂着头，眼角却不动声色地打量着。

她首先看到的是脚。两只完全不同的脚，一只与常人无异，甚至可能还更坚实稳重一点。另一只则像被虫子作茧蜷缩起来的病树叶，菲薄而枯萎，可怜地耷拉到地上。其次是腿。两条粗细不等长度不一的腿，病残的腿倚着健康的腿，像是主轴失灵的联动杠杆，拖拉运行，在光洁的地板上，甩出一个个不规则的半圆。再往上是胯，是身，是胸……他的整个身体，是由两半部分拼凑而成的。一半强健，一半病弱。由于长时间的用力不均，他的衣物鞋袜，都显出两侧不同深浅的色调，好像它们原本就不是用同等材料制成的。

小髻用浓密的睫毛，把自己的眼光封闭起来。还用再看脸吗？不用了。这是那种很厉害的残疾，哪里还像个顶门立户的男人！再说，这样死盯着一个残疾人看，是不道德的，小髻是个心软的姑娘，她可怜他，要是这个残疾人穿上极破烂的衣服在街上乞讨，她会把身上的零钱给他的。和这种人过一辈子，这怎么可能呢？

“你们俩坐吧。我上街去买菜，午饭在这儿吃！”田大妈不容置疑地说着，匆匆走了出去。说实话，当两个孩子相距很近的瞬间，她觉得自己对不起这个像花朵一样的女孩子。但紧接着升腾起的，是对自己孩子更深切的爱。她不为自己做过的事后悔。现在，他们应该开始谈点什么了。国兴是个好孩子，他会听妈话的。小髻也是个好孩子，起码田大妈不在家时，她不能拂袖而去。

国兴忍受着。作为一个残疾人活在世上，第一条基本功，便是忍受形形色色的目光。然而，今天太痛苦了。一个如此生机勃勃的少

女，用她年轻得像匕首一样的眼光，直刺到他的骨头里，还要测出他的一条腿骨比另一条腿骨要细许多……

小髻缄默着。说什么好呢？除了怜悯，她说不出别的话，还是什么都不说。

国兴忍耐不下去了。“小髻，我见过你。”总得说点什么。

小髻吓了一跳。小儿麻痹大概不侵犯声带，国兴的声音像正常男子汉一样。小髻这才意识到对方是个年纪比她大的男人，而刚才她觉得好像是她弟弟。

“我……没见过你……”她慌乱地支吾着。

“我妈早就跟我说起过你的事。你卖书的时候，我也去过。当然，你是不会注意到我的。”国兴苦笑了一下。

“买书的人，很多……”小髻还是解释了一句。

“这事都是我妈操持的。希望你不要怨她。我父亲死得早，她一个人拉扯我不容易。因为这病，她总觉得对不起我。我也不愿意伤她的心，就按她的意思办了。其实，人怎么不是一辈子呢！”国兴的语调是安宁而平和的。虽然带着掩饰不住的苦涩。

小髻这才抬起头来，审慎地打量了他一眼。

小儿麻痹病毒留下了最后一点仁慈。国兴的颜面多少有些不平衡，但基本上是属于正常人中清秀的那种。他的眼光忧郁而沉静，似乎比他的年纪苍老许多。

“看得出，我把你吓坏了。我知道这件事成不了，咱们大不般配。你也不用为难。你要觉得碍着我妈不好说话，由我来说。我告诉她，说我不愿意就是了。”

小髻深深吁出一口气，立时轻快起来：“那太谢谢你了！”她活泼泼地说。

国兴心里一阵刺痛。这个美丽的姑娘，居然为了被人拒绝而感谢他！他身有残疾，心却是完整的啊！

不管怎样，屋内的气氛活跃起来了。

“这是什么蛋呢？”小鬈走过去，用手指轻轻抚摩巨大的彩蛋。蛋壳很粗糙，画着极其险峻的高山。

“这是鸵鸟蛋。”

“我能拿起来看看吗？”

“拿吧。”国兴宽厚地说。

小鬈小心地捏起蛋壳。它很轻，像是纸糊的。上面的高山立即失去了分量。

“这是谁画的？”小鬈惊奇地问。

国兴反倒不好意思了，低声说：“我。”

“你真不简单！”没有了谈恋爱的思想顾虑。小鬈本不是个拘束的姑娘。

“我喜欢画我去不了的地方。”国兴说，“有时候也卖卖旧书。就是没有你卖得多。”

“以后没事时，我可以帮你卖书。”小鬈真诚地说。

国兴难得地笑了。其实他知道，倘若真是“没事”，妈是不会让小鬈再卖书的。但人间，总需要真情。

田大妈是踩着笑声进屋的。见此情景，着急后悔手里提的鱼买小了。一斤只差几毛钱的事，可谁又能料到事情进展得这般顺利！吃饭的时候，她一个劲地往小鬈碗里夹菜，竟把一向受宠的儿子，冷落在一边。

“小鬈，下个星期天，早点来大妈家啊！”

屋内的空气一下子紧张起来。小鬈和国兴相对而视，知道发生了某种误解。

“妈，是这样……我看小鬈……就不要来了……”国兴斟酌着字眼，慢吞吞地说。

“行！不愿在家里，到外头去也行。只是大冬天的，到处冰天雪

地、还是自己家好……”田大妈喜滋滋地说。

“不……我是说……小髻她……不太合适……”国兴艰难地说着。“好你个小兔崽子！人家漂亮的姑娘，不挑寻你，你倒找人家的茬！我看你不知天高地厚了！”田大妈这才明白，一时间火冒三丈。不明白一贯顺从的儿子怎么变得这样不听话。当着小髻的面，竟说出吹的意思，她几个月的处心积虑，不是全白花了吗！过了这个村，没有这个店，顾不得小髻在场，就骂起儿子来。

小髻好为难。真想赶快跑出去。

“妈……我哪能挑人家的不好，只是想……想户口问题不好办，您不是也担心过这个吗……”国兴左右支吾着。

“嘿！这事妈早给你们想到了！请客，送礼，托门子，求人，妈就是给人磕头下跪，也得给把户口办上！不就是花钱吗？妈不穷。这几年挣的钱，我处处俭省，就预备着这一手呢！”

小髻听得愣神。想不到一个孤老太太，竟打算给她办成户口！

田大妈眼神一扫，似乎悟到了什么，紧接着又说：“这是黑道，官道我也走。不是说照顾残疾人，还有什么基金会吗！我写信求告，就说总不该让我家绝了后吧！时下不是兴接班顶替，一个萝卜一个坑吗？说句难听话，妈就是豁上这条老命不要了，也得把这个户口留给小髻。就这样，还不行吗！”田大妈真动了心，竟有些眼泪汪汪的。

话说到这份儿上，谁还能再说什么！国兴木讷着，不知该怎样履行自己许下的诺言。小髻也被感动了。不管怎么说，在这茫茫人海中，有一家人真心实意地欢迎她。

“傻儿子，我猜你不是不喜欢小髻，而是怕小髻。”田大妈不紧不慢地说。

这话从何说起！小髻有什么可怕的？年轻人都想不通。

“怕小髻以后不跟你好好过日子！对吧？我说傻小子，你妈多大岁数的人了，还能看走了眼吗！小髻是个好姑娘，不是那种水性杨花

忘恩负义的骗子。听妈的话，没错！”

好个厉害的老太婆！这话哪里是讲给国兴，分明是叫小鬐听的！

事已至此，国兴是再说不出什么来了。小鬐心里很乱。叫户口的事一搅，她不想一口回绝。推托道：“这么大的事，得跟我姐商量商量。她要不同意，我也没办法。”

田大妈眉头一皱：半路上又杀出来个姐！但知道这事是强迫不得的，便说：“也好。我们是实实在在的人家。你姐姐愿来看看，就更该放心了。”

十三

一个未婚女孩，追着人家谈对象的事，就算对方是自己的堂姐，也实在难张口。可小鬐不得不问。自从阿宁姐说过她们单位的那个大学生，就再没了下文，偶尔露出一句半句，那个人不是出差，就是开会去了，至今小鬐还没见过他。可现在这事不能再拖了，田大妈等着要回话。小鬐当然看不上一个跛子，那个大学生要强上百倍。可谁知人家怎么看小鬐。

得赶快见个面。可是这话怎么开口？小鬐只得把实情托出。

“姐，楼下看车的那个田大妈，说要把她的跛儿子介绍给我……”小鬐用一种看不上的语气说话。希望阿宁姐一来想起她的许诺，二来也很明白听出小鬐的倾向。

没想到阿宁竟极感兴趣：“噢，有这事？人你见过了？家里情况怎么样？”

小鬐的心思完全不在田国兴那里，简单把田家的有关情况说过，又问：“姐，你们那儿……”

“跛儿子究竟跛成个什么程度？你知道，跛跟跛可大不相同。轻的同正常人没什么区别，重的可就是残废了。你能不能学学，他跛成

什么样？”阿宁穷追不舍地问，沈建树也被惊动了。

田国兴长得什么样子，小髻已经回忆不起来了。只记得他的腿和脚。他的左面跛，腿和腿是人体最重要的一部分，没有它们，人就不能称为人，而只是半截身子的怪物了。国兴的腿是怎样跛的？小髻试着模仿了一下。好像是这样的，左边浮起，右边陷下……然后是扭胯，半侧身子像失去框架似的跌下，心也随之扑通一跳，人几乎跌倒。为了维持平衡，另半侧健康肢体不得不奋力向前……为了寻找新的平衡，残疾的手臂像被击伤的鸟翼，扑打着虚无的空气——这样的走法，不像是一个人，更像是一只扑动的鸟。

阿宁刚开始认真地端详着，最后终于忍不住微笑起夹。看一个年轻秀丽的姑娘，把自己灵活的四肢变得僵硬而笨拙，很像是看一场怪异的舞蹈。

小髻的心却随着身体的颠簸而紧缩：一个人的一生要总这样走路，该是多么痛苦！她决不能陪着这种残疾人过日子！姐姐还笑，这是在笑话我呢！

只有沈建树看到了小髻眼中转瞬即逝的泪水。

“姐，不理他们吧！你单位那人回来了吗？”万般无奈，小髻只好把话挑明了问姐姐。

“如果田家对户口真那么有把握，我看可以再处一段日子。”阿宁避开小髻的目光，对沈建树说。

沈建树未置可否。事情来得太多太快，他得好好理一下。有些话，当着小髻，也不好问阿宁。

床头的落地灯，透过淡绿色的乔其纱罩，将椭圆形的光环，均匀地打在阿宁和沈建树的头上，四周一片静谧。

门外传来小髻细致而规律的鼾声，她真的睡着了。将久悬不决的难题和盘托出，她为自己赢得了片刻的安宁。

“你给小髻找了个对象？是谁？”沈建树把心中的疑团提出。两口

子平日无话不谈，对彼此单位的同事也都熟悉，怎么没见阿宁提起过？

梁阿宁有点慌。那只是她的一个设想，并没有确凿的人选。骗骗小髻，做个精神诱饵还可以，真要同丈夫一五一十地说清楚，她还真犯难。

不过，阿宁到底是阿宁。她没有正面回答沈建树："现在的年轻人，观念真新得可以。我把小髻的情况一说，特别是把照片往桌上一摆，还真有好几个挺感兴趣。"

"真的？"沈建树似信非信。他是循规蹈矩的那种人，想不通有人竟敢无视户口商品粮这道天堑。当然，小堂妹是个很招人喜爱的女孩，想到她的相片被几个小伙子品头论足，他又有点不悦。

"你跟他们说清楚户口的事了吗？"沈建树不放心地追问。这可是要讲明白的先决条件。就像他联系调动工作，先同对方说明赎身费的事，有人愿意赎买他，其他的问题才好接着谈。

"说了。人家说，户口算什么？不过是一张纸。"阿宁仿佛变成了那伙目空一切的年轻人，侃侃而谈。

沈建树一怔。真是闻所未闻的宏论。你以为面前横亘着一道无法逾越的鸿沟，现在有人对你说，只管闭着眼走过去，前面平坦得很，什么也没有，你能相信吗？

"没有户口，就没有粮票，吃什么？"沈建树毕竟要客观得多，设身处地为小髻着想。

"粮票算什么？外国人早就以肉食为主，只有中国人，才一天吃低热量的碳水化合物。"阿宁代人立言，摆出不屑的神色。

沈建树瞠目结舌。他一向认为自己属于观念比较开化的知识分子，想不到"芳林新叶催陈叶"，自己已经这样迂腐，后来，"代沟"这玩意儿，已经缩短到每相差几年就得挖掘一道了。沈建树一天到晚关起门来搞学问，不晓得当今价值标准大有改观。惊叹之余，他又感到几分欣慰："小髻真要能找到这样的男朋友，咱们也算对得起她了！"

轮到阿宁坐蜡了，挖肉补疮，拆东墙补西墙。原还只是小髻相信这子虚乌有的对象，现在可倒好，连沈建树也信以为真。一个乡下女孩子没见过世面，你一个受过高等教育的工程师，也这么容易上当！阿宁真哭笑不得。其实，她这一回讲的话都是真的。她真心为小髻的事张罗过，摆相片，同小伙子们聊天，也都确有其事。包括大学生们那些指点江山傲视世俗的激昂话语，都是真的。只是小伙子们在慷慨一番之后，一到阿宁同他们进行具体的磋商，包括什么时候同小髻见个面这类实质性问题时，大家就都变得很客观了。“梁工，这事我没意见，只是还得回家问问我妈！”梁阿宁只好莞尔一笑，大丈夫走遍天下，婚姻大事还要父母包办吗？分明是托词！不过，这又怨得了谁？说归说，做是做，真娶个无户口无职业的女孩子，哪怕长得天仙一般，小伙子们也不敢贸然从事，事情就这么搁下了。

现在可倒好，别人开玩笑的话，沈建树这个书呆子却坚信不疑。骗骗小髻可以，阿宁可不愿跟丈夫玩这么吃力的游戏。

“看你还真当回事了！我问了几个人，人家最后都说不行。我不过是逗小髻玩的。”阿宁轻描淡写地说。

“你……你怎么能这样？”沈建树呼地从床上坐起，碰歪了落地灯纱罩，那片绿色的光斑，惊讶地在地面荡漾。

阿宁料想到沈建树会不满意，却想不到这般严重，为了一个保姆，竟同自己的妻子翻脸，沈建树也太过分了。她一扭脸：“你有本事，把小髻的户口办来，或是你出面给她找个对象！我不用这个办法，小髻出出进进吊着个脸，你爱看，我还不爱看呢！”

沈建树察觉到了自己的失态，小髻的事是个难题：“难道，你要小髻嫁给那个跛子吗？”他痛心地说。

“跛子的事，现在还不好说。”阿宁不想在这个问题上先表态。

沈建树沉思良久，缓缓说道：“我倒有个办法，万无一失的。”

“快说出来。”阿宁催促着。

“求你爸爸——也就是我的岳父大人，开一次后门，给小髻办上户口，找个工作。这并不是什么了不起的事。共产主义不是要消灭城乡差别，搞世界大同吗？”

“你真是个书呆子！莫说爸爸没有这个能力，现官不如现管吗！就是真能办，他老人家也不会办的。到处都在纠正党风，你该不会让一生清廉的父亲，为了这件事受通报挨批评吧！”

这也不行，那也不行，小髻的路在哪里呢？“谈对象的事，原来全是你编出来的！我真替你发愁，这西洋镜哪一天拆穿了，你怎么下台！”沈建树又想起这件揪心的事。

“车到山前必有路。我自有办法。”阿宁倒不慌不忙。这一会儿，她想出了对策。

沈建树也管不了这许多了。也许，他们不该为了自己的费费，把这个聪明的小堂妹，从那遥远贫瘠的乡村，叫到城里来？他不由自语道：“也许是咱们错了？”

“谁也没有错。”阿宁纠正他。

“小髻唯一的路是——回去。”阿宁沉重地吐出了这后两个字，“回到生她养她的那块土地去。刚开始，当然免不了痛苦，时间长了，就会慢慢淡忘，就像看了一场电影，一部小说。当时挺感动，时间久了，也就是那么回事。当然，小髻对咱们家的恩情是不能忘记的。等费费长大了，让他到乡下去看他的小髻姨姨……”

沈建树没有答话。阿宁以为他睡着了，仔细一看，大睁着双眼，在看着雪白的天花板。他真无法想象：当阿宁告诉小髻所谓的找对象，纯粹是一场骗局时，大家脸上该是怎样一副表情？

走廊的紫花布幔里，小髻在做年轻女孩们常做的快乐的梦。可惜梦是外人看不见的。不然，沈建树会看到小髻在同一个漂亮而英俊的男孩子在碧绿的山林中奔跑，那个男孩子的眉眼竟有些像他……

过了几天，阿宁对小髻说：“你愿意去看看我上班的工作单位吗？”

小髻早就想看看阿宁姐是怎样上班的。在她眼里，阿宁姐是最有本事最有魄力的女人。做人要做到这个样子，是小髻最高的理想了。

尽管阿宁姐没做任何其他暗示，小髻还是刻意打扮了一下。她感到今天也许会碰到阿宁姐单位的那个“他”。

一幢乳白色的大楼，方方正正，像一块巨大的雪糕，在枯黄的草地中央，闪着炫目的光。它几乎没有窗户，整体性极强，叫人觉得不宜居住，而只能用来保存某种机器或无生命的物体。准备间里，每个人都要换上白衣白帽白鞋白口罩，好像是准备接触烈性传染病的医生。

环境先声夺人。小髻怯怯地倚在墙角，觉得自己脏而猥琐，不配走进这高贵场所。阿宁拿来参观服，让她把毛背心套在里面。屋内炎热，毛背心的绒毛透进衬衣粘在皮肤上，十分难受。

穿戴齐整，她俩都只剩下一双眼睛，毛茸茸的互相对看着。

“这是谁？”有人问。

“我妹妹，刚从大学毕业，也是咱们这行的，想来见识见识。”阿宁难得地撒了一个谎，幸好口罩很大，看不出脸红。

进入操作间，要通过空气幕除尘。强劲的风流从四面八方冲击着人体，给人一种站在峭壁或海边礁石上的恐惧感。

现在，可以进去了。

这里运行着国内最先进的电子计算机组。乳白色的弧形大殿，到处是柔和洁白的光线，却不知是从何处射入的，室内清凉冷冽到近乎森然，红红绿绿的灯钮像夏日的流萤一样烁动不止，寂静中，每秒钟都有数亿次的运算在进行着。

小髻惊呆了。她原以为计算机不过是电视中常做做广告的那种像电视机一样的小仪器，每每有一个漂亮姑娘（有的还不如小髻漂亮呢！）坐在那像一年级小学生坐的连凳课桌那样的小桌子上，像打字似的敲打着扣子似的键盘，殊不知是完全错误。微机同最先进的计算机系统相较，实在是沧海一粟！

一秒钟多少亿次的计算，那是浩瀚无垠的世界。“嘀嗒”一声中，这机器就数遍了天上的星星、地上的人头。小髻想不出还有什么东西需要这样庞大的数字。山林中的每一片树叶？稻田里的每一粒谷穗？

她想不下去了。阿宁姐站在远处，在同什么人谈话。那人顺从地记录着，看得出，阿宁姐是个领导。虽然穿了毛背心，小髻还是觉得冷。她曾以为，经过学习，她也能成为阿宁姐那样的人，现在才明白，其实是根本做不到的。

人和人，原本不一样。

“小张回来了吗？”阿宁大声问。那声音分明是要让小髻听到。

“没有。”有人恭顺地回答。

“我们走吧。”阿宁招呼小髻。

小髻拖着沉重的腿，走到楼外。凛冽的寒风使人精神陡地一振。

“你看多不巧！小张就是我给你说的那个对象，今天不在。”阿宁故作平淡地说。

“不……不……姐姐，你的心意小髻领了。那个人，我不见……不见……”小髻像要避开压过来的什么重物一样，用力推挡着。

“为什么？挺好的一个小伙子，你总该见一面。”阿宁很惋惜地说。

“我……什么也不为……我不愿意……”小髻吃力地为自己辩解，生怕阿宁会硬拉着她去见什么人。

“你是不是同那个腿不太好的小伙子相处了一段时间，对他印象不错？要是那样，我也就不勉强你了。”阿宁巧妙地把责任转嫁到小髻头上，然后又很关切地开导她，“看一个人，主要看是不是心好。别的都在其次。”

小髻木然地嗯哪着。

阿宁姐回去上班，小髻一个人回家。沈建树在家看着费费，一见小髻那个模样，就知道那件尴尬的事情已经发生过了。

小髻闷着头垂泪。

沈建树不知从何劝起。小髻太像阿宁了，连哭泣时那种任眼泪滚滚而下，不去擦拭，直到嘴角，下颌都挂满了泪珠的姿势都像。

阿宁计划好的这一切太残忍了。她怎么就不怜惜这个同她一模一样的小妹妹？

沈建树走过去，扳动小髻的肩头。连透过肩部衣服所感到的肉体的圆润，都是一样的。

他看到一朵洒满雨水的梨花，祈求地望着他。他真想吻一下那双湿漉漉的眼睛。

他无力地松开了自己的手。他能为她做点什么？什么也做不到。

“小髻，别哭了。农村也是个很有发展的地方。”沈建树的话干巴巴的。他多么想找出一句有力量的话！

“姐夫，我不回去。您和阿宁姐再生一个孩子吧？我给你们带，我侍候你们，一定带得比费费还好。”小髻全然不曾感到有什么异样。

沈建树悠长地叹了一口气：“真是个傻念头。这怎么可能呢？独生子女是咱们的国策啊！”

“姐夫，您和姐姐帮我想想办法吧！”

沈建树摇了摇头。能想的，都想过了。

小髻抹抹泪，不再哭了，扎上围裙，准备做晚饭。

假如一个男人可以有几个妻子，沈建树会娶小髻的。

这更是个荒唐的想法了。该死！沈建树为这奇怪的一闪念，羞愧难当。

十四

紫花布幔，在夜里看起来，像是纯黑的幕布。那些枝叶不全的花瓣，全隐藏在墨叶一样的黑暗之中。

姐姐和姐夫今晚很安静。这使得小髻寂寞难耐，漫漫长夜，何时才能熬到天明？阿宁姐有安眠药，可惜搁在里屋的床头柜上，没法去拿。

姐姐姐夫睡得很安稳。他们当然舒服，吃穿不愁，又有体体面面的工作……人和人的命，怎么就这么不同！不是都一个家谱上的“梁”字吗！不怪天不怪地，都怪自己的老爹爹，想当年，怎么不争着抢着去当红军！

这次回家，小髻详详细细问了个明白。都是一个爷爷所生，为什么阿宁姐就能住在城里上大学，而她梁小髻只能给城里人当保姆？

“你们的土地哪里来？红军给的。你们的粮食哪里来？红军给的。你们的衣服哪里来？也是红军给的！现在红军要扩充，你们不当，谁当？！是好儿郎，就要踊跃当红军！”一个穿着灰布军服的人，站在碾盘的石碗子上，跺着脚宣传。

磕巴老倌有两个儿子。知恩必报，他至少得让一个儿子去当红军。老倌喜欢红军分田地，可他不喜欢让儿子去当红军。分了田地，正该好好种，儿子走了，田地还有什么用！这话却是说不出口的。

“我去当你们红军，行不行？”磕巴老倌问。

“父子都当红军，当然好！”碾盘上的红军鼓掌。

磕巴老倌知道搞错了。他原本是说自己去儿子就不去了。这回更了不得了。

“伢子，你们哪个去？想想好，莫说爹偏着哪个向着那个。队伍上吃得好些。可弄不好，枪子也就崩掉脑壳了。两丁抽一，必得去一个，爹也护不住，你们自个定吧。”

“兄弟比我孝顺，比我伶俐，留在家里侍奉父母吧。二伢子，听爹娘的话，我走了。”大哥煞煞腰里的草绳，预备从此去当红军。

大伢子已经走出去老远了，磕巴老倌突然一拍二伢子后脑：“快走，将你哥哥换回来。莫怪爹心狠，他终是比你多吃了两年饭，下地

顶个人用了。若打死了，岂不更可惜！你去后，仗打起要躲闪在人后。你个子小，也许枪子碰不着。”

二伢子懂事地眨眨眼，撅起屁股跑了。

“回来！”老倌瓮声瓮气地在后面唤。

二伢子转回来，抹了一把鼻涕，不知道自己做错了什么事，惹得爹爹生气了。

磕巴老倌阴沉着脸，摸索着从腰里解下一根被汗水浸得污亮的布带子：“这根鸡肠带，你拿去系在肚上。吃饭时要松些，赶路时要紧些……”

二伢子很高兴。穷人家里只有主事人，才能享有一根布腰带。

磕巴老倌提着裤子，看着二伢子跑远。多少年后，二伢子还在后悔，怎么没有再回一次头，最后看一眼自己的亲爹！

“你是说，爹就死在这青崖下？”肩上缀着金牌牌的军人，向面庞苍老得较当年磕巴老倌还甚的大伢子问道。

“方圆几十里，可还有第二座青崖？！”大伢子瓮声瓮气地回答，声音也一如当年的磕巴老倌。

青崖笔直峭立，高耸入云。其下十米以内，嵌着永远刷洗不去的血迹，红军走后，白匪用烈士们的血，曾将青崖涂得一片血红。

“这上……也有爹的……血？”扛金牌牌的军人战栗着问。久经沙场，他的眼睛却不敢去看青崖。

“爹倒是至死没流一滴血的。”大伢子平静地说，几十年从青崖下走，有多少泪也流光了。

磕巴老倌是以“通匪”的罪名被点了“天灯”的。十个手指被蘸滴麻油的棉条裹紧，然后同时点燃，明晃晃的，直到所有的血和膏脂燃尽。

“爹临死前，可留下了什么话？”就是做到了将军，二伢子也还像最普通的孝子，苦苦地寻求着爹在这世上最后的遗愿。

“当时我也不在。是爹让我躲出去了，听人说爹临死还在喊你的

名字。”

那是哪一瞬？是在行军还是打仗？怎么自己就没一点感应！二伢子深深地懊悔着，觉得对爹爹之死负有不可推卸的责任。他面向青崖，“扑通”一声跪下了，草绿色的呢军裤，沾上两团圆圆的黄土疤，像是打了两块补丁。

“兄弟，这次走了，何时再回来？”大伢子扶着专送弟弟进山来的吉普车门，怅怅地问。

面对着同父亲当年一模一样的眼神，二伢子不能撒谎。他扭过脸去：“哥哥，我再不回来了。”

是啊，除了这山川和童年，两兄弟再没有什么共同的东西了。也并非二伢子寡情。自打他回来之后，小小的山村就没断了哭声。那一年“扩红”走了30人，就活着回来了他一个。

“哥哥、嫂子，以后到我那里耍去吧。”二伢子走了，膝盖上还带着那两团黄土印印。

大伢子进了城，回来后成了村里最有权威的男人。大伢子的媳妇进了城，回来后成了村里最有见识的女人。然而，年代久远，庭院又深，关系就渐渐疏淡下来。最后，竟连谁家有几个孩子，都是做什么的，也搞不清了。一代血缘，就这样慢慢淡漠了。

这些年，农村是比以前富了，可小髻他们那儿不富。他们是老区。什么叫老区？就是旧社会三不管的穷困边远地区，首先爆发革命的地方。革命爆发了，革命又走了。待到革命又回来的时候，那地方依旧穷困边远，依旧三不管。阿宁姐来信问谁愿意帮她带孩子，别人还在犹豫，乡下人宁愿饿死在自家炕头，也不愿出去侍候人家。小髻却铁了心要去。她要去见识另一种生活。

小髻现在过的算是什么生活呢？她的吃穿住都同阿宁姐一样，但骨子里是不一样的。社会像一幢有着许多层的楼房，你还没出生，你的那个房间就预订在那里了。你想走进另一间屋子，你想登上另一层

台阶，到哪里去找钥匙呢？

爷爷呀爷爷！你能告诉小髻该怎么办吗？

十五

阿宁对小髻的事，陷入极度的矛盾之中。

“姐，我哪天把田国兴领到咱家来，你和姐夫帮我拿个主意，看这个事到底是成还是不成？”小髻不止一次说过这个话，声调几近哀求。她现在是一条失了舵的小船，连自己都不知道该驶向何方。

“我看还是暂时别领来看的好。小髻，你在北京没别的亲人，我一出面，就等于是家里人认可了。将来万一有其他想法，就没回旋的余地了。”阿宁斟酌着说。

小髻默默地点点头，阿宁姐不愿为她负责任。

这也不能全怪阿宁。她希望有个人能拴住小髻的心。至于那个残疾人到底好不好，适合不适合做小髻的终身伴侣，这阿宁管不着。也不想管，不能管。每个人的口味都不同，你认为完全不可能的事，别人也许以为天经地义。市面上再丑的花布都有人买，起码它的设计者就以为很美。真见了那个跛子，她说什么？说赞同？小髻的父母不在，她作为亲亲近近的堂姐，说话是有分量的。真促成了这件事，她就得负责任。小髻今天为了户口的事，可以容忍跛子的瘸腿，将来有了户口，也许要埋怨今天支持过这件事的人。谁愿意一辈子落埋怨？小髻的父母将来知道好端端的女儿找了个残疾人，会不会迁怒于阿宁？要是没有她的费费，一切都不会发生。再有，还有自己父母那一头，父亲若是动了手足之情，没准会认为我阿宁亏待了堂妹。这些还都是从我们这边考虑。若是田家母子对小髻不好，她孤苦伶仃一人，也许会半夜三更披头散发来找阿宁解围，不管怎么说，这里是她娘家的人，阿宁得给她撑腰出气……

罢！罢！梁阿宁何等机灵的一个计算机程序设计工程师，哪会让自己搅进这种无头官司中去！

还剩下一种表态，就是反对。那更使不得了。也许否决票前脚投出，后脚小髻就打起背包离开北京。一个廉价而优质的劳动力就此消失，她和沈建树又陷进无休无止的忙乱与痛苦之中，费费已经逼近三岁，就要能进入全托的幼儿园了。百尺竿头，还需更进一步。她不能功亏一篑。让田国兴这盏不明不暗的灯，在远处闪耀吧。阿宁和她家庭的安宁秩序就有保障。

为此，不论小髻怎样把她和田国兴交往的枝枝蔓蔓都讲给堂姐，希望见多识广的姐姐为她拿个主意，阿宁还是矜持地微笑着，细心地倾听着，却从不明确表态。

要说阿宁对小髻的事一点不关心，绝对是冤枉，她于细微之处审慎地观察着。起码不能让小髻上当受骗。不但于天理良心上说不过去，就是将来在爸爸面前，也交代不过去。

当妈妈的，自有她的调查手段。

费费已经长成了个漂亮的男孩子。然而不知是“贵人语迟”还是男孩天生嘴笨，他喜欢跑跑跳跳，却并不怎样爱说话。不过阿宁坚信自己的儿子聪明而早慧。

“费费，告诉妈妈，小髻姨姨常带你到哪去玩呀？”阿宁循循善诱。

小髻每次外出都领着费费。虽说阿宁说过，要是她跟国兴逛公园或是轧马路，就提前打个招呼，阿宁自己回家带费费。但小髻从未利用过这种优惠。今天是阿宁再三劝说，小髻才独自出去。

“这边……还有那边……”费费用胖胖的手指，点了两个完全相反的方向。

看来逛的地方还挺不少呢！

“是姨姨和你两个人，还是有其他的人？”阿宁继续扩大战果。

“姨姨……费费……还有叔叔、奶奶……”

怎么还有个奶奶？噢，是那个无处不在的田大妈！儿子谈对象，她跟着掺和什么呢？阿宁不解。

“叔叔是这样走路的……”费费突然说出一句如此长而完整的话，也许是妈妈郑重其事的态度，使他的记忆力如此活跃。

看一个圆滚滚的男孩子，挥舞着胖乎乎的手脚，学一个跛子走路，真是一件有趣的事情。费费还没有左和右的概念，他一会儿这只脚颠簸一下，一会儿那只脚缩短一下，跌跌撞撞，像一个小醉鬼。

阿宁笑得前仰后合，完全忘记了自己的初衷，惊叹自己的儿子有这样精彩的模仿才能。

沈建树恰好走进来，看到眼前的一幕，不由分说走过去，在费费白白嫩嫩的屁股上，狠狠地扇了一巴掌。

费费被这莫名其妙的突然打击，连吓带疼惹得哇哇直哭。

“你手怎么这么重！他一个小孩子，懂得什么？”阿宁像被火烫了手指尖一样，惊呼起来。

“小孩子不懂，大人也不懂吗？”一向斯文的沈建树，破例地大声斥责。

“走！费费。不理爸爸，跟妈妈下楼玩去。”

女人终究是女人。一看丈夫真发了脾气，加上自己又确实不占理，阿宁讪讪地给自己找着台阶，揩干净费费的眼泪。

又是一个春天了。

到处是拔地而起的高层建筑。房屋也像日新月异的人类一样，越是年轻的，身材越高，高楼大厦压抑着低矮的四合院，城市在发达中透露出古老。道路笔直，新漆的人行横道斑马线，像早晨买的豆浆一样洁白湿润。费费早已忘记了刚才的悲剧，在马路边的墙缝里，细心地抠着刚泛绿的嫩草。大概心里还在奇怪：远远地看到那么多绿色，怎么跑近了，就看不到了？

看着日渐长大的孩子，阿宁的心绪像被温热的熨斗熨过一样，渐渐舒展开来。费费上幼儿园的事，已经基本联系妥了。她不可能再要一个孩子。这就是说，作为一个知识女性，她一生中最艰难困顿的一片沼泽地，业已接近尾声。将来她会以沉重却又充满自豪的口吻谈到她生命的这一段历程。革命生产两不误，既有一个足可骄人的儿子，又有毫不示弱的专业成就，她应该满足了。

平心而论，她该感谢小髻。

突然，一行奇怪的队伍，吸引了她的视线。

最前方，是一个裹着半大解放脚的老太太。她拎着一个鼓鼓囊囊的提包，面露喜色，目光中又颇有几分焦灼，她好像负有引导的使命，颠颠地往前走，不时又频频回头，或者干脆往回走两步，伸出手去想搀扶什么人，又始终没有人把手递给她。

在她后面，走着一个残疾青年。他向前看看，又向后看看，然后谁也不看，努力控制住自己的全身肌肉，尽量使自己走动的姿势接近正常。然而正是这种努力，使他格外突出于人流之中，不像是一个人在行走，而像一只受伤的鸟在向前顽强扑动。

最后面，是一个身材颀长，步履矫健的女孩子。她本该走在最前面的，此刻却落在最后。若不是老妇人和残疾青年频频回顾的目光，像挣不断的丝线一样牵引着路人的视野，没有人能判断出他们是朝着同一个方向……春天风大，虽然这一阵风势平稳，女孩子还是用一条细密的白纱巾将自己的头脸包裹起来。透过依稀透明的纱孔，看得见她粉红色的脸庞，像晶莹剔透的石榴子，光彩照人。

梁阿宁自然知道这是谁。也许应该佯装不曾认出，以维持她的既定方针？也许还是打个招呼，迟早大家总要见面？还没等她分析权衡出其中利弊，正在墙边挖土的沈费费猛一回头，立刻欢快地大叫起来："姨姨——叔叔——田奶奶——"

小髻同田大妈一家上街时，总是低着头，仿佛在寻找一件丢失的

宝贝。她发现了阿宁，立刻快步跑了过来。

田国兴稍一愣怔，也迅即明白了其中的关系，他积蓄起力量，一拐一瘸地尽快掉转方向，朝阿宁颠簸而来。

梁阿宁看到了两双完全不同的腿。梁小髻笔直的筒裤像黑色的琴键，均匀而有力地敲击着路面，修长而挺拔。田国兴的腿扭曲而皱缩，像一片被虫蛀过又被虫蛹绣成茧团的枯叶……两双腿同时向她走来，彼此间的距离却越拉越远……

十六

费费就要上幼儿园了。费费是大孩子了，两年前领费费荡秋千时，他还吓得直哭，现在已经能很适如其分地利用惯性。用胖屁股使座椅式的秋千飞得高些。

带了几年的孩子，就要分手，小髻感到淡淡的惆怅。费费走了，她也该走了。

又是一年春飞柳絮的时节了。小髻随手捡了一枝杨花。耳坠一样的花束垂在手腕上，小髻从绿色的花粒绽口处，扯出银白色的花絮，用指一捻，杨絮扇面似的散开，闪着缕缕丝丝的银光。她顺手撒了出去，杨花乘着温吞吞的和风，小伞样地飞舞起来。小髻用目光追踪着它们，想知道它们究竟落往何处。无着无落的杨花，不慌不忙地飘荡着，混淆在飞絮之中，看不出哪一朵是小髻放出去的了。

嫁人的事，怎么也该定了。

费费上了幼儿园，小髻就该走了。阿宁姐不会撵她，可她也不能老住着啊!

妈妈又来信了，催问她说过的那个大学生的对象，究竟谈得怎么样了。

姐姐已经跟她算清了工钱。从下个月起，她愿意住着还行，只是

不付给保姆费了。

在见过田国兴之后，阿宁姐郑重地表明了自己的态度：她认为小髻同田国兴不合适。小髻不会幸福。

阿宁这一次完全是公正而客观的。她竭力不让费费的事干扰自己的判断：费费就要上幼儿园，该为小髻想一想了。她确实为小堂妹感到深深的惋惜和不平：一条健全的腿和一张薄薄的户籍纸片，究竟孰轻孰重？人难道不是最可宝贵的吗？

沈建树阴郁地沉默着，始终一言不发。工作不顺利，调动无头绪。对于自己无法操纵的局面，说话又有什么意义？

谁的话都听过了，只是没听过费费的意见。小髻觉得这是个大疏忽，有谁比费费更了解其中的一切，又不带丝毫偏见呢！

“费费，有件事，姨姨不知道该怎么办，你帮姨拿个主意吧？”

男女工程师的高贵结晶——沈费费，不情愿地看着秋千被他的姨姨拽停，瞪着黑玛瑙一样透彻的眼睛，像是人世间的精灵。

“你认识跛叔叔吗？”

“认识，就是走路一拐一拐。他们家还有个老奶奶的跛叔叔吗？”

“是。就是他。你说姨姨是到他家去，还是回自己家去？”

“姨姨哪儿都不去。姨姨就住在费费家。”

“那不成。费费家不是姨姨的家。姨姨得走了。”

“不走不成吗？”

“真的。不成。”

于是沈费费像成年人一样，叹了一口气。

小髻心里一热，紧紧搂住费费，亲着他的眼睛，又亲着他的嘴。

“不，姨姨不能走。姨姨总跟费费在一起。”小家伙又变卦了。

“这不可能，费费……姨姨也愿意，可是，不行……姨姨得走了，姨姨会经常回来看你的……可是费费，你还没告诉姨姨，姨姨到哪儿去呢？”

费费沉思着。谁说孩子不会沉思？只是没有人征询过他们的意见罢了。这是真正的男子汉的沉思，他将决定他美丽的小髻姨姨一生的命运。

小髻紧张地等待着，等待命运之神的昭示，眼睛里不由自主地盈满了眼泪。她仰起脸，不愿让费费看到自己的泪水。天上有一轮太阳。哭的时候不要看太阳。为什么不要看太阳？太阳会刺伤了你的眼。这是妈妈的话，妈妈你错了。隔了泪水的太阳不那么耀眼，它毛茸茸的，水淋淋的，像一朵纸剪的白花……小髻任泪水沿着面庞横流，像是一张盛满了水珠的荷叶，蓦地，奇迹出现了，眼前现出一道五彩的虹……

泪水中的虹，格外鲜艳。

小髻长大了。周围这么多老师，教她读懂了城市这本书。城市是什么，不就是许多人聚在一起吗！不管什么人，只要走进来，就休想把他赶走。小髻不再寄希望于那屈死的爷爷了。让爷爷的灵魂安息，自己的路要自己走。要是没有几十年前的那根鸡肠带，阿宁姐不也在乡下，也许名叫盆呀碗呀的，也说不定。叔叔当年付出了血和命的代价，小髻也应该付出代价。

只是这代价，对一个姑娘来说，太昂贵了。小髻便需格外慎重。

田大妈给小髻买了那么多衣物。小髻穿起来便一阵心酸，大妈，你不觉得小髻穿得越好，越显出和你的儿子不般配吗？

越是人多的场合田国兴越愿意领着小髻去。小髻是他的光荣，他的骄傲。跛毒瞎狠，残疾人被这世界欺负得怕了，当他享有一双健全的腿时，他愿意全世界都看到他俩。

小髻的心在痛苦的沸水和希望的渴求中，像涮羊肉片一样交替滚着。田国兴不是坏人，但她忍受不了世人投来的目光。每次外出，她都要拉上田大妈，有可能的话，还要抱上费费，在她内心深处，有一个不可告人的秘密，她希望田国兴不要活得太长久。当然，他病了，

她会端屎端尿侍候他。小鬐不是忘恩负义的人，只求他故去后，给小鬐留几年堂堂正正做人的时间。

想得太远了。

“姨姨，我想出来了。”费费的眉头聚着极细小的皱纹。

“你说吧，姨姨听着呢。”小鬐曼声应着。

“到跛叔叔家。”费费想起来了，跛叔叔给他买过一辆小坦克。

“哦。是吗？”小鬐摸了摸费费的头，“费费真乖。”

就这么定了吧！真想不到，在紫花布幔里想了无数个晚上的难题，解决起来这么容易！早怎么没想到呢？

十七

小鬐出嫁了。

好一个富丽堂皇的婚礼！小鬐对一切都无动于衷，是田大妈要大操大办的，她要把多年的积蓄，在这一天像淌海水一样地花出去。让街坊四邻看看，让早死的老头子在阴间也跟着热闹风光一下，田大妈一手拉扯大了儿子，又给他娶了一个多么标致的俊媳妇！两家原本相隔不远，却一定要租来的车绕行大半个北京城。

田国兴自然是喜气洋洋，不管从哪方面说，今天都是他一生中辉煌的日子。他那颗敏感的心，极力去揣摩小鬐的心事，却得不出个所以然。

迎新娘的轿车到了。这座知识分子聚居的楼房，还从没这样热闹过。田家找来帮忙的人，将汽水瓶样的炮仗，燃得震耳欲聋。破碎的纸屑像肮脏的雪片，裹着呛人的火药气，自空中层层落下。人们纷纷从窗户探身张望。

新嫁娘走出来了，阳光顿时为之逊色。小鬐穿着一件金红色的丝绒旗袍，满身的银饰片像鱼鳞一样闪闪发光。外披一袭洁白的婚纱

在微风中摇曳荡漾。她的脸色安详而沉静，鬓角别着一朵极小的红绒花，很熨帖，很牢靠，像是从头发里长出来的。

“你妈妈怎么还没到？”阿宁着急地问。说好了请小髻的母亲来参加婚礼的。这么大的事，阿宁要办得牢靠些。

“妈妈要过几天才能来呢。我告诉她结婚的正日子，还没到。”小髻谦恭地垂下眼帘，希望阿宁姐能原谅她这最后一次说谎，待妈妈来时，一切都已做成熟饭了。

阿宁什么也没说，不是雇主与保姆的关系了，都是同宗姐妹，婚姻是自觉自愿的事情，她又能说什么呢！抛开一切恩恩怨怨，阿宁又一次打量盛装的小堂妹，心里一阵凄凉。

就在昨天，她还同田大妈进行过一场颇不愉快的谈话。

“您什么时候能给小髻办上户口呢？”阿宁不放心地问。

“上上下下都打点齐了。一年以后，我就给她办。”田大妈胸有成竹地说。

“怎么要等那么长时间？”阿宁一惊，该不是这颇有心术的女人，在哄骗小髻吧？

“急什么呢？您是个明白人，我也就把丑话说在前头了。等小髻跟国兴有了孩子，我抱上了孙子，这户口，我就是非办不可了。我不心疼媳妇，还心疼孙子呢！在这之前，我宁可从自由市场给她买高价粮，户口也是不能办的。要不然鸡飞蛋打，我找谁去？”田大妈有板有眼地说。

阿宁无以对答。

汽车鸣着喇叭。娘家人应该上车了。

“建树，你一个人陪陪小髻吧。我有点不舒服。”想到一会儿婚礼上将要出现的情形，那个比小髻要矮半头的瘦弱的残疾人……

“这合适吗？”沈建树迟疑着。说实话，他也不想去。

“我真不知道在这样的婚宴上，该说点什么。”阿宁忧郁地说。

沈建树上了车。这是他能给予小髻的最后的帮助。

阿宁疲惫地推开自家的门。

屋内显得空荡而陌生。小髻是个勤快人，临走前，将屋内该洗的洗，该刷的刷，一切陈设恢复到她未住进时的样子。

一切的一切，都同原来一样，只是墙角多了那幅紫花布幔帐。

天不早了，该去幼儿园接费费了。

费费回来，不见了他的小髻姨姨，也许会哭的。

目 录

小说篇

总序

写作多年，积攒下若干文字。20 世纪 90 年代，有出版社找到我，说是预备给我出套文集。我听后心情有些激动，先是高兴马上又觉得自己不配。

文集出了，销得还不错。劳动人民文化宫举办书市，我去签名售书。文集共 4 本，卖 80 多块钱。读者们排着长长的队伍，缓缓走向我。我埋头签书，心里充满了不忍。我想，80 多块钱，要是用来买成肉，快合半扇猪了！（那时物价便宜，一斤肉才几块钱。）人家把吃肉的钱省下来，买我的书，多大的信任啊！一斤肉吃到肚里，肯定会让人长力气壮身体（那时的人没有那么多“三高”超标，视吃肉为上等的好事情）。扪心自问，我的书带给人的帮助，能抵得过十几斤肉吗？

心中惶恐。从那一瞬，我暗下决心，这辈子，不写则已，如果写，就一定要说真话，要认真负责对待笔下的每一个字。力争做到对得起读者为了购买我的书，付出的买肉钱。

购书的代价是两方面的。首先要付出金钱，读者的钱是哪里来的呢？是他的劳动换来的。所以，买书这件事，说到底，是用作者的劳动换读者的劳动。市场上，如果人们买了变质的食品或是伪劣产品，可以要求退换货或是保修。但是，读者买了一本书，如果没有缺页错页，基本上不能把书退还书店或是作者。也就是说，写书卖书的人，只对书的装订质量负责，至于内容，你买了书，就自认是全盘接受，售出后概不负责。我觉得这近似霸王条款。或者往好里说，是人与人之间一种极大的信任。一个作者，万不可亵渎了这份信任，唯有竭尽全力诚惶诚恐地为自己的产品负责，才能对得起读者这一份近乎无条件的接纳。

读者付出的第二种代价，是他或她的时间。时间其实是无价的，是用来构成生命的金色颗粒。读者把如此宝贵的东西，消耗在阅读我所写的文字之中，我无以回报，只能将我的思考和表达，千锤百炼力求尽善尽美。我不敢保证它们完全正确，但我应该保证它们具备发自内心的诚挚。否则，就是暴殄了人与人之间的信赖，就是对他人的轻慢和敷衍。

从那时到现在，又过去了 20 多年。作品积攒得比过去多了，心态已悄然变得平和。感谢编辑们的热忱和信任，我能有机会出一套自选集，十分高兴。

它们大致分为三部分。一部分是和幸福有关，一部分是和心理有关，还有一部分和旅游与我在西藏的岁月有关。

这是我在不同时期写下的文字，打着我的年龄的烙印。年龄的增长从未让我气馁，只是帮助我理解了不同时期的美好。

如果把人生比作一株植物，把青年时期比作嫩绿，我 35 岁时才开始写作，实在要算在苍绿时段才进入别人的早春，接下来是无以抵挡的墨绿与苍黄……现在，干脆成了深秋时节银杏叶般的暗金。我已进入老年，步伐放缓，心头肃静。我知道生命还会继续变化，从草黄变成铅铁般的灰黑；再然后，哦，就该是土壤的褐赭色了；再再然后，大约就无色透明了。

祈愿我的文字带着我的暖意和祝福，飞抵你的掌心。

毕淑敏

2016 年 6 月 1 日

文学界的白衣天使

如果她的署名是阿咪、狂姐、原水爆或者荷兰豆，也许我早就读过她的作品了。

然而她的名字是毕淑敏，这名字普通得如——对不起——任何一个街道妇女。

而且她说她从小就是一个好学生，她的数学与语文是同样的好（总算找到了一个喜欢也学得好数学的同行了，王蒙大悦焉），她的开始写作源于她父亲的建议，而她的戒骄戒躁是由于儿时母亲的教导。为了写作，她在完成了医学学业以后，又去上广播电视大学的文学系并以“优”的成绩毕业，继而读研究生，获得了硕士学位（有几个作家老老实实地这样学过文学）。再说，她同时是或者更加是一个医术精良的内科医生，她对此充满自信与自豪……

我真的不知道世界上还有这样规规矩矩的作家与文学之路。我本来以为新涌现出来的作家都可能是怀才不遇、牢骚满腹、刺儿头反骨、不敬父母（而且还要审父）、不服师长、不屑学业、嘲笑文凭、突破颠覆、艰深费解、与世难谐、大话爆破、呻吟颤抖，充满了智慧的痛苦、

天才的孤独、哲人的憔悴、冲锋队员的血性暴烈或者安定医院住院病人的忧郁兼躁狂的伟人——怪物。

毕淑敏则不是这样。她太正常、太良善，甚至是太听话了。即使做了小说，似乎也没有忘记她的医生的治病救人的宗旨，普度众生的宏愿，苦口婆心的耐性，有条不紊的规章和清澈如水的医心。她有一种把对人的关怀、热情和悲悯化为冷静的处方，集道德、文学和科学于一体的思维方式、写作方式与行为方式……

所以就更显得毕淑敏的正常、善意、祥和、冷静乃至循规蹈矩的难能可贵。即使她写了像《昆仑殇》这样严峻的、撼人心魄的事件，她仍然保持着对于每一个当事人与责任者的善意与公平。善意与冷静，像孪生姐妹一样时刻跟随着毕淑敏的笔端。唯其冷静才能公正，唯其公正才能好心，唯其好心世界才有希望，自己才有希望，而不至于使自己使读者使国家使社会陷于万劫不复的恶性循环里。也许她缺少了应有的批评与憎恨，但至少无愧于心，其实是远远优于那些缺少应有的爱心与好意的志士。她正视死亡与血污，下笔常常令人战栗，如《紫色人形》《预约死亡》，但主旨仍然平实和悦，她是要她的读者更好地活下去、爱下去、工作下去。她宁愿忏悔“我”的多疑与戒备太过，歌颂普通人（《翻浆》），而与泛恶论的诅咒与煽动迥异其趣。至于她的散文就更加明澈见底了。

她确实是一个真正的医生，好医生，她会成为文学界的白衣天使。昆仑山上当兵的经历，医生的身份与心术，加上自幼大大的良民的自觉，使她成为文学圈内的一个新起的、别有特色的、新谐与健康的因子。

而另外的多得多的天才作家的另一面，实在是文学界的病友。我尊敬与同情我的病友，我知道世界上许多伟大的作家都有病，他们太痛苦了，他们因痛苦而愈发伟大了。但同时我也赞美与感谢大夫，

为了全国人民的身心健康，我祝愿在大夫与病友的比例上不至于出现太大的失调。有病人也有医生，这才是世界，这才有各种写不完的故事。

不知道这是我的幸还是不幸，不知道这是不是我的被误解与被攻击的原因之一。我既觉得病人之可哀可叹，又觉得医生之可亲可信，特别是当我给一个比我年轻的作家作序写评的时候，我承认每一片树叶的价值。当然，我宁愿多称赞一点祥和与理性，我也许又发放了太多的苦口的良药，真对不起。

王蒙

散文篇

你必得一个人和日月星辰对话，和江河湖海晤谈，和每一棵树握手，和每一株草耳鬓厮磨，你才会顿悟宇宙之大，生命之微，时间之贵，死亡之近。

到西藏去

小小的年纪，告别了父母，到一个遥远而陌生的地方去，本应该是很伤心的。妈妈到火车站送我的时候，险些哭了。但我心中充满了快乐，到西部去，到高原去，真是一次空前的冒险啊！

从北京坐上火车，一直向西向西。窗外的景色，由密集的村落，演变成空旷的荒野。气候越来越干燥，人烟越来越稀少，绿色逐渐被荒凉的戈壁滩所代替。三天三夜之后，我们这群女孩子到达了新疆的乌鲁木齐。在这里要进行最后的体检，才能决定谁可以到海拔 5000 米以上的西藏去。

我的身体一向很好，但这次医生说我的小便化验不正常，要是过几天复查还不合格的话，就要把我退回北京。

这不是“出师未捷身先死”吗？我的“探险”还没有开始，难道就要这么狼狈地打道回府啦？

我一定要想出一个办法！

我的目光停留在一个同我最要好的女孩子身上。

我悄悄地把她扯到一个僻静的地方，对着她的耳朵说："你说，我们是不是好朋友啊？"

她说："当然是啦。你怎么想起问这个不成问题的问题？"

我说："既然是好朋友，我向你借一样东西，你一定是借的啦？"

她一扭头嚷起来："什么东西呀？咱们的东西都是统一发的，我有的，你都有啊！"

我一把捂住她的嘴，说："干吗这么大声？是不是太小气不想借给我？实话说吧，我跟你借的这样东西，对你是一点用处都没有的，但对我的好处就大了！"

她说："那是什么宝贝呀？"

我说："是尿啊！"

我把我的打算告诉她，复查的时候把她的尿当成我的标本送上去。她刚开始吓了一跳，然后，很犹豫地说："这不是骗人吗？"我说："要是我复查不合格，到不了西藏，被退回北京，我们俩就再也见不到面了，更甭提做朋友了。"她想了想，答应了。

好不容易挨到了复查的那一天，没想到是通知我一个人单独到医院的检查科去。在卫生间里，我拈着盛标本的小瓶子，急得直掉泪。我真想到水龙头那儿，接一点自来水送上去，或者干脆把眼泪送上去化验，那就绝对没问题了。可是，我不敢。你想啊，化验员用的是显微镜，还不一下子就发现了我的花招？万般无奈之下，只好把自己的"标本"交上去了。

等待结果的日子，我和我的好朋友都充满了悲哀，以为我们必定分手了。

不可思议的是，这一次的化验结果完全正常。

我终于和我的好朋友一道，踏上了遥远的奔赴西藏的道路。

我们告别了乌鲁木齐，在广阔的戈壁滩与高原上坐了整整 12 天的汽车，到达了白雪皑皑的世界屋脊。我在那里待了十年。

后来，我把这一段有惊无险的遭遇和我的计谋，讲给一位老医生听，口气中充满了得意。没想到他皱着眉说："幸好你本身的体检合格了。要知道，西藏高原缺氧，氧气只有海平面的一半。要是你的小便有问题，就说明你的肾脏有问题；要是你的肾脏真的有病，又用别人的标本蒙混过关，那是很危险的。"

我承认他的话很对，但也仍旧很佩服当年那两个十几岁的少女，我们为了友谊和理想，真是很勇敢呢！而且不服气地想，西藏人的肾脏，就个个都是铁打的了？我在高原见过不少肾脏有病的人，活得也很快乐啊！

冰川上有“毒蛇”嘶嘶声

在高原上，爬山是家常便饭。就像你住在六楼，怎么能不爬楼梯呢？在拉练的日子，攀登更是必备的功课，几乎每天都要爬山。

爬山的实质，是人和地心引力做不懈的斗争。你用自身的体力，挣脱大地对你的控制，使自己向着太阳升去。如果你背的东西比较多，或者比较胖，那就更倒霉了，你不但得付出和别人一样的努力，还得加倍拼搏。因为那些东西和你多长出来的分量，都像秤砣一般拖着你的腿，逼你后退，你必须像扶老携幼的壮士，带着这些重量一道攀上高峰。

爬山的时候，喉咙会一阵阵地发出腥甜的味道，好像有一条流着血的小鱼，卡在那里。按说，这很没道理，因为爬山时最辛苦的，是手和脚。手要紧紧地扒住裸露的山岩，无论多么尖锐的石缝，为了有稳固的支点，你都必须把手指楔进去，好像在坚硬的墙壁上钉入十根铁条。脚像螃蟹的爪子，要么尽量向两侧伸展，以扩大身体和山石接触的面积，一旦发生下滑，可以最大限度地增加摩擦力；要么利用脚骨的斜面，把它变成没有知觉的木橛子，深深楔入岩缝，就像在巨幅画像下钉两个巨钉，才能保证悬挂着的身体突然坠下时可挽救危局。至于躯干，恨不能生出壁虎似的吸盘，牢牢粘在悬崖上。

爬山使人体的各部分紧急动员，所有功能都充分调动起来，肌肉高度紧张，神经分外敏感。此刻的每一瞬间，都执掌着人的生生死死。说起来，喉咙也很要紧，因为它是气道。爬山需要消耗大量的空气，就像前方在打仗，公路上运输的弹药物品就格外多。要是供不上气，手脚必得瘫痪。偏偏高原上稀少的就是空气，喉咙就得拼命工作，那种甜腥的感觉，一定是喉咙的某条微血管崩裂了，沁出鲜血。

一天，行军路上遇到一座险峻的高峰。尖兵报告说，曲折的冰崖阻住通路，攀登极为困难。领导给我们每人发了一条登山绳，让死死系在腰上。

“干什么用的？这绳看起来还挺结实。”小鹿说。

“这是结组绳。你们三个人把它系好，就成了一个结绳组。”领导指指小鹿、我和河莲。

“什么叫结绳组？”小鹿追问。

“小鹿你怎么这么笨？结绳组顾名思义，就是用绳子把咱们三个结成了一组。从今后登山时生死与共。要活大家一块笑，要死一起成烈士。”河莲快人快语。

领导点头不语，看来河莲解释得不错。

“那咱们就成了刘关张桃园三结义，恨不同日同时生，但求同日同时死啦！”小鹿兴奋得两眼放光。

领导不爱听，说：“这只是万一时候的紧急处置措施，不要动不动就说死的事，你们还年轻。”

河莲思忖着说：“要是小鹿掉下去了，还比较好救。她反正分量轻，一把就拽住了，要是小毕嘛，就有点危险，那么重。她要是万一失脚，只怕一个人会把我们两个都拖入深渊，同归于尽。”

我说：“不就是因为我的吨位比较大，你们就这么害怕吗？好啦，我好汉做事好汉当，要是出现了可怕的事情，一定不会连累你们。我会自动把结组绳解开，和你们脱钩，一个人滑下去好了。”

领导说：“不许乱讲。真到了那种时候，更要同心协力，两个人的力量怎么也比一个人强。团结就是力量嘛！”

河莲说：“我和小鹿这就在腰里装些石头，提高自重，救小毕的时候把握大些。”

我说：“不定谁救谁呢！”

大家说笑了一会儿，一根绳子让我们格外地亲近起来。

拉练已经进行了许久，我们对爬山也司空见惯。因为第一天行军就出现险情，领导调整了女兵背负的重量，让军马代我们驮一些装备。在后面的行军里，我们基本上可以保持不掉队了。我们自觉已是老兵，对山也有些满不在乎起来。

等到那座陡峭的冰峰矗立眼前，我们才知道，自己又一次低估了山的庄严和伟大。

它横空出世，好像是盘古开天辟地时丢下的一支冰棍，高耸入云，经过亿万年冰雪的滋润，长得庞大无比，晶莹剔透。人踏在上面，像一只甲虫爬过，不留一丝痕迹。

队伍拉开距离，开始攀登。我在最前面，小鹿居中，河莲殿后。结组绳松弛地连接着我们，像一根保险索。在通常的时候，它并不影响我们的动作，只是无声地跟随着我们，好像听话的小狗。

爬山这件事，在没有出现险情的时候，基本上是你一个人单独挑战大自然。你和大山徒手格斗，每向上前进一尺，都是一个新的回合。你一步一步升高，山就一步一步退却。但山可不是好惹的，嫌你惊扰了它绵延千万年的安静，抽冷子就会给你一点颜色，让你措手不及。要是处置不力，也许就会在瞬息之间，以生命作为疏忽的代价。

我仰望山顶，上面有松软的冰雪，看起来离我们很近。我想，顶峰上的雪，和别处的雪，一定有很大的不同。要不然，它们为什么会落在山顶，而不是在山腰呢？就像深海和浅海的鱼是不一样的，高山上的雪更神秘。我一定要尝尝山顶上的雪。

我们爬啊爬，谁也不说话。不是不想说，是不能说。因为一说话，容易分散注意力，发生意外。还有一个原因，雪像音乐厅里特制的墙壁一样，有很好的吸音效果，让你的声音像蒙在棉絮里呻吟一样，传不远，说起来很吃力。但是冰多的地方，又当别论。平滑的冰是音响良好的反射体，相当于大理石板，会使你的声音发出清澈的回音。我们此刻能发出的最大声音，是不停的喘息声。

爬啊爬，距离山顶，好像只有 50 米的距离了。我们费尽千辛万苦地爬过这段距离，发现山顶还骄傲地耸立在 50 米之外，漠然地俯视着我们。高原上稀薄的空气发生折射，使距离感变得虚无缥缈，引人错觉。我们并不懊丧，只是坚韧地向前，向上……

爬山很能锻炼人的耐力，在攀登的队伍中，你像一支射出的箭，只能一往无前地努力挺进，绝无后退的可能。我看见有一些鲜红色的小珠子，从我的嘴边滚落。我知道那是我把嘴唇咬破了，鲜血流了出来，马上又被严寒冻成固体。我一直不由自主地咬着嘴唇，好像那样就可以使自己积聚力量，保持高度的警觉，提高对付突然危险的能力。在攀登中，人的思想变得很单一，就是抓牢山岩，不要被山甩下来。这样爬得久了，容易想别的事情。

我想，祖先创造“爬”这个字，真是英明。它原本一定是预备形容野兽用的，爪和巴，表示所有的爪子，都紧紧地巴在地上，才能完成这个动作。我想，我的 20 个脚趾和手指，都是大功臣。假如没有它们劳苦功高地揪住山的毫毛，我一定像块圆圆的鹅卵石，叽里咕噜滚到山涧里去了……

在我们就要到达山顶之前，我突然听到一种奇怪至极的“嘶嘶”声，好像是毒蛇的舌头在搅拌空气。当然，这是绝不可能的，阿里高原因为酷寒，是没有蛇的。就算是有蛇，也绝不可能在冰天雪地里生存。恐怖的声音到底来自何方？没容我思索，腰间仿佛挨了致命的一击，猛地抽紧，勒得我喘不过气，一股螺旋般的下坠力量，像龙卷风一样吸住了我，裹着我迅猛地向山底滑去。

我在极端的恐惧中明白了——那毒蛇般的声音，是结组绳快速收紧，摩擦冰面的响声。河莲遇到了巨大的危险，正在滑向深渊。随即我看到小鹿在我的上方，也被绳揪动，开始了危险的下滑。

这就是结组绳的力量。它把我们三个联成一个统一的生死与共的集体。要么共赴深渊，要么同挽狂澜。

稳住！一定要稳住！我听见河莲在喊，小鹿在喊，我也在喊……其实，那一瞬什么声音也没有，只是我们生命的本能在发出共鸣。我们被惯性拖着向下滑，就像坐滑梯，越到后面力量越大。当务之急是拦住我们的身体，阻止致命的下滑。

我们每个人都像八脚章鱼一般，拼命扩大自己与山体接触的面积，以增加摩擦力。见到任何一条岩缝，都毫不犹豫地把手脚插进去，鲜血直流却毫无知觉。脚蹬掉一块又一块石头和冰块，听它们发出震耳欲聋的轰鸣声。七手八脚飞快地做着霹雳舞中类似擦窗户的动作，由于极度奋力，动作扭曲得可怕。我们甚至把脸也紧紧地贴在冰面上，利用凸起的鼻子和眉毛，使身体滑动的速度减慢……

终于，恐怖悲惨的下滑停止了。河莲被一块冰凌阻挡在半山，我们从死神手里赢回了关键的一局。

我们彼此看了看，脸色都像铁一般，冰冷坚硬。擦破的地方并没有鲜血流出，它们被冻住了，成了淡红色的冰。哈！我们还活着！这是多么值得庆贺的事情啊！我们揉揉脸上冻僵的肌肉，彼此做个鬼脸。我抖了一下结组绳，沾满冰凌的绳子，发出嘣嘣的声响，好像一根巨大的琴弦，也在为我们高兴地叹息。

剩下的事，就是继续攀登。经历了一次生与死的模拟演习，我们更小心地珍惜生的权利。

爬啊爬……我几乎已经不去想顶峰的事了，只是机械地爬……突然，眼前一亮。整整几个小时，我的眼帘里除了冰雪还是冰雪，我们已经忘记了世界上还有其他的颜色。一片极大的蔚蓝色，像大鸟的羽毛，无声地将我覆盖。阳光温暖地抚摸着我的额头，把一种让人流泪的关怀，从九天之上无边无际地倾倒下来。

啊，顶峰到了！

顶峰是很小的一块地方，眼前一片凄凉的空寂，什么也没有。不，不对，这里有太阳和风。太阳在比你更高的地方，孤单地悬挂着，等着你来做伴。风几乎是和你一般高矮，掠着你的肩膀和头发飞过，好像要把你征服山的消息，带到远方。我捏了一小撮雪，没敢取太多。我想山顶上的雪，必有一种神圣的魔力，我应该给其他登上山顶的人留一些。伸出舌头舔了一下，遗憾得很，山顶的雪和别的地方的雪，味道是一样的。如果一定要找出它有什么不同，那就是有一点咸，有一点甜，那是我咽喉的血混到里面了。

我站在山顶的时候，小鹿在上山的路上，河莲在下山的路上，结组绳像金字塔的两条边长，山顶暂时成为它的制高点。我轻轻抽了抽绳子，她们都感觉到了，给了我一个回应。

我感觉到这是我们的生命之绳。山是不能征服的，我们爬上了山，我们又迅速地离开了山。我们只是山的匆匆过客。当我们还不曾来到这个世界的时候，山就存在了。在我们已经不存在的将来，山依然存在。和山相比，我们是那样渺小，可是人也是很伟大的，以我们渺小的身躯，由于努力和团结，我们终于也有一瞬，站得比山更高，群山匍匐在我们脚下。

我又向四周张望了一下，然后下山。不知为什么，登上山以后，人很容易感到心里空荡荡的，好像把一种很宝贵的东西安放在雪山之巅了。

我们默默地下着山，不断地对付着险情。俗话说，上山容易下山难。上山的时候，容易避开危险。下山则不然，脚心也没长眼睛，一不小心就出问题，有几次我失足下滑，要不是结组绳帮助，也许就会像在幼儿园滑滑梯一样，一直滑到雪山的肚子里，再也不见天日。

下了山，重新回到坚实的土地上，我们把结组绳解开，回头仰望高山，几乎不相信我们用自己的双脚，把它一尺尺量过。但结组绳上的冰雪可以作证，我们以集体的力量，曾经到达过怎样的高度。

八月里穿着棉衣

阿里的军人照相，只有等待一个机会，就是高原服务队上山的日子。山下的人们，会在高原最温和的季节，临时组织起一支慰问的队伍。十几个人，文武都有。文的指的是文工团员带来几个小节目，边防哨卡巡回演出。武的是一部浑身散发热气的洗澡车，它呼哧呼哧开到哪儿，汲水烧锅，那里的人就可以洗上一次热水澡。但看节目的时候虽然开心，节目看完，也就忘了。洗澡当时舒服，过一段时间，身上又脏起来。最受人欢迎的，还要数服务队的摄影师。

摄影师通常是两个男人，一个老一个年轻。不知人员配备时出于何种考虑，大概是想老摄影师有经验，但是身体可能顶不住，年轻人可以扛机器，多干点力气活，有取长补短、前赴后继的意思。

一天，果平对我说，高原工作队上山来了，里头有一位老资格的摄影师，助手是个机灵的小伙子。

我说：“情报这么准，是不是已经去偷着照了一张？”

果平大叫冤枉，说摄影师一天只能照50个人，每人只限两张。大家得排着队来，轮到谁会通知，别的人一律原地待命。

我说：“那我们这拨儿排在何时？”

果平丧气地说：“据我所知，大约是三个月后。”

我灰心丧气地说：“那么久！我都成老太太了。”

可是有什么法子呢！等着吧。在那以后的日子里，你要是看到哪个人一边走，一边偷着看什么。不时地捂着嘴乐，一见别人注意他，马上若无其事一本正经起来，飞快地把什么东西藏进兜里……不用猜，他一定是刚从摄影师那里，取回了自己的照片。

我们掐着手指头，计算着轮到我们留影的日子。不料传来的都是坏消息，先是摄影师每天拍摄的人数不断减少，好像一支行动迟缓作风稀拉的队伍，在玩“增兵减灶”的游戏。摄影师刚开始解释，说是为了保障每人的形象都笑容可掬，照得不好的，比如愁眉苦脸、眨了眼成了瞎子的，等等，都要返工，所以耽误了时间。大家刚开始还谅解他们，但后来进度越来越慢，简直像磨洋工，每天只能照十几个人，有些人照得很丑，也并不返工。人们开始愤愤不已，但又敢怒不敢言。生怕谁打了小报告，把说坏话的你，告诉了摄影师，他们怀恨在心，轮到你照相的时候，随便一个动作，就把你照成丑八怪。这样的照片，你不要吧，过了这个村，就没这个店；要吧，万里迢迢地寄回家，你妈一看你这么不成嘴脸，准得吓一大跳，心里不好受，多不划算啊。出于这种考虑，人们暗地里埋怨，当面见了摄影师，又是主动打招呼，问寒问暖，再亲切不过了。

最坏的消息传来了，摄影师无法适应山上的恶劣气候，得了很重的高原病，改变计划，再过两天就要下山返回平原了。

简直是晴天霹雳。（注意啊，这只是一个形容词，因为高原只下雪，不下雨，所以，是没有霹雳这种雷电现象的。）

“怎么办？”果平问我。

“还能有什么办法？等着服务队明年重来吧。”我无可奈何地说。

“再想想嘛！”果平不屈不挠。

我说：“除非你绑架摄影师，用手枪逼着他给你单独摄影。”

“你这个办法好极了！”果平一蹦老高，然后又赶紧蹲在地上抚着胸口喘气。要知道，高原上任何突如其来的动作，都相当于百米赛跑和徒手格斗。

我说：“什么办法？绑架还是手枪？”

果平说：“不是绑架，是单独拜访。我们为什么不可以登门找找摄影师，哀求他坚持站好最后一班岗，为我们留个影？”

我说：“好啊，不妨一试。咱们快叫上大伙儿，一起去。”

果平说：“不可。你以为这是打狼啊？一窝蜂，那么多人，还不得把摄影师的心脏病吓成心力衰竭？要是一两个人要照，还能咬咬牙，这么大一群，除了断然拒绝，把你们赶走，谁也没法发慈悲。”

我说：“咱俩吃独食，总有点于心不忍。”

果平一打我的手说：“看你还当了真！谁知成不成事？没准白跑一趟，落个话把儿，还不够大伙儿笑话咱的。单独行动，到时见机行事。行则成，不成也不丢人。”

于是，我们背着大伙儿，开始了秘密行动。第一步是打听到摄影师的住址。这不难办，他们也不是什么国家首脑，住所不保密。我就把写着招待所门牌号数的纸条，交到果平手里。

“事不宜迟，咱们明天早上就去。”果平说。

“为什么一定要早上？晚上不是更从容些？”我不解。

“晚上人一般比较累，心情不好。大清早精神饱满，是求人的好时机。你看见过一大早就气哼哼的人吗？”果平解释。

我说：“早上心情好？那可不一定。要是正巧做了噩梦呢？”

果平说：“不跟你抬杠。记住了，明早行动。”

第二天，我们黎明即起，赶往招待所。开门的是个小伙子，想必是那个较为年富力强的摄影师了。原以为我们会看到一张经过睡眠容光焕发的脸，没想到他眼圈像扣了两个蓝墨水瓶盖，眼白像一张满布飞机航线的地图，都是红丝。至于有经验的摄影师，根本就没露面，不知躲在哪里。

“干什么？”年富力强堵着门口问。

“我们……想请你……”一看他怒气冲冲的模样，我不知该怎样开口。

“我们是卫生员，听说你们身体不好，特地来看望。”果平伶牙俐齿地接过话头说。

年富力强脸色好看些了，说：“既是看望，那就感谢了。只是屋里有些不方便，我们还好，放心就是。”说完露出送客的模样。

我想摄影师们一定是刚起床，没叠被子，怕别人看到狼狈样。心想要是不让进屋，其他的话就不好提，就说：“我们也不是检查卫生的，请别紧张。”

年富力强有气无力地说：“我要是能紧张起来就好了，现在是疲惫不堪。”

果平说：“大早刚起来就疲惫，是不是太娇气了？”

年富力强反问：“谁刚起来？”

果平更正道：“难道说你们半夜就起来了吗？”

年富力强说：“我还没有睡呢！”

我们说：“不信。你一夜不睡觉，干什么啦？”

年富力强说：“既然你们不相信人，我就请你们参观参观。”说着，侧着身子，请我们进屋。

屋里的混乱程度，超出了我们最大胆的想象。到处都是水盆，里面泡着一张张白色的相纸，纸上不同的风景和人物，在药水里起伏着，重叠着。色泽深浅不同的人脸，好像扁扁的黑蝌蚪，懒洋洋地仰着脸，好像在晒太阳。

我俩齐声问：“这是怎么回事？”

年富力强没好气地说："这就是在干你们想干的事啊。"

我们说："不懂不懂。我们想干什么事呢？"

年富力强说："照相啊。你们以为相片就是那么'咔嗒'一捏，就出来人影了？后面的事麻烦着呢！我们白天照相，晚上冲洗，连轴转，这么干活，平原上都受不了，别说是在连鹰都飞不上来的高原。要是不得高原病，那才叫天理不容呢！所以啊，病了是好事，我们就可以名正言顺地下山了。现在我们手里就剩下这点活儿了，抓紧冲洗出来，就能回到山下把氧气吃个饱了！"

他这番话虽是气哼哼地说出来，细想想，也有理。看来我们的计策没等实施，就破产了。得，打道回府吧。我向果平使眼色——撤吧。

果平假装看不见，对年富力强说："我真同情你们，可惜你这顿牢骚话，应该对他们说。"

"他们是谁？"年富力强问。

果平随手一指水盆里的人脸说："罪魁祸首在那儿。是他们害得你们这么辛苦。"

年富力强又不乐意了，说："你这个小姑娘嘴这么损。大家都有父母，家里都惦记着，想看看照片也是人之常情。"

果平一乐说："接受你的批评。问你一个问题，你说家里人是更惦记男孩还是女孩？"

年富力强不假思索地说："当然是女孩了。女孩麻烦事多，男孩总归要好些。"

果平说："对啊，所以，你该优待我们才是。"

年富力强明白自己陷入了果平的伏击圈，半晌没作声。正在这时，门开了，一个胡子拉碴的半老头走进来，从他一眼扫过药水盆子的犀利目光，我们明白经验丰富的老摄影师来了。

"还顺利吗？"老摄影师咳嗽着问。

"还好。只是去海拔最高的边防站照的相片，因为气候实在太差，风雪来临前抢拍的那些张，曝光量明显不足，底片经过处理，还是不行，人影模糊……”年富力强汇报。

“这可如何是好？”老摄影师非常不安。

“把钱退给他们。算我们白辛苦了。”年富力强说。

老摄影师说：“是我们失职，太对不起他们。这样吧，让没照好的人从边防站下来，我们补照。”

年富力强说：“恐怕不成。照坏了的不是少数，要是都从边防站撤下来，国境线上没人站岗了。”

老摄影师说：“既是这样，只有一个办法，我们再上一次最高的哨所。”

年富力强说：“您的身体已经这样虚弱了，再上去，危险太大。”

果平立即插嘴说：“我们可以给你们保健，你的心脏要是跳不动，我们给你按摩。呼吸要是困难了，立刻给你吸氧。”

老摄影师这才发现我们，说：“你们是谁？”

果平说：“是两个没照上相的女卫生员。”

年富力强说：“你是想用这种方式感动我们好给你照相吧？”

果平说：“是你们感动了我们。为了给高原战士照相自己差点要被照了遗像。”

我刚想说果平你这个乌鸦嘴，没想到老摄影师笑起来，牙齿在黑胡子茬儿里闪烁，说：“这姑娘你说得不对，摄影师要是以身殉职了，还真没人给他摄遗像，如同理发师不会给自己理发。”

果平想想也是，不好意思地笑起来。

老摄影师对我们说：“走吧。”，又对年富力强说：“把摄影包给我。”

我们只好走出屋门，老摄影师跟在后面。我说：“您身体不好别客气，不必送了。”

老摄影师说：“我不是送你们，是去工作。”

我们就一齐默默地往外走。这是高原上一个很晴朗的上午，无遮无拦的紫外线像巨大的光伞，从高远的天际倾泻下来，晒在脸上，感觉不到暖和，而是很刺痛。远处的冰山像是正在休息的白骆驼，不规则地趴着，白云在它的脚下浮动，好像脱落下的片片驼绒。

“好。停。就这儿。”老摄影师命令说。

我和果平继续往前走。跟着老摄影师的年富力强说：“你们这两个女兵，怎么不听招呼？”

我们愣了，说：“谁知说谁呢？”

年富力强说：“谁想照相就是说谁呢。”

我们大喜过望，说：“真想不到，摄影师带病坚持工作。”

年富力强说：“你没看老师傅要亲自给你们照相？他的技术比我高明多了。要是男兵，我就动手。因为你们是女娃子，刚才不说了吗，女孩比男孩重要。”

我们很感激，又不知如何表达，只有乖乖地听老摄影师调遣。

果平本想以险峻的雪山为背景，照一张雄赳赳气昂昂的照片。老摄影师说：“不可。你们的父母听说孩子到了高山上，一定担心不止。如果看到背景这么荒凉寒冷，心里一定不是滋味。你寄照片回家，原本是想让家长放心，这么着，他们就更不放心了。”

果平不知所措地说：“那以什么为背景呢？在阿里高原，要找一处没有雪山的背景，几乎是不可能的。”

“但我们可以让荒凉的感觉尽量淡薄一些啊。”老摄影师领着我们往前走。在狮泉河旁像眉毛一般短的道路上找了半天，停在一个标语牌前。“这地方怎么样？”老摄影师的语气很有点沾沾自喜，好像发现了一个宝石矿。

“不怎么样。像人民公社的大队部。”果平撇撇嘴。

“在这穷乡僻壤，能有个像大队部的风景，就很不错了。别的地方照出来，简直像在土星上。”年富力强说。

虽然我也很讨厌毫无情趣的标语牌子，可是想到妈妈假如看到我站在崇山峻岭中的留影，显得那么渺小孤单，一定忧心忡忡，便同意老摄影师的选择。

摄影师选好角度，支稳机器，指挥着我们摆好姿势。刚要照，果平突然说："慢着。等我一会儿好吗？"说完不等别人表态，撒腿就跑。

"干什么去？"大家问。

"我得换身衣服。"果平回答。

我用挑剔的目光审查了果平一番，没什么不妥的地方啊，衣服干干净净，脸上也没污点。就说："你像刚消毒完的注射器，清洁极了。"

果平说："建议你也换换衣服。现在是几月？8月。我们身上穿的是什么？全套的棉袄棉裤，窝囊得像北极熊。这种相片寄回家，我妈掐指一算，什么鬼地方，夏天还会下雪吗？我在信里给我妈描述得这好那好，都会露了馅。所以，我得换套单衣，显得精干些。"

果平的理由很有说服力，我也想去换衣服了。可老摄影师说："你们是要脸还是要命？这么冷的天，穿着棉衣脚都冻得慌，换单衣，亏你们想得出。只怕照片还没洗出来，你们就躺在床上发烧。你们并不知道老人的心，以为编一套瞎话，他们就信了？才不是呢！他们会拿着你们的信，反复揣摩，从信瓤看到信封，从邮票看到邮戳，从时间推算路程，心会提到嗓子眼。再说，我选景就是再小心，也避不开远处的雪山，总得进到镜头里一星半点，老人是一定会发现的。要是看到你在雪山下面还穿着单衣，认定你不会安顿自己，照顾自己，心就缩成一个硬疙瘩。你寄回照片本来是为了让他安心，结果他更担心。倒还不如穿着棉袄，家里人会想，噢，那里可真冷。不过，孩子知道自己心疼自己……心里反倒安宁些。"

我和果平再无话可说，按照部署，各照了一张全身、一张半身的照片。

"谢谢。"我们向年轻和年老的两位摄影师表示衷心的谢意。

"不必言谢，并不一定成功。万一照坏了，我会通知你们补照的。"老摄影师虚弱地说。看来，刚才这一番折腾，耗尽了他的力气。

果平说："如果成功了，我们什么时候能看到照片呢？"

"那就不一定了。我们还要到边防站去，还有许多照片要洗印。

不过，请放心，我们会尽快把相片给你们，让你们的爸爸妈妈看到你们的新样子。”年富力强说。

我和果平，在以后的日子里，怀揣着最美好的想象等待着。我们不敢到招待所去，怕摄影师以为我们催他。他们实在太忙了，我们不忍心再添麻烦。

有一天，别人带给我们一个纸包，打开一看，正是我和果平的照片。在那个标语牌作背景的照片上，我和果平穿着鼓鼓囊囊的棉衣棉裤，笑得都很开心。

“他们呢？”我们问。

“你们说的是谁？”带给我们纸包的人问。

“就是一老一少的摄影师啊。”

“他们后来又到最高的边防站给战士们照相。加上以前照了没洗出来的活儿，工作量很大。他们连轴转，把所有的照片洗出来，装到袋子里，都写好了名字……后来，他们累得晕倒了，被紧急送回山下。现在，我们按照他们留下的记录，把纸袋里的照片，一一分送给大家。”来人说。

我和果平什么也说不出来，只是朝山下的方向望着。但愿一老一少的摄影师，在充足的氧气里恢复健康。

“回”字形银饰

头发和女孩有着不解的缘分。

果平梳的是长辫子，她的头发可真好，在被雪山冰川反射的强烈阳光下，会发出蓝缎子似的闪光，让人以为她在头发里偷偷抹了纯蓝钢笔水，秀发才能幻化出这样美丽的色彩，羡慕死人了！

小如人长得很甜，特别是右嘴角上方生着一个深深的酒窝，在她笑的时候，里面放一颗圆圆的药片，会妥帖地跟着她的笑容旋转，一定不会掉出来。可惜她的头发不争气，又稀又黄，好像大旱之年贫瘠山坡上的三类苗。

河莲的头发和她的长相一样，居中。就是说，不怎么好也不怎么坏，发质不黑也不黄，数目不多也不少，发际不高也不低，整个是沧海一粟芸芸众生的代表。

不过，除了女孩子自己，没人知道我们的头发是什么样。这是一个大大的秘密。当兵的人不能把头发露在帽子外面，好像那是一些见不得人的东西。军规要求把每一根头发都藏在军帽里面，据说是为了打仗时行动方便。我总想不通，打仗嘛，较量的是武器和智慧，管毛茸茸乱蓬蓬的头发什么事?

我从小剪短发，关于头发的军规，对我的干涉倒是不怎么严重，甚至还有好处。不管发型如何杂草丛生，只要把像个鸭蛋壳似的帽子往脑袋上一扣，就像罩上了变魔术的黑斗篷，没人知道里面是啥货色。你尽可以瞒天过海地三天不梳头，让头发自由自在地乱成鸟窝。当然啦，你要在帽子的边缘下些功夫，尽可能地把所有不听指挥、张牙舞爪预备伺机蹿出帽圈的发丝，严格围困起来，使它们不得擅自行动。这个过程说起来简单，真正做起来有一定难度。短发不易将整个帽子填满，虚虚囊囊的空帽袋，就像装泡沫塑料的盒子，一遇大风，很容易飞走。

帽子被刮跑，真是一件可怕的事情。灾难在眨眼间降临，根本没有任何先兆，仿佛空气中有一支魔杖，轻轻一挑，久存反叛之心的帽子，就像优秀的三级跳远选手，听到了比赛的口令，兴奋而轻盈地一跃，嗖地一个腾挪就蹦上了屋檐的高度。它还算讲义气，略微停留一下，转过身来看你一眼，算是和往日的主人，依依不舍地告个别。接下来的动作就是跃上云端，风筝一般义无反顾地向着蓝天飞去，寻找无拘无束的自由去了。最后一个姿势简直优美绝伦，腾云驾雾地在半空中翻着跟头，飞快地旋转着，越来越远，越来越小，像哪吒的风火轮，凝成一个黑点，消失在雪山背后。

这种干脆利索的丢失，还算痛快的。最可恨的是帽子和你逗着玩，并不是一开始就飞得无影无踪，好让你干脆死了心。它装作漫不经心地在地上散步，不急不缓，距离你始终只有一步之遥，诱你快步去追。每次在胜利即将到手的一瞬，它仿佛被咒语保佑，猛地往旁一闪，打一个滚儿，灵巧地逃开了你的手指尖。你不灰心，继续追下去，帽子就像一个小偷，躲躲藏藏又机智无比，在你就要把它追捕归案的时候，旱地拔葱一跃而起，飘悠悠迂回到一侧，成功地躲避了缉拿。你若追得狠了，它干脆耍开了无赖，专往陡峭的山壁或是险恶的河面上跑，滴溜溜地好似滚动的圆盘，让你眼睁睁地看着它逍遥法外，无可奈何。

“司务长，我的帽子丢了。”因为每人只有单、棉帽各一顶，丢了就没有替换的了，只好马上报告，以便补发。

“帽子怎么又丢了？”司务长不耐烦，这已是今天上午第三个要求补发帽子的女兵了。

“叫大风刮跑了。”小如如实汇报，“今天外面的风特别大，山都给吹得摇晃起来了。”小如补充说明，以求得司务长的同情。

司务长被补发帽子的申请搅得手忙脚乱，没好气地说：“风大有什么稀奇的？这里一年只刮两次风，一次是从 1 月 1 号到 6 月 30 号。下一次是从 7 月 1 号到 12 月 31 号。别人都不怕，就你们这几个女兵事多，要是打起仗来，还不得把枪都丢了？被服库又不是你们家的小皮箱，丢了手心向上就领新的，你们倒方便！照这样下去，军需仓库就要底儿朝天啦！”

要依我的性子，就得和司务长吵起来。我就说：“哼！仓库也不是你们家开的，帽子是被风抢走的，你有本事，找风发脾气好了。”

小如比我有涵养多了，她微微一笑，酒窝就在面颊上旋起来，缓缓地说，“司务长，今天的风力足有十级，我们也没长飞毛腿，也不是会翻跟头云的孙悟空，哪能追得上风啊？”

司务长的脸色好看了一点，说：“你们也太笨了，怎么连自己头上三寸之地的一顶帽子也看不住？”

说得我们不好意思。想想也是，都是一样的人，怎么人家的帽子就服服帖帖地粘在脑瓜上，偏我们的帽子好像是属车轱辘的，总是跑个不停。直着身子挨完了司务长的训，领了新帽子回到宿舍，小如一声不吭。

我说：“还难过呢？我有法子报复这个爱耷拉驴脸的司务长。人吃五谷杂粮，我就不信他不生病。等他躺在床上的时候，就是你我的天下了。别看他现在闹得欢，那会儿就再逞不了强。让我们一齐诅咒他得一场不轻不重的病吧！咱们就可以板起脸，狠狠地训他一顿了。”

我沉浸在想象的报复快乐里，几乎笑出了声，小如还是闷闷不乐的样子。我说：“你到底怎么了？”

小如说：“我在想，为什么我们的帽子总爱丢？”

河莲说：“可能山爷爷是个帽子爱好者，头上光秃秃的怕感冒，自己想戴又没人发给它，它的脑袋太大了，只好把我们的帽子收了去救急。”

我说：“不对啊。山爷爷是个老头，可我们的帽子是女式的，岂不阴阳倒错？”

小如茅塞顿开说：“小毕你说得太对了！”

我大叫：“哪儿太对了啊？我怎么一点也听不明白！”

小如兴奋地比画着给我解释：“男式帽子和女式帽子是有区别的。我们的帽子又浅又大，像一只浅浅的碟子倒扣在头发上，当然不牢靠，所以，很容易被山风卷走……”

我打断她的话说：“就算你搞得水落石出真相大白了也丝毫没用。被服厂不会为我们这几个雪线上的女孩子，特制出带胶水的抗风帽子。最好的办法就是以后看到司务长的时候多赔几个笑脸，只求下回训我们的时候嗓门小点，就阿弥陀佛了。”

小如不再理我，埋头翻自己的包袱。战士一般没箱子，连手提袋也没有，所有的家当都储存在一块白布打起的包袱里，可在 15 分钟内收拾好所有的东西，出发到地球上的任何一个角落。

我突然看见小如从包袱里掏出一枚黑黑亮亮的物件，细长如针。那时谁的包袱里有什么稀罕东西，大伙儿都了如指掌，这玩意儿却是我从来没注意到的，不由好奇。待定睛一看，原来是一根发卡。小如把头发和帽子用发卡别在一起，固定在头上，帽子就像土里长出的蘑菇一般牢靠，再也不怕被山风掠去。

可惜只有小如有发卡，是她从平原来的时候，偶然放在包袱里的。

别人就没有这样好的运气了。想去买吧，山上的商店根本料不到女孩子们还会有这种特殊遭遇，从来没备过这货色。于是大家纷纷给内地的亲人写信，让他们十万火急地寄黑发卡到高原。家里的人倒是关怀备至，行动很快，赶紧四处采办。那一段时间，我们格外关心军邮车上高原的日子，接到家信的第一个动作，是先隔着信封摸摸捏捏，看里面掖没掖着火柴梗粗细不折不弯的硬物。有了就高兴，没有就噘嘴，埋怨遥远的亲人太不拿我们的迫切要求当回事了。

有一天，果平笑得前仰后合，慷慨地说要分给我们每人一包发卡，足够把头发和帽子钢铁般地焊在一起。因为她家给她寄来了一个包裹，包内有何物一栏里，赫然填写着：发卡。想想吧，整整一包发卡，那是怎样激动人心的事！足足够我们全体用一百年！迫不及待地拆开一看，大家顿时傻了眼，果平简直要哭出来。发卡美丽而脆弱，是塑料制成的。

本来黑发卡也不是什么稀罕物，便宜得一毛钱买一板。可那时有一位“大人物”讲话说妇女用的发卡是钢丝做的，一年要消耗多少吨钢……这句话以后，全国就不造钢丝发卡了，一律用塑料制品代替。也许在平原还可凑合，高原的严寒中，塑料如纸，一碰就碎，哪能担当把帽子和头发紧紧地别在一起的重大使命！

大家依旧愁眉苦脸，继续沉浸在帽子随时飞上天的恐惧中。只有小鹿的日子稍微好过一些，因为她妈妈把自己以前用过的旧发卡寄了来。拆开信的时候，卡子上还挂着一根头发，可见老母亲是多么匆忙地把卡子从自己头上拔了下来，以满足高山上的女儿。因为两代人用的时间太久，钢丝发卡上的黑漆都磨光了，露出银亮的本色，小鹿的帽檐边，远远看去，好像斜插着一根针。

小如看着小鹿，突然说：“我有办法了。”她跑到司务长那里，说我要领一包曲别针。司务长对所有要领东西的人，都抱有戒心，他警惕地问：“干什么用？”

各部门司务长都是些婆婆妈妈的小气鬼，也不知他们是因为格外小气才当上了司务长，还是当上司务长才变得格外小气，反正这个职务有危险的传染性，能让所有坐这把交椅的人，都既吝啬又爱刨根问底。

小如不肯正面回答他，只是说："明天你就会看到这些曲别针干什么了。"

司务长嘟囔着："用不完，可记得给我拿回来啊！"

第二天，在高原的蓝天和白云下，每个女兵的帽子和头发间，都别了一枚崭新的曲别针，它"回"字形的轮廓，人部分别在发丝里，小部分露在帽子外，仿佛一种美丽绝伦的银饰，在雪域的阳光中，闪闪发亮。

山风依旧肆虐地逞凶，只是它再也无法把我们的帽子掳去，只得打着呼哨，愤愤地把远山的雪雾卷起来，从空中撒向峡谷。

高山的帽子，永远是皑皑的积雪。

糖衣氧气压缩片

上山了。

我们五个——小如、果平、河莲、鹿鹿和我，有幸成为西藏阿里的第一批女兵，开始向雪山之巅进发。

一个炎热的早晨，我们坐上了从平原到西藏去的军用大卡车。车大厢里载了许多麻袋，内装大米。坐在麻袋上，把脚像芭蕾舞演员一般竖起，插进麻袋的缝隙。汽车摇摇晃晃地在布满石子的路上向山上爬，像一只笨拙的绿毛龟。

人人脑袋上方，笼罩着一片绿色。不是天的颜色，是汽车篷布笼罩的效果。我们大呼憋死了，要求同行的老兵批准揭开这顶盖子，看看外面的风景。

“透过篷布上的窟窿，你们尽管看，看个够。针尖大的窟窿能透过斗大的风。没听人说吗？眼皮是世界上最大的物件，你只要睁着眼，有什么看不到的？”同行的老兵懒洋洋地说。他是下山治病的，听说病还没治好，工作紧张，要他上山，所以，他闷闷不乐，一副苦大仇深的样子。新兵连长把我们几个女兵交给他，委托照应，他好像不堪重负的毛驴，又被人强压了一捆柴火，愤愤地不爱理人。

我们只好像预备行窃的小偷一样，每人揪住篷布上的一个小孔，尽力向外张望。汽车颠簸着，大米麻袋不停地上下蹿动，好像一尊浑身长着硬颗粒的庞然大物，不甘心驮人，一有机会就想把我们从它背上掀下来。我被晃得肠胃错位，说：“一会儿，你们谁帮我一下？我打算改造一下座位，用几袋大米，摞成沙发模样。虽说硌屁股，肯定比现在舒服得多。”

同病相怜的女兵，精神一振，都说我主意不错。

“胡说！”老兵斥我。

“怎么啦？”我不服气。

“你找死啊！上山的路，奇险无比，咱是摸着阎王鼻子走钢丝，你还想舒服？到时候一个急转弯，你的麻袋沙发砸下来，屁股倒是不硌了，整个人成了米粉肉！”老兵慢吞吞地说着刻毒的话。

想想也是。我讨了个没趣，只得乖乖地坐着重新张望。车外是一片青翠的原野，有薄荷样的清凉味道，弥漫在裹着黄沙的空气中。

“要走几天才能到目的地啊？”有人问。

大家都默不作声，车里能回答这个问题的，只有一个人。可是此刻他眯缝着眼，好像已经昏过去了。

“要是没什么意外的话，也就是说，不翻车，不遇上暴风雪，司机不得急病，车子不抛锚……六天。”过了好久，当我们对获知答案基本绝望的时候，老兵瓮声瓮气地回答。

“天啊，要走那么远的路！那还不到了外国啦？要是能快点就好了，到了我就能给我妈妈写信了。”小鹿说。她是我们之中最小的，肯定想家了。

老兵突然睁开眼，说，车走得那么快，有什么好的？还是慢点好，抓紧时间，好好看看，好好闻闻吧。他说得很认真，像是在传授什么秘诀。

我们四处乱瞧，耸动鼻子，但除了山峦和扑面的尘土以外，没发现什么特别的好味道。只好请教他，你让我们看什么闻什么呢？

“看地。闻气。”老兵很简略地说。

地有什么好看的呢？每个人都在地上生活了十几年，地就像我们的身体，早就熟透了。现在我们巴望的是早早到陌生的高原上去。至于空气，不就是一种无色无味风一样流动的东西吗？它无时无刻不在陪伴着我们，鼻子里嘴巴里胸膛中都充满了它，从一出生我们就与之相伴了。

不得要领，只得继续请教傲慢的老兵。老兵这一回很健谈，好像一直在等着教育我们的机会。

“马上就要开始爬山了，当然，是汽车在爬，不是我们爬。但是都一样，你会觉得路在我们面前立起来，汽车像个铁猴子攀登。爬得高了，氧气就慢慢稀薄了，好像空气和冰雪有不共戴天的仇恨，雪多的地方，空气就越稀薄。”。

“空气稀薄了是一种什么滋味呢？是不是就像感冒时，鼻子里堵满了鼻涕的感觉？”大家纷纷议论。

“不是那么回事。比起来，感冒就太舒服了。缺氧的感觉，就像有人掐住你的脖子，然后用鞭子赶着你在玻璃罩子里跑。你拼命张大了嘴呼吸，可是肺永远是空的……”老兵若有所思地说。

“这真是太可怕了。”我们一个个煞白着脸，好像在听一个从地狱里回来的人讲旅游经历。老兵是个很奇怪的人，当我们满不在乎的时候，他就吓唬我们。我们真的害怕了，他又变得大大咧咧。

“我告诉你们一个治缺氧的好办法吧，百治百灵的……”他很神秘地说。

“啊，我知道的。一定是吸氧气了。”小鹿的家里有从医的根底，抢先说道。

老兵有些泄气，但他很快恢复了指点江山的气概，说："你那是洋法子。荒山野岭的，到哪儿去找氧气筒？我说的是土方子，偏方治大病，你们知不知道？"

我们怕他一生气，就不讲了，忙狠狠地瞪小鹿，齐声说："知道知道，偏方治大病。"

老兵这才告诉我们，治缺氧最好的办法是——用背包带："喏，就是你们捆行李的那种，把自己的头紧紧地缠起来。记住，一定要用那根宽带子，窄的不管事。"

我们目瞪口呆，果平第一个战战兢兢地说："那还不得把人勒死了？"

老兵不大耐烦地说："我让你勒的是太阳穴那个位置，又没让你勒脖子，怎么就会死了！"

大家想想也是，河莲说："是不是勒成日本浪人那副模样？"

老兵说："日本浪人什么样，我没见过。反正这个法子治好了许多缺氧头痛的兵，信不信由你们。"

我们赶快说："信！信！"

说话间，汽车马达发出很怪异的声响，好像是发动机得了肺炎，吭吭哧哧直咳嗽。老兵警觉地说："这就是开始爬达坂了。平原已经一去不复返。"

我们从墨绿色的汽车篷布缝隙，注视着越退越远的平原，意识到一种巨大的变化就要出现了。

老兵谆谆告诫我们说："今天我们到了兵站的时候，你们一定不可跳下车就撒腿跑。因为身体根本不适应高原，你一剧烈活动，心脏的负担突然加重，它受不了，就罢工了。你就永远睡在第一个兵站了。"

尽管老兵的口气很平稳，我们还是吓得不敢大口喘气。河莲似乎连笑也很节省气力，再不像往日那样哈哈个不停，只是小小地抿着口，好像旧时代的小姐。她不放心地说："如果背包带勒头不管事，怎么办呢？”

老兵很干脆地说：“那就成烈士呗。阿里这地方就这点好，不管你是因为什么原因死的，只要牺牲在高原，就算是正经八百的烈士。说起来也有道理，要不是保家卫国，谁到这天边似的地方来呢。”

我们都不想小小的年纪就成为烈士，因此，就很注意保养自己，大家话也不敢多说，软软地靠在大米袋子上，生怕一个微小的举动，消耗掉体内宝贵的氧气，悲惨地成了第一个用背包带勒头的人。

缺氧有一种轻度的麻醉作用，像喝了酒似的，晕晕乎乎。初次体验这种感觉的我们，以为它是晕车呢，并不在意。只是原来观看景色的眼皮，好像被糊了一层透明胶纸，你什么都可以看到，却觉得遥远而虚假。刚开始是冷漠地眯起眼帘，后来干脆昏昏欲睡，仿佛被人施了武林中的“麻骨松筋散”，大脑一片空白。

“到啦到啦！”老兵喊起来。

我们一惊，今天怎么过得这么快？老兵说：“第一天登山的路，料到人伙儿都不习惯，特地安排得短些。以后甭想这么舒服了，晓行夜宿，早上摸着星星出兵站，晚上揣着月亮进兵站。对了，这还是在车子不闹脾气的好运气下。要是出了故障，另当别论，也许在冰达坂上蹲上个三天两宿也正常。”

老兵有个爱好，特别喜欢说不吉利的话，从中感到极大的乐趣。

河莲撇撇嘴。那没说出来的话，我们都听到了——吓唬人呗！

老兵不傻，看出了我们的不以为然。他撩开篷布，一指兵站后面的小山，说：“看到了吗？”

兵站这个名字，很有点烽烟缭绕的边塞感，想象中该是庞大的屯兵之地，发生过“增兵减灶”之类的惊险故事。哪怕是军棋上的兵站，也有些不凡。谁一躲进去，就可避免炸弹的袭击。军长、司令，也常常在内休养生息。可眼前的这几间低矮的小平房，冒着袅袅的炊烟，和普通的民居差不多，实在让人难以生出英武之感。至于兵站后面的小山，要不是老兵特意提示，根本就没人注意。一路上，这种貌不惊人的山梁，大约经过了几万座。

“看到了。”大家应付老兵说。

“看到什么啦？”老兵穷追不舍，好像诲人不倦的老师，课堂上提问没完成作业的差生。

“看到一座普普通通的山。”我们懒懒地答道。

“谁让你们看山了？我让你们看的是山上的东西。”老兵有些火了，脸皱得像汽车轮胎。

“山上还有东西？”我们很吃惊，幸好我们都是刚验过身体的新兵，视力是绝对雏鹰般敏锐，很快就看到了小山坡上的确有一些隆起的小土包，好像还有凋零的白花。

“知道那是什么东西吗？坟！是一些像你们一样年轻第一次上山的兵，没经验，觉得高原也没有什么了不起的，天是一样的蓝，水是一样的清。他们不听招呼，低估了高原的杀伤力。有人因为憋了一泡尿，下了车就跑，啪！摔倒了，再也没起来，永远留在高原上了。从今天开始，你们在上山的每一个兵站后面，都会看到一片铺满白雪的墓地。今天才是高原的边角！雪山的第一级台阶。假如你们要想在高原上活下去，必须对高原毕恭毕敬。你瞧不起它，它就让你拿命来向它赔不是。记住了吗？”老兵这一席话，说得我们开始对他佩服得五体投地。

老兵率先下了车，铁拐李似的，走得极慢。我们按照他的样子，像旧社会的小脚女人，一步迈不了三寸。

西部夜幕落得晚，这天行程也短，此刻太阳在很高的山上悬挂着，像一只金羽毛的火鸟，灿烂而冷漠。果平说：“啊，我对高原的第一个感觉是寂静，第二个感觉是寒冷，第三个感觉是空旷，第四个感觉是……”

老兵不屑地说：“这里才 3000 多米，你就那么多的感觉。要是到了阿里，有 6000 多米，你还不得弄个十来八条的感觉，累不累啊？”

果平仿佛被人塞了一脖子雪，立时没了说话的情绪。我们慢慢走到食堂，默不作声地开始吃饭。主食大米饭，菜肴因为一下来了这么多人，兵站措手不及，就倒了半盆酱油，说用这个拌米饭，很好吃的。

我在心里说：“这玩意儿黑不拉叽咸不溜秋的，倒在米饭里，能咽得下去吗？”

嘿！真奇怪，舌头一上了高原，好像也发生了奇妙的变化，竟然完全分辨不出食物的味道。米饭吃到嘴里，像一粒粒长着刺的锯末。酱油汁把米饭渗透到发红发黑的地步，也不觉咸，好像搅拌进去的是一种无味的特殊颜料。胃比舌头可捣蛋多了，刚吃第一口，就想吐。

看我们眉头紧锁不动筷子，老兵大口咽着饭说：“知道了吧，这就是高原的厉害了。它会变魔术。从现在开始，你们要放弃在平原上的许多怪毛病。吃东西，不是为了舌头，而是为了肚子，为了脑袋，为了胳膊腿……一句话，为了能在高原上好好地活下去，你必须得吃。别理舌头那个家伙，听它的，你什么也不想吃。更别理胃那个软溜溜的没骨气的玩意儿，它想吐，你愣吃，它也没法，吃进去就是胜利。”

我们像吃毒药似的，每人填了半碗饭。甭管老兵怎么用眼光督战，还是义无反顾地撤离饭桌，到各自房间睡觉。躺进冷硬如铁的被子时，我最后一个动作是看了看宽背包带放在哪儿。

咳，也不知道明天早上，我还会不会在阳光下醒来？要是就这样“烈士”了，倒也不算太难受。我想着，很快睡着了。

第二天起来的时候，没什么独特的倒霉感觉，我甚至都有点失望了，高原不过如此。

但很快，我就知道自己小瞧了高原。它用大智若愚的绵长内力，慢慢地持久地消耗着我们，当到达海拔 6000 米的界山达坂时，猛地一变脸，发动了全面的攻击。

胸膛里吸进的好像不再是空气，而是一种黏糊糊的金属，沉重而压抑。肋骨好像变成了八脚章鱼，紧紧地箍着肺，让它没法像平日那般自由扩张。脑袋里装满了打火石，摇一下就金星乱冒。眼珠子胀得难受，恨不能把它抠出来，用冰凉的雪水擦擦四周，再安回狭小的眼眶。每个人都嘴唇青紫，好像刚刚吃完玫瑰香葡萄而葡萄皮没吐干净。

恰好这时，由于海拔太高，气压太低，汽车也犯了高原病，水箱开锅了，呼呼直冒热气，像个火车头。司机只好停车，到远处去背雪，赶快给发高烧的汽车降温，让它歇息一会儿，才可继续赶路。

我们像些 80 岁的老婆婆，颤颤巍巍地爬下车。虽然一上一下又要消耗不少体力，喘似多年的老气管炎病人，我们还是要站在雪地上，透透风。

无垠的雪原环绕着我们。五个女孩互相搀扶着，站在巨大的高原中央，惊讶它无比的美丽和壮观。天蓝得让人误以为是深不可测的海底，一朵白云像沉睡千年的珊瑚礁，凝然不动地沉没在空中，喜马拉雅鹰像热带鱼一般翩翩而过，黑翅掀起的气流，使山影像浸在水里的绸缎般抖动不止。陡峭的山峰戴着白雪的桂冠，安然地屹立着，好像在打坐，思索着人世间的难题。在偏戴着的帽子顶端，镶着钻石般的冰川，阳光照耀下，折射出的无数根银线，几乎要把人的双眼刺瞎。精灵般的野马，用花瓣一样的蹄子，把山石敲打出紫色的火星，似岚气顺着山脊蜿蜒攀升，只把一条乱甩的尾巴，留在跟踪它的眼光里……

我们呆呆地看着，缺氧使我们变傻，恍惚间觉得自己到了月亮背面，虽然极端荒凉，但美得令人不可思议。

果平掐掐自己的腮帮子，说："咦，我怎么不觉得疼？这是在梦里吧？"

河莲很有经验地说："因为太冷，你脸上的肉都变成木板了，所以感觉不出疼。你可换种方式，比如用牙咬咬舌头，狠一点，才会见效果。"

果子"呸"了她一口说："我宁愿相信自己是到了火星，也不愿把舌头咬出血。"

河莲做出很无辜的样子说："我在脑子缺氧的情况下，还替你想出这样有效的办法，而你，真是不识好人心！”

什么事都怕说，本来每个人都头痛欲裂，以为别人没感觉，就不好意思呻吟叫唤。现在有人开了头，大家就同仇敌忾地叫起苦来。

小鹿的头上早已绑了背包带，因为用力过大，额头勒得像个细腰葫芦，嘴巴被扯到耳朵根，好像她无时无刻不在嘲笑谁。她说：“还偏方治大病呢，我的脑袋都捆成炸药包了，一点用也没有。”

果平说：“真想把肺从肚子里掏出来，邮寄到平原去，让家里人给灌饱了氧气，再寄回来。”

河莲说：“那可得挂号。要是万一寄丢了，你不就成了有心没肺的人了？”

沉稳的小如说：“我有一个设想……”

大家就都很感兴趣地凑过来，要知道在这里冒出来的设想，很有可能是世界上最高级的。别的地方海拔哪有这么高！

小如说：“我想制造一种氧气压缩片。小小的，白白的，很洁净的样子。含在嘴里，甜甜的，用舌头一抿，就有清凉的氧气从牙缝中源源不断地冒出来。呼吸到肺里，肺就像海上的风帆一般，张开来，像白蝴蝶一样，所有缺氧的难受就都消失了。”

我们听着，都无限神往地抿舌头，舔牙缝……可惜啊，嘴里翻腾的都是昨晚上的酱油泡米饭滋味，小如的氧气压缩片只是一个梦。

老兵不知道什么时候走了过来，听了我们的谈话，说：“氧气可以压缩到瓶子里，关键时刻真的能救命呢。压成片，没听说过。就是能行，也不能做。太危险了。比如你兜里装了许多氧气片，要是经过炉子旁边，会呼地一下烧起来，爆炸起火……”

我们掐着自己的太阳穴，困难地思索着老兵的话，在高原上，神经的传导也像蜗牛一般磨蹭。半晌之后，我们在心里强烈地反驳他：“老兵，你也太没点想象力了。难道不能在氧气压缩片的外面，裹上一层保护的红糖衣，让它像巧克力豆一般美丽吗？揣着它穿过火焰的时候，至多是外皮有一点发黏，并不会影响使用。需要的时候含在嘴里，轻微的香甜过去之后，糖衣融化完，就一定会有带着薄荷味的氧气，像雨后森林的风一般，源源地飘出。”

昆仑之吃

谈吃的文章，多半是讲某时某地有某种特殊的吃食或吃法，但我要写的昆仑山之吃，却是普通的东西普通的吃法，只因了海拔高的缘故，那留在记忆中的味道，便永生永世找不到伴侣。

如果把高原比作世界屋脊，我们所在的地方就要算屋顶上吻兽所处的位置，奇异而险峻。从山底下运来的蔬菜，被冰雪冻得像翡翠雕成的艺术品，用手指一碰，发出玻璃一样清脆的声响。给养部门在进行了若干次不成功的尝试之后，终于放弃了给我们运输鲜菜的打算，从此我们天长日久地与脱水菜为友，别无选择。

脱水菜无以辩驳地证明了一个真理：有些东西失去了便永远不能挽回。脱水菜失去的是普普通通的水，但你无论再给它多么充足的水，它都不能再恢复到原来的性状，依旧像柴火一样干涩难咽。

最常用的食谱是脱水菜炒肉。平心而论，20世纪60年代末70年代初期，全国副食供应匮乏，但昆仑山上的肉食始终很充足。雪白的猪皮上扣着紫蓝色的徽章，标明产地。记得一次炊事班长一菜勺把一块紫色肉皮盛到我碗里，那戳证是紫药水打上的，可以食用，虽然煎炒，仍鲜艳灼目。我仔细端详了一下，认出“郑州”两个字，一张嘴，就把河南的省会咽到肚子里去了。以后记得还吃过几座城市，比如四川的绵阳、河北的石家庄。

山上也养猪。刚开始是从山下运上来仔猪。猪娃的高原反应比人还严重，它们又不懂事，身上难受，不像人似的知道安静卧床，反倒乱蹦乱跳，很快就口吐血沫，患高山肺水肿死去了。炊事班长每天看着泔水白白扔掉，心疼得不行，立志要在高原上养猪成功。后来，他托人从国境线那边换回来小猪崽，据说是印度种，山地适应性极好。小猪刚断奶，不爱吃食，他就冲了奶粉喂猪。顺便说一句，山上那时奶粉很多，从农村入伍的战士都不爱喝，说没有苞米面糊糊好喝，便眼睁睁地看着奶粉过期。印度猪很适应高原气候，很快长成一只大猪。山上气候恶劣，人们食欲很差，剩饭菜多，印度猪最后肥得肚皮耷拉下来擦着地，皮都磨破了。炊事班长便把它赶到卫生科的外科治疗室，叫护士给猪包扎一下伤口。猪便拖着粘着白纱布的肚子，在营区内悠闲地散步。

炊事班长对印度猪这么有感情，我们猜他一定舍不得杀它。“八一”的前一天，炊事班长却手起刀落，飞快地把印度猪给宰了。大家都问炊事班长怎么舍得，炊事班长奇怪地反问大家：养猪不就是为了吃肉吗！大家都说可惜了可惜了，昆仑山上见个活物不容易，有一口猪每天在外面走一走，也能叫人生出许多感想，怎么就杀了呢！过了“八一”，大家又都说印度猪的肉不好吃，说从小喝牛奶的猪没有农村里吃糠长大的猪味道好。这只普通的来自印度的黑猪，无论它活着还是死后，都使许多年轻的中国士兵想起平原，想起遥远的家乡。

营区附近有一条河，河深丈许，清澈见底。它是著名的印度河的上游，有一个美丽的名字——狮泉河，不知是指狮子像泉水一样地跑过来，还是泉水像狮子一样跑过来。总之这两种意境都美丽而雄奇，让人联想到洁白奔涌的景色。狮泉河使我怀疑一句古老的哲语——水至清则无鱼。狮泉河是高原万古寒冰所融的积水汇合而成，清洌得如同水晶，鱼群繁茂得如同秋天树叶飘落在马路上，有时一片河水被鱼背映得发黑。据老同志说，以前鱼群还要兴盛。汽车沿着河水浅的地方开过去，车轮碾过，便有两道宽宽的鱼带浮起，车辙由碾死的鱼标出。轮到我们戍边的时候，鱼已经没有那么多了，但依然稠密而愚笨。用曲别针弯个鱼钩，用一块生牛肉条挂在曲别针上，甩进河里，不消片刻，鱼就上钩了。

藏北的鱼不知归于哪一属哪一科目，色黑亮如柏油，肉雪白若膏脂。但不知是高原上人的胃口差，还是这鱼本身的问题，大家都不爱吃鱼。星期天的早晨，常有人披了军大衣在狮泉河畔垂钓。钓到了，便把那挣扎着的鱼从曲别针上摘下来，重新丢入沸沸扬扬滚动着的河水中。许多年后，听一位去过西方的朋友讲，那里的文明人类活得多么潇洒，常常把钓到的鱼再甩回湖里，钓鱼不是为了吃，而是为了消遣。我想早在很多年前，因为寂寞，我们也曾达到过这种境界，原来也曾潇洒过一回。

但是在高原上必须吃。吃了才有体力，才能在高原上屹立下去。我们的国家很穷，我们不是凭着强大的国力威慑住想更改国界的邻国，而是凭着人——敢在难以生存的险恶之中生存，以证明我们捍卫这块领土的决心。这便有了几分悲壮几分苍凉。我们这些边防军，是活的界碑，把身体养得强壮，便有了非同寻常的意义。

总后勤部给我们发了“六合维生素”，就是把六种维生素混淆在一起压成片剂，每一粒都光滑得像子弹。每天我们都一大把一大把地吞药，仿佛病入膏肓的老人。维生素到底有多大的效力，我不敢妄下结论。只知道在吃着维生素的同时，我们指甲凹陷、齿龈出血、口腔溃疡，头发脱落……对于人，最重要的是空气。因为氧气不足而出现的这一系列麻烦，只有用一分钱都不值的空气才能治疗。可惜，空气在高原是定量的。

为了保证大家吃好，挑选炊事班长的严格不亚于挑选一位军事指挥员。要能吃苦，会动脑筋，还需手巧。

我们的炊事班长是甘肃人。方头，两只眼睛的距离很远，身材高大。当我后来看到挖掘出来的秦始皇兵马俑时，自觉得为班长找到了祖先。

班长扛大米，嘿哟哟，一次能扛两麻袋。一袋100斤，在高原上扛两袋，简直是找死，可他脸不变色心不跳。班长摇压面机，别人两个人握着摇柄，慢慢悠着劲转，高原偷走了小伙子们的力气，把他们变成举止迟缓的老翁。班长把机器摇得像一架飞速旋转的风车，面页子便像瀑布似的涌垂下来。

班长也很会动脑筋。用高压锅蒸馒头，要先在屉上刷一层油，这样才不粘锅。班长会把蒸锅内的水添得恰到好处，会把四个眼的汽油灶烧得恰到好处，两个恰到好处凑在一处，馒头熟了，水熬干了，高压锅残存的余热，将馒头底子煎得焦黄油润，仿佛北京“都一处”的烧卖。

这项操作是班长的专利。有不服气的炊事员想试一试，结果是差点使高压锅像颗鱼雷似的爆炸。

但炊事班长也有很失算的时候。有一次，早上喝藕粉。昆仑山太阳出得晚，做饭时还得点上煤油灯。班长一手持灯，一手掌勺，灯火将他的半边身子映得锈红，另半边还隐没在黑暗之中。他一俯一仰地围着锅台忙碌，将表层的藕粉汤舀出来，撇进泔水桶里。我看到班长奇怪的举动，问他这是在做什么？他长叹了一口气说藕粉的成色是越来越不行了，看，这里混进了多少草梗！我凑近那灯光，看清飘浮在藕粉中的一小朵一小朵金黄的桂花。原来这是新运上来的桂花藕粉，生在黄土高坡的班长从没见过这种精致的花朵，便以为是异物。

高原上气压低，水不到80℃就开，火候很难掌握。即使是班长挂帅，也常有误饭的事情发生。所以开不开饭，并不是以号声为准，而是看班长的眼色行事。每天到了开饭时间，大家便排着队走到饭厅前，立定，开始唱歌。唱毛主席语录歌、唱“我是一个兵”，等等。通常是三五支歌后，系着白围裙的班长从灶房里钻出来，梧桐叶子一般大的手掌一挥，就解散开饭，大家作鸟兽散了。有一回，不知是出了什么纰漏，我们整整齐齐地列队唱歌，唱了一首又一首，大约过了半个多小时，还不见炊事班长出来挥舞他梧桐叶子一样的大手，大伙儿都饿得有气无力了。

负责起歌的是一个四川籍小个子兵，他终于卡了壳，再也想不起有什么歌可唱了，说没有歌了，咱们就这么干站着等吃饭吧！大家说你就随便起个歌吧，不是有那么多革命样板戏唱段吗，你起个头，我们一准跟你唱就是。小个子兵抖抖嗓子，大声领唱了一句：“想那当初，老子的队伍才开张……”

革命样板戏的反复灌输，使我们对每一段唱腔都倒背如流。大家一听到这熟悉的曲调，不假思索地异口同声地随他引吭高歌起来。于是样板戏的唱段就在冰峰雪岭之间回荡缭绕。

炊事班长像失火一样从灶房里跑出来，大手刀剁斧劈地往下砍，大吼了一声：“唱什么唱！开饭啦！”

直到这时，许多人还没意识到大家齐声合唱了一段反面人物的唱腔。饥饿终究是世界上最有权威的君王，大家一哄而散了。

后来，听说领导要追查小个子兵的责任。炊事班长晃着眼睛间距很宽的方脑袋说，那天的责任全在他。因为饭开晚了，小个子兵饿糊涂了，完全是昏唱。

因为班长很有人缘，事情就不了了之了。

每天吃中午饭的时候，“解散”的口令一下，最先冲进饭厅的一定是河南兵，像杀敌一样英勇。

河南人大概是最爱吃面食的人。100 斤面粉比 100 斤大米要更占地方。运输部队便运来大量的米和少量的面。只有每天早餐恒定是吃馒头，晚上有时吃面条，其余的空白便均由大米所充填。班长在农村是挨过饿的人，最怕做的饭不够大家吃，早上的馒头便总有富余，剩下的中午热了再吃。河南兵就是冲这几个剩馒头去的。班长是个很讲“不患寡而患不均”的人，他觉得馒头总让这几个河南兵抢走了，就是对别人的不公。他没有办法阻止河南兵抢馒头，但他有权力使点小计策让河南兵们的努力失败。米饭是一屉一屉蒸的，他把那几个馒头神出鬼没地分散在各屉里，这样晚到的人也可以在最后一屉的角落里突然发现一只馒头。有一次，真不巧，河南兵因为找不到馒头，只得悻悻地填饱了米饭离开饭厅，馒头突然出现时，在场的人又恰好都是爱吃米饭的。宝贵的馒头反而像大海中的岛屿一样，孤零零地剩在空屉里了。大家埋怨班长，班长胸有成竹地将剩馒头收起来。晚饭的时候，他把馒头端端地摆在最高一屉。河南兵对馒头的热爱是经得住考验的，他们热烈地欢呼，把剩了两顿的馒头狼吞虎咽地吃光了。

记忆的冰川在岁月的侵蚀下，渐渐崩塌消融。保持着最初的晶莹的往事，已经越来越稀少。班长、四川兵、河南兵们的名字，被我在遥远的人生旅途中遗失，也许永远找不到了。但这些与昆仑之吃有关的片段，却像狮泉河底的卵石，圆润可爱，常常带着高原凛冽的寒气，走入我的月夜。

我已经近 20 年没有吃到脱水菜了，有时候还真想再吃一回。

昆仑之喝

“喝”这个字好像被酒给垄断了。只要说到喝，后面就拖着长长的酒尾巴。

其实凡是液体入喉，都算作喝。人一生最大量最平凡的是喝水（听说澳大利亚那地方宽裕得把牛奶当水喝，不在此列）。因为太普通，喝水就成了不值一提的俗事。

但若到了奇特的地方，简单的事变得棘手复杂，就又可以说一说了。

喀喇昆仑山、冈底斯山、喜马拉雅山三头银色公牛抵犄角的角斗场，平均海拔超过 5000 米。人们常把青藏高原比作世界屋脊，那我所待的地方就要算屋檐上系风铃的地方了。

我们一年到头穿着厚厚的棉衣，像一群松软的面包。缺氧使大伙儿干什么都无精打采，高原像小偷盗走了青春的力气。再古怪的是锅里的水不到100℃就沸腾，没有切身体会的人，不知道它的玄妙。

我第一次明了它的确切含义，是看到一个女孩把滚开的水往脚上浇，她在洗脚。我想她的皮还不得跟褪鸡毛似的，脱下一块来？没想到她惬意地甩着水，连说舒服舒服，你也来试试。那水其实只有60℃，虽说开得哗哗叫，并无平原上沸水的杀伤力。盛名之下，其实难副。

我们每天喝的就是这种60℃的开水。为了节省焦炭（运到山上的焦炭比上好的白面还贵得多呢），由食堂统一烧。吃罢晚饭，大师傅用炊帚把刚炒过菜的大铁锅胡乱刷刷，哗哗倒进几大桶雪水，煮开水的漫长过程就开始了。他总不乐意把锅刷干净，因为小时候家穷，有油星的锅是富足的表现，留着下顿饭接着滋润。

人们提着暖壶，拎着水舀子，麇集灶边。袅袅的水汽从裂了缝的木锅盖升起，好像有一大烛香在锅内燃烧。

需要耐心地等，这个过程大约40分钟。你不可走远，因为水不多。抢不到水，你就会成为一晚上的撒哈拉大沙漠。水舀子也很重要，像古时做官的印玺，要牢牢掌握在自己人手里。假如水开了，你有壶没有舀水的家伙什，岂不急煞人。又不兴随便拿个茶缸就能伸进锅里舀水（你就是把杯子洗了又洗也不成，这就是昆仑山的规矩）。水舀子就那么一两个，有数的，这人用完了给下个人用，好像火炬传递。你要是灌满了自己的暖壶，不把水舀子给紧靠在自己身后排队的人，而是遥相呼应，给了远处跟自家亲近的人，叫他先打上了水，大家嘴上不说什么，心里很鄙视你。就跟今日的以权谋私裙带风任人唯亲似的。

水好像不是被灶下的火焰而是被人们焦灼的目光烧开了。那情形像有一条小鱼翔在锅底，渐渐长大。先是搅起轻轻的涟漪，迅即膨胀，直到用尾巴砸出大朵浪花，高原上的开水煮熟了。

这个过程不能撩起盖子看。一看三不开。常有性急的人说，怎么还不开？不待别人阻拦，“嘭”地把大木头锅盖掀开了。汪着油花的水面像巨大的眸子，凝然不动。他叹口气，重把锅盖像被子似的给水捂严。要等片刻，才会有柔弱的水汽再度溢出。水叫人看了这么一回，就给你推迟两分钟开。要是哪个晚上多碰上几个这样的弟兄，开水就会怠工许久。

其实先舀到开水的人不上算，表面的浮油都被灌进暖瓶里了。这种水在瓶胆里一捂，会泛出熬萝卜般的熏臭，与沏茶极不相宜。

于是要喝茶就自己煮。高原上的人都有硕大的搪瓷缸子，其规模相当于 2.2 升暖瓶的下半截。抓把茶叶扔进缸子里，炖在火炉上，像熬中药似的焖着。高原上的火因为缺氧，永无热情奔放的时候，总是阴险地沉默着，一副紫蓝色忧郁的脸膛。

高原上爱饮浓浓的砖茶。从医学的角度看，老茶叶里茶碱含量高，对人的心脏和呼吸系统有良好的兴奋作用，可以帮助适应缺氧，当是人们喜爱它的主要原因。倘若换了鲜鲜嫩嫩的龙井毛尖，只怕在如此的煎熬下顿失颜色。

高原人也喝酒。到藏族老乡家串门，主人总要敬上青稞酒。青稞酒基本上是无色透明的，并不是想象中的淡绿色。初入口时微甜，像醪糟，但不可小看。据行家们说，这酒后劲大，上头。藏胞淳朴，斟满的银碗高举过头，目光炯炯地注视着你，由不得你不喝。于是一仰脖，很豪爽地把一杯饮净，自觉尽到了心意，把银碗端端正正地放下。

没想到主人以迅雷不及掩耳之势斟满第二杯青稞酒，依样画葫芦，又敬了上来。记着行家们的嘱托，不敢再饮。但主人执意要敬，推推拉拉，大家像在练太极功夫，好不热闹。后来听翻译说，倒是我错了。若不打算喝了，就在碗底留点酒，主人知道你已尽兴，就随你的意了。像你这样一饮而尽，把酒碗舔了个精光，就是好汉一条豪饮一番的表示了……

原来是这样！

工作部门里也喝酒。都是年轻人，逢年过节时，每十人算一席。每席一瓶白酒，多为西凤酒。一瓶果酒，多为樱桃酒。多少年来，这两个品牌永不变换。我想一定是某年某月商店里盲目购货，压在库里。

于是年复一年节复一节地总用老面孔犒劳我们。

女孩子们一桌，望着这两瓶液体不知如何是好。西凤为中国十大名酒之一，想来性烈，是断乎不敢喝的。樱桃酒呢？儿时唱过：樱桃好吃树难栽。心想由那么难成活的树长出的美丽的果子酿造出的酒，准是好喝的。于是我们每人斟了一茶缸底子，黑乎乎的，像是止咳糖浆。我至今不知那酒是个什么度数，喝到肚里的也只有一墨水瓶那么多（你想啊，十个人分一瓶酒，一个人会有多少？太多了不是多吃多占了吗？）。但十分钟后，我就觉得面前的桌子和人都奇怪地漂浮起来，好像脚下是一片水……

我不知道这叫不叫醉酒。只是我从此后再也不敢去试任何一种含有酒精的饮料了。我的家族是不善饮的。我父亲曾说过我弟弟，喝一口酒连脚指甲都会红。弟弟在场面上练了多年还毫无长进，我等就死了这条心吧。

剩下孤孤一瓶西凤酒。怎么办呢？

“找他们男孩们换一盘菜来吃！”不知谁提议，众人皆赞成。于是公推一伶牙俐齿的姐妹到邻桌去交涉，大家就眼巴巴地等着。

片刻之后，使节归来，手里仍是拎着满满的酒瓶。“吓！他们还不换？一瓶西凤多少钱？一个菜才多少钱？再说平常喝得上酒吗？他们不换可是太傻了。没想到男子汉还这么抠门！”女孩子们大叫。

使节忙说：“不是的！不是的！他们看见酒，眼睛都瞪得像瓶底一样圆。只是我看他们的菜都快吃光了，换了咱就不值了，所以完璧归赵。”

原来小气的是我们不是他们！只是这原封未动的一瓶烈酒，女孩儿留着又有何用？随着时间一分分流逝，邻桌碟子里的货色越来越少，假如贸易，我们的逆差就越来越大。

我们气愤地盯着男子汉风卷残云般地吃菜，心疼得厉害。觉得他们是把原属于我们的东西给霸占了。

“我看见他们桌上的香蕉罐头还没有动。你们看合不合算？”使节的大眼睛除了水灵灵的好看，还真侦察到情况。

男子们多是西北一带人氏，对香蕉这类亚热带水果，抱半信半疑的敷衍态度。况且剥了皮的弯弯蕉体泡在浑黄的液体里，形象也不雅。

“不值不值！”我们说。

可惜时不我待，女孩们用眼的余光瞟着，各桌上的残羹剩饮越来越单薄。

“换啦！”我们悲壮地说。我们每人分吃了半截香蕉（没多少，不够一人一条），又喝了浑黄色的罐头汤，觉得还不错，起码比辣乎乎呛人的白酒好多了。

下一个节日又像候鸟似的降临。

“嘿！女娃子们！我们用香蕉罐头换你们的酒！”刚开席，就有男子汉找上门来，商讨以物易物。

“好嘞！换啦！”我们快活地答应，为早早打发掉透明液体而庆幸。

“喂！我们来换你们的酒……”又有几个小伙子摇着罐头瓶造访。

“晚啦晚啦！谁叫你们现在才来！”女孩们幸灾乐祸地指责后来者，自己也有点后悔，想不到贸易形势这样好，刚才应该要个高价，一瓶酒换两瓶香蕉罐头的。

亏了亏了。下次要沉着点，待价而沽。我们互相眨着眼睛。

真糟糕！小伙子们懊丧地搔着后脑勺，只好打道回府。

“哎！把你们的香蕉罐头拿走啊！”我们指着他们遗留下的罐头瓶子，大声叫喊。

“罐头嘛，既然你们爱吃，我们就不要了！”他们头也不回地说。

男孩子和女孩子就是不一样啊！

从此，每一次会餐，我们总是随随便便把西凤酒送给任何一个邻桌的小伙子们。从此，每一次会餐，我们女孩子的桌上都有许多瓶香蕉罐头。

记得有一次，居然我们每个人都平均到了一瓶香蕉罐头。那一天的会餐，好像成了会香蕉。

我们举着浑黄的罐头汤，豪爽地干杯，把罐头瓶碰得叮当乱响，喝了个一醉方休。

昆仑之眠

上昆仑山的时候，一路上，老兵不断地问：“有了吗？”

我们说：“没有没有呢。”

老兵说：“到晚上睡着就有了。每个兵站后面都有一大片烈士陵园，有好些就是先在床上睡着了，后来就睡到那儿去了。”

昆仑山上的睡眠是头妖怪。

我们这些初次上高原的小女兵，就坐在大米麻袋上恐惧地等待昆仑山上的第一个夜晚。

老兵们说“有”的那种东西，叫作“高原反应”。会让你的口鼻像螃蟹似的冒出粉红色的泡沫；皮肤泛出紫蓝的网纹。最后你丢掉所有的体温，成为冰山的一部分。

我们那时只有十六七岁，虽说也感到轻微的不适，都像否认有偷窃行为一样否认“高原反应”。那还是一个以为否认就能挽救一切的年纪。

到了兵站睡觉的时候，老兵说，“‘高原反应’是一定会来的，别看你们年轻。夜里头疼得实在受不了，可以用背包带子在额头上勒两圈，越紧越好。偏方治大病。”

我躺在坚硬如铁的兵站枕头上，焦急地等待头疼。当它真的像春雨一般润物无声地降临时，我欣喜地发现它并没有想象中神奇。“高原反应”是一种像铅色绸缎般柔软而黏稠的东西，裹住你的大脑，使它晦涩地滚动。勒住太阳穴的确管用，好像在脑汁里滴了明矾，清亮多了。

当我的昆仑第一眠醒来后，发现兵站久未洗过的枕巾依旧在我的头颅下发着男人的汗味，高兴极了。我原本以为自己再也看不到枕巾上花里胡哨的图案了。

以后我在昆仑山度过了无数个夜晚。这话有些不准确，其实是可以算得清的。区区十年有什么算不清！但我不愿去算。睡眠和死亡曾经在我脑海中不断淤积，直到达到了感觉上的极限。

我们的营区海拔近5000米。这还是在正常的日子。碰巧赶上拉练，就要再高许多。高寒高寒，它俩是双胞胎，高了就必然寒。高处不胜寒。

分给我们睡的是铁床，类似城市居民几代同堂时买的那种折叠床，是用铁片做的。一代又一代士兵的碾压，很多铁片断裂了。我们没有铁丝，就用麻绳把破损处连缀起来。躺着的时候，可感到一处处的凹陷，好像趴在折断了肋骨的母亲身上。

床上只铺一条薄薄的褥子，褥子是旧的移交品，发给我的时候很脏。我用清澈的雪水洗了一遍又一遍，晾晒在太阳底下，还是斑斑点点。我大声说：“这褥子以前的主人一定是个汽车兵，洒了这么多汽油。”一个大点的女兵慌忙掩住我的嘴，说：“别嚷，那是男人尿的。”我这才茫然住口。

褥子很薄，透过床单可以看到铁条嶙峋的形状。上级动了恻隐之心，给每人发一条草垫子。稻草的，黄黄的，软软的，叫人想起一个好收成。大家乐得吸了不少冰雪浸透的凉气。只是草垫子比我们的铁床要长，需铡去一段。那些日子，军营里像是饮牲口的料场，到处飘散着针尖似的草芒。

拉练露营的时候，当然不能带草垫子。我们先把雨布铺在雪地上，再打开被子睡觉。我第一次这么睡的时候，心想第二天爬起来还不得满身泥浆？没想到干干爽爽地起床，掀开雨布一看，雪絮洁白松软，仿佛刚刚自九天坠下。微薄的体温就像一杯水倒进太平洋，早已融进酷寒。

听说地方政府派来的慰问团，看了战士们的艰窘，调拨来了一批狼皮褥子。但数量有限，平均十个人才能分一条。

我急切地盼望着狼皮褥子的到来。不是巴望着能分我一条，而是想看看真正的狼皮是个什么样子。

终于来了。分到我们班里的那条狼皮褥子是黑色的，裁制得方方正正，同单人床一般大。皮毛上可以看出很明显的接缝，但颜色非常接近。远远看去，完全可以认为它来自一匹孤独的巨狼。毛缕很长很硬，纷披而下，发出苍蓝的闪光。我伸手摸摸它们，光滑而润泽。我突然忆起小时被父亲高高举起，抚摸父亲头发时的感觉。

大伙儿一致决定把狼皮褥子分给一个瘦弱的农村来的女孩。因为她的铁片床塌得最不成样子，她又靠门。她恰好不在，我们七手八脚地给她铺好了，每个人都躺到她的床上试了试。大家都说，狼皮真暖和。

她回来后一眼看到床边垂的狼毛，就哭了。

大伙儿忙说：“别在意。我们都已经享受过了。”

她说：“你们这不是咒我死吗！我是属猪的，我妈自小就叮嘱我，一定得避狼！”

我们重新决定狼皮褥子的归属，决定轮流铺，一人若干天。

昆仑山上的夜极其黑，但是很不安宁。365 夜，大概 350 天有风。风像排着队的疯婆子，用干枯的手，把旷野上的一切孤立之物，都变成弹拨的乐器。它让石屋发出呜咽的共鸣，它让电线空竹般鸣叫。它把士兵偶尔丢弃的空罐头盒，从地面嘘上屋顶。在飞翔的过程中，随意拨弄它们的位置，罐头盒就像硕大的口哨，吹出空袭警报的锐音。甚至石头也会发出怪兽般的抽泣。那一定是石头内的缝隙被风挤压了，痛苦地呻吟。

我们因此练就在喧嚣中酣睡的本领。当我离开高原回到城市，突然发现城市的夜晚是那样寂静。汽车喇叭和锅碗瓢勺的交响，实在是隔靴搔痒的皮毛。和昆仑山真正的钢鼓乐队相比，城市只是一支短笛。

昆仑之眠是充满陷阱的黑洞，许多人在梦中永不复返。盖因睡眠时人的抵抗力减弱，犹如不设防的城市，死亡的偷袭格外成功。时时听到某人睡着睡着就过去了的传闻。我们每天早上起来见大家都还活着，心中充满重新诞生的快乐。

有一次，女兵在半夜里突然接到电话，要为一个突然死亡的战士扎个花圈（顺便说一句，昆仑山上所有的花圈都由我们来扎，因为女孩与花有缘）。我们说，什么时候死的？电话说，刚刚。我们说，打仗死的？电话说，不是。我们说，睡死的？电话说，也不是。我们说，那还有什么死法呢？是真的死了么？电话说，死得叮叮当，再没有救的。睡着睡着紧急集合。哨子一响，这小伙子一个箭步蹿起，但立即就扑倒在地，死了。

我们为他扎了一个大大的花圈。从此高原上有了一条不成文的规定：只要没有战争，夜里不搞突袭式的训练。

想在昆仑山上安眠，有一个高枕头是十分必要的。当时战士的囊中羞涩，只有几件换洗衣服裹在白包袱皮儿里当枕头，垫不到无忧的程度。特别是洗澡之后，干净的穿在身上了，脏的泡在盆里了。空包袱像个扒净了五脏六腑的咸鱼干，晒在床单上，很寂寥的样子。

一天我对卫生科长说："我想借您那本《实用内科学》看看。"

科长说："你有这个志向很好。只是你现在最该看的是卫生员手册。巴甫洛夫教导我们：'科学应该循序渐进'。"

我说："敢想敢干。试试吧。"

在很长的一段时间里，我枕着《实用内科学》酣眠。我后来成为一名相当不错的内科医生，肯定同这有关。

战士的被子在露天看电影的时候，是要用背包带捆起来，当小凳子坐的，特别易脏。当我决定要洗被子的时候，同屋的战友都佩服我的悲壮。因为我没有大盆，也没有搓板。在小小的脸盆里凭着手搓那么大一堆没头没脑的布，时至今日，连我也赞叹那时的英勇。

星期天起了个绝早，先看看太阳，是不是好天。因必得当天洗，当天缝起来，要不夜里就没东西盖了。

我把被套拆下来之后，发现一个大秘密——草绿色的被罩要比白花花的棉絮长出半尺有余，窝着掖在里面。

属猪的女友说："多好的一块布。这不是浪费吗？"

我点头，觉她说的极是。

"你把它铰下来，补个衣领后屁股蛋什么的，岂不是上好的补丁。"她说。

我想想有理，抄起家伙就剪。

她说，"你不等洗完了晾干再剪？"

我说："那么大一坨，怎么洗！剪开了分两段，不是好洗吗？"

她一边说着那也不差这一点，一边帮着我把被头连里带面裁下一圈。待到晚上，我把干了的被罩拿回来缝时，才发现大事不好。原来那富余出来的一截布并非无用，是预备被套缩水的。现在被套像件童年的衣服，遮不住棉絮丰满发育的身躯，恰短半尺。

怎么办？我和属猪的女孩面面相觑。

"把裁下的那块布再缝上去。"有人说。

"那还行？"我连连摇头。那工程简直能绕地球一圈，对于拙于针线的我，真是可怕的命题。

"还有一个办法。"属猪的女孩说。

"什么办法？"我迫不及待地问。

“把棉絮也铰下来一块。”她说。

“多好的主意！”我快活地大叫，她总是与众不同！我搂着她跳了起来，但只跳了两下就停下来。缺氧不允许我们激烈地表达。

说干就干。

在以后漫长的岁月里，我一直盖着比别人短一截的被子。它使我在严寒的冬天（昆仑山其实也没有别的季节）吃尽苦头。但是我从来不说，我怕那个属猪的女孩以为我在埋怨她。

因为被子格外地不御寒，我就特别爱晒被子。公平地说，高原的太阳虽然不暖和，但含有丰富的紫外线，有春天的气味。晚上蜷在里面，像扎在麦秸垛里一般惬意。

不过班长不让我老晒被子。她说：“你的被子本来就比别人的短，叠起来就不好看。刚晒完的被子，囊得像个面包，哪还拍得出横平竖直的线，影响军容风纪。”

于是，晒被子的日子就成为我奢侈的节日。我会早早地钻进被子，让那个夜晚抻得很长。我会看到阳光毛茸茸地刷着我，白色的蒲公英粘在睫毛上，一只金色的蜜蜂在我耳边飞……

在印度河上游

30 年前，我在西藏当兵。在我们营区不远处，有一条大河，名叫狮泉河。第一眼看到狮泉河，瞬间即被震撼。

它的河床不很宽，闲散地躺在布满红柳的沙砾滩上，好似大战后失去血色有几分苍白的蟒蛇。它的河水也不很急，泛着细碎的鳞花，仿佛那受伤的蟒，正在呻吟着休养生息，以图再战。

使我惊讶的是它的纯净，水的一种至高无上的状态。当你看到一小管蒸馏水的时候，会惊讶它的透彻和洁净；当你看到一瓶蒸馏水的时候，会叹息它的清爽和工艺；当你注视着一条滚滚而来的大河，在傍晚和黎明探视它，排除阳光闪烁的金斑干扰的时候，你如同与一条通体透明的恐龙对视。洞穿它每一个旋涡的脏腑，分辨出每一块卵石的纹路，那一刻，你会感到水的至清无瑕是一种巨大的压迫与净化。

狮泉河水是由高峰上万古不化的寒冰融化而成，那时候，还没有矿泉水、太空水这样雅而商业化的称呼，我们直呼它为冰川水。

在寒冷而不结冰的日子，狮泉河是温顺而峻峭的，如同一把银光闪闪的藏刀，锋利地切割着高原峡谷，蜿蜒向远。我查了地图，知道它流经国界之后，就成了大名鼎鼎的印度河，最终汇入印度洋。

我不知道它为什么叫狮泉河，问过很多人，都说，顾名思义呗，可能是狮子像泉水一样地跑过来，或者是河水像狮子一样地跑过去吧？

不论谁像谁，那狮子一定有着雪白的长长的鬃毛，跑动起来，好似雪雾掠过山巅；它愤怒的时候，吼声会引发连绵的雪崩。

在高原上阳光最充沛的日子，我们接到赴狮泉河畔抗洪的通知。我看看天，天是那种雪域特有的毛蓝色，如同“五四”后革命女生新做的旗袍，干爽平整，没有一丝乌云。太阳把亿万颗金针，肆无忌惮地从高空镖射而下。我感到光芒从军装罩衣的缝隙刺进棉袄深处，使僵硬的老棉花里蕴藏的冷气，渐渐发酵酥胀。

“这样的天，怎么会发洪水呢？瞎指挥吧？”新兵的我，不知天高地厚地说。

老兵拎着铁锨，一路小跑说：“你那是平原的黄历；在高原，越是有太阳，越是发洪水。水是阳光的孩子！快走吧！”

我这才恍然大悟。在阿里，有一条特殊规律——如果连续出现几个晴空万里的日子，你就要到狮泉河防洪。

古话说，水至清则无鱼。狮泉河的清，无与伦比。结冰时，水深丈余，洁净得连一个气泡都没有，好似一方横卧雪原的翡翠柱。河底的每一粒沙子你都可以清楚数到，但它不可思议地有鱼，且多。狮泉河的鱼，头很大，脑子却很傻，把曲别针弯直，挂上一块羊肉，它就上钩了。可能在它固守了百万年的遗传密码里，从来没有被人下饵陷害的经验，所以不防。

当兵的人，洗被子是个大工程，除了费力，主要是缺乏工具。每个人只有一个小脸盆，洗一件军衣就爆满，泡沫横飞；若把被子塞进去，活似大象进了茶壶，涌得皂水四溢，泛滥成灾。我提议，单是洗，就在脸盆里凑合了；透水的时候，到狮泉河去。让河水这个天大的盆，把我们的军被冲刷一净。

我们的营地距狮泉河不过百余米，不一会儿就到了。当我们兴高采烈地把军被放到狮泉河里时，立即发现失算了。狮泉河绝不是一个温顺的女仆，它躁动着，在表面上虚怀若谷的水波下，掩藏着湍烈的暗流。军被一入水中，瞬间就被水流展开，好像一堵绿色堤坝，斜着立在水里，堵住了狂放不羁的冰川之水舒展的手臂。

我们用手攥着军被，手指上感到有巨大的冲击力，好像拽着一只大风筝，随时都会凌空而起。河水愤怒地冲撞着巨帘，军被膨胀成可怕的弧形，好像风暴中就要绷裂的船帆；河水幸灾乐祸地激起旋涡，戏耍地兜着我们的军被绕圈子，好像那是它抽打的一只只翠绿陀螺。我们感到了越来越大的吸引力，狮泉河在粗暴地邀请军被和它的主人一道共赴水中央。

“姑娘们，快松手！否则会被卷进狮泉河的！”远处有人看到了我们的危险，大声叫道。

我们置之不理。真是开玩笑！一松手，被子就被龙王爷借走了，今晚盖什么？此刻已完全不幻想狮泉河免费帮我们漂洗被子了，最要紧的是在激流中把军事财产抢救回来。于是，拼命捏住仅剩在手中的被子角儿，好似那是网绳。被子像大鱼，不安分地甩动着。手被泡得发白，指甲因为用力和寒冷，已变得青紫，渐渐地失去知觉。骨节因为负重和要命的扭转，已肿胀如镯。

眼看单凭手的力量，无法和内力深厚的河水抗衡。随着时间的推移，手指渐酥，气力越来越小，眼看就攥不住了，被角一丝丝地从指缝拔出，马上就会飘逸而去。不知是谁喊了一句：“看我的！”眼瞧着她的被子就像施了魔法，“嗖”地就脱离了险境，朝岸上卷去。我赶忙一眼瞟去，学习先进经验。原来那女孩儿跳进了岸边的浅水里，把军被缠在了腰上，下半身水淋淋的，但终于控制住了局势，狮泉河再猖獗，一时也卷不动百八十斤重的人，被子就虎口脱险了。

我们都忙不迭地照此办理，不一会儿，一一化险为夷。站在岸边，抱着被子，一任狮泉河水从被角和裤脚流淌不息。

赶来援救的老兵们说，我们这些汉子，都不敢让狮泉河帮着洗衣服，知道它暴烈无比。你们这些女娃啊，怎么比男人还懒！

我们把被子放进脸盆，嘻嘻哈哈地往回走。刚开始所有的脚印都是湿的，且淋漓模糊巨大无比。走过红柳滩，沙包舔走了一些水分，脚印就只剩下半截，好像一种奇怪的小兽在奔逃。大家都说，今天的被子洗得真干净！仔细端详，军被的绿色，已被激流抽打出一缕缕白痕。

狮泉河结冰，如梦如幻。

那是一日清晨，我们按照惯例，到狮泉河边出操。走着走着，就觉得异样。狮泉河寂静无声，好像已经不复存在。平日的狮泉河大智若愚，也不好喧哗，但仍有一种男低音似的轻啸，在山谷中贴着巨石回荡。我们熟悉它，就像倾听高原的呼吸，此刻，怎么一夜之间就无端地沉寂了呢？！

走到河边，大惊失色。狮泉河在骤然而至的严寒中，瞬间凝固。高高的水浪腾在空中，卷起优美的弧度，僵硬如铁；周围簇拥着迸溅的水珠，若即若离，与主浪以极细的冰丝相连，好像逃婚的孤女最后回眸家园。狮泉河被酷寒在午夜杀死，然而，它英勇地保持了奔腾的身姿，一如坚守到最后一分钟的勇士；它坚守了一条大河无往而不胜的气概，只是已粉身碎骨了无声息。

我们被骇住了！无论从黄河长江还是更冷的东北来的兵，都说从未见过这种奔腾中凝固的奇观。我怯怯地走过去，轻轻地抚摸着波浪。它冷硬尖锐、千姿百态的曲线，流畅无比，滑润若骨；浪尖绝非平日所见那般柔软，简直可以说是很锋利的，如短剑一般直指前方，切割着严寒，触之锵然有声。不一会儿，手指就像五根空中钢管，把脏腑的热气偷漏给了冰浪。那朵吸走了我体温的浪花，姿容不改，只是花心沁了一点点雾气，显出晶莹的朦胧。

是的，平原上的人，难得有机会抚摸到如此坚实的浪花，它钢筋铁骨，铮铮作响。平日我们在海边探着手指，沾了一手水，自以为抚摸浪花的时候，浪花其实早已冷漠地却步抽身了。我们摸到它蜕下的壳，至多只能算是它的背影甚至残骸了。

狮泉河的支流，是一条条自雪山而下的小溪。在温暖的季节，它们匍匐在石缝里，并没有一定的河道，肆意流窜着，好像撒欢的野鼠。下乡巡回医疗的救护车，常常会陷在这样的水流里，前进不得，后退不得，引擎徒劳地轰鸣着，在山谷中发出空旷的回声。

“姑娘们，你们到远处的岸上歇着吧。”同行的老医生边挽着袖子边向我们挥手说。看来得下水推车了。

我们不走，为什么要赶我们走呢？多一个人不是多一分力量吗？我们不走，也跟着挽袖子。

“狮泉河是不喜欢女人的，所以，你们必须得走。”老医生不容置疑地命令。

没办法啊，当兵就是这个样子，每个老兵都好像是你的再生父母，你必须服从。

我们几个女孩子，愤愤地向远处走去。脚都酸了，认为走得够远了(高原是很容易疲乏的)，刚要停下来，一直用眼光监视着我们的老医生，大声地喊道：“不行，太近了，还得走。走得越远越好！”

我们只好沿着小溪向上游走去，走几步，停一停，直到老医生不再用声音的鞭子驱赶我们。这时回过头去，只见人已小得像苍穹下的一颗绿豆。

他们怎么推车呢？我们呆呆地看着流动的河水，天渐渐地黑下来，河水变得更加冷蓝了。

喔，原来男人们都把衣服脱下，下河推车了……我们几个女孩子，谁也不再说话，只是把手伸进黄昏的河水，感受到手指的麻木，一寸寸地从指甲向胳膊根儿处蔓延，用这种愚蠢的行为，和战友同甘共苦。

也许，我们的体温会使冰冷的狮泉河水提高一点温度，当它流到下方的时候，会使推车的人，少受些寒冷。

狮泉河流经我的整个青年时代，它清澈澄净，洗涤着我的灵魂。

在这个物欲喧嚣的世界上，我怀念那种纯净的水。纯净而有力量，是很高的境界。复杂常常使人望而生畏，很多种因素混合在一起，叫人摸不着底细，以浑浊佯作高深。我不知道狮泉河是不是世界上海拔最高的河，但我想它的透明和清澈，该是在地球上名列前茅的。当我默默地站在它的一侧，凝视着它的时候，我会感到一种伟大的包容和冲决一切的勇气。

人的精神是从哪里来的？我以为很大一部分，甚至关键性的启示，是从大自然而来。人在年轻的时候，能够和自然如此贴近，远离城市，孤独地走进大自然的怀抱，你会在一个大的恐怖之后，感到大的欣慰。你会感到一种力量，从你脚下的大地和你头上的天空，从你身边的每一棵草和每一滴水，涌进你的头发、睫毛、关节和口唇……你就强壮和智慧起来。

读书也会使我们接触到这些道理，但是，我们记不住它。大自然是温和而权威的老师，它羚羊挂角不露声色地把伟大的关于生命和宇宙的真理，灌输给我们。

你在城市里，有形形色色的传媒，有四通八达的因特网，有权威的“红头文件”和名不见经传的小道消息，摩肩接踵；你几乎以为你无所不能，你了解了整个世界。但是，且慢！在人群中，你可能了解地球，但你永远无法真正逼近——什么是宇宙——这样终极的拷问。

你必得一个人和日月星辰对话，和江河湖海晤谈，和每一棵树握手，和每一株草耳鬓厮磨，你才会顿悟宇宙之大，生命之微，时间之贵，死亡之近。

我以为在很年轻的时候，有机缘迫近这番道理，是一大幸运。你可以比较的眼界开远，比较的心胸阔大，比较的不拘一格，比较地荣辱不惊。

人是自然之子，无论“上山下乡”在历史上作如何评价，它把无数城市青年驱赶放逐到自然与社会的最原始状态，使这些人在饱尝痛苦的同时，深刻地感受到了自然的博大与森严。

为了雪山的庄严和父母的期望

一

人们常常问我：你发表处女作是哪一年？我说，是1987年，那一年我已经35周岁了。人们就“啊”了一声，不再说什么，但表情里含了疑惑：早些年你干吗去了？

在写作以前，我在遥远的西藏当兵，学的是医务。我在白衣战士的那条战线上，当到了内科主治医师的位置。假如不是改了行，就当到了副主任，您现在到医院看我的门诊，就要挂三块钱一个的号了。

一个女人，更具体地说是一个医术很好颇有人缘的女大夫，在已过了“而立之年”的沉稳日子里，为什么要弃医从文，拿起生疏的文学之笔开始艰难的跋涉？

在许多孤寂写作的深夜，我对着苍天自问。

我不知道。

但是我感到一个苍凉而喑哑的声音，在寒冷的西部呼唤我。

你既然来到了这里，你就要让世人知道这里。

他说。带着无上的权威。

我没有办法抗拒。你可以违背一个人的意志，但是你不能违背一座雪山。

这就是昆仑山啊。我们民族最伟大的峰峦。

不管文化古籍里怎样考证，说传说中的昆仑山是现如今的什么什么山，我总认为它不是一座具体的山，而是一个象征。想想那时候，交通工具多么不便，又没有精确的地图，指南针还没有发明出来。古人们绝不可能把山与山的分野搞得条块分明。他们只有对着西部广袤的隆起兴叹，在落日辉煌的余晖里，勾勒云霭中浮动着鬼斧神工的宫殿……于是他们把无数神奇的传说附丽其上，敷衍出最雄伟的想象。那里有九条尾巴的天神把守的天宫，那里有直插云霄的天稻，每一粒谷子都是鸡蛋大的玉石……

无独有偶。在印度辽阔的恒河平原上，更为优雅的神话野火般流传。赤足的人们向西眺望，看到皑皑的冰峰劈裂云霄。他们认为有超凡入圣的法力统治其上，于是说那里是佛祖居住的地方……

两大古老种族神秘的目光交汇于此——这就是地球上最高耸的原野——藏北高原。

当我 16 岁的时候，离开北京，穿上军装。火车不断地向西向西，到了新疆的乌鲁木齐。又换上汽车向西向西。在茫茫戈壁上奔跑了六天以后，到达南疆重镇喀什。这一次汽车不是向地面上的哪个方向行驶了，而是向“天上”爬去。又经历了六天无与伦比的颠簸，我作为藏北某部队第一批女兵五个人当中的一员，到达了这块共和国最高的土地。

这块土地是喜马拉雅山、冈底斯山和喀喇昆仑山聚合的地方，海拔在5000米以上，它有一个奇怪的名字，叫作“阿里”。

没有人知道“阿里”是什么意思。我曾经问过博学的藏学家，也没能给一个明晰的回答，只是说这个词汇可能属于一个早已消亡了的语系。于是我就沿用了一个我在阿里搜集到的民间传说：阿里的意思是“我的”。

“我的”什么呢？我的高原？我的山川？我的牦牛和我的盐巴？我的清澈的湖泊和险恶的风暴？不知道。人类的远祖用我们不懂的语言，为我们留下了一道永恒的谜。也许在先民们眼中，所有的一切都是有灵性的，他们都在呼喊着“我的”。

我小的时候，学习很好。语文好，数学也好。语文老师说我以后可以当个记者，数学老师则说我以后可以上清华大学，成为一个女数学家。我回到家里，很高兴地把这些话学给妈妈，没想到她训斥我说，这都是老师逗你玩的，你不要相信别人说你如何好的话。

我挺伤心的，从此养成了对别人的夸奖总是半信半疑。我不知这习惯到底好不好，但它使我在荣誉面前天生地镇静起来。比如我的作文被老师批过“5+”的分数，但是小小的我丝毫不骄傲，因为我知道那是她逗我玩的。

我小学毕业后考进了北京外国语学院附属学校。据说是很难考的，录取率只有几百分之一，而且女生录取的很少，只及总数的1/4。在我这个年纪的北京人，都会记得当时每年一度的北京外语学校招生是怎样地惊动京城。

我考上了，妈妈难得地高兴了一回。但是我已经养成了荣辱不惊的脾气，并没有特别地兴奋。

在外语学校读书的时候，我的成绩依然很好。我现在还保存着一张当时的成绩单，所有的科目平时都是5分，期末考试都是“优”。我后来在军队院校军医专业学习的时候，每次考试也都是第一。由于一贯的优异，使我在内心深处看不起在校学习这件事。你想啊，上边有老师喋喋不休在讲，周围有同学可研讨，你什么事都没有，专门一门心思学那点前人遗下的知识，你要是还学不好，不是太说不过去了吗？

我在外语学校最大的收获，是见了一个比较大的世面，读了不少的书。退回去30多年，许多社会名流的孩子已经在反帝反修的同时，孜孜不倦地开始学习外语。我们这所学校干部子女的密集程度，大概超过了京城的任何一所学校。我的父亲是军队的一位正师级干部，但相比之下，我只能算作平民子弟。由于我优异的学习成绩，使我保持了一种尊严的生活态度。我得以近距离地观察到真正的“贵族”气派，看到它的华贵，也看到它的羸弱。

读了许多的课外书则得益于“文化大革命”的停课。我们学校里有一个很大的图书馆，平日里我们是没有机会读小说的。功课压得非常紧，老师原本要求我们夜里说梦话都用外语的。现在一停课，大松心了，快活无比。只是图书馆里的书可不是无偿看的，看一本，要写出一篇批判文章。

刚开始大伙儿觉得这个交易做得来，不就是看完之后胡乱照着报纸抄点革命词语就能交差了吗？于是大家都去借，并相约看完了自己的那本以后，彼此交换。这样各人写一篇批判稿，就可以看几本好小说，不是太合算了吗？

但实践的结果并不美妙。很多人书看了，但批判稿久久写不出来，时间长了，就失去了继续借书资格。我也不愿意写大批判文章，你想啊，都是世界名著，看的时候，对大师们佩服得五体投地，书皮一合上，就要批判他们，这是一件多么残酷的事情！但管图书馆的小个子老师很严厉，交不了稿，你就不要想从她的手里再借出一张纸。为了阅读大师们的作品，我只有硬起头皮来批判大师们。

道理虽说明白了，但写的时候，心痛如绞。我终于想出了一个两全其美的办法。比如看完《复活》，我就在纸上写：以下部分暴露出列夫·托尔斯泰的资产阶级人道主义倾向……然后我开始大段地抄录老托尔斯泰的原文，抄得很仔细，连一个标点都不曾错落……

还书的时候心情好忐忑，生怕小个子老师看出什么。没想到她连连表扬我的认真，原来她是只看标题，看字迹是否整齐，看篇幅的长短，并不在意你写的是什么。

只有我一个人坚持借书写批判稿了，同屋的同学开始央求我，要我看完了书暂不要还，让大家都传着看一看。我当然不能拒绝，只是有的人看得很慢，已经过了好多天了，你问她看完了没有，她还说没完。知道书看到半截被人夺走的苦处，我不好意思催，只得耐心地等。但看惯了书的人，就像大烟瘾，是很难忍得住的。我就在下次借书时候想办法——连借带偷。图书馆的小老师对我已是十分地信任了，每次我来借书，她不跟着，让我自己在书架里挑。

我们的图书馆是一座建立于20世纪初的西式楼房，窗户很高很小，像旧时的教堂。加上书架遮挡了大部分的阳光，走道幽暗深邃。这真是一个作案的好场所。我在书架里转啊转，看到一本好书，就夹在胳肢窝的衣服里……这样几圈下来，双臂就像机械的木偶，动也不敢动了。最后僵硬地走到老师跟前，只把手里抱着的书登记。

这样我看好几本书，只需写一本书的大批判稿，不但减轻了手的负担，加快了看书的速度，更重要的是减轻了心灵的负担。

但还书的时候，气氛挺吓人的。借的时候，只图一时快活，完全忘记是从哪个犄角旮旯掏出来的书，可还的时候一定要归位。小老师是很认真的，一旦她发现大量的图书放错了地方，怀疑到了我的身上，我的秘密书库就彻底摧毁了，损失不堪设想。我谨慎地控制着偷书的数量，严格地完璧归赵。每次还书时候，都恐惧万分。身上夹带着好几本书，像个沉重的孕妇，还要等着小老师验收批判文章，心中狂跳不止。待老师那里过了关，急急钻进书架的峡谷，拼命回想上次取书的位置，冷汗涔涔。好不容易放了回去，刚轻松了一秒钟，又贪婪地开始了新一轮的夹带……

同学们坐享其成，却全然不体谅我的苦衷，轮到我要还书了，她们就耍赖，说还没看完呢。我说，那你们也得给我一个时间，你们不能老这么耽误我呀。她们就说，要不这样吧，书你现在就可以拿走，但是你得把书中的故事讲给我们听。

于是，在“文化大革命”最激烈的年代，在北京城内一所古老的校舍里，每逢夜深人静，在一间住着八个女孩的房间里，就会传出娓娓的话语，中外文学大师的智慧，像月光清冷地笼罩着我们，伴我们走进悠远的梦乡。

为了给同学们讲得不露破绽，我读原著的时候就格外地认真。几十年过去了，我的一位现已在美国定居的朋友，说她至今记着我给她讲过的《笑面人》，而且拒绝看雨果的原著。她说，毕淑敏在那个夏夜所讲的《笑面人》是世界上最好的《笑面人》，我从来没有听过比这再好的故事了。

我对这个评价淡然一笑。我知道这是她在怀念自己的少年时代。

二

我从北京来到西藏的阿里当兵，严酷的自然环境将我震撼。所有的日子都充满严寒，绿色已成为遥远而模糊的记忆。

吃的是脱水菜，像纸片一样干燥的洋葱皮，在雪水的浸泡下，膨胀成赭色的浆团。炒或熬以后，一种辛辣而懊恼的气味充斥军营。即使在日历上最炎热的夏季你也绝不可以脱下棉衣，否则夜里所有的关节就会嘎嘎作响。

由于缺乏维生素，我的嘴唇像兔子一样裂开了，讲话的时候就会有红红的血珠掉下来。这是很不雅的事情，我就去问老医生怎样才能治好嘴唇？医生想了半天说，你要大量地吃维生素。我说吃啦，每天都吃一大把，足足有20片呢！可我的嘴唇为什么还是长不拢？医生说那就是你说话太多了，紧紧地闭一个星期嘴巴，你的嘴唇就长好了。我说，那可不行，我是卫生员的班长，就算跟伙伴可以不说话，跟病人也是要讲话的……老医生表示爱莫能助。

后来我的嘴唇还是我自己给治好的。夜里睡觉的时候，用胶布把自己的嘴巴粘起来，强迫裂开的口子靠在一起。白天撕开照常讲话。坚持了一段时间，后来就好了。

由于缺氧，我的指甲猛烈地凹陷下去，像一个搅拌咖啡的小勺。年轻的女孩就是爱斗嘴，有一天，女卫生员争论起来谁的指甲凹得最厉害，最后决定用注射器针头往指甲坑里注水，一滴滴往下灌，水的滴数多而不流者为胜。记得我得了第一。好像是贮藏了十几滴水吧，凝聚得圆圆的，像一颗巨大的露珠，乖乖地趴在我的指甲上。

我是一个优秀的卫生员。有一天，我在军报上看到了一个叫作“毕淑敏”的人写的一首诗，就轻轻地笑了一下。我知道我的名字很大众，全中国从 8 岁到 80 岁的女人，有许多叫这个名字。但是我的姓是比较少的。现在有了一个同名同姓的人写了一首诗，觉得很亲切，就很仔细地读。

一读之下，我吃了一惊。因为这首诗是我写的。但是千真万确我没有向任何一家报刊投过稿。

我不知道这是怎么回事儿，也没有人负责向我解释。时间一长，我就把它忘了。但是军邮车下次上高原的时候，（由于道路封山，邮车很长时间才上来一趟）报社给我寄来了一个黄色封面的采访本。我才得以确认那首诗是我的作品，这个本就是稿费了。我用那个本记了许多有关解剖和生理方面的知识。

在一个很偶然的机会，政治部的一位干事对我说：“你的那首诗，充满了鲜血和死亡的意识，真不像一个十几岁的女孩子的。”

我恍然大悟说，噢！原来我的那首诗是你给我投到报社去的啊？

他说，不是他。

他这才告诉我，军报的一位记者到阿里高原采访。高原反应像重量级的拳击手，毫不留情地击倒了他，第二天他就下山返回平原了。但记者很忠于职守，就在高原的这仅有的一天里，挣扎着看了一些单位的黑板报，摘了一些作品带回去，我的小诗也在其中。回去以后，别人的都没选中，只发了我的那一首……

我不知道自己随手涂抹的句子还有这样的经历，但幼时妈妈的教育使我绝不大惊小怪。我没有看见自己的作品变成铅字的喜悦，只认为这是一个巧合。不会再有第二个记者匆匆下山，不会再有人看上我的小诗……

我继续专心地学习医学知识，一点也没有因此想投稿搞创作什么的。

当了几年兵，我回家探亲。我的父亲很郑重地同我谈到了那首诗，说他很高兴。

我从小是一个乖孩子，愿意使自己的父母快活。但我还是没想到写作，只感到一种隐隐约约的愿望在起伏。

我在藏北高原当了 12 年的兵，把自己最宝贵的青年时代留在了冰川与雪岭之间。

我曾经背负武器、红十字箱、干粮、行军帐篷跋涉在无人区，也曾骑马涉过冰河给藏族老乡送医药。

我曾在万古不化的寒冰上，铺一张雨布席地而眠，初次这样露营时，我想醒来身体还不得泊在一片汪洋之中？我真是高估了人的微薄热量，黎明，当我掀开雨布查看时，只见雪原依旧，连个人形的凹陷都没有。除了双膝凝固般地疼痛，一切都很正常。

攀越海拔 6000 多米的高山时，心脏在胸膛炸成碎片，仿佛要随着急遽的呼吸迸溅出嘴巴。仰望云雾缭绕的顶峰，俯视脚下深不可测的渊薮，只有 17 岁的我，第一次想到了死。我想这样爬上去太苦难了，干脆装着一失脚，掉下悬崖……没有人会发现我是故意这样做的，在如此险恶的行军中死人的事经常发生。我牺牲于军事行动，也要算作小小的烈士，这样我的父母也会有一份光荣……我把一切都周密地盘算好了，只需找一块陡峻的峭壁实施自戕的方案。不一会儿，地方选好了。那是一处很美丽的山崖，天像纯蓝墨水一样浓郁地蓝着，有凝然不动的苍鹰像图钉似的揳进苍天。这里的积雪比较薄，赭色的山岩

像礁石一般浮出雪原……(我知道要找一块山石狰狞的地方下手，否则叫厚雪一垫，很可能功亏一篑)

一切都策划好了，但是我遇到了最大的困难。我的脚不听我的指挥，想让右脚腾空，可是它紧紧地用脚趾抠住毛皮鞋底儿，鞋底儿粘在酷寒的土地上，丝毫不肯像我计划的那样飞翔而起……我转而命令左脚，它倒是抬起来了，可它不是向下滑动，而是挣扎着向上挪去……青春的肌体不服从我的死亡指令，各部分零件出于本能居然独自求生……那一瞬我苦恼之极，生也不成，死也不成，生命为何如此苛待于我？

一个老兵牵着咻咻吐白气的马走过来，他是负责后卫收容的，他说："曼巴(藏语的医生之意)，拉着我的马尾巴吧，它会把你带到山顶。"我看了一眼马毛被汗湿成一缕缕的军马，它背上驮着掉队者的背包和干粮，已是不堪重负。

"不。我不。"我说。

老兵痛惜地看着我说："你是不是怕它扬起后蹄踢了你？放心吧，它没有那个劲了。在这么陡的山上，它再累也不敢踢你。只要它的蹄子一松劲，就得滚到谷里去。它是老马了，懂得这个利害。你就大胆地揪它的尾巴吧。"

我迟疑着久久没有揪那条马尾。

不是害怕马。甚至也不是怜悯马。

我在考虑自己的尊严。

一个战士，揪着马尾巴攀越雪山，这是不是比死还让人难堪？我的意志做出一个回答，生存的本能做出另一个回答。

意志在本能面前屈服，我伸出手，揪住了马尾巴……

我看到许多年轻的生命永远地留在了万水千山之间。他们发生过悲凉或欣喜的故事，被呼啸的山风卷得漫无边际。

我为一个20岁的班长换过尸衣，脱下被血染红的军装，清理他口袋里的遗物。他兜里装着几块水果糖，纸都磨光了，糖块像一个个斑驳的小乌龟，沾着他的血迹……我一点都不害怕，因为我的兜里也有和他一样的水果糖，这件小小的物品使我觉得他是兄弟。

我们把他肚子上覆盖的铁瓷碗取下来。碗里扣着的，是他流出的肠子。敌人的子弹贯穿了他的腹腔，肠管已经变得铁管一样坚硬，没有办法再填回他的肚子里去了。

我们给他换上崭新的军装，把风纪扣严严实实地系好。除了他的腰间因为流出的肠子，扎了皮带也显得有些臃肿，真是一个精干的小战士呢。

趁人不注意，我在他的衣兜里又放上了几块水果糖。我不敢让别人知道，因为老兵们一定要嘲笑我的。但我真的觉得这个班长需要这几块水果糖。糖是我特意挑的，每一块的糖纸都很完整，硬挺地支棱着，像一种干燥的翅果。

那个小兵被安葬在阿里高原，距今已经有 20 多年了。我想他身边的冻土，有一小块一定微微发甜。他在晴朗的月夜，也许会尝一尝吧？

三

1980 年我转业到北京，在一家工厂的卫生所当医生，后来当了所长。结婚、生子、操持家务……一个女人来到这个世界上该做的事情，我都很认真地做了。贤妻良母好医生，这是人们众口一致的评价。

对一个 30 岁的女医生来说，你还需要什么？

按说是不需要什么了，我应该安安静静地沿着命运已经勾勒的轨道，盘旋下去。

但是，我虽然从小生活在北京，对北京的一草一木都那样熟悉，此次归来，我却不再是过去的那个我了。怀里揣了那么多藏北的风雪，强烈地撞击着心脏。我对这个巨大的都市，开始了新的审视。我到过这个国家最偏远最荒凉的地方，在横贯整个中国的旅行中，我知道了它的富饶与贫瘠。我在妖娆的霓虹灯中行走，身旁会突然显现白茫茫的雪原。在文明的喧哗与躁动之间，我倾听到遥远的西部有一座山在虎啸龙吟……

我的父亲有一天对我说，我看你是可以写一点东西的，你为什么不写呢？

我的父亲是一个很聪明的人，而且在文学艺术方面有很好的天赋。只是由于他们那一代人所处的环境，使他戎马一生，始终未能从事文学。我从他的目光里看到了期望，我决定一试。

一个微茫的希望在远方磷火般地闪动。我想用我的笔，告诉世人一些风景和故事。我想让我的父母惊喜。

于是在一个普通的日子，我铺开一张洁白的纸。那是在深夜的内科值班室，轮到我值班，恰好没有病人。日光灯管发出嘶嘶的叫声，四周一派寂静。记忆在蛰伏了多少年后苏醒，将高原的生命与鲜血铺陈于我面前。

我在高耸的雪山上开始了我为医的生涯，雪山也将它的身影，倾泻于我的笔端。

致一位要去雪山的朋友

有一位大学生写信来，说觉得我笔下的藏北，是世上最美好的地方，所以，她毕业后，要到雪山去。

我回信说——你是从我的回忆里了解雪山的，你知道我是“初六八”的吗？

不知关于“文革”的专有词汇，历史的筛上会沉淀下多少？假如保存十个的话，“老三届”或许能占个名额吧？

百年后，还会有人提“老三届”吗？那时，绝大多数的“老三届”，已墓草青青。（个别极长寿的，可能还活着，已150岁上下。即使没得老年性痴呆症，也很难保持清晰的记忆了。）

如有人提，该是我们的曾曾孙子孙女辈了。他们会在电脑上调看今天留下的这些文字吗？一如我们在故纸堆里读大清国的奏章和坊间的野史？

千年后还会有人念叨它吗？不知道了。

如何评价某个阶段，是历史学家的事。对于当事人来说，更多是一种与年华焊在一起的复杂感觉。每一代人都有属于自己的特殊精神之旅，那是他人无法通感的单向隧道。

初六八是“老三届”中的最小一届。和大多数同学“上山下乡”的流向不同，我当兵去了，在16岁多一点的时候，抵达高原。这些年来，当兵的“老三届”被描述得较少，因为那是“老三届”中的一小部分，算支流。支流也是水，就像小三峡的大宁河属于长江水系。假如没有那个惨烈历史的背景，很多人不会在那样幼小的年龄，踏上戍边的不归之程。

和战天斗地的同学相比，当兵是幸运的。发衣服和军饷，不必看天吃饭，生活较有保障。部队纪律相对整肃，人身受侵害的可能性较小。因需掌握一定的技术才能工作，入伍后学习到了一些知识和本领。当时风行“全国学人民解放军”的口号，使得心理上比较自豪和满足……

那是一个特殊的年代，丧失了选择。当兵的时候，根本不知道穿上军装后，将到哪里去。也许是热带雨林，也许是漠河极光。你有一种被装入密封罐头的感觉，对外界一无所知。在彻底排除了失密的可能性之后，也没有任何人觉得应该告诉你，今天中午在哪里吃饭？晚上在哪里宿营？你被完全剥夺了驾驭自己生命下一分钟的权力，痛切地感觉自己无助渺小。在分配具体去向的时候，更被简化成一个数字，无足轻重的符号。没有人征求你的意见，也不填写任何表格，你一生中非常关键的时刻，就在完全没有你参与的情形下，轻描淡写地完结了，你是彻底的局外人。你必须服从。对在革命中无羁的少年来说，这种猛然间被剥夺一切思考和决策的痛苦，也许更甚于物质的匮乏和远行的孤独。

远赴雪山不是我的自愿。我一生中最活泼、最清晰、最健康、最敏锐的年华，稀释在高原缺氧的空气中，沉淀在冈底斯、喜马拉雅、喀喇昆仑的石缝里了。每当忆起那里，心就因冰雪覆盖而痛楚，之后是成分复杂的叹息。因为我曾经痛苦，又努力遗忘了它，所以留下的仅是快乐笑声。因为我恐惧，战胜它的结果是——如今记住的全是勇敢的片段。因为我在冰的峡谷跌倒，那里日复一日地飘雪，遗下的脚印，已无影无踪。我只有指着一马平川的雪野说，看！虽然有陷阱，但高原依然瑰丽！

岁月是一块沾满灰尘的毛玻璃，它使青春的轮廓柔和模糊，透露出的仅是迷蒙的色块。当一部分人的青春和一个宏大的事件，泥沙俱下地混淆在一起的时候，我建议后来者不要太相信当事人的回忆。因为他们的体验太直接了，那些刻骨铭心沾满感情色彩的个体记忆，会冲淡他们对全局的理解和把握。

“老三届”是一代亟须反思的人群，因为在他们身上，汇聚了中华民族的美德和劣根性。他们被高高举起又被重重砸下。他们曾在金字塔的顶端翱翔，又潜入社会的最底层沉默。他们被发动又被批判。他们是知识青年又被整体剥夺了接受知识的权利。他们推动了中国社会大变革的风浪又承接了血的成本，他们已渐渐两鬓如霜，心却依然年轻。在坦诚的背后也许讳莫如深……

好在个体的回忆不是史，只是独自跋涉的草图。太年轻的朋友，不要企图从这里全面了解“老三届”，那样，多半会失望以致上当。

思索是痛苦而艰巨的过程。但我想，“老三届”是应该有这个勇气的。因为他们曾经无畏，因为他们已融入历史。

朋友，你尽可以奔赴雪山，那是一片神奇的高地，不过，请不要因为我和我的文章。那如梦如烟铁血交加的往事，仅掩藏于我的少年之心。

小说篇

阿里。

阿里是一座高原——在我们这颗星球上最辽阔最高远的地方。

『阿里是什么意思呢？』我听到我自己的声音在遥远的地方问。

『阿里的意思就是「我的」。「我们的」。』那女孩轻轻地回答。

阿里

阿里。

阿里是一座高原——在我们这颗星球上最辽阔最高远的地方。

一

那时候，每年临近“五一”，老百姓捐赠的春节慰问品，才能运到阿里高原师。

和慰问品同时抵达的，还有信——整整一个冬天攒下的信件。军邮车像穿山甲似的拱雪而来，明日还要满载而下。信从邮袋里像碎木屑般倾泻而出，将通信科的库房壅满。

“走！周一帆！去看信！”游星不由分说，扯起我就走。

我自然是极想早一点看到家信的。但是，不成。我是班长，高原师第一批女兵的第一任班长。领导早已明确规定：军邮车到来的日子，任何人不得进入通信科私查信件，只有等待有关人员将信分批分拣送出。鉴于出现过众军人哄抢信件，造成大量信件在山风中遗失的严重事件，军邮车上山的那一天，通信科加派持枪双岗。

我没动，游星也终于没动。她父亲是高原师所属军区的副司令员。我是囿于小小的职务，以身作则。她大概想起了威严的爸爸，要给老头子争光。

我们傻呆呆地坐着，面对通信科的石头房子，望眼欲穿。亲人们的最后信息，是去年10月大雪封山前递上来的。整整一个漫长的冬季，那些信被翻得褴褛不堪，所有的话都像《毛主席语录》一般，在梦中也能复诵。现在，就要有新的歌来代替古老的歌谣了。我的父老兄弟们，在遥远的平原过了怎样一个冬天？噢，还有春天？这里的冰雪刚刚融化，那里按节气已是夏天了。但愿他们健康平安，千万不要遭灾生病。若是好消息，来得慢一点也没关系，等待充满焦灼也充满期望，像含一枚糖橄榄，值得回味。若是坏消息，千万不要来！还是让我保存去年冬天最后的印象吧！不！不对！要是坏消息，还是快一点来吧！道路已经开通，可以给家人寄钱寄药，附上一片迟到的孝心。实在不行，还可以向领导苦苦央求，放我下山，回家去看看，也许还赶得上……别想得那么坏，也许什么都没有发生，又接到一封平安家信……

炉子上的大瓷缸咕嘟嘟地冒着泡，好像镀满茶锈的缸子底蹲着一只不安分的大蛤蟆，高原气压低，水不到80℃就开，冲不开茶叶。于是人手一个小水桶般的茶缸，成天蹲在炉台上，煎出中药般浓郁的茶汁。

“哪天咱们下了山，喝用开水沏出来的茶，也许另是一番滋味，就像生苹果和熟苹果的味道是不一样的。”心里想的是信，我嘴上却这么说。

游星不答话。她不喜欢我的故作轻松。

“信来啦！”有人在外面像报童一样高声呼唤。

我们腾地窜起，全然不顾高原上不许贸然奔跑的禁令。

第一批信件中，我两封，游星一封。

我忙不迭地撕开信封。动作太匆忙，连着信瓤扯下一缕，风筝飘带般牵拉着一目十行看下去。看着看着，眼泪就掉下来了——妈妈病了！急忙去看信尾处的落款，是去年十二月的事。后来怎么样了？我亲爱的母亲到底是好些了还是更……加重了？我不敢把事往坏处想，可不祥的预感像发面酵子，越胀越大。我手哆嗦着，揪出另一封信的芯，恨不能从纸背面看出吉凶来。却是一位多年没见过面的亲戚写来的，听说我在高原，托我买妇科良药藏红花。气得我直想把信撕得粉碎。妈妈，您老人家怎么样啦啊？

真是忧心如焚！

“我这个同学来信骂我不够朋友，说她上封信问我的事，为什么不答复。谁知道她上封信说的是啥！”游星把空信封摇得像把蒲扇，“怎么样？咱们到通信科去找信吧？”

这一次，我没有拒绝。宁愿挨批评，也不愿忍受这种煎熬了。

众人的目光，追随着我们：这俩兵胆子够大的，竟敢私闯禁地。游星义无反顾地走在前面，好像她是我的班长。

通信科的岗哨枪刺闪闪亮。我稍踌躇，游星大步凛然地闯过去，像刘胡兰一样英勇。两位哨兵大概从没碰到过这种情况，竟被震慑住了，或许以为我们有什么特许，竟一声未吭。尽管我们对信件之多早有准备，还是对眼前的景象大吃一惊。

人们解开鼓囊囊的军邮袋的封口铁丝，成千上万封信就像窒息过久的鱼群，倾泻而出。人们揪着军邮袋的犄角，拼命抖动，生怕有一封信掖在夹缝里，信像山洪暴发似的积聚起来，淹到人们的膝盖、大腿根，直至腰腹……无数信件色彩斑斓地翻滚着，通信科的库房好像信的游泳池。通信参谋们艰难地涌动其中，把一封封信分门别类拣好，然后马不停蹄地转送给望眼欲穿的弟兄们。缺氧加上信的压抑使精壮的小伙子们气喘吁吁。

“嘿！你们是怎么进来的？”参谋孔博半个身子陷在信堆里，像发现了国境那边的特务一样叫起来。

“像平常那样走进来的呗！”游星轻松地回答。

“既然进来了，就暂且不要出去。不然出出进进如履平地，你们挨不挨批我不管，我可是担当不起。”孔博不耐烦地挥挥手，他手中恰好拿着一个硕大的牛皮纸信封，呼呼作响。

“那封信是我的？”我不顾一切地扑过去，信被摔得哗哗作响。

“你也没看，怎么就知道是你的？”孔搏不屑地瞄了一眼。

“只有我爸爸才会用旧牛皮纸袋子糊这种大信封，因为我说过一次，阿里路太远了，街上买的信封不结实，都磨破了……”我几乎呜咽起来，去抢孔博的手。

孔博的眼珠瞪得像牦牛，他的嘴唇翕动着，读出了信封上我的名字，然后把信郑重递给我。

这是一封最新的信，妈妈的病已经痊愈了！

我感激地冲孔博笑笑。他停止了选信，正关切地注视着我，他很高大，信的海洋把别人没到胸口，对他才到军装的第三颗纽扣。恰好那一片“海域”以白色信封为主，这使他更像一座矗立在白色底座上的标准军人胸像，英俊潇洒。

孔博讨好地把卫生科的信件都递过来。我说：“咱们走吧！”我可不想在众目睽睽下拆阅私信，半年的喜怒哀乐，浓缩到短短几分钟内，要真是再有什么揪人的信息，我也许会控制不住自己的表情肌。

游星说：“不走。信还没拣完呢！出去了再想进来可不容易！”

孔博赞同游星，说：“留下帮忙吧！要是领导批评，我替你们说话！”眼睛却看着我。

想早些得到更多信的愿望，像饥饿中的食品，在不远处强烈地散发香气，我点点头，豁出去了。

我们帮着分信，手忙脚乱。发现一封自己的信，就无所顾忌地撕开，贪婪地阅读。

“我们该走了。”游星懒洋洋地对我说，全失了刚才的锐气。

“为什么？不是说好了吗……”孔博比我还莫名其妙。

“该来的都来了。就是拣到天亮，也不会再有我一个便条了。”

游星打了一个哈欠。她并不像一般女孩在这种时候忙用手掩住口，而是大张着嘴，我们看到她雪白的牙齿和柔软而鲜艳的舌头。

不知她的同学和她探讨的问题如何，她手里只有薄薄几封信。

我的信还远没有收完。一个军人对他能收到多少信，是有大致的估计的。犹如经验丰富的老农预测自己的田里能打多少斤麦子。

“好。”我说。既然妈妈病的悬案已经解决，我重新想起自己的职责。

“那你们把卫生科的慰问品带回去吧！”孔博似乎很想给我们多找点麻烦。

“不带不带！那么多东西，还不把人压趴下！反正人手一份，早晚都有我们的！我才不当这苦力呢！”游星没好气地说。

“早拿晚拿自然都有一份，没人贪污你那份军饷，可袋里的货色是不一样的。”孔博不动声色地说。

这一手果然厉害，游星是什么都想拔尖的角色。慰问袋可不是制式产品，老百姓有钱出钱有力出力，谁知道袋子里装着什么秘密？

“在哪呢？”游星问。

成千上万个慰问袋堆积在一起，又是别一番景象，它们大多是红布缝制的，映出娶媳妇般的热烈。每一个都裹得鼓鼓囊囊，显出莫名其妙的棱角，引起对内容物的无限遐想。

“你们随便挑。”孔博像一个慷慨的地主。

游星偏不听从指点，绕过大堆，直取单放的一小撮。

孔博不客气地说：“别动！”

为什么？我偏要动！游星才不管这一套呢，两把扯开绣着金色五星的花布袋，只见里面是条绣花汗巾。“这有什么呀，我还不稀罕要呢！”游星嘟囔着。甩到一边，再接再厉地翻找。

又扯开一袋。一双修长的鞋垫蜷曲着掉出来，上面绣着一对绿莹莹的鸟，丝线缠绕，十分精致。

“这袋我要了！”游星抓着不撒手。

“先看看你能不能用吧？”我提醒她。

游星把小巧的脚丫从毛皮鞋里退出来，金鸡独立地比量了一下，长出一大截。那位痴情女子是为一个有着修长足弓的高大男子预备下的。

“我可以把前面剪掉一截。”游星思忖说。

“多好的东西！那样岂不可惜！贪污和浪费可是极大的犯罪。”孔博抱着双肩，一副于心不忍悲天悯人的模样。

“可惜啦？怪不得藏得这么隐蔽，原来是私房，给自己预备的！”游星将鞋垫甩回去，嘴里不依不饶。

“这都是相好的众弟兄托我给留出来的，你们若是喜欢，就拿走。”孔博说的是实情。年轻的军人们在白雪皑皑的高原，抚摸着一个不相识的女子精美的绣品，当有许多美好的联想。他们会在没人的时候，独自对着那花儿鸟儿发呆。夜晚，会有模糊而美丽的身影，穿行于他们的梦乡。

“留着你们单相思吧！我们只想找点吃的，是吧？”游星冲我闪闪眼睛，示意我同她一块清理慰问袋。

整整一个冬天的脱水菜和干羊肉，我们的舌尖已经不记得饱含汁液的食物是怎样的感觉。顾不得矜持，我和游星流水作业，解开一个又一个小红口袋。

花生，走油了。瓜子，哈喇了。沙枣，名副其实揉搓成砂尘一样的粉末。偶尔还有面粉青油烙成的馃子一类吃食，被漫长的搓板路颠簸得风尘仆仆如出土文物……

我们面面相觑。

“撤吧！”游星惨然叹了口气。

孔博也再找不出什么理由挽留我们了。

突然，我们闻到了一股奇异的清香。香味游蛇似的牵引着视线，我们看到一个毛茸茸的粗糙袋子，“八·一”两个字都快粘到一起了。

“这准是个又胖又黑的丫头绣的。”游星很肯定地说，伸手去解带子。

“你怎么知道？”我挺吃惊。

“凡是这样的姑娘都比较笨。”游星是白而窈窕的，很自信地说。

孔博和我交换了一个眼色，自然是不赞成。但我们来不及说什么，那清香像滴入盆中的墨水迅速弥散，笼罩了我们的肺腑。

我们头顶着头，凑近了绣工拙劣的小袋子。

二

协理员要我召开班务会，落实“一帮一”，“一对红”。

协理员是卫生科的政委，对我们女兵班抓得特别紧，什么都是他说了算。我想他既是“协理”，就该以协助科长为主要工作，可科长除了医务以外全得听他的。

我们叫他“老协”，其实他的年纪并不大。眼裂很小，几乎都是黑眼球，注视你的时候像只枪口。说话时喜做大幅度的手势，全不像高原上的人因为缺氧而动作黏糊缓慢，他是呼呼有风，很有权威的样子。

“会议由你掌握，我参加。”老协拍拍我的肩膀。

虽已是5月，我们依旧穿着棉衣。透过里外两层布和厚厚的棉絮，我感到他手劲很大。老协是绝不容许别人拍我们的，但他自己例外。

我根本不想当这个倒霉的班长。不是女人的功名欲天生弱，而是这个小官太难当。大家都是同一天入伍，好像一胎所生的孪生姐妹，谁也不服谁。加上女孩子事多，今天肚子疼出不了操，明天两个人闹别扭哭天抹泪……我可不愿负这么大责任！

游星想当，这我知道。将门出虎子，肯定也出虎女。我父亲不过是工厂里的一名工人，从学徒到退休没领导过任何一个人。当然，我妈除外。

我把让贤的意思同老协说过，老协说："让游星当，是她领导我还是我领导她？"我就没法再说什么了。

"'一帮一'不就是自由结合，两人都愿意，就'一对红'了吗？"我觉得挺简单的事，干吗这么如临大敌！

"那怎么能成！你以为这是谈恋爱，王八瞅绿豆，对了眼就成，就一对红了？总要分出个好坏，萝卜白菜搭配着来。要不，乌龟找王八还不成了一对儿黑！"老协谆谆教导我。

我的脸像涂了消毒酒精，先发凉后发烧。谈恋爱这些词，是女兵们的大忌。老协三令五申不断强化，紧箍咒每天念三遍。我们终于像巴甫洛夫条件反射的实验狗，听到这个词就胆战心惊。老协是我们的直接领导，他说，只有忍着听下去。要是别人，当场摔给他一个脸子！

"只是班里谁算萝卜？谁算白菜？"我问。其实老协这个比喻并不精彩。在高原，萝卜白菜都是极金贵的。

老协盯着我，不回答，一副恨铁不成钢的模样。

想来我这个当班长的，该算在萝卜堆里。其余人呢？我认为是萝卜的，老协没准认为她是白菜，于是我说："您看先把班上同志分成两组，再一对对掺起来，行吗？"

老协很满意我立竿见影的进步，大笔一挥，把我的班分解为两大阵营。他把游星归在白菜堆里了。

会在女兵宿舍开。乍停了炉火，屋里凉得悸骨。女孩子们特有的冰清玉洁，窗户、碗柜上悬垂的白色纱布，更增添了寒意。

游星把黑羊毛的皮大衣拉开盖在腿上。老协扫了一眼刚要说话，游星抢先道："我有关节炎。"

"大家都像你一样，还怎么打仗！"老协依旧批评。

“大家绝不会都像我一样，我就是我。”游星很骄傲地说。

我真为游星捏一把汗。她聪明、能干、技术好，就是嘴巴太锋利了。

是的。没有人敢和游星一样。大家都规规矩矩坐着，会议进展顺利。蒙在鼓里的众姐妹不知道自己是萝卜还是白菜，按照老协私下的方案，一一结成对子。

我和芦花“一对红”。说实话，她不该算白菜。人很内秀，长得温顺甜美，性格安安静静。她是农民的女儿，真正的三代贫下中农。农村女孩能当上兵的很少，真是万里挑一。芦花不知怎么就被挑上了。人们刚一看到她的相貌，就认为有这样漂亮脸蛋的女孩子一定很妖，待发觉她确实是安分守己的女孩，便格外对她怜爱。也许她的一帆风顺，凭的就是这份长相上的福气。

老协说我工作多，该有个省心的“一帮一”对象，就把芦花编给我。

“班长，以后你多帮助我。”芦花真会说，大家抬头不见低头见的，开一次会，搞一项活动，就好像重新认识一次。

大家都没事了，正准备散会，游星一把掀开大衣，站到地上：“报告！我有个问题。我那一半红探亲去了，在这段时间内，我是否单独红下去？”

这是个疏忽。原本一一对应，偏巧游星那个伴儿家有急事，破例下山了。

老协一时愣住。

“请问，我是不是可以到别的单位找个人红下去，比如炊事班？”游星不失时机地抖出自己的企图——她嘴馋爱吃。

“那不成。炊事班都是男同志。”老协这一回反应挺快，而且马上有了对策：“这样吧！游星和周一帆结成一对红。至于芦花同志，和我结成一对红。怎么样？”

芦花笑眯眯的。大家都羡慕芦花的好运气。和协理员一对红，入党提干的把握大多了！

“哟！协理员你不也是男同志吗？”游星以子之矛攻子之盾。

“我……我是男同志不假，可我这个男同志同别的男同志不一样。我是你们的领导，相当于……对，相当于中性。你们连我都信不过，还能进步吗？”老协咻咻吐气。

看来游星和我是要同甘苦共命运了。真有点打怵，和她在一起，只怕不知谁是萝卜，谁是白菜。

谁知游星嘻嘻一笑，说：“协理员，那多余出来的是我也不是芦花呀！按理说，该我和您一对红！”

老协无可奈何地摆摆手说：“算啦算啦！我倒有个发明，干脆你们三个组成个一对儿半红，没准还成个新典型新创造呢！”

三

高原是地球苍老的额头。

高原是缓慢隆起的。它不慌不忙像个知道要赶远路的智者，有条不紊地跨过一层层台阶。那种突兀陡峭而秀丽的山，是初出茅庐的乳儿，它们长不了多高就要夭折在精雕细刻的险峻中，犹如儿童搭起的单薄的积木。只有浑重的看不出膨胀的然而却是持之以恒锲而不舍的堆积，才能铸造出最高但最寂寞的莽原。

高原的景象不应该是凡人所能看到的。它在冰雪的冷藏中保存了亿万斯年，严守着它生成时的模样。冰川织就的长纱逶迤几千米，将它包裹得如同一具白色尸身。它会冷不丁刺出锋利的匕首，将胆敢窥视它奥秘的人，解剖为血腥的尘埃。奇寒而威猛的山风，犹如铁制的鬃毛，每一根都可以扫瞎你的双眼。高原有无数透明的吸盘，像硕大无比的章鱼，贪婪地吮吸着活的生命的每一根羽毛、每一次呼吸。它把偶然穿越的飞鸟和勇敢的探险者，游戏般地摆在雪的祭台上，一任它们百年新鲜。

高原是那样的浑然一体：国界横贯高原，是一道稀疏的篱笆。

高原师就是看守篱笆的人。

看守篱笆自然需要勇敢和机智，但你首先是要学会不被高原扼死。要活得健壮，活得潇洒。

聪明的游星终于错了一回，那个做工毛糙的慰问袋，不是什么黑胖姑娘绣的，而是广东湛江某小学的少先队员们寄来的，要求亲爱的边防军叔叔们把袋里的葵花籽种到国境线上去，这样葵花盛开的时候，我们就有了一条金色的国界。

“这群孩子真是，人老远的捎点瓜子来！”芦花叹了一口气。

游星嗑开一粒，顿时浓郁的清香熏着我们的鼻子，使人精神陡然一振。

这是成熟的种子所具有的属于绿色植物的味道。

严格说起来，葵花籽可不是瓜子，瓜子是炒熟了的，葵花籽可是有生命的。

“我说游星，你别吃了好不好？要嗑，炊事班的库房里有几麻袋瓜子。凭你跟他们的交情，能要一脸盆回来，干吗非吃这有数的东西！”我看不惯游星的饕餮。

“炊事班那瓜子能吃吗？都是山下基地炒好了运上来的，还能嗑开吗？周一帆，你心疼了是不是？可我也没吃你那一份啊？来，拨堆，按咱们班人头数分，我绝不多吃多占……”她抖起小袋子，哗啦啦，倾倒在床单上。

“我的床单刚洗过……”芦花嘟囔。

葵花籽饱满硕大，略微带点紫色，每一枚都有粗细两道匀称的白杠。

那一刻，突然很静，听得见山风在石头曲折的孔隙蛇行时的呜咽。

游星把一粒抵到嘴唇的葵花籽又放下了。却仍不服软：“这帮小家伙也真够呛，单知道边防线上有叔叔，就不知道有阿姨了吗？”

芦花用手指扠起葵花籽，又听凭它们从指缝流下，说：“真是好种子！怕是一颗颗挑出来的，难为他们了！班长，你给湛江的小学生们写封回信吧，就说在最高的雪山上，既守卫着男边防军叔叔，也有守卫的女边防军阿姨……”

“这不是废话吗？既是女的，必是阿姨。还有男阿姨吗？”游星又在吹毛求疵。幸好她还没当场纠正芦花把湛江念成甚江。

吃苦受累的事总是班长来做。大家决定由我执笔给孩子们写封回信，就说驻守在祖国西部阿里高原的解放军阿姨收下了葵花籽和他们的一片心。谢谢啦！只是这里是海拔5000米以上的雪山、奇寒缺氧，国境线上又很不安宁，种不成金色葵花。请他们原谅。

“我给你糊一结实信封。从咱们这儿到那个港口，恐怕有一万里地。”芦花找剪子和糨糊。

“把葵花籽搁炉台上烤熟了吃吧？病房里还有炉火。”游星跃跃欲试。

“咱们不能试一试吗？国境线当然不可能了，就在咱们院子里挖个坑。”我终于把心里的想法说出来，主要是这些小炮弹似的种子太可爱了！

“地越瘦，种子越得壮。真没准能活呢！”芦花开始挑种子。她是农民的女儿，说到农活，立刻抖擞起来。

“好吧！我就等着吃咱们自个儿种出来的瓜子啦！”这就是游星表示赞同的方式。

“那这封信咱们就先不发了。明天就种，现在正是高原上最暖和的季节。”我郑重宣布。

剩下的时间，干什么呢？

高原的夜晚，很长很黑。

我们不能到外面游荡聊天。一是有狼，二是怕老协说影响不好。三个人经年累月活在一个屋檐下，谁家里有什么事，小时候有什么经历，早已在无数次晾晒后再无一丝新鲜的水分。

“打扑克吧！”游星不知从哪摸出一副牌，镀着塑料膜，十分精美，显然是篱笆那边的货色。高原师里极少见。

“哪来的？”我问。“这是四旧。”我补充。

“我一不能偷二不能抢，只能是人家送的呗！”游星挑战似的把牌洗得像旋转风车，“这是新的。”

芦花好奇地抚弄着牌。

游星干脆做出要把扑克收起来的样子。

我要坚持不让玩，除了显出胆小，也会失去群众。“玩吧！不过咱们把灯熄了，打着手电玩。要是万一老协来了，咱们就装睡。”我咬着牙说。

人家相视一笑。共同去做一件诡秘的事情最能增进友谊。

芦花不会任何一种打法。我们从“争上游”开始。

突然，有人敲门。

我们立即屏息，熄了电筒。窗帘原本就掖得严严实实。只要我们坚持住无声无息，敲门人就应该以为我们睡下，自动离去。

来人不急不恼，徐缓然而顽强地很有风度地敲着，大有鏖战到天亮的气概。

“谁这么讨厌！我去看看！”游星用哈气吐出这句话，蹑手蹑脚地从窗帘缝往外瞄。

这能是谁呢？年轻的军人，是绝不敢在这种时分私闯女兵的深闺。号称中性的老协倒是时有巡察，但他会在半里地外嚎得震天响，以示自己的冰清玉洁。

其后的情景，却是我再也想不到的。

游星突然把五个手指头一个关节一个关节地伸直，红的桃心黑的桃心（帘缝的月光将它们染作皂灰）像被扇子扇着，一片片坠地，又柔韧地弹跳起来，像一块块破碎的气球皮……

游星脚不点地闪到门前，风一般扑到外面，却没有忘记把门重重掩死。

我和芦花呆坐在黑暗中，看着地上和手中的牌……

片刻之后，游星又折返回来：“周一帆，把你的喝水杯借我用一下。他渴了。我的杯子在别处。”说着，不待我应声，掳了杯子，又到自己盛白砂糖的罐头盒里掏了两把，沏了水，双手端着往外走。

“来了客人，进屋里坐吧！”芦花拍着床单说。

“外边挺好。”游星头也不回出去了。

屋外是什么人？惹得尊贵的司令员的千金诚恐诚惶？

“你去看看。”我指示芦花。

“是个男的。”芦花探回来。

我点点头。意料之中，到了我们这个年纪，同性已不会使人如此振奋。

“这个人我见过。最近常来找游星。这副扑克就是他送的。”芦花像往一堵危墙上加砖，一句一斟酌，很小心地补充。

我感到一种异样的气息扑向我们这一对半红。

“好像是个老百姓。”芦花没多大把握地说，“总披着皮大衣，瞅不大清楚。”

这倒有点奇怪。游星纵是谈恋爱，军营内多少英俊潇洒的小伙子尽可以挑选，为什么偏相中了一位老百姓？

“我得去看看。”班长的职责使我义不容辞。

5 月的高原之夜，宁静淡远，冷寂的天穹蓝得像一块硕大无朋的宝石。宝石的边缘有犬牙交错的裂隙，那是被雪峰针芒样的尖锐所剔开的，高原的夜空之上，一定有一只巨大的蓝色水囊，它在午夜时分悄然崩毁，无数股晶莹的蓝汤倾泻而下，浸泡着冰雪，浸泡着歪风，浸泡着赭石上的苔衣和蚂蚁细小的眼睛……

无所不在的蓝光妨碍了我的眼睛，过了一刻才在远地中找到他们。游星像一团蓝色的星云，发出窃窃的低语和无缘无故的笑声。她的额头像蓝色瓷器，反射着柔光。她微笑的时候，牙齿是蓝色的，好像刚在春天里嚼过马莲花。她挥手的时候，指甲也是蓝色的，仿佛用矢车菊花瓣染过。她的眼白也是蓝的，像高原最深邃的湖泊……

那个男人倚在一束斜打的灯光处，个子不高，但很笔直。穿着皮大衣，衣领隐没在半竖起的领口内，看不清有无领章。灯光勾勒出周正的鼻梁和紧抿嘴角的下巴……一张很强韧的脸。

他确实是个老百姓。因为他没戴军帽，留着看似随意实际很讲究的发式。

就是这个男人使游星变得娇柔婉约，我不由仔细盯了他两眼。

游星还我杯子。杯底还残留着厚厚一层尚未化完的白糖。战士每月的白糖定量是很苛刻的，游星这一次大约用去了月供给的一半。

四

不知道阿里高原的土地算不算肥沃，这里从来没有人工种植过作物。向阳的山坡上偶尔披挂着委琐的地衣，实在说明不了什么。我们三个女兵，种下了这块荒漠有史以来第一株葵花——来自亚热带的种子。

此后的日子，我们天天趴在那块土地上看。亿万年的永冻土层，被我们用铲焦炭的平头锹翻开表层之后，很快又愈合成坚硬的盔甲，看不出一丝孕育生命的迹象。

大相无形的高原啊！

高原的五六月之交，很难说清它的时令。正午时分，已觉出微煦的暖意在半空缭绕。寒凉的地气像一块森然冷玉，平行地向地心深处沉去。要是忽略掉突袭而来的暴风雪，基本上相当于平原冬末春初的日子。

然而那些跋涉过万水千山的种子们，大智若愚地潜伏着，犹如最有耐心的士兵。

要不是芦花再三告诫，游星一定会刨开泥土把种子抠出来瞧瞧。好脾气的芦花在其他事上通融，唯有种地，像真正的老农固执坚强。

终于，向日葵探出一片极小极小的叶子。我们围着火柴头大小的莹莹绿色欢呼跳跃，然后马上就心慌气短，捋着太阳穴蹲在地上。高原缺氧，原是禁不住手舞足蹈的。

“葵花长得太慢。以后我每隔三天看它们一眼，也许才能觉出点变化。”游星说。

葵花先伸开两瓣对称的叶子，像肥厚的小巴掌，仿佛想从高原的天空掬走点什么。然后突然在某个早晨挺直腰肢，前仰后合地向上攀去。

我们浇水施肥，但它们并不加速长大以报答我们的苦心。芦花叹了口气说是缺太阳。营房设在大山的心口，据说是极有战略眼光的选择。一旦发生战争，敌机偷袭时，会一个跟头撞到嶙峋的山石上机毁人亡。

也许将来打仗时，我们可以占个大便宜，但和平时的向日葵很不茁壮。它狂热地崇拜太阳，每天从东方刚露出迷蒙的白色，就倾倒身躯朝拜，犹如一枚枚弯曲的绿钉。

高原是地球上距太阳最近的地方。高原的阳光最清洁最纯粹，像一面面闪亮的银箔。

高原的阳光虽然明亮然而冰冷，极白极尖利的亮线松针似的射向你。皮衣被刺穿了，棉衣被刺穿了，可你依然感到冷。阳光携带过温暖，但高原的风把阳光剥细了，只剩下一条条银线，不动声色地普照着你。

太阳顾不上一往情深的小向日葵。它有那么多冰雪需要融化，那么多江河需要濡养。小小的向日葵算得了什么呢!

不知道怎样帮助这些亚热带来的植物。特别是冰冷如汁的黑夜，它们一定在无望地呻吟。也许给它们披一件棉袄？或者远远拢一堆篝火？

“随它们吧！要是命大，就能活下来。反正咱们是尽了心了。”芦花听天由命地说。

向日葵的劫难还不止这么多，早晨游星出去刷牙，吐着牙膏沫骂起来：“谁这么缺德！居然在我们的向日葵地里撒尿！有本事的，站出来再撒一泡！”

不知什么人，半夜小解，不辨东南西北，冲着我们的向日葵乱浇，小苗东倒西歪。

我去拉游星。一个女孩家，大叫大嚷，总是不雅。

游星喋喋不休："你说秋后这瓜子还能吃不能吃？全是尿臊味！"

她想得还挺远！我说："粮食也施肥，你还不照样吃！"

游星说："那可不一样！猪粪发过酵，这人尿可是新鲜的！"

芦花将我拉到一边："班长，快叫游星别骂了！那尿是老协撒的。"说罢，蹲下身去，用手指把稀泥中的小苗扶正。

"你怎么知道？"我问。

"老协最近常找我谈心。我走远了，偶一回头，看见了……"芦花一副将功补过的神情。

看芦花这么不怕脏臭，游星也闭嘴了。

一个游星经常外出就够操心的了，又加上芦花！还有我自己……

"洗澡去！洗澡去！锅炉干烧半天啦！"老协阴沉着脸大吼，游星的叫板他听到一个尾巴。

狮泉河畔停着一辆怪异的车——像一条浑圆的绿色海豚，有呼呼的蒸汽像鲸鱼水柱似的喷吐云天。

这是洗澡车。整个高原师只有一辆，在崇山峻岭不停地跑，也要半年左右所有的哨卡才轮流一遍。每逢洗澡车行临，战士们都拿出最好的吃食招待，其规格几乎等同军区司令。要知道，在银装素裹的高原，能脱得赤裸裸洗一个热水澡，真是莫大的享受。

轮到女兵们洗澡，老协提前几天就通知各单位，要闲杂人等届时万勿靠近洗澡车。我们端着脸盆甩着毛巾走在路上，机关院落里空无一人。

我们放肆地把军帽摘下来，让难得见到阳光的头发，在风里飘荡一回。老协平日要求极严，不让我们把一丝头发暴露在外边。我发际低，脖子后面的细发，几乎长到脊椎骨。要把它们提拢起来，统统塞进军帽，揪得皮肉生疼。我想古代所谓的头悬梁，大约就是这个滋味。

高原之上，人无分男女，所有的曲线都被棉衣抹平，只有头发在昭示男女有别。

老协有道理。

近看洗澡车更像一辆囚车，只有一个门，窗户极小极高，四周完全密闭。内设更衣室和淋浴间，还有附属的上下水设备和烧汽油的锅炉。当然，最主要的是要有驾驶室，这样洗澡车只要开到有水源的地方，发动马达抽水，点燃蔚蓝色火苗的汽油炉，就会有热水自喷嘴涌出。

这大概是全军海拔最高设备最好的浴室了。

半年享受一回，又能管多大用呢？洗澡车又很娇贵，一天不是这坏就是那坏。一到战备紧张，先把洗澡车开到深山里掩蔽起来。它的存在，并不真是为了解决大家的洗澡问题，只是表示一种关怀的象征。

甭管怎样，今天轮到我们彻底地洗涤身上的污泥浊水了。

洗澡车内容积很小，只能容纳几个人。我们这一对半红，安排在最后。空间被前人使用得极热，一团团水雾奶油一样黏滑，令人窒息。

“要是你们不反对的话，我就把窗户打开了。”游星说。

我们俩反对也没有用，根本不等我们表态，游星就“嘭”的一声，把像轮船舷窗一样的小圆玻璃窗推开了。

水汽拥挤着朝外逸去。不明底细的人，一定以为这里爆炸了一颗鱼雷。

“妈呀！有人在偷看！”芦花一声惊叫，双手交叉捂着前胸，慌忙蹲下了。

我们全都蹲下了。大家人鱼似的，赤身裸体水淋淋，毫无自卫能力。这可如何是好？

还是游星比较沉着，她抹抹脸上的水，问：“看的人在哪？”

“在哪？在哪……”芦花一手护胸，好像她那儿受了致命的伤，另一只手鸡啄米似的乱指，真是吓得不轻。

“你们俩别动，我来看看，”游星挺身而出，轻轻走过去先用手合上窗户，然后用手抹去另外一块玻璃上的水汽，踮起脚向外观察。

我认真判断了一下形势，其实我们挺安全的。窗户很高。一般人没有两米以上的身材，绝窥不到我们。除非他像壁虎贴在墨绿色的车厢外，光天化日之下，几乎不可能。

游星被水贴在额头上的眉毛，猛然耸立起来：“一帆，你看！”

我颤颤地凑过去。说实话，尽管从理论上讲是安全的，但在这种没有任何衣物保护的情况下去观察有无男人，着实令人恐惧。

洗澡车左边就是参谋们的宿舍。这是没有办法的事，房屋是傍狮泉河而建，洗澡车也必须择水而栖。

道路空荡荡，偶尔有夹着卷宗的人走过，脚步匆匆，凛然正气，绝没有驻足窥测的企图。

整个营区酣睡般正常。

“芦花，你是不是看错了？”我问，记起自己班长的职责。

“没……你看看窗户里头……”芦花惊悸未消。

“一帆，你的真正的侦察兵的不是。”游星惋惜地说。

我再次把玻璃上积聚的水汽抹净，终于看清了……

在洗澡车对面的房间紧密的窗户后面，我看到许多双年轻男子的眼睛。他们的眼球很湿很亮，像一种奇怪的含有很多浆液的黑果子。当然他们的身影不是凝然不动的，他们各自在窗前忙碌，好像有许多必须凑着光亮才能干的事情。他们把背影对着同伴，他们的脊梁一定是一本正经的。他们青春的面庞被窗棂分割成不规则的图案，经过双层玻璃的折射，变得虚茫而模糊，唯有黑色的“果子”被放大了，像吸人魂魄的幽灵。

“不要脸！流氓！让他们的眼珠子都瞎了吧！”芦花像个巫婆似的诅咒。

“其实，他们又能看到什么呢？”一向炮仗脾气的游星，这回竟出奇地冷静。

真的。纵是将小窗完全打开，也只能看到水雾迷漫中一缕缕长发，至多看到一截脖子，像一张小半寸相片，其余什么都枉然。

“我在家穿游泳衣时，露的可比这多多了！这有什么大惊小怪！”游星昂首阔步地回到莲蓬头下，不以为然地说。不知是对芦花，还是对那些不可能听见这话的男人们。

芦花蹲在地上，使劲揉搓自己的身体，仿佛要像蚕似的蜕掉一层皮。即使都是女性，她还是顽固地不肯脱去背心短裤，白色的内衣贴在肌肤上完全透明，除了不舒适不便当以外，什么作用都不起。芦花松松垮垮地套着它们，心理上安全许多。

游星自由自在地伸展胳膊腿，在如云的泡沫中吹着气说："看吧看吧。谁爱看谁看好啦！"

我又朝窗外望望。刚涂抹干净的那方玻璃又罩上稀薄的水网，影影绰绰，并不分明。但那些黑亮的"果子"依然在，仿佛一座丰收的果园。

高原师没有女兵，我们是第一批……高原气候恶劣，家属无法随军……高原关山万里，官兵几年才能探一次家……

洁白的泡沫从下水道流出去，蜿蜒一条香溪。

密集的银丝，缠绕着我们。性急的游星把水量加大，水柱便像细细的鞭子，抽打着她光润的胴体。

游星在水雾中出奇的美。她是属于那种脸上一般身段却极好的女人，这种女人该在热带生存。臃肿的军衣毁坏了这份天赐的福气。最冷的时候，我们要在棉衣里套一身绒衣绒裤，棉衣外罩一件老羊皮袄。就是在高原最温馨的夏天，游星也不敢脱去棉裤——她有关节炎。

"喂，你穿上裙子，一定很漂亮！"我忍不住赞赏游星，就算我们同屋，平时也没有机会这样细致地打量对方。水中的游星，仿佛是另一个陌生的婀娜少女。

游星没有答话，伸过手来，把我的水龙头拧到极大，霎时，耳边一片轰鸣。我和游星仿佛站在巨大瀑布的水帘后面。

"我问你，你可一定要说实话。实话多难听我都不怕，可你别骗我。你骗我，我会恨你一辈子！"游星把黑发垂下来，我们躲在她的黑发后面，好像一顶油亮的帐篷。芦花听不见。

"什么事？这么严重？"我想一定同那个夜晚来访的男人有关，不由得抖擞精神，"我一定如实说。"

“你收到过……有人给你写过……就是那种信吗？”游星突然结巴起来。

嘿！我还以为是她的秘密，没想到是刺探我的秘密！

那种信，我们彼此都心照不宣。师里三令五申不许谈恋爱，老协更是像猎狗一样灵敏。但总有胆大包天的军人，利用种种手段，表达爱慕之情。我想每个女孩都收到过那种信，大概以芦花最多。她是农村出来的那些小干部理想的贤妻良母型的女人。有的人书法华丽、词意高深，芦花摸不着头脑，还请教过我。但这种事，大家都讳莫如深。让老协知道了，张扬得到处皆知，一是要处理对方，二是要批评教训你，好像是你不检点才惹来的事。

像游星这样刺刀见红问的，还真是第一遭。

但我却得如实回答。有一种人，你可以不喜欢他，却不能欺骗他，因为他对你很真诚。

“有。”我很困难但是很清晰地回答她。就在前两天，我还收到孔博一封信。他笑嘻嘻地跑来找我，说是从库房的旮旯里又扫出我这封信——这在通信科是常有的事，当时太忙乱了。大家不但不埋怨，还有几分高兴，又多了一番亲人的抚慰！

我看看信皮，牛皮纸糊的，我家的地址，只是字迹陌生……

他像执行正常的公务，放下信就走了。

真够难为他的，还假贴了一张用过的邮票。当然邮戳不完全。不过高原上的人缺氧，双眼昏花，没有人注意到这处破绽。

一切惟妙惟肖。我正不知道该如何给他答复呢！

这些我当然不能都告诉游星了。我一边恨孔博，咬牙切齿地咒骂他破坏了我的安宁，一边心中暗暗沾沾自喜：孔博是优秀而英俊的军人，他在信中说了我那么多好话……

“可是，从来没有任何人给我写过那种信，为什么……为什么……”游星仰起脸，闭着眼睛，任凭水帘在她脸庞爬行。好像她渴极了，要喝这种不开的生水。

我无法回答游星的问题。我不是那些小伙子，我不知道他们为什么不追求那么美丽而能干的游星。

五

星期天。

我们缓缓沿着狮泉河行走。

高原的河水像一团团轻柔的绸缎，抖着雪青的浪花，翻滚着一个个湍急的漩涡，滔滔远去，总觉得这河的名字诡谲雄奇——狮泉河——是狮子像泉水一样跑过来还是泉水像狮子一样跑过来？

总觉得这河里的水古老而复杂，全世界的水汽浮升为云，在宇宙飘啊飘，遇到高原耸入天际的屏障，坠落为雪。它们一层层绵绵地降下来，在半空中就凝固为冰。它们摞在高原上，像压缩过的饼干，沉睡了亿万斯年。终于有一天，融化为水，汇入这条浩瀚的大河，完成了几万里几万年的一个轮回。每一滴水都幽远而神秘，从高原出发，走进印度洋。

“咱们除了像个磨道上的驴，走哇走，就不能想点别的事干吗？”芦花发起难来。我们已经走出营区很远了。

“回吧。打扑克或是侍弄葵花。”我转过身。

“咦？这是什么？”游星眼睛尖，或者说她总在东张西望，企图发现点新鲜玩意儿。

河边有一只泄了气的橡皮筏。松软干瘪，如同鱼皮。

“哪都没坏，充上气就能浮起来。”游星惊喜地说。

“咱们这儿怎么会有这东西，又不是海军？”芦花也来了兴趣。她从小在山里，没玩过船。

高原师经常收到莫名其妙的装备。有一回运来一台巨大的电冰箱。“真是越渴越吃盐！还嫌我们这儿冷得不彻底？漫山遍野都是冰箱，比它的个儿可大多了！”老协气得直哼哼。其实，这是上级机关配给医疗部门低温保存药品的，同冰天雪地并不是一回事。但即使这样，那个冰箱也毫无用处，因为只有每天晚上才用柴油发电机供几个小时的电。

“甭管哪来的，咱们今天有事干了！”我兴致勃勃。

游星像拽一具尸体，把橡皮筏拖到汽车营。

“喂！气泵在哪？请给我们的皮筏子充上气。要快！”游星颐指气使，带着天然的命令气味。

一个小战士乖乖照办了。其实，用不着游星这般喝三吆四，换上芦花款言细语的恳求，或是我公事公办的商讨，事情也一样能成。最基层的士兵对待女孩子们，又同年轻军官们的外冷内热不同，他们毫不掩饰对女兵们的惊讶与爱护，使我们有所向披靡的特权。

有了船还得有桨。路过不知哪单位的焦炭堆，游星顺手牵羊夹了两把铁锹。

现在，万事俱备了。

沾了水的橡皮筏子一改在涸岸上的卑琐，油光水滑仿佛一只海豹，映出我们三人变形的影像。

最后一瞬，我迟疑了，不管怎么说，在场诸位中，我官阶最高，要对大家负责任。天已晚了，河水雪白的鬃毛尾梢已沁出墨水般的蓝光，夕阳在远处雪山的缺口处徘徊，浪涛凹陷处汪着粉红，像漂浮着花瓣。

“船长，快上来！开船啦！”游星看出了我的犹豫，抢先跳上船，向我招手。

芦花也跳上去，扶着铁锹桨，咯咯笑个不停。

上就上！狮泉河的水没有负载过船，我们在河边生活了这么久，还不知道河里是什么风光！

我双脚一踏，像踩了西瓜皮，险些滑倒。小小的橡皮筏陡地增加了一个人的分量，吃水很深，就地旋了一个圈。游星用铁锹一撑，锹上的煤屑汇成一股黑水，橡皮筏子疾速地驶离岸边。

好惬意呀！游星和芦花双人持桨，奋力向前，配合挺默契。我雄踞船头，像一位真正的船长。

狮泉河绝不像我们在岸上看到的那般温良，连风也霎时变得狞厉起来。橡皮筏子像一粒黑色的弹头，顺着斜刺的水流疾速进入了河中心的主航道。

狮泉河像一道粗大的灰色绳索。远看它毛茸茸的，仿佛棉纱般松软。近看也依然蓬松，好像少女未曾编紧的辫子。唯有深入到它的中央，你才发觉它有一根铁的主干，所有的浪花都盘绕它旋转，这根铁索越拧越紧，牵引着所有胆敢进入它水域的漂流物。

波峰浪谷像狭窄山路应接不暇地急转弯，把橡皮筏子打得措手不及。

我们依然很兴奋。剧烈的颠簸给人驾驭骏马般的成就感，我们像鸭子一样叫着、笑着，说着谁也听不清的话，波浪的喧嚣遮蔽了所有声音，只见彼此大张着嘴巴。

残阳在雪山缺口处虚晃，半边河水已聚为幽蓝，仿佛变为两条泾渭分明的河流，深不见底地托举着我们，汹涌西去。

直到这时，我们才发现大事不好。最可怕的是我们非常轻快，根本不用举桨费力，皮筏子就箭一样在水面蹿行。

营区已经像远古的神话，落在身后。游星试图将皮筏扭出主航道，拐入旁侧较缓的水流，狮泉河大智若愚地把她的努力化为泡沫。水流与水流之间，有着人所不知的极严格的界限，绝非轻易可以跨越。

怎么办呢？昏暗中，我们的脸忽上忽下苍白浮动。

“要是我不鼓动班长上来就好了。”芦花带出了哭音。

“现在不是说这话的时候！”我顾不上责怪别人，也顾不上责怪自己，忙着察看地形。

两岸的石壁像电影胶片一样，瞬忽即过。橡皮筏子浮力很好，一时半会儿不会翻沉。可我们要回家！回到严峻而亲切的军营！

“只有一个办法了，跳下筏子，游到岸上。”游星咬着下唇说。

“可我不会游泳啊！”芦花抽泣起来。

“别哭！越哭水越多，我们就更回不去了！”我先稳住芦花，虽然自己也恨不能掉泪。

我略通水性，但在这样宽阔的河床和冰冷的水中，我不知自己能否成功地游到岸边。

“别怕！我带着你！”游星很义气地说。

芦花不相信地看着游星。不是不信她的允诺，而是不信她的技术。

河道稍稍变窄，但流速也相应加快。橡皮筏子像流利的滚珠，用不了多久，我们就会被冲出国界。

游星已经在做下水的准备了。

“先别忙！容我再想一想。贸然下水，凶多吉少。别忘了咱们是一对半红，要是缺斤短两，可就当不成先进典型了！”我想说句玩笑话缓解一下气氛，没想到更添凄凉。

“最后做一次努力。芦花，你不会水，无论出了什么事，你都要搂紧橡皮筏子。游星，咱们两个齐心合力，把船头扳离激流，驶向岸边！”我开始行使班长的权力了。

“一帆，你和芦花坐着别动。让我一个人下水试试吧！”游星显出英雄气概。

“开始吧！”我不让她再说下去。

我和游星在皮筏子上奋力扭转航向的结果是——橡皮筏子失去平衡，一个侧翻，倒扣水中。

“抱紧橡皮筏！”当耳鼓浸满水的最后一瞬，我清晰听到了一声呐喊。芦花说，这一声救了她的命。这个最不会水的旱鸭子，被扣到了筏子中央，冷暗若黑夜的锅底……

河水是逐渐浸入棉衣的。先是感觉到沉，许多不属于自己的赘肉附在身上，喉管像被一只很柔软但是密不通风的手捂住，血脉急遽膨胀，纤巧的身体变成庞然大物……其后才是冷。沁入心脾寒凝一切的冷水，充满了棉衣的每一处缝隙。我们像高压锅的铅锤一样，打着旋地向深远的河底遁去……

求生的本能加上游星最后的呼唤，使我们拼命抗御地心的引力往头顶的方向使劲，双手挥荡如狂风中的枯叶。指甲碰到什么，就像铁钩一样抠进去，企图悬挂住越来越蠢重的身躯……突然，仿佛是天助神力，颠覆的小舟艰难但是顽强地脱离了主航道，天知道这条野马般的狮泉河亘古以来是否航行过一只船！橡皮筏拖着我们，一寸寸锲而不舍地拢向河岸。

终于，靠岸了！当我们重又踩到铺满鹅卵石的坚硬的土地时，双膝一软，跪倒在地，有浊黄的水从膝盖处滗出来。

还有两个人同我们一样狼狈——老协和孔博，是他们沿河追赶，跳下水，把我们拯救出来。

“你们是不是……想逃到印度去？”孔博为泅水方便，半途甩掉棉衣，此刻被冷风一激，上下牙嗒嗒打架。

我们的棉衣虽说饱浸冰水，一时却不曾被夜风吹透，相比之下，还稍暖和些。

“你们是怎么知道我们到河里来啦？”游星也很冷，但她好强，把话说得出奇慢，却流畅不打战。

“你们那点事，全师……谁……谁不知道！比电报……传得还快……自个儿还觉得挺保密……嗨……”老协走到他们脱下衣服的地方，把裤子套上。拿起棉衣，看了我们三个一眼，交到我手上：“谁体质差，先换上。”说完，颠呀颠地跑走了，大约是想借运动增加点热量。

我把棉衣塞给游星：“你有关节炎。”

“我有关节炎不假，可这又不是裤子！我的前胸后背可是完全正常。”游星把棉衣转给芦花。见芦花穿妥帖，又补上一句：“老协原本也是打算给你的。”

芦花一听，马上要剥下来，被我制止住了。她体质虽不错，但不会游泳，灌了不少水，里外透心凉。

芦花还是咽不下这口气，说：“都不要，我还给他去！”跑着去追老协。

游星说："我也先走两步了。前有开道，后有殿后，我最安全。"莞尔一笑，蹒跚而去。她的腿看来够呛。

剩下我和孔博，棉絮里的河水被风一激，化作无数细碎的冰凌，每走一步，窸窸作响，仿佛草绿棉布里絮的不是柔软的棉胎，而是无数张崭新的玻璃糖纸。

"给你。"孔博把棉衣递给我。

"我不要。"

"为什么？这又没有人看见。"孔博不解，"怕你不要，我刚才就没敢当着众人给你。"

"你要是当着众人给，我就真要了。现在这样鬼鬼祟祟的，好像我跟你真有点什么秘密似的。我可不要。"

"唉！难道我们之间不是真同别人有点不同吗？你知道，为了能名正言顺地到卫生科见到你，我装了多少回病，屁股上挨的针像一只刺猬！"他深深地叹了一口气。

"你又何必这样呢！"我也叹了一口气。听别人赞美自己，是件快活事。但军规像一只苍老的手，扼住我的心。我不知对他说什么。

"凡有男女的地方，都会这样。当男人和女人比例是1 ∶ 1的时候，世界会很安宁。就像祖先遗留给我们的那条著名的阴阳鱼，端正平和，可以组成一个无可指责的圆环。"孔博侃侃而谈。

"狮泉河的鱼可不好吃。高原太冷了，鱼为了御寒，也长出肥猪一样的膘。有一天我看见一片河水变为墨黑色，以为要出什么妖怪，走近一看，才知道是一群鱼背映的……"

"别打岔。我们能有这么一个说话的机会不容易。狮泉河的鱼没有以前多了。早些年，浅水的地方汽车开过，漂起两道鱼墙，碾死的鱼用自己的尸身标出车辙……当男人和女人是2 ∶ 1时，会引起最简单的战争……"

"当男人和女人的比例是10 ∶ 1的时候，会有许多阴谋诡计的小人和光明磊落的勇士，这个团体该英勇善战一往无前……当男人和女人的比例是 1000 ∶ 1 的时候……”

孔博沉默了。

“想不到你的脑袋瓜里除了装满电台和密码之外，还有这么多乱七八糟的东西！那又会怎么样呢？当 1000 ∶ 1 的时候？”我迫不及待地问，因为这正是我们在高原上的比例。

孔博依旧沉默。

“你倒是说呀！要不我走啦！”我要挟他。孔博的理论惊世骇俗，我只知道女兵们的处境微妙，却从没有上升到理论上思考。这家伙除了伪造信件之外，还有几分怪才。

“沉默呀！我这么半天一言不发就是答案。当 1000 ∶ 1 的时候，所有的男人们都不再说什么，他们只是看着，等待着，没有人会知道将出现什么事情……别说有军规管着，就是没有，也难得有人敢轻举妄动。众人的沉默是一种无形的绳索，每个男人都怕被拒绝、被嘲弄……”

“那……”我问。

“我知道你要说我为什么要给你写信。因为我觉得我是这 1000 人当中最优秀的……”他目光灼灼地望着我。

远山在苍然的暮色中逶迤，好像一具猛犸象，好像在舔食天边的云霞。最后的阳光将高原丝缕状的云翳染成诡谲的翠绿色，仿佛深海中的浮萍。

我看到一个小小的人影，像棋子似的移动。

那是高傲的游星。

“可是你们为什么不给游星写信呢？”我问。

“可我们为什么要给游星写信呢？”

“她挺好的。能干又漂亮……”

“男人找老婆，并不只看这两条。还有许多很复杂很微妙的连自己也说不清的东西。比如芦花，就像一碗晾得正合适的粥，谁喝下去都觉着舒服。比如你……”

“别说我。我们说的是游星……”我又一次岔开他的话。

“好。就说游星。我敢肯定，不会有任何人给她写信的！”孔博停住脚步，很严肃地对我说。

“你怎么知道？好像你们举手表决过似的！”我真的吃了一惊。

“我们早把你们调查得一清二楚。对游星，我们同仇敌忾，众志成城。”

“为什么？”我真为游星难过，她在什么地方不检点，得罪了整个高原上的男性军官！

“因为……害怕。”孔博突然气馁。

“害怕什么？她又不是叛匪。”我好气又好笑。

“叛匪并不可怕。碰上了，我可以立个功给你看看！可娶一个游星回去，是党指挥枪，还是枪指挥党？”

“家又不是战场。打比喻要适当。”

“哪儿都是战场。别看我们此刻平平安安，明天就可能爆发一场战争。再者是谁不想在部队混个好前途？可你要是娶了司令员的女儿，干得再好人家也说你是沾了老丈人的光。堂堂男子汉，今后怎么领兵，怎么在人前腰杆硬硬地讲话？对军人来说，功名事业远比女人重要。所以，大家都憋了一口气，别说游星还有那么多毛病：盛气凌人、又馋又懒……就是完人一个，我们也不招惹她！由她自个儿趾高气扬去吧，我们约好了，谁要是讨好她，谁就是我们之间的叛徒！”

孔博刚夸我时，心中还有几分沾沾自喜，听他攻伐游星，也颇能满足自己的好胜心。但渐渐手心发潮，想不到这帮小伙子竟存了如此顽劣的心计！

游星，你可知道自己生活在敌意之中？

“其实游星并不像你们想象的那样。比如馋，她不过是爱挂在嘴边上。”

“喂！你别老跟我谈游星好不好？她就是公主，我也不想当驸马！我只想同你谈谈你，谈谈我们！”孔博突然火了，肆无忌惮地朝我嚷。

“我们没有我们！”我也不甘示弱。

孔博真傻。男女之间的谈话，最初绝对是从各自的朋友开始的。他这种单刀直入直取上将首级的战术，真叫人接受不了。

营区像一头蹲踞的野兽，已在前方出现。我们就是想言归于好，也没有路程了。

六

老协千辛万苦把我们从冰河中救出，目的就是让我们写检查，一遍不成，再加工还不成。我基本沉得住气，芦花的检讨书已经被泪水浸得像泡泡纱，老协还说不行。

“看我的。”游星忍不住了，提笔以我们三人的名义写了一份集体检查。

“我们私自驾驶橡皮筏子顺河漂流，主要是想到印度洋上看看风景……”

“你疯啦？这可不是开玩笑的事！在国境线上，有什么比投敌叛国更重的罪名？！”我吓得要撕，“真是跳进狮泉河也洗不清！”

“你放心！”游星闪着一只眼拦住我，“真要是三个女兵集体预谋叛逃，第一个吃不消的就是老协！”

真叫游星给说对了，面孔黝黑的老协面对自供不讳的罪状，反倒先蔫蔫泄了气。

“瞎写什么！”老胁掏出烟，拿火柴没点烟，先把游星的“自白”给烧了。“以后再不许你们四处乱逛，惹出那么多麻烦。”

老协对我们管得越发严了。

那天晚上，电灯很诡谲地眨了三下，这是柴油发电机给大家的信号。按规定，五分钟后，电灯就会熄灭，请大家准备好煤油灯或是蜡烛照明。

“游星还没回来，门怎么办？”芦花问我。她胆子小，又睡在最靠近门口的地方，每天入睡时，都把门口的警戒措施搞得十分复杂。

插上门后，先在门前摆一张凳子，若是有人半夜闯入，推门之后就是一声惊天动地的巨响，足以把沉睡中的我们惊醒，然后在靠近她床头的地方再摆上脸盆，盆里注上快溢出来的水。这样闯入者就是有幸躲过第一道防线，也会一脚踹进水盆，除了造成极大的声响外，必定滑一个结结实实的大马趴。

我说过她：怎么搞得像地道战一样复杂！虽说害怕黑暗是女孩子们的通病，但像芦花这样近乎病态的恐惧，也很少见。游星干脆在背地里一本正经地对我说："她家的什么人可能在半夜里被人强奸过。"我说："游星你再胡说，我就让你睡门口！"

游星今晚没回来，芦花的防暴措施就无法付诸实施。芦花哼哼唧唧睡不踏实："这么晚了，能到哪里去，班长你说呢……"

我说什么呢？游星到哪里去了，我怎么知道？世上的事，大约都是压迫越深，反抗越烈。游星最近常外出，而且每次都要梳理打扮一番。说来也可怜，高原上的女兵，不可能有任何特殊的服饰。游星唯一的美化方法，就是把汽油桶一样肥硕的棉裤换成绒裤，显露出修长的双腿。每当山风吹过的时候，罩裤不会粘在棉裤上，而是潇洒地随风摆动。

老协敏感地皱起鼻子："游星不是说有关节炎吗，怎么反倒比别人抗冻？"

我烦老协一天像特务似的侦察我们，他一天天找芦花谈心，为什么不说说自己！

为了证明游星并不脱离群众，下午我也把棉裤换下。高原部队的冬服是一年一换，理论上我们每年都穿新棉衣。实际上我的棉裤破得惨不忍睹，裤腰处的棉花全穿飞了，只剩内外两层布，变夹裤了。

我特地到老协面前走了走，以显示我的绒裤。假如他要说我，我就说："怎么？这不是总后发的军装吗？"可惜老协只是很有些悲哀地看着我，没说一句话。

听说老协在乡下有个未婚妻，是穿上军装的第二天，父母给包办的。农村有些很穷的小伙子，原来都是要打光棍的命了，突然应征入伍，有姑娘的人家便把宝押了上来：若是今后能在队伍上出息个军官，自己的姑娘也就能跳出去，弄个太太当了。若是干几年回来，女婿也算是见过些世面，不会比土里刨食的更差。匆匆忙忙订的好事，待到青年小伙真的套上四个兜的干部服，这种没有感情基础的婚姻便遇上了地震。一把扯散了，怕组织上从此对自己有看法，影响前程。凑合着，又觉得委屈，便一直拖着。

尽管老协自己的事挺挠头，对看守我们还是尽责尽职。在他心里，肯定觉得我们像一堆炸药包，不定哪一刻就会有火花冒出。

绒裤还真是穿不得。阴冷的地气先把双腿骨缝里的浆液凝成鸡蛋清样，使关节涩得像一盘老磨。凉气继续向上蔓延，像拔节的麦子，一会儿就抵到腰，冰冷冷地有直逼胃脘之势。

我佩服游星，别看只是换穿了一条绒裤，没有一股火热的朝气，还真抵挡不住。

事情似乎有些异样。那副精美的扑克？那缸子没有溶化的白糖？那个披军大衣的男人？听说他是地方政府的机要交通员，一个普通干部……

也许，我应该找老协汇报一下这些疑点？可是，他会不会说我思想太复杂了？万一要让游星知道了，也许会骂我一个狗血喷头，我又何苦？在我内心最隐秘的地方，我甚至希望游星沿着这条危险的路走下去。她很聪明，又有能力。特别是她有那样一位父亲。单凭这一条就值得别人忌恨。虽说迄今为止还没显出她的老爹对她有何特别关照，但所有的人都知道，到了关键时刻，这柄巨大的保护伞肯定会起作用。游星是我强有力的竞争对手。

“班长！班长！”芦花在暗夜中呼唤我。

我没回答。尽管高原的黑夜是世上最黑暗的地方，我还是不愿让芦花发觉我很清醒。

芦花轻手轻脚地穿好衣服，又叫了我几声，好像要同我商量。

作假既然已经开了头，只有继续装下去，我坚持一动不动。

芦花开门出去了。

三个人中两人不在，我感到孤单和恐惧。我竭力劝慰自己：游星就会回来，芦花就会回来，朦朦胧胧睡着了。

等我醒来时，满屋亮堂堂的。高原的阳光像一把寒冷的钢针，尖锐地刺着你的眼，却丝毫不给你温暖。

两张床都空着。

出了什么事？她们俩上哪去了？彻夜未归，在野外是要冻死的！

“周一帆，你出来！”是老协，声音冷得悸人。

“到我办公室去！”他用命令的口吻说。

到底怎么啦？我心中忐忑不安，满腹狐疑地推开协理员办公室的门。

地中央的椅子上坐着一个人。皮大衣、皮帽子、毛皮鞋、皮手套……武装得像要过前沿潜伏。尽管穿了这么多，浑身还在瑟瑟发抖，好像恶性疟疾病人在发高热。门响，我进来，都泥塑般毫无动静，好像灵魂远遁了这个世界。

这是谁？犯了什么过错？明知不该过于好奇，我还是转过去仔细端详。

这个把自己包裹得严严实实，仿佛想缩进地缝里的人，竟是——游星！

在此之前，我不相信时间会在一夜之内，如此残酷地改变一个人的外貌：她的头发不知被汗水还是泪水黏结在额角，细密的皱纹像渔网一样罩在她年轻的脸庞上，显得那么做作虚假，仿佛伸出手去就可以抚平。最重要的是眼睛，司令员女儿那双高傲聪灵的秀目，像泉眼在一夜之间干涸，只剩下深不见底的凹洞，用毫无表情的目光与我对视。

要不是老协站在一旁，我真想拼命将她摇醒：游星！你怎么啦？该不是夜里做了个噩梦，迷失在茫茫的雪原？

老协面向我布置任务，完全无视游星的存在。我感到大事不好。

“游星昨天晚上，同地方上的机要交通员伍光辉坐同一辆吉普车，向国境方向叛逃。幸好芦花同志及时报告了她失踪的情况，侦察部队才将他们俘获。在事情没有最后查清之前，先施行单独拘留。”

天呵！我一时如五雷轰顶！这怎么可能！游星有种种不讨人喜欢的毛病，但她绝不会干出这种事，绝不会的！我想这都怪我，假如我昨天拦住芦花，也许一切就不会发生！

椅子好像突然燃烧，游星跳了起来：“不是的！我绝没想到叛国！我没有——没有——”她从呆若木鸡变得歇斯底里。

“不是想外逃，我们从吉普车中堵住你们的时候，车头正向着国境方向。这是什么意思？”老协咄咄逼人。

是的。游星必须回答这个问题。不然，她如何洗清自己作为一个军人的忠诚？！

游星苍白的脸突然变得通红，好像一只无形的巨手把她的头按到了地上：“这……我们忘了那是国境方向……”

“好一个‘我们’！好一个‘忘了’！你们在干什么，把国家这么重要的事情都能忘了？还有一个解释，就是你们……冰天雪地的，就不怕冻着？想得还挺周到，穿了一身皮货……说啊，你们到底是干了什么？说！”

如果有一根树枝在老协面前，他的目光会让它冒烟。

“我们什么也没干，只是想坐着车看看夜里的高原……”游星极力为自己辩解。

“哄谁哩！”老协鄙夷地说，“看高原？成天看还看不够？孤男寡女夜里溜出去，还能干什么？说……说不清楚，你们就是企图叛逃！”老协像把一柄刀和一条绳索扔到游星面前，由她选择。

游星必须说清楚，否则她无法保持自己作为一个女人的清白！

久久的沉默。游星的脸缩在毛茸茸的皮帽扇圈成的洞穴里，像一块万古不化的寒冰。

我预备悄悄地退出去，我忍受不了这种严酷的煎熬。

“不要走。拿出纸笔，把游星的话记下来，这件事现在轰动了整个部队！”老协好像背后有眼，及时制止了我的逃跑。

游星的鼻翼痛苦地颤动着，她面临可怕的选择：要么承认对祖国的背叛，要么承认自己是一个放荡的女人。

游星继续沉默了很长很长时间，老协也并不催促。好像面临一桌盛宴的人，并不太计较时间。

我看着桌上一个积满茶锈的大缸子，褐黑色的图案像一座城堞和许多锋利的牙齿……我仔细地研究那个缸子，看出像未定国界一样蜿蜒的曲线……

突然我发现游星也在盯着那个茶缸，我立即把眼光移开……我突然充满恐惧地想到，那重重毛皮裹胁之内的可怜的人儿，倘不是游星而是我，该怎么办？怎么办？

脊背中央有一股冷血在向上升……

室内的海拔好像上升到比珠穆朗玛峰还高的地方，稀薄的空气还在不断逃逸。游星低着头，看不清她的脸，只见双肩在搐动。

我猜她在哭，却听不见丝毫声响。

终于，她抬起头来。我和老协看到一张惨白却十分果决的脸。

“我说。”她说。

“这就好。”老协心满意足地说。吩咐我：“拿纸笔！快记录！一个字也别落下！记原话！”

我记下的游星第一句原话是：“我有一个要求……”

“不许要挟组织！”老协很严正地拒绝。

“不答应我就不说。”游星不退让。

“那你先说说看。”老协心切，先迟了一步。

“那就是——无论我说了什么，都不要告诉我的父亲！”

“这个……我可以答应你，我不告诉你父亲！”老协松了一口气，在他看来，这算什么先决条件！但他同时也耍了滑头，他只保证自己不说。

游星这么爱这么怕她的父亲！我原以为她会迫不及待地找她的父亲，以求庇护。

“我爱伍光辉，他也爱我。就这些。”游星突然很快地说。

“详细点！”老协不依不饶。

游星拒绝谈细节。

“那还是有叛国投敌的嫌疑。”老协又端出无敌的法宝。

游星抬头看了我一眼，突然跳出一缕亲昵的光：“能让班长出去一下吗？”她轻声问老协。

这是我与游星相识，她第一次称呼我的职务。

“不成。”老协很干脆地拒绝了，“这种事，有两个人在场好。”

于是游星不再看我。她开始讲一个轻浮女人的故事。这个女人就是她自己。伍光辉是那么英俊而无辜，所有的责任都是游星承担。还有老协最感兴趣的时间和地点……

“好啦。你先回去吧！没有允许，不许出屋。等待处理。”老协对游星赦免似的说。

“周一帆，作为一个班长，你是很不称职的！昨天晚上有人夜不归队，你为什么不报告？幸好芦花警惕性高，积极请示，又和我们一起去找。要是真有人叛逃，从你到我都得上军事法庭！”

原来真是芦花！可是你呢？你昨天晚上想了些什么？事情到了这个地步，是我们都不曾料到的。假如我昨夜拦住芦花，假如芦花安静地睡着了，他们以后也还会去看高原的星星……

“游星是不会叛国的。”我急急辩解，这是我此刻能为游星做的唯一一件事。

“我说你什么时候才能老练起来？那不过是个工作艺术嘛！不这样唬，她哪能老老实实说真话！”

我瞠目结舌！

“周一帆，游星的事如何处理——还得等待研究。这期间，你不上班了。也就是说，你的工作改为监护游星。千万不能出意外。”

“协理员，这事还是让别人干吧。比如芦花。”这是我第一次抗拒命令。一个宿舍的战友，突然成了看守与被看守的关系，对她对我都是折磨。

“芦花说她不愿见游星，我已经把她调到别的宿舍了。你是班长，这是党交给你的任务。”老协很严肃地说，“最近边界形势很紧张，军区要组织一个前线指挥部到阿里。军人要以服从为天职。”

七

一只懒洋洋的黑猪，肚子上粘着雪白的纱布，在高原上漫步。

高原上难得有家畜家禽。这些人工驯养的动物，初上高原还没能循序渐进地适应高原，高原就毫不留情地把它们淘汰了。这只黑猪是一个例外，大家猜它一定刚从野猪变过来不久，保存着蛮荒的强悍之气，所以才能在高原苟且偷生。

因为缺氧，军人们的胃口很糟。农民的子弟也开始扔白馒头，黑猪便顿顿会餐。因为缺氧，猪也动作迟缓，肥膘触到地上的卵石，肚皮就磨破了，经常像个功臣似的到卫生科换药。

黑猪这两天开始挨饿，军人们的胃口出奇地好。

我到食堂去给游星打饭。乱嘈嘈的咀嚼之声突然噤住，仿佛我是个大人物。

这些天，游星事件和火药味日见其浓的国境战事，成了高原师永不衰竭的话题。年轻的军人们在密切注视敌人枪口的同时，也分心关注着我给游星打饭的碗。

游星不得擅自出入我们的宿舍，我昼夜同她在一起，成了名副其实的看守。除了我以外，没有人知道游星的真实近况。她的桃红色故事在传播中乌烂发紫，不忍卒听。

我没法替游星辩解，她使我们女兵班蒙受了巨大的耻辱。大家都忙不迭地洗白自己，好像早就看出游星是个淫荡女人。我难以自保，何以保人。

我端着满满的饭碗，在男人目光的甬道中穿行。我感到那目光中的荆棘和火焰。我无法设想游星有一天当真走出那禁闭的小屋，该如何在这剑戟般的目光中生存!

推开门，我有意让门扇敞着，希望正午的日光带给我们温热。

早上的饭还摆在桌上，纹丝没动。我把中午饭又放上，游星连看都不看。

“游星，多少吃一点。你已经几天不吃饭了！”我好声劝她。

“不。”她极轻微但毫无商量余地地回答我。

自那个可怕的夜晚之后，游星就几乎不吃不喝。最令人费解的是她再也不肯脱掉厚重的棉服和皮大衣。据说是与追寻他们的汽车相遇时，她就匆匆穿上了全套的防寒装备，好像一副铠甲。

我每逢走进屋内，看到她，就感到周围是一座大冰窖。

我熟悉的那个游星死去了，剩下的只是一个外表像她的女人。

“吃吧。真把身体搞坏了，以后你怎么上班？再说，你们家里人也会伤心的。”我不是一个巧嘴的人，但看着游星陡然清瘦的面庞和黯淡无神的眼珠，搜肠刮肚地劝她。

“你是说，我过不久就能上班？”她幽暗的眼窝亮了一下。

我使劲点头。其实我哪有权力做这么大的主!

“你骗我。”游星在苦难中依然聪明，“我知道，在部队，一个人打了败仗可以原谅，沾上了这种事，就永世不得翻身！”

我木讷无声。游星呀游星，你什么都明白，为什么要陷进去?

她忽然又自己笑起来:“你说得也对。身体要真坏了，他会伤心的。”说罢，像吃药似的拨拉了几粒饭。

那个他，是谁？她父亲吗?

不管怎么样，游星开始吃饭了。这就好。

“班长，有人找你。”芦花怯怯地在远处喊我。

一对半红早已彻底解体。我并没有把芦花汇报这事告诉游星，芦花却总是不愿见我们。

“你去吧。我不会自杀的。”游星见我犹豫是否离开岗位，设身处地为我着想。

“帮我照看一下。”我对芦花说。

她端了个小板凳，呆坐在院子里，从敞开的门洞瞄着游星。

孔博像一株抖掉积雪的绿树，俏拔潇洒。我知道他不但斗胆脱了棉裤，趁着正午，居然把棉衣也扒了。“很精干呀！不过关节可要疼的。”我信自说。

“疼了就请你打针。你打针一点也不疼，简直是享受！”

“别胡说！再要贫嘴我以后像纳鞋底一样戳你。”我突然察觉这样说笑下去十分危险，前车之鉴，不可不防。便板起脸，“你喊我出来什么事？”

“告诉你一个秘密。”

穿便衣的老百姓给心爱的姑娘送上一束花，穿军装的小伙子就携带一个秘密。

“什么秘密？”

“军区的游司令员，也就是游星的父亲，被任命为阿里前线指挥部的司令员，就要上山了！”

八

高原师进入了紧急战备状态。水壶灌满水，子弹推上膛。每人两双鞋，捆在背包上。解放鞋预备冲锋时穿，厚重的毛皮鞋是跋涉雪山时用。部队像伺机猛扑的虎豹，鬃毛乍起，抖动得不耐烦了！

唯有我们，像台风中的风眼，过着异常平静的生活。日出而作，日落而息。时间稀释了刻骨铭心的痛苦，游星略略恢复了一点生气。

“外面在忙什么呢？”她问我。

唯一能够同她交谈的是我。老协曾再三告诫于我，不能将战备之事透露给游星。为什么？我不知道。但游星是将门之女，战争除了是种种极为细致严谨的准备工作之外，更是君临一切笼罩一切浸透一切的气氛。它像一团浓重的铅色烟云，裹挟着全师随它旋转。游星用她聪明的心感觉到了。

老协的命令不可违。我含糊应道："可能是有什么行动吧！"

"你去跟领导说说，放我出去工作吧！我一不会外逃，二不会自杀，一定待候处理。外面这么忙，咱们俩都这么闲着，多窝囊！就是打仗，也允许戴罪立功啊！"她央告我。

听了我的转述，老协冷笑一声："我还没急她倒急了！事情还没处理完，她就到外面大摇大摆走来走去，党纪军法岂不成了儿戏！"

我非常憎恨自己现在的角色，老协杀一儆百的用心，我不得不服从。游星尴尬悲凉的处境，我毫无办法，内心深处，除了对弱者的怜悯之外，又希望游星受点挫折，从此敛起傲慢。

"不过，事情很快就要见眉目了。领导的意见，是尽快做出处理。最好赶在游司令员到达前指之前。"老协搓着手掌，像在部署一场重大战役。

我一时猜不透其中的联系，面露不解。

"部队马上就要进入临战状态，一天把女人的事挂在嘴上，岂不影响斗志？再者，游司令员一上来，还能不包庇他的亲生女儿？处理起来棘手了！我不怕得罪人，坚持从严惩处。司令的女儿和农民的女儿，败坏了军纪要一视同仁！谁说好话也不能宽容才能保证军队铁的纪律！"

老协义正词严。这些话自然都是不错的。

"不要透露游司令即将上山的事。一个字也不许对游星说。不然，她提前同她爹通了消息，咱们的工作就被动了！"老协再三叮咛。

我深一脚浅一脚地往宿舍走，左右为难。

这正是阿里高原上最温暖的时光。我突然看到地面铺满金砖！

啊！是我们种的葵花开了！

多少天来，它被我们彻底遗忘。游星忙着坐牢，我忙着看守，芦花无声无息像一只老鼠。向日葵不理会人间的一切沧桑，毫不懈怠地生长着。从寒冷的土地中汲取养料，从稀薄的空气中收集阳光，竟不可思议地匍匐着开起灿烂的花！

它只有人的膝盖那么高，细细的茎子像一缕柔韧的麻，虽被飓风塑得东倒西歪却顽强探向天空。花盘极小，只有五分硬币大小，异常菲薄。四周尖锐地分蘖出像箭头般的金色的花冠，像黄铜一样闪着明亮而细腻的辉光。

向日葵这种平原上司空见惯的植物，在高原显露出陌生的模样。

这不知是不是地球上最矮的向日葵，但我想它肯定是世界上最高的向日葵了！

回想我们共同栽下它们的时候，多么快活！

“我能工作了吗？”游星充满渴望。见我久未答话，便知趣地垂下眼帘，让浓密的睫毛遮住水光。

“你爸爸，对你……好吗？”我小心地选择字眼。在命令与良心之间，我要开辟一条崎岖的小路。

现在，只有游星的爸爸能够救她了。

“你问这个干什么？”游星警觉地问我。

“不过是随便聊聊。我想，世上只有极少的人到过高原，女人当然就更少了。我们住在一间宿舍，像一家人。”

“班长，你是个好人。特别是这些日日夜夜，在我一生最困难的时候，你没有像别人一样，把我看成一个坏女人。”游星动情地说。

哦！游星！我绝没有你想象的那么好，不过现在不是谈论这些的时候。

我接着问：“你一定很想你的亲人们，对吧？”

“是的。”游星仿佛预感到什么，紧张地盯着我。

“也许你不久就能见到。”我咬着牙吐出这句话。依游星那个机灵劲，她一定能猜到我的用意。

“太好啦！”游星攥住我的手。她的手指尖冰凉如笋，但手掌已经温热有汗。“求求你，快帮我送封信给他！出了这么大的事，他的日子一定很不好过！”

“他——谁？！”我目瞪口呆。

“伍光辉呀！”游星嗔我明知故问。

我真恨游星的痴情！大难当头，还不快想保全之策，反倒雪上加霜！我不能帮游星做这种串联的事，很坚决地摇了摇头。

“我给你出了个难题……”游星像个老妪一样悠长地叹了口气。

我们凝望远山。

窗玻璃像一副镜框，镶进无数巍峨的雪峰。那些地图上显赫一时的峰峦，那些令人咋舌的世界之最，都像静止的油画，摆在我们面前。当你看到喜马拉雅山、冈底斯山、喀喇昆仑山的任何一座主峰时，你都注定会失望。它们同你见过的成千上万座雪峰毫无二致。只有极精密的仪器会告诉你：你们确实比其他的兄弟们要高那么百十米。但对苍莽的高原来说，这差距实在只是一根头发的间隙。而且从某个特定角度看去，也许近旁那座无名的山岭更高大魁伟，更有不可一世的威严气概，可惜它只是个芸芸众生。

高原是由无数无名之辈构成的宏大体系，时间在这里永恒。

九

那时游星的父亲是师长。年轻骁勇的野战军师长，该是多少姑娘倾心的对象！可骄傲的师长一律不理不睬。功未成，国未报，何谈家！一场血战下来，敌人尸横遍野，冲锋陷阵的师长大捷归来，连根毫毛都未伤。

“做完战斗总结，你给我住院去！”首长像对自己的儿子说话。

过草地的时候，游师长实在走不动，曾趴在这位首长的背上。现在，当年壮健的后背已稍显佝偻，游师长还是唯命是从。

“可我没受伤啊！”游师长挠挠后脑勺。

“那就是身上哪个地方不舒服了。”老首长很肯定地说。

“没有哇！除了头发长了，每个月得剃一回，哪都装备精良。”

“就你这个憨样，真不知是怎么打的胜仗！”老领导发怒了，“叫你去，你就得去，回去好好想想，想出个病名来。明天下午野战医院来接你，到了那儿，你仔细看。看好了哪一个，就用车把她拉回来。记住，可要挑个贤惠的！”

游师长傻呵呵地站在那儿，这是他生平接受的最艰巨的任务。

野战医院住进一位年轻彪悍的军人。

游师长的病号服甩在一边，穿着警卫员浆洗一新的军装，在医院里闲逛。他无法忍受像斑马一样的布衫，只有军服才会给他勇气和力量。

他像以往执行任务般勇猛快捷，只是忘了前辈的谆谆教导。他没有挑选最贤惠的姑娘，而是看中了全野战医院最骄傲的女兵。

所有的女孩子都对年轻的师长另眼看待，唯有这个女兵，依旧在铁丝上晾晒散发着特殊气味的手术巾，对走近的师长不屑一顾。

师长感到自己遇到了难以攻克的鹿砦和城堡，他立刻兴奋起来，发动了猛烈的攻势。

“不。我不。”那个后来成为游星母亲的女人，低声但是很清晰地拒绝了师长，“我从看到您的第一眼，就很怕您。现在也是这样。这怎么能在一起过日子呢！”

原来如此！师长还以为洗衣班的小姑娘看不起他呢！师长不想再耽搁了，他觉得这真是一件麻烦事，他还要急着去打仗呢！“我这个人就是这个脾气，爱瞪眼睛，一回生，二回就熟了嘛！”

师长俯尊就屈，游星的母亲依旧不从，师长动怒了：这又不是篮球场，可以随便换人！游师长不想落个挑三拣四的恶名，这已不仅仅是老婆的问题，关系到军人的尊严。

上至野司，下至医院领导，走马灯似的来给小女兵做工作。当游星的外祖父母都被接来劝说时，游星的母亲终于同意了婚事。

游星的母亲只为游师长生了游星，总是骄傲而忧郁。游师长成为游军长、游副司令，依旧威武，依旧具有独特的魅力。天下美丽的女人，并不都像游星母亲那样冷若冰霜。

“怎么办呢？有个女人非要嫁我。”游星的父亲在同妻子讨论这样的问题时，坦率而磊落。假如妻子哭一顿闹一顿，说你从此再不要理那个女人，游副司令员一定会干脆利落地了断此事，可惜游星的母亲单独对墙站立了一会儿，然后回过头来平静地说：“我走了。把游星留给你。走出你的家门，我就重新是个普通的女人了，孩子跟着你，会有一个好前途。我放心。”

母亲长久地亲吻了游星，把冰凉的泪水灌满她小小的耳窝。当时她正躺在床上，不知道这是一次永远的别离。

作为平民子弟，对权贵们的家眷有天然的敌视，想不到游星有这样的身世！

“继母对我很坏。我说的坏，不是吃不饱穿不暖那种。在我们那种家庭，坏不是用这种形式表现出来。她只是不管我，说穿了，就是不爱我。要一个和你没有血缘关系的人，挚爱你，你也爱他，这挺不容易……认识了伍光辉我才知道爱的力量……”

挺好的谈话，突然混淆进那个穿皮大衣的男人，我急忙扭转话题：“还是说你爸爸吧！”

“他根本就不懂得爱……”

“你爸爸万一知道了你的事，会怎么样？”

“不！不！无论受多重的处罚，千万不能让我父亲知道！那样会把他气死的！你们答应过的，你们不能说话不算数！”她声音嘶哑地叫起来。

游星其实深爱她的父亲！

随着战备升级，大家对游星事件的久悬不决，反应也愈加强烈。这是一道辛辣无比的调料，极大地刺激着人们的想象力和正义感。每个人都在同游星境遇的比较中，感到了自身的优越与崇高。越显示对游星的鄙弃，越反衬本人的纯正。同仇敌忾，义愤填膺，怎么谴责那位龟缩在小屋内的昔日的公主都不过分，她的利嘴又得罪过那么多人。她的贵族成分，更使这种愤慨具有了广泛的群众基础。人人都能从他人的苦难中，汲取濡养自尊的维生素。

我不敢说这些情绪我一分没有。但只要见到蜷缩在羊毛中的游星，我就感到深切的痛苦和同情。游星就像一个青核桃，用强硬的外壳包装着嫩弱的内心。那些涉世未深的普通军人们，不敢爱一个高不可攀又性格莫测的姑娘。当终于有人向她表达爱慕之情时，她几乎是迫不及待地走向了深渊……

十

游星能自由活动的唯一时间是上厕所。厕所在半山，我尽量同她慢慢走，让她在蓝天下多待一会儿，呼空气，晒阳光。

高原的空气很阴险。初闻的时候，它新鲜而凛冽，像刚摘的雪花梨一样清香。但它很快就会抽走人类不可须臾离开的氧气，充填进一种透明的麻醉剂。吮吸高原的空气，会被它不动声色地引向死亡。高原用看不见的黑手扼住你的脑扼住你的胸，扼住你的心肺和所有空腔，使它们像一只只漏水的皮囊，永远不能充分供给生命的食粮。

稍微不慎，你就会被缺氧击倒在地。无数粉红色的泡沫痰像螃蟹沫似的从你的口鼻涌出，血液被偷换成浓重的铅汁。高原用手轻轻一点，你的肌肉就凝固成岩石，满头的青丝变成冰雪样苍白……

神圣而又残酷的高原啊！

游星走路的时候，极不老实，总是东张西望。遇到迎面而过的干部战士鄙薄的目光，连我都替她难堪，她全不在意，四处环顾。

她在找人。找伍光辉。她以为他会找机会来看她。这件事，整个部队地方人言鼎沸，伍光辉不会不知道游星已失去自由。他没来，说明他一定也受到阻碍……

游星的这点心思，明明白白写在她缺少阳光苍白如瓷的额头和焦灼的幽暗瞳仁里。

听说，地方上远没有我们这么法度森严。伍光辉只写了篇检查，检讨了私自动用吉普车外出的错误，其余的，并无人追查。

这世界有一把女人尺，还有一把男人尺。

这一切，我不敢向游星透露。

天，阴沉沉的，像在孕育风暴。阿里这地方短暂的暖意，像白驹一样走了。

从厕所归来，中间夹一块空旷的谷地。在遥远的过去，狮泉河可能从这里流过。河水变迁了，卵石沉留下来，一排排鱼鳞般地裸露在地面。

我和游星一前一后。我有意同她拉开距离，不让她感到被人监视的侮辱。突然，她僵住了。前仰着身子，脖子固定在一个很不舒服的角度，像被人用钢钉钉住了。

顺着她的目光，我迅即找到一个深蓝色的身影。他拎着一个黑色公文包，很急促地朝我们走来。

那身影越走越近，像一只轻捷有力的音符。我分辨出周正的鼻梁，很有棱角的微抿的嘴唇……他穿着一身藏蓝制服，在看惯了草绿的军营里，这蓝色鲜艳悦目。

来人正是伍光辉！虽然他没有穿皮大衣。

游星并没有认错人！在她面临四面八方的训责时，伍光辉迎着高原这个冬季最早飘下的雪花，向游星走来！

游星站着没动。漫长的等待和巨大的欢欣，使她脸上充满圣洁。

我陷入进退维谷的窘境。他俩的接触，显然不相宜。作为执行任务的军人，我理应制止。但在目睹了游星痛不欲生的磨难之后，我又实不忍心阻挠。

我的心在矛盾中煎熬。闭上眼睛，背转身，装作养神？抑或劈头盖脑迎上去，像庖丁剔骨的刀子，揳进他俩之间？

没容我艰难地做出选择，伍光辉一个折身，大步流星拐向侧方，目不斜视地走进通信科办公室。

我费力思索这意外的变故。是不是有人监视？四周空寂，只有无数鹅卵石像煮熟的死鱼眼，目睹这一幕。是不是他为掩人耳目，随手丢下一封信，或是一个纸条？没有哇！只见风儿卷着谣言似的雪花，围着我们上下翻飞。

答案其实现成而简单：伍光辉是在履行正常的公文交换事务，完全是一次偶然路遇。观察他的路线，是一条插过谷地的便道。他没有多走一步路，自然，也没有少走一步路。

我不忍心看游星。她钉在地上的两只脚，仿佛被人钻通了。全身的血液都从那里流失，只剩下薄脆的躯壳。

“刚才……我是不是看错了……人？”她恍惚地问。

我应该骗她。说我不认识这个人或是根本不知道你说的是谁。但是瞬忽之间我没想到这些假话，几乎是本能地点点头：“正是他。伍光辉。”

游星朝着伍光辉隐没的方向说：“他还能工作。这挺好。”

我叫芦花帮我照看游星，跑去把老式电话机摇得像一挺机枪。

“喂！孔参谋吗？我是周一帆，我想见你。”

“周一帆，你终于想见我啦？太好了！我马上跑步就去！”孔博在电话另一头高兴得大叫。

他果然气喘吁吁赶来。

“伍光辉到你们那儿去了？干什么？”我没好气地问。

“他是地方机要交通员，经常与我们互换信件公函，很正常啊。”孔博摸不到头脑。

“他这个人一定有些过人的地方吧？”我问。我心中还存最后的幻想：游星倾心爱慕的人，总该有可爱之处吧！

“又是为你那狐朋狗友！”孔博火了，“实话告诉你吧，我们其实一直小心地爱护着你们，丢人啊！游星把大家的心给伤了，如今大家都等着看戏呢！”

“看什么戏？”我机械地问，头脑木然。

“河南兵等着看豫剧，河北兵等着看梆子，上海兵看评弹，陕西人看秦腔……甭管什么调，都是好戏都热闹。她爸爸就要上来了，她爹要是敢包庇她，众弟兄们就敢不打仗！”

“孔博，你走！快走！我不想听你再说下去！”我只觉得神经像钢丝勒进脑浆。

“这可是你叫我来的！周一帆，要是你找我只是为了谈谈游星，下次我将不再奉陪！”孔博也发起脾气。

十一

卫生科全体党员大会，讨论给游星党纪处分问题。

会场上挂着战备动员时的横标：共产党员冲锋在前，退却在后。轻伤不下火线，重伤不哭。

人们三三两两议论着其他话题，几乎没有一句涉及游星。在讨论重大议题之前，往往貌似平和。

我不希望给游星的处分太重，我们相处日久，感情笃深。也不相信能轻描淡写让她过关，她给我们的集体带来耻辱。

“‘轻伤不下火线’这句话还可以，‘重伤不哭’有点孩子气。”我同身旁的人随口搭讪。

“那是打仗时遗留下的口号,革命传统,改不得的。”芦花凑过来说。

我没理她。

老协宣布开会：“游星同志犯了这样严重的错误，我作为政治领导，要负主要责任。”他态度真诚，悔恨之心溢于言表。因为女兵们管理不善，他受到严厉批评。

“我们要纯洁队伍，教育同志，从此杜绝此类事件发生。”他的语锋开始凌厉。

我吓了一跳：这不分明暗示着要开除游星党籍吗？

我用眼去睃游星。她端端正正地坐着，像一根冰塔，虽不断融化，还撑得住架势。眼睛紧盯着“重伤不哭”的横幅。

其后，宣读了当事人的检查交代材料。游星写得很简单，基本上就是我笔录的那些。伍光辉则要复杂得多，而且记忆十分清楚，简直叫人怀疑当初他与游星相好时，就想到了坦白交代的这一天。

假如可能，我真要捂起耳朵，跑出这血腥的房间。我知道这些话像玻璃片，游星被解剖后贴在上面供观察分析。所有的隐私像咸鱼，赤裸裸地晾晒在天地之间。

“同意开除游星党籍的人，举手。”老协像教练员扣响跑枪，庄严宣布。

片刻的静寂。

游星入党不容易呀！比芦花和我，多花了几倍的汗水！人们对干部子弟，一半是羡慕，一半是苛求。游星的父亲并未给她特殊关照，也许以后会给，以前肯定没有。但大家认为她既然比一般人幸运，理应多受些磨难。她硬是用一点一滴的劳动，改变了人们的印象。她是科里技术最优秀的卫生员，虽说嘴巴爱发牢骚说怪话，真到关键时刻，绝对是把好手……这一切，人们都统统忘记了吗？一个晚上的过失，就能遮蔽人一生的光亮吗？

轻微的声响。

一只胳膊举起来了。游星像中了枪伤的兔子，用无比哀怨渴求的目光看着那个方向，希望那个人能瞧她一眼，哪怕只是短暂的对眸。她要把心中的怨悔告诉他。

那个人没有抬头，只是拼命吸烟。成团的烟雾像湿木柴燃烧，从那人的嘴巴、鼻孔，似乎还包括耳朵眼和眼皮下角，一齐冒出来。

又一声轻微声响。是衣袖与军服下摆摩擦的动静。在死一般沉寂的会场听来，竟像汽车轮胎紧急刹车时刺耳。又一只胳膊举起来了。它位置很低，但明白无误。

游星绝望地把头扭过来扭过去，好像一条牛尾，在忙不迭地扑打成群而来的牛虻……她开始喘息，好像那些手都捂在她的口鼻。

一阵声响。音量比刚才大许多。这是几双手一齐举起。

游星的嘴张成一个椭圆，有稀薄的口水挂在两唇之间，好像在吹肥皂泡。这神情很古怪，像个天真的孩子，突然不认识朝夕相处的人了。

唰！唰！

如林的臂膀举起来了，大家的愤怒终于找到了宣泄的锥形山口。

游星把头伏下了。伏得那样低，直抵双膝。从她的座位背后看去，会以为那个位子是空的。

我迟疑地举起了手。老协正审视地盯着我，别的人也用目光督促我。游星，原谅我。你遭受的是一场暴风雨，大概不会再计较我这一盆水吧？表决所需的半数已然超过，这一票对你是无所谓的，对我却很重要。我还要奋斗光辉灿烂的前程。

我真怕游星在这时抬起头来看我。幸好，直到结束，她始终维持近乎匍匐的姿势，一动未动。

“全票通过。”老协拉长声音宣布道。

“咦！我并没有举手呀！”一个孱细的女声说。

是芦花！

“要处理也得先惩治男的。这种事，男的罪过大！”一向腼腆的芦花鼓足勇气说。

我从此原谅了芦花。

十二

游司令员率领的前线指挥部，于傍晚抵达阿里高原师。从师长到炊事员，都虎虎有生气，仿佛战争已经打响。

大功率的天线矗起来了，这是同北京直接联络的电台。手挟卷宗的陌生军人们出出进进，那是游司令随身的工作人员。增派了许多流动岗哨，你会在最出奇不意的地方看到一道闪光，那是士兵雪亮的枪刺。

是旧地重游了。20年前，作为解放阿里的先遣部队指挥员，他曾叱咤雪山的风云。在军人的传说中，他像牦牛一样强悍。

其实，此刻的游司令员，正高垫枕头，面色瓦灰，扣着氧气面罩，神志不清地躺在前指司令部的一张床上。

毕竟是岁月不饶人。严重的高山反应，像一排霰弹击中了他。

当然，这是绝密的军事情报。

出师未捷，先失主帅，此乃用兵之大忌。稍一清醒，游司令员便嘱咐他的副手：关于他的身体状况，暂不要向军委报告。路途遥远，再换一位司令员，一是时间来不及，二是对方得知我指挥官突然临阵易人，必然在气势上胜我一筹。三军不可夺帅。“叫最好的医生最好的护士来！明天我要按计划去前沿视察！”游司令用最后的力气说完这些话，昏睡过去。

卫生科成了硝烟气氛最浓的地方。

科长无疑是最好的医生，谁是最好的护士？

“这阶段，芦花进步很大。”老协建议。

“还是让周一帆去吧！”科长委婉地说。

“其实游星技术最好。”我知道按规矩没我说话的份，但这是实情，况且为了我表决时举起的手，一直心中很不安，想找个机会赎罪。

“游司令现在身体不好，还是缓些安排他们父女相见为宜。”科长纯粹从医疗角度考虑。

说实话，我不愿去见游星的父亲。他要问我，我说什么？我甚至不负责任地想：但愿他一直昏沉，不要醒来。

“前指”戒备森严。这所孤立的石砌房屋，每一间都亮着灯，人影幢幢。因为游司令的到来，高原师将彻夜发电。

我身穿白色工作服，行进在长长的甬道。我将看到一位威严的将军、严酷的父亲、不懂得爱的丈夫……

在随同人员引导下，我们进入一间小小的屋子。我惊讶极了。

屋内光线昏黄。从走廊强光下骤然入内，一时难以适应，更觉幽暗。一位骨骼粗大却很瘦削的老人，白发苍苍的头颅无力地倚在枕头垛上，仿佛一团喘息的老刺猬。可怕的泡沫黏痰封闭了他的口鼻，每一轮艰难的呼吸之后，你都怀疑他还会不会再喘第二口气！

高原把司令员凌迟了，只剩一个苍老的躯壳。

片刻之后，眼睛顺应了，我对这位从未谋过面的司令员，涌上亲切之情。关键是他太像游星了。当然正确的说法是游星像他。眉毛、鼻子、眼睛……简直像同样花纹的大碗和小碗，完全配套。游星苦命的妈妈除了遗给她窈窕的身段外，在相貌上像清水流过一般没留痕迹。这面孔太熟稔了，我几乎忘记他是统辖千军的司令，只记得他是我朋友的父亲！

科长毫不客气地屏退左右无关人员，指挥我进行紧张的抢救。

高原上所有疾病的死结就是缺氧。新鲜的高压氧气像泉水灌进去，辅以必要的措施，加之游司令员是一个性格非常顽强的人，他的症状迅速好转。

科长委顿地靠在墙上。我只是执行医嘱，他却需运筹帷幄，司令员的生命悬于一身，自然心力交瘁。

“你们，休息去吧！”游司令员醒来了，推开氧气面罩，用嘶哑而威严的声音说。

我俩面面相觑，不知该服从还是该反驳。论理他是我们的病人，但病稍见好，他就反过来指挥我们。

“这样吧，我到旁边屋去打个盹，小周注意观察病情，有变化随时叫我。”科长养精蓄锐去了，以备突发意外。

安静的病房里，只剩下我和司令员两人。

“明天，噢，现在要说今天了。我就可以去前沿视察了。”游司令员耸着花白眉毛，成竹在胸。

“您现在刚好一点，哪能到一线哨卡去！”我着急地劝阻。

游司令员根本没理我的话茬。

“你是师卫生科的？”

“是的。司令员。”

他忽然迟疑了一下，朝四周打量了一眼。虽然只有我一个人，还是压低了声音说：“有个叫游星的，是不是同你在一起？”

这个倔老头，问到自己的女儿还挺不好意思！我看他并不像人们传闻的那样冷酷无情。

“是。司令员。”我回答。

他略微沉吟了一下，好像在措辞如何打探下去又不显出儿女情长，似乎也没什么好招数索性直说了：“她最近很长时间没给我写信了，不知为什么？”

我的心像被人狠狠绞了一下，光影中，他虽然已从死亡线上挣扎回来，仍旧衰弱不堪。我含混答道：“是不是她写了信，在路上遗失了？阿里路远，这是常有的事。”

“对，路远。常有的事。”他似乎很高兴找到这个理由，连连重复。

“她表现好吗？我是说……游星工作、学习……生活各方面，都好吧？”他结结巴巴，殷切地望着我。

骁勇的野战师长和威风凛凛的司令员，都像泥塑一样坍塌了。跟一般来队问短问长婆婆妈妈的农村老大爷没什么不同！

只是，这个貌似简单的问题太难回答了。我只好撒谎：“我们虽在一个科，但彼此也不很熟。她的情况我不大了解。”

我真想掐掉自己的舌头！可这也比实话强啊！

老人失望地垂下眼睛。下垂的硕大眼袋，贮满忧虑。半晌，他又自言自语般地说：“游星自小就有关节炎，不知最近犯了没有？”

我歉然摇了摇头。这我真的不知道。以前，倒是常听游星念叨她的腿痛。从那件事后，她再也不曾提到自己的腿。

“你跟游星是不是不大合得来？”老人敏锐地觉察出异样，“她脾气躁，爱和人顶嘴……”

“我们挺好……一块划船、种葵花……”我急忙辩解。

“本来是不该让她上阿里高原的。当时正好第一批女兵上山，我说，星儿，你去吧！她说，我不是特等甲级身体，我有关节炎，不适宜去的。我说，星儿，为了爸爸，你得去。山上有农民的孩子，工人的孩子，也得有我这样人的孩子……不然，我没法带兵。后来，她头也不回地到高原去了。她像她妈妈……”

我不知这位声名威赫的将军，换一个场合，对另外一个人，会不会说出这番话。但在那盏黄晕的灯下，面对同他女儿一般大小的女孩，我看见他略显浑浊的瞳仁里，充满慈爱。

也许，人在疾病的时候，心便脆弱细腻。

一个大胆的想法，像蹦豆一样从我脑子里跳出。

“司令员，您既然这么想您女儿，为什么不把游星叫来或是您去看看她呢？”我大胆试探。

“傻孩子，你以为我是来队探亲的房东老大娘吗？你回去见了游星，就说我挺好的，叫她放心。等这仗打胜了，我们再见面也不迟。”

我的眼泪差点掉下来。

我越发想让游星来见她父亲一面。这一仗，谁知要打到什么时候？近在咫尺不相见，不通情理！

“首长，要是我回去，另换一位护士来，您不会介意吧？夜这么深了，我们都穿着白大衣戴口罩戴帽子，没有人会分得清。她的技术比我好。天亮时，我再把她换回去就成了。”

游司令员注意地盯了我一会儿，然后微笑着说：“你是要我和你同搞一场移花接木瞒天过海？”

“是的。首长。主要是我来搞，同您没有什么关系。”我调皮地说。

“好个机灵的小鬼！可惜你是个女孩，不然可以提个作战参谋的。”游司令员说。

“首长可不要过一会儿睡着了。”我打趣地说。

“怎么会？从现在开始，我一直睁着眼睛。”司令员极认真地说。

我拔腿就往外跑。脚步声惊动了科长，他睡眼惺忪惊恐万状地问：“司令员出了什么危险？”

“什么危险也没有，他比原来好多啦！”我把我的计划告诉科长。他揉着胸口说：“只要司令员没问题，别的我不管。也许这是一味心药。你去吧，这边我来照料。”

十三

窗户黑着。游星大概睡着了。我拿不准她会对我的建议采取什么态度，但我有把握说服她。

我轻轻走进屋，预备到床边叫她。有月亮的夜晚，外面比屋里亮。我看到一个黑色的人影，端坐在桌前，凝望那灯火通明的独立房屋。

游星挺惦记她的老父亲，看来我的想法有门。

见我进来，她惊慌地问：“我爸爸出事了？”

“没有。游司令员的病情已经平稳了。没有生命危险。”我忙说。

她重重地吁了一口气，像是卸下了千斤重负。

“你爸爸非常想见你。你穿上白大衣，快去吧！”我热切地鼓动她。

“你把我的事，同我爸爸说啦？”她的话带着叫人心碎的悲哀。

“没有！绝没有！”我恨不能长出八张嘴来为自己分辩，“我什么都没说。我只说你挺好的，别的事我一概没说。”我在心里对游星说：别把我想得那么坏！除了万不得已，我愿意尽自己所能帮你一点忙。

“其实，说了也没什么。他早晚都会知道的，比如我爸爸来了这件事，谁也没有告诉我。但是我马上就感觉到了。爸爸很快就会察觉出异样，什么都瞒不过他的。”游星远比我想象的平静。

“嘿！能拖一时是一时，到什么山上说什么话呗！我看他非常爱你，不会把你怎么样的！他正在病床上等着你呢！”我竭力劝她。

游星终于站起身，顺从地说：“我去。”

“就穿我的工作服吧，省得再找。警卫肯定分不清咱俩的区别。”

“谢谢你，想得这么周到。”她冲我笑笑，说，“我的白衣也在宿舍。我今天下午上班去了。我的处分已经定了，我就可以上班了，你说是不是？”

“是。”我说。我不知道这和看她爸爸有什么关系。

“有一个小战士，挺可爱的小战士，不让我给他打针……我穿着工作服就跑回来了……你说得对，我就穿你的工作服吧。干净。”她突然很敏捷地套上白衣，说，“我去了。”

我庆幸总算劝动了她，又不放心，悄悄跟到门外。

起风了。

像1000头野牦牛在鼓面上奔跑，天地轰然作响，风不是起于青萍之末，高原上没有青萍，只有无数的大丘大壑。风是在某一个神鬼指定的时刻，在高原千山万岭的孔隙中一齐诞生，瞬间汇成狂暴的旋涡。它们排列成从太空才可鸟瞰的图案，把高原所有能移动的物体吮吸进去，用鹏鸟般黑色的羽翼，抚摸狰狞的山石和圆润的冰川。营房在风暴中颤动，房顶像丝绸被扯紧，嘶嘶作响。平日丢弃的空罐头盒，像羽毛一样在天空飞翔，窗玻璃被风吹得呈弧形向室内凹陷，所有根基不稳之物都被风剥了去，携带到人所不知的远方……

只有喀喇昆仑、喜马拉雅、冈底斯这三座岿然的高峰，在无尽的黑夜与风暴中，一如既往地安睡着。一个极小的白色身形，幽灵般地在风中飘行。

我尾随游星。她走得很快，大方向对头，是朝着前线指挥部方向。但我总有些不放心，也许是她的神情有些古怪。

果然，游星的行动变得不可思议。她避开正门，沿着漆黑的墙角潜行。

这是干什么？

终于，她停在一扇窗前，久久地向屋内张望。窗帘没有遮严，漏出稀朗的灯光。

那是司令员的病房。

游星看到了什么？

我无法凑到近前。屋里的情形不用看我也知道：病卧在床的老人，大大地瞪着双眼，等待他的女儿……

游星一直站着，好像打算待到天塌地陷。

时间不等人。我也顾不上她发现我跟踪会怎样想，咳嗽了一声，先给她个信号，免得惊吓了她。然后走过去说："你怎么还不快进去？要是流动哨发现了，没准把你当特务抓起来。"

她转过脸。我清清楚楚看见两道微黄的泪水流淌，风把沙粉像胭脂似的涂在她脸上。

"我这么脏，总得洗一洗。"她为难地原地不动。

洗洗也好。时间还来得及。要不司令员会起疑心的。

我和游星便手拉手往回走，就像曾经多少次走过那样。

风渐渐息了，怕要下雪。阿里大地沉浸在梦魔之中。群山鬃毛低垂，积蓄再度昂起的力量。狮泉河很温柔地在远处流淌。日渐寒冷，高山不再有融化的雪水濡养宽阔的河床，水像一条巨大的柏油马路，无声息地延续到远方。

"你知道这片土地为什么叫阿里吗？"游星柔声问我。很长时间以来，这是她第一次谈起别的话题。

"不知道。"我老老实实地承认。

"你知道阿里是什么意思吗？"她又问。声音轻轻地，仿佛怕惊动了沉寂的山峦。

"不知道。"我有点难为情。阿里，阿里，高原师的人们都把这两个字像口头禅一样呼唤着，其实它既不是汉语，也不是地方语。没有人深切追究过它的含义，仿佛一个约定俗成。

"阿里是有来历的。这是我上山的时候，爸爸讲给我听的。我本来不愿意来，听完这个故事，我就自觉自愿来了。"

"真的？"我越发想听这个有关阿里的传说。

“爸爸是最早到达阿里的军人。他们奇怪这块中国最高的领土，为什么有这样古怪的名字。一位鬓发像山羊一样白的老人告诉爸爸，‘阿里’是一句古藏语。就是现在的藏文中，也没有这个词了。”

哦！我们每天念叨无数次的阿里，竟是一个早已消亡了的词汇。它是怎样世世代代流传下来的？

山风像它骤然发动时一样，骤然停止了。

我们回到宿舍，游星很仔细地洗脸洗手。然后换上了一套新军装，飒爽英姿，很是精神。见了这样的女儿，游司令也许早晨真可以到前沿阵地去视察了。

游星认真地照了照镜子：“真想洗个澡。”她很遗憾地说。

自从游星出那事以后，就不许她上洗澡车洗澡了。

“洗不成澡，也得洗个头。”游星说。

她的头发很长很黑，洗时泡在脸盆里，水都要溢出来。洗一次头，工程浩大，很费时。

“天快亮了，怕来不及了。”我有些着急。

“班长，我去井边打水。一会儿就能洗好。”

游星愿意用最好的形象出现在父亲面前，也是人之常情。

我只好帮她找电筒。天冷了，井沿已经结冰，夜晚打水，虽是轻车熟路，还是带上手电保险。“我新买的塑料壳手电，又轻又亮。”

游星拿起水桶和扁担。

“还是咱俩一块去吧！”我不放心地说。

“班长，我已经可以自行活动了！”游星坚持她的主意。

看她想到哪里去了！

我只好退回来。

“你小心点。”我说。

游星担着水桶，用纤长的手指捏着扁担钩与桶钩相搭的铁环处，轻轻地走了。

落雪了。

雪片从云层直扑大地，像沉重的木屑。落在棉衣上，很黏，像半溶化的砂糖。苍天很有耐心地用雪花把大地的皱纹抹平，安抚被狂风搜刮得赤裸裸的高原。

雪把阿里装饰一新。

等了一会儿，游星没回来。

又等了一会儿，游星还没回来，一担水，怎么会用这么长时间！我觉得蹊跷，跑出去找她。远远地，看到水井处亮着一道雪白的光柱。

待再往前走，看见那光柱毫不晃动，笔直地射向天空，竟像是从井底发出来的。

井边整齐地摆着水桶和扁担，却不见游星的踪影。

我三步并作两步跑上井台。井沿结了薄薄一层冰凌，一踩就碎，并不很滑。手电光柱确实是从井底发出来的。苍茫的雪花飞越这窄而亮的光束时，像金箔样闪动着，倏忽隐没。

塑料电筒防水性能极好，沉入水底依然发光，像一架小探照灯。

借助灿烂的光柱，我看见井底有一柄黑伞似的秀发，随着井壁的渗水而微微荡漾。

十四

游星是呛水而死，除了鼻孔渗血，拭净后一如常态。所有的抢救措施都无效，我们只得给她换上干净的衣服，安置在她的床上。有人建议要把她送到太平间，我不同意。我不怕死人，学医的人都不怕死人。我不能接受游星从这个世界上消失了的事实。游星还在，就躺在她的床上。桌上摆着她刚才照过的小镜子，梳子上还留有她梳头时飘落的干燥的发丝……

芦花趴在床前，哭得泪人一般。我却一滴泪都没有。

我总在固执地思索一个毫无意义的问题：游星是先把手电筒亮着丢下去，还是手执手电筒扎下去的？

不管是哪种，游星是在一团明亮的光明之中，走向那片幽静的水域的。那里面有星星，有月亮，有云彩，有雪花，有世界上最高的峰峦和一股股奔涌而出来自地心的泉……水是热的。

当她最初浴进澄清温暖的泉水时，该感到水波像柔软的被子覆盖过来，抵挡住了所有的风霜雨雪，像一块纯净的水晶，包裹着她到远方。

游星的头发渐渐干了。

正是黎明前最黑暗的时光。

老协用尺子量了水桶的位置，并提醒几个人同时注意到这一事实。“井边太滑，失足落水。”他很沉痛地说。

“半夜三更的，游星为什么要到井边去打水呢？”有人不解。

是啊，我必须回答这个问题。游星是为了她的父亲能够磊落地站在阿里高原上，才走的。我不能叫人朝别的方面想。

“为了明天早上，不，现在是今天早上了，她能干干净净地重新上班，她要洗澡。”我干巴巴地回答。

所有的人沉默不语。大家都相信这种说法。在飘飘大雪中，也许有人会想到这个叫游星的姑娘，做过的一些好事。

将游星的死讯通知给游司令员，是一件极为棘手又必须尽早去做的事。科长说，游司令员似乎觉察到了什么，在漫长的等待之后，他反倒昏昏入睡了。

没有人愿意干这件苦差事，想象不出游司令员将怎样震怒。最后老协自告奋勇去做：“游星是我的兵，我来负责。”

早晨，游司令员就要乘车赴一线哨卡。他面色冷峻地眺望着远山，似乎在同一位位熟悉的老朋友打招呼。

老协猛吸一口气，好像要潜入深海，迎了上去……

科长紧张地注视着这一幕：他原本就不同意司令员带病出发，再加上这致命的一击，谁知会出什么事?

我也为老协捏了一把汗：事情远比他所意识到的危险。游司令员为等待爱女，几乎一夜未眠。现在噩耗突然袭来……

老协一句三停地报告了游星同志因工作时不慎，失足落水牺牲……声音中充满抑制不住的恐惧，但他还是勇敢地说完了所有的话，等待指示。

很静很静。我听见睫毛上的雪花融化成水时有毒蛇般的嘶嘶声。

游司令员当时正准备上吉普车。看到一个不认识的下级军官拦住去路，不禁十分诧异。他注意地听完老协的话。众目睽睽之下，他的双腿明显地趔趄了一下，却很快挺直了身躯，显得比片刻之前更为高大。他用让所有的人都听得见的声音说：“普通战士死亡，应当去通知军务部门。”

收拾游星的遗物时，我发现了一个小小的纸条。上写“弄脏了井水，我很抱歉。但我不愿随着狮泉河水，漂到异国。”

没有时间。没有地点。没有署名。但我相信那是写给我的。

我把它撕碎，烧毁，把纸灰扬了出去。

雪更大了。每一片雪花都有巴掌大，像一块块素白的手绢从天空飘下。雪花与雪花之间的空隙却很大，能穿过一匹骆驼。

我不敢说这漫天的飞雪是为游星所下。阿里的冬季已经来临，阿里的冬天连着冬天，暖和的季节只是白色冰雪中的一个逗号。

这是去冬最后一场大雪，也是今冬第一场大雪。

雪中，我看到一片全身洁白的植物，像玉石雕成，在风中叮当作响。

啊！那是我们的向日葵！

我走过去，摇落它们身上堆积的雪粉。灰绿色的茎被冰冻塑得坚挺起来，剑一样指向苍穹。葵叶像一把把翠绿折扇，风雪打磨掉了表面细密的茸毛，比平日更加细腻鲜活。只是叶片僵硬如不会飘扬的旗，隐隐露出网络般纵横的叶脉。小小的花盘脆得像黄玻璃，刚刚长出极不成熟的葵花籽，如同婴儿初萌的乳齿。看得久了，竟泛出晶莹的紫色，好像稀薄的血液。

雪继续下着。向日葵重又披满冰晶。终于，它被封闭在无形的冰雪之中。

给那个亚热带小学孩子们的信，我还没有回呢。

十五

游星无法在她的处分决定上签字了，那个处分便不再存在。我不知道这是不是游星的本意。

游司令员统帅下的“前指”，胜利地完成了这次重大的军事行动。高原师全体官兵英勇善战，固守边陲，受到通报嘉奖。

那口井封了。又打了一口井。俗话说，山有多高水有多高。但新井却一滴水都不出，只有用原来的井，水质清冽甘美。开始有些人还有顾忌，时间长了，士兵一批批轮换，竟不大有人知道井的故事了。

游司令员返回军区后，亲自下令将所有的女兵，撤离阿里。

我和孔博，终于天各一方。

老协和芦花后来结了婚，听说过得不错。

每当风将息，雪将飘的夜晚，我会听到一个轻柔的女孩子的声音：“你知道这块祖国最高的土地，为什么叫阿里吗？”

在很久很久以前，这里是一片未定国界。有一天，要正式勘定边界了，也就是说，在高原上打下第一道篱笆。中国的代表骑着骏马在高原上飞驰，告诉游牧的人们：明天若是有外国人问起这片土地的名字，就告诉他，这里叫作“阿里”。消息在高原上以风暴一样的速度传开。第二天，正式勘界，牧民们异口同声地呼唤：“阿里！阿里！”

“阿里是什么意思呢？”我听到我自己的声音在遥远的地方问。

“阿里的意思就是‘我的’。‘我们的’。”那女孩轻轻地回答。

昆仑殇

20 世纪 70 年代第一个冬天，发射有军事卫星的国家，自高空所摄我国昆仑山地区的照片中，发现了一条奇异的曲线。

这是什么？

新式武器试验场？国防设施的伪装？中国人修筑的马其诺防线？抑或又一条长城？情报人员陷入忙乱之中。待到高精度分辨仪器，经过连续动态观察，电脑显示出最终结论之后，他们愕然了。

海拔 5000 米以上的高原永冻地带，零下 40℃的严寒，这些徒步行进的中国军人们，究竟要干什么？

他们等待着它的消失，或者是凝固在那里。

然而，曲线顽强地向前延伸，延伸……

一

昆仑防区作战室里的会议，已经开了整整一天了。

摆在铺着墨绿色军毯会议桌上的所有菜碟，都盛满了烟蒂，像富足好客的乡下人端上来的菜。散落在地面上的烟灰，薄白细腻，看得出都是些上等货色。

丢下第一支烟蒂的人，此刻却睡着了。

他很矮小，缺陷增加了他的威严，作为昆仑防区最高军事指挥官，他的名字被“一号”所代替。一个除了零以外最小的数字，又是一切天文数字的开始。谁能逾越过“一”呢！

他也实在太累了。急电之下，以一个连的兵力清雪开道，将业已封山的道路打开；两个司机轮番开车，昼夜兼程，才得以赶到军区，领受了总部关于进行冬季长途野营拉练的最新指令。之后，飞驰上山，赶到这座赭红色花岗岩造的石屋里，就这样也已经晚了。内地部队，闻风而动，为摘掉“老爷兵”的帽子早已离开温暖的营房，“拉”到野外“练”去了。唯有高原部队因拉练一项尚无先例，还在举棋不定。副统帅提出必须做到“四会”：会吃饭——必须自带生粮野炊；会宿营——意味着甩开帐篷，露宿在冰天雪地；会走路——摒弃不多的现代化运输工具，徒步负重行军；唯有最后一条容易：会做群众工作——防区内几乎没有老百姓，尤其是冬季。但前三条已经足够了，严酷的自然条件加上苛刻的人为要求，昆仑将士以血肉之躯和昆仑相撞，后果将难以设想。

空中，弥漫着烟雾。起初，它们是柔弱的，若有若无地积聚在房屋的最高处，随着时间的推移，它无声无息地卷曲重叠增厚，一寸寸蚕食着清朗的空间。然而一股又一股粗重的气流，依旧汹涌喷出。烟雾像帐幔一般使得所有军官们的面目都变得朦胧了。但，他们的意见仍大相径庭。

会议陷入了僵持。

记录者可以休息一下了。作战参谋郑伟良迅速浏览了一下自己的会议记录簿，随手改正了几个错别字。还好，纸面清楚整洁。语句有的地方不很连贯，个别处简直前言不搭后语。可这不是他的过失，发言者水平如此。记录唯其原始，才有价值。但他不能否认，自己对赞同拉练的意见，记得简略些，对主张灵活变通的意见，则详尽条理些。记录时不觉察，现在通篇观来，倾向性就明显了。他有点儿惶然，作为一个参谋，他是无权在这种场合留下自己存在的痕迹的。

司令员醒了。反常的寂静惊醒了他。他从略显宽大的座椅里站了起来，舒适地打了一个哈欠，又伸了一个懒腰，接着，他深深地吸了一口气。从烟雾里，他嗅到了迟疑、悲哀、痛苦，以至怯懦。这一切，都在他的意料之中。他的下属们所经历的心理历程，他在军区的会议桌旁，全都经历过了。

他清楚地记得自己在听到“四会”的一刹那，倏地火了。“四会”，“四会”，这么说，我们现在是“四不会”了！我们守在昆仑山上，是一伙吃军饷、拿烧火棍的饭桶喽！哈！连饭桶都算不上，饭桶好歹还会吃，可我们连吃——都不会！真是岂有此理！这念头像闪电一样划过脑海，跟着传来闷哑的雷声——他被自己的想法吓坏了，禁不住用余光睃了一下四周。惊惧中他忘了，多年的戎马倥偬，到了他这一级的军人，脸色已不再能显示心绪的变化。

震惊过后，他表示服从，并竭力使思绪纳入指示的轨道。这是军人的本能，也是形势的要求。自从“天下大乱”以后，军队格外要求服从。

如果不服从会怎么样？撤职？回老家种地去？昆仑防区将换上一位新的司令员？昆仑部队依然得去拉练？……这些十分可能，但他没有想过。要是他对每一道自己感情上不能接受的命令都想那么多的话，别说当“一号”，他连排长都当不上。别以为只有士兵才需要服从，其实军官具有更强烈的服从意识。因为他们是从最优秀的士兵提上来的，而最优秀士兵的最要紧的素质就是服从。新兵身上的服从像一株小草。老兵身上的服从像一棵大树。

“一号”如今面对不同意见如同面对着一片杂芜的丛林。他从郑伟良处要过记录，很快扫了一遍，鹰隼似的目光，又从到会者脸上缓缓掠过。他要将所有的林木从根上砍掉，露出白森森的茬口，然后，树立起统一的意志来。

“同志们！”他的声音十分喑哑，这使刚才怀疑他是否佯睡的人，相信他确实是睡熟了。其实呢，包括这场睡眠都是他预先计划好的。既然有人想不通，就得给个说话的机会。他何不借此养养神呢！

“地图。”他头也不回地说。声音依旧嘶哑。他没有咳嗽清清嗓子的习惯，再喑哑的命令，也是命令。

郑伟良掀动机关，石墙的岩缝自中央裂开，无声地滑向两侧。一幅顶天立地的防区军事地图，满布蛛网似的符号和数字，呈现在人们面前。

“我要的是全国地图。”“一号”略有不快。最优秀的参谋，应该听到指挥员没有说出来的话。

很快，一张全国地形图挂在合拢了的高墙上。图太小，显得有点儿局促。郑伟良递上一根木棍，“一号”接在手里，却不再理会地图，随便聊天似的开了口：“在座的同志们，当然首先是我喽，荣幸得很，都有两套档案，一套在军区干部部，记载着你何时入党，何时做官，官至几品，受过什么嘉奖立过什么功，等等。也许呢，还揣着你的处分决定，记录着你犯过不想要乡下老婆之类的错误。”

很可笑，然而无人笑。

“还有一套，在那边。”“一号”用细木棍点了点窗户。这不是命令，人们却不由自主地把头摆了过去。想到暗中有对手的两只眼睛在评价着自己，不禁有些惴惴然。

“这也是荣誉喽！别说一般人享受不到，离了昆仑山，你的官再大些，也没这待遇。那上面写点儿什么，我们将来总会知道的。有一天仗打起来，到时候翻出来一看，吓，某某稀泥软蛋，带兵最差劲，他防守的地带最易攻破。你就是战死在疆场，只怕做鬼都不光彩！”

“一号”的口气，并不严厉，听的人却为之一震。

“别人的记录，咱们暂且看不上。郑参谋的记录，我数了数，共有 30 次提到缺氧，24 次提到零下几十摄氏度，至于海拔高多少米，简直是无人不谈，我也懒得数了。说这些有什么用？是你们不知道，还是我不知道？！我命令，从现在起，谁也不许扯这些没用的数字！说那么多，无非是昆仑山苦。不苦，要我们这些人干吗？！我问你们，在座的，谁能用两匹不带鞍子的光背马，倒替着骑，换马不换人，马歇人不歇，能骑着马睡觉，在高原上一跑几天？”

有几个想回答，一看势头，又忙像大家一样低下了头。

“我再问你们，谁能怀揣一条生羊腿，鲜血淋淋，不烧，不烤，不煮，不炖，充饥解渴全靠它，三五天粒米不进，枪一响，照样打仗？”

无人回答。

“我们的对手能做到。”“一号”沉重地叹了一口气，白色烟雾剧烈地抖动了一下。

“我们原来也是能做到的。”“一号”有资格讲这个话，他是当年进军昆仑的先遣部队成员，“不知道从什么时候起，我们变得娇了，阔了，蠢了！住要帐篷，吃要高压锅，走路得坐汽车，一副老爷兵的派头。皮大衣皮帽子皮鞋皮褥皮手套，一群羊剥了皮也装备不出我们一个班。这个样子，还怎么打仗！我当司令员的，耻辱啊！”“一号”的目光流露着真正的悲哀。

哀兵必胜，哀帅的力量就更大。军人们被感动了。

不过也有例外。那个年纪轻轻的郑伟良就觉察到：“一号”的描述并不准确。茹毛饮血骚扰国境的，并不是对手，而是被他们收买利用的土著边民。是有意疏漏，还是……未及郑伟良分辩，“一号”索性自己点透：“当然啦，他们也不乏少爷兵，我就碰见过一位。边境会晤，他穿了套挺漂亮的粗呢子军装，满身香气，很年轻，官阶可是和我相当的……”“一号”突然一顿，连最敏感的郑伟良也没有察觉到其中的酸味，“一号”就很快接了下去，“他对我说：‘请问阁下，你们那里出产些什么？’我一愣，出产什么？出产石头和大风！只是这话是不能说的。我不知如何回答，翻译点拨了我一句：‘反问他。’我赶紧照办了。”

“一号”停下来，等着人们发出的轻微笑声。殊不知，当时的情况是“一号”并未经翻译提醒，旋即反问了对方。为了缓和过于严峻的气氛，“一号”撒了个小小的谎。

“他倒挺痛快，毫不掩饰地回答我：‘很抱歉，阁下。我们这边什么都不长，没有任何值得留恋的东西。我想，上帝是公平的，你们那边也是这样，对吗？’尽管是对手，我还是很欣赏他的坦率。于是，我点了点头。心里可怪不是滋味，好像把什么国家机密给出卖了。他倒没一点儿家丑不可外扬的意思，凑近我说：‘我真不明白，为什么国家与国家之间，竟然为了仅仅几平方英里如此贫瘠的土地，要彼此扑上去紧紧扼住对方的咽喉？’这一次，我可没迟疑，面对着他那双漂亮的蓝眼睛，我告诉他：‘先生，在我们这块土地上，出产一种最珍贵的东西，它的名字叫作尊严！’”

说到这里，“一号”严肃起来，他用手中的小棍在地图上棕黄斑驳夹杂白晕的区域，勾勒了一个不规则的圆：“这里，就是我们的防区。”小棍在地图上轻轻敲击着，凝聚住了所有人的目光。

寂静无声。只有屋内的烟雾呼地抬高了尺许，下缘颤动着，久久沉降不下。

“一号”再没有说什么。缓缓地、缓缓地将细细的木棍轻轻移开了。

以后的事情，就变得十分简单和自然。进行拉练的决议一致通过。作战室里的空气热得要燃烧，“一号”反倒淡淡地说：“刚开始有些同志谈了些不同意见，我看很好。怎么吃，怎么走，怎么住，你们不知道我也不知道。高原拉练没有现成经验。我带着部队先走一步，摸索成功了再全面铺开。你们看呢？”

没有人反对。争挑重担也需职务相当。政委因病到内地休养去了，大家尊崇地望着这位瘦小的老人。

紧闭的门一打开，烟像爆炸似的散了出来。郑伟良挟着会议记录簿，怅怅地离开了作战室。

二

会议一结束，柴油发电机就停止了转动。整个营区堕入黑暗之中，过了一会儿，星星点点的烛光亮了。

确信不在任何人的视野之内，“一号”放松了对身体各部分的控制，顿时，他几乎瘫在地。骨和关节的每一个接触面，都又涩又糙，渴望着一种温暖柔滑的液体滋润。每走一步，他都能清楚地感觉到骨茬间的摩擦，好像还带着轻微的声响，并不很疼，却令人恐惧——不定哪一下会突然闭锁住，以至关节永远不能打开，如果这结局一定要出现，最好等到拉练后。他知道自己的身体已经不会允许他在山上待太长的时间了，这最后一次，他要干得漂亮些。

脚不争气，得歇一歇才能走。他把身子倚在一扇窗户旁。昏黄的烛光透过双层玻璃上的冰霜，变幻了大小不等的圆环。

“话说那畜生张开血盆大口，一对眼睛吊得铜铃样大，山似的压了过来……”屋内有人绘声绘色地讲故事。

“难道还有人不知道武松吗？”“一号”想着，靠得近些，脸上挂着慈和的笑。

“一枪响过，嘿！那可真叫绝了，对穿了那畜生的双眼，登时成了两个血盅，“砰”的一声，倒下了。他提着短刀走过去，打算先割下点儿好肉带回去给大伙儿充饥。不曾想那畜生并未断气，呼地腾起，挟着冰雪扑天盖地而来。正在这时，斜里冲出一人，手握利刃，连胳膊带刀直捣进那畜生的口中，在喉咙口连搅三下，那畜生临死前将双牙一锉，便把那人半个肩膀扯了下来………”

“一号”感到微微的战栗。

民间的故事，是爷爷传给孙子，几代才增删一次，军人的传说，是老兵讲给新兵，几年就相当于一代。先遣部队的事情，已经变得这样富于传奇色彩了。那故事主人公就是他自己，英勇救人的烈士却至今不知是何姓名。

屋里另外一人又说："听说'一号'将那白牦牛的尾巴割了下来，请组织上寻找烈士的家人。说起那尾巴，更叫神了，根根如银似铁，中间都是空心的，吹口气，哨似的响……"

这话前半属实，后半就不确了。那白牦牛固然神奇，尾巴丝却是实心的。只是，不知它现在何处。腿已经好些了，"一号"还想听听下级们聊些什么。即使是再大的官，你也不能禁止下属们聊天，特别是杜绝随心所欲地议论自己。"一号"有点儿心虚，却又舍不得走。"不要紧，即使有人发觉，他们本人会比我还要尴尬哩！""一号"给自己壮着胆。

窗内换了一个嗓音，颇有点儿权威地说道："有一年，从运送给养的卡车驾驶楼里跳下一个极漂亮的女军医……"

"有肖玉莲漂亮吗？"有人打断了问。

"别打岔呀！当然有了！不过，肖玉莲也是真叫漂亮……这么着吧，一样美，总行了吧！"

这些小伙子，又在谈女人！"一号"有点儿恼火。肖玉莲是什么人？大概是女医生护士之类的。他早说过，昆仑山上不能要女人，偏就有人不信。自从三年前调上一批，至今扰得军无宁日！他拔腿想走，屋内的话语又把他钉到地上。

"女医生说她找人，随口叫出一个名字。听的人吓了一跳，这名字又熟又不熟，昆仑山上谁都知道，可谁都没敢叫过。你猜来人是谁？她是"一号"的老婆！当天夜里，流动哨围着一号的宿舍，轻手轻脚地转了一圈又一圈……"

"听到什么了？"几乎是异口同声。

"他妈的！""一号"在心里骂了一句，可又无可奈何。除非他立刻闯进去，否则，什么变故也打断不了这饶有兴趣的话题。昆仑山上最末一号的士兵在这一刻，也找到了自己同“一号”相同的地方：大家都是男人吆！

“当然听到了。‘一号’对他老婆说：‘谁叫你来的？’没人吭声。‘一号’又说：‘你马上给我回去！’女医生还是不吭声。‘你倒是说话呀！光哭算怎么回事！’敢情女医生用枕巾捂着嘴哭呢。半天，才听她开了腔：‘我是军人，我是医生，我来看看你，犯了你哪条法？报告我都打好了，过几天批下来，我就正式调这儿来！’‘一号’立时火了：‘你想来？昆仑防区我说了算，我不点头，没人敢要你！’‘你……你……’女医生气得说不出话。‘一号’又劝她：‘你也不想想，全防区都是光棍汉，就我一个人带着老婆。走到哪不管说什么大家都会想到我有夜夜搂着老婆睡觉的福分，我还能当司令员吗？昆仑山上什么都需要，就是不需要这些婆婆妈妈的事情，你赶紧给我走吧。’女医生还想说什么，只听‘一号’讲：‘告诉你，流动哨在这周围已经绕了三个圈，现在就在窗外站着听呢！’”

众人吸了一口凉气，紧接着问：“后来呢？”

“哪还有什么后来！后来流动哨就走了吧。女医生没几天也走了。听说是苏州人呢。”

“一号”缓缓地踱开了。清冷的月光洒在他的身上。朦胧的山，朦胧的夜。他的心被一股宁静安谧的气氛包裹着。关节仿佛不那么僵硬了。估计拉练没问题。

想到拉练，他立刻又紧张起来。这样的暗夜，正好考虑决策。需要成立一个“拉练指挥部”。具体人选需要亲自定。精干为原则。副职要不要呢？他思忖着。副职的作用有点儿像女人，小事尽可以由他们去操办，细致牢靠，比你自己还周到。但大事就得正职拿主意了。正职相当于男子汉，天塌下来，你得顶着，是祸是福，你永远独挑一份。但话又说回来，副职多了，如果意见相左，你的意志便会被干扰。想到这里，“一号”决定“拉指”不配副职。由他一个人说了算，去揭开昆仑防区历史上新的一页。

嚓，嚓，前面传来有节奏的脚步声。又是流动哨。“一号”抖擞精神，他立即由蹒跚的老人变为威严的指挥官了。

“一号”房间的门虚掩着。

“老的要走，新的乍到，就这样疏忽！”尽管房内并没有太多的秘密，如此门户开放，毕竟是警卫人员不可原谅的过失。“一号”生气地想。

推开房门，眼前的景象出人意料。

文件柜敞开着，抽屉被整个拉了出来，倾斜得像架滑梯。文件散失各处，扉页上的“秘密”字样，像一双双恐怖的红眼睛。一个彪形大汉伏在桌上，以手电照明，正在紧张地抄写着。

“什么人？！”“一号”迅速闪在门侧，厉声喝问道。右手下意识地摸向腰间，虽然那里并没有手枪。

抄写人吓得一抖，手中的笔失落地上，大张着嘴转过身来。手电筒的雪白光柱，自下而上斜着照亮了他的半边脸。

“噢，是你。这么晚了，来干什么？”“一号”平和地问。

大汉嗫嚅着，说不出成句的话。

看来得让他做点儿事情，稳定一下情绪再说。“把灯点上吧！”“一号”吩咐道。

大汉手脚伶俐地拨开灯罩，擦着火柴，点燃马灯，将灯芯拧得不大不小。金红色的烛焰均匀地照亮了四周。趁放回火柴的空档，他把抄满字的白纸团在手心，然后开始收拾房间。

“一号”利用这个机会，进行了一次真正的预先没有估计到的小憩。待到一切整理完毕，他也恰好睁开眼睛。高大的汉子垂手肃立在一边等候指示。他就是明天要调离的“一号”的警卫员——金喜蹦。

“你要找的东西，找到了吗？”“一号”温和地说。

金喜蹦又开始发抖。

看着这么魁梧的躯体抖成一团，“一号”真是不忍。不知是哪个小子往军区写信告了黑状，使金喜蹦原本被“一号”压下了的“反动事件”又重新提起来。无奈，只得写了报告，请示上级如何处理。处于这种情况之下，金喜蹦显然已不宜再待在“一号”身边，“一号”随他挑个单位，他要求去炊事班，明天就得去做饭了。作为贴身侍卫，金喜蹦有无数机会接触“一号”的一切物品，是什么吸引他非到临走前的深夜来寻找呢?

静得像碗凉水似的战士给“一号”出了个谜。搞清并不困难，但目前得先止住这筛糠似的抖。“一号”真有点儿抓瞎，劝不得，哄不得。突然，他灵机一动，提了一口气，屈尊当起了“班长”，点名道：“金喜蹦！”

“到！”金喜蹦立时像被灌了水银，坠在地上，纹丝不动。

“好极了！”“一号”得意起来。五分钟后，他发布了“稍息”令。金喜蹦恢复了常态，满脸愧悔之色：“‘一号’，俺犯纪律了，俺在找你的文件看……”

“一号”轻“唔”了一声，不动声色。最机密的文件都封存在保密室里。

“俺没坏心，只是想从文件上知道多会能打起仗来。找了几遍了，哪个本上都说要打，可都没个准日子……”金喜蹦失望地说。

“打仗？和谁打？”“一号”有点儿摸不着头脑。边情平稳，并无战争征兆。

“不管和谁打都行啊！美帝、苏修……单个打，伙着干都行啊！打得越大越好，甩了原子弹就更棒了！只要一打起来，啥事都好办了。”金喜蹦一扫片刻前的沮丧模样，紫檀色的椭圆大脸，泛着亮光：“堵枪眼，炸碉堡，滚地雷，哪桩我都抢着干。若是这会儿半空里有颗手榴弹炸了，俺一下就扑到你身上，保管遮挡得严严实实……不是俺吹牛，只要打起仗来，俺一定能立个大功。‘一号’，你刚打军区开会回来，这仗，近日里能打起来吗？”他焦渴地盯着“一号”。

“一号”知道金喜蹦对战争如此渴求的背后是什么，不禁在心里暗下决心：非他妈找出那个打黑报告的小子，把他赶出昆仑防区！可那都是后话，眼下，如何答复这个如此爱好战争的汉子呢？“一号”破例地拍了拍金喜蹦的胳膊：“眼下就要进行的冬季长途野营拉练，将在最大程度上模拟实战，同样是非常艰苦的，小伙子，好好干，照样能立功！到那时，我去炊事班把你接回来！只怕你不愿意再侍候我这个老头子啦。”

金喜蹦不知道说什么好，嘿嘿乐着，低下肩膀，希望“一号”能再拍他两下。

“一号”催促金喜蹦去休息，并装作漫不经心地问道：“你兜里的那张纸，让我看看行吗？”

金喜蹦愣了一下，还是把纸团掏了出来。

这回，轮到“一号”发窘了。

金喜蹦倒缓过神来，说道：“俺觉着好，寻思不是啥秘密，就抄下来了。首长若不乐意，我这就……”说着要撕。

“留着吧。”“一号”摆手止住他，“不过，这多少也算个小秘密吧。”

“是！”高大的警卫员向矮小的司令员行了最后一个军礼，倒退着出了房间。

三

一个秀美的姑娘，五指托腮，凭窗而立。柳眉弯弯，睫毛密长，周正的鼻梁，小巧的嘴唇，两颊由于激动，泛出浅浅的桃红色，雪白的颈项之侧，是两页鲜红的领章。

这就是女卫生员肖玉莲。

窗外，贴着新刷出来的动员拉练的标语。

还用动员吗？肖玉莲做梦都想有这样一个机会。听说拉练很苦，但她不怕苦，她只怕无休无止的传闻。

在昆仑防区，肖玉莲工作负责，态度和气，是最受好评的卫生员。

可她就是入不了党。她填过两次入党志愿书，两次一到支部大会就被卡住。因为她出众的美丽和温柔，年轻的军人们难免不想入非非。一线哨卡上，为了看看她而来看病就医的人，绝不止一个两个。于是，围绕着她就有了数不尽的传闻。党组织是负责的，传闻需要核实，核实需要时间，时间又产生出新的传闻……她被压得喘不过气来。"从此，对年轻的没结过婚的男军人，绝不给一个好脸！"她无数次地下决心，可一走到病房就忘了自己的誓言。现在，机会来了。参加拉练，火线入党！这念头激动着她，使她兴奋和不安。

可是，怎样才能确保自己能参加拉练呢？要不，就哭吧。她——一个偏远山区农民的独女，能当上万里挑一的女兵，就是哭出来的。那一年招兵的来了，她跑去要当女兵。早已不是红色娘子军那会了，当女兵哪有那么容易！况且当地根本没有招收女兵的名额。没等接兵的说完，她就放声痛哭起来。接兵的劝不住，只得赶紧从乡下找来她的父母，好把她接走。没想到，衣衫褴褛的老夫妇，一进门就给接兵的长跪不起，恳求他们把肖玉莲带走。接兵的又要解释，老夫妇竟也悲悲切切地哭起了。一时间，三口人哭成一团。情况蹊跷，接兵的一查访，原来当地一个造反派头头，不知怎么看到了肖玉莲，硬要娶她为妻。明白说了是妾。还说若不是看她年轻貌美，才不花气力搞什么明媒正娶，抢回去玩玩就算了。接兵的军人们义愤填膺，用白床单为她在闷罐子车厢里隔出一个单间，将她带回了部队。负责接兵的头为擅作主张而背了个处分。肖玉莲几次险些被退回，每次她都哭得泪人一般模样，使经办的人为之黯然。事情便一拖再拖。后来，内部征兵的风愈刮愈烈，多一个少一个女兵也就不那么严格。费尽周折，她才算当上了一名真正的战士。眼泪曾帮她化险为夷，百战百胜。

"喂，想什么呢？是不是想给锁在抽屉里的哪一位回封信？"

肖玉莲感到耳边一痒，回头一看，是甘蜜蜜，这个滚圆脸蛋的胖姑娘正瞪着滚圆的眼睛。

肖玉莲有个抽屉，挂着把沉甸甸的"将军不下马"，几乎从未见她开启过。每逢收到笔迹陌生的信件，肖玉莲看也不看，就从抽屉缝轻轻塞入，拍打两下确保落底。抽屉空了满，满了空，肖玉莲总是趁没人的时候自己到山上去烧。同屋的女伴们先是惊异，嫉妒，再以后是见怪不怪，待到都入了党，提了干，自己也或多或少地收到过这种信，也就不大注意这只抽屉了。唯有甘蜜蜜这位高干之女，相貌不扬，脾性又劣，昆仑勇士们不敢高攀，从未收到过一封可称为情书的信件，因此至今对肖玉莲的抽屉充满好奇。

肖玉莲苦笑了一下："还回信呢，他们害得我好苦！"

"那些信里都写了点啥？拿出来，咱们奇文共欣赏一下嘛。"甘蜜蜜装作开玩笑地说，心却有点儿怦怦跳。

"嘿，都差不多。"肖玉莲有些脸红。但大家平日对她的这些事讳莫如深。今天甘蜜蜜能直截了当问，她倒觉得挺知心的，于是就慢慢说下去，"一般开头写一段毛主席语录，多半是'我们都是来自五湖四海'……"

"哈哈……"甘蜜蜜虽说很想听下文，可是忍不住大笑起来，"那还有什么可保密的，拿到大会上念都可以，真是活学活用啊！"

肖玉莲有点儿生气了，闭上了嘴巴。

甘蜜蜜笑够了，扳着肖玉莲的肩头又说："别生气呀！我帮你报仇！"

"报仇？怎么报？"

"把他们召集起来，臭骂一顿！"

"骂？！我可不会。我只愿下辈子托生成一个最丑最丑的女子，便是福分了。"肖玉莲想到自己的身世，睫毛湿了，拼命扑闪着，不愿把泪坠下来。

甘蜜蜜真动了侠义心肠，拍着胸脯说："我来帮你骂！骂完了，把他们的信往桌子上一倒，喏，失物招领，谁的谁领回去，再写，就抄成大字报贴出去！"甘蜜蜜为自己的设想正眉飞色舞，忽又脸色一沉，"只怕你这个'失物招领处'最后得剩下一封！"

“为什么？”

“因为这里也有‘他’的。你才不忍心把他叫来挨骂呢。我说得对不对？”

“不对。”肖玉莲沉静地反驳，“他才没有给我写过这种信呢！”让青春少女隐藏爱情，实在是很困难的事。

“哎，这抽屉里的信，你让他看过吗？”甘蜜蜜今天是存心要从肖玉莲那儿探讨点恋爱经验。

“没有。我想他看了会生气的。”

“你真傻！才要叫他好好看看呢……”

“不说这个了。参加首批拉练，你有什么好办法吗？”

“我还用想办法？”甘蜜蜜故意夸张地扬起淡得看不见的眉毛，“告诉你吧，没谁也不能没我！”

“那为什么呀？”

“这还用问？因为我有一个好爸爸呀！诸位领导把我看成眼中钉，成天嫌我懒呀馋呀，这样是优越感啦，那样是特殊化啦，现在有这样一个整治我的上好机会，还能饶过我？”甘蜜蜜说着说着，自己把自己给感动了，索性像个男孩子似的，双手抱拳，南不南北不北地冲着一处，那儿大概是她父亲所统辖的军区所在，拜了几拜说道，“老爹呀老爹！想当年，您老人家在家，何不规规矩矩地给地主扛长工，偏要去当什么红军。当就当呗，当个马夫火头军的什么不行，偏又要去做什么官。做就做了吧。当到团长也就足矣，偏还要没完没了地‘进步’，这倒好，您那里步步高升，我这里不停倒霉。张口一个‘干部子女’，闭口一个‘锻炼改造’，快跟‘地富’子女差不多的待遇了。我早就把履历表出身一栏里的‘革命军人’改成‘雇农’了，可领导还对我另眼看待……”甘蜜蜜越说越伤心，眼里也难得地泛起了水花。

肖玉莲一见，忙说：“蜜蜜，别难过。要真的有你没我，那咱俩换换好吗？”

“这叫什么话！”甘蜜蜜脸色陡地一变，退后几步，好像怕肖玉莲上来抢似的，冷冷说道："你也这么小看人！告诉你，我也是将门之女，真要打起仗来，绝不会落在任何人后头。这小小的拉练算什么！"说着，双手叉腰，英姿勃勃地挺着胸，像一颗饱满的豆子。

庄户人家的独养女瞅着大军区副司令员家的贵千金，说不出是什么滋味的泪水噗噗地滚落下来。

"别哭，别哭，不就是想去拉练吗？听我的，保管你能去。"甘蜜蜜转眼间拿来刀剪、纱布，叮当扔在桌上。

"你敢不敢？"

"干什么？"

"写血书呀！我爸爸说过，打仗那会儿，谁都想立功，炸碉堡时让谁上不让谁上啊？谁先写了血书，谁就准能有份。灵极了。只是他们那会是用上下牙把手指头尖咬开的。"甘蜜蜜说着，不由得甩了甩手，好像手指头尖已经疼起来。

肖玉莲没答话，拿起了手术刀。刀柄沉甸甸的，清冷的刀锋映出她秀丽的面庞。她像捏绣花针似的轻轻一挑，左手中指纤长的指尖立即豁开一道深沟。

雪白的肌肤向两边绽着，殷红的血珠愣了一下，才大滴大滴地涌出。

"你……还没消毒呢！"甘蜜蜜先是吸了一口凉气，接着又忙不迭地朝伤口上吹，手忙脚乱地用纱布去堵。

"蜜蜜，别帮倒忙啊，血止住了，你叫我用什么来写血书呀？"

四

干涸的血字，使纸皱得厉害。面对转交"拉指"的一沓血书，郑伟良写完了拉练方案的最后一个字，他丢下沉重的笔。

四周无人。他抽出肖玉莲的血书，把它贴在脸上。每个字都像火似的烧着他。

起风了。等待中的机会来了。他用电话通知各单位司号员前来集合。

还有短暂的余暇。他看看表，打开半导体调出中央人民广播电台。听到一句“朔风吹”，他就拧了过去。然后戴上耳机，调到另一个波段。

“取金羊毛的英雄们，为了抵御西连岛上怪鸟们极富诱惑力的歌声，弹起了自己的基法拉琴。他们歌唱不畏风浪的航海家们，歌唱正在等待他们胜利返航的家乡。‘阿尔戈号’终于驶过了危险的西连岛……”

希腊神话连播，郑伟良正在收听怪鸟们的歌唱——外台的对华广播。

在看完了昆仑山上能找得到的书籍之后，他开始从太空中捕捉知识。这是一件十分危险的事情，一旦被人发现，后果不堪设想。他做得很周密，收听时有人进来，他会以极快的速度将旋钮调到中央台，并且能立刻讲出正在播放的内容。例如现在，大概到了杨子荣的“穿林海，跨雪原”了。

尽管没出过一次纰漏，他心里还是很痛苦。中国军人为什么要从外国人那里学习知识？

时间差不多了。他走出门外，大风立时把他推了个趔趄。好，越大越好。他这样想着，来到列队的号兵面前。

这些平日里稀拉惯了的连队“八大员”们，今天倒是少见的规矩。每人都是斜背着号袋，站得笔直，透出老兵才有的那种机警干练的神采，要知道，能够入选“拉指”，成为众号之长，是件很荣耀的事情，郑伟良一言不发，绕着队列转了一圈，对末尾的一名说：“可以回去了。”

那个兵个子很矮，军装邋遢，尤其是两页领章，早已失了鲜红，成为一种污紫色，靠近脖子的地方几乎是黑的。

“报告，我能问一下为什么吗？这样连里领导问起来，也好有个交代。”那兵斜着眼睛说。

郑伟良感到了在不卑不亢后面的敌意。对方是一个很老的兵了。年轻的军官们最怕碰上和自己军龄一般长短的老兵，他们既没有新兵的谦恭，也没有更老的军人的平和，对比自己多两个兜的同龄人，他们有一种天生的敌意。

郑伟良受命于“一号”，挑选号长，他的话就是命令。对于命令，是不能问为什么的。但郑伟良感觉到了自己的武断，他回答道：“你的号袋太脏了。”

老兵从黑皮子似的布袋里掏出了军号。虽说前来应选的号兵们都精心擦拭过自己的军号，还是为这把号赞叹不已。它金光灿烂，仿佛是纯金打制的。这绝非一般擦拭可就。

“牙膏擦的。”他漫不经心地说，眼睛始终盯着郑伟良。

郑伟良不由得看了一眼他的牙。焦黄污垢，却极齐整。号兵是必须有一口好牙的，于是，他当着众人修改了自己的命令。

“你叫什么名字？”

“李铁。”

“你带队，爬那座山。”

老兵并不受宠若惊，待大家都动身了，才慢吞吞地往山脚走去。然而第一个到达山顶的却是他。

山顶上风很大。一股股迅猛的山风，像轮番进攻的拳击手，又准又狠地朝人的口鼻砸来。

“开始拔音。”不待号兵们喘过气来，郑伟良下达了第二道命令。

号兵们手握军号，迎风站成一排，各自深吸了一口气，从最低的“1”开始拔起，浑厚凝重的号音，与灌进号碗的冷风较量着，终于迸出略带沉郁的声响。

“1”完了是“3”，“3”完了是“5”。号兵们用号，与大风展开了顽强的搏斗，在音高的阶梯上艰难地跋涉着。每一音阶上最先停止的号兵，被淘汰下去。最后，剩下了包括李铁在内的几个人。

“现在，你们每人吹三遍‘E团参谋长跑步前来’的号令。”郑伟良又命令道。

号音依次响了。连着三遍如此长程的号令，都嘹亮高亢，难分伯仲。

号兵们头上腾起了水汽。

轮到李铁了。他突然拔腿就跑，数分钟后，号音自几百米外传来，清亮从容，没有一丝气喘的断续，显然，他是技高一筹。

“你为什么要跑出去那么远？”技艺出众固然不错，哗众取宠却并不可取。有了上次的教训，郑伟良谨慎地问道。

“还记得你口述的命令吗？”语调虽不恭敬，李铁的神色还是认真的。

“当然。”郑伟良点点头。

“那就对了。既然是号传团参谋长，这里就必定设有一个团以上的指挥机构。如果我就地吹号，岂不暴露了目标？”

郑伟良当即宣布：李铁为“拉指”号长。

五

参谋干事们为拉练忙得晕头转向，“一号”倒清闲地披着军大衣，四处闲转。

一个指挥员，应该抓两头。最大的和最小的。大到决策，小到细节。决策是在军区会议上做出的，从那时到现在不过几天，他却仿佛走过了漫长的道路。

他永远不会向部属们透露，昆仑防区的冬季长途野营拉练任务，是他在三秒钟的怀疑之后主动向军区请求来的。高寒缺氧，使得军区领导在部署拉练任务时，将昆仑防区搁置在一旁。这种搁置，应该说是意味深长的，可以理解为照顾，也可以理解为遗忘。在历次会议上都颇受重视的“一号”，感到一种被忽略的苦涩。

世上单知道文人相轻，可知道还有更厉害的武人相轻吗？！会师、拥抱、欢呼，把战友举起抛到天上去……这都是真的，曾一百次，一千次地发生过。可是别忘了，那是在战争中！长期的和平环境，模糊了假想中敌人的影子，日常工作中诸多竞争的对手，就是身边的战友！如果说这种微妙心理，在普通士兵身上会演变成口角，那么在相当一级的指挥员身上，则要深沉得多。

在选择试点部队时，“一号”眼睁睁地看着军区领导的目光，滑过自己的头顶，缓缓地落在身旁另外一人的呢军帽上，心底感到一种败将之辱。

“呢军帽”是军区一支野战部队的司令员。“一号”总感到呢军帽身上有一股毫不掩饰的骄矜之气。神气什么？倘我在昆仑山上进行一次艰苦卓绝的拉练，其壮举可以震慑十个“呢军帽”。就是军区领导也将为他们今日对昆仑防区的漠视而羞愧。

正是想到这里，“一号”缓缓地从他的位置上站了起来。他感到头醺醺地有点儿晕，好像喝醉了酒。氧中毒，久居高原的人，会被平原过多的氧气灌醉的。这种特殊感受反倒使“一号”更增强了信心：他属于高原，属于昆仑山。他一生的业绩起步于那里，辉煌于那里，最后的巅峰也必定在那里！

“呢军帽”被压制下去了，“一号”重新成为会议的热点，军区领导被昆仑防区司令员决绝而新奇的建议所吸引：在海拔 5000 米以上的高原永冻地带，进行冬季长途野营拉练，一切从难从严，比照副统帅批示的经验，绝不偏差毫厘！

“一号”在防区内走动着。“我是被自己逼上了梁山。”他反反复复地这样想着。

“一号”抽出一支烟。过滤嘴中华。烟盒上，淡黄色的华表在暗红的底色中显得十分威武。真正的华表远比这高大。“一号”去北京等候毛泽东主席接见时仔细观察过。他觉得自己有点像没见过世面的老农，在华表前走了一圈又一圈，直到他确信不远处穿黑皮鞋的卫兵——他当兵时那卫兵肯定还没出世呢，已经在佯作不动声色地注视他了。他记得自己忽然气馁起来，觉得自己在昆仑山上至高无上的威严一下子丧失了。他感到了自己的渺小。只有当他站在昆仑山上的时候，他才是高大的。军人有两种，做京官和戍边的。他和他的战士们，自然是属于后一种。熏黑的肤色，粗糙的面皮，翻翘的指甲，使得他们在衣冠楚楚的城里兵面前，狼狈不堪。而实际上，正是他们用自己的胸膛，抵御了边境的风沙。想到城镇驻军拉练时的窘态，“一号”竟感到了一种恶意的快乐。这次，看我们的吧。

他“啪”的一下按动了打火机。银白色的机身上有七颗闪闪的金星，这是当年边境自卫反击战时缴获的战利品，国际上有名的“七星打火机”。

打火机竟毫无反应。他按了一下，又按了一下……二十下，三十下过去，气候太寒冷了，向来不惧缺氧的名牌打火机，此刻也不灵了。

近旁的警卫员把手窝成弧形，划燃了粗大的防风火柴，日光下看不清光焰，只闻到刺鼻的硫黄味。

“一号”毫不理会，依旧很有耐心地扳动着机头，一下比一下顽强。终于，随着第五十下清脆的声响，一股幽蓝色的火苗噗地飞腾起来。“一号”静静地看着火焰。然后先将烟扔在地上，随即把还在燃烧的打火机也丢弃在地上。他不能容忍这种不称手的工具存在。

“一号”紧了紧大衣，加快了脚步。严寒透过抗美援朝部队回国后移交给高原部队的皮大衣，使他不由得有些颤抖。他更感到了拉练的严峻性。趁此刻尚未出征，他要以一个昆仑老兵的身份，将战士们可能遇到的危险和困难，缩减到最低程度。

一道又一道缜密的命令，随着他的脚步发出：自炊时用以代锅煮饭的罐头盒，开盖时必须用锉刀将焊锡磨开，以保证做饭时密闭严紧；每个单兵都要预备好马尾或牦牛尾，用开水消毒，以备脚掌打泡时穿刺引流；支帐篷的雨布纽扣必须用双线重新加固缝牢，以防夜半风大把纽扣扯脱……用心之周到，使郑伟良等参谋自愧弗如。

还有什么要交代的？似乎没有了。他信步走到马厩。

一匹白色牡马咴咴叫起来。这是他的坐骑。马的外观并不非常出众，只是四蹄格外矫健硕长。这是一匹混血马。真正的军马——伊吾马、蒙古马，是无法在高原上生活的，它们像人一样会得上各种各样的高山病，又没有人那样的坚忍和意志，于是多半在忧郁中死去。防区不可能没马，便一批批运上来，一批批死亡。其中偶尔有强壮的骡马在野外遛马时，与野马相配，就产下一种异常骁勇剽悍的马驹。这种儿马是不可驯化的，它们像父辈一样善攀越。几乎能爬陡直的峭壁，却绝不肯负载一点儿重量，天性无羁无绊，以这种马再和运送上来的军马相配，几代之后，才会诞生出一种秉承了最优秀军马的素质，又保有高原野马的长处的混血马。“一号”的马正是这样一匹昆仑的骄子。

“一号”拍拍白马的额头，诡谲地朝它眨眨眼睛，白马乖乖地从槽上抬起了头。

“一号”瞧瞧四周无人，从大衣口袋里掏出一个红皮鸡蛋，轻轻在槽沿上磕开，把蛋黄和蛋清窝在手心里，送到白马唇边。

白马没见过这东西。昆仑山上的鸡蛋要从数千里地以外运来，“一号”平日从不舍得吃，都让小灶转给伤病员了。今天破例拿来一个。

白马信任地看着“一号”，用丝绒一般的嘴唇在“一号”手心蹭了蹭，一下将鸡蛋吸了进去。

“一号”心满意足地看着白马用舌头舔嘴唇，对它说：“老伙计，好好干，拉练回来，我一次给你吃十个！”

六

出征了。

号称万山之父的昆仑山，默默地俯视着这支庞大而渺小的队伍，悲哀地闭上了眼睛。公平地说，在其后的一些日子里，它的气候如常。

天气晴朗，能见度很好。“一号”走在队伍的最前列。当然，在更远的地方，有执行搜索侦察任务的尖兵。不过人们看不见他们，看到的是“一号”迈着刚健的步伐，亲自引寻部队匀速前进。

在目所能及的范围之内，可以说是一马平川。山，并不都是坎坷沟壑，那是小家子气的山。真正雄奇壮伟的山，局部往往是很平坦的。

唯有平坦，才能承其高大，才能在自己的背脊之上再肩负起另一座巨峰。昆仑山就是这样形成的，山压着山，峰叠着峰，层层叠叠，沉重艰辛。每一块石头，都有它的历史和功绩。

“一号”以超乎常人的目力，看到了昆仑是有生命的，是大智若愚的。

20 年前，“一号”作为挺进昆仑先遣部队的一员，曾第一次领教过昆仑的神威。他的战友 9/10 牺牲在这块荒漠的山野。缺氧和严寒像一把张开的剪刀，悬在人们的头顶，不定在哪个瞬间，就永远夺去一条生命。在吃光了骆驼背上拉的给养，又吃光了拉给养的骆驼之后，整个部队陷入绝境。“一号”所以能奇迹般地活下来，唯一的原因也许是因为他的瘦小。在一个亲如手足的群体中，最先倒下的往往是最强壮的人。如今，他们在哪里？烈士陵园里有他们的合冢，但里面没有骨殖，连衣冠都没有。他们融进了昆仑山的沙砾之中，使威严的山脉因此而增高。20 年后的今天，昆仑山更加巍峨了。

走在这块冰冷而又滚烫的土地上的“一号”，觉得自己消失了，升华了。作为一个艰难困苦中的幸存者，他本人的生命已无足轻重。作为一种精神的维系，他要使昆仑部队光辉的业绩，发扬光大、永世流传。“一号”头一次感到拉练的宗旨是那样神圣，那样英明。

他侧移了一步，示意郑伟良带队前行，又摆头叫新换的警卫员牵马离开他。现在，他孤零零地站在队伍之外，看着绿色的长蛇，从他面前逶迤而过。

这是他的部队。他的！见首不见尾，斜置在苍茫的大地上，像一条功勋的绶带。

功勋！每当想到这两个字，“一号”的全身，就会翻卷起一股不可遏制的冲动。

从什么时候起，我们的将帅耻谈功名？只有士兵才能堂而皇之地谈立功。带兵的人早失去了这神圣的权利。官至连长，最多当到营长，再以上的军人们就对功名讳莫如深。自欺欺人哪！江河可以倒淌，星辰能够逆行，世上却绝无淡泊功名的军人！在这一点上，我们比不上老祖宗坦率。三十功名尘与土，八千里路云和月。这是谁说的？唔，是“精忠报国”的岳飞。了却君王天下事，赢得生前身后名！这又是谁？是辛弃疾。还有……脑子怎么不好用了？腿又开始疼……“我不是个文人，但老婆那本《宋词选》让我记住了许多好汉们对功名事业如痴如狂的追求！唔，想起来了：自许封侯在万里，鬓虽残，心未死，白首为功名！白首？陆游老了。我也老了……全身都在疼，没有人发现这些，我成功地掩饰了这一切。但我不可能永远掩饰，我将一分钟比一分钟衰老下去……老头，咬紧牙关坚持住，我要用我的部队，在这座无比险恶的舞台上收获荣誉和功勋！”

恰在这时，按照预定计划，急行军号响了。几十只军号同声吹响，声浪洪波迭起，澎湃汹涌。平稳行进中的长蛇开始疯狂地蹿向前去。

当世界上的军队普遍采用步话机联络的时代，我们还在靠“鼓角相闻”传达号令。不过切莫小看这种古老的方式，迄今没有任何一种通信手段，能在如此短暂的时间内，将指挥员的意志，贯穿到军阵中的每一个细胞。它不仅传达命令，而且传达了火一般的勇气和力量。

高速行军对于缺乏军事训练的女兵来说，不啻一场灾难。不多时，甘蜜蜜便脸色煞白，嘴唇乌紫，鼻尖墨黑。前两样是因为缺氧，因为素质差，她比一般人更重。后一条则是因为她跟在炊事员金喜蹦之后。每次突然停顿，她的头都得撞在金喜蹦背后的大铁锅上。鼻子是制高点，近墨者黑。

长途行进中，先头部队虽一直保持匀速，但只要有人掉下一步，这种和谐的韵律就会敲打破，后面的人就要依次停顿一下。停顿得多了，后续部队干脆出现原地踏步的局面。如果哪个傻瓜以为正可借此机会喘口气，休息休息，就大错特错了，每一秒钟的停顿，都必须用惨痛的代价偿还。接踵而来的必是令人精疲力竭的迅疾奔跑，唯其如此才能弥补上刚才被迫滞留所遗下的巨大空隙。跑跑停停，停停跑跑，像寒热病打摆子，极大地消耗着人们的精力和体力。以至积数次这样痛苦的经验之后，每一次停顿，都伴随着不可抑制的恐惧感。同样的行程，队伍后半部的人员，要比尖兵付出更多的艰辛。

按照惯例，后勤人员均在队尾殿后。甘蜜蜜紧跟金大个，两眼直视脚下。依脚印前行。金喜蹦步幅几近一米，矮胖的甘蜜蜜哪里跟得上。然而人的双腿机械地重复无数次的摆动，不由自主地会亦步亦趋，循着先行者的足迹前进。况且地面多积雪坑洼，倘每一步都自寻落脚点，不知要平添多少风险。无奈中甘蜜蜜只有拉大步幅，扭腰送髋，勉力支撑，猛然间金喜蹦一个留步，甘蜜蜜“当”的一声，与大铁锅的尖底又撞个正着，鼻子几乎挤扁，额头登时肿起一包。

“往后传：‘跟上！’”金喜蹦头也不回地丢过一句口令。紧接着，又是一次长久的停顿开始了。

半天身后毫无动静。金喜蹦以为是声小没听见，转过身去，瞅着甘蜜蜜，大吼了一声：“往后传：跟上！”

甘蜜蜜狠狠地翻了金喜蹦一眼：“传什么传！就不传！传有什么用？这会儿挤成一窝蜂，一颗手榴弹能炸死一个连！待会跑得人能吐血！跟上，跟上，前面的人为什么不跟上？不传！就是不传！”她一边用手心揉着脑门，一边把一肚子火气，劈头盖脑地朝金喜蹦撒去。

这么厉害的妇女！还是个姑娘！敢冲男人发这么大的脾气！就是“一号”，也从没这样对待过他。金喜蹦一下子没了主张，愣愣地站着。

甘蜜蜜身后的肖玉莲，已经听清了口令朝后传了过去。

这一次的停顿来得格外长久，平静中孕育着令人战栗的不安。

金喜蹦耷拉着大脑袋，开始想自己的心事。他的未婚妻叫妞妞，俊着哩。妞妞爸是村里的书记，立场最坚定，好事都尽着旁人，家里穷得叮当响，偏偏妞妞妈又总害病。前几天，妞妞来信说她妈又病了，急等着用钱。一个战士，一个月能有几块钱？金喜蹦是个孤儿，平日又极俭省，但攒的钱早都寄给妞妞妈治病了，这会儿，哪还有？想啊想啊，终于叫他想出了一招：卖东西！他可富着呢，当兵几年，逢年过节发的糖，他一块没动过，原本想留着当喜糖的，这会儿，顾不上了，卖！每月按人发的水果罐头，他一筒没吃过，原也想背回去，和妞妞成亲时让乡亲们开开眼，山沟里的人，要不咋知道世上还有菠萝、荔枝这号吃食。这会儿，也卖！还真不错，卖出百十来块钱，抵过一年的津贴了。“怎么样，我金喜蹦还是有主意，吃了的没见长肉，我这钱可能救急救命哩。将来回去上门到妞妞家，爹、娘、老婆一下子全有了，日子美气着呢。”他快活地想着，眼前像出现了一幅和和美美的画。突然画像泡在冰水里，一切都模糊晃动起来。他是有罪的！倘不能将功折罪，他有何脸面见家乡父老，有何脸面带累妞妞一家！都是因为一句话，一句话啊！金喜蹦悔恨地用蒜钵似的拳头，捶打着自己的头。

“哎，我说你轻着点！万一打出个脑震荡来，还不是给我们添麻烦！”冷眼旁观了半天的甘蜜蜜，忍不住说道。头上的青包已经散开，她忘了刚才的事。

金喜蹦从冥思中转来，半天才弄明白这个小胖子女兵是在跟自己说话。他梗过脖子，不予理睬。

嘿！还不理人。金喜蹦的强硬，使甘蜜蜜越发来了兴趣：“我问你，你在炊事班，尽给自己做什么好吃的，才长出这么高的个子？”

金喜蹦不由得回过头来，他看到一双清澈的眼睛。她还不知道？她迟早会知道的。到那时，她还会这样看我吗？

一直侧着耳朵倾听动静的肖玉莲，扯了一下甘蜜蜜：“别聊了。准备跑吧。”

果然，前面传来轻微的武器碰撞声。远方腾起雪雾黄尘，脚下的大地又开始了痉挛般的震颤。

跑……跑……半步也不能拉下，被群体甩出的士兵，就会变成孤雁，用不着弓箭，就会自行坠落在荒郊。你只有像水蛙一样，死死吸附着前进中的队伍，一同向前。

甘蜜蜜不停地给自己打着气，拼命加快双臂的摆动。不争气的腿脚却无法随之协调，失去平衡的身体踉踉跄跄，每一步都像要扑跌在地，永远爬不起来。背包像泰山压顶似的倒扣过来，咽喉一阵阵发咸发紧，好像一秒钟后就会有鲜血狂喷。

“蜜……跟……上。”自幼在农村劳动的肖玉莲，体质上略胜一筹，但与男性同等速度的急行军，她自顾尚且不暇，无法帮忙。

甘蜜蜜觉得自己马上就要昏死过去了。突然间，背上猛地一松，一大股空气涌入胸腔，整个身体陡地飘浮起来。脚下还在用着同样大的力量，竟像踩了弹簧似的腾起老高，一步撩出多远。原来，金喜蹦侧身一旁，待甘蜜蜜经过时，双手一托，便将她的背包连同干粮袋一并褪下，放到了自己身上。

算上大铁锅，金喜蹦背的已经超过一百斤。甘蜜蜜于心不忍，但她除了喘息奔跑外，连一个“不”字都说不出来了。

七

宿营了。

李铁端着罐头盒，朝冒热气的地方步去。各单位分别起灶，饭不可能同时熟，号兵们不必统一吹吃饭号了。

背风的山坡上，金喜蹦用勺子敲着锅沿，“当当”的声音顺风刮得老远。

“大个子，多来点儿。”李铁将盒伸到锅中央，“勺把掌稳着点，别哆嗦。”

金喜蹦不为他的饶舌所动，眼皮都不抬，先给一个满勺，又给一个半勺，然后勺子插进锅里，等着后边的人来打饭。

锅内翻滚着黄绿相同的糊糊，吃力地鼓着泡。这是今天晚上全部队的统一食谱——忆苦饭。

金喜蹦严格掌握着数量。忆苦饭是按人投的料，每人半斤，通融不得的。在昆仑山上做顿忆苦饭可不容易，没有原料。桃叶、柳叶、婆婆丁、苦苦菜，一样不长。昆仑山上历来大米白面管够，即使在自然灾害最严重的年头，边防一线也没吃过什么瓜菜代，然而精米白面无论怎样粗制滥造，也跟忆苦饭沾不上边。“一号”命令从军马所调拨马料加上后勤仓库里已经报废的陈年脱水菜。

尽管如此，忆苦饭的质量还是超标，只有严格控制数量，才能达到忆苦的目的。

李铁个头虽小，饭量却大。眼见金喜蹦六亲不认，全不顾他俩的交情，只得离去。边走边吸溜，嘴巴沿盒边抿了两圈，盒就见了底。他抓把雪将盒抹净，擦擦嘴，又出现在大铁锅旁。

一勺，半勺；一勺，半勺……金喜蹦原本顾不上一一审视来者，不想因为是头一天野餐，用来当碗的罐头盒都是亮闪闪的，突然伸过来一个黏黏糊糊的盒，金喜蹦抬头一看，气得大脸紫黑。

李铁平日里稀拉惯了，再说混点忆苦饭吃，谅也算不得什么罪过，脸上依旧笑嘻嘻的。

“你……好没出息……想想吧，旧社会，红军，世界上，还有三分之二……”金喜蹦气得直结巴。

“哪有什么三分之二，”李铁装糊涂，“也就剩几个还没吃。喏！锅里还剩这么多，怎么样，咱帮你克服克服。”说着就要揽勺把。

金喜蹦紧攥着铁勺，毫无通融之意。

李铁一看软的不成，也换了一副恶面孔：“我还告诉你，金喜蹦同志，饱吹饿唱，这谁不知道？要是把我饿坏了，提起号来吹不成调，把紧急集合吹得跟出殡似的，追究起来，‘一号’可拿你是问！”

这一回李铁没算计准。金喜蹦给“一号”当过那么长时间警卫员，拿这个唬不住他。

李铁百般无奈，只得死了这条心。刚想回去，忽然看到“一号”来了，就又停在一边看。

战士们默默地看着“一号”。

“一号”从士兵的眼光中感到了潜藏着的轻微不满。是的，质量很差、数量不足的忆苦饭是“一号”亲自规定的。用句通俗的话讲，这是“一号”特意制造的下马威，从第一天起就让大家做好吃大苦的准备。他知道战士们会有想法，但他自信有能力驾驭这种波动。为此，他一直到最后才来打饭。

他走得很慢，几乎所有在场的人都看清了：司令员拿着一个同大家一模一样的空罐头盒。他走近大铁锅，金喜蹦突然迟疑起来，该给老首长打多少菜糊糊？多一点？还是少一点？

“一号”没有递过罐头盒，却把手伸了过来，示意金喜蹦把勺子递给他。金喜蹦赶紧照办了。

“一号”拿起勺子，平平地盛了一个满勺，又盛了一个半勺，不多不少不溢不洒地倾进自己的盒里，然后很香甜地吸溜了一大口，缓步朝回踱去。

李铁只好用筷子敲着盒子往回走。

“号长，等等，我的分给你一半。”

他回头一看，两个女兵朝他走来。前面那个极漂亮的，正在招呼他。

他认得这位搅得无数青年军官心猿意马的肖玉莲。知道即使在如此艰苦的行军中，她周围也少不了眼睛。自己眼下的境遇，不知能叫多少人眼红呢。只可惜，我李铁还不稀罕这个。他装作没听见，格外神气地走自己的路。

“你聋了吗？要不要也得说个话呀！”甘蜜蜜气不过，竟抢上来，挡住了李铁的路。

倒也是，不管别人怎么看，肖玉莲是好心。李铁停住脚，稍有敬意地说：“不要。我饱着呢。”

“没想到号长除了会吹号，还会吹牛。不要，我可就倒了。”甘蜜蜜说着，就要扣罐头盒。

李铁斜着眼，并不去拦。甘蜜蜜呢，也终于没舍得扣。斗气归斗气，半盒菜糊糊，此时此地实在宝贵。

“我要了。”李铁忽然变得干脆起来。表面已经结了薄冰的黄绿色液体蠕动着，霉味好像淡薄了些。

“谁叫你喊他的，瞧他那傲慢样，好像我们跟他要饭似的。”甘蜜蜜埋怨着。

“你没挨过饿，不知道那滋味。”肖玉莲怔怔地说，不由自主地想起了遥远的双亲。

“他也够讨厌的，多给打点不就完了。忆苦饭也不是什么好东西！”甘蜜蜜又开始对金喜蹦愤愤然。

“他其实才可怜哪。有一回开会讨论副统帅的指示，他一慌，把‘枪杆子，笔杆子，干革命就靠两杆子’，给说错了。”

“说成什么了？”甘蜜蜜着急地问。

“说成，说成……”肖玉莲迟疑了一下，“他把‘两’说成‘二’了。他们家乡话里就没‘两’这个音，平时把‘两天’都说成‘二天’的。”

甘蜜蜜在心里把整句话连起来重复了一遍，不禁打了一个寒噤。

夜色深了。肖玉莲要把自己的糊糊分一半给甘蜜蜜，没想到早已冻实了。根本倒不出来。

“吃这个吧。”甘蜜蜜解开干粮袋，在里面摸索起来。

肖玉莲不解。此次拉练，因为要求“会吃饭”，除了各单位统一起伙外，每个单兵还要背负三天生粮，在规定时间内自炊。罐头盒就是预备届时当锅用的。她们俩一人背米，一人背面，但这会儿总不能吃生的呀。

一阵窸窸窣窣的响，甘蜜蜜手里出现了一把奶油糖，花花绿绿的玻璃纸，虽说揉搓得有点儿破碎，可仍显得喜庆而富贵。

“妈妈寄来的。吃吧！”

糖纸飘落在地上，糖却许久没有塞进嘴里。

八

夜幕降临。

亘古荒原上突兀出现了一座帐篷城。漫山遍野的简易帐篷，像庞大的兽群蜷缩着，瑟瑟发抖。

露营时三人为一帐。两把行军锹挖坑自埋，支在地上作柱；两块军用雨布，扣绊互相系好，拼成一块大篷挑在军锹之上，一座人字形帐篷便宣告竣工。剩下的那块雨布，半铺半挂，可遮一面穿堂的凉风，可垫一块阴湿的雪地，下榻时，三人拥枪而卧，像个挤紧了的“川”字。两侧的人，几乎彻夜不得入睡。何时极度的困乏超过了寒冷，才可昏睡片刻。但一待神经稍事休息，恢复了最基本的感觉，人立时就又冻醒了。唯有中间，人最享福，像个婴儿似的缩成团，蜷于两位男同胞胸腹之间，能安稳睡一程。所以一般夜里得换两次“岗”，使外侧半僵之人，轮流做个真正的梦。

郑伟良和李铁的帐篷里，连这点福气都没有。“一号”的警卫员因首长身体不好，留在“一号”身边。少了一个人的体温，今晚上的觉大概睡不成了。

两人打通腿。李铁个矮，一双臭烘烘的脚，正抵在郑伟良胸口。郑伟良用胸口给他焐着，还挺暖和。反正睡不着，聊天吧。

“郑参谋，跟你借一样东西。”李铁说完，故意打住，等郑伟良来问。

郑伟良没搭茬。

李铁见卖关子无效，干脆动真格的。他坐起身，把手伸到郑伟良头边，一把把紫红色皮套的手枪揽了过去。

“借枪？！”郑伟良一惊。军官们对自己的手枪视若珍宝，有道是：老婆能借枪不借。他悄无声息地一舒臂膀，食指拇指扼住李铁持枪的虎口，轻轻一拧，李铁就不由自主地松了手。

“你是老兵了。这枪，是能借的吗？”郑伟良正色道。

李铁哭丧着脸揉手：“我哪敢借枪，我借的是包装！”说着，麻利地打开了枪套。一只乌亮的“五四”式手枪裸露出来，泛着幽蓝的冷光。

李铁愣了：包枪的红绸子不见了。

郑伟良解释道：“出来拉练，什么意外的情况都可能发生，枪支应保持随时能够击发的状态，多余的饰物一概不能要。”

“既然你现在不用，那更好说了。借给我吧。”李铁的口气里带着恳求。

郑伟良硬着心肠撒了个谎：“没带出来。”他的脸红了，幸好天黑。

“真的？那我可得搜搜。我怎么听你说这话的底气不足啊？”李铁不屈不挠地诈道。

郑伟良慌了，口气软了下来：“你要红绸子干吗？”

李铁答道：“我本想第一件求成了，再求第二件。实话说吧，红绸子是系在号上的。我知道你带着照相机，无论如何得给咱‘聂’一张吹号的相片，特别要把这红绸子‘聂’上。”

大概全中国的军人都把摄影读作“聂”影。哪个年轻士兵不想穿着军装多“聂”上几张！只是昆仑防区的战士，连这点愿望也满足不了。军区高原服务队的摄影师们，刚过雪线就躺倒了，要不及时抢救，带的摄影机就有可能给自己“聂”了遗像。

郑伟良带着相机，是为拍拉练的资料，为某个战士单独“聂”影，又是件为难的事。他沉吟着。

李铁觉察到这点，忙说：“这张相片，你是照也得照，不照也得照。”

“此话怎讲？”

“很简单。我把它写进遗书里去了。”

“说清楚点。你把谁写进遗书了？”

“把相片呀。拉练前，不是每人发了纸和信封，叫把自己需要向家里交代的事写清楚吗？我是什么都没写，就注了一行字：请将郑伟良参谋处保存的相片，寄给我家。怎么样，可以照一张了吧。”

郑伟良的思绪瞬间飞得很远，又沉重地须落在地上。他也填写了同样的信纸信封，现在，它们都封存在保险柜里。拉练结束后，并不是每个人都能由自己去拆开它……

想到这里，他郑重地把手伸进怀里，摸出一个小包。李铁忙凑过去。

“那是什么？一团头发？”

郑伟良没有回答，细心地拨开发丝，一块红绸露了出来。

李铁喜不自禁地拿在手里，比量着，摆着假想中的姿势。

“你怎么知道我有一块红绸？”精细的作战参谋确实想不起怎么露的“富”。

“你忘了？那天送罐头？”

哦！

拉练前一天晚上，李铁没敲门就挤进郑伟良宿舍，身上背着个用皮大衣挽成的大包袱，看起来极为沉重。他二话不说，把袖筒一解，扑扑通通，几十筒水果罐头滚了一地。

“卖给你。价钱你看着办。最好高点儿。”

“这是谁的？东西我可以要，事情得搞清楚。”

“我的。”

“不可能。除非你去仓库偷。像你这种人，是存不住这些罐头的。”

“行，有你的！罐头是金喜蹦的，他急等着用钱，找他老乡卖自个攒的这点儿玩意儿，叫我碰上了。糖他老乡要了，罐头可找不着主。一是贵，两块钱一筒，谁买得起？再说，就是买下了，除了金大个，也没人能背上万儿八千带回家。更甭提有一半儿已经没法吃了。”他用脚尖踢踢一筒，发出空空洞洞的声响。

郑伟良从抽屉里取出两个月工资，刚想放在桌上，想到像李铁这样的老兵最忌讳青年军官一掷千金的派头，忙装作认真地点了点数，递到李铁手上：“我买了。只是罐头还得请你帮助处理掉。”

李铁脸色一变：“钱，算我借你的。罐头不卖了！”说着要走。

郑伟良忙拦住：“我这儿实在没地方放。再说，你们不帮忙，我也吃不完哪。”

李铁一瞅，四周都是书，真是没地方可放，才转过脸来：“那就还搁金喜蹦那儿，等咱们拉练回来，用它庆功。”走了几步，又扭头添了一句，“你算想不出金喜蹦把这堆宝贝放哪了。别看他傻大黑粗，藏的地方任谁也找不到，他藏在“一号”的屋子里！真正的游击队对付日本鬼子的办法，藏到敌人眼皮底下去了。

李铁弓着腰，背着包袱走远了，像个圣诞老人。郑伟良这样想着，又接着擦枪，他把红绸子放在枕头边。

李铁睡着了，郑伟良还在辗转反侧。通过两块雨衣的接缝，他看见一条宝蓝色的天空。一颗流星划过，拖着金黄明亮的尾巴，像一发信号弹。牛郎星和它挑着的两颗小星，排成一路纵队，像行进中的单兵。

高原上一个难得的晴朗的冬夜。

越是晴朗的夜晚越是寒冷。

九

冷。痛彻心肺的冷。

每日近百里的行军速度，加上冬季白昼苦短，为了留出天黑前安营扎寨的时间，部队天天很早就得出发。

在万古不化的寒冰上僵卧了一夜，内脏都几乎冻成冰蛇了。幸而炊事班烧开一锅热汤，才算将脏腑融开，但行军一开始，这点儿热气会被零下40℃的严寒迅速夺走。人体的外露部分，经过极短暂的烧灼样疼痛后，旋即失去知觉。随后肌肉逐渐僵直。神经开始迟钝，只剩下冰冷的血液还在艰涩地流动。再往后，人便进入一种梦幻般的世界：四肢百骸均已消失，只剩下一个孤零零的大脑，浮游于冰血之中，它已经不会思考，苍白的脑屏幕上，留下了一个连自己也弄不懂含义的字体——“走”。

走！此时此刻，它不但是命令，而且是人类生存本能的呼唤。血液会在停下脚步的一瞬间，凝结成块。

已经连续行军三小时没有休息了，队伍像一列摇摇晃晃的醉汉。“一号”传令“暂停”。暂停不是休息，战士们必须保持原地活动。

甘蜜蜜“咚”的一声栽倒在雪原上。“走”字被擦掉了，大脑里剩下一片空白。

肖玉莲跪在地上，抱起甘蜜蜜的头。她眉睫口鼻均被冰霜封严，像戴着一副冰雪的头盔。

“快！点火！给我热水！”肖玉莲拨开甘蜜蜜的眼球，惊恐地喊道。那两颗唯一没有感觉寒冷的神经的眼球，也被严寒固定住了。

火，热水，多么令人温暖的字眼。围拢过来的人一动不动。

“金喜蹦呢？金喜蹦！快找金喜蹦！”一向腼腆的肖玉莲，声嘶力竭地呼唤着。

金喜蹦从人群后面挤过来。

“你身上有汽油，快，泼在地上，把火点起来！”文静的姑娘命令着铁塔般的汉子。

“不行，汽油，引火成，做饭用的！取暖不成。”金喜蹦护着他腰上的小桶。

“你胡说！这不是取暖，是救命！救命！”纤弱的肖玉莲，扑上去要抢，双眼圆睁，像一头暴烈的母狮子。

金喜蹦不由后退了一步，下意识地解下了小油桶。

火，呼地燃烧起来。沿着汽油在地上泼洒的区域，燃成一条奇形怪状的火带。火舌快活地翻卷着，舔着人们的军衣下摆，像一只忠实的红毛狗。

肖玉莲扯下斜挂着的水壶，撕开毡制保温套，剥出冻实的水壶，掷进熊熊火焰之中。水壶发出轻微的爆裂声，墨绿色的漆皮一块块剥落着。肖玉莲用脚踢着水壶，追赶着火焰燃烧最猛烈的地方。毛皮鞋冒出一股股青烟，却并不烧起来，它的表面湿度极低，片刻之间烈焰拿它也不会怎么样。

终于，油燃尽了。火苗悬空绽出几朵淡蓝色的小花，哆嗦着，熄灭了。

肖玉莲戴着皮手套，迫不及待地抓起水壶，用力荡了几下，窸窸窣窣的水声清晰地传了出来。

有热水了！

肖玉莲扶起甘蜜蜜的头，拧开壶盖，壶嘴处的坚冰，融开了一个细小的孔，一股极细的涓流，滴了出来，渗进甘蜜蜜紧咬的牙关。

严寒迅速地封闭着出水孔，肖玉莲脱下手套，不时用手指捅去刚刚凝住的薄冰。

一小桶汽油，把亿万年前某一丛绿色植物从太阳那里得到的热量，奉献出来，挽救了一条年轻的生命。甘蜜蜜醒转过来。

“你……救了我？”她无神的眼睛直视着肖玉莲。

肖玉莲没有回答，看了一眼小油桶。没有热水，谁也救不了她。

甘蜜蜜把僵直的目光转向金喜蹦。小油桶已被他吊在腰间。

金喜蹦愧悔地低下了头。

甘蜜蜜又把目光指向众人。大家无声地散开了。

“谁让你们救我！我恨你们！你们让我死了吧！”甘蜜蜜突然歇斯底里地喊叫起来，声音凄厉而悲惨。

肖玉莲急忙用手指去掐她的人中穴，甘蜜蜜好不容易才安静下来。这胖姑娘呜咽着：“你们不该救我……不该……死一点儿都不难受……受这样的罪，不如死了……我是为拉练而死的，也算个烈士……跟我爸爸妈妈也能有个交代了……活着我没能给他们争光，这样死了，也就对得起他们……呜呜……”

号音响了。

甘蜜蜜躺着不动。无论肖玉莲怎样劝，她只是哭泣。

金喜蹦走过来，把甘蜜蜜的背包、干粮袋、十字包、手枪，连同空罐头盒，都背到自己身上，默默地向前走去。看不见他的身影，只见一大堆物品在疾速移动。

甘蜜蜜禁住了声。她爬起来，木偶似的向前走去。

由于“一号”确实规定过，在任何情况下不得用汽油取暖。因此有的士兵跌倒之后，就再也没有爬起来。

十

进入山地了。

这是一座奇异的山，它又高又陡，山顶很小很平。这类山有一个形象的名字，叫作“桌山”，它是局部地壳水平上升的产物。山顶是一层完整的极坚硬的岩石板，其边缘则像墙壁一样陡峭。

队伍在山脚下进行短暂的休整，爬山的具体路线还未确定。地图上的箭头是直楔过这座“桌山”的。山体不算太大，如果从山腰绕过去，安全费时，如果从山顶直越，时间会缩短一半，但危险大得多。

白牡马身旁，“一号”在抉择。

郑伟良见状，从地上捡起一块石头，稍加敲打，无声地放在“一号”面前。这石头酷似“桌山”，顶平壁陡，甚至连颜色都一模一样，真是一块天然的沙盘模型。

“一号”难得地露出一闪而过的笑容。郑伟良受到鼓舞，指着石块中部说：“从这里斜插过去，比较安全。”

“一号”何尝不知道这是最稳妥的过山路线。但是，时间呢？时间要长得多。在战场上，时间就是胜利。拉练的宗旨是什么？不就是模拟实战、自找苦吃吗？！倘若单是为了安全，他尽可以在军区的会议上保持沉默，尽可以装装样子走走过场。然而他不是这号人。别人逼迫，哪怕是上级逼迫，你怎么都可以想出偷懒耍滑的对策，但自己逼自己，你就不可能有丝毫喘息的机会。“一号”既然是“自己把自己逼上梁山的”，他既然代表防区主动领来了拉练任务，既然在出发动员时对战士们讲了这就是打仗，他就不能姑息原谅任何一种避重就轻的方案。拉练就是打仗，他必须使他的部队每时每刻都记住这个血的前提。

“山头上有什么？”他几乎不带任何表情地说。

有什么？几架望远镜同时对准“桌山”，那上面确实什么也没有，连岩缝都难得见一条，尽管没有任何参照物，但可以判断出光洁的山顶上一定经常受狂风袭击。

“那上面有敌人。”“一号”不理睬身边军官们的脸上都演出了些什么样的神色，自顾伸出右手，将食指用力按在石块顶部。

开始登山了。

生与死的分界，再没有比登山时更分明的了。向上是生，向下是死；头上是生，脚下是死。每一下举手投足，每一次吞吐呼吸，无不经历生死循环。这一分钟不知道下一分钟、甚至下一秒钟的事。一切如此简单，又如此复杂。

这一刻，你生命的丝线，系在你的左手上。那儿有一道岩缝，可做攀缘支点，只是里面有些细碎的沙石，务必把它们抠干净，直到触及粗糙的潮湿的阴冷的山的肌肤。你把左手五指楔进岩缝，尽量楔深一点儿，不要管指尖已经出血，指甲已经翻凸。在这一瞬间，你的肌肤要硬过山的肌肤，直到手指上的“簸箕”和“斗”同山石的每一道纹路紧密嵌合，像一套严丝合缝的螺钉螺母拧在一起，锈成一坨，任何力量都无法使之分开，你就胜利了！在这极短暂的时间内，你可以拥抱阳光，拥抱生命，拥抱世界上一切美好的事物，拥抱你已经享有和将要享有的一切幸福。因为，山承认了你，它是你的朋友，你们达成了血肉相依、生死与共的默契。然而，一秒钟后，又一轮回开始，你又重新与死亡较量。在你的右脚上方有一块石头，椭圆形，褐红色，像一张烙过了头的薄饼。如果它是坚实的，毫无疑问，将是天造地设的一处落脚点，踏上去，透过厚重的鞋底，你都能感觉到它的平滑和熨帖。如果它是……思考的浪花溅湿了你的额头，阴冷黏滞，像某种劣质的润滑油，关键取决于它的面积。质地是可以估计出来的，判断它夹在山体之中目所不及处的面积是十分困难的。它可能大得像一张桌面，一个足球场，果真那样，褐岩绝不会计较一个士兵和他的着装的分量。但也完全可能是另一种情况，褐岩只有那么大，肉眼看不到的地方不过将将能够维持自身的平衡。褐岩沉默着，等待你的抉择，上面的战友已经走远，下面的战友已经迫近，你必须当机立断。最紧急的是左手五指已经麻木，急需右足的支援。随着时间的推移，万一的可能性迅速增大。你果断地将脚探了过去。先用足尖点地，正确地讲，是用大足趾的一个极小区域轻触褐岩，左右试探，像在水面滑行。还好，纹丝不动。你谨慎地放下整个足趾，等了片刻，这片刻像一年那样长。终于一切如常。再精心地摆下第二个、第三个……足趾，还好，还好，平安无事。你喘了一口气，抑制住怦怦的心跳，有什么意外，现在还来得及。褐岩平静得没有丝毫异样征兆。可以移动身体的重心了。你屏住气，一钱一钱、一两一两、一斤一斤地向褐岩靠去。半个体重、3/4 个体重，9/10 个体重……终于胜利了！你从心底欢呼起来，一个多么忠诚的朋友啊，褐岩……啊！褐岩！褐岩突然从岩缝中脱出，轻捷潇洒地飘然下落！右脚蹬空，身体悬在半空，仅靠两只手拴在峭壁之上，左腿胡乱地蹬擦着，企图找到一处延缓坠落的支点……耳朵听不见了，眼睛看不到了，突来的危厄闭锁了与生命相关的一切器官，呼吸停止了，心脏也不跳了，所有的能量都积聚到你的十个指尖。这就是你生命所在的地方！颜面紧紧地贴在粗粝的岩石上，利用摩擦增加着下滑的阻力。十条血红的小溪，顺着石缝，蜿蜒而下……是你的血，不！是山的血，流了出来。最后，你打败了山，战胜了褐岩最无耻的阴谋，一个引体向上，左脚找到了新的支点，终于重新与山凝结在一起。

起风了。山助风势，风假山威，使攀登更为困难。甘蜜蜜已将十字包和手枪等从金喜蹦处要了回来。此时筋疲力尽，只觉得左右交叉的两根细皮带，像钢丝一样勒进皮肉，坠得她直往后仰。她又一次想到了死。装作失手跌下山崖，谁也不会发觉的。可是，是松开这只脚还是放开那只手呢？她几次尝试着去做，手和脚都不服从指挥，反而更牢靠地攀紧了岩石。她抬头望望，高不见天，金喜蹦和他巨大的背负物，像一座小山在移动。她看到了自己的背包，看到了横绑在背包上方的干粮袋，干粮袋的一端，有着许多方方正正的小凸块……那是妈妈寄来的糖。她鼻子一酸，打消了寻死的念头，循着金喜蹦的足迹，爬啊，爬啊……

突然，眼前一亮，一片澄青的藏蓝出现在头顶，肃穆而辽阔。整整一天，盘桓于人们视野的赭岩和冰雪，消失了！登顶成功了。

山顶风势很大，面积极小，空气更为稀薄。但它仍给人一种难以名状的狂喜。群山匍匐在你脚下，蓝天盘旋在你四周，生命属于你自己！大地托举着你，天空抚摸着你，你为自己所攀越的高度而震惊和自豪，你是屹立于天地之间的骄子。无论多么软弱的人，在这一刹那，都会感到人类自身所拥有的伟大力量。

金喜蹦迎风站在山顶，为甘蜜蜜抵挡着风沙。他愿为她多做一点儿事，以弥补自己的过错。

他们停留在山顶。上山容易下山难，前面又堵住了。

太阳将最后的金辉洒向山巅，给金喜蹦全身镀上一层亮色。大铁锅像是纯金打造的，亮闪闪的。生活是美好的，甘蜜蜜决心不再想到死了。

她真挚地对金喜蹦说："你真好。我以后一定要找一个像你这样的大个子……"话未说完，一股飓风横扫过来，卷起甘蜜蜜，就朝旁边的深谷掼去。甘蜜蜜身子歪着双手绝望地在虚空中挥舞，打着旋地向深渊滚动……金喜蹦见状，一切牵拉都来不及了。他抢先扑到崖边，用自己强壮的身体，阻挡住甘蜜蜜的下跌，但他自己却横着坠下了悬崖……

坠落！坠落！

最初的一瞬，疾速的下跌，使金喜蹦失去了庞大的体重，他感到巨大的恐惧。旋即，由于人体自身比例和他的负载，他变成头往下倒栽。人是以头的方向为上的，此刻，高速的坠落，使他感到自己是在笔直地飞腾，他轻渺得像一片羽毛，沉重的大铁锅，像黑色的羽翼，托举着他更快地飞翔。他感到从未有过的轻松和欢欣。什么都没有，什么都不存在，到处都是耀眼的银白色。咦？那是谁？那是妞妞！啊，他奋力飞腾，掀开了妞妞的红盖头，红的脸，红的花，鲜艳的红色弥漫了整个世界……金喜蹦看到了自己的头颅，碰撞在谷底雪地上迸溅起的血光。

十一

郑伟良向“一号”报告了拉练部队的伤亡数字，同时注意观察着“一号”的脸色。

“一号”深邃而平和的面容，看不出一丝波澜。要奋斗就会有牺牲。演习没有不死人的。他自己就不怕死。作为一个军人，死在战场或练兵场上，比老死在自家炕上更为合情理。

郑伟良失望了。

“一号”只是口授了夜间紧急集合的命令。郑伟良在传达给极少数必须知情的人以外，又将消息透露给了一些老弱病残聚集的单位。

凌晨 2 点，凄厉的军号声和炫目的信号弹，同时撕破漆墨的夜空。拉练部队像一只受伤的野兽，刚刚歇息又受到猎人的追逐，倏地跃起，顾不得舔舔伤口，就重新潜入冰冷的夜色之中。

黑得出奇。阴霾遮蔽了星光，隔绝了昆仑山上唯一的光源。每人左臂缠绕的白毛巾，完全起不到作用，只有凭借声响，摸索前进。

黎明前的黑暗来临了。

一支烛光，可以照射到 80 公里以外的地方。在我们这个人满为患的世界上，方圆 80 公里以内，没有蜡烛，没有火柴，没有萤火虫，甚至连磷火都没有的地方，除了南北两极，只有昆仑山。在人们侈谈黑暗的地方，充其量不过是“暗”，而绝不是“黑”！黑是看不到，也制造不出来的。它不是色彩，而是一种状态，撕不破，扯不烂，揉不碎，砍不断。

人工无法模拟这种深远浩瀚的混沌，它比我们这个星球还要古老。

它用自己无边无际的翅膀，遮挡了人们企图认识它的视线。

拉练部队行进在黑暗中。走了几个小时了，却好像一步也没有移动。感官在黑的面前被麻醉了，人们只能靠一种灵魂的信息联系着，黑用利齿吞噬着这种联系，在黎明即将到来的时候，黑暗胜利了。人们精神上的防线开始崩溃。前面是黑，后面是黑，向前与向后哪有什么区别！行走是黑，停顿是黑，到底是在走，还是在停？也许根本就没有走，走就是停，停就是走……眼睛是睁着还是闭着的？睁着闭上都是一样……有人闭上了眼睛，也停止了脚步。

这时，一阵惊心动魄的号声自队首传来。激荡高亢的号音，像一支强心剂，使人们的精神陡地一振，随即恢复了生机。“一号”，英明的“一号”！他命令李铁吹响了紧急行军号。对行将溃散的军队，不是让它休整，而是令它冲锋！号音召唤着人们，人们积聚起最后的力量，冲破黑暗，向前方狂奔。

突然，号声垂头丧气地渐渐消失了。

人们在倾听，期望那波涛澎湃的声浪排山倒海地再来，一分钟过去了，五分钟过去了，回答人们的，仍旧是死一样的寂静。

严寒冻木了号兵的脸颊，导热极快的铜号一沾嘴唇，就黏结在上面，嘴唇闭不拢，口腔像漏气的风箱，吐不出又匀又细又硬的高压气流，号便执拗地沉默着。偶尔发出难听的“扑扑”声，也全不成调。

号长孤零零的号音，也拖着长长的尾声消失了，它留给人们的不再是振奋，而是令人战栗的不安。无边的暗夜，隔绝了人与人的联系，也封闭着各自的软弱。每个人只知道自己是软弱的，但整体是坚强的。一个人可能倒下，队伍将永远前进。现在，美好的愿望被孤独的号声打得粉碎，人们突然意识到大自然的威力，如此不可抗拒。指挥中枢瘫痪了！队伍变得张皇失措，发出咒骂。骚乱像瘟疫一样蔓延，行进的长蛇被斩作数段，各以其不同的频率扭曲着，痉挛着。

“一号”透过黑暗，感受到了这严峻的形势。黑暗夺去了他的千军万马，他能指挥的只有面前这一个号兵。“一号”沉思着，极端地冷静。

作为号长，李铁已经出色地完成了任务，但号令并没有传出。

“李铁。”他招呼着，声音平缓。

李铁走近来。不是命令的呼唤，使他感到亲切，又有些莫名的紧张。

“现在，你的号音，就是昆仑山上的‘一号’了。”司令员轻松地说。眼前涣散的军情，好像与他毫无干系。

受命于危难之际。李铁觉得泰山一样的分量坠于小小的军号之上。他的手，无力地垂下了。作为一个久经风雪的号兵，他知道自己将要做到的一切意味着什么。

“郑参谋，借一样东西。”他仍旧带着几分揶揄的口气。

郑伟良没有回答，走近了他。军情如此危急，借脑袋都得给。

“把白毛巾解下来，撒上尿，给我。一定要快！”

温热的液体排出后，郑伟良冻得双牙打架。

李铁把热呼吁的毛巾捂在嘴上，使劲揉搓着，直到满嘴火辣辣的。他的口齿异常灵活，他很想说点儿什么，一时间却想不出来。“郑参谋……”他想说说相片的事，又噎住了。男子汉，这么一件小事，还不放心。话到嘴边变成：“你告诉他们，擦号光用牙膏不行，还得讲究水，冬用雪水夏用雨水，水太硬了，号会生锈……”

“一号”隐忍着。

好了，再没有什么可牵挂的了。李铁看了看四周，其实什么也看不到。他迎着队伍走去。

号声响了。激昂嘹亮，像要撕破黑暗，唤来朝阳。它没有间歇，不再停顿，挟带着火焰般的力量，像岩浆样喷薄而出。

李铁逆行而动，不停地变换着位置。疾速地奔跑，不歇气地吹。这在高原上，无异于自杀。

跌倒了，哪儿在流血，痒酥酥的，却一点儿不疼。他一摸，军号还在，腿站不起来，索性跪在地上吹。号谱烂熟于心，他的思维有了一点儿转动的时间：号音传播是“日行八百，夜行一千”，不行！一千米，后续部队还没有听到，还得……跑！他挣扎着往起爬，腿却不存在了。

它到哪去了？它化成烟气，从号嘴里飞走了！躯干还在吗？还在！那就好，我可以在地上滚……

他又开始了奔跑。这已经不能算作跑，而实在是跌撞、滚翻。

号音又响了。

号嘴周围发甜。铜是甜的吗？噢，是血。血还在流！李铁一阵狂喜，我，还活着，我还能跑，我还能吹……心在猛烈地跳动，像要从号嘴飞出。心可千万别飞，飞走了，就吹不成号了。

李铁又一次扑倒在地。

他已经感觉不到心的跳动了。一缕倦意袭来，他觉得自己轻松极了，轻松极了，就要从号嘴飘出去，化作一个最轻最轻的音符……他不知道，20 多年前父精母血所孕育，20 多年来五谷杂粮所维系的一缕真气，此中已经像一枚青果似的，含在他的嘴里了。他只觉得异常清醒，面临着一个抉择：闭上嘴呢？还是继续吹？简单极了，也严峻极了。有一遍号已接近尾声，后一遍号正应该开始。也许……也许最后一个战友已经听到了号声？他迟疑了一下，号音出现了一个小小的顿挫。忽然，一种极轻微的颤动拂过他的腮边。啊，红绸子！顿时，一个号兵，不，一个号长的全部尊严与骄傲，回到了濒死的李铁身上："我现在是昆仑山上的'一号'哪！"他拼尽全力翻过身来，天空透出一抹神奇的黑紫色，他好像听到云际里响起凯旋时吹奏的小鼓号，那是号兵们最心爱的曲子。他已经听不到自己的号音了，但他知道新的一遍紧急行军号正该吹起，他毫不犹豫地将最后一缕真气，幽幽地吐进号嘴……"一号"！郑参谋！亲爱的战友们！你们听到了吗？听到了吗？……

袅袅的号音，在冰峰中回旋。

重新集结起来的部队，沉默坚韧地前进着。

高远的天穹，缓缓地变幻着紫色。先是乌紫，继而是绛紫，然后依次为马莲紫，苜蓿紫，铃兰紫，藤萝紫，最后，成为艳丽夺目的玫瑰紫。紫，是红与黑的女儿，比她的哥哥——染出碧海青天的湛蓝，更为纯净。这有色光谱中最小的骄子，只姗姗出现于极高的天际。除了昆仑山，只有宇航员可以一睹它的风采。由于高原上空气极为稀薄，所有因空气折射而形成的日出前征兆，一概不复存在，紫色的天幕猛地拉开，一轮巨大的红色球体，横空出世了。

昆仑日出，是我们这个星球上最壮丽的景象之一。它不是一轮朝日，而是一轮午日！雪山巨大的阴影，企图遮挡它的光辉；狂暴的飓风，想把它埋葬在深渊；尖利的岩石，刺得它遍体鳞伤。浴血的太阳，经过漫长艰苦的攀登，现在，终于升起来了。它庄严地、冷静地俯瞰着广袤的大地，以自己无际的火焰将夜与昼，刀剁斧劈般地分开，宣告了高原上新的一天开始。

如丝如缕的号音，好像还在飘荡。李铁静静地平卧于沙砾之上，嘴角处殷红的血迹，凝成两条不流的小溪，弯弯曲曲直到颌下。

“一号”脱下军帽，垂下花白的头颅。“孩子，你不该来我这儿当兵，你不该把号吹得这样好。你本来可以拒绝我……”许久，他终于想到了解脱的办法：“给他立功。二等功……不，一等功！”说过之后，他的心情渐渐平静下来。

郑伟良打开照相机，迎着太阳，给李铁“聂”了一张像，然后走过去，将他僵直的手指掰开，取出军号。又把红绸子解下——这是肖玉莲送给他的信物，轻轻地覆盖在李铁脸上。

晨风拂来，红绸飘飘。好像年轻的号长，又用青春的气息将它吹动。

急行军后的军事演戏开始了。为了模拟实战，“拉指”要求——当然是“一号”的意见——冲锋时一律轻装：摘下皮手套，用解放鞋换下毛皮鞋。

因而，许多士兵的手脚被严重冻伤。

十二

郑伟良又一次将伤亡数字统计表递过来。气候酷寒，钢笔水冻住了，圆珠笔也不下油，字是用铅笔写的。

郑伟良垂着眼睑站在旁边，其实却在很仔细地观察着“一号”的表情。凭着对“一号”的了解，他自信只要“一号”神色稍有异样，他就能摸到“一号”思绪的脉络。然而“一号”头也不抬地挥了挥手，示意说离开。“一号”需要一个人和这些数字待在一起。作为一个老兵，他太知道它们的分量了。而且，说到底这还不是打仗！牺牲的不算，还有那么多冻伤的肢体，严重的需要截肢……“一号”只觉得那些不祥的黑色数字，像没头苍蝇似的围着他乱转。

他烦躁地踯躅在帐篷城内，想借寒冷清醒一下头脑。大出“一号”料想的是，他的部队四处都是低低的呻吟声。冻伤在最初的麻木缓解之后，便会刻骨铭心地疼痛。起初，军人们咬紧牙关隐忍着，不知谁先哼出了声，于是多数人的鼻腔便打开了。呻吟是富有传染性的。

“一号”大为恼火，刚才仅有的一点儿体恤之情，此刻也跑得精光。这像什么样子！重伤不哭，轻伤不下火线，这个光荣传统，如今被丢到九霄云外去了。要是有个敌特潜伏在暗处听了去，整个昆仑防区的脸都将被丢尽！他气哼哼地刚想传令任何人不得再哼出声来，忽然听到一处帐篷里传出严厉的训斥：“都给我闭上嘴！共产党员，共青团员们，你们要带头咬紧牙关！想想红军！”

好样的！“一号”暗自赞赏。以那声音为轴心的一大片区域，呻吟之声果真停止了。“一号”的心情稍为好转，不想呻吟之声复又响起。正确地说，这一次是一种深重的喘气和叹息之声。它们较之明明白白发出的呻吟，更有一种催人泪下的效果。“一号”真恨不得堵起耳朵。这声音比那些数字更令人不安。

必须制止它！这种声波是一种销蚀剂。如何制止呢？强行命令显然行不通。思忖片刻，“一号”有办法了。呻吟的士兵无非是丧失了自己的自尊心，现在索性让他们把自尊心丧失殆尽吧。“一号”传令：凡是疼得受不了的，都可以哼哼，共产党员共青团员也可以哼哼，各级指挥官，要到呻吟最重的帐篷里表示慰问。

命令收到了预期的效果。所有的声音都噎住了。痛苦中的士兵记起了自己的尊严，整个营地进入了死一样的假寐之中。

“一号”从这种寂静中感到了自己的力量。他终于下定决心，不理睬那些黑色的数字。事至如今，他只有义无反顾地将拉练进行下去，而绝无其他选择。牺牲对于胜利来讲，永远是一个指头和九个指头的关系。胜利，唯有胜利，唯有辉煌的胜利，才会像正午使人不敢正视的阳光一样，将牺牲压榨得匍匐在脚底使人不会去注意它。而失败，是夕阳，是扫帚星，它会把牺牲的阴影拉得长长的，永远横亘在指挥者走过的道路上。死了的不能复生，冻残的不能复原，但胜利是可以争取的。昆仑部队已经付出了惨重的代价，就此收兵，牺牲的价值将化为乌有，前功将统统付之流水。即使在战争年代，死于胜仗的烈士们，也比在败仗中阵亡的人，享有更高的荣誉，尽管他们同样英勇。此刻，拉练的成功与否，不仅关乎“一号”，关乎昆仑部队的声誉，也关乎牺牲将士的荣辱。想到这里，“一号”觉得自己肩负的使命庄严而神圣，为了活着的和死去的，我必须将拉练进行下去！一种近乎悲壮的情感辖制了他。

在下了这样的决心之后，“一号”又审慎地开始部署下一步的行动。

首先，他向军区发报，如实汇报了伤亡的数字，然后表示了自己的决心。

“一号”永远问心无愧。没有隐瞒，没有欺骗，没有文过饰非，没有报喜不报忧。不过在对军区的态度有 99% 的把握的同时，他还是为自己留下了那 1% 可能的退路。如果军区令他撤回，他将服从。“一号”是服从的楷模。

他的估计是正确的，军区发来了鼓励电，对所报数字未置一词。

此后，“一号”的心情像秋水般平静，一切都简单明了，以军区电报为界，所有的伤亡都被勾销掉了。要奋斗就会有牺牲，任何胜利都将付出代价。像所有的物品都可能损耗一样，那些铅笔所写的黑色数字，也是铅笔的一种损耗。

这一时期，军报上连篇累牍地登出拉练的新经验、新介绍，未被填补的空白像夏日的冰雪一样消融着，到现在只剩下高海拔地区拉练这样一条窄窄的边缘地带了。军区的电报中透露出焦灼和期望，“一号”敏锐地觉察到，“呢军帽”不行了。现在，他身上不但维系着昆仑部队的威望，也关乎军区的荣誉。

但是，高原并不是昆仑山所独有，此时，焉知全军有多少部队在高海拔区跋涉着。

要超过他们！昆仑防区必须创造出独特的、英勇的、足以震慑全军的光辉业绩来。

道路只有一条。其实“一号”早就想到了这一点，只是他没有勇气下这个决心。现在，他无路可走，无法可想，只有破釜沉舟，背水一战了。

这就是——穿越无人区！

无人区，的确是昆仑防区所独有的。那是一个极端狰狞而残忍的地方。没有植物，也没有动物，甚至没有死亡，因为那里从未存在过生命。从最低等的苔藓小球藻，到最富有牺牲精神的探险家，都不曾在这里留下丝毫痕迹。它沉睡了亿万万年，至今保留着我们这个星球凝结为固体时的风貌，人世间的世道轮回，自然界的沧桑变化，都远远避开了这块神秘的荒原。人们对它几乎一无所知，只有一点确定无疑：无人区内无水。正确地讲，是无冰。这个季节的昆仑山，是不会存在一滴液态水的。没有水，自然就没有了一切生命。

“一号”看着军用地图。无人区内是一片空白，边缘处仅有的几处符号，还与其他标记不同。这表明数据系航测所得，结果仅供参考。

谁知道无人区里潜伏着什么样的厄运！“一号”用一只拳头狠狠地砸着另一只手掌，两只手都感到疼。

“‘一号’，军区的电报。”机要员又来送报了。

这份长达数百字，不惜冒失密风险的电报，送来的是“大革命”中的又一次特大喜讯。“一号”匆匆扫过一眼，电波挟着人所不知的密码，穿越辽阔的疆域，将军区的压力，将最高统帅部的压力，将一个大时代的压力，将还有他说不清是恐惧还是狂热、是憎恶还是渴求的自我意识统统压在他的头上。

“一号”决绝地拿起红铅笔，在无人区上画了一条弧线。很细，几乎看不清，但这毕竟是无人区上第一次以人工留下的痕迹。像一个家无长物的破落子弟，他曾珍藏着家传的一件宝物，如今万般无奈中，他只得把它抛了出来。然而一旦抛出来，“一号”的思想就在飞快地起着变化：这是全部的希望所在，孤注一掷才可能得到巨大成功。

他用红笔用力描了描，一条鲜艳粗重的红线，将无人区剖开了。

“一号”在作出最大胆决定的时候，也是慎重的。他开始在部队进行更深入更广泛的动员。并将一部分重伤员就近折向公路，要留守部队速来接应及时治疗。剔除了老弱病残之后的精悍部分，拟用两天时间，掠过无人区。

无人区内有无生物，对于匆匆路过的军人们来说，并不具备太大的意义，重要的是，他们在超饱和负载之后，还要背上足够用的冰。另外还得背负融冰化水的燃料。明确无误的目的是达到“会吃饭”的标准。

准备工作开始了，战士们在冰河内砸冰。部队里人才济济，石匠们派上了用场。岸上垒着一道冰墙。淡蓝色的冰砖中间，夹杂着冻结时未及逸出的气泡，晶莹剔透。

更多的人在准备燃料。昆仑山上可供燃烧的东西，委实太少。最高级的燃料要数牦牛粪，质轻易着，但稀少至极。稍多一些的是一种叫“毛刺”的植物。它趴在荒漠上，像一团长刺的毛，或者是长毛的刺。没人知道它属于哪科哪属，甚至连它的名字，也是一种剽窃。真正的毛刺，是一种低海拔沙生植物，要高大得多。欺世盗名的伪毛刺，被连根掘了出来，堆成小丘，又按人头均分下去，成为穿越无人区时的能量来源。

女兵们几乎无事可干，她们享有干燥的牦牛粪和最晶莹的冰砖。战士们用近似怜悯的态度，看顾着和他们一道忍受非人苦难的姑娘们。

“你‘倒霉’完了吗？”甘蜜蜜小声问肖玉莲。

肖玉莲没作声。

每月一次的生理现象，带给肖玉莲的，岂止是“倒霉”，简直是灾难。绵延不止地出血，使她十分虚弱。

“我看你算了吧！特殊情况特殊对待，我去找领导说。”

肖玉莲迟疑着。前面就是无人区，一片迷蒙的黄色。她打怵了。也许，应该点一下头？那么，不用肩冰负薪，有马匹殿后，有炊事班烧的热汤……因为出血过多，她太想喝一口热汤了。点一下头吧！她哀求着自己。只要点一下头。不点头也行，保持沉默就成。甘蜜蜜已经站起身来，五分钟后，一切都轻松了，她将同老弱病残直抵公路……老弱病残！这称呼像锥子一样刺穿了她的心，却没有血液流出来，她身体里的血液太少了。血……血书……血封面的入党志愿书……她猛地清醒过来，一把拽住甘蜜蜜：“我能走！”

“你这种情况，不能走。”

“谁说不能走？我问你，红军中有没有女兵？她们有没有这种情况？她们不是照样走完了长征吗？她们能，我就能！”

甘蜜蜜愣住了。爸爸讲过许多长征的故事，但从没讲过女兵们的这种事。也许他的队伍里没有女兵？也许女兵们“倒霉”了谁也不知道？也许那时营养极端缺乏，女兵们都不再“倒霉”？也许……甘蜜蜜脑海里走马灯似的闪着种种念头，企图说服肖玉莲。抬头一看，肖玉莲倚着背包，好像已经睡着了。

太阳像一面刚被冰雪擦拭过的镜子，明亮却并不温暖地照在肖玉莲苍白果决的面孔上。

十三

“一号”终于病倒了。医生小心翼翼地谈了自己的看法：他应当随伤病人员直插公路。

“我应当在我应该在的位置上。”“一号”冷漠地说道。他难以容忍任何一个下级干涉他的意志，即使是他的医生。“你应该做的只有一件事，”看到医生窘迫的神情，他竭力将口气放和缓些，“采取一切办法，保证我能走过无人区！”

医生诺诺而退，随即派注射技术最高的肖玉莲带来最有效的药物。

输液瓶里的液体，均匀地滴落着。

“一号”好像睡着了。大战前能够安然入睡的指挥员，是军人修炼的极致。可惜“一号”还未臻圆满，他只是好像睡着了。他知道坐在一旁观察输液情况的肖玉莲十分拘谨。也许说几句话，聊聊家常，会使这个女战士自在起来。但“一号”做不到这一点，他极少和下属们开玩笑，他把平易近人看成一种不必要的装潢。还是佯睡吧，这样这个小女兵就会自动放松的。

人在似睡非睡的状态中，思绪飘得最远。感官被封闭，思维却异常活跃。眼前一片红色，像遍地血泊……近来只要“一号”闭上眼睛，就会出现这幅景象，这是为什么？是因为关合了眼睑，灯火透过皮下的血脉，所以才变得如此鲜红……鲜红的丝绒大幕升起来了……这是在哪里？“一号”竭力思索着。想起来了，这是军区会议期间观看的一场演出。节目很精彩。台上，少男少女们婆娑起舞，婀娜多姿；台下，前排就座的“一号”芒刺在背，如坐针毡。现代化的交通工具缩短了赴会的时间，却加大了两地的强烈反差。一想到他的战士们，他恨不能一个箭步返回昆仑。突然，台上灯光变换，出现了与他的防区对峙的异国装束。一时间，他愣住了。紧跟着，他的血液向头颅冲去。剧情跳跃地发展着，异国美丽的公主丢失了缀满钻石的项链，盛装的宫女们秉烛弄影，在菩提树下仔细地寻觅着。观众席上发出由衷赞美的叹息……够了！“一号”暴怒地站起身来，粗率的动作碰落了邻座者托在手心的呢制军帽。他毫无察觉，踩着别人锃亮的皮鞋尖，也一点儿不知。“一号”像个在有辱国格情形下愤然退席的外交官，笔挺着腰杆向场外走去。

“跳舞的小子、小丫头们！我的战士比你们还要年轻。后来他们在昆仑山上用自己的胸膛和快要冻成冰坨的血给你们换来的温暖太多了，才使你们昏头昏脑地表演我们警惕地注视的异邦的舞蹈！”

出了剧场，冰冷的夜风抽打着滚烫的前额，“一号”迅速地冷静下来。为什么要如此大动肝火？演员是无辜的。

即使在下意识中“一号”也不会承认自己大发雷霆的真正原因。其实，只要入场券上的座号更动一个数字，这一切就可能不会发生。单号和双号隔着老远呢！

真正的导火索，是“一号”身边的“呢军帽”。

他俩并排坐着。在高大、整洁、仪表堂堂的同僚面前，“一号”感到了自己的龌龊。

这是两颗恒星的相会。在军区的星空中，他俩同样璀璨，各自率领着庞大的星群在运行。多年来，他们难分伯仲，最近，风传军区将由他俩之中提升一名任要职，彼此间的关系就更为复杂了。

他们历来是客气而光明正大的。上午的会议上，“一号”以崭新的高原拉练方案，使得对方黯然失色。没想到在晚会上，“呢军帽”竟能以这样的方式报复“一号”：他对“一号”所面对的异国舞蹈报以会心的微笑和响亮的赞叹！“一号”愤然离去，他感到自己受了侮辱。至今仍耿耿于怀……

郑伟良在“一号”的帐篷外久久徘徊着。若他不是“拉指”成员，流动哨早就过来盘问他了。他犹豫着：进去，不容易；出来，就更不容易。他有点儿胆怯。要与“一号”谈论的问题是如此重大，他时时感觉到自己力量不够。他又一次摸摸胸前，透过厚厚的棉衣，他感到里面涌动着火炭般的热力。“要不，先向‘一号’提起自己的父亲？在一种充满人情味的气氛下交谈也许效果会……”这个念头刚一冒，就被他否定了。他相信真理在自己手里。

郑伟良挑开帐篷帘，不由得呆住了。地铺上睡着一位憔悴的老人，斑白的头颅无力地后仰着，青筋隆起的手臂上扎着粗大的针头。一旁是面容惨白的肖玉莲。

他立刻明白“一号”病了。真想立即退出。让这病弱的老人安静一会儿吧。可理智告诉他，离天亮只有几小时了，前面就是无人区，再不谈，就没有时间了！

“有事？说吧。”“一号”淡淡地说，眼睛依旧微合着。

“我想……我想以一个共产党员的身份同您谈谈。”郑伟良很困难地说出口。

“一号”睁开眼，注意地看了他的参谋一眼。“是党员吗？”他问肖玉莲。

肖玉莲窘得满脸通红：“填了表，还没通过。”

“一号”明白过来，部队里压了一批相当数量的党表，要根据本人在拉练中的表现来决定批否。他说道：“能够经历如此艰苦的考验而不当逃兵，我看可以算是好样的共产党员了。”他转向郑伟良，“怎么样？这里没有外人了，我看你这个共产党员就开始说吧？”

郑伟良似乎还没有运足足够的勇气，一时沉默着。

肖玉莲的手微微发抖。她想捋动胶管，驱赶药液加速输入，但想到“一号”心脏恐怕难以承受，又无措地缩回手指。

郑伟良知道他心爱的姑娘此时出于各种因素正急于逃跑，他充满歉意。真希望肖玉莲能抬起头看他一眼。那样，尽管在“一号”眼皮底下，他也要给她一个微笑，一个示意。

肖玉莲的头垂得更低了。

“一号”也不催促。他把自己的姿势调整了一下，躺得更为舒适。

为了不使即将开始的话题把心上人吓坏了，他顽强地等待着。

肖玉莲离去的脚步消失了。

“‘一号’，您是否取消穿越无人区的决定，迅速率队向公路靠拢，在最短的时间内撤回驻地？”郑伟良把萦绕心头许久的想法和盘端出。他立刻觉得轻松了不少，已经没有了退路，剩下的只是说服对方而已。

果真是这个来意！一个如此机警的小伙子。怎么这样不知高低！“一号”直起身，略带嘲弄地说：“还有什么想法，都一块说出来吧。”他鹰隼似的目光射在郑伟良脸上。

在强大的威慑力下，郑伟良习惯地低下了头。但这仅仅是一瞬间。他闪电般地意识到自己的怯懦，勇敢地抬起头来，回敬着“一号”的目光：“我绝非心血来潮，也不是异想天开，而是考虑了许久才下决心找您开诚布公地谈谈。您可以骂我胆小鬼、可怜虫，但请您听我把话讲完。”

“一号”觉得有点儿出乎意料。他心里想的，恰被这个年轻人言中，他有些窃喜地高看了一点儿对手。谁人不知，“一号”喜欢坦率，喜欢料事如神？他迅速收敛了一些目光中的威严。

这微小的变化，被郑伟良捕捉到了。他增强了信心，侃侃而谈道：“这次拉练的模式，是我军自创建以来所有最严酷训练的总和。不错，我们曾凭借这些战斗，打败过凶恶的敌人。它们在战史上大放光辉。但是，它们是否在今天还值得我们连一个细节都不更改地去重复它？作为一种精神它们不会过时，但具体实施却必须随着时间、地点、条件而变化。世界上没有僵死不变的事物，战争更是错综复杂瞬息万变的组合。硬要将战争纳入一种早已过时的模式中去，这本身就违背了战争的规律……”

开口闭口“战争”，你到底打过几仗？“一号”忍不住打断郑伟良的话：“解放那年，你几岁？”

郑伟良语塞了。但他并不示弱，迅速调整了自己思辨的锋芒，他要用铁的事实，论证自己的观点：“红军爬雪山的时候，光着脚穿草鞋；朝鲜战场，志愿军穿着单鞋追击敌人；1962 年自卫反击战，冲锋时也的确穿的是解放鞋，但是否就应从中得出结论：打仗时鞋穿得越少越好，穿毛皮鞋，就得打败仗？！为了追求形似过去，在拉练中，有的战士牺牲了，有的战士残废了。拼命驱赶战士们投入人为的苦难之中，绝非治军的上策。军人不惧怕牺牲，但不能据此漠视军人的生命！‘一号’，部队里伤员众多，疲惫不堪，在强大的政治鼓动之下，没有一个人愿意加入老弱病残的行列。潜伏巨大危机的部队一旦进入无人区，势必出现更为危难的局面。‘一号’，我请求你收回成命！”郑伟良悲愤异常。他很想把意思表达得委婉一些，但牺牲者的影子在眼前晃动，他无法控制自己的感情。

平心静气地说，这个参谋的讲法不无可取之处，但作为拉练部队最高指挥员，绝不能容忍这种蛊惑人心的语言。箭在弦上，不得不发，拉练必须按计划干到底。不要去思索为什么这样做，只要去考虑怎样做得更好。

“一号”思索着。新输进去的药物，发挥作用了，他觉得头脑清醒而灵活：“穿越无人区，难道也是模式吗？如果是，还叫什么无人区，人来人往，叫大马路好了！”他为自己的幽默感到得意，“正因为驾驭战争，没有规律可循，我们才需要练兵啊。在各种情况、各种地形练兵。你怎么知道，将来战争不会在无人区里爆发？记住！我们不是敌人的参谋长！”

郑伟良冷笑了一声。这也许很不该，但他忍不住。“不是敌人的参谋长！”多时髦的一句话：为什么要当敌人的参谋长？同样，敌人也不是我们的参谋长！总有一天，我会成为一个参谋长，用自己的智慧与胆略击败敌人……郑伟良的思绪在一时间滑得很远，他赶紧收束住，尽量平和地说：“未来的战争可能在地球上的任何角落爆发，我们没有必要，同时也不可能在所有的地方进行事先演练。”

“一号”的脸色阴沉起来。穿越无人区，是他的创举。郑伟良竟将矛头直指这里。如果说部队有伤亡，还可以引起他的踌躇；指责他决策上的失误，则是不能容忍的。

郑伟良已经收不住了，思路如江河直下：“况且，像这种肩冰衔草式的原始行军方式，自身的供给尚无法保障，又能有多少战斗力呢？它只能模糊人们对现代化战争的认识，以为有了精神就能打胜仗。其实，战争的物质性是异常直接的。吃苦不是目的，只是一种达到胜利的手段。我敢说，如果红军有毛皮鞋，他们绝不会穿草鞋去翻越夹金山。抛却了这个实质，反而津津乐道于复制苦难本身，不正违背了先辈们的意愿吗？红军正是为了让子孙后代不再受苦，自身才去忍受非人的磨砺的。从这个意义上讲，单纯追求苦难而忽略军人生命的价值，正是对传统的背叛。”

“你住嘴！”“一号”终于怒喝出声了，“照你这么说，一将功成万骨枯，我是用战士的血，在染自己的红顶子了？郑伟良同志，我可以告诉你，别看我是‘一号’，需要的时候，我照样脱下毛皮鞋，换上解放鞋，解放鞋总要比毛皮鞋轻快，战场上时间就是胜利！我们的战士，正是这样想这样做的，你说的，只是你个人的心理失态。整个部队，到处在嗷嗷叫！”

郑伟良曾想到“一号”可能命令他退出帐篷，却没有想到“一号”会这样据实驳斥他。他一时有些无言以对。部队确实被一种近似狂热的献身感笼罩着。但正因如此，事情才愈加可悲。郑伟良的目光重新闪出勃勃英气：“您说得很对，‘一号’。我们的战士太可爱了。他们忠诚地去执行每一道命令，从未怀疑过命令本身。军人的忠诚无可指责，作为有权发布命令的指挥员，面对这种无与伦比的信任，难道不该三思而后行吗？至于您个人的品质，那是另外一个问题，我相信，并已经看到您完全能够身先士卒，可我还是恳求您，一个士兵手里只有他一条生命，而您手里却执掌着千百条生命，为了已经牺牲和将要牺牲的战士们，再考虑一下吧！”

“一号”并不为之所动，语调中饱含着压抑不住的恼怒：“决定不是我个人做出的，集体讨论，上级批准，任何人不得更改！不错，你知道得不少，会夸夸其谈，引经据典，一套又一套的。你以为你是个合格的军人了，告诉你，我早看透了，你骨子里怕苦！怕死！说这么一大篇冠冕堂皇的话，无非是叫我撤兵，好掩饰你心里的恐惧。其实，想逃避这些容易得很，你不必当共产党的兵，尽可以去喝外国人的洋奶！”

火山终于爆发了。“一号”到底不适应一个共产党员和一个共产党员说话的方式。司令就是司令，参谋就是参谋。他痛快淋漓地吼叫，不惜使用些恶毒的言辞。

1962 年边境自卫反击战，在缴获的军需物品中，有一种罐头，包装相当考究，战士们一看，“呸呸”吐着口水，整箱整箱罐头抛入了界河。罐头上印有一个浓妆艳抹的女人，裸着乳房正在飞吻。这便是极富刺激性的犒军物品——人奶罐头。多少年过去了，沉入界河的罐头早已被冲刷得不知去向，昆仑山上却留下了一句最恶毒的咒骂。

郑伟良不记得自己是如何退出“一号”的帐篷的。大滴大滴男子汉的泪水，溅落在石头上。

昆仑山默默地承受着。

传说每个人在天上都有一颗星。在高原上每个人也一定都有自己的一座峰。伟大的人高耸入云，平庸的人低矮匍匐。哪一座山属于父亲？郑伟良的目光停留在一片隆起的大地上。这也许就是父亲的化身，平坦到几乎没有起伏，但就在它的上面，承担着昆仑主峰的一部分。哪一座山属于他自己？也许在雪山深处，有一座小小的火山。它喷发了，冒出滚烫的熔岩，可顷刻之间就被冰雪封死了。为了这次喷发，又积蓄了多少力量和时间！现在，这一切都过去了。群山静默，它们甚至不知道曾有过这样一次猛烈的喷发。

不，一切并没有过去。郑伟良快步走回自己的帐篷，拧亮袖珍手电，呵呵手，写下一行行字。

十四

进入无人区了。一眼看去，它并不像想象中那样恐怖，只是极为荒凉。什么都没有，连高原上无处不在的石头都没有。也许几亿年前曾经有过，风用巨掌揉碎了它们。无人区简直就是由土黄色沙砾组成的一片死海。

甩掉老弱病残的队伍，还是极快地衰竭下去。马匹抽去运送伤员，所剩无几，剩下的因为过度负载，比人还疲乏。只有“一号”的马，还算强健。“一号”蹒跚着，喝令警卫员离开自己，去救护更困难的人。

白牡马垂头站在路边，如果把人的脚印称作路的话。

“拉住。”警卫员把马尾巴递给肖玉莲。

肖玉莲甚至不知道递过来的是什么东西，就拉住了它。马的力量使她向前。节省下来的体力使她的神智刚刚略为清明了一点儿，她立刻像握着蛇一样，把马尾巴松开了。

“咋？怕踢？这会儿它连自个儿的命都顾不上，哪有力气尥蹶子。”

“不……我能……走。”

警卫员又牵着马立在路边。他一次次向人们走去，一次次退回原地。路过的人连看都不看他一眼，仿佛他是个不祥之物。

冰砖潮润了。时值正午，传令做饭。不过，须统一检查合格后才许下肚。

甘蜜蜜先在地上扒了个浅槽，安顿肖玉莲半卧着休息，然后开始做两个人的饭。

先得支灶。甘蜜蜜好不容易捣出两个浅坑，四周垫一圈粗砂，灶坑勉强塞得进一片干牛粪。

该破冰了。要恰到好处地凿下一块也不容易。甘蜜蜜索性将两块冰砖对砸。乒乓一阵后，冰裂成数块，填满两罐头盒后，开始点火。

牦牛粪燃起雪白笔直的烟缕，古烽火台上报警的狼烟大概就是这个样子。其他的人，就没有这样的好运了。粗大的防风火柴扔了满地，阴沉的伪毛刺，滚着浓黑辛辣的烟，就是不肯燎起火苗把自己含辛茹苦积聚的热量奉献出来。

亘古荒原上第一次升起了炊烟。无数道烟尘，使人想起钻木取火或减灶增兵之类的故事。

歇了一会儿，肖玉莲有了点力气，她要爬起来帮忙，被甘蜜蜜死死按住。她焦渴异常，真想把罐里刚开始融化的冰水一口气喝光。想起不经检查不能吃饭的禁令，她只好舔舔手指，把散在沙地上的冰晶蘸捡起来吃。裹在沙粒里的小冰块噙在嘴里，像冰糖一样。

水，发出极轻微的嘶嘶声。甘蜜蜜把干粮袋里的米倒进去，顿时没了声响。她只好趴在地上吹起火来。

旁边有位医生，正端着盒子往肚里吸溜面糊糊，见状走过来，帮着吹火。“下面糊糊要快得多。”他说。

甘蜜蜜没答话，盛面的干粮袋已随金喜蹦坠下了山崖。

“你不等着检查了。”她问那个医生。

“若等检查的来，我的糨糊早冻成冰块倒不出来了。谁要愿意查，”他指了指胃的部位，“到这儿来查吧。”

人们都半生不熟地吃上了。甘蜜蜜一人顾两摊，哪摊也没熟，她一急，抓起一大块干粪就往灶坑里塞，小小的灶坑先是落沙，紧跟着四周一松，“哐啷”一声，一盒稀饭倒扣过来，白生生的大米粒正好捂在粪火上，火，熄灭了。

甘蜜蜜一屁股坐在地上，捂着嘴巴肆无忌惮地哭起来。哭声惊动了四周的人们。部队快要出发了，补做肯定来不及，一个又一个罐头盒凑过来，里面盛着或多或少的面糊和米汤。

“别哭别哭，你要是早点儿扣就好了，大家剩得还多些……”医生开着玩笑。

甘蜜蜜不理会，眼泪顺颊涌流。

“蜜蜜，眼泪也是水啊，”肖玉莲说，“我不吃了。你快把那盒喝了吧！”

甘蜜蜜不听她的，将另一盘夹生的稀饭分作两份，把多一点儿的捧给肖玉莲。

肖玉莲不再推辞，一口气将上面的稀汤喝完，把盒放在沙地上，淡淡地说道：“我实在是吃不了。你倒了算了。”然后，合拢了眼皮睡觉，任凭甘蜜蜜说什么，她都再不开腔。直到集合号响，甘蜜蜜才将剩余部分喝了。

无人区在短暂的惊愕之后，开始了疯狂的报复。飓风挟着漫天黄沙滚滚而来。砂石填平了人的耳轮、眼窝、头发的每一根缝隙、皮肤上的每一条纹路。肺腑里都塞满了沙尘。行进中的军人，像一排排沙柱。倒下的人像一座座沙丘。风沙极大地迟滞了部队的速度，原定两天走出无人区的计划彻底破灭。

已经是第四天了，最快也得到傍晚才能走出这片死亡地带。

这是一支逐渐干枯的队伍。全军涓滴皆无。带冰时虽已留足余地，但冰砖分割时多有遗失。狂风又加速了水分的蒸发，一部分冰直接由固态气化了。当然最主要的，是行军时间拖延了一倍。

已经远远地望得见雪山了。银白色的冰雪，闪烁着诱人的光彩，非但不能解渴，反倒更使人感到难以忍耐。曾经诞生了无数条江河的昆仑山，此刻冷酷地看着这支部队走向死亡。

“杀马。”“一号”向他的白牡马走去。

白马驮着几个背包，它那曾笔直而富于弹性的四蹄，如今无力地屈曲着，曾像白缎子一样闪亮的皮毛被干结的汗水和泥污黏结成缕，肮脏地垂在那里。它充满信任地盯着“一号”，相信主人总有一天会把它领到一片丰美的草原上，恢复它往日的神威。

“一号”取下它的负载，伏在它的耳边说了句什么，白马顺从地卧下了。冰凉的沙地使它打了一个寒战。

“一号”拿过一条背包带，将它的后腿绑在一起，又用一条背包带，将它的前腿绑在一起。白马似乎意识到了某种危险，惊恐地看着

“一号”，但它仍一动未动。

“一号”又用一根粗壮的绳子绕在马颈上，把两头递给几个高大的战士，交代道：“如果它不动，就不要……勒。”最后一个字说得十分困难。

“一号”伸出手，像往日赞赏白马时一样，拍拍它那有着一块菱形黑色图案的脑门，然后，用手指轻轻合上白马美丽的有着长长睫毛的眼睛。

白马无声地躺在那里。除了它的腹部像风箱似的紧张起伏外，安静得像失去了知觉。

郑伟良拿起匕首要上，“一号”拦住了他。自己用手触摸到动脉搏动最明显的地方，猛地将匕首刺了进去。白马剧烈地痉挛了一下，痛苦地抽搐着，但它硬是没有动。大家都看呆了。

酱色的黏稠得像膏脂一样的马血喷涌出来，顺着污秽的皮毛流进早已准备好的桶内。

“快！趁血还没凝，赶快分给最困难的战士。”“一号”眼望别处，下着命令。

警卫员递过一罐头盒滚烫的马血。“拿开！快给我拿开！”“一号”几乎咆哮起来。

马血已经放不出来了。白马的躯体还在不规则地抖动着，必须趁热将血淋淋的马肉分下去，其中残存的湿气也可以救命。“一号”拔出手枪，对准白马额心，扣响了扳机。

白牡马不动了。“一号”走过去，轻轻抚摸着它那柔软的逐渐凉下去的耳朵。自马突然睁开眼睛，澄清的眼珠善良地毫无幽怨地望着他，但不久便涣散下去，暗淡下去，最后终于像两个瓷球似的固定住了。

一颗巨大的混浊的泪，从“一号”土黄苍灰的颊上滚落下来……

“传达下去，凡是杀马，都要用这种杀法，才能放出更多的血。不到万不得已，不许用枪。”话刚说完，“一号”猛然一晕，险些栽在地上。

警卫员忙扶住他，赶快递过一块马肉。“一号”用力推开了：“去！去接一碗别的马血来。”

他得活下去，活着走出无人区。

他不畏惧死，但他不能死，生命不属于他自己，他必须走在队伍的最前列，带领部队走出无人区。

时至今日，一切争论都没有意义了。向前，唯有向前，才是生路。

傍晚到了。这是原定走出无人区的时间，雪山仍像最初看到时那样遥远。幸好风停了。湛蓝的天，苍黄的地，像两页色彩瑰丽的贝壳；而嵌着的夕阳如同一颗血球般的珍珠。

肖玉莲像片枯叶，突然扑倒在地，就再也爬不起来了。事情似乎发生得毫无征兆，在这之前，她一直紧跟队伍，寸步不落。

“我就要坚持下来了！”她欣喜地自语着。当她分辨出自己是躺在甘蜜蜜怀里时，反倒弄不明白是怎么回事，“走啊！这是干什么？”她不解地问。甘蜜蜜试探着松了手，她立刻倾在地上，又昏厥了过去。

再次醒来后，肖玉莲变得宁静了。

“帮我擦擦脸吧。”她轻声请求。

甘蜜蜜用衣袖将她脸上的浮尘拭去。

“你……”她露出乞求的神色。

甘蜜蜜急忙俯下身。肖玉莲艰难地说道：“你告诉他，别生我的气……”甘蜜蜜使劲点着头，表示自己知道这个“他”是谁，“还有……帮我把抽屉里的信……烧了……别看……他们也不是恶意……”她努力想做出一个笑容，已经来不及了。

“把我留在这里吧……”最后几个字她越说越低，甘蜜蜜也不知自己是否听清了，“早知道……这样……我……”

什么都没有意义了。肖玉莲死了。

甘蜜蜜站起身，干涩的眼睛向四处看了看。她对女友的死没有做出更多的表示。

即使肖玉莲不留下遗言，她的尸体也无法运走，这里虽已临近无人区边缘，但每个活着的人也都临近了死亡的边缘。甘蜜蜜只是从身旁医生手里接过行军锹，立在肖玉莲头前，留下一个标志。

从此，这里不能再称作无人区了。一个美丽绝伦的女兵长眠在这里。

十五

当人们再次看到公路时，整个队伍爆发出一种非人的呼啸。拉走了伤员，补充了给养，部队似乎又恢复了生机。“一号”决定率领部下按原计划攀越雪山，然后班师回营。

机关派来的越野吉普，带来了留守领导草成的新闻稿，送交“一号”审阅，并请示能否提前发出。全军拉练已进入高潮，报纸上东西南北的典型都有了，唯独还没见高原部队的。再不发稿，就很可能来不及了。“一号”连夜亲自动笔修改，一大早，派郑伟良携带所摄底片和定稿立即返回机关。翻越雪山一事，虽尚未实施，他也写在其中了。只要那座雪山没有从地球上消失，他相信无论有多少艰难险阻，他的队伍也一定会成功。

坐上小车，松软的坐垫把郑伟良吓了一大跳，半天才适应下来。

目视前方的司机抛过来两支烟。

郑伟良点燃一支，猛吸两口，抽得通红，然后便盯着喷出的烟团久久未动。

“带干粮了吗？”开了很长一段路，司机好像是漫不经心地问道。他将胸口伏在方向盘上，以控制车的剧烈晃动。路况险象环生，车弹跳得很厉害。

“怎么？”郑伟良从沉思中被颠醒过来，不再回顾已经消失的拉练部队，他以一个作战参谋的敏感判断出司机并非饿了，而是另有所指。

“车况不好。带点干粮不就有备无患了嘛。”司机佯作轻松地说，

“我说检修一下再上路，‘一号’不准。但愿路上不要……”司机没有把话说完，任何行当都有自己的忌讳。

郑伟良下意识地紧了紧胸前。

吉普车越颠越凶。

拉练部队返回后的第二天，郑伟良和司机的尸体才被找到运回——由于刹车失灵，越野吉普从险峻的山路上急冲而下，最后几十米完全没有辙印，车是飞下山涧的。

司机伤在面部，血肉模糊，惨不忍睹。

郑伟良伤在后脑，血和脑浆均从破裂处流光，除面色极为惨白外，形象一如生前，眉宇间蕴含着生气，紧抿的嘴角流露出坚毅和果敢。他很像在沉思中睡着了。

十六

有关拉练的新闻终未见报。一处海拔较低的部队，抢在他们前面，填补了这项空白，再则，报社编辑委婉地指出：昆仑部队的拉练经验中，缺少做群众工作一项。

“扯什么淡！”“一号”大骂起来，“做京官的，耍的哪门子威风！让他到这里来看看，老子给野牦牛、毛刺堆做群众工作哪？这里是昆仑山！”

带消息来的参谋，吓得呆立一旁。他颀长英俊，很像郑伟良。“一号”爱用性格、品貌与前任相似的人员。

意识到自己的失态，“一号”很快镇静下来，问道：“还有什么事？”

“正在处理拉练牺牲烈士们的后事。有这样几件需向您请示。”

自当年先遣部队进疆开始，昆仑山传下一条不成文的规矩：凡因公牺牲的人，均被追认为烈士，葬入烈士陵园。生未必是人杰，死一定为鬼雄，这也算是一种崇高的政治待遇吧。参谋递过一沓拆开的白信封，道：“这些遗言中所提要求，与惯例不符。是尊重本人意愿，还是按惯例处理？请首长指示。”

“一号”拿起最上面的一封。“肖玉莲”三个字跳眼入眼帘。他眼前闪过那个面庞惨白手指微抖的女卫生员。白纸上写着：“听说牺牲的士兵，入殓时要穿新衣服。如果真是那样，可否把我的那一份，寄给我的父母亲？他们年纪大了，很怕冷、皮大衣，毛皮鞋，可以代我尽一份孝心。”

“一号”困难地点了一下头。

打开第二封。写得密密麻麻，还挺长。“一号”开始找花镜。“我来念吧。”参谋接过去：“亲爱的妞妞……”这是一封家信，写得情意缠绵。“一号”听得心跳，急忙去看信封，果然，是金喜蹦的遗书。

“这封信没有地址，无法转交。再说这很可能是一个小名，在农村找一个名叫妞妞的姑娘，是太容易也太不容易了。”参谋顿了一下，奇怪“一号”为什么露出有些恍惚的神情，接着说道，“唯一的线索是，金喜蹦文化水平不高，写不出这样通顺连贯还带点儿‘小资味’的信。现在，只要找到帮他代拟信稿的人，事情或许有点眉目。”

“一号”吃力地摆了摆手，截住了参谋的话。信中的大部分内容是他写给妻子而被金喜蹦抄了去的。

“军区关于金喜蹦的处理意见已经转回。敌我矛盾按人民内部矛盾处理，开除军籍，押送回乡。他的信就不必转了。”“一号”用极快的速度说这几句话的同时心想：金喜蹦幸而死了，不然，这条意见也会置他于死地的。

“郑伟良有什么遗言？”他忽然记起这个很重要的问题。

“没有。他的信封内是一张白纸，一个字都没写。据周围同志讲，他曾说过，他母亲心重，当年他父亲牺牲后曾对着遗物昼夜啼哭，因此，他不愿留下片言只字再惹母亲伤心。如果可能，请组织上将他的遗物全部烧毁。”

“哦。那么，他的遗物内有什么特殊物品？”“一号”盯住参谋问。

“有。”参谋一惊，“正要向您汇报。”他赶紧递过一个小包，“这是从郑伟良前胸贴身处找到的。”

“一号”拿起上面的纸卷。“敬爱的军区党委……”果然不出所料，还是那些观点，不过更系统一些。字迹相当潦草。

“这个……是否也同其他遗物一并烧掉？”参谋试探地问。

“这不是遗物。”“一号”冷淡地扫了参谋一眼。小伙子，你不如郑伟良！他接着口授道：“找人誊清后，发往军区。”“一号”丝毫不怀疑自己的正确，没有必要销毁反面意见。

他又揭开布包下层。一束银白色的丝露了出来，根根坚硬似铁，因为在指掌间摩擦生电，猛然间直立起来。

白牦牛尾巴！他就是自己苦苦寻找的烈士的儿子！

“一号”险些站立不住。吃惊、悔恨、夹杂着愤怒。他就在我的眼皮底下，却让我苦苦寻找。他什么都知道，而自己却被蒙在鼓里！然而这一切都流逝过去了。他无法想象一个年老的母亲如何第二次接过父子两代人的遗物，他颤抖着手，上下摸索着。身旁的参谋立刻递上打火机。

火苗燎起来，伴着一股刺鼻的焦烟。“一号”突然又用手指去掐灭它，仿佛全然不觉得烫。

参谋不知所措地站着，“还有……”他察看着“一号”的脸色。“一号”点点头，示意他说下去。“还有号长李铁的遗言中说有一张相片保存在郑伟良处，要求给他家寄去。查遍了郑的遗物，也没找到这张相片。只是在郑伟良带回的胶卷中，有一张是李铁的。郑伟良把胶卷放在胸前，保存完好，相片已经洗出。只是……”参谋迟疑着。

“只是什么？”

“只是那是一张遗像。”

“废话！这个也要来问我！要你们这些人有什么用？！给一个战士的亲人寄去一张遗像，亏你们想得出！”“一号”暴怒起来。

不知何时，参谋退了出去。“一号”呆坐着，感觉非常疲劳。

"'一号'，有人要见您。"高大的警卫员无声地走了进来，用蚊子样的小声说，"是……"

"不管是谁，不见！""一号"粗暴地打断了他的话。

"是。"

一会儿，门又开了。

"一号"并不回头，静等着警卫员再次开口时，将他痛骂一顿。

"您就要离开这里了。为什么不肯见见您的士兵？"一个女孩子的声音。

"谁说我要离开这里？""一号"已接到升任军区要职的命令，但他一直扣着未做传达，昆仑部队内无人知晓。这小姑娘手眼通天。他判断出她就是甘蜜蜜。

"我妈妈呀！"甘蜜蜜并不回避。她自幼在军营长大，比"一号"更大的首长也不知见过多少，她毫不打怵地说，"昆仑部队拉练伤亡不少，我妈生怕我也死了，赶紧给我打了个电话，顺便告知我这个军事秘密。"

"一号"不由得笑了。他突然渴望和她谈点什么。他太寂寞了。在昆仑防区，他永远只扮演一种角色，发号施令；他只有一个很小的谈话圈子，这个圈子里还都是他的下级。此刻，牺牲将士的亡灵纠缠着他，使他心神不宁。他很想谈点轻松的事情。

"你妈妈和你说了些什么，能不能告诉我呀？"他慈祥地问道。

"哎，这正是我今天要找你谈的三件事中的第一件！"

"噢，有三件？"三件事，不知我能否帮她办到？离任之前，"一号"愿意为更多的人做一点儿好事。他笑笑，鼓励甘蜜蜜说下去。

"第一件，我妈妈正在活动将我调出昆仑防区。我希望你能阻止这件事。我不想离开昆仑山。"甘蜜蜜表情郑重严肃。

"一号"收敛起笑容。他不再把眼前这姑娘当作小孩子了，这是一个真正的战士，血管里和他一样涌动着军人的血液，他庄重地点了点头。

“第二件事，请求您将郑伟良和肖玉莲的陵墓靠在一起。他们相爱已经很久了。”

“一号”“噢”了一声。停了一会儿，他小心地问道：“那么肖玉莲，是干部吗？”

“不是。”甘蜜蜜敏锐地感觉到这问话的含意，急急辩解着，“她是因为入不了党，才提不成干的。现在，追认她为党员了，可干部没有追认的呀。”

“第三件呢？”“一号”不愿当面伤这小姑娘的心，另起了一个话题。

甘蜜蜜还想说什么，可这第三件事，更加牵动她的心神：“您可一定要答应我！”她的眼圈红了，“请把金喜蹦安葬在烈士陵园吧！只是一座象征性的衣冠冢，他的尸体至今还没有找回来，我刚才又到灵堂里去了一趟……‘一号’，他是为了救我，才牺牲的……”甘蜜蜜掉泪了。

“一号”缓缓地说：“军区关于金喜蹦的处理意见已经到了——”

“我知道！我知道！”甘蜜蜜急急忙忙打断了“一号”的话。她不能听人再复述一遍那些令人悲愤的言辞，“但金喜蹦牺牲在前，意见是刚刚才到的！”

“错！”“一号”沉重地说，“我核对过时间了。军区签发的日期在前，只是由于路途遥远，刚转到这里。这样，金喜蹦坠崖的时候，就已经被开除军籍了。像这种情况，是不能进烈士陵园的。你说的最后两件事情，我都没有办法。”

“不！你有办法！有办法！”甘蜜蜜绝望地呼喊起来，“是你让我们去拉练他们才死的！想不到他们连临死前最后一点心愿都不能满足。你是胆小鬼！你害怕了，怕军区、怕丢官，连死人你都害怕！怕他们会在陵园里谈恋爱，怕他们进了棺材还当反革命！他们的血已经流尽了，尸体都找不到了，难道还不足以洗刷他们蒙受的冤屈吗？！‘一号’，你敢到灵堂内去吗？面对一具又一具那样年轻的尸体，你不觉得有愧吗？！”

这简直是一尊复仇女神的化身。“一号”想喝令她出去，像他在这块土地上曾无数次行使权利时一样。调令虽已来了，但他仍是昆仑防区至高无上的主宰，什么人都不能如此放肆！可他终于什么也没说，缓缓地站起身来，走出了自己的房间。

远处，有一座灯火通明的独立大屋，那就是灵堂。两个持枪的哨兵，钢打铁铸般地守卫在门口，仿佛已和脚下的土地凝为一体。

他确实还没有去过。没去那大屋。

“一号”在昆仑防区下的最后一道命令，是将肖玉莲和郑伟良的陵墓，公置于陵园两角，拉开能够拉开的最大距离。条例规定：战士不准谈恋爱。死去的战士也是战士。

他把自己的调令一直压着。直到军区再三催促，他才在一个晚上离开了昆仑防区。

越野吉普无声地滑行在下山的路上。天气渐暖，已经开始有零星车队往山上送给养了。白天逆着车流下山，会车时十分麻烦，司机很感谢“一号”选择了夜里行车。

他稳稳地坐在司机旁的座位上，并不回头，任凭昆仑防区在他的身后越来越远。调令按照他的安排明天早晨将向防区宣布，那时，他的车已经驶出了这块土地。

随着车轮的滚动，“一号”的心逐渐空荡起来，像是一团丝，被车轮越抽越细，越抽越长……

“停车！”他突然叫道。司机一脚踩死刹车，他披着大衣走了下来。警卫员不知何事，也赶紧跳下车。

“你在车上待着吧，我想自己走走。”黑暗遮没了“一号”的面容，单听声音，像一个慈爱的父亲在劝说随行的儿女。

警卫员退了回去。他已经看清，这里是烈士陵园。

“一号”缓缓地走动着。暗夜中的陵园显得分外宁静肃穆。一排排半凸于地表的水泥长方体，排列得极为齐整，像一支匍匐于地下的军队，正随时准备出击。位于正中的高大墓碑直指星天，好似一把折断了锋刃的宝剑。当年进军昆仑先遣部队的英魂们就安息在这里。“一号”记得很清楚，合冢时他把一块无法分辨的骨片，也掩埋了进去。那是他在曾行过军的路上捡的。他宁可让一匹野马或是野羊的骨殖在此享受后人的瞻仰，也不愿有一块烈士的遗骨曝在旷野。面对这些老兵们，他是问心无愧的。作为一个幸存者，他自信已把他们的业绩和传统交了下去，墓碑周围按牺牲年月呈放射状排列的墓穴，是一部凝固的历史，功过都由历史去评说了。当“一号”的目光扫到墓群的最外侧时，他倏地僵立在那里。

一圈新挖的墓穴还没有落棺，巨大深邃周正的墓坑像一只只睁着的眼睛，从四面八方注视着他，严冬季节，短时间内在永冻土层挖掘出这些墓坑，单凭人力是很困难的，这是出动了挖掘机的结果。在拉练的全过程中，这也是唯一的一次使用机械。

墓坑，就是——那些数字！它们从指挥员的统计表上走下来，在这暗淡的黑夜变得如此狰狞可怖，张着巨大的口将吞噬进那些年轻的生命。

“一号”孤零零地站在墓地，感到难以自制的悲哀。不要登报，不要升迁，不要和“呢军帽”比高低，只求这高耸的土丘填回去，填回坑去，让地面重新冻结得钢铁上样坚硬……

霎时，“一号”想驱车驶回防区，打电报请求上级将调令收回。“我哪儿也不走，我至死留在昆仑山上。”

他把一大块冻土踢进墓穴，发出空空洞洞的回响。这声音震动着他的耳鼓，使他清醒过来。“一号”蹒跚着向陵园外走去。

烈士陵园的门前，留下了深深的辙印。

十七

清明到了。

烈士陵园一夜开满了人世间所有的鲜花。细钢丝拧成的花蒂，在钢筋绑成的花圈架子上难以绑紧，每一朵花都沉重地垂着头。在烈士陵园两角，安放着两个纯白色的小花圈，玉洁冰清，纤尘不染。其上各有一只雪白的蝴蝶，被柔软的钢丝托举着，凌空欲飞。

默哀完毕，漫山遍野的花圈被同时点燃了。最初的一瞬间，花朵笼罩在火海之中，神奇地保持着各自的姿态，只是颜色一律变为金红。火苗放浪地舒卷着，像遍地滚动着赤云。炽烈的热流升腾起来了，烟波浩渺地浮动着，花朵仿佛置身于波光粼粼的水中，火舌欢快地舔着蓝天，花瓣皱缩又怒放开来，褪去金红的色彩，变成一种钢灰色，驾着拔地而起的热风，轻捷地飞上了长天。不久之后，它们缠绵地旋转着，旋转着，纷纷扬扬地飘落下来。那对小小的白蝴蝶，化成银灰色，从烈火中比翼飞出，眷恋地依傍着，在云中翱翔……

火光熄灭了。在一片焦黑的土地上，站着一列年轻的士兵。纸灰无声地洒落在他们崭新的军装上，像一块块自天而降的黑纱。他们是拉练中牺牲将士的子弟，其中有李铁的弟弟——一个身材健壮的小伙子，肖玉莲的堂妹——一个并不漂亮的姑娘。

队尾有一个满面稚气的小战士，登记表上注明是郑伟良的弟弟。在这个士兵贴身的口袋里，揣着一束烧去半截的白色牦牛尾巴。只有很少几个人知道，他，其实是“一号”唯一的儿子。

圣父、圣母、圣灵般的昆仑山上出现了一行新鲜的脚印。

补天石

一

山不高，还叫什么山！

昆仑山，是地球上最高的山峰之一。

一条蛛丝般纤细的公路，蜿蜒千余里，通往山顶的昆仑骑兵支队。

像古代结绳记事时绾的疙瘩，每隔数百公里，公路旁就有一簇房屋。那是兵站，供过往的军人住宿。

一辆草绿色的军用高原轿车，从半山腰的兵站开出，隐没在风雪之中。

兵站立刻将车上所载乘客的数目及车子出发的时间，通知给下一座兵站。

这是昆仑山的惯例。这不仅可以让下一座兵站提前安排好食宿，更重要的是，一旦超过预定时间，车辆仍未抵达，他们就应出去寻找。山高路险，什么意外都可能发生。

大雪就要封山，已经好多天没有车辆上山了。真叫人不可思议。

路极险。平原还只是初秋，上山的路却已冰雕玉琢。

封山是个可怕的字眼。它意味着昆仑山要同人世间分离相当长的一段时间，成为一座飘浮在半空中的独立雪国。尽管那人世并不怎么美好，正为派性打得一塌糊涂。

开轿车的小个子司机，蜷着身子，裹在毛色污浊的皮大衣里，像一粒久经风霜的蛹，干瘪而结实。他目不转睛地盯着路面，好像不是开着缠有防滑链的车轮碾过去，而是把积满冰凌的路咽进肚子。

路面银亮银亮，庞大的轿车驶过，竟不留一丝痕迹。车轮像穿上了溜冰鞋，轻盈地朝四下欢快地滑动着。

司机双臂僵直，顽强地操纵着方向盘。

突然，急转弯处冰雪覆盖下的路基，像饼干一样破碎了，右后轮一个打滑，然后不可遏制地泻落下去。

轿车的重心，飞快地向右后方倾斜。司机本能地将方向盘拧麻花似的向左打去，企图挽狂澜于既倒。然而，根本来不及了！墨绿色的车体，像一条活泼的大鱼，被一股巨大的力量，掀得昂起头来，摆出一种常态下绝对做不到的姿势，仄侧着半个身子，朝无边的渊薮坠去……

那辆车翻了。

翻车的一瞬，女兵班班长朱端阳回忆起来，实在是妙不可言。没有恐惧。恐惧都是旁观的人或当事人事后想象出来的。翻车之前，轿车已爬行到很高的海拔，缺氧像一床厚重的湿棉被，捂得人透不过气来，哪里还顾得上害怕。翻车的第一个感觉，是什么人用巨掌将她向车厢外侧扇去。她想：这样脑袋不是要撞上玻璃了？那该是很疼的吧！幸好，车窗也向外侧倒下去，永远同她保持着最初的距离。

其后的事情，朱端阳便记不清了：车厢里凡是没有固定的水壶、背包、汽油桶，在空中飞舞起来，随着车体迅速旋转。窗玻璃外忽是蓝得虚伪的天，忽是银亮的冰峰扑面而来，尖锐得要刺瞎你的双眼，那无穷无尽的白色，仿佛车不是在空中翻腾，而是在无底的雪国里航行……“哗啦”一声，玻璃撞在凸起的岩石上，粉碎成一把碎屑，弹片一样强有力地散开，深深楔进棉军衣、皮大衣、人的皮肤或是任何一样它碰上的物体。殷殷的血珠喷溅开来，留下奇形怪状的血迹。

坠落中的车厢，是一个空洞的音箱。粗大的防滑链与岩石相撞，发出钢铁样铿然的响声。凹凸不平的车顶与雪地相触，像巨大的鼓面訇然作响，呼啸的山风擦着窗玻璃尖锐的裂口，发出哨子一样的啸叫，随着翻滚变换着韵调，像一只呜咽的笛。

朱端阳的脑子一片空白，直到这时，她才意识到巨大的灾难降临了。来不及思考，也无法采取任何自救或他救的措施。唯一能做到的是，把身体蜷得紧紧的，两手死死握住能抓到的任何一样东西，把脑袋缩进肩膀……

没有人知道司机采取过什么措施。司机已经死了，死在方向盘和他的座椅之中，紧抵的方向盘，戳穿了他的胸。但他的脚，紧紧地踩在油门之上，也许他曾为挽救汽车，做过最后殊死的努力。也许，这完全是天意。在无数次翻车事故中，能落个全尸，便是极大的造化了。假如尸身坠入人力所无法企及的深渊，就只有永远地留在那里，慢慢风化，成为山的一部分了。

这一次翻车，应该感谢山势的极其陡险。唯有昆仑山，才有这种壁立千仞的悬崖。高原轿车从空中翻下，不知翻了几个跟头，竟然鬼使神差地落到了下面的公路之上。濒死的司机，不知是无意识的悸动，还是最后的责任感，踩动了油门。这辆已如同坟墓的轿车，犹如一头被从空中扔下的兔子，四脚着地后，疯狂地跛着脚向前……直到被坚硬的岩石挡住去路。

死一般的寂静。好像全车的人都死了。

山风撕裂着人们的耳鼓，各处的伤口，在短暂的麻木之后，火烧般地疼痛，像蜂刺一样蛰醒了活着的人。

朱端阳困难地从破损的车窗爬出来。门被掼得变了形，打不开了。手又被玻璃碴割破了，但只流了一点血，就停住了。严寒，是最好的止血剂。

冰冷的空气，迅速地使她清醒了。身上到处血迹斑斑，弄不清是自己的血，还是别人的血。朱端阳拼命活动自己的四肢，揉搓自己的耳朵鼻子，以证明它们是否还在。还好，都在。而且渐渐感到疼痛，这说明功能正常。

她这才有机会打量一下四周：冰峰雪岭一如既往，无动于衷地注视着幸存者们。唯有漂亮的高原轿车，变得叫人认不出来了，大片油漆被磕去，露出内层的铁锈红钢板，车像一只经过伪装的红绿相间的怪物。车前大灯可怕地凹陷进去，灯瓦却还闪闪发光，像死不瞑目的眼睛。前风挡玻璃被撞得粉碎，这是一种特制的玻璃，虽破碎却并不掉下碴儿，像密集的冰凌聚在一起。中心偏左处，有几团艳红的血污，那是司机被方向盘挤压呕出的。

朱端阳感到刻骨铭心的恐惧。她刚从生与死的交界线上走回来。假如翻车中她被甩了出去，假如她被车厢内的重物撞得醒不过来，假如飞溅的玻璃崩进她的眼珠，假如她的胳膊和腿在某一特定角度上像麻秆一样被折断……

那这个世界上，就再没有此时此刻的朱端阳了！

在广袤的冰雪世界里，这个面目清秀、身材瘦小的女孩子，显得那样单薄渺小。

朱端阳想起了妈妈，想起了遥远而温暖的家。

旷野中响起一种奇怪的声音。它清脆得像玻璃折断，刺得人一阵阵心痛，这是朱端阳在哭。大声地毫无顾忌地痛哭，也很有韵致，恍惚听来，竟很像是放浪的笑。

幸存的女孩子们，抱成一团哭起来。她们全然忘记了自己是女兵。

周围山谷发出轰轰的回响。

十几岁女孩子的眼泪，是一种奇怪的东西。所有的怯懦畏缩以至恐惧，都能溶解在那咸而苦的液体中，随着痛彻肺腑的哭泣，汇进昆仑山永恒的冰雪之中。

车上的男人们，默默地注视着同他们一起经历了死亡地狱的女孩子们，不知道该说什么好。他们是搭车的，多是因故探亲超假或是刚出院的战士。

女兵们断续地停止了哭泣，聚光灯一样，把目光指向她们的班长。

噢！我还是班长呢！朱端阳悚然一惊，这才意识到自己肩上非同小可的责任。

她们是昆仑山上第一批女兵！

朱端阳揉揉因哭泣而酸痛的眼睛，脸上被泪水洗过，紧绷绷地难受。她要对她的战友们说点什么。突然的变故，她必须行使自己的指挥权——她是这辆车上的建制班班长！

只是，该说点什么呢？

有人伤亡，到处都是血。女孩子们学的是卫生员，战场救护，四大技术，平日背得呱呱叫，此时却完全呆若木鸡，不知该干什么好。倒是几个老兵见过世面，依次触摸着几个不见动换姿势的人体的口鼻。凡有口气的，拖出来，进行一点简单的救护。那始终僵卧不动的，只得让他们继续趴在那儿。活人都顾不上了，死难者就只好委屈些了。

这是朱端阳第一次看到死人。她却并不怎样害怕，或者说，最害怕的时刻已经过去了。她觉得死真是一件不可思议的事，刚才还好好的同志，怎么就能一下子死了？她不相信，拼命摇着一位女伴的头。女伴大概是受了致命的内伤，脸上很干净，甚至体温还在，只是摸上去稍冷一点。

她们一个班的女兵，本来是个完整的集体。现在，未到山顶，就永远地失去了一个……

应该说，威严的昆仑山，这一次是格外的慈悲了。高原轿车在坠落过程中，没有摔得粉身碎骨，没有汽油外漏引起大火，真是极大的幸运。车上的乘客，除了在翻滚的过程中，碰伤磕伤，少数几个人死亡外，大多数只是皮肉受损，实在是不幸之中的大幸了！

幸存的人们，该终生感谢昆仑山。

最初的忙乱过去了，人们逐渐安静下来：下一个兵站的同志久候不到，会出来找他们的。残破的车厢尚可御寒，车内的干粮还在，至于水，更好办，漫山都是冰雪……

朱端阳木然地站起身。有人死了，但她还活着。她们还上不上山了？

看看长眠的战友，假如她们这些幸存者终于成为不了“第一批”，那这牺牲，不是毫无意义了吗？

最主要的是，军区领导下达的是让她们尽快赶到山上的命令，而绝不曾叫她们私自撤回！

世上有什么比战士的天职更重要的东西！

最初的迟疑和恐惧退潮了，一种近乎悲壮的情绪，笼罩着这个小小的女兵班班长。女孩子们沉默着，等待着。远处的山是昆仑山的主峰，那是骑兵支队司令部所在地。暮色苍茫之中，那山俯视着她们，像威严的长者。她们才到半山，离那儿还远着呢！然而，也唯有在半山，她们才知道昆仑山是多么高远，才知道她们已经走过了多么漫长的道路。

只能向前，不能退后！

女孩子们信任地望着她们的小班长，准备服从她的指挥。危难之中，有时不在于谁说什么，只要有人站出来，大家就会听他的。

“咱们坐兵站的车，继续上山。”朱端阳的声音并不大，但每一个活着的女孩子都听清了。

二

土黄色的操场。散乱的女兵。

“面向我，成一路横队集合！”新兵连长喊道。这是一道奇怪的命令。

奇怪归奇怪，命令还是要服从。120名女兵，按照个子高低，排成长长的一队。也许是因为太长，便略有些弯曲。

要是平日，连长会命令解散：重来。就是1000名军人，也该排成笔直的一线。但是今天，他隐忍了，只是向后退了退，调整自己同队伍两翼的距离，直到成为一个端正的空心三角形，他站在三角形顶点的位置上，潇洒而干练。一套草绿色的夏布军服，因为洗涤过度和当时的染料尚不过关，布料还只八成新，颜色却已褪得十分浅淡，更衬出崭新的领章鲜艳灼目。新军装新领章，显出的是新兵的拘谨，旧军装新领章，显出的就是资历与权威了。凡是挑选出来训练新兵的指挥员，都是军姿出色的军人。训练女兵的新兵连连长，此刻简直严肃得像是力量与纪律的化身。

“现在——听我的口令——报数！”连长的喉结上下滚动着。因为距队列比较远，他的声音便格外威武有力。

120名女孩子，叽叽喳喳地开始报数。她们还不够沉着，生怕将自己漏掉，抢报便时时发生。

连长皱起眉头。要是往日，他会要她们重报的。但是今天，算了吧！和即将宣布的决定相比，这不过是细枝末节。

“报双数的同志，出列！”

随着这第二道命令，60名女战士同时向左前方迈出了一步。

现在，土黄色的操场上，出现了另一支新的队伍。她们同留在原地的女孩子们，形成了一个巨大的等号。

但是，等待她们的命运绝不相同。新兵连长旋即下了第三道口令：“报数！”

严格说起来，这口令的内涵是不甚清楚的：是两列队伍都报呢，还是……但没有人发生误解。连长英俊的眉毛高挑着，犀利的目光只注视着前排女兵，好像他只是她们的连长，全然忘记了后面那排士兵的存在。

又是一次双数出列。现在，120 名女兵被分成三排、最初那个巨大的空心三角形，已经快被生命的绿色填满了。

连长的面容毫无表情。随着一道又一道的筛选，连长知道最后的选择就要揭开了。朝夕相处几个月了，像一个子女众多的家长，他内心深处，也会有格外喜欢或是格外不喜欢的几个兵。他不希望这些好恶干扰自己的意志。又是一次报数……又是一次出列……女孩子们似乎预感到了什么，报数时格外仔细，速度变得缓慢了，却再没有出差错。

现在，15 名女战士，站到了连长跟前。

连长下意识地扶了扶腰间的武装带。他知道这 15 名女战士，将记住这一天，也将记住他。他希望能留给她们一个英武的印象。片刻之前的恻隐之心已荡然无存。女人也是军人，现在的问题是：从他亲手训练过的连队里走出的士兵，应该个个是好样的！

他迈着缓缓的步伐，从 15 名距离他很近的女兵面前走过，目光从她们身上扫过，像钢尺一样冷漠而苛刻地衡量着。

唔……还好。不！简直可以说是好，很好！女孩子们尽管眼里透露出遮挡不住的疑惑，却个个挺胸收腹，透出勃勃的英气。

连长疾步走到了队伍的中央，朗声说道："现在，我宣布：刚才出列的这 15 名同志……"

"报告！"

突然，从后排右侧队尾的某个部分，响起一声尖细的叫喊。并不怎么嘹亮，却具有很强的震撼力。整个队伍，此时实在是太寂静了。

"什么事？"连长几乎是好奇地问了一声。治军多年，敢在这样的场合打断指挥员讲话的战士，他还是第一次遇到。莫说是新兵，就是老兵，也断乎不敢。连长的吃惊之情更大于恼火。

“嗯……是这样的，这个位置应该是我的……我比她高吗！……不信……比比吗……”

她刚开头鼓的勇气挺足，以后却渐渐缩小，声音像雪似的融化着。没有人听得懂这前言不搭后语的话，有的人扭头张望，队伍起了小小的骚动。

但是连长听懂了她的话。这是那个叫朱端阳的姑娘，从她所站立的位置可以判定，她的身量在女性中属中等偏下，眉目生得很清秀，看不出像有这么大胆量的样子。她发育得很单薄，同队伍左首那些身高体胖的姑娘们相比，像是墒情不好的三类秧苗，给人弱不禁风的感觉。她是从一座大城市入伍的，因为文娱体育都没什么出众的地方，连长除了能记起她的名字外，再没有更详细的印象。

“你有什么话，以后再说。现在，我宣布……”连长不耐烦地挥了一下手，像挥去一只偶然飞近的苍蝇。

“我就是比她高吗！不信，比比看好了！”没想到这小女兵的脾气，并不像第一眼看上去那么楚楚可怜，连长的呵斥反倒激怒了她，竟一个箭步从她所站立的队列中跨出，急匆匆走到第一排，站在另一名女战士背后，梗着脖子同人家比起高低来。

这一回，所有的人都看明白了。

120名女兵最初排成的一字长蛇阵，说是按个头高低为序，匆忙之中，并不那么准确。现在，众目睽睽之下，这小女兵显得比前排那名女战士要高一些，也许相差的只是一毫米的几分之几，也许只不过得益于她的单薄给人以某种细高错觉，也许是因为她故意把腰挺得更直、帽檐仰得朝天……但是，不管怎么样，她要显得高一些。也就是说，现在第一排某个士兵占据的位置，应该是她朱端阳的。

连长迟疑了。对于将谁派往昆仑山，他选择了如此宿命的挑选方式。当这一切就要结束，他即将卸去良心上的一份重负时，竟半路杀出这样一个调皮捣蛋的兵，还是个女兵！如今，怎么办呢？批准她去吧，等待她的不知是怎样的命运。尚未远去的柔肠百结又在连长心中蠢动起来。不让她去吧，今天的一切，将像蚀刻一样，印入这120名女兵的脑海。眼下她们当然什么都还不知道，但是她们马上就会知道。到了晚上，她们会躺在床上，将前后穿成一幅完整的画面。然后，直到多少年后，她们还会回想起这一瞬，会从中嗅到他曾教给过她们的软弱与退缩。不！这不行！无论前途多么险阻莫测，他作为一个新兵最先接触的指挥官，只能教给她们不可阻挡的气概！想到这里，强悍的新兵连长，嘉许地点点头，容忍了朱端阳的冒犯，示意她调换进第一排队列。

现在，再没有什么可以妨碍连长宣布那项激动人心的决定：军区将向昆仑山派出第一批女兵。

队伍沸腾起来。昆仑山！女兵！国境线！第一批！这些充满传奇色彩的字眼，迅速在女孩子面前，编织起一个美丽的梦。

面对着海潮一样躁动的激情，连长欣喜之余，又感到淡淡的惆怅：为什么非让女人们上去呢？难道男人们还不够多；不够勇敢吗！他甚至萌生出同她们之中某一个交换的念头。

当然，这不可能。他所担当的角色，也由不得这么信马由缰地乱想。新兵连长赶忙收束住自己的思绪，沉稳坚定地说："你们15名同志，肩负着非常崇高艰巨的使命。那里的自然条件极其恶劣，生活环境非常艰苦，你们是光荣！"

他很想再说点什么。却终于什么也没说。他没有去过昆仑山，这使他在整装待发的女战士面前感到气馁。像一个不曾到过前线的军人，不配向即将参战的士兵鼓吹勇敢。

他最后一次巡视他的部队。当看到朱端阳时，他记起自己不该有的一个疏忽。

"我最后宣布：任命朱端阳同志为这个班的班长。当然，这只是临时性的。正式任命将由昆仑骑兵支队作出。"

朱端阳兴奋得满脸通红，像一颗光洁诱人的红杏。弹指之间，她的命运竟发生了这么多变化，而且还都是靠自己争取来的！她原以为出列是去参加一项什么活动或是出一趟公差勤务呢！巨大的光荣和责任，像降落伞一样罩在她头上，她飘飘忽忽地好像要飞起来。

我们的女兵班长并没有陶醉在个人幸福之中。她想到的第一件事，是快快跑回宿舍，趴在床上写封信，把这个消息告诉妈妈！

三

昆仑支队的领导，对历尽劫难的女兵，表现出极度的冷淡。她们有吃的，有喝的，住在卫生科，就是不安排她们工作。女孩子们浑然不觉，以为这是对她们的关怀照顾，每天兴致勃勃地打量这个新鲜环境。

卫生科长袁镇愁眉不展。作为昆仑山广大防区的最高卫生长官，他已经够忙够乱的了！再加上些女人！他曾在男女混编的医院里工作过多年，知道军队里的女人意味着什么。当然这个问题是不宜说透的。支队首长也委婉地表示了他们对军区此举的异议，从彼此忧心忡忡的神色上，可以说心照不宣。袁镇更是感到切肤之痛。如果说留下女兵们，对别人还是一个潜在的危险，作为这支娘子军的党代表，他可有脱不了的干系。在征得上级默认之后，他起草了一份措辞恳切态度强硬的电文，发往军区卫生部。内容无非是昆仑部队历来无女兵编制，请求首长收回成命，将女兵们调下山。至于卫生员缺编，有男的派上来最好，没有就算了，卫生科可以坚持战斗，但绝不要女兵。

机要参谋尤天雷将袁镇的报稿扔在一边，揶揄地说："这么长的电报！如果按民用报收费，只怕你袁科长一个月的薪水都不够！"

袁镇有点尴尬。卫生科长看病医伤是把好手，起草来往文报并不在行。况且军人以服从为天职，既要忤逆上级的意思，又要尽量做出谦恭的表示，左右逢源，着实不易，只好车轱辘话来回说，十分烦琐。

"那你就给看着改改吧。"袁镇好声好气地相求。说实话，卫生科长对颇得领导器重、年轻有为的机要参谋，并没多少好感，总觉得他有一股凌人的盛气。但此时磨扇一样压在心头的，是这批长头发兵的去留，顾不上别的了。

“那好吧！删去了的，可不要心疼。这也不是要拿去发表挣稿费的。”尤天雷漫不经心地拿起笔，“唰唰”勾画下去，一路顺风。

袁镇拿起改好了的报文，不禁傻了眼。他洋洋洒洒起草的底稿，被全部涂掉，通篇不剩一字。

“这……”袁镇不禁火起。他急得进退两难，机要参谋袖手旁观不说，简直是幸灾乐祸！对了，这小子自恃有一张小白脸，春风得意，只怕已经动了邪念也说不定。他觉得自己受了戏弄，冷冷地说：“机要参谋，按职责你可是有在不改变原意的前提下，修改电文的义务的。既是如此，请你原文照发，一个字也不能少！”

机要参谋莞尔一笑，说道：“当医生的，该比一般人更沉得住气才对。”说罢提起笔来，在电报纸上留下了十个字：军中有妇人，士气恐不扬。

好妙的电文！“妇人在军中，兵气恐不扬。”袁镇虽说看不惯尤天雷挥挥洒洒旁若无人的派头，也忍不住称奇叫好。做下级的，对上级不合时宜的决定，敢怒不敢言，千般委屈万种无奈的为难相叫这十个字，抒写了个淋漓尽致。那委婉的商榷，无声的祈求，尽在不言之中，真是天造地设的一句话。再说，现在办事需谨慎，万一上面怪罪下来，却总不能把一千年前的老杜从坟里揪出来再踏上一只脚吧！

北京时间8点整。内地已是车水马龙，人流熙攘，昆仑山上还是死一般沉静。由于地处极西，日出很晚，加之驻地又在层层叠叠的山影之中，到处还是墨黑一片，只相当于平日的凌晨4点。

“袁科长，军区急电！”

机要参谋很有风度地敲着卫生科长的门。因是夜间送报，虽在营区以内，尤天雷也佩戴着武器，着装煞是整齐。两长一短的敲门声，清晰而有韵律。

袁镇一骨碌爬了起来。回电来了！军区老爷们这回的作风够紧张的了，昨日请示，今早回电就到了。大概是一上班就往昆仑山发报，全不体恤戍边的兄弟们正在做好梦呢！

“怎么说的？”他迫不及待地问。

机要参谋无动于衷：“绝密电报的报文，是不能念的，这是纪律。除非您是个文盲，我可以趴在您耳朵边，用自己的话，将中心意思给您复述一遍。”

卖什么关子！袁镇扫兴地接过文件夹。他并不需要尤天雷照本宣科，只需点点头使个眼色，意思就全明白了。这可好，尤天雷脸上似笑非笑，实在令人猜不透。

报是尤天雷译的。字很漂亮，也很工整。卫生科长翻过来掉过去地看了半天，最后才无力地合上报夹。

报文也只有一句话，十个字：时代不同了，男女都一样。

这一句较之杜工部的那一句，不知要强硬几多倍。袁镇只觉得耳鼓嗡嗡作响。

再没有什么好商量的。袁镇迅速调整着自己的思维，思绪反倒变得单一而明确。事已至此，女兵们不可能退回山下，便只有一种选择：以最严格的军规去锻造她们，约束她们，直到她们成为同男性一样英勇无畏的战士！其中所有的干系，所有的责任，袁镇作为她们的直接长官，便得一肩承当了。说实话，这是个倒霉的差事，袁镇深长地叹了一口气。

起床号响了。

女兵们在营房外洗漱。高原上秋天的黎明，倘无交加的风雪，还是颇有魅力的。蔚蓝色的星空，镶嵌在由曲折的冰峰轮廓构成的框架中，高远而神秘。昆仑山，是一座雄伟古老的高山，它和它无尽的子孙，组成了我们这座星球上最高耸的峰峦。在汗牛充栋的中国古文化典籍中，它有着无可比拟的光荣。昆仑山，是黄帝居住的地方，他巍峨磅礴的宫殿，建筑在昆仑之巅，百神在那里聚议，黄帝的威仪统辖着四方。宫殿的周围，是雪白的玉石栏杆。每一面，都有九口井，九扇门。看管这美妙绝伦的宫殿的，是一个名叫“陆吾”的天神。他有一张年轻而英俊的面孔，背后却是老虎的身子和脚爪，拖着九条钢鞭似的尾巴。火红的凤凰在结着美玉的宝石树下起舞。昆仑山中央栽着一颗硕大无朋的天稻，每一粒稻谷都是鸡蛋大的珍珠……

这就是神话中的昆仑山。真不知老祖宗们发挥了怎样浪漫的想象，才有了如此荒诞神奇的传说。什么宫殿！什么陆吾！什么天稻！没有，都没有。朱端阳看到的，除了冰雪，还是冰雪。也许在这不知多么深广的冰雪之下，存在着一个神话的世界？朱端阳不知道。下山的道路马上就封死，在此后六个多月的冬季里，这将成为与世隔绝的独立雪国。唯一能够联结昆仑山与外部世界的，只有空中虚无缥缈的电波。说不出是好奇还是害怕，朱端阳只是预感到一种新的生活，不管她愿意不愿意，欢迎不欢迎，已经开始了。

她对着朦朦胧胧的曙光在梳头，整天窝在军帽中的秀发，因为绝少风尘的袭扰，格外青长，一旦解开约束，像蓬蓬松松的金鱼尾，飘然浮动。她轻轻地梳着，轻轻地走动着。脚下的毛皮鞋因为带子没有系紧，每走一步，都随着脚腕踢动一下，像是一只灵巧的小鹿，甩着它过于沉重的蹄子。

尤天雷不知不觉站下了。他觉得眼前像一幅美丽的画。往日那些粗粝阴沉的山影，变得妩媚起来。作为普通的青年军官，他们可没有运筹帷幄的长官们那么忧心忡忡。当他从密码中译出那斩钉截铁的电文时，竟有几分兴奋。此刻，在清朗朗的晨光中，他看到女性久违了的头发，身上涌过一阵莫名的激动。那轻而蓝的发丝，像一块丝帕裹住了他的心，他想起了自己的妈妈、妹妹，以及一切引起过他好感的女人……

循着尤天雷的视线，袁镇毫不费力地追踪到了正在梳头的朱端阳。压抑了许久的窝囊火，呼地引燃了。不给她们一个下马威还了得！多么厉害的相思病啊，连潜伏期都没有，这么就发作了！漂亮的机要参谋不归他管，鞭长不及马腹，这没办法，女卫生员们，可是他的直接部下。

“你叫什么名字？”他走过去，硬邦邦地问。

朱端阳吓了一跳，猛地撩开头发，惊奇地望着他。

袁镇反倒松了一口气：还好。简直是个小姑娘呢，除了眼睛很黑很亮之外，模样算不上出众。不过，防患于未然方为上策。他依旧板着面孔。

没想到小姑娘竟像个皮球一样跳了起来：“我的名字，你好好想想吧！我都告诉你好几遍了！”

袁镇一下子哭笑不得。是的，出于礼貌，在第一次见面时，他就一一问过她们的名字。这几天偶尔对面碰上时，作为她们名义上的领导，袁镇找不出什么话好说，也是敷敷衍衍问问名字以示关怀。但他可没打算记住她们，想的只是快快将她们打发走了事。现在遭了这小丫头的抢白，反倒无话可说。然而。且慢！卫生科长不是草包，他有着良好的记忆力，虽因高原缺氧略有减损，稍一沉吟，也就回想起来了。

“朱端阳，把你的鞋带系紧。风纪扣扣上。把头发全都给我塞进帽子里去！记住，当兵的，就得像个兵样！”

朱端阳委委屈屈地站在那儿，吓得不敢再回嘴，别的不说，几个月前，她看到这种面色黧黑连腮胡子的老解放军，还是要叫叔叔的。她赶快按指示收拾好自己的仪容。

天已经大亮了。但你在十步之外，将分辨不出女兵们的性别。

袁镇露出一丝可以察觉的微笑。杀鸡给猴看，一石二鸟。漂亮的机要参谋和类似的小白脸们，干好你们的本职工作，休要异想天开！

尤天雷若无其事地转身远去。“卫生科长，你想错了。从现在开始，无论距离多远，我都认得出这个叫朱端阳的姑娘。”

四

朱端阳的临时班长职务无形中被撤销了。袁镇肢解了这个班，把她们分散到不易于外界接触的小单位。比如手术室，任你是再风流潇洒的小伙，白布手术单一罩，也只剩下一堆肌肉和骨骼，做完手术推走后，连来者是什么模样都记不起来。在这种半封闭的保护圈里，姑娘们得以不受干扰地学习工作。

袁镇的用心可谓良苦，只是安全的部门有限。

“徐一鸣，给你分配个助手。”袁镇领着朱端阳，走进卫生科化验室。

“行啊！最好挑个丑点的，少给我找麻烦。”化验员徐一鸣懒懒散散地从显微镜上抬起头，心不在焉地扫了朱端阳一眼。

朱端阳气愤得脸都涨红了。这就是她未来的师傅，一副阴阳怪气的样子。宿舍兼化验室的工作间很肮脏，到处蒙着一层厚厚的灰尘，只有化验台上人俯身工作的那一块，留下一团人上半身形状的干净区域。

“你就住在这样的屋子里？”朱端阳不无讽刺地说。

“对。另盖一间宿舍，你知道要花多少钱？一块砖从山下运到这儿，比大理石的还贵！”

“那……吃饭呢？”朱端阳下意识地抽了一下鼻子，屋里气味很不好，工作台一侧，放着盛大小便标本的瓶子。

“当然了，站在外面吃，还不把肠子冻成冰棍？当一个好化验员，首先得让自己的鼻子‘聋’了。要不然的话，一天眼前过的都是粪尿脓血寄生虫，你还吃不吃饭了？”

朱端阳吃惊地瞪大了眼睛，徐一鸣的年纪并不很大，却长着一头少白头发。这使他讲的话具有了更大的权威性，给人历尽沧桑的感觉。

“以前化验室就我一个人，工作忙，来不及收拾。你来了以后，要把内务打扫干净。不要叫大家说你是个懒姑娘，既影响你进步，对你以后的事，也不好。”说罢，出门走了。

真是个怪人。朱端阳说不清自己喜不喜欢这个瘦高的老师，只觉得他威严得令人可怕。

不管怎么说，先打扫卫生吧。

朱端阳并不是个勤快姑娘。参军前，凡大件的衣物，都是妈妈给洗的。现在可得自己解放自己了。她把屋内所有蒙盖器皿药品的旧纱帘取下来，把玻璃擦拭干净。整整半天，直到各处明可鉴人。属于公物的部分，都纤尘不染，属于徐一鸣私用的床具桌椅，更显得污秽不堪。

该不该给他洗呢？新来乍到，朱端阳希望能给人留下个手脚勤快的印象。再说，成百里者半九十，何苦剩下这么一个肮脏的犄角呢！权当侍候一个瘫痪的病人，做一次好事吧！

雪水极凉。当朱端阳手指通红地把洗净的物品晾在院子里，为了防止被风刮走，用针线将它们在绳子上缝牢时，徐一鸣黑着脸回来了。

“到屋里来。我有话跟你说。”

朱端阳喜滋滋地跟着往回走。想着徐一鸣要谢她，她就装出不在乎的样子。

“谁叫你洗我的东西了？！”徐一鸣厉声呵斥道。

朱端阳委屈极了。徐一鸣的被褥油腻得极够水平。单是枕头上的毛巾，就有七八条。大的上面摞小的，花的上面压白的，层层叠叠，浸满头油。大约是脏了一块，就铺上块新的，直到最后所有的储备用完，最上面又垫了块大手绢。朱端阳洗的时候颇费了些劲，不由得想起小时听过的一则笑话：有人要用活人脑子做药引，最后用十顶旧毡帽熬油替代了。徐一鸣的这沓枕巾中，也可以做药引子了。费尽气力不说图谢，倒招来这一番责问，莫非他枕头底下藏着巨款，或是什么不可告人的秘密？想到这里，朱端阳惴然了：“我……我什么都没动……”

瞧这可怜兮兮的小样！整个一个懵懵懂懂情窦未开的小姑娘！还是让她糊涂下去算了。徐一鸣感到歉然，想说一两句缓和的话。又一想，不行。昆仑骑兵支队，数千热血男儿，就这么几个寥若晨星的姑娘，还不是众人瞩目的对象呀！分配朱端阳到化验室来，是对自己的信任，万不要从这里惹出什么流言蜚语。真要那样，也对不起这小姑娘。罢！索性扮一个黑脸，对大家都有好处。

“我刚才忘了告诉你，今后化验室就咱俩在这儿工作，要格外注意影响！除了上班时间，不许进这间屋。凡属我个人的东西，一概不许你动……”

又是一条条清规戒律。朱端阳真不知道这昆仑山上的领导和同志们，为什么都这么冷若冰霜。也许，是因为这里一年四季几乎都是冬天？眼泪在她的眶里打旋。

徐一鸣装作没看见，说道：“现在，我们开始学习化验的基础知识。这是台德国显微镜。很珍贵。当初启运的时候共四架，一路颠簸，运到后，只有这一架能用了。你千万不可私自拆卸，免得弄坏了……好了，我先测验一下你的基础。你在纸上写出 15 个化学元素符号。”

当朱端阳绞尽脑汁把所有知道的元素符号都写完了，徐一鸣数了数，说道：“连写错的都算上，才 14 个。你还得写 1 个。”

“我实在写不出了。”朱端阳像个被提问的小学生。

“想。我要求你写 15 个，你就应该想方设法完成！”

“实在想不出来。”知识的东西是科学的东西，也不是想想就能创造出来的。朱端阳觉得没道理。“抬头看，房顶上是什么？”徐一鸣启示她。

“是灯泡。”朱端阳回答。

“灯泡上有什么？”

“灯泡上有……”这真是个奇怪的问题。囿于师傅的威力，朱端阳不得不回答：“有灯丝和玻璃。”

“真笨！灯泡上有一个化学元素符号——‘钨’，这你都想不起来吗！记住，要想成为一个优秀的化验员，除了刻苦学习，你必须要学会动脑筋！”

朱端阳的学习生涯就这样开始了。“文化革命”中断了她的学业，因为急着上山，新兵连的卫生员训练也没来得及学完，基础很差。徐一鸣像古代木匠师傅带徒弟一样，一招一式地教朱端阳技术，很是认真。平心而论，他是个好老师，但朱端阳总有一种战战兢兢的感觉，除了工作上的事，徐一鸣从不与她多说一句话。每天清晨，当她跨入化验室开始上班，她的桌子上已经摊开一本书，翻开处就是今天要讲述的内容。徐一鸣讲课的方式很古怪，他不是面向朱端阳，而是背对着她，坐在窗下自己的铁制办公桌前。那种桌子很凉很滑，不好用，但昆仑山部队因铁桌可折叠，易运输，都使用这种营具。朱端阳面对着徐一鸣的后脑勺听课。如果有病人走进来要求化验，会看到化验员和他年轻的女助手，一顺溜坐在各自的桌前，距离相当远，像教室里第一排同最后一排的学生。至于化验项目，简单的，由朱端阳操作；复杂的，由徐一鸣教她操作。当然，这个比例在不同变换着，朱端阳不断有所长进。

对着人的后脑勺，特别是一个花白的后脑勺交谈，是件枯燥的事情。看不见表情，也看不见眼神，只能从语调中去揣摩对方的喜怒哀乐。偏巧徐一鸣又是一种很沉稳的男低音，讲述的又是极呆板的医学知识，极少抑扬顿挫的变化。

有时听得乏味，又不敢走神，朱端阳便做些鬼脸自娱，甚至开始研究师傅的后脑勺。徐一鸣的脑袋上长着三个旋儿。“一旋儿傻，二旋儿愣，三旋儿打架不要命。”朱端阳没见过徐一鸣打架，不知道他是否很骁勇。只是怀疑这三旋儿之中，有一个是眼睛。因为每逢此时，徐一鸣便宣布休息，给她一个松弛的机会。

五

朱端阳趁机溜到炊事班，去察看中午吃什么饭。

所有的女兵都馋。也许是她们的胃比男人小，需要更精致的营养；也许是她们借此显示出某种优越与妩媚。反正，女兵馋。

炊事班是军队里最有人情味家庭味的地方。蒸馒头的热气，爆葱花时的油烟，都令人不由自主地想起家，想起妈妈。

炊事班长安门栓正在修理汽油炉子。昆仑山上燃料奇缺，除了取暖用焦炭外，做饭烧水一律用汽油。这玩意儿摆弄起来，有时是很危险的。

“你离远些，我要点火蒸馍了。”安门栓抬起他因为小时候缺钙而四棱见角的大脑袋，看也不看朱端阳，好像自己同自己说话。

周围没有第三个人。朱端阳顺从地退后一步。

“轰”的一声，汽油炉子像爆炸似的燃烧起来，庞大的立式高压锅被辉映得通红。锅盖上一道道旋紧的螺栓，像一只只警觉竖起的耳朵。压力表上的红色指针，缓慢地开始移动。

朱端阳真没想到，每天吃下去的馒头，竟是这么惊险地制造出来的。“复杂得似乎比学化验还难！”她不由得佩服起操纵这一切的炊事班长。

“你真了不起！”她由衷地赞叹道。不想一回头，安门栓竟浑身是火。原来他刚才修炉子时，身上脸上溅了些汽油，此刻竟一起着了。朱端阳急得不知如何是好，安门栓不慌不忙地抓起白布围裙，头上脸上抹了几把，那无源的火，就都熄灭了。

“我给你抹点药吧？”朱端阳关切地说。安门栓的皮肉虽无大伤，但表皮被灸得通红，一定是很疼的。

“不用。常事。”安门栓不在意地说。

昆仑山上的火头军，较之其他兵种的炊事班，要辛苦得多。用汽油桶做成简易的水车，每天要像驾辕的牛一样，拉着到冰河中汲水。在结满冰碴的水中洗脱水菜，更是餐餐必行的功课。高原缺氧，人们的每一举手投足，都要付出较平原艰辛得多的努力，肠胃却又变得格外挑剔。哪一顿饭做不好，都会引起怨声载道。使用高压锅做饭，更是一绝。你知道怎么用高压锅压面条吗？需在冷水下面时，就浇上一勺菜油，面条才能不酥不烂，你知道怎么样才能把木板一样粗糙的野驴肉炖烂吗？得到男厕所后山墙外，刮下些粉白的硝来渍肉……只是这个办法，安门栓没公开过。部队里人多，来自五湖四海，城里兵也许受不了这行之有效立竿见影的法子。其实，这“人中白”也是一味中药呢！

因为炊事班是苦中之苦，反倒成了一块风水宝地。年轻有为的参谋干事助理员，竟有相当一个多数，是从这里走出去的，所以，看起来傻大黑粗的炊事班长，颇有几个有头脸的战友。对他们的调动，升迁，安门栓总是淡然处之、绝无攀比跳槽之意。他很安心，任劳任怨，于是入党，受嘉奖，当军区级的学毛著标兵。他很有自知之明，知道自己一个字不识，当不了官。虽然这年头也有文盲当司务长的，但要光凭脑子记住那么多往来账目，他不行。再说，在炊事班，他自有人所不知的乐趣。在库房里，当他从面粉袋垛成的甬道里走过时，当他把整麻包的大米压在自己脊梁上的时候，都能感到一种沉重的充实感，好像心房的每一个犄角旮旯都被粮食胀满了，自己是那样的富有。他的爷爷，他的老爷爷，太老爷爷……哪一个见过这许多粮食？还都是精米白面哪！

除此之外，他对什么都不感兴趣。比如这帮子新上山的女兵吧！安门栓知道这是支队近来最热门的话题。小伙子们议论她们时神采飞扬，以至于不理睬炊事班长炖好的大块羊肉。虽然女兵们每天从安门栓的勺把前过三次，安门栓从不拿正眼瞅她们。她们像是电影里年画上的人物，来自他完全陌生的另一个世界。他家乡的女子们，哪能这样同男人们平起平坐，也穿“二尺半”呢！别人想不通他，他更想不通别人。像这个朱端阳吧，安门栓知道年轻的军官们怎么评论她。身材多么细巧，眼睛多么招人，嘴巴多么俏皮……要知道在饭桌上你可以知道军队最机密的情报。安门栓颇不以为然：一拃半细的腰，养得出孩子来吗？纵是养出了，青石板一样平整的胸脯子，养得活月娃子吗？说到嘴俏皮，便更要不得了。女人家，要紧的是干活，嘴哑是福分呢！

安门栓在转这些很肉欲的念头时，并没有多看朱端阳一眼。他手脚不停地忙活着，直到将案板拾掇得干干净净。绝没有亵渎谁的意思。

朱端阳自然浑然不觉，凑近去问：“今天晚上吃什么呀？”

中饭还没吃，她已经惦记上晚饭了。大概因为伶俐的小姑娘早已用余光侦察出了午饭的内容——馒头脱水菜，引不起什么食欲，只好把希望向下寄托了。

安门栓顿时来了情绪。炊事班长宣布食谱时的自我感觉，几乎同统帅宣布他的进军令："今晚上改善伙食——红烧羊肉！"

没有预想中的欢呼。朱端阳吐了一口唾沫："我不吃羊肉。"

"你不吃——羊肉？"安门栓颇感惊异。真是天下之大，无奇不有，竟有人不吃羊肉！羊肉可是多么滋补的吃食！乡下人过年，能吃上羊肉泡馍，便是大造化了。这女子，该不是在诳人吧？"真不吃？"他很严肃地追问。

"真不吃。"朱端阳一副愁眉苦脸的样子，不像是装的。连她自己也想不通，看起来挺美丽的羊羔，是用什么办法，把挺好闻的青草味变成那么一股惹人呕吐的腥膻。她是真不能吃。小时候吃了一家什么顺的涮羊肉，还没走出饭庄大门，浑身就起满蚧皮一样的风团，痛痒难熬。从此，父母便连羊肉味也不敢让她闻了。

炊事班长犯难了，不管吃饭的人品质好坏，也不管挑食的理由多么离奇古怪，真要有人哪顿吃不上饭，安门栓于心不安。

"朱端阳，好像今天不是你帮厨吧？"徐一鸣身穿白色工作服走过来，双手抱着肩，冷冷地说。

不好！出来溜达的时间太长，师傅找来了，朱端阳悻悻地往回走，徐一鸣拉开距离尾随其后，像在押解一名犯人。

继续讲课。为弥补刚才的过失，朱端阳再不敢分心。

炊事班长安门栓用胳膊肘拱开门，两手端着一大碗肉走进来。

"你不吃羊肉，这是单给你炒下的。趁热吃吧！"

是猪肉。寸把厚的肉膘上有猪毛，一块肉皮上还留有杀猪检验时盖下的紫蓝色印章。

想不到安门栓竟是这样一个热心人。只是这个吃肉法，真像是打家劫舍的绿林好汉。朱端阳感激地笑笑，不知从何下口，想邀师傅一道尝尝，见徐一鸣阴沉木般的脸，又把话吞了回去。肉闻着很香，她拣了一小块瘦肉，填进嘴里细细地嚼着。

安门栓紧张地注视着她。

朱端阳皱起了细细的眉头，嚼得越来越慢，终于“噗”的一声，将肉沫吐了出来。

“你炒这肉的时候，锅刷干净了吗？”她有点不好意思自己的挑剔，但肉没咽下去，总得把事情说清。

“用碱水刷了。”安门栓回答得很肯定。

“那这口锅昨天……或是前天，是不是做过羊肉？”

“没有。”

“可我……吃出了羊肉味……”朱端阳很难为情地说。

天下竟有如此精细的舌头！碱水刷锅，几天未做过羊肉，这都是真的。但炊事班长在整碗的猪肉片里，掺进了指甲盖大的一块羊肉，没想竟被试出来了，看来这女子是真个不吃。没想到安门栓并不为自己的欺骗行为自责，反倒愤愤然起来：也忒娇气了！放着这样好的东西不吃，还想挑拣个啥呢？突然，他以乡下人的狡黠悟到：这不吃，那不吃，只怕相中了我库里的东西，想谋更好吃的东西呢！

晚饭时，炊事班长很憨厚地对朱端阳说：“不吃羊肉，就只有咸菜下饭了。”

咸菜就咸菜吧！朱端阳随安门栓进了库房。

昆仑山上的咸菜还是相对丰富的。有酱菜，八宝咸菜，菜罐头种种。炊事班长却一概视而不见，径直走到一坛摔裂了口的榨菜坛子前。

“就这。你吃吗？”

长途运输，一路风干，这榨菜早已失了辣红嫩绿的颜色，像揉皱的牛皮纸一般卷曲。放在别的炊事班，这榨菜早报废了，但安门栓舍不得，时时用肉炒了让大家吃。有人实在咽不下，便背着人连肉一块倒掉了。

朱端阳看看安门栓。炊事班长神色泰然，一点没有捉弄人的意思。她把咸菜接过来，用水冲了冲，放进嘴里。

徐一鸣端着一大碗岗尖的羊肉走过来，拿起一块腿棒，像狼一样吃得尽兴。抹抹嘴边的油，问朱端阳："你不吃羊肉是真的喽？要是把羊肉吃下去、能怎么样？难道会死吗？！"

这叫什么话！只要是吃了不死的东西，就都该吞进肚里吗？如果说对安门栓的刁难，朱端阳还能强忍着不予理睬，徐一鸣简直就是成心捉弄人！虽说是自己的老师，朱端阳委屈愤怒之中也顾不得了："病人送来的化验标本也不是毒药，吃了也不会死，你干吗不吃？"

四周的人一片哄笑。

朱端阳不知这是在笑谁。有什么可笑的？南甜北咸，东辣西酸，爱吃什么，是每个人的自由。她气哼哼地又补了一句："我不吃羊肉，还给国家节约了呢！"

"如果我们这帮人都回了自己的家，才真叫给国家节约了呢！可这能行吗？我们得活得好好的守在这里。冬天才刚刚开始，整整半年见不到一点青菜。不吃肉，你靠什么在昆仑山上待下去？"徐一鸣还想说，像你这样连个子都没长成的小姑娘，更得多吃肉了。又一想，这话有些过于关切，还是不说为好吧！

朱端阳知道了徐一鸣是好意，但当着这么多人受窘，那颗高傲的心，觉得受了伤害。她一甩筷子："饿死也不用你管！"一转身出了食堂。

昆仑山上日落早，外面已是影影绰绰的了。晚风一吹，额头凉凉的，朱端阳又有点后悔。当着那么多人，太给徐一鸣下不来台了。

前面不远处，走着一个颀长的身影，步履很是矫健。突然，一筒晶亮的东西，从他身上滑出，咕噜噜掉在地上。

"喂，你丢东西了！"朱端阳招呼他。俯身捡起，是筒罐头。借着路边屋内射出的黄晕，勉强可认出"午餐肉"的商标。

"那是我扔掉不要的。"青年军人回转身，很有风度地站着，矜持地说。

午餐肉！不要了？朱端阳疑惑地晃晃罐头，没发现有什么异常。那么，就是这个人哪儿出了毛病，把好好的肉罐头丢掉了。她审视地打量着对方。

小伙子潇潇洒洒地站着，露出一副颇为自信的劲头。尽管夜色苍茫，还是看得见他黑黑的双眸和雪白的牙齿。统一发放的军装，穿在他身上却极为合体。因为穿的是马裤，裤腿处收束得很紧，令人想起威武的骑士。

朱端阳有点不好意思。她从未这样赤裸裸地打量过一个青年男子。尽管开始时完全是一种医务人员的职业目光：她怀疑这小伙子是不是有点精神上的毛病。后来就有点走神了。

为了掩饰自己的失态，她赶忙问道："这么好的罐头，为什么不吃了？"

"不爱吃。有的人能不吃羊肉，当然就有人不吃午餐肉了。"

"咦，你怎么知道我不吃羊肉？"朱端阳很惊奇。

"我并不知道你不吃羊肉。"小伙子一本正经地纠正她。

远处有人走近。

"你要是觉得午餐肉还可以吃的话，这筒罐头就归你了。要是也不吃，就扔在地上好了。"说罢，小伙子扬长而去。

"刚才那人是尤天雷吧！"徐一鸣问道。

"我不知道他叫什么名字。"朱端阳说着，巧妙地将罐头藏在身后。凭着姑娘的敏感，她觉出徐一鸣隐隐的不快。

化验员的眼睛，是轻易瞒哄得过的？徐一鸣不忍说破，递过一碗羊肉汤："从喝汤开始锻炼，慢慢就可以吃肉了！"

朱端阳顺从地接过来。

她自然是吃的午餐肉，把羊肉汤泼了。

六

几次测试之后，安门栓发现朱端阳确实是不吃羊肉。他那颗乡下人的心，又开始琢磨起来了：都发一般多的伙食费，让人家一天吃咸菜，这公道吗？该给她贴补点别的吃食，和大伙儿拉平。只是这贴补的东西，又不可太好。太好了，旁人以为这是个美事，都说自己不吃羊肉，咋个办呢？

炊事班长考虑得又周全又长远。

他领着朱端阳在库房里转。库存很殷实，散着生米生面清油的气味，像是乡下豪富的仓廪。

朱端阳看中了的吃食，比如午餐肉罐头，安门栓舍不得给。“换个别样的吧！这个吃了腻人”心里想的却是：一筒午餐肉，合上运费，要四块多钱，一头活羊才八块钱！

朱端阳也不强求。借此机会，换点别的好久没吃过的东西尝尝，也挺不错。

最后，朱端阳挑了一包压缩饼干和一把红枣。安门栓挺满意：这些值不了多少钱。

“这是什么？”临走时，朱端阳指着个麻袋问。

“蒜瓣。”

“就是能生蒜苗的蒜瓣吗？”朱端阳兴奋起来。上山以后，她再未见过绿色。

“那我抓一把去生点蒜苗了！”不待安门栓回答，她搂了一把就跑，生怕炊事班长拦住她。

饮后没多长时间，朱端阳捂着肚子跑回来：“安班长……救救我……哎哟……”

“你吃下啥了？”

说话间，朱端阳已痛得直不起腰，呻吟着说：“枣……还有压缩饼干……”

枣不碍事，定是压缩饼干吃多了。朱端阳拿的那种军用饼干，是一种新研制出的产品，膨胀力极强。因为味道不好，平日没多少人爱吃，只是上下山的司机怕车在路上抛锚，拿些去当干粮。刚才朱端阳装了蒜就跑，安门栓没工夫给她交代。

“你拢共吃下去多少？”安门栓蹲下去问。

“只吃了……一盒……”

一盒还觉得少？那是三人一个战斗组的定量，泡开来，是满满一桶！安门栓真想揍这馋嘴的女人一顿。其实那一盒饼干，在不明底细的人看来，实在算不得很多。

“喝了水吗？”安门栓还抱着一线希望。

“喝了……好几杯……”朱端阳已是两眼翻白。

完了！这种像云母岩一样，可以分离出无数夹层的压缩饼干，是切不可以干吃的。进入体内一旦吸入水分，就会以惊人的速度膨胀开来，直到将人的肠胃胀裂。朱端阳此刻的痛苦，还只是刚刚发作，更危险的情形还在后面呢！

“这可咋办呢？对！我背你快去找科长，他医术最高……”安门栓去搀朱端阳。

朱端阳这才意识到自己犯了一个方向路线性的错误：如何吃进去是炊事班的事，如何吐出来可是医生的事了。然而她醒悟得太晚了，胃像气球一样迅速胀满，一直壅塞到口鼻处，黄绿色的汁液还带着点点紫红色的枣皮，顺着嘴角外溢。

迟钝的安门栓突然灵机一动。他俯下身去将朱端阳像褡裢口袋一样，横置在自己广阔的背上。弓着腰，扛起神志不清的朱端阳，在地上踱开了方步。左右摇晃，上下颠动，像是热带雨林中运送木头的大象。

朱端阳剧烈地呕吐起来。黏稠的浆液喷溅而出，那种令人爆裂般的苦楚，随之神奇地减轻，最后像它突然发作一样，突然消失了。

这一切变化得令人不可思议。刚才痛不欲生，这样一个土办法，竟手到病除了。朱端阳从安门栓的背上跳下来，觉得真像一个恶作剧的玩笑，又感激又忸怩。

“你可不要跟别人说，丢死人了。”

“不说。”安门栓把被吐脏了的衣服泡进盆里。身上只剩下棉袄棉裤，没了军衣上红领章的照应，更像个老实巴交的乡下汉子。

“我来洗吧！”朱端阳不过意地抢过去。

“俺自己来吧……特号的军装，难洗……”安门栓推辞。

“损坏东西要赔，借东西要还嘛！我弄脏的，我来洗！”朱端阳执意要洗。安门栓便去烧热水。炊事班的人洗衣服，这点便利还是有的。

“哎呀我亏了！我吐脏的这些一洗就掉，你军衣上原来的油污太多了……”朱端阳费力地搓着。

“也就是到了队伍上，俺的衣服上才见了油花。在家时，只有泥土。有油显得富贵。”安门栓很难得地说了这么长的一句话。

“水太脏了。你给换一盆。”朱端阳擎着满是肥皂沫的水，指挥着炊事班长。

安门栓用舀子给她盛了浅浅一盆。

“太少了！再添点。连衣服都没不过来！”

“够用了。节省些吧。”安门栓固执地不肯再添。

“你要是心疼热水，我用凉水好了！”炊事班长的脾性，朱端阳已多少摸到一点。

“冷水也不能太耗费了。”安门栓还是不添。

“哎呀，这也不是沙漠，水也不是金子！你到屋外看看，漫天遍野到处都是冰雪。想不到你这么大的个子，还怕费力气多拉点水！好，我不用你炊事班的水了，自己去挑！”朱端阳气得端着盆就要走。

安门栓慌了，赶紧舀了一大勺水：“是俺不对。咱这儿不缺水，俺们那儿缺水，缺怕了。沟崖下的水流，旱天只有一线线，走上几十里，挑不回一担水。”

天下竟还有这么糟糕的地方！

“那你们吃什么水呀？”

“吃涝坝攒下的雨水。”

“那水好吃吗？”

“好吃。雨水刚下时是甜的。在坝里攒的时间长了，浸进了地里的盐，就不那么甜了。可熬搅团时，比涧水香，还省了碱了。”

“搅团是什么东西呀？”

“搅团是稠玉米糊糊，是俺们那儿的好饭，吃的时候，碰上个小疙瘩，还以为是块馍渣呢，满心高兴，咬开一看，嗐……”

“那是什么呀？”衣服已经洗完，朱端阳还不想走。

“滑溜溜，黑秋秋，原来是个涝坝里的蝌蚪虫。原想吐出来；一想，蝌蚪也是肉，一吸溜，进去了。到肚里变青蛙去了……”

朱端阳听得入了迷，虽说把蝌蚪喝进去那一段，有点不那么舒服，总的还是挺稀奇的。

安门栓从没有这样亲近地跟一个女人对面坐着说过话。对家乡的回忆，像一盆温水，将他粗糙的心，泡得柔软起来。

我给你些独头蒜瓣，生的蒜苗粗壮。”炊事班长拿出自己攒的“私房”——这是他在几麻袋蒜头中精选出来的。对于一向悭吝的炊事班长来说，这是很盛大的情意了。

独头蒜剥去紫皮，个个硕大莹白，像是小号的水仙头。朱端阳找来乳白色的方形治疗盘，将它们密密麻麻地排列在里面，淋上温水。白天，将它们捧到窗边晒太阳，夜里，双层玻璃也挡不住昆仑山的寒潮，就得搬到炭炉前，不远不近地焐着。独头蒜最先长出白蚯蚓般的根须，纠缠成一层网垫，牢牢铺满瓷盘底，拼命地吸取水分，终于在一天早上，齐刷刷绽出了一丛又一丛宝剑似的绿叶。

绿色！久违了的这生命的颜色！

昆仑山上的冬天，酷寒而漫长。上山的道路一旦被封死，这里就成了远离尘寰的独立雪国。国境两边的军人们，都拼全力为各自的生存而奋斗，所以极少有战事。恶劣的自然条件，使人们退回到原始部落时期，活着就是胜利，就是发展。御寒充饥，成为全部的生活内容。人类，原是热带森林中猿类的后裔，就其生理构造来讲，当是食绿叶水果为生的。雪原是不适合人类生存的。无论穿多少层羊皮的大衣，铺多少层狗皮的褥子，生命还是无可抑制地萎缩干瘪下去，人们都无精打采的。朱端阳因为不吃羊肉，各种维生素缺乏的症状，便格外明显。指甲翻翘，头发断裂，嘴唇像兔子一样，永远裂着长不拢的口子。

她发疯似的想吃绿叶蔬菜，想嚼能将牙齿和舌头都染成绿色的草芽，让绿色的浆汁顺着嘴角流下来……绿色，在银白色的雪原上，只是一个梦。以至于朱端阳看见自己和别人的绿军装，都想用牙齿咬一咬。军装为什么要是绿的？在昆仑山上，这是一个恶毒的嘲弄。什么颜色的军装都可以，只要不是绿的。可以是白的，和千年不化的冰雪一个样；可以是褐色的，被山风吹掉积雪后裸露的山岩，就是这个颜色；可以是蓝的，昆仑山不发怒的时候，天可以蓝得像海一样深沉。唯独不要绿，这是昆仑山亘古未曾有过的颜色，它除了留给人们一个不能实现的梦想外，再就是对故土深深的怀念。

现在，终于有了一缕绿色的生机了。朱端阳爱若至宝。战士宿舍里十分拥挤，她便把蒜苗种到化验室。

“工作间摆这个东西，恐怕影响不好。来来往往人多，不要叫人说这是小资产阶级情调。”徐一鸣不赞成。

“这又不是花，是菜！”朱端阳不服气。

徐一鸣没有再坚持。绿色，实在是太招人喜爱了，化验室内平添了勃勃的生气。

蒜苗长得高了，蒜头内的养料不敷应用，便像发育过快的孩子一样，倒伏了。

“这可怎么办呢？”朱端阳愁容满面。

“该剪吃了。这原本就是菜。”徐一鸣说。

“谁也不许吃！吃了，到哪儿再看绿呢？”朱端阳的态度很坚决，俨然蒜苗的保护者。

徐一鸣深吸了一口气，空气中有些蒜的辛辣清香。想不到这姑娘这么心重。“那就上点肥吧。”

“上什么肥呢？”朱端阳看了看莹白粉嫩的蒜瓣，不无紧张地问。她自然想到了常用的人粪尿，只是那样一来，纵是不倒伏了，可也不能观赏了。

“化验室内难道还缺肥料吗？”徐一鸣果然这样说。正好一个病人送来了大便标本。

朱端阳独自给病人化验，赌气不理她师傅，这不是明明想害她的蒜苗吗！

“给。这是尿素。高级肥料，不过千万不可放多了。”徐一鸣从试剂架上取出一个药瓶，又补了一句：“可惜我这是‘分析纯’等级的试药。”

朱端阳开心了：师傅并不像外表上那么冷漠无情。

七

春节快到了。

可诅咒的节日啊！自从封山断路之后，昆仑骑兵支队的所有将士，便再也接不到家人的片言只字。游子们像断线的风筝，思念之情像昆仑山的冰雪一样日益加厚。过年的气氛炉火一样炙烤着人们，冰冷的思念融化了，流进每一颗年轻的心。

年三十可怎么过呢？太难熬了。无论多么铁石心肠的军人，都会在这一刻，想起家乡，想起童年，想起母亲。

安门栓深刻地洞悉这一切。他是老炊事班长了。知道唯有吃的乐趣才能冲淡痛苦。刚过腊月二十三，他就开始筹措除夕夜的饺子了。

面粉虽是统一标号，但似乎多少总有区别。

炊事班长不厌其烦地拆开面粉袋缝线，用蒲扇大的巴掌各窝出些面粉，在太阳光底上晃着。

“你说说，是这搭的白些，还是那搭的白些？”安门栓问朱端阳。

“我说，是这搭的白些。”朱端阳调皮地随手一指，学着安门栓的腔调。

鬼女子！

安门栓虽说自觉着还是那搭的白些，仍将朱端阳挑中的那袋面挽上个记号，浮搁在一旁，预备年三十用。

“脱水菜。你说绵软些好呢，还是嫩生些的好？”安门栓又回过头征询。

“脱水菜脱水菜！一年四季吃脱水菜！我讨厌脱水菜！软的硬的都不吃！再吃下去，人都要变成脱水菜了！”刚才还好好的，一提起吃菜，朱端阳突然爆发了。

有什么办法呢？什么菜都没有，脱水菜还要算好东西呢！脱水菜是个谜。好端端的青菜，根茎叶都在，单单失去了水，就变成了另外的东西。你还给它水，甚至比它失去的还要多，脱水菜却再也不会复活为青菜了。好像有什么精灵，鲜菜的灵魂，随着水漂走了，剩下的茎叶，只是一具没有生命的尸骸。

“那你说吃什么馅的呢？”炊事班长百般无奈地问。

朱端阳干张了张嘴，回答不出。

“我给你的蒜瓣，长好高了吧？”炊事班长突然想起来。

“徐一鸣给的肥料可灵了，现在都长到一尺半高了。”朱端阳立刻眉飞色舞起来。

“你养在哪儿？”

“原来在化验室，后来我们宿舍的同伴也要看绿，就又搬回去了。”朱端阳一点也没想到安门栓的问话，有何用意。

年三十在恐惧与等待中来到了。邻近部队有急诊，徐一鸣随医疗组出去了，朱端阳一个人化验，忙到很晚。

军队里吃饺子，是件大工程。安门栓把和好的面一块块切开，按照各个小单位的人头份，大致公平地分下去，分饺子馅的时候，就更复杂，人们拿着碗盆，嘻嘻哈哈地围着炊事班长，总想给自己多分一点。当兵吃粮，平日里都管饱，大过年的，难道还能让大家饿肚子吗？可安门栓真的不知从哪搞来一杆秤，斤斤计较地一份份给大家称。大家也真的为了秤头秤尾的高低，争执不休，临走时还要偷着从馅盆子里再捞走一把。一时间，炊事班里竟是从未有过的红火。

人们都在拼命找话说，不让别人安静，也不让自己安静。大家都在逃避瘟疫似的，逃避一个人独处的机会。

当朱端阳疲惫地推开宿舍门，这机会猝不及防地降临了。清洁整齐的女兵宿舍内没有一个人，显得空旷而荒凉。这是女兵们离开父母后，过的第一个春节，袁镇把她们请到科部包饺子去了。昏黄的灯光下，只有朱端阳和她小小的影子。紧接着，她又发现一件意想不到的祸事：白瓷治疗盘内碧青的蒜苗，被人齐根剪掉，残端沁出一粒粒辛辣微带绿色的水珠……

朱端阳立刻想到了这是谁干的。她冲出房门，急匆匆地朝炊事班赶去。

夜，真黑呀！没有风，没有雪，没有星星和月亮。昆仑山庞大黝黑的身影，像一床硕大无朋的黑被，将天地遮挡得严严实实。星星点点的灯火，在这大山深处的寒夜中瑟瑟抖动着，使人怀疑它们原本就不曾存在，只不过是人在极端孤独中的错觉。

朱端阳不由得站住了。她想一个人在冰冷的黑夜待一会儿。她知道，在遥远遥远的内地，有一所灯火辉煌的温暖的房子，那里就是她的家……两行小溪顺着她周正的鼻梁流到嘴里。

“你待在这儿干什么呢？我还以为是国境那边派来的特务呢！”有人打断她的思绪。

是尤天雷。他最近常到卫生科看病，且次次都开化验单，同朱端阳已经比较熟了。

“大过年的，还有那么多电报要送？”朱端阳搭讪着，迅速用手抹了一把脸。其实这有什么用呢？机警的机要参谋早看得一清二楚了。

“越是逢年过节，电报才越多。”尤天雷轻轻晃了一下鼓鼓囊囊的公文包。这算不得泄密，任何一个稍具军事常识的人，只要打开普通的半导体收音机，都能听到纷乱袭扰的电波信号，密密麻麻乱得像一锅粥。只有到了机要参谋那里，才显出它们庄严肃穆的本来面目。昆仑骑兵支队与军区无电话联络，关山重重，电话线架不过来。机要电报便成了唯一的通信手段。在这个意义上说，机要参谋掌握着全部队最核心的机密，甚至比司令员知道得还要早，还要周全。各级指挥员在决定任何重大事件的时候，都会或多或少地征询他们的意见。机要参谋，是昆仑骑兵支队的骄子，尤天雷，更是其中的佼佼者。

“电报里都写的是什么？”朱端阳好奇地问。整个冬天，他们看不到一张报纸，接不到一封信件。每天是一样的山，一样的天。出来进去是那几个人，一日三餐都是一样的脱水菜。刻板，单调，使人在麻木中衰老。无线电波是唯一将这独立雪国与外界联系起来的通道。朱端阳觉得尤天雷那个公文包里，装着一个新鲜的外部世界，有许多她不知道的信息……

这真是一个古怪而大胆的要求，触犯了兵家大忌。不该知道的，就不要知道。这是军人的准则之一，朱端阳何尝不懂！但她忍不住，她想问一问。而且，在她那颗聪明的心里，朦朦胧胧感觉到——这个漂亮的机要参谋，即便不告诉她，也决不会训斥她，也许还会讲出一段风趣幽默的话。她实在害怕暗夜与孤独。

尤天雷为难了。“上不告父母，下不传妻儿”，这信条从他当机要员的第一天起，就融化进他的血液中了。保守机密，慎之又慎。他不可违背原则。

“电报里问咱们大年初一会餐，吃什么菜。”尤天雷编了一条不高明的谎话。

“你骗人……”朱端阳的眼泪“唰唰”地流淌下来。这么一句玩笑话，原是不至于动此干戈的。但姑娘们的泪，多半不是就事论事，而是蓄积起来，随便可以在一件小事上爆发的。

尤天雷慌了。他喜欢这姑娘。纵不能讨她高兴，也绝不能惹得她哭天抹泪。不就是想知道一下来电内容吗？她绝没有别的动机，也不会去报告印度当局。况且，只要不是直述电文，也未必就是泄密。

“我告诉你。”尤天雷压低了声音。朱端阳止住了哭泣。

“各级指挥机关的来电都有。军区、大区总部……”

“他们都说什么了？”

“让我们边防一线部队加强巡逻，提高警惕。一旦出现意外，要勇敢顽强地消灭敌人，守卫国土……”

这些话，从朱端阳踏上昆仑山的那一天起，就不知听到过多少遍了。此刻听起来，仍有一种不可遏制的激动传遍全身。

“报上说没说感谢我们在这里保卫祖国？”朱端阳有点不好意思，但她还是提出了这个问题。她想知道和平中的人们，是否惦记着他们。

黑暗中也能看见尤天雷露出了满口的白牙。感谢？密电码中也许有这两个字的编号，但尤天雷从未在报文中使用过它们。如果说前面的问题还情有可原，这一次可实实在在是幼稚了。调侃的天性又回到他身上：“现在快 12 点了。我问你，去年的此时此刻，你在哪？在做什么？”

“在家……在放鞭炮………”

“这就对了。请问，那时候，你可想到要感谢我？”

“感谢你？”朱端阳一撇嘴：“那时候，谁认识你是谁呀！”

“去年的此时此刻，我也像现在一样，提着文件夹，走在这漆黑的路上，明年，也许还这样………”

尤天雷走远了。因为是夜间送报，按规定必须佩带武器，他的背影，比白日显得更威武。

保卫者与被保卫者之间，是一道鸿沟。一旦跨过，你就必须义无反顾地承担起责任，无论它是多么沉重。

走进炊事班的时候，朱端阳几乎忘记自己的初衷是什么了。安门栓正在用暖壶盖从轧面机轧出的面页子上，往下挤切正圆形的扁片，然后用它们包出些大而蠢的饺子。

“擀面棍呢？”朱端阳好奇怪。

“都叫大伙儿拿去了。”炊事班长沉闷地说。

“这么厚的皮，还不成了发面饼了？我去找个大注射器内芯，咱们俩一块包。”

安门栓感动地抬头看看朱端阳。“不用了。这些就够。想起家里人吃不上饺子，我一个人，也咽不下几个。”

这么大的人了也想家！朱端阳想起自己刚才的狼狈相，忙给安门栓宽心。“哪能过年吃不上饺子呀！别忘了现在是新社会！其实，就是旧社会，连杨白劳家过年，还有王大春给送的二斤白面呢！”

“你不知道，俺们那儿收成不好……”安门栓停了手里的活计，怔怔地望着窗外。好像他有什么特异功能，能透过无数堵墙壁和山峦，瞅到他家乡的场院似的。

“别瞎操心了。半年前就封了山，没见家信，你怎么能知道收成不好？收音机里不是说你们家乡是大丰收吗？”每逢说到收成之类的事，从农村入伍的兵，神色便格外庄重沉郁，朱端阳自知没有插嘴的分。但这一次，她觉得自己的话很有说服力。

“你咋能光听喇叭里的！”安门栓奇怪，别的事上挺机灵的巧女子，怎么这事上却弄不明白。

“那你从哪儿知道的？”朱端阳不服气地反问。

“俺是从喇叭里听说的。”

真稀奇了。炊事班长八成是想家想糊涂了，怎么说话都颠三倒四的？朱端阳劈手夺下安门栓的暖壶盖：“我看你别吃饺子，叫医生给你开点药吃吧！”

“你听我细细说。喇叭里是不是说黄河下游今年没闹大水？”

“说了又怎么样？你们家在黄河上游，碍着下游什么事了？告诉你，喇叭里这会儿还在说，太平洋上刮台风呢！”

“刮不刮台风，对俺们那搭倒是没啥影响。”安门栓听不出朱端阳的揶揄之意，很认真地反驳着，随即又陷入深深的愁苦之中：“俺们那儿缺水。只有靠老天爷下雨。哪年黄河发大水，俺们家乡才能有收成。越是百年不遇的洪水，越是丰收……”

朱端阳说不出劝慰的话来。在她过去短暂的生涯中，不知道中国还有如此贫瘠的地方。她以为昆仑山就是苦中之最，哪想到在有些人眼里，这里也是天堂!

过年的钟声响了。

式样繁多的饺子（如河南的扁饺，山东的挤饺）出笼了。高原上的水不足80℃就开，无法煮熟这种古老的全封闭结构食品。炊事班长是在笼屉上抹了层油，将饺子蒸熟的。

各小集团的饺子，上笼时是标记好分开码放的。不想出锅拣抬时，全乱了营。人们混乱地抢抬着，活像一群乌合之众。当然，手下也还留情，给后来的人多少留着一些。轮到女兵们去拿饺子时，才发现她们包的饺子，已全都被别人拿走了。女孩子们的饺子包得很规矩，小巧玲珑的，很容易识别。也许，饺子馅虽是一样，女人包出的饺子，更有一番风味。女兵们吵闹起来，饺子不够吃。于是男兵们又各自将自己碗里的饺子拨出来。结果汇到一起，三个班的女兵也吃不完。

安门栓扯扯朱端阳，暗地里递给她一碗饺子。包得很精致，像是小羊羔的耳朵。真不知他那簸箕大的巴掌，怎能做出这等细活。

馅虽说也是脱水菜的，但掺进去的蒜苗，明显比大锅饭的多。

朱端阳这才记起兴师问罪的事，却终于什么也没有说。

她给蒜苗的残基又施了肥。可能是求生心切，浓度过高，效果大得令人惊骇。蒜苗先是滋生出瘤状的叶子，然后便狰狞地疯长，颜色也成为一种无法解释的青紫色。不但没了观赏价值，连吃也不敢了，只得扔掉。

八

“安门栓是我接的兵。”尤天雷坐在化验室的白色转椅上，等待他的化验结果。

朱端阳相信。尤天雷虽然年轻，但军队里的辈分是以军龄来衡量的。所以机要参谋可以用这种居高临下的口气说话。

“接兵的时候，我们住在他们公社招待所。吃完饭，我把碗往桌上随手一搁。站在一旁的服务员，把碗拿过去，伸出舌头往碗里左右一舔，碗就算刷干净了。摞在一起收好，下顿盛上饭再给你用……”

“真会瞎编。”朱端阳放下手中的操作，好气又好笑。

“谁骗你？这是真的。所以，以后逢到吃饭，我事先把解放帽檐偏到一边去。一则是提醒自己别忘了饭后舔碗，叫人老百姓顿顿给咱舔，怪不好意思的。二来是舔的时候方便些，要不弄个满脸花，多不美观！”尤天雷坐着自转椅转过去，又转回来。

朱端阳不由得有些心酸，不愿被人看出来，便慢慢地晃着试管。

“要不是安门栓家弟兄好几个，我根本不收他当兵。他们家乡缺水，家里没有壮劳力的，小伙子走了，没人下涧里挑水，生活就难维持了。”尤天雷这句话可是肺腑之言。早知有今天，看起傻大黑粗的炊事班长竟成了不可小觑的对手，他说什么也不会收安门栓当兵的。

朱端阳自然想不到尤天雷的这许多心思。她只是想多知道点炊事班长的情况，便催尤天雷再讲。

“安门栓坐上汽车。一到中途休息，他就第一个跳下车，直着嗓子对着车上吆喝：‘还不快下来，让汽车歇息歇息……’安门栓的舌头，伸出来够得着鼻子尖，这都是从小练舔碗练出来的……”尤天雷讲得兴起。说实话，看到朱端阳对安门栓的身世这么感兴趣，尤天雷心里颇不受用。但他觉得与其让朱端阳四处去打听，倒不如自己这样详细介绍一番。他相信自己具有足够的优势。

果然，朱端阳被炊事班长的轶事逗得咯咯笑了起来。她想得出安门栓滑稽憨厚的样子。

一直背对他们朝窗外凝视的徐一鸣，突然回转身，用很犀利的目光扫了尤天雷一眼，说道：“你出去一下。”

尤天雷站起身。不管怎么说，这里是化验员的领地。刚才的说笑略有点过分，骗骗小姑娘可以，他忽略了旁边还有一双老练的眼睛。

“不是说你，尤参谋。朱端阳，请你把病房的化验单处理一下，这份标本我来做。”徐一鸣的口气很平和，却不容置疑。

朱端阳出去了。屋内留下两个男子汉。空气骤然间紧张起来。

“尤参谋准备调到后勤部供职了吗？”徐一鸣的问话暗藏着某种潜台词。

尤天雷一时还估不准头发少白的化验员是何动机。徐一鸣是朱端阳朝夕相处的师傅，尤天雷不想同他搞僵。多一个不时说自己坏话的人，总是不利因素。他镇静地一笑：“起码目前还没这种打算。”

“那为什么对一个炊事班长这么关心呢？”徐一鸣的话虽一般，分量却不轻。尤天雷必须解答他对安门栓虽说都是事实，却并不那么友好的描述。

机要参谋迅速判定了形势。从对方略带嘲弄的语气中，他知道外表不露声色的化验员，实则对他的心思洞若观火。他感到有点狼狈，但旋即又镇定下来。这没有什么好遮掩的。索性挑明了。真正的军人，喜欢直率。

“我看出炊事班长看上这姑娘了。我给他们泼点凉水。”

“等到火灭之后，你再点起一堆新的来。我说得对吗？”徐一鸣紧逼住问。

“我……没有那个意思。战士服役期间不许谈恋爱。这帮女兵们上山后，领导曾三令五申这一条，这你也是知道的。”尤天雷说的并非违心之谈。他并不敢想象现在就同朱端阳谈恋爱，只是希望她对自己留下一个深刻的印象，而不要被旁人捷足先登了。

“我自然记得这条军规。只是尤参谋近来常常光顾我这个小小的化验室。几次抽的血加起来，只怕比挂次轻彩都多了吧！”徐一鸣冷冷地戏谑着。

“这是因为我一直生病。”对这个问题，他早就备有现成的答案。

“有没有病，不是你说了算，而是我说了算。你说对吗？”徐一鸣轻松地从试管架上抽出两管半凝固状态的血浆：“尤参谋，请看好。这是你的血液标本。”他拿着试管对着阳光晃了晃，血色纯正而鲜红。然后不慌不忙地走到污物桶前，踩动脚开关，将试管丢了进去。

“你……你怎么能这样对待工作！”年轻的机要参谋倒不是吝惜他的血，觉得人格受到了蔑视，愤慨地质问道。

“我正是为了能够安安静静地工作。”徐一鸣冷漠地望着他。

尤天雷快速思忖着：化验员为何对我发这样大的火？难道真是为了替炊事班长抱不平吗？噢！对了，这是为了达到自己的目的！他暗暗抱怨自己的粗心大意，他长期以来忽视了这个最潜在的敌手。化验员凭借天时，地利，人和，具有优越的竞争条件。随着时间的推移，这种危险势必不断加大。自己每次进化验室，见到的都是楚河汉界，相隔甚远，谁又能知道这不是化验员的表面姿态呢！他急忙调整了思维方向，转守为攻道：“我就是一天往化验室跑的次数再多，也不如你们这样安安静静工作，待的时间长！”

徐一鸣恼怒了。自受袁镇科长所托，他一直以朱端阳的保护人自居，现在，这火竟烧到他头上来了，他极想剖白自己，绝不曾存非分之想。但都是未婚男人，这表白又能有多少力量！

他迟疑着。尤天雷咄咄逼人地望着他。朱端阳的身影已从远处走近。

“尤参谋，你我都是男子汉。你记住我的话，我徐一鸣，绝不会娶朱端阳做老婆的！”

“此话当真？”尤天雷反问。

徐一鸣没有重复。真正说话算话的人，是不喜欢重复的。

尤天雷不得不佩服这勇气。他不敢说，也不能说。人，不应该放弃自己的努力和追求，爱情是一件很严肃郑重的事，在什么情况下，他都不会轻易放弃这种权利。但是，他可以等到女兵们服役期满。只是在这期间，不要出什么意外才好。感情这东西，可是最易变化的。况且就是徐一鸣，横生变故的可能性，也绝非一点没有。情场也同战场，是来不得半点粗心大意的。

狡智的机要参谋立刻想到另一个主意：“徐化验员，我佩服你的为人。我给你介绍个对象，怎么样？”说罢，从内衣口袋的皮夹里，抽出一张相片。

姑娘很漂亮。徐一鸣看也没看，冷淡地说：“这么漂亮的姑娘，还是留给你自己吧！”

“你他妈混蛋！这是我妹妹！”面孔白皙的机要参谋粗鲁地骂起来。

徐一鸣发现自己唐突了。机要参谋是聪明人，今天的交锋，足以使他有所收敛。他把相片还到尤天雷手中。从以前化验的记录本上，查出尤天雷上次检查的结果，抄在这次的化验单上。

“拿去给医生看吧。别发这么大火，咱们不是还打算做亲戚吗！”

朱端阳走进来，恰好听到这最后半句话，不由得抿起嘴一乐。看来自己还担心他们会有口角，完全是多余的，她希望大家都快活亲热。

徐一鸣的心，紧缩得疼痛起来。

他怕见这微笑。直到这时，他才深切地感到自己失去了一样多么宝贵的东西。他一直在心中替自己辩解，说自己对她的关心爱护，完全出自一种同志式的友谊。当真的决定永远同她做同志时，他才发现自己一直在自欺欺人。现在翻悔，也许还来得及，况且这种允诺，本身并没有约束力。没有什么能约束一个成年男子对他所爱的姑娘的追求，除非他自己。但徐一鸣不会翻悔。他知道有多少双眼睛在看着他。昆仑山是一座雄性的山，昆仑骑兵支队是一支男性武装集团。阴差阳错，来了一个班的女兵。对于这样一片广阔的土地，实在是杯水车薪。袁镇科长的决策是正确的，把女孩子们保护起来，让她们像天上的月亮一样，每个人都可以仰头看见，每个人都不能据为己有。边防线不是内地的公园学校，哪里都可以乱，昆仑山乱不得。倘自己同尤天雷争执起来，千里边防将传为笑谈！这是军人的耻辱！他答应过袁镇，他不会食言，今天，他又答应了尤天雷，他同样不会食言，女人，对军人来讲，应该是一个被遗忘的字眼。昆仑山上来了女人，这是命运开的玩笑。不要纠缠在这个恶意的玩笑中。快去走历代军人走过的路吧。在家乡寻一个老实本分的婆娘，上侍父母，下育子孙，自己才可安心戍边。军人已经做出了众多的牺牲，无非是再多一点。虱子多了不痒，账多了不愁。徐一鸣说话是算话的！

徐一鸣觉得自己很高尚，但是他忘了，在做出这种决定的时候，朱端阳会怎样想？

九

春天到了。假如一定要在昆仑山上划分四季的话。

春天的唯一标志是道路开封。军区并没有忘记当初派女战士们上山的目的，明令她们到一线哨卡去巡回医疗，同对方的女兵一比高低。

内地的人，以为西部是边疆，西部的人，以为昆仑山是边疆。真正到了山上，你才知道距离国界还远着呢！

但这一次是到一线的前卡去。近到用肉眼看得到敌人，当然敌人也看得到我们。军区的目的也正在于此。

前面就是国境线。

朱端阳焦急地等待着，等待一种异乎寻常的感觉。没有，什么也没有，一模一样的山，一模一样的冰河，甚至连对面山上敌人的岗楼，也建造得同我们大致相同，只不过略低一点。地图上那条鲜红的未定国界线，无声无息消失在绵延的山岭中。

女兵们在等待一个好天气。连日大雾，十几米外便一片混沌，自然是不宜展示的。边防站粗野的士兵变得腼腆文雅起来，以致他们彼此相处时，都觉得对方好像变了一个人。不过骂起领队来的尤天雷，还是同仇敌忾，觉得他实在艳福不浅。

尤天雷正在同一个偶然闯进营区的老者交谈着。他们说着一种奇怪的语言，连站上的翻译都听不懂。这是尤天雷的过人之处，他对昆仑山上众多的边地语言很有研究。

看不出老人究竟有多大年龄。灰白的头发与灰白的胡须毛碜碜的纠结在一起，黑眼珠洞穴般地在其深处闪着幽暗的光。斜披一件用黑牦牛线连缀起的皮衣，脚下是整张羊皮卷成的筒靴。不知道他是从哪里来，看得出他要到哪里去。他双手合掌，念念有词，目光缥缈地注视着极远的苍穹。在那里，有一座边民们传说的圣山。

老人指指自己，指指军人们，最后指向他赶的羊群。

羊群毛色污浊，看得出跋涉过很远的路，羊犄角上挂着沉甸甸的羊毛小袋子，压得羊直不起头。使这种常见的动物显得陌生。

老人见大家围向他，索性做了一个用手掌砍脖子的动作。这更叫人莫名其妙：不知是他要杀人，还是人要杀他，或是他要自杀。

尤天雷把他的话翻过来。

请解放大军买一些他的羊杀了吃。好多天见不到牧人，没办法用羊角上的盐巴换青稞。他不吃肉。如果再换不到粮食，他跌倒后爬不起来，就到不了圣山了。

原来是这样。

哨卡领导拿来粮食预备送给老人。他来自一块遥远而有争议的土地。对这种国籍未定的边民，人民军队有救援他们的义务。

老人执意不收。

请解放大军不要坏了他一路苦行修下的善果。

没办法，虽然哨所并不缺羊肉，为了使老人安心，还是买下了他的羊。

当场宰杀。

朱端阳从未见过如此惨烈的场面。羊被老人分成两群，把待杀者角上的盐袋解下，绑在幸存的伙伴身上，两群羊都发出极其凄切的叫声，像在进行最后的诀别。

牙咬着匕首的屠夫们逼近了。

拽住羊角就地一滚，羊便被掀倒在地上。寒光一闪，羊腹便被挑开了。一只魔爪似的手凶狠地从羊腹探入，完全凭感觉，扪住活羊那颗怦怦乱跳的心，扣住心根处一扭，羊心便滚落下来。随着冒热气的人手脱出，汹涌澎湃的热血汩汩而出，将死羊身下坚硬的冻土，冲击成一个旋涡。

只有这样宰杀的羊，肉才洁白鲜嫩。

更令人惨不忍睹的景象还在后面。

目睹同类的死亡，羊群战栗起来，突然，一些晶莹的水袋从还活着的羊胯间纷纷坠下。袋膜柔软而透明，像是薄薄的塑料袋，颤动着，并不破碎。于是，朱端阳和所有在场的人都看清了——水囊中有一个粉红色的精灵在挣扎，那是一只成形的羊羔。

这太残酷了。

“你问他，为什么要杀死这些母羊？”朱端阳愤怒了。她是女性，对幼小的生命，有天然的痛惜。

尤天雷迟疑了片刻。老人是羊的主人，想杀哪只就杀哪只呗！看朱端阳怒冲冲地盯着他还是委婉地翻了过去。

老人缓缓答道：“朝圣的路，是圣洁的路，它们原不该在路上做下这等罪孽，还是早早了结了好。”

事关宗教信仰，谁还能再说什么！

第二天，极澄清的天气。

女兵们迫不及待地朝山上瞭望哨爬去，那里是哨所的制高点。从平原黄土地上的操场开始，生离死别，万水千山，她们走过了漫长的道路。现在，昆仑之行的最高价值就要实现——让所有的人都看一看吧，谁是世界上站得最高的女兵。

到了。

依山构筑的土碉堡，蛇行坑道。手摇步话机，简易发电机，武器和弹药。

霎时，朱端阳感到深深的失望。这就是我们的边防！它是那样残旧，那样简陋，简直叫人觉得不堪一击。千千万万日夜忙着搞“文化大革命”的人们，以为我们有一个多么强大的国防。若是知道真正的前线，破烂得像个土围子，他们还能安然地打派仗吗？

朱端阳不寒而栗。只有这时，她才体会到什么叫血肉城墙。不管共和国内怎样混乱，这里必须像磐石样坚固。没有任何现代化的装备，祖国只能用她赤子的身躯，来抗击任何可能发生的侵略。一种近乎悲壮的情绪统辖了她。

唯一可以称得上先进的，是一台望远镜。

警卫战士将观察位置让给朱端阳。

望远镜倍率很大。朱端阳凑过去一看，吓了一跳。太近了！简直像透过窗户在看自家的院子。

只是她看到的，是一个装束与我们完全不同的外籍军人的黑洞洞的枪口！

在这一瞬间，朱端阳忽地明白了——什么叫国土！国土不是土，而是一条线。一条看不见摸不着而又无时无刻不在的线！两个种族，两种社会，两个截然不同的国度，被它从天到地刀剁斧劈般地割裂开了。在这条线的两侧，扼守着各自的军人。山是一样的山，水是一样的水，天是一样的蓝，风从这边刮到那边。唯有人不一样。他们成为各自国家的标志，屹立在这荒芜的土地上。朱端阳年轻的心，激烈地跳动起来，热血像海浪般澎湃着。她觉得自己消失了，或者说升腾了。无论你个人多么渺小多么卑微，有着多少自身无法超越的缺憾，在这一瞬，你变得伟大而崇高，因为你代表着你的国家，个人消失了，被抽象成一种符号，被赋予一种常人无法得到的神圣使命。有幸能成为一次国家的象征，是难以比拟的幸福。就像我们辽阔的国土上，有多少亿亩稻麦菽粟，但只有一株谷穗，被镶在庄严的国徽上。它永远沉甸甸地低着头，谁又能计算它的价值！在人的一生中，假如有一次，你代表过你的祖国，这金子一样的记忆，将照亮你的一生。你会清楚地感到，从那个时刻起，你长大了，变成一个新的人。对祖国的责任，像昆仑山一样，压在你的双肩，叫你永生永世无法安宁。

朱端阳在心里呼唤着自己所有亲人的名字：你们看到我了吗？我是世界上站得最高的女兵！我在保卫着你们！

女战士们跑出土堡。金色的朝阳透过稀薄的云纱，将聚光灯似的光束，打在她们身上。料峭春寒，山顶的陡岩上，凶猛的山风鼓胀起她们草绿的大衣，像展翅欲飞的雁阵。

唯一遗憾的是：没有任何特征，可以显示她们是女性。

姑娘们把军帽摘下了。

齐耳的短发，逗号一样的小抓鬏儿，平头的小刷子辫……头发，比正常稍长一点的头发，将无尽的阴柔之美，氤氲在世界屋脊之巅。

朱端阳急了。她有着女孩子中最妖娆的美发。妈妈说过，是从胎发留起的。她一把扯开橡皮筋，黑发像瀑布一样散在腰间，当它们被山顶的巨风掀起时，该多么像一面美丽的旗！

朱端阳正准备出去，望远镜里的景象突然变化，出现了一个异国的女兵。她穿着一套橄榄绿色军装，掐腰很细的上衣，缀着亮闪闪的扣子，仿佛是银制的。脸上施着脂粉，但并不过分，显出很妩媚的样子。无论朱端阳对她怀有多么深刻的敌意，平心而论，这异国女兵是很俏丽的。

她优雅地舒展了一下腰肢，蠕懒地将胸前挂着的袖珍望远镜，向我方瞄视着。也许，这是她每天早上唯一的消遣吧。朱端阳不打算走了，她预计到自己要看到颇为难得的镜头。

战友们的欢笑声在土堡外响着……

那女人突然松开手，望远镜跌落在颈间，涂满蔻丹的指甲，掩住了樱红的唇。

那该是一声惊叫吧？朱端阳快活而耐心地等待着，欣赏着对方的愕然。

那女人重又将望远镜擎起，头颅缓缓地移动，略苍白的嘴唇翕动，好像在清点我方的人数……许久许久，竟再无接下去的动作，仿佛化成了一尊石像。望远镜遮住了她的眼睛和半个脸庞，朱端阳判断不出她是惊呆了还是吓呆了不觉有点扫兴。蓦地，从她半仰着脸的某一特定角度，朱端阳看到有一道水痕的反射光。

这是怎么回事？

朱端阳想再看清楚，那水痕却不再出现。不管她吧！也许是眼花了。趁那女人还没放下望远镜，让她看看中国方面还有一个女兵！朱端阳撇开望远镜，就往外跑。

“站住！”

声音冷漠而生疏。朱端阳立时钉在地上，还不知是谁发出的喝令。

是尤天雷刚从山下赶到。一天不见，他竟苍老了许多，脸色铁青，眼球上网满暴突的红丝：“不准你上去！”

为什么？朱端阳非常吃惊，尤天雷怎么变得如此凶狠。

“她们都在上面，为什么偏偏不让我去？”她小声嘟囔着，还想往外走。她知道尤天雷不会真对她发脾气的。

然而这一次朱端阳大错特错了。一向温文尔雅的机要参谋不但挡住她的去路，而且用铁钳一样的手，把她推了个趔趄。

“我告诉你，他们那边的女人，是——军妓！”尤天雷的嘴角痛苦地抽搐着。

长久的寂静。听得见山顶的风声。

“你——胡——说！”朱端阳发出裂帛一样的尖叫。

这非人的呼唤，将女孩子们统统叫了进来。

尤天雷看也不看她们，对着光秃秃的屋顶说：“这是朝圣老人刚告诉我的。他才从对面过来，他们还抢走了他的头羊……”

女孩子们的黑发垂下来，垂下来，像是无边的黑纱，遮住了她们的脸。

十

卫生科长袁镇把小水桶粗的大号茶缸，放在炉子上煮茶。按节令已是初夏，昆仑山上仍需点焦炭取暖。开水温度低，沏不开茶，只有像熬中药似的煎，才能品出滋味。

朱端阳规规矩矩地坐在对面，像准备挨老师训话的女学生。

科长叫她来，要说些什么呢?

袁镇也在琢磨：这第一话，该怎么开始?

姑娘们长大了。你不能阻止自然规律发生作用。但在这个特殊的环境里，自然规律只能服从于铁的纪律。把活泼泼的生命禁锢在军规之下，这需要权威，更需要自觉。人非草木，孰能无情。围绕一个朱端阳，已经站出这么一帮小伙子，谁知今后还会出几个安门栓、尤天雷！该教育教育他们? 可惜，一个卫生科长手里的职权有限。纵是请来了尚方宝剑，千里边防线，难道要他像救火队员似的，一个个去谈话? 再说，这是传之有据，查之无凭的事情，

小伙子来个不认账，岂不弄得自己下不来台。如果两相情愿、配合默契，就更无的放矢了。卫生科长知道问题的症结在于他管辖下的姑娘们。只要她们保持住自己，目不斜视，循规蹈矩，事情就绝不会出差错。这未免有点残忍，但有什么比边防线的安宁更为重要? 战士不是骑士，若为了风流逸事，争风吃醋，打架斗殴，他们手里还有枪！到那时候，酿成昆仑的耻辱，便悔之莫及了。

“我给你讲个故事吧！”袁镇终于想好了开头。所有的教育都苍白无力，还是讲那个昆仑山人都知道的故事吧。

“讲故事? 太好了！”朱端阳很高兴，忐忑不安的心情，宽松了许多。

从前，有个神通广大的女神，叫作女娲。我们地球上的人类，都是她的子孙。有一天，不知出了什么变故，天塌了一角，露出漆黑的窟窿，地面裂开无数峡谷和深坑。山林燃起了熊熊的大火，洪水从地底喷涌而出。山岳变为岛屿，大地成为海洋。飓风从天窟窿席卷而来，到处是地狱般寒冷与黑暗。女娲决定把天补上。天是那样高，她得先找到补天的梯子，找啊找，找到了一座地面上最高的山。女娲就踩到那座山顶上。补天得有材料，女娲就砍下山上的石头，把它们熔炼成青色的石浆，填进天的漏洞中去。天补好了。女娲选的石头同天的颜色一样，湛蓝碧青，所以一点也看不出是另外镶上去的。女娲很高兴。大地上

恢复了欣欣向荣的景象。想不到没过多长时间，补上去的石浆没有黏性，被风一吹，就像泥巴一样，一块块掉下来了，女娲的子孙重又陷入苦难之中。怎么办呢？女娲想到了自己的血。血是最有黏性的东西了。她拣了一块锋利的石头，割开自己的血管，把鲜红的血，掺进青色的石浆，石浆变成了淡淡的粉红色。女娲捧起它们，糊到东方的天际，天终于补好了。从此，每当太阳从东方升起的时候，阳光照在女娲的血痕上，天空就出现了美丽的早霞。

后来，天又漏了。天为什么老漏？因为天下还不太平。这一次，是颛顼和共工的战争将天损毁了。天柱塌折，西北隆起，成了一片高原。东南凹陷，那里就变成海洋。这时的女娲已经老了，体内已经没有多少血液了。为了拯救人类，她又一次炼起补天的石浆，艰难地登上天梯，修补残破的天空。女娲最后的血液又稠又紫，为了修补得更结实，她托举着血红的石浆，补了一层又一层。所以，晚霞比早霞更为壮丽。

袁镇推开窗户，满天红霞，映得人影都红彤彤的。

"你知道那架天梯在哪里？"袁镇轻声问。

"知道。昆仑山就是天梯。"朱端阳还沉浸在这凄凉壮丽的故事里。

"你知道我给你讲这故事的意思吗？"

"教育我们要像女娲一样勇于牺牲自己的一切……"朱端阳轻声说。

"你能懂得这一点，很好。牺牲一切，也包括自己的感情。比如，你会碰到别人向你求爱，你也许会爱上某一个人……"

"不……科长，这是没有的事……"

"也许现在没有，但以后会有。你不要太紧张，我只是想提醒你。为了我们神圣的职责，你必须要约束自己的感情，除了工作学习以外，再不要想任何其他的东西。如果碰到你个人解决不了的纠缠，告诉我，领导上会帮你处理的。"

朱端阳深一脚浅一脚地走出科长的办公室。夕阳依旧火红，像胭脂般的色彩镀在女兵苍白的脸庞上。科长的话，她依稀明白，又有几分不解。有一条她明白了：她已经长大成人，祖国需要她做出牺牲，她不是小孩子了！

朱端阳拒绝安门栓为她开的小灶，锻炼吃羊肉。她并不从喝汤开始，而是直接将血淋淋的肉块穿在毛衣针上、放入火中炙烤。吃下去后，也许是高原上的羊品种不同，也许是时间起了作用，她并没有过敏。

对于朱端阳的冷淡，安门栓百思不得其解。他于是迁罪于尤天雷和徐一鸣，炊事班长的报复手段很高明，也很露骨。无非是打菜时勺把子微微那么一转，看着同别人一样是满满一碗，吃的时候才会发现：吃鱼时是鱼尾，吃肉时是骨头，吃脱水菜则全是根块渣滓。徐一鸣佯作不知，照样吃下去，尤天雷莞尔一笑，倒掉了事。

公正地说，袁镇科长的忧虑绝不是多余的。炊事班长那颗外人看来简单的心，其实并不迟钝。对于朱端阳，他时时留意。甚至希望她再遇一次险，趴在自己的脊梁上。他骂过自己是癞蛤蟆，觉得这是没影的事。像家乡的山峁，两个人离得近近的，看得清眉眼，听得见歌声，但真要手拉上手，当中隔着看不见底的沟崖呢！

他试着回避过朱端阳，发现自己根本做不到。他转而希望发生什么奇迹，比如牛郎织女，比如天仙配。安门栓是学毛著积极分子，他知道世上是没有神仙的，于是又开始幻想别的变故，像家里出个早年外出的亲戚，如今做了大官找回来的事。可惜很长时间过去了，并没有这种事。他心里有一幅同朱端阳和和美美过日子的图画，朱端阳怎样到自家涝坝里去提水……

怎么才能实现，他不知道。只要朱端阳天天跟他说笑，事情就有希望，谁知朱端阳除了一日三餐打饭非来不可之外，再不像以前那样无拘无束地同他聊天了。那时候不觉得是件美事，现在却留出一大片空白。

吃羊肉的时候，安门栓给她挑了几块最好的羊腿肉，朱端阳直往后缩碗："要不了这么多，有一块就够了……"

她还是不爱吃羊肉！那又何必这样糟蹋自己呢！心疼之余，安门栓感到一丝希望。

“我在库里找着一种吃食，保你从未见过。你尝尝咋个样？”不待朱端阳答话，安门栓便从腰间摘下小钥匙，赶着开库门去了。

朱端阳犹豫了一下，馋、好奇以及羊肉那实在令人难以忍受的气味，使她跟着安门栓走了。

这是个专存细软的小库房。安门栓逢到入库就高兴，逢到出库就心疼，于是便越存越满，中间仅剩一人可行的通道。高高的小窗口还钉着铁条，冷飕飕的。

安门栓从角落里抖出个小麻袋。这还是上届炊事班长移交给他的。后来，也许是物资紧缺，再没见配发过。凡只剩不多的物件，安门栓就再不发出了。哪个殷实的库底，不得各色杂粮都存得齐齐全全呢！况且，他也不知道这东西怎么个吃法。

“喏，就是这个。”安门栓不吝惜地掏出一大把：“像是啥虫虫晒成的干，可挺好吃的哩！我蒸熟试过。”

朱端阳定睛一看，笑得前仰后合：“啥虫虫干呀？这是上等的大海米！”

安门栓也跟着哈哈笑。他到底也想不通这海里的米，怎么不像米而更像个活物。可朱端阳高兴，这比什么都重要，他也跟着高兴。

朱端阳往兜里塞了一大把，一边嚼着一边说：“就这一次了。以后，我再不吃小锅饭了。”

安门栓的心往下一沉。这么说，这个快活的小女兵，以后再不会单独来找他，他再也没有机会同她说话了！混杂着失望焦躁和渴望的某种冲动，胀满了他的每一条筋脉。

恰在这时，朱端阳用小巧的指尖，拈起一枚硕大茜红的虾仁，塞进他已经满是热汗的手中：“你尝尝看！这是大宾馆大饭店里才有的好东西呢！使劲嚼，有一股甜味……”

炊事班长只觉得略带咸腥的血液，在咽喉部涌动。他用强有力的臂膀，将朱端阳拉了过来……

朱端阳先是听到隆隆擂鼓一样的声响。这是安门栓的心脏透过厚厚的棉军装发出的声音，紊乱而激荡。然后是一张方形的热烈企慕着的脸，那双平日略显迟钝的眼睛，此时神采焕发。唯独往日很粗犷的喉咙，变得蝉鸣一般微细："你答应做我……婆姨……"

十一

"这个安门栓，太不像话了！"袁镇一进化验室，气就不打一处来。

朱端阳悚然一惊。小库房里的事，她还没想好说还是不说，科长就知道了？

"干脆把安门栓送到军事法庭，判他几年！"徐一鸣火上浇油，"当炊事班长的，比周扒皮还抠！"

原来说的是罐头。清仓查库，上面才发现安门栓管的食品罐头，积压过久，许多都已过了保存期。要在别的地方，就地处理就是了。可昆仑山上一粒米一块炭都来得太不容易。袁镇在狠狠训斥了炊事班长之后，将过期罐头抽样编号，请徐一鸣化验能否继续食用。

"安门栓渎职，倒要我来给他擦屁股。"徐一鸣愤然地踢踢堆在地上的罐头。

数量还真不少，像一堆垃圾。凹陷的、膨出的，剥脱锡箔的，长满红绿锈的，光怪陆离。

朱端阳默默地拿出总后配发的战时食品检验箱。她并不恨炊事班长。袁镇的话给她打了预防针。当这种事真的出现了，她吃惊，羞涩，之后便是自责。如果她不嘴馋，不去那间钉着铁窗的小屋，也许一切便不会发生。她愿意帮炊事班长减轻一点责任。

"那个箱子没用。"徐一鸣不屑地说。"这里头没有耗子药。炊事班长总没坏到把每筒罐头都钻个眼，往里头下毒。"他捡起一筒罐头，抛到半空，又准确地将它接住。罐头发出人闹肚子时的气过水声："要查的是有没有腐败毒素。可惜总后不知道咱们有这么会过日子的炊事班长。”

“那怎么办呢？”朱端阳着急。这么多罐头全报废，不是个小数目。

“试试看吧。尽量凑合着吃。不过，要是咱们做出结论能吃，最后吃死了人，上军事法庭的，就该是我了。”徐一鸣将罐头扔回原处。

责任重大，生命攸关。“怎么试呢？”

“只有做动物试验。”徐一鸣严肃起来。

动物试验？昆仑山上没有猴子没有兔子没有白鼠，连蚯蚓、蜘蛛、蟑螂、蚂蚁都没有，用什么做试验？

“人，也是动物。”徐一鸣平静地说。

是的，人也是动物，只不过稍微高级一点。朱端阳刚才忘了。现在，她师傅教给她。

只是徐一鸣不让她当动物。“你给我做个记录就成了。要不然我吃了之后有反应，也不知是哪个批号造的孽，可真成了比鸿毛还轻了。”徐一鸣自从心里绝了同朱端阳好的愿望，反倒坦荡起来，不再时时做严肃之态。

徐一鸣不会真吃死了吧？

虽说徐一鸣不再处处以师傅自居，朱端阳从心里还是怵他。一想到他现在承担的风险，着实为他担心。她能做的，只是每天不断地观察他的眼神气色，有时连她自己也觉得像是在观察一只动物。徐一鸣不满地连连瞪她，她也不管，依然坚持细细地打量他。万一出现什么异常，她才能救他。

他并不老。少白头看惯了，倒觉得是一种特殊风度的美。花白的头发下，是一张年轻而充满个性的脸，你反倒认为这样的男人，更有胆识和经验，更值得信赖和依靠。

地上的罐头堆，缓慢然而均衡地缩小下去。原本就单薄的徐一鸣，消瘦得像衣架。高原缺氧，人的肠胃原来柔弱。连续进食这些濒临报废边缘的罐头，给予人体的伤害，是很痛苦的。朱端阳每逢看到罐头，都想把它们偷着扔出去几筒。简直像些定时炸弹，谁知其中的哪一颗，会在哪一瞬突然要了徐一鸣的命。

“让我也试试吧！”她近乎哀求。

“不成。”徐一鸣断然拒绝。

朱端阳只有为他暗中祈祷。

“肉毒杆菌主要滋生于罐头食品之中，毒性极强。百万分之一克毒素，即可致人死亡……”

朱端阳看到书上这段话，立刻感到徐一鸣面临着巨大的危险，扔下书就往化验室跑。

那是一筒非常丑陋的罐头。外表糊满红锈，从中段折成近乎断裂的直角，却并没有断裂，像一支畸形的断臂，非常不舒服地弯曲着。徐一鸣吃的时候，眉头皱得格外紧。也许那里正生长着这种比原子弹还要厉害的毒素！

化验室亮着灯，门却推不开。朱端阳拼命敲，没有人给她开门。

徐一鸣正躺在床上，痛苦地辗转反侧，呻吟不止。没有一个人发现，没有一个人救他，他就要昏过去了……

慌乱中朱端阳记起自己也有一把钥匙。因为白天上班时徐一鸣都在，晚上他从不准朱端阳来，所以一时竟想不起。

门打开了。屋内空寂而冷清，徐一鸣不在。刚才的景象，只不过是朱端阳极度恐惧中的幻觉。她无力地倚靠在墙壁上，不放心地打量着。被褥很凌乱，徐一鸣大概支撑不住，躺下休息过。地面倒很洁净，没有呕吐过的痕迹。

她该退出去了。趁徐一鸣还没发现她来过，可她不想走。宁可挨一顿严厉的训斥，她也要亲眼见徐一鸣本人，证明他确实好好活着。不然，她夜里会不安宁。

徐一鸣回来了，惊异地扬起眉毛：“出了什么事？”

“我是怕你出了什么事……”朱端阳嗫嚅。

“我会出什么事？真是乱弹琴！”徐一鸣真的要光火，朱端阳突然抬起头，勇敢地说：“你再也别吃这种要命的罐头了！”

徐一鸣的怒火柔弱下去，他感到被人关切的温暖，叹了一口气："难道真让它们报废？像我今天吃的那筒，也许是汽车失事后，又从雪地里拣出罐头箱，继续运上来的。说不定人已经死了，我们还在吃他的罐头……不试一试，于心不安。"

这真是一个残酷而又极真实的推理。朱端阳沉默，她亲历过车祸。现在，再没有什么可待下去的理由，她却不想走。同样的一间屋子，白天是工作间。严整方正，容不得人想别的。灯光下，变得陌生，像它的主人一样，有一种特殊的魅力。

"有件事，我想跟你说……"真是鬼使神差。朱端阳在这之前，并没有想到要把安门栓的事，告诉徐一鸣。现在竟觉得非告诉他不可，希望他给自己出个主意。

好你个安门栓！真看不出还有这许多花花肠子！胆子也太大了。徐一鸣第一个反应，几乎是愤怒至极。紧接着，便是难以言传的复杂情感：妒意、震惊，隐隐还有一点佩服炊事班长的勇气。待听到朱端阳拒绝了安门栓跑出库房，又生出失而复得的快意并重新燃起某种希望。不过，这一切都像疾风一样迅速逝去了。他记起了自己的诺言。小姑娘既然是正儿八经地向自己讨主意，就该像兄长一样设身处地为她想办法。

"这件事你跟谁说过？"略一思忖，他问。

"谁也没说。我打算告诉袁科长。"

"不要告诉他。这是你自己的事。不要恨炊事班长。一个人要压抑自己的感情，是很困难的。他为说出那句话，一定想过很久，这是需要勇气的。还有，不论多少年后，直到你有了自己的家，甚至自己的爱人也不要告诉他。没有到过昆仑山的人，不了解这个环境，也许会以为是你的过错。记住我的话。忘记这件事，就像它从未发生过。"

朱端阳满怀信赖地点点头。

十二

军马疫病。

马，对于骑兵部队，简直是装甲兵的坦克、水兵的军舰。随着时代的发展，它们的地位有所下降，但在这偏远的高山雪原，仍有不可比拟的战斗作用。支队建有庞大的军马兽医科。同是看病，军马科属司令部，卫生科属后勤部，于是兽医颇看不上人医。这次不行了，他们的军马化验员因故不在，疫情诊断不明，只有向人医求援。

军马所派来接人的栗色军马，像一堵高墙似的停在化验室外。徐一鸣因服变质罐头腹泻不止，身体十分虚弱，头发几乎全白了。他困难地收拾着所需物品，一步三晃地往外走。

“我们是人医，不是兽医！看你成什么样子了。”朱端阳心疼地说。

“人和马并没有什么原则上的区别，除了马病了不会说话。这就更需要详细全面的检查。”徐一鸣没有丝毫犹豫。

“如果一定要去，我去。”朱端阳抢过出诊箱。

徐一鸣迟疑了一下，也就交给了她。真正的军人，需要锻炼。

这是一匹极为出色的军马。它激奋地昂着头，瞪着极黑极大的黑眼球，用一种藐视的神情，睥睨着她的女骑手。

朱端阳虽会骑马，但骑术并不高明。女兵们平日多只骑步履平稳，专供首长坐乘的走马兜风。像这种高头烈马，令人打怵。

军马不耐烦起来。栗子皮一样油滑的皮毛下，一条条肌腱不安分地鼓动着。细韧的蹄腕甩动海碗大的前蹄，将地面击出点点火星。

朱端阳提了口气，准备破釜沉舟。刚上前半步，军马一侧脑袋，鼻口喷出两道白烟。她吓得退后了一步。

“这不行。光比画不练，你看不出这马性子急？人一踩蹬它就会猛跑。小心脱蹬！”徐一鸣焦躁起来。

脱蹬？！端阳吓得一闭眼。真脱了蹬，因为军马通人性，蹬上又有机关，倒不至于像电影《农奴》中那样被活活拖死，但摔个鼻青脸肿算是最轻的了，若是脊椎骨被摔断了，闹个一等甲级残废，可就几乎算革命到底了。

她央告徐一鸣：“能让马跪下吗？要不，我去搬个凳踩着。”

徐一鸣的脸色变得严峻而冷酷起来。搬个凳？你以为军马是骆驼吗？他看都不看朱端阳低声喝道：“闪开！”将皮大衣的前襟往腰两侧专为骑兵定制的挂钩上一别，翻身就要上马。一个军人，即使是女兵，也绝不应该在关键时刻怯懦。

朱端阳从蔑视中受到刺激，勇气像暴风一样骤然而至。她抢先跨出一步。粗鲁地推开徐一鸣。因病而衰弱不堪的徐一鸣几乎扑倒。顾不上心疼，朱端阳挽缰纫蹬，飞身上马。栗色马像听到起跑的枪响，朱端阳尚未落鞍，战马的嘶鸣还在耳际回荡，栗色的闪电已消失在人们的视野之外。

老马识途，军马更识途。不消几时，便到了军马所。

病马很可怜。它们温顺地，用姑娘一样长着长长睫毛的大眼睛，无限依恋地看着每一个走近它们的军人。

需要抽血化验。朱端阳犯难了。给人取血是在耳朵上，给马呢？总不能先用理发推子推掉鬃毛，然后再用刺血针放血吧？其实这是她过虑了。兽医们将马赶入特制的围笼，用长长的铁制注射器，直接从马脖子血管抽血，看着悸人。

够用的了！别抽了！朱端阳急得叫。马血不是水。年轻的兽医们倒不在乎，好像唯有如此，才能显出对女化验员的敬重。

剩下的操作步骤，马和人是完全一样的。结果一出来，朱端阳不禁黯然神伤：马的红细胞里都出现了奇怪的核。幸亏是马，还能坚持到现在，若是人，早已无挽救之望了。

不想兽医们脸上倒出现了笑容。当然不是那种无忧无虑的笑，而是困境中看见一条生路的宽慰之笑。这是怎么回事？他们难道忽略了这样危险的征兆？女化验员不得不严肃地提醒他们。

“哈哈……”兽医们这一次是友好而戏谑地一齐笑了：“人和马

到底不一样，马的红细胞，天生就有核！”

朱端阳也快乐地笑了。军马还有救！她终于用自己的手，在昆仑骑兵支队的历史上，留下了独立的一笔。

回程的路，安逸缓慢多了。

昆仑山，也有它美得令人心醉的一面。

天，像被靛草汁浆染过，蓝得不可思议。白亮耀眼的云朵，水平地分布在距地面很近的一条等高线上，像被一名无形牧人驱赶的羊群。穿行在湛蓝的空气中，你会感到空气的波纹在你眼前分开，无声地在你身后汇合。你像一把锋利的小剪子，悄悄地将一块柔软的巨绸划开，待你走过，它们又天衣无缝地连缀在一起，平滑得不留一丝痕迹。行得久了，意识便恍惚起来。天真低呀。轻轻地落在你的脚下，云像白蘑菇一样绊住你的脚，使你走动时有一丝羁绊。就像夏日早晨，草丛中有若有若无的蛛丝，挂满了露珠拦住你。看得久了，云朵泛出冰蓝色，好像被天幕所染，变得不那么雪白了。天也仿佛不那么均匀了，深一块浅一块的，有的地方厚，有的地方薄。昆仑山无边的积雪，虽不曾消融，尖硕的冰峰被轻纱般的岚气包裹着，也显得柔美多了。

朱端阳流连忘返。这美，徒自无声无息存在了多少年！随便一座峰，随便一块石头，搬到北京杭州，不知要修出多少名园，写下多少诗章。

她沉浸在遐想中。竟没有发现，尤天雷是何时和她并辔而行。

“遛遛马。没想到碰上你。”尤天雷骑的是一匹骁勇的红砂马。两匹马亲热地碰碰头。朱端阳一紧缀绳，将马拉开距离。

“又是谎话。”她已经能看出机要参谋耍的小花招了，淡淡地说。

“对。是谎话。我是特意在这儿等你的。有话对你说。”尤天雷索性挑明来意。

朱端阳有点慌乱。忙向四周睃视了一番，静谧安宁，没有一个人影。这不会有什么不良影响吧？心稍微安了些。

“这么多山。如果每人能随便挑一座山，你要哪一座？”尤天雷并不急着说自己的话，反而赞美起景色来。

朱端阳奇怪起来，这正是她片刻前看山时的想法。刚才的戒备之心顿时忘却，她快活地说：“那我要这座。”

一座秀美袅娜的山。山尖却很高峭，陡峻地插向云天。

“我要这一座。”尤天雷随手一指。

朱端阳脸红了。尤天雷指的却不是什么山，而是象征她的那座山之下广阔的土地。

“重来。这座山我不要了。我要那一座。”朱端阳这一次指向天尽头。

那里的确有一座美丽的山。不知是含有什么矿物或金属，它竟是粉红色的，在赭青色群山环抱之中，像一位盛装的公主。

“这么多山，为什么偏要这一座？”不知为什么，尤天雷脸上布起了阴云。

“这么多山，为什么偏不能要这一座？”朱端阳又耍起小脾气。

久违了，这娇嗔的神态！尤天雷不禁飘然起来。然而，他还是要说：“换一座吧。好吗？”

“不好。”朱端阳没有商量的余地。对尤天雷，她更随便而放任。

“那不是我们的山。”尤天雷不得不告诉她。

顷刻，一个战士的职责与使命，回到了漫步中的青年男女身上。朱端阳为自己刚才的轻妄感到惭愧。她用马靴狠狠击打了一下马腹，栗色马激奋地甩掉尤天雷雍容华贵的红砂马，风驰电掣般地远去了。

机要参谋一个示意，红砂马像一道火光，追了上去。

“就要到营地了。叫别人看见，影响不好。”朱端阳冷冷地说。她怕尤天雷再缠，脸上也挂出冷漠的神色。没想到，尤天雷在距离她相当远的地方停下马：“我今天，是来向你告别的。”

“你要到哪里去？”真的要分别，她又留恋起来，朱端阳驱马靠近些。

尤天雷说了一个环境险恶的一线哨卡。他要到那里去任站长。

“你天天抄抄写写，要去也该是当指导员。你会打仗吗？”朱端阳为年轻的机要参谋担起心来。

“真正的军人，就应该去打仗。当参谋，太不过瘾了！”

尤天雷说的是实话。他是主动要求到前卡去的，那里边情很紧张。热血男儿，没有不渴望打胜仗的。内心深处，他愿意获得更大的光荣。只有英雄才能赢得更多的幸福。

“祝你一路平安！”朱端阳伸出手。

尤天雷从衣袋里掏出几个银亮的小夹子，递过来：“我从军马所搞来的。这是给军马测体温时夹体温计用的，送你夹帽子用。”

朱端阳犹豫了片刻。按规矩，她不该接受男子汉们的礼物。但她实在喜欢这些银闪闪的小夹子。要是有人问起来，她就说是今天到军马所帮忙，人家给的酬谢吧！

她捏起小夹子，灵巧地避开了尤天雷那只想握住她的手。

“我要告诉你的话是：当战士的不许谈恋爱，你可一定得记住！”尤天雷曾一千次一万次地诅咒过这条军规。如今，它是强有力的保险索，尤天雷感到珍贵和亲切，郑重嘱托。

朱端阳没有回答。

远处有个披着大衣的人影出现了。那是徐一鸣。徒弟久去不归，他放心不下，出来接她。

十三

安门栓想找人借套干部军装——四个兜的穿起威风，回去探家。跟谁借呢？这多少是个犯纪律的事。他想到了徐一鸣。他不恨他了，自己是癞蛤蟆想吃天鹅肉。为了罐头的事，他以为徐一鸣会狠狠地报复他，不想徐一鸣极力为他开脱，袁镇只批评了他一顿，就过去了。

军装借到，他又借了些钱，说是回去结婚。大家便问他未婚妻的情况，他吞吞吐吐说不出来。人们以为他是老实人害羞。其实，安门栓真不知道自己将和谁结婚。不过，他挺有信心。凭那套干部服（他穿着实在小点），还有兜里的几百块钱，娶个婆姨该是不成问题的。

朱端阳很高兴。她觉着自己欠炊事班长一段情，现在安门栓先成家立业，她也了却了一桩心事。

青年军人的人生道路，往往是以探家为分水岭的。探一次亲，也许就结了婚；再探一次亲，也许就成了父亲。也有探亲回去，父母亲哪一方已经亡故了，从此留下终生的遗憾。昆仑将士的探家，就更是盛典。单调乏味呆板的日常生活，使他们久久地憧憬这个日子，一次次回忆这个日子，直到把每一个细节都嚼得再品不出新滋味。

没想到，徐一鸣也要探家了。从听到消息的那一瞬，朱端阳就惴惴然起来。徐一鸣前不久才由母亲在家乡给他找了个对象，这朱端阳知道，但关系绝说不上密切。她注意过，每逢军邮车上来，徐一鸣的信件不见增多。不像其他热恋中的情人，会收到一沓沓的信件。

现在，徐一鸣要走了。朱端阳对自己的失魂落魄很有点想不通。也许是因为老师不在，要独立支撑工作有些怯场吧！她竭力使自己相信是这个原因。然而，不成。随着徐一鸣行期的迫近，一种将要失去某种可贵东西的恐惧感日益加重。一想到几天之后，眼前的视野中，再没了这颗背对着她的少白头，她的心就像被射穿了一个洞，空空荡荡地贯通冷风，她懊悔以前那么大意，为什么不珍惜同徐一鸣相处的每一分钟呢？

徐一鸣神色如常。他利用仅剩的这点时间，加紧向女弟子灌输知识。

“你拆过这台显微镜吗？”他回过头问。

“没有……真没有……”朱端阳急忙为自己辩解。

“为什么不拆开看看？”

“你不是说过，不让我动吗？”朱端阳纳闷儿地问。

“我怎么能告诉你，可以私自把它拆开呢？但是你可以背着我干呀！你要是不了解显微镜的所有构造，就不能成为一个优秀的化验员。记住，只有靠自己努力，你才能学到更多的知识！”说罢，他起身出去了。

留下的这段时间，大概就是让朱端阳拆显微镜。

徐一鸣明天就要走了。朱端阳被一种无以名状的焦灼所搅扰。在她短短 18 年经历中，这是唯一的一次。像一个讳疾忌医的病人，直到这病入膏肓的一刻，她才承认自己是爱上徐一鸣了。

她有些害怕。原以为爱情是一件很遥远的事情，或者说，由于一次次的风波，她以为自己已经很知道其中的奥妙了。其实，一次次地呼喊“狼来了”，到真正的狼来时，她不过是个骗人的孩子。

怎么办呢?

好办极了。只要煎熬过这最后的十几个小时，徐一鸣一走，事情就永远地结束了。徐一鸣将回去结婚，他已从组织上开好了结婚证明。没有任何人知道她的心事，包括鼻子像警犬一样灵敏的科长。

朱端阳那颗年轻的心，却不驯服地抗争着。她觉得种种清规戒律，像紧身衣一样，束缚得她喘不过气来。什么战士不准谈恋爱！我不会永远是战士，我却会永远爱一个人！我会成为老百姓，或是军官，但我不知道那时候还能否找到值得我爱的人。现在，这样的人就在身边，却不能去爱，军规竟是那样残酷。难道一个战士，除了爱祖国之外，便不能爱某一个人吗？成为战士是一种悲哀，你怎么知道那个值得你爱的人，是在你 18 岁还是 80 岁的时候遇到！

钟表不客气地前行着。

朱端阳决定不理睬那军规。惊讶。自责以至悔恨，以后都有时间补做，唯有同徐一鸣当面谈一谈，才是最重要的。

一想到那颗白发苍苍的头，朱端阳又胆怯起来。他不会把她当成小孩子训斥一顿吧？要不，还是不要当面谈，写一封信，夹在他每晚入睡前必看的书里？初想之下，这主意似极好，真正实施起来，第一个字便写不下去。称呼什么好呢……

“我这次回内地，你需要带点什么东西吗？”徐一鸣问。山上物资匮乏，每个下山的人，照例留下这种起码的关照，如果没有其他意外，朱端阳知道，这也许是徐一鸣对她说的最后一句话了。

事情就这么完结了。

朱端阳几乎绝望了。她张不开嘴。徐一鸣素日形成的威严，像重石压抑着她。不行！我得说话，我得让他知道我的心！一定要说！马上就说！张嘴，说——

这是她的声音。过了一会儿，才传入她自己耳中。很轻，有一点颤抖，但却极清晰，甚至有一种她没想到的冷静。

“你是回去，结婚的吗？”

朱端阳觉得自己胜利了。万事开头难，她已经跨过了这道门槛。

轮到徐一鸣惊窘。几天来，他感到一种近乎痛苦的解脱。他成功地控制了自己的感情，现在，苦役就要告一段落。想不到，朱端阳竟会这样问他。他不应该迟疑，否则，前功尽弃，徒增烦恼。他微微点点头，装作很自然地从提包里抽出张纸，平放在桌子上。

朱端阳拿起来。这是部队政治机关出具的结婚证明。上面很清楚地写着即将成为新郎新娘的两个名字。那女人的名字很俗气，朱端阳只觉得眼前发花，记也记不住。薄薄的纸片，像是四面有刃的钢刀。

“能让我看看她的相片吗？”朱端阳困难地说。她希望那名字俗气的女人出奇的漂亮，这样，她在痛苦之中，也许多一点自我安慰。

徐一鸣把相片递了过来。他还从未把未婚妻的相片给人看过。

可惜，连这点愿望，命运都不肯满足朱端阳。那姑娘庸俗平常，毫无动人之处。朱端阳萌生出希望。

“你……爱她吗？”这“爱”字吐得真艰难。但这是至关重要的问题，朱端阳一定要问明白。

徐一鸣不想回答，但他不忍欺骗朱端阳。什么都不存在了，还应该留下真诚。“无所谓爱，也无所谓不爱。我们连面都没见过。家里同意，我也没意见。就这么回事。”

朱端阳惊异了。时时处处都那么有主张有见解的师傅，怎么在终身大事上这样糊涂！事情出现了转机。她要修造起他们的幸福。想到这里，她重新拈起那张证明，很仔细地将它对折几下，像要珍重地收藏起来、却突然猛地撕得粉碎、抛洒在地上。这是唯一能阻止这件事的办法。

徐一鸣并不惊异，镇静地注视着女徒弟，好像那碎屑于自己无干。

朱端阳热切地期待着。徐一鸣该有所反应。她的思绪飞快地飘忽着：服役期满后，她就可以在太阳底下公布自己的爱情……

徐一鸣缓缓地从贴身的衬衣袋里，又摸出一张纸。那是又一张一模一样的政治机关出具的结婚证明。关山阻隘，路遥途远，为防路上丢失，准备结婚的军人们多有备份。

朱端阳哆哆嗦嗦地将备用证明又抢在手里。

“如果你撕了，我还可以去开。”徐一鸣冷淡的话语，最后打碎了她的希望。

“事情还来得及……”她几乎抑制不住心中的悲愤怨艾。

“不……来不及……”徐一鸣痛苦地咬住嘴唇。他那道理智的闸门就要崩溃。

“为什么，你这样无情？”朱端阳愤懑起来。“有什么能阻碍我们相爱？是那道冷酷的军规吗？”

不！不单单是军规，军规是人制定的，人也可以摧毁它。徐一鸣面临着挣不脱的枷锁，是他自己设下的。朱端阳还年轻，理智的缰绳必须由徐一鸣把持，否则，就害了朱端阳。想到这里，他决绝地制止住朱端阳：“我的事，用不着你来操心。你管好你自己吧！”

房门，重重地关上了。朱端阳，原谅我，军纪不可违。婚约不可违。纵然我不怕现代陈世美这种恶名，你能否承受得了舆论的压力、组织的制裁？昆仑山上将留下你我的劣迹，你身上会染上洗不去的污痕。找一个乡下姑娘，我无怨无憾。我只祝愿你幸福。天下如此之大，你会有一个远大的前途，你会碰上比我好一千倍一万倍的男人。你像是天上的月亮，你不知道自己的价值。你皎洁的光，温暖过多少昆仑将士的心。如果你只属于我一个人，昆仑山会发怒的。为了我，你不值得！为了这些，忘掉我吧！朱端阳，你今年才 18 岁，你不会理解我。你觉得我欺骗了你，从你的眼睛里，我知道你恨我。到了你 20 岁的时候，我想你会多少理解我了。到了你 30 岁，也许更大一点的时候，你就不会再痛苦，可能会当成一个故事，同你未来的丈夫讲起我。

徐一鸣走了。

化验室变得空洞而凄凉。朱端阳徒劳地翻着每一本书，想找到徐一鸣给她留下的字纸，哪怕是片言只句。没有。屋内的每一件物品都使她睹物思情，好像是一间死人住过的房屋。她发狠心打乱格局，将所有的器具重新安排。以至于走进来的病人，以为这里已不是化验室。

徐一鸣已越来越远地奔驰在他回乡结婚的路上。在经历了初恋的失败之后，朱端阳觉得自己长大了。她细细回忆了那天的情景，又担心起谈话不要被外人听到吧？倘有人向袁科长汇报，她将如何为自己辩解？她已经不可挽回地失去了徐一鸣，还要再失去自己吗？

她惊恐地等待着。

日子平安地过去了。那一夜，窗外只有月光。

十四

尤天雷不时托极诡秘的心腹之人，给朱端阳带下信来。信自然都很严肃正经。朱端阳看过便烧毁了。若让别人看到，精干的边防站长，只怕要当一辈子站长得不到提拔。她也不回信。她想不出有什么要说的话。

现在，朱端阳看到尤天雷了。

他侧卧着，一身戎装，沾着泥土，像低姿匍匐前进。

不知全军哪一个师级单位的卫生科，还修得有如此考究的太平间。外观整齐洁净得像一幢别墅。

今天，这别墅里住着一个漂亮的军人。

死人的事是经常发生的。值不得大惊小怪。但死的是你所熟悉的人，心里便别有一番异样。

国境外叛匪回窜，抢掠边民。叛匪不是外国人，外交部照会提抗议都没有用，只有干净彻底消灭之。但叛匪依仗地形熟，很难对付。

为了救回老乡的羊只，尤天雷率领队伍英勇追击，不想进了叛匪的伏击圈，牺牲了。

简直不可思议。应该是敌人吃败仗，应该是敌人进我们的包围圈……不管朱端阳怎么想不通，尤天雷死了。这是千真万确的事，有他的尸身为证。

和平的人们，更多的是从宣传报道上是从捷报上了解战争的。真实的战争，要黯然失色得多。

牺牲了的，需卫生科清洗尸体。活着受伤的，需卫生科救治伤员。战场上的战斗结束了，这里的战斗才刚刚开始。

“袁科长，让我给尤天雷……”朱端阳含泪请求。她的心情很矛盾：她怕见死人，尤其是自己亲近的人。但不亲眼见一见，她不能相信尤天雷真的死了。内心深处还有一个属于儿童的幻想：也许尤天雷会突然醒来……

死者被翻转过来，仰面朝向天花板。尤天雷的脸，一览无余地呈现在面前。他的面孔依然干净而白皙，只是机敏睿智的双眼紧闭，仿佛在睡梦中思索着什么。唯一变化的，是下颏有一层细密的短胡。这是朱端阳感到生疏，恍然觉得僵卧着的是另一个人。

政治部派来人员，摊开厚厚的簿子，写下尤天雷的名字，开始清点并记录烈士遗物。

几块军用水果糖。草绿色的糖纸已同糖块板结一团，看来揣了多日。昆仑山惯例，凡外出，带几块糖，万一有什么不测时，多少提供点热量。两贴伤湿止痛膏。准确说，是一贴半。那半张已贴在尤天雷的左腕关节上。

就这么多。机要参谋或者说边防站长尤天雷烈士身上的遗物，全部在此。没有一分钱。那地处雪线以上位置的哨卡，周围没有任何消耗货币的地方。

政治干事格外认真地翻检了棉衣里的暗袋，依照经验，这里通常保存着死难者最心爱的秘密。例如恋人的相片或是写好的情书之类。

朱端阳突然感到紧张，她害怕而又期望地等待着什么。

没有。尤天雷的口袋里，空空的，什么也没有。

朱端阳默默地目送政治干事走出太平间。这样一个口袋一个口袋地寻查翻看，她简直不可容忍，像是趁一个人睡着之际，在偷盗他的东西。也许，这就是军人的死。那么猝不及防，那么无遮无拦。牺牲像一把锋利的匕首，将军人最后的断面，剖给人间。如果她死了，也要这样吗？

她的心凝固着。觉得眼前不是尤天雷。遗物中也没有任何东西引起她的联想。她开始给死者更衣。

伤口暴露出来了。子弹从腰骶部射进，自小腹前击出。叛匪用的是国际上禁用的达姆弹，出口处创口爆炸成小盆大小。血浆、断肠、焦黑的棉裤绞结在一起，像一块紫黑色石膏板箍在腰间。

子弹是从背后射进去的。这曾使众多的人，怀疑过边防站长的勇敢。直到负伤的战士醒来，讲清经过。叛匪利用山势，构成口袋阵。他们知己知彼，知道解放军为了救回边民的羊，一定会追击他们。尤天雷何尝不知道这一点！但为了救羊——边防军如果不能戍边卫民，还算得什么子弟兵！仍旧率领部队英勇地追击下去。他身先士卒，一马当先。叛匪们以逸待劳，射人先射马，一枪击中了他的马头。剧痛的战马倏然腾起，在空中转了半个圈。叛匪第二枪已到，自后向前贯穿了尤天雷的下腹。就这样，身负重伤的边防站长，仍然指挥战士们夺回了老乡的羊。

一条年轻有为的生命，换来一群羊。战场上，军人有各种各样的死法。但这种牺牲，朱端阳没想到。

尤天雷结成血板的棉裤，实在铰不动。朱端阳找来骨科锯，像锯三合板一样把血痂锯开。内层的血浆还很潮湿，像尚未干涸的红漆。

尤天雷青春的肌体，完全展露在冰冷的水泥停尸台上。强健的胸肌，颀长的四肢，像标准的运动员塑像。唯有腹部破烂不堪，遗下一个血腥洞穴。朱端阳撕扯大团脱脂棉，像絮褥子一样，絮进尤天雷的肚子。

用一贴新的伤湿止痛膏，换下手腕处那已灰脏的一块，最后，给他穿上缀有鲜红领章帽徽的军装。

好一个英俊潇洒的青年军官！

朱端阳呆呆地看着这个经自己手复活了的军人。现在，他有点像尤天雷了，但还有什么地方不像，同记忆中活泼的影子，不相吻合。她困难地思索着。唔！是了。朱端阳从未见过闭着眼睛的尤天雷。机要参谋总是用他聪敏而略带狡黠的目光，看着这世界。

朱端阳轻轻扶起烈士的头。这也许很不应该，但她终于这样做了。不如此，她便总存有最后的疑惑，最后的侥幸。她用手轻轻抚开死难者的眼睛。

啊！

他是尤天雷！他的眼珠依然清亮而有神，瞳孔被死亡放得极大，朱端阳从中清楚地看到了自己的影子。眼睛一旦睁开，闭着眼时给人的那种安详神态便一扫而光。机要参谋的双目炯炯，嘴角却因为死前的剧痛而抿得很紧。神圣与痛苦，奇妙地配合在这张年轻的脸上，显出一种超凡入圣的庄严。

大滴大滴的泪水，滴在尤天雷犹如白蜡一样光洁的额头上。朱端阳俯下身去，吻在尤天雷的眼睛上。

眼睛，慢慢地闭上了。

十五

安门栓探亲结婚，很快回来了。超期服役的老战士探家只有个把月，不像干部，来来去去大半年。

人们起哄：“安班长，你瘦多了！脸上的肉，都叫老婆给吃了吧？”

安门栓阴郁地看着开玩笑的人，一声不吭。

朱端阳已经很少同人说话，每天闷在化验室里看书。徐一鸣的出走，尤天雷的死，使她成熟起来。书很深奥。这才好，使人绞尽脑汁。

精神上筋疲力尽了，才少胡思乱想。

每到傍晚，当夕阳把女娲血补成的天，燃烧得一片火红之时，便有一个身材苗条面容秀丽的女兵，在营区附近宽阔的河岸上徜徉。青年军人们远远注视着这身影，好像在看一尊女神。

这条河真是一个奇迹。多么雄伟的山体，却被它辟出宽广的河道。叫人觉得难以置信。柔弱的水，怎能将山石切割得如此妥帖，好像是山峰原本就有这个缝隙，最初的源头，清柔得像一条银色小溪，只因有了不尽的雪山，它才发酵般地膨胀起来，用冰冷如刀的力量，走出险峻的山谷。到了这相对平缓的高原上，小河发育成大江，气势宏大地奔向海洋。

“把这些个水都屯起来，哪天黑夜起来哗地一放，淹死那些外国少爷兵！”安门栓在河边说过这样的话。

“你能打几个水漂？我最多能打十个。”

“吹牛。”朱端阳好像听到自己的声音。

“不信，你数！”尤天雷抓起一块蛋圆形扁石，逆着水波斜蹭过去。扁石精灵般沾水即起，蜻蜓似的飞往对岸。他到底打出了几个水漂？可惜，记不得了。

“可以建个水电站。节约汽油、焦炭、能为国家省不少钱呢！”这是徐一鸣说的话。那时候正是昆仑山最暖和的日子。大量消融的雪水野马般汇入河床，河水咆哮，像山洪暴发。

远去了！他们的身影！他们的声音！朱端阳孤独地注视着滚滚西去的大江。

是西去。同长江黄河不同，它发源于世界屋脊的另一侧，以同样磅礴的气势冲入浩瀚的印度洋。

陌生而遥远的印度洋，那是怎样一个地方？朱端阳真有点羡慕这河水，无拘无束，无遮无拦。

安门栓家来了电报，他媳妇给他生了个儿子。有好事者算出，炊事班长探亲结婚加上来回路程和归队后的日子，一共还不足半年。

袁镇要求吊儿郎当的军医们，务必保管好自己的枪支弹药。若安门栓窃走武器，回家惹出事端，谁丢了枪，谁负责。这种事，以前有过。

深谋远虑的卫生科长，这一次失误了。安门栓很镇定。做饭炒菜，身不动膀不摇，掌勺的手丝毫不颤。

朱端阳不知该对安门栓说什么才好，只得回避。不巧还是碰上了。她有事去炊事班。

屋里杯盘狼藉，弥漫着苦辣的烟雾。

安门栓两眼通红。他那从小看惯黄土、老牛、破窑而移动很慢的眼球，显出异样的灵活。

身为炊事班长，安门栓平日极检点，从不单独开灶。况且军营内严禁饮酒，今天这是怎么了？

朱端阳扭身要走。

“你也看不起我……因为我儿子……”

朱端阳站住了。她不能走。

“嘻嘻……不该庆祝吗…儿子……白白胖胖的大儿子……”安门栓涎笑着。

朱端阳悚然。人，怎么这么快就变成这样？她痛惜地看着炊事班长。

“我知道……早知道……可是，便宜呀！省出钱来，给我兄弟也娶个婆姨……我有福气，连婆姨带儿子，全有了……哈哈……”

绝望而又沉重的笑声，震得屋宇轰响。

朱端阳感到深深的哀痛。难道我们付出鲜血生命保卫的生活，竟是这样贫困而悲惨吗？她想劝说炊事班长，但此时任何语言都显得那样无力。

“你要是还看得起我，就把这碗酒干了。”安门栓舌头很硬，神智却很清醒，挑衅地望着朱端阳。

桌上，有一瓶开启的医用酒精，安门栓直着胳膊，咕咚咚斟满一碗，纯酒精比重低，轻快地喷溅而起。若此时划着一根火柴，桌面衣袖都会燃烧起幽蓝色的火苗。

朱端阳双手端起了碗。拼得一醉，拼得一死，这酒她得喝下去。就在她仰脖往嘴里倒的时候，安门栓伸手拦住了她，将整碗的酒精祭洒在地上。屋内霎时弥漫起冲天的酒气。

碗底还剩下个根。安门栓兑进些冷开水，重又递给朱端阳。

酒和水混合在一起，虽都无色透明，却可分出明显的两层。略一摇晃，丝丝缕缕的头绪交汇盘绕着，像是不同的血液，彼此不相融合。

“干！”

“干！”

朱端阳像《红灯记》中的李玉和一样，一饮而尽。尽管兑了大量的水，仍是又辣又苦，好像一条着火的蛇，窜入肺腑。

十六

“小朱，交给你个很特殊的任务。它太艰巨了，超过了你现在的承受能力……可你要不试一试，病人就完全没有希望……”

袁镇听出了自己的语无伦次，很想把话说得坚定果敢些。要知道下级的勇气往往来自上级的魄力。可是，不成。你不能逼着只能挑80斤的人去挑800斤。朱端阳只是个初出茅庐的新手，任务如此艰巨，要是徐一鸣在就好了，尽管连他也没干过，毕竟有经验。可惜这小子正在万里之外鸳鸯帐暖呢！只有死马当活马医了。

朱端阳安静地听着。在经历了那么多变故之后，她已经不会轻易吃惊了。

朝圣老人病了。摸到了圣山上的圣石，他已经功德圆满，却没有得到神的保佑。极度劳顿加营养缺乏，他染了重病，自身完全不能造血，生命危在旦夕。要挽救他，只有靠输血。

输血，谈何容易！高原输血，昆仑支队从无先例。每人那一腔子血，对自己是宝贝，对他人则可能是剧毒。能不能输，全在化验员的一双眼睛。血型一致，病人就从健康人那里借得了生命的活力。输错了，当场毙命，连抢救都来不及！

朝圣老人的命，就这样交到朱端阳手里。

真想拒绝这件事啊！但愿每个人活一辈子，都不要遇到这种棘手的选择。不具备这种能力，却要承担如此重大的责任。朱端阳的腿脚一阵发软。从未做过的试验，你可以一试，但这是人命啊！万一出差池，你的手上将沾染病人的鲜血！不伸手去接吧，明摆着病人死路一条。也许没有人当面指责你，但良心上的谴责，终生难以逃脱！

到处都是死亡的荆棘。唯有一条曲曲折折的小径，通往若明若暗的前方。这就是，在无数次操作之中，不出一丝一毫差错，老人的生命或可延续。

你有这个把握吗？你从未操作过一次！

朱端阳无法回答。"让我想一想。"她对袁镇说。信步走到河边。她已经有些昆仑山人的脾气了：要么不答应，答应了，便只能成功。

河的变化之大使她猛吃一惊：又一个冬天在不知不觉中降临了。

大河在一夜之间凝固了。唯有昆仑山才会出现这种奇观，腾起的波浪尚来不及落下，便在半空中冻结，却依然保持着前赴后继的身姿。远看，它一如平日汹涌澎湃，甚至更为壮观。因为水接近冰点时的冷膨胀，河水居然漾出了宽阔的河床，显得比夏日还要狂放不羁。每一朵浪花，宛如雪莲般昂首怒放着，唯有洪荒一般的死寂，才证明大河业已死去。

不！大河没有死！高山上的雪水，还会给它以活力。冬天过去，就是春天。

朱端阳折身赶回病房，老人在死亡线上挣扎，她没有权力浪费不属于自己的时间。

朝圣老人颜面极为苍白，朱端阳几乎不认识他了。唯有那双洞穴一般的眼睛，冒着嗖嗖阴冷的死亡气息。

老人的神智已不清醒。

你能救我吗？

不能……不不……我……能。

你为什么如此迟疑？是不愿意救我吗？

不！我愿意。我甚至愿意用我的生命，去延长你的生命。

傻孩子！那是不可能的。也许我们能找到一条生命的路。

不用到别处找。路就在我脚下。

那你还迟疑什么？是它太苦吗？

我不怕苦。是它艰难而陌生。一步走错，全盘皆输。

不会可以学。每个人的路都是这样走出来。

我没有老师。

老师？你的老师哪里去了？

你不是结婚去了吗？还来问我！

不要提结婚的事。它和我们现在要商量的问题毫无关系。你必须救活他。你应该学会。

我跟谁学？谁来教我？除了你，军马所还有化验员。可你见过把一匹马的血抽出来，输给另外一匹马吗？

向书上学。书是我们永远的老师。

书太难了，我不知道自己……行不行……

你不行！小小的黄毛丫头！你想同我较量？神山圣水救不了他，你能有什么办法？我无边的法力，统治着永恒的世界。黑夜是我的翅膀，我想什么时间到来，谁也无法阻止！让你和你的病人见鬼去吧！不，我说错了！不是见鬼，而是见我！我就是鬼，我就是死亡……

"一天之内，请不要打扰我。"朱端阳面无表情地对科长说。袁镇想再鼓励她两句，见她的神色，终于什么也没有说。大勇若怯，已经足够了。

朱端阳将自己反锁在化验室内，身边放着压缩饼干。

雪白纱布做成的窗帘，挽幛似的低垂着。太阳金色的羽毛透过纱孔，散落成点点光斑，像一堆金树叶，洒落地面，又被黑夜的扫帚缓缓收去。

朱端阳白衣白帽，端坐在桌前。房间缟素静谧，像一个远离人世的蛋壳。

艰难的孵化。除了验血型，还要搞交叉配合。

头重而硬，像是个铅球。铅字化成铅色的云，被她吸进去，又吐出来，留下一团灰色的迷惘。她在云中摸索，每当依稀摸到坚固的山石时，云烟又裹起她飘忽前行。前面更加扑朔迷离。象征生命的彩虹，永远在她可望而不可即的地方闪烁……

一天后。清晨。等待献血的一个连士兵，列成整齐的方队，集结在化验室门前。朱端阳木然地看着他们。她看见他们都是透明的，在军衣和皮肤之下，是携带各种因子的血球血浆在涌动。而他们本人，不过是盛满鲜血待检的试管。

一切已了然于胸，或者说莫名其妙。朱端阳已无退路，人命关天的工作就要开始，她的思想反倒停止了转动。

“现在，请化验员给大家讲讲注意事项。”连长宣布道。

朱端阳没想到还有这一出。身不由己地走到队列前头，说了一声“同志们……”底下便不知再说点什么。

“咔——”面前的绿色方阵陡然升高了。士兵们双腿并拢立正，以标准的姿势，向这场特殊战斗的指挥官——一位女兵，行注目礼。

朱端阳惊醒了。眼前的景象似曾相识。曾几何时，她也曾站立在这样的队列当中，等候首长的指示。从黄土地的操场开始，她走过了漫长的道路。无论怎样阴差阳错，无论怎样鬼使神差，她义无反顾地成为祖国的保卫者。现在，重大的责任落在她的双肩，已别无选择，作为一个士兵，她曾千百次站在队列之中，履行过这种礼仪，她知道这不过是惯例。但此刻，她以自己的工作和责任，以一个女兵的身份，在这昆仑之巅，接受一个方阵男性军人的致意时，她感到自身的价值和尊严。他们信任地将自己的鲜血交给她，由她去挽救另一条素不相识的生命，这是何等宝贵的托付。

也许是过于激动，朱端阳忘记随后应发出“请稍息”的口令。于是，整个方阵在越来越清朗的曙色当中，始终保持着立正姿势。像一只乍起羽翼的苍隼，随时准备飞赴蓝天。

袁镇一次次进化验室观看，心里着实捏了一把汗。可惜谁也帮不了朱端阳。她缄闭着口，目空一切。除了血，她什么也看不见，什么也不需要。周围是一个鲜红的世界。

“袁科长，朱端阳已经一天没吃饭了！”安门栓跑去告诉袁镇。

“吃饭！”袁镇佯装发怒。

“放那吧。”朱端阳头也不抬，简慢地说。

“我看着你吃！如果你累病了，两条命就一块玩完！”袁镇不客气地说。只有对最亲近的部下，他才如此随便。

“我吃。不过请您离开。有人盯着我，我吃不下。”朱端阳搪塞地说。

“女孩子就是事多！哪怕有一个团端着枪瞄着我，我也照吃不误。”袁镇走出去。

当他再次走进时，饭已冻成冰坨。为防止焦炭扬起的灰屑挡住显微镜视野，朱端阳把炉子熄灭了。

“你想吃点什么？告诉我。”这一次，袁镇没有发火，心疼地说。

“想吃糖。奶油糖。”这是真话。一连多少小时连续工作，她感到头晕目眩。不能停下来吃饭。极精细的操作，中断了再续上去，易出差错。

这一次，袁镇回来得很慢。昆仑骑兵支队不是幼儿园，没有奶油糖。

“吃吃这个怎么样？跟奶油糖差不多。”袁镇递过一筒打开盖的甜炼乳，带着哄孩子的讨好神情。

“不吃。哪有工夫往嘴里填这玩意儿！”朱端阳一摆头。

当袁镇终于从首长处找到招待内地慰问团剩下的奶油糖时，朱端阳忍不住为自己的任性和馋嘴懊悔了。她想说点什么，终于什么也没说。懊悔也需要时间。时间于她，实在是太可贵了。

总算完成了。检查了一遍又一遍，直到确信万无一失，朱端阳才像被抽了筋一样，疲软地跌倒在椅子上。

已是深夜。万籁静寂。一盏孤灯。满地糖纸，这都是我吃的吗？

朱端阳一时有点想不起。她蹲下身，将糖纸一张张扯起、抚平。

糖纸很漂亮。大红底色上印着金黄的双喜字。许许多多双喜字重叠在一起，喜庆得令人触目惊心。莫非今天是徐一鸣结婚的正日子，上天在向她报警？

她惊讶地停下手。糖纸一片片飘落，孤独悲切的感情油然而生。

现在是什么时候，容得想这些事情？她把剩下的糖纸揉成一个巨大的彩球，抛进没有火的炉子里。

她意识到自己的责任。在世间一切感情中，唯有责任，最能给人以力量。

老人得救了。他安稳地躺在床上，虽然还很虚弱，脸色却红润多了。

“谢谢你！女解放大军！你一定是菩萨派来的兵。前世修下过无边的善果。看在神的面上，原谅我的冒犯。我以为共产党的女兵，也同他们那边一样，愚蠢地想教喻你们……”

“老人家，不要说这些见外的话了！您身上既然流着中国军人的血，我们就是一家人了。”朱端阳沉着地应答着，俨然是个老兵了。

十七

袁镇又一次约朱端阳谈话。

今非昔比了。朱端阳镇静地等待着。她相信自己无可指摘。就是有什么意外的变故，她完全有能力应付。

“上级给了我们上军医大学的名额……”分明是一件好事，袁镇却很困窘。于是朱端阳迅速判断出名额不属于她。最初的失望之后，她很快控制住自己。军人无权安排自己的命运。

果然，袁镇接着说：“很多人倾向让你去，但也有人坚决不同意。”

谁？这个人是谁？朱端阳几乎脱口问出，终于还是忍住了。领导自有领导的意图，不该你知道的，就不要知道。

“那个不同意你去的人，就是——我。”袁镇不动声色地说。

朱端阳差点叫出声来。答案出人意料，科长的坦率更出人意料。

“作为昆仑骑兵支队的最高医务长官，我要为整个边防线军人的健康负责。你是个出色的军人。但作为一个女性，我不能保证你多少年后仍能在这里工作。为此，我反对把名额分给你。作为个人，你可以怨恨我。”

朱端阳将脸扭向窗外。科长的话无懈可击，昆仑山冷酷地沉默着。它只有儿子没有女儿。很久之后，直到朱端阳确信自己把所有的眼泪都逼进鼻子，眼球又像平日一样干燥时，她才转过头来。

“科长，我不怨恨你。如果处在你的位置，我也会这样做的。”

袁镇有些吃惊。朱端阳比他设想的，还要成熟。

“鉴于各种条件，我推荐了徐一鸣。”

“这很好。科长。徐一鸣是个优秀的军人，他会成为一个好学生。”朱端阳站起身。她不会闹情绪，也不会从此放松努力。至于徐一鸣，她衷心地祝他成功与幸福。

“但是徐一鸣拒绝了这个机会。这是他发来的电报。他建议让你去。考虑再三，我决定修改我最初的意见。你准备下山去报到吧！”

事情竟这样急转而下，实在是朱端阳始料未及的。她拿起电报，好像触到徐一鸣坚实的手掌，心中百感交集。片刻之后，她将电报放下了：“能有这样一个机会，我非常高兴……”她竭力适应这急速的变化，仔细挑选着字眼：“但是，我不去。”决定一旦做出，她的语句流畅起来：“我不需要别人的谦让。昆仑山更需要男医生，还是让徐一鸣去吧。”

袁镇沉默了许久。这一番话，的的确确出乎他意料。按理说，只有男人才有这样的气魄与胸怀。

“小朱，如果你一定要我把事情说明白，我正式向你道歉。作为一个有经验的老医生，我早就看出你是个好苗子，应该让你去学习。但是……徐一鸣帮助我纠正了这个错误。现在，我正式通知你，这个机会，不是徐一鸣让给你也不是我个人送给你，而是你自己争取到的。”

一个士兵的行装，尽管是女兵，也是很容易收拾停当的。

朱端阳把化验室的陈设又恢复了原样。所有她查阅过的书籍，都换包了新皮。徐一鸣的被褥，她抱到院里晒后，又照原样捆上了。久未打开过，被子散发出阴湿的霉气，虽说晒了，仍不清爽。朱端阳很想给他拆洗一下，想到徐一鸣森严的戒令，还是不要在这最后的时间违背他吧。那几枚电镀的小夹子，朱端阳犹豫半天，最后珍藏起一个，这毕竟是尤天雷留下的唯一纪念。剩下的，放在徐一鸣的枕巾上。但愿他今后记得常洗枕巾。

袁镇送她："徐一鸣为接替你的工作，提前结束休假上山。也许你们能在路上碰到。"

再见了！科长！

再见了！我的战友们。我们曾朝夕相处，但对姑娘们最敏感的那些事，却又讳莫如深。唯有默默不语的昆仑山，知道这一切，可为我们的青春作证。

再见了！炊事班长。为什么要躲在人背后为我送行？让我们大大方方对视一次，算作永远的怀念。

再见了！那长眠在地下的英武的边防站长……每年清明，不论我在何处，都会为你献上一束鲜花。

下山了。昆仑山的险峻，唯其下山，才格外清晰。随着海拔降低，氧气充裕，人的头脑像镜面一样清净灵敏。对平原对城市对绿色对温暖的企慕，比任何时候都更剧烈地煎熬人。此刻朱端阳又多一层渴望：她想见到徐一鸣。也许还是不见的好。见了面，说些什么呢？

两车相会，她比司机还要紧张。幸好山路极狭窄，都是下山的车在稍宽的路口等候，使朱端阳得以从从容容地打量每一个上山的乘客。

没有。还是没有。随着失望的增加，希望也在增加。朱端阳专注得眼睛眨都不眨。

终于，看到了。双方司机把车停下。他们彼此对望着。像两座永远不会相遇的山峰。

徐一鸣穿一身很新很干净的军装，领章没下过水，平整而鲜红。比平日所佩戴的，好像要大一些。也许是平原和家庭的润泽，也许是戴着军帽遮住了白发，他显得年轻而潇洒。

朱端阳已经是一个亭亭玉立的大姑娘了。阳光、奇寒和永不停歇的山风，在她身上留下了不可磨灭的印迹。她的眼睛很明亮，很深沉，她的两腮染着高原特有的酡红色，显得妩媚而健康。换发过的军装很合体。她已经是一个十分标准的女骠骑兵了。

徐一鸣略有点吃惊。穿军装的女人，是世上最美的女人。她集男人与女人的魅力于一身。男人见其婀娜，女人见其英武。她们是军队的骄傲。

朱端阳一直在盼着这一刻，真的来到了，又紧张失措起来。她盯着徐一鸣插在衣兜里的手，不知怎样说这第一句话。

“没有糖。”徐一鸣抽出手，随随便便地开了头。一句话，缩短了分别的距离感，仿佛他们昨天还在一起相处。

朱端阳轻轻吁了一口气。说真的，她怕徐一鸣塞给她一把糖。那样，她也许会掉下泪来。她的心，还不曾磨砺到那般坚韧。其实，徐一鸣哪能不带糖呢？沿途碰到每一个熟识的战友，他都要塞上一把。结婚，是军人们共同的节日。

“谢谢你。也谢谢你的妻子。她放你这样早就赶回昆仑山。”朱端阳真挚地说。

“谢谢这座山吧！没有它，我们不会相识。”

汽车司机用喇叭催促他们上路。

“到了大学，我给你写信。”朱端阳说。

“有这个必要吗？”徐一鸣不动声色地反问。这一瞬，朱端阳又看到了那个孤傲冷漠的化验员。是的，她走了，徐一鸣还在山上。昆仑山是不会变的。

“我一定会回来的。”朱端阳几乎是对群山宣布。

“不要把话说得那么满。军人是无法预测自己的命运的。”徐一鸣给他的徒弟最后一次告诫。

“我永远忘不了这里。”朱端阳强作镇定，话尾已带出呜咽。徐一鸣重又看到那个不吃羊肉的小姑娘。不要这样分手！他指指周围：“你知道这叫什么石头吗？”

石头？朱端阳这才注意到，他们站在一些硕大的石块中间。同昆仑山四处可见的青赭色岩石不同，它们是一种羊肝样的砂红，参差排列，漫山皆是。

“石头的名字？这里的山，除了主峰，其他的都没有名字。”分别在即，彼此却说着不着边际的话。

徐一鸣随手捡起一块：“拿着做个纪念吧。只有昆仑山上有这种石头，它叫补天石。”

朱端阳骤然想起那个悲壮的神话。

“这是女娲补天剩下的？”朱端阳抚摸着石头。石面粗糙不平，石中夹着葡萄酒样猩红的颗粒。

“你以为女娲是个没有算计的乡下婆娘，会剩这么多吗？这是女娲专门留给后人补天用的。”徐一鸣说完，率先离开，钻入了上山的车。

车开出很远，朱端阳还频频回头。天湛蓝，徐一鸣的车，正蜿蜒向上……

藏红花

未定国界在图纸上，是空心的断续的点，和已定国界坚定明晰的黑线不同，含着模糊历史和隐蔽的硝烟。战士田久麦和班长高羔子，走在高原上这条虚拟的线中，积雪被军大衣的下摆扫出竹枝样的印痕。

那边是那个国家。这边是这个国家。田久麦入伍一年，刚从机关卫生科下到哨所，这是第一次巡逻。他问高羔子："你见……过吗？"缺氧好像一块白毛巾，把他的话堵得断断续续。

"谁？野牦牛？獭兔？人？"高羔子问，明显地带着对田久麦的嘲笑。高羔子身板瘦小，眼睛、鼻子和耳朵等附件，也都是小小的，很节省皮肤。

田久麦不好意思地说"他们。"他本想把头扭向山峦的那一边，以姿势助说话。但厚厚的衣领和笨重的羊剪绒皮帽子使他的脖颈转动困难，只能让眼光从雪镜的一侧射出去。

高羔子不屑地说："几次吧。他们人也不多。这么长的线，他走，咱也走。就像林子里的两条蛇，不容易撞到的。"

高羔子是南方人，所以说蛇。田久麦从来没有见过蛇，家乡的土壤燥得像香灰。田久麦以为当上兵，就可以看到蛇这样的新鲜东西，到了这里，却连蚯蚓都看不到了。冰天雪地里谈蛇，让人有一种滑腻的温热感。田久麦原以为，一条蛇是很容易碰到另一条蛇的。班长为什么这么说？可能每一条蛇都有自己的领地，从不乱窜。

田久麦说："见到了，会怎样？"

高羔子说："就像没见到一样。"

田久麦有些憧憬，说："会挥手吗？"田久麦记得小时看过一个电影，边防军人在国境上遇到了，会有这种举动。

高羔子让田久麦在前边开道，田久麦趟起的雪雾呛进了他的喉咙。他吐着雪沫子说："挥手？从来没有过。要挥，也是左手。右手一直抠在枪机上。"

田久麦感觉到了高羔子对自己的不客气。但是，高羔子的军龄长，这是军中辈分，爷爷对孙子说话，怎么都有理。再说田久麦是从机关下来的，这更矮了一头。军队是最讲究资历的。现在"最高指示"都说知识青年要接受贫下中农的再教育，新来的机关兵田久麦当然应该吃点苦头了。高羔子这样想着，就把自己的干粮袋取下来，对田久麦说："给你。"

田久麦以为班长怕自己的干粮不够吃，感激地说："我……有。你留着……"

高羔子说："美得你！背着。"

田久麦明白了，这是班长要考验自己，就乖乖地把高羔子的干粮袋背到了自己的身上。干粮袋一上肩，田久麦就想到了老娘说过的一句话——布不加丝，面不加枣。那时他小，趴着炕沿问老娘，干吗面不加枣呢？加了枣多好吃啊。

老娘说，面一加了枣，面就发大了。锅里就蒸不下了。一幅布，加上一根丝，看着没多少，布可就宽多了。

这和田久麦此刻有什么关系呢？田久麦不知道。田久麦知道的是，干粮袋把肩膀压下去了二指深。隔着绒衣、棉衣和皮大衣，田久麦清楚地感受到了每一颗米粒的棱角。

田久麦很生自己的气。班长让自己背着他的干粮袋，这是班长信任自己。要是不信任自己，你想背还不让你背呢。要知道，干粮是军人的生命线啊。田久麦这样对自己说完，他的头脑就通了，但是他的肩膀不痛。田久麦便不再理会自己的肩膀，故意看周围的风景。

巡逻路线沿着山谷行进。山谷里壅满了雪，山顶上的雪忍受不了那里的孤寂，自愿地钻进风的行囊，迁徙到了谷底。太阳在半天空，迸射出的每一根光线都蓬松粗壮，绞结成巨大的白色链条，由于雪原的渗入和折射，凝成了炫目的光墙，遮天蔽日地矗立在天地之间。如果你胆敢直视高原正午的阳光，它就毫不留情地把你的双目变成紫蓝色的洞穴。拐过山口积雪已经没腰，两个行走的边防哨兵，像两只笨拙的牦牛，把倾斜的雪原犁出深壕。田久麦走前，高羔子轻松地跟在田久麦身后，如同在一道小胡同里散步。

高羔子很愉快，愉快的结果就是他觉得热了。在高原上感觉到热，是一种很罕有的幸福。为了充分享受这种幸福，高羔子对田久麦说："停下。"

田久麦没有听见，还在往前走。因为吃力，他把所有的血液和氧气都逼到自己的双腿和肩膀上了，这样他的耳朵就因为没有氧气的支持变聋。当高羔子第三次不耐烦地大叫时，田久麦才停了下来。他不是听见了高羔子的命令，而是感觉到了。高羔子的喊叫震动了高原稀薄的空气，空气把震动传达给了田久麦，田久麦就困难地回过头来。

高羔子把自己的大衣脱下来，卷成一个婴儿的模样，对田久麦说："背起。"

田久麦这一次很快明白了班长的不怀好意，他默默地接过了高羔子的大衣。现在，他有两件大衣，这在严寒的午夜当然是绝好的事情了，可现在是高原的正午。一种短暂而强烈的炎热炙烤着雪原，让人有不可思议的燃烧之感。田久麦默不作声地把身上的武器和干粮袋红十字箱等诸物堆积在地上，然后也把自己的大衣脱下来。他也变得和高羔子一样的轻捷利落了。高羔子有些惊奇，这个新兵，难道敢不服安顿吗？

田久麦把高羔子的大衣内外倒转，将挂着一缕缕污浊羊毛串的里子翻在外面。大衣比田久麦的身躯要小很多，但毕竟是大衣，翻转过来之后就有余地，田久麦成功地把自己塞了进去，可惜袖子很短，只到达田久麦胳膊肘下方。田久麦接着把自己的装备一件件披挂起来。想象中，一个人穿着两件皮大衣是很狼狈的事情，但田久麦把它们搭配得很好，羊毛相搓，并没有占据更多的体积。

臃肿的田久麦步履蹒跚，好像一块有犄角的军绿色岩石。高羔子在田久麦身后跳跃前行，如同灵敏的猴子。高羔子大声问："听说机关来了野战医院的医疗队？"

"嗯啊。"田久麦短促地回答。

"听说有女的？"高羔子更大声音问。

"嗯。"田久麦更短促地回答。

高羔子不满足，这样重要的问题，怎么能如此草率地就回答完了？可他不能批评田久麦，他找不到理由。如果田久麦一不高兴，拒绝回答他以后的问题了，他就亏大了。从机关下来的人，在一段时间内会很受欢迎，新鲜的消息是他们的财产。

"几个？"高羔子问。

田久麦知道高羔子问的是什么，可他故意说："十个。"

高羔子惊得一下冲开了雪障，从田久麦身后跳到了田久麦身前，兴奋地说："那么多？"

田久麦说："是啊。队长副队长主任副主任……"

高羔子狐疑地说："都是女的？"

田久麦一脸无辜说："不是啊。只有护士是女的。"

高羔子咬牙切齿地说："好。你耍我。"

田久麦知道自己惹了祸，赶快说："我没。三个，女的。"

高羔子憋住气，他要把这个新兵知道的东西都榨出来之后，再慢慢地收拾他。高羔子假装不在意地说："你小子，总跟她们说话吧？"

田久麦很谨慎地回答："没。轮不上我。"

高羔子仿佛随口问道："怎么样？"

这一次，田久麦是真的吃不准班长问的是什么了。他小心翼翼地问："什么呢？"

高羔子说："长得？"

田久麦很快回答道："差不多。"

高羔子不满足地说："怎么能差不多？这山和那山都不一样，更何况人？"

田久麦调整了一下背上的干粮袋和红十字箱的位置，绕过一道雪棱，说："她们都长得差不多。"

高羔子叹了口气。看来这个娃子真是不通人事，再问也问不出什么来了。太阳在两道雪峰之间疾速移动着光芒，高原上的正午非常短暂，有一些薄冰融化了，挂在山腰，形成轻云。也许是由于缺氧，田久麦的大脑一下子短路，微蓝色的雪雾……田久麦想到了小柔。

小柔住在落梳庄。传说王母娘娘正梳头呢，梳子的齿突然断了，王母娘娘生气了，把梳子丢到大地上。梳子是黄杨木的，落地之后，杨也没了，木也没了，只剩下黄。黄的土梁，一道道的，朝天呲着，那是断了齿的梳子。断梳子的缝隙里，埋藏着低矮的窑洞，这就是小柔的家了。

小柔是个乖女子，身条也像梳齿似的，细弱而笔直。小柔和田久麦同在远处的大村上学，要在梳脊上走很远的山路。小柔和田久麦就这样走着，从小孩子走成了小伙子大姑娘。田久麦虽然肚里有了点墨水，可没有姑娘愿意嫁给他。田久麦的爹早就死了，姐姐是傻子，还有一个疯老娘。谁嫁了田久麦，谁就落到沸水锅里了。虽说两人有感情，小柔也嫁不了他。小柔家死不同意，指望独生女嫁给一个城里人，他们的老年，才有靠头。小柔拗不过她家。恰在这时，征兵的来了。高原部队专门选了这里，看中的是这里的苦寒。说从这儿征的兵到了高原适应快，不会叫苦叫累。乡下人不知道高原是怎么回事，认定天下最苦的地方就是落梳了。只要能从落梳走出去，走到哪里都比落梳好。

小伙子踊跃报名，体检过后，脸就都垮下来。山里人营养不良，骨头是弯的，脚板是平的，口里吹的气太弱，腔子里的心跳得太快……反正啊，差不多每个人都有毛病。只有田久麦，这个从小连糖球都没吃过的苦孩子，居然各项检查都合格。这一下子惊动了山村，有适龄女子的人家，都到田久麦家走动。田久麦的疯老娘此刻也不疯了，喜滋滋吃着各家送来的吃食。

田久麦本不想这么快就把亲事定下来。田久麦的心大着呢，他想等以后见了世面，再谈这件事不迟。可是，事情有变。接兵的人偷着告诉田久麦，到底让不让他走，公社里起了争执。田久麦是他家唯一的壮劳力，若是当了兵，他家就成了重点优抚对象，地方上压力太大。别的不说，吃水就是大事。人住在梳齿上，水流在沟底下，担水要先下到沟底，再沿着“之”字形的小路上山。天天雇人给田家挑水，天长日久的，这是多大的负担？接兵人把内情透给田久麦，按说是犯纪律的事。但接兵的人很喜欢田久麦，像田久麦这样有文化又身体合格的小伙子不多。苦寒之地接兵就存在这个问题，人能吃苦，但缺少识文断字的。若是连着几年接此地的兵，机要员卫生员的来源都困难了。

田久麦知道只有一个法子救自己，就是定亲。定了亲，女方就有义务到他家来挑水拾掇，一应的事就都有了帮手。事不宜迟。慢了，兵满了，人走了，就是那女子能把东海挑到他家，也来不及。田久麦想定，就把风声透露了出去。谁愿意和他定亲，他就和谁定亲。

来的姑娘真不少。都知道乡下孩子当上了兵，就等于把泥巴碗换成了木头碗，摔到地上碎不了。纵是提不了干部，日后回来找个工作的可能性也大多了。田久麦如今选对象的唯一条件，是看她的身膀壮不壮。要知道，这一走，最少三年，风雨无阻的一千多天，没个好身板，她可担得起?

田久麦找了个膀大腰圆的姑娘，说好了明天就行订婚礼，当天晚上，小柔来了。田久麦和小柔走到落梳的齿尖上，在松软的黄土中坐下，小柔说："我要嫁你。"

田久麦苦笑着说："小柔，晚了。"

小柔说："不晚。我爹吃晚饭的时候同意的，我这就来找你。哪儿晚？"

田久麦说："小柔，我巴不得。可你吃不了那个苦。我也不准能在外面混出个模样来，你眼下跟我订了婚，三年之后，我要是灰溜溜地回来了，你爹也不能同意你嫁我。三年的苦，你算白吃了。小柔，我心疼你，听我一句话，回家去吧。"田久麦说这些话，内心酸楚无比。朝思暮想的小柔就在手边，可他要把她推开。

小柔拉着他的手说："还记得咱俩一块上学吧？你说过你要娶我。"

田久麦说："那时小。"

小柔说："那时小，现在不小了，就该办了。"

小柔说到这里，就扑到田久麦的怀里。这情形，田久麦想了无数次了，没想到真的就出现了。田久麦的表现，一点也不像他想象中的那样热切，很克制地把小柔推开了，说："小柔，别。"

小柔抱住他说："还没穿上那层皮呢，就看不起人了！"

田久麦急急分辩，躲闪着说："我怕忍不住。"

小柔抓住他的手说："忍不下就不忍吧。你要了我！"

田久麦说："我不敢！坏了你的名声，日后你嫁谁？"

小柔说："日后，我只嫁你！"看着田久麦还没有动作，小柔的眼泪就砸了下来。那是一些巨大的透明葡萄，只有长了小柔这么大的毛茸茸眼睛，才能含这么多的水分。泪水落在落梳庄干燥的土地上，就像落进了油锅，细腻的黄土喷溅起来，在田久麦和小柔之间荡起尘埃。泪水把脆弱的堤防冲塌了。田久麦就和小柔做成了好事。事成之后，田久麦突然想起一件事，说："小柔，你不要怀了孩子！那我走了，你就惨了。再说，我还指着你帮扶我们家。那样的话，谁帮谁啊。"

小柔说："我怀不了孩子。"

田久麦狐疑，说："你怎么知道？"

小柔说："这事我还真得告诉你。我至今还没来过月信呢！"

田久麦是读过一些医书的，惊讶道："那你还算不算个女人？"

小柔不高兴了，说："我是不是个女人，这世上只有你知道！"

田久麦看小柔生气了，想起自己刚才的销魂夺魄，不禁歉意，关爱地说："小柔，这是病。你得治。"

小柔说："我这是胎里带来的病。大夫说的，血淤住了。要想生孩子，得把淤血破了。需要一剂猛药，叫作藏红花。藏红花泡在老酒里，连喝七七四十九天，淤血就冲开了。什么毛病都没有了。我爹妈到处拜托人找藏红花，至今还没有找到。如今，你是我最亲的人了，你得帮我找。"

田久麦把头点得下巴直撞胸口。

第二天，小柔找到招兵的人，说她是田久麦的未婚妻。田久麦家的所有活计，她都能包下来。她坚决支持田久麦当兵走。公社的人看她一副瘦小枯干模样，有点信不过。小柔说："杀人放火我不行，搬山填河我都能。"公社就让接兵的人就把田久麦带走了。

田久麦困乏或是委屈的时候，就会想起小柔。一想起小柔，他的嘴角就向耳根方向咧去，一个春风荡漾的笑容就出现在被高原的紫外线熏成酱色的脸庞上。

在一旁行走的高羔子看到了田久麦暧昧的笑容，莫名其妙。他还不知道小柔。如果田久麦在哨所待的时间更久之后，这种情况就不会出现了。哨所是没有秘密的，连同那些最隐私的事情，都会被晾晒在高原的太阳下，与人分享。极端的孤独和恐惧，会让人们把以往生活中所有美好的东西反复咀嚼，直到成为没有一丝水分的渣滓。

不知道小柔的高羔子，就把田久麦的笑容和野战医院的三个女护士联系到了一起。这种联想让高羔子升起恼怒。同在高原，这小子不但看到了女人，还和她们说过话！而他高羔子，连从头顶飞过的秃鹰都是公的！油然而生的恼火使他发出了下一道命令。

“田久麦，你站住。”

田久麦就站住了。由于回忆，他的脸色有一种光芒。这种光芒更是惹翻了高羔子。高羔子说：“你背上我。”

田久麦有点怀疑自己听错了。高羔子身体健康四肢完好，为什么要他背他呢？看到田久麦愣怔在那里，高羔子更不高兴了，说：“田久麦，你耳朵塞了牦牛毛？叫你背我，你为什么不背？”

一向温顺的田久麦反驳道：“做啥要我背你？你也没病没伤的。”

这是一条很硬的理由。高羔子怒道：“我是你的首长，我要你背，你就得背。”他的愤慨通过大口大口地哈气得到有力的表达，出自肺腑的热气遇冷之后瞬间凝结成浓重的白雾，田久麦觉得班长变成了火车头。但是，田久麦毕竟是见过一些世面的，他说：“首长又怎么样？我还见过师长呢！师长也没让人背。”

高羔子有些气馁。他一当兵就被分到了哨所，哨所是连级单位。在哨所待了三年的高羔子，见到的最大的首长就是连长。高羔子知道从连长到师长，这中间有很多台阶。但是，高羔子在气馁之后，是更大的义愤。这小子，非但看过了女兵，还见过了师长。“不过师长并不能保护你。在这里班长说了算！”高羔子这样想着，就说：“田久麦，这是命令。你是一个卫生员，卫生员是要抢救伤病员的。你不背他们，他们就会冻死在山上。你要练习！让你背我，是你的福气。我才多少斤？要是司务长伤了，才有你好看！”

司务长是一个大胖子。按说在高原上是没有胖子的，但司务长是一个例外。司务长就在仓库里睡觉，哨兵说司务长半夜里梦游都吃压缩饼干。

田久麦听到班长提了司务长，田久麦就蹲了下来。是的，他是一个卫生员，卫生员上战场是要背伤员的。如果平时不练习，到了真刀真枪的时候，他就没法背得好。高羔子很高兴，他终于找到了报复这个新兵的机会，让他再那样春风得意地笑！

高羔子趴到了田久麦的背上。如果有人看到他们，肯定会感到滑稽。好像是一只绿色的熊身上攀了一只猴子。田久麦走得很慢很慢，除了背负的重量太多，要命的是高羔子的双手环在他的脖子上，如同铁箍，使他无法顺畅通气。他说："松松。"

高羔子很舒服地说："不松。松了我就掉下去了。"他真的很惬意，如同小时趴在老爹的背上。过了一会儿，高羔子自动地说："停停。"

田久麦停了。他以为班长良心发现，不再折磨他了。没想到高羔子说："太阳偏了，冷了。我要钻到大衣里。"

田久麦把一应装备脱下，再把自己的皮大衣脱下，正要再接再厉地脱高羔子那件皮大衣，高羔子说："我就趴在两件大衣之间，这样，你还好背些。"

田久麦一言不发。田久麦没有力气说多余的话了。高羔子温暖地蜷在两重羊毛之间，好像三岁小娃。

归途还有很远。田久麦的眼角有了泪水。不单是委屈，还有雪海的反光。透过泪水看高原，就有了玲珑剔透的幻景。由于负重，氧气的消耗极大，大量的气流冲击着心肺，带来很多新鲜的气味。雪像青蒿，搔着你的鼻毛，让你总想打喷嚏。花岗岩有一种火碱的味道，那是无所不在的石英颗粒，在飓风善意的抚摸和恶意的鞭打下，摩擦而生，透着不屈的暴躁。砂砾的味道轻浮油滑，飘忽不定。它很没有立场，靠近什么物体就沾染上什么味道，谄媚得像一个小人。最好闻的味道是空气中氧气的味道，有一点淡淡的鱼腥，类似溪水被蜻蜓点破所散发的气息。碳酸气有腐败的味道，好像梅雨中发酵的蓑衣。总而言之，高原缺氧的空气是不结实的，它虚空脆弱，好像是气体中的杂粮，体积够大的，但提供的能量不足。

路越来越难走了。田久麦虽说身材高大，但负重过多，又背着高羔子这样一个活物，越来越艰难。他呼吸急促，喉头发咸，血液中的盐分析了出来，糊在嗓子眼。背上传来了高羔子轻微的鼾声，这个家伙，居然睡着了！田久麦又恨又气，很想把背上的这个猴子样的家伙扔下悬崖。当然了，这只是想象而已，但这种想象让他觉得高兴。无论怎样高兴，他的脚步还是越来越沉。他接着想，不能把高羔子摔死，但是可以装作自己一不留神跌倒了，这样高羔子就来个嘴啃泥，要是脸上挂了彩，那就更好了。田久麦开始寻找沟坎，找那种可以把高羔子摔得鼻青脸肿又不至断骨的地形。功夫不负有心人，还真找到了几处，但他却没有实施计划。不是回心转意心疼高羔子，而是怕在这样的事故中，自己的损伤比高羔子更严重。要知道高羔子两层军大衣的柔软夹心，而田久麦披挂甚多，闹得不好，枪都要走火。太阳移过两山之间的夹道，沉到雪壁之后。天的颜色立即暗去一半。谷地变成冰窖，风也磨快了嘴角，噬扯着擅自闯进它领地的生灵。从远处看，山石肌肤相连，是不可进入的。哨兵的脚步揳入微小的缝隙，它们才不情愿地放出一条小径。在极端的寂静之中，田久麦突然听到近在咫尺闷哑声响，随后他感到自己的身子一沉，腰就热了起来。整个身体向后倒去。

田久麦不知道发生了什么，想到不能把高羔子压在背后，他就向侧面翻去。这时，他听到了第二声响。尽管他是个新兵，也分辨出了——这是枪声。一旦明白了这是枪声，田久麦的动作立即迅猛矫捷，他即刻把枪掏了出来。但是，周围一片死寂，没有丝毫动静，好像刚才完全是田久麦的幻觉。

有一个明显的证据，证明这一切不是幻觉。高羔子从两层皮毛中滚出来，腹部一片殷红，肚子上张开了一张哈哈笑的嘴，并有一种奇怪的白色管子从嘴中流淌出来。高羔子醒了，从睡梦中惊醒，也惊讶地看着自己陌生的腹部。好在高羔子是老兵，立刻明白了眼前的一切。说：“有人在背后开黑枪。”

田久麦点点头，说“敌人。”

高羔子还没有感到疼，他端起枪，用发红的眼神扫视大地。回答他渐渐黯淡的目光的是旷古以来的宁静。如果没有身下汩汩的血浆，你真的可以认为这里有永恒的宁静。

“跑了。”高羔子判断道。

田久麦点头。他被吓住了，除了点头，不知道还能做什么。“敌人在哪里？我要为你报仇。”他摸着自己的枪。

“他们的战术就是打一枪就跑。有一点像咱们的游击战。你追不着他们。”高羔子说。

“他们是谁？”田久麦失声问。想到自己的躯体曾在某个枪口长时间稳定的瞄准之下，田久麦抖个不停。

“说不准。枪击中国巡逻兵，如果是他们，”高羔子困难地把下巴扭扭，田久麦赶紧表示知道这意思。高羔子闭了一下眼，雪光漂白了他的眼神，接着说：“就是国际争端了。也可能是叛匪，这边跑过去的……”

“他们还会开枪吗？”田久麦问。

“通常不会。你没看到一点生息都没有了吗？狗日的，他们是胆小鬼，从不敢面对面地干。”高羔子说。

“我去追他们！”田久麦的勇气升腾起来，一个边防军人，在自家国土上看到战友的血，怯懦就一寸寸地变成灰烬。

“你追不到他们。最重要的事情是回哨所报告，通知总部。耽误了时间才是哨兵的耻辱。”每当一股鲜血涌出，高羔子的语调就黯淡下去，在出血的间歇，高羔子的调子就尽量明亮。“那你怎么办呢？”田久麦说。

“把我留在这里。你赶快走。”高羔子不由分说。现在，他躺在地上，血已经把铺在他身下的羊皮染成艳丽的红色。那些被血浆黏住的羊毛，一簇簇很有生命力地竖起，好像一种惊世的花蕊。子弹从背后将高羔子的肚子击穿，炸出一个大窟窿，好像一个压面机的出口，宽宽的白面条，势不可当而出。

田久麦是学过生理知识的，从理论上，他是知道那些白色条索是什么东西的。可是他不敢相信。他愚蠢地问高羔子：“是什么？”

高羔子看了一眼淡淡地说：“这里头，还能有什么？是我装饭的家伙。”

田久麦记起野战外科教材说遇到这种情况该采取什么措施，打开十字包，取出三角巾，把一个茶缸覆盖在白色涌出物上。那白色物体很滑腻，充满活力，好像有一个线轴源源不断地脱落着，茶缸很快就覆盖不住了，不断向高处浮起。田久麦哆哆嗦嗦，手足无措。高羔子看他这样，嘲笑说：“真是个新兵蛋子。我一时半会儿死不了。”

“可是你终会死的。”田久麦不服地大叫。这样对一个受重伤的人说话是很不仁慈的，但田久麦被恐惧攫住，他无法控制自己的情绪。

高羔子说：“嘿！兄弟，这事不用你告诉我。要是我刚才有什么对不住你的事，别在意。逗你玩呢。老兵总爱逗新兵玩。等你成了老兵，八成也这样。好了，你走吧。”

田久麦大声反驳：“我不走。我要把你背回去。我背得动你。”

高羔子说：“你背不动我。刚才你背得动，那会儿我是活的。现在，我要死了。死人和活人的分量是不一样的。快走吧。”

田久麦不听高羔子的话，这是他第一次不服从命令。他努力搬动高羔子的身体，但是任何微小的动作，都会使高羔子身上的出血更肆无忌惮。高羔子看他这样辛苦，就狡黠地说：“你现在这样背我走，半路上我就死定了。不如你快快回哨所，一来报告了消息，二来也好找担架来救我。”

田久麦想想，这也是个办法。他说：“班长，那我就听你的话，先走了。你可要在这里好好地坚持啊。”说着他换好三角巾，先把高羔子的大衣铺好，让高羔子比较舒适地躺在上面，再把自己的大衣给高羔子盖上。高羔子火了，说：“把你的大衣拿走。没有大衣，一会儿太阳下山了，你会冻坏的。”

田久麦倔强地说：“我冻不坏。你出了这么多血，你才会冻坏呢！”

高羔子微笑着说：“我心里有数。我肯定不会是冻死的。”他强撑着说完这话，牙齿已经咯咯对敲起来。田久麦说：“你怎么啦？”

高羔子说：“没什么。有点渴。”

田久麦说：“你是失血太多，喝一点水吧。”说着，他就拿出自己的水壶。水壶沉甸甸的，可一滴水也倒不出来。严寒把水壶冻成一坨冰。

“给我一点雪吃吧。”高羔子吃力地说。血液带走了他大量的热度和水分。吃了雪，当然会更冷，可是残存的血液已经不足支持高羔子心脏搏动了，为了能让田久麦快快离开，高羔子必须坚持说话。

田久麦抓起一把紧实的雪。由于和鲜血对视太久，如同会把红纸上的黑墨看成绿色，在暮岚的浸染下，莹莹白雪已化为冰蓝。他把蓝雪吞到嘴里，腮帮子立刻烧灼般的痛起来。他拼命搅动口腔，让积雪尽快地从齿龈和喉咙中夺走热量，融出小股的温泉。他把嘴巴对准高羔子惨白的嘴唇，把蓝色的液体注了进去。

“真甜啊。”高羔子说。“你要是个女人就更好了。”高羔子得了水的滋润，神志清醒了一些，说道。

这句话提醒了田久麦。他一边继续用嘴化水哺育高羔子，一边把手伸进自己的棉衣。僵硬的手指穿透了绒衣和衬衣，在贴胸的口袋里，摸出一个小瓶子。瓶子色白透明，里面填满了鲜红色的针状物。田久麦把小瓶子在高羔子眼前晃啊晃，欣喜若狂地说：“班长，你有救了！”

“这是什么？”高羔子深知自己绝无获救的可能，还是兴趣盎然地问。

“这是藏红花啊！”田久麦说。

“哦，藏红花。大名鼎鼎啊。”高羔子聚起渐渐弥散的眼神，打量着珍贵的藏红花。它神秘华贵如同太阳的粉末，一股奇异的芬芳透过玻璃沁了出来。

“听说这是治妇女病的。你一个大男人，怀揣着这个干什么？”高羔子不解。

“我老婆有妇女病，不生孩子。就指着这个药治呢。时刻带在身边，怕它冻坏了。暖在胸上，保险。”田久麦忙不迭地解释着。他多么希望有足够的时间，给班长讲讲小柔啊。可惜现在不是说话的机会，等以后吧。如果刚才不是班长趴在他背后，此刻血流不止白花花的肠子洒了一肚皮的人，就是自己了。生死之变，让他在心中把和小柔的关系迅速升级了。

“这么稀罕的东西，哪儿来的？”高羔子元神将散，还忍不住要纠察部下的纪律。他知道，在某些寺庙的佛像肚子里，存有这种奇异的药材。

“我哪能坏纪律呢。我在卫生科的时候，服侍过一位重病的老阿妈。她临去世的时候，把藏红花送给了我。”田久麦解释。

高羔子多疑地说：“别是你老婆有这个病，你跟人家要的吧？”

田久麦愤愤说：“班长你受了伤，按说我不该跟你争。可你不能诬赖人，我真的没和她说过。是她非要给我的。说我是好人。”

高羔子说：“好吧。我信你。赶紧揣好了，回家给你媳妇大补吧。”

田久麦说：“班长，你吃。”

高羔子愤愤说：“我就是伤了，也还是个男人。怎么能吃女人药？”

田久麦说：“老阿妈临死告诉我，这藏红花少用活血，多用破血……”

高羔子说：“好你个田久麦，记仇，往死里整我？我这样，再活血破血，你不用走出半里地，我就像辣椒酱一样渗到土里了。”

田久麦着急地说：“班长你听我把话说完。老阿妈说，这是一种特异藏红花，用到极大量，出血立止。”田久麦说着，用力把瓶塞打开，异香弥散在黄昏的雪原之上，对抗着浓烈的血腥。

田久麦欲把藏红花填进高羔子的嘴里，但高羔子牙关已经冷硬了，加之他用力咬紧，红色的针状药草，难以进入。

“为什么不吃？班长！”田久麦哀求。

“不吃。”高羔子说。

“我不会害你。”田久麦说。

高羔子高度疲倦了，微眯着眼睛说：“知道。”

田久麦火了，说：“班长，你信不过我。”

高羔子奋力睁开眼皮，说：“信不过你，我还信得过谁？我的兄弟！”

田久麦摇晃着他说：“既是兄弟，那你为什么不吃藏红花？”

高羔子说：“我反正不行了，给你媳妇留着吧。将来她生了孩子，也有我一份。”高羔子说完，马上觉得这话有些不妥，什么叫人家生的孩子也有你一份啊？但他没有力气解释了。

田久麦可没想到那么多，他用力掰开了高羔子的嘴唇，把一撮藏红花填进高羔子的嘴里。藏红花在高羔子的口中融化，鲜红的浆液流入到他失血的胸膛。不知是藏红花的神力，还是回光返照，总之，出血立止，高羔子的精神也好了起来。

“兄弟，走吧。不要为我再耽搁了。我求你了。”高羔子柔情地说。

田久麦把小瓶子放在高羔子的手心，说：“班长，我走了。你多保重！藏红花隔一会儿你嚼一撮，很灵的，它能止住你的血。等着我，报了信马上就回来接你！你可一定要挺住啊！”

高羔子紧紧地捂住小瓶子，说：“兄弟，走好！把你的大衣带上！”

田久麦说：“我不！你冷！”

高羔子厉声道：“你会冷的。我马上就不冷了。叫你带上你就带上，这是命令！”

田久麦就穿上自己的大衣，然后用高羔子的大衣，把高羔子裹得像一粒粽子。他依依不舍地倒退着走了几步，然后猛地一转身，飞快地跑了。

落日的余晖，在极高远的天顶涂抹了疏朗的几丝亮意，从橘红依次褪成橘黄橘青，直至变成橘灰，融入苍茫，渐渐远去。寒风凄厉地扫过冰冷的山谷，像少女的抽泣。高羔子把手中的小瓶举到眼前细细端详。真是好东西啊！每一根花蕊都如同蝴蝶的长须，细致紧密，蕴含着无数樱红色的颗粒，倒入江河，也许能染红半壁山川。

高羔子本来想把藏红花小瓶一直捏在手心里，后来一想，不妥。他就要死了，虽然他是一个老兵，可是他也不知道自己死后究竟会有怎样的动作。若是手一下松开了，小瓶就不知会滚到哪里。他又想把小瓶压在身底下，那样保险。可他已经没有力气了。高羔子用最后的智慧，为小瓶子找到了一个好去处。他挣扎着把藏红花塞进了肚皮上的茶杯里。他知道哨所一定会检查他的身体，要查出罪恶的子弹究竟是何种武器发射。那样，就会看到藏红花了。

肠管已经冰冷，鲜血不再流淌，水杯的边沿已经冻住。高羔子气力耗尽才做妥一切。他舒舒服服地看着森凛的天穹，云霞幻化成一个胖胖的婴儿，在那里微笑，嘴唇由于藏红花的浸染，艳丽如火。